HEYNE BÜCHER

PATRICIA RYAN

DER ZAUBER DES FALKEN

Roman

Deutsche Erstausgabe

WILHELM HEYNE VERLAG
MÜNCHEN

HEYNE ROMANE FÜR »SIE«
Nr. 04/229

Titel der Originalausgabe
FALCON'S FIRE

Aus dem Amerikanischen
von Elisabeth Schulte-Randt

Printed in France 1998
Umschlagillustration: Jean Monti / Agentur Schlück
Umschlaggestaltung: Atelier Ingrid Schütz, München
Satz: Fotosatz Prechtl, Passau
Druck und Bindung: Brodard & Taupin

ISBN 3-453-13727-2

Gewidmet meiner Schwester Pamela Burford Loeser
in Liebe und Dankbarkeit
für die Hilfe bei der Geburt dieses Romans.

»... denn nichts unterliegt weniger
unserer Kontrolle als das Herz.
Da wir keine Macht darüber besitzen,
können wir ihm nur gehorchen.«

Héloise, in einem Brief an Abaelard

1.

August 1159, an der normannischen Küste

Martine von Rouen beobachtete, wie die Möwe sich im ersten Morgenlicht näherte, das den Himmel über dem Kanal erhellte. Eine Weile segelte der Vogel über den Schiffen im Hafen von Fecamp, als wollte er sich eines als Ruheplatz aussuchen. Schließlich hatte er seine Wahl getroffen und ließ sich in elegantem Schwung auf der Reling der *Lady's Slipper* nieder, während der große Handelssegler, angetrieben von dreißig Ruderern, von seinem Liegeplatz am Kai ablegte.

»Das ist ein gutes Omen, Mylady«, sagte der Kapitän und lächelte. »Eine Segensbotschaft für Eure Ehe mit Baron Godfreys Sohn.« Er war ein massiger Engländer und beinahe zahnlos. Sein Gesicht war zerfurcht von Eiterbeulen, und er sprach Französisch mit einem unangenehmen, kehligen Akzent.

Seit dem Alter von zehn Jahren glaubte Martine nicht mehr an außergewöhnliche Vorzeichen, besonders nicht an gute. Warum sollte man sich selbst betrügen und an eine gute Zukunft glauben, wenn die Vernunft das Schlimmste erwarten ließ? Diese Reise nach England, ein ihr unbekanntes Land, um dort Edmond von Harford zu heiraten, dem sie noch nie begegnet war, erfüllte Martine mit Grauen, und dieses Gefühl ließ sich durch kein noch so gutes Omen vertreiben.

Sie spürte die tröstende Gegenwart ihres Bruders hinter sich und wandte sich, zu ihm aufblickend, um.

Mit einem ermutigenden Ausdruck im Gesicht sah Rainulf ihr in die Augen, bevor er sich lächelnd an den Engländer wandte. »Ein gutes Omen? Und warum sollte das so sein?«

Der Kapitän wies auf den kleinen Besucher auf der Reling neben Martine. »Diese Möwe ist eine englische Silbermöwe,

Vater … äh, Mylord.« Mit offenem Mund runzelte der Seemann die Stirn. Martine begriff, daß er über die richtige Anrede für sein Gegenüber nachsann, der nicht nur ein Priester und der Sohn eines normannischen Barons war, sondern auch ein Verwandter von Königin Eleonore.

»›Vater‹ genügt vollkommen«, entgegnete Rainulf. »Meine Treue zu Gott übersteigt sogar die zu meiner Cousine.« Er nickte in die Richtung, wo der Vogel saß. »Ihr denkt also, unser kleiner Freund ist nur für uns den ganzen Weg von England herübergeflogen?«

»Ja, Mylord. Vater, meine ich. Das ist ein Glückszeichen für Mylady.« Der Kapitän grinste Martine an. »Das kleine Geschöpf ist diese lange Strecke geflogen, um Euch über den Kanal zu begleiten, während Ihr zu Edmond von Harford segelt. Wenn Ihr die Möwe mit Brotkrumen füttert, wird sie höchstwahrscheinlich bei uns bleiben, bis wir morgen im Hafen von Bulverhythe festmachen. Und dann ist sicher, daß Eure Ehe ein Bund der Liebe sein wird und Ihr viele Söhne bekommen werdet.«

Ein Liebesbund? Bei diesem Gedanken erschauerte Martine. Als Kind hatte sie miterleben müssen, wie die Liebe ihrer Mutter Willen, Verstand und letztlich auch das Leben raubte. Vor die Wahl zwischen Kloster und Heirat gestellt, hatte Martine die Ehe gewählt, aber das bedeutete nicht, daß sie auch zur Liebe bereit war. Das würde sie niemals sein, ganz gleich, welches Omen sie erhielt.

Der Kapitän starrte sie an und wartete darauf, daß sie etwas entgegnete. *Teilen alle Engländer Eure primitiven Vorstellungen?* hätte Martine gern gesagt. *Wenn Sir Edmond ebenso denkt, werde ich kaum eine Möwe brauchen, um zu wissen, daß mir eine schlechte Ehe bevorsteht.* Die Angst hatte sie in gedankenlosen Zorn getrieben. Aber trotz seiner Derbheit und des kindischen Aberglaubens führte dieser Engländer ganz sicher nichts Böses im Schilde. Aus diesem Grund und weil Rainulf sie immer wieder zur Mäßigung anhielt, schwieg Martine. Sie versuchte sogar zu lächeln, ohne daß es ihr wirklich gelang. Mit einer Entschuldigung nahm sie den engen Niedergang zum Hauptdeck und verschwand mit gesenktem Kopf in der Kabine. Die Tür war noch nicht geschlossen, als die Hitze in dem engen Raum sie beinahe besinnungslos werden ließ.

Die *Lady's Slipper* besaß nur eine winzige, abgeschlossene Kabine, die im Schiffsheck unter das Achterdeck gezwängt lag. Es war eine dämmrige, stickige Kammer, vollgestopft mit Martines und Rainulfs Gepäck, doch der Raum bot ihnen während der Überfahrt einen Rückzugsort, zu dem sonst niemand Zutritt besaß.

Martine zog den Kopf ein, um nicht an die niedrige Decke zu stoßen, löste die goldene Spange, mit der ihr schwarzer Kapuzenmantel zusammengehalten war, und warf beides in eine Ecke. Auf dem Kopf trug sie einen in Falten liegenden und bis an den Halsausschnitt reichenden Schleier aus safranfarbenem Leinen, unter dem nur ihr Gesicht von den Augen bis zum Kinn sichtbar war. Als sie den Schleier entfernte, quoll ihr langes Haar heraus und umgab sie bis zu den Hüften wie ein heller Umhang.

Es konnte kein Zweifel daran bestehen, daß Rainulf und Martine miteinander verwandt waren. Beide waren groß, silberblond und feinknochig wie alle Normannen, von denen sie abstammten. Und sie wiesen eine verblüffende Ähnlichkeit mit ihrem Vater auf, dem verstorbenen Baron Jourdain von Rouen. Auch wenn zwei verschiedene Mütter sie geboren hatten, so waren doch beide hellhäutige und blonde Frauen gewesen.

Durch das kleine, einzige Bullauge der Kabine beobachtete Martine, wie die zerklüftete normannische Küste langsam hinter ihnen verschwand. Da berührte etwas Warmes ihre Beine. Als sie hinabsah, merkte sie, daß es ihr großer, weißpfotiger schwarzer Kater war.

»Keine Sorge, Loki.« Martine ließ ihre distanzierte, kühle Fassade fallen, die sie diesem Engländer und Männern im allgemeinen — Rainulf war die einzige Ausnahme — gegenüber zur Schau trug. Sie bückte sich und nahm den Kater in ihre Arme.

»Es heißt, England sei . . .« *Kalt und regnerisch.* Erschaudernd barg Martine das Gesicht in dem weichen Fell. »Vielleicht gibt es viele Mäuse dort«, tröstete sie Loki. »Ich bin sicher, daß zumindest du glücklich sein wirst.«

Die Eichenplanken, aus denen die Kabinendecke und der Boden des Achterdecks gefertigt waren, knarrten, als Rainulf und der Kapitän direkt über sie hinweggingen. Dann blieben sie stehen.

Der Engländer sagte etwas. Martine konnte durch das Bullauge deutlich seine Worte hören. »Die junge Lady, Eure Schwester ... sie macht sich nicht viel aus einer freundlichen Unterhaltung, nicht wahr, Vater?«

Rainulf antwortete mit einem langen Seufzer.

»Verzeiht mir die Frage, Vater, aber hatte der Sohn des Barons bereits die Ehre, Ihrer Ladyschaft vorgestellt zu werden?«

Es entstand eine Pause. »Noch nicht«, antwortete Rainulf zögernd.

Der Kapitän kicherte verständnisvoll. »Nun, ich würde eine Monatsheuer zahlen, um bei dieser Begegnung dabei zu sein.«

Warum fragt sie mich nicht einfach, wo es ist? dachte Rainulf. Er saß mit untergeschlagenen Beinen auf dem Kabinenboden und fächelte sich mit seinem schwarzen Scheitelkäppchen Luft zu, während er seine Halbschwester beim Durchwühlen ihrer Reisetasche beobachtete. Er griff in seine Kutte und zog ein gefaltetes Pergamentblatt heraus. Er schmunzelte. »Gyrth glaubt, dein Edmond wird eine unangenehme Überraschung erleben, wenn er entdeckt, wie kalt und hochmütig du bist, und er meint, daß die feste Hand eines richtigen Mannes nötig sei, um dein Eis zu brechen.«

Martine hielt während des Öffnens einer kleinen Holztruhe inne. »Wer ist Gyrth?«

»Unser Kapitän. Der Mann, den du heute morgen so verächtlich übersehen hast.«

Martine leerte die Truhe auf den schwankenden Kabinenboden und kniete nieder, um den Inhalt zu sortieren. »Woher kennst du seinen Namen? Du scheinst immer zu wissen, wie die Leute heißen.«

»Ich frage.«

Nach kurzem Schweigen begegnete Martine seinem Blick und nahm lächelnd die darin enthaltene, wenn auch milde Kritik entgegen. Als sie das Pergament in Rainulfs Hand sah, weiteten sich ihre tiefblauen Augen, die im Licht der durch das Bullauge hereinfallenden Mittagssonne leuchteten. »Ist er das?« fragte sie. »Der Brief des Sachsen?«

»Der Sachse hat einen Namen.«

Martine stöhnte und rollte die Augen, bevor sie die Hand nach dem Brief ausstreckte. »Rainulf, bitte. Du weißt, daß ich mich nie daran erinnern ...«

Rainulf entzog ihr den Brief. »Du kannst dich nicht an den Namen meines besten Freundes erinnern?«

»Dein bester Freund? Du hast ihn seit zehn Jahren nicht gesehen, seit dem Kreuzzug.«

»Er ist mein engster Freund und hat einen Namen. Alle Menschen besitzen einen Namen, Martine, sogar Sachsen. Und da dieser Sachse sich die große Mühe gemacht hat, einen Ehemann für dich zu finden — niemand geringeren als den Sohn seines Lehnsherrn — kannst du dir zumindest seinen Namen ...«

»Bruder, ich glaube, du verärgerst mich aus reinem Vergnügen. Dieser Zug steht einem Priester nicht.« Martine griff nach dem Brief, und Rainulf machte einen Schritt von ihr weg. Mit verwegenem Lächeln sprang Martine durch den Raum und warf Rainulf zu Boden. Sein Kopf schlug gegen die Truhenkante, und er schrie schmerzerfüllt auf, ohne daß Martine ihm Beachtung schenkte. Mit triumphierendem Auflachen entriß sie ihm den Brief.

Rainulf rieb sich den Kopf, während er nach seinem Käppchen Ausschau hielt. »Haben die Nonnen dich nicht gelehrt, daß es eine Sünde ist, einem Ordensmann Gewalt anzutun?«

Martine entfaltete das Pergament. »Die Nonnen haben mir vieles gesagt. Was mir nützlich erschien, habe ich behalten, alles andere habe ich vergessen.«

Rainulf fand die Kappe und setzte sie auf. Für eine im Kloster erzogene Achtzehnjährige war Martine bemerkenswert unreligiös. Obwohl Rainulf die größten Anstrengungen unternommen hatte, ihren Glauben zu stärken, blieb ihre religiöse Bindung schwach, und manchmal fürchtete er um ihre unsterbliche Seele. Vielleicht rührte sein Versagen, sie richtig zu leiten, aus seiner Unfähigkeit, den Weg des Glaubens mit aller Hingabe zu gehen. Um die Wahrheit zu sagen, folgte Rainulf mit größerer Leidenschaft seinem Verstand, als daß er Gott anbetete. Wie stand es um seine eigene unsterbliche Seele?

»Hier drinnen herrscht eine Hitze wie in einem Backofen«, sagte er und kam wieder auf die Füße. »Ich gehe hinauf aufs Deck. Hier unten kann ich nicht atmen.«

Mit drei großen Schritten nahm er die sechs Stufen nach oben. Als er an der Reling stehenblieb, um die warme Seeluft einzuatmen, rief Martine ihm durch das Bullauge etwas zu.

»Thorne Falconer!« stieß sie aufgeregt hervor. »Der Name des Sachsen ist Thorne Falconer.«

Zuerst kam die Möwe, dann der Sturm.

Immer wieder, bis sie die Tinte auf dem Pergament kaum noch erkennen konnte, las Martine den Brief von Thorne Falconer, in dem er ihren zukünftigen Gatten beschrieb. Als sie schließlich aufsah, bemerkte sie, daß es trotz der frühen nachmittäglichen Stunde dunkel geworden war. Durch das Bullauge erkannte sie, daß der zuvor blaue Himmel in eine düstere, bleigraue Farbe getaucht war.

Aus den Körben in der Ecke kam das helle Kläffen der Welpen und das unaufhörliche Kreischen des jungen Falken. Der schwarze Kater schlich erregt umher, und als Martine ihn hochzunehmen versuchte, zog er die Lefzen zurück und zischte drohend.

»Loki!«

Auf dem Deck hörte Martine die knappen Rufe der Seeleute, mit denen sie sich untereinander verständigten, und das Trampeln von Füßen. Sie öffnete die Kabinentür. Kaum hatte sie den Fuß über die Schwelle gesetzt, als ihr der gischtgetränkte, peitschende Wind durch das offene Haar fuhr. Sie drehte es zu einem Knoten und hielt es fest, während sie sich auf die Suche nach Rainulf machte.

Auf dem Hauptdeck herrschte hektische, lärmende Betriebsamkeit. Vorsichtig, um nicht über herumliegende Fässer und Kisten, Ruderboote, Gepäckstücke und Teile der Takelage zu stolpern, bahnte Martine sich einen Weg zur Gangway. Die wenigen anderen Passagiere, die in der Decksmitte zusammengekauert um das große Trinkwasserfaß saßen, starrten sie neugierig an, während sie sich ihren Weg durch das Gewühl bahnte.

Das einzige Segel, ein riesiges, blau-gelb gestreiftes Viereck, knatterte widerspenstig im Wind, als vier Männer es mühsam einzuholen versuchten. Dabei schrien sie aus vollem Hals, um die heulenden Sturmböen und das Tosen der Wellen zu übertönen. Auf der anderen Schiffsseite zogen Männer die Ruder ein und verschlossen die Öffnungen gegen die heranrollenden Brecher. Einige Matrosen sicherten die Ladung mit Tauen, während andere die Seile festzurrten, mit denen Zeltbahnen an hastig aufgerichteten Pfosten entlang des Hauptdecks befestigt wurden. Vorsichtig setzte Martine einen Fuß vor den anderen, um den Matrosen nicht im Weg zu sein, während das Schiff im Gang der wogenden See schlingerte.

In dem Moment, als die *Lady's Slipper* sich heftig zur Seite legte und Martine schmerzhaft gegen die Reling geschleudert wurde, entdeckte sie ihren Bruder, Gyrth und zwei weitere Matrosen; der eine war riesig, der andere klein und schlank. Sie standen mit dem Rücken zu ihr auf dem kleinen erhöhten Deck am Bug und sahen nach oben.

»Der Wind hat gedreht«, bemerkte Gyrth.

»Was bedeutet das?« fragte Rainulf.

Gyrth wies zum Himmel, auf die sich zusammenballenden Wolken. »Ein Sturm.«

»Schlimm?« Rainulf sah zum Kapitän hinunter, der sich statt einer Antwort bekreuzigte. Einen Augenblick später taten Rainulf und die beiden Matrosen das gleiche. Martine machte sich nicht die Mühe, diese Geste zu wiederholen — sie würde warten, bis man sie beobachtete.

»Ein Sturm wie dieser, der sich aus dem Nichts zusammenbraut und Seeleute unvorbereitet trifft«, sagte Gyrth, »ist ein schlechtes Omen. Hätte die Lady die Möwe gefüttert, wie man es von ihr erwartete, würden wir noch bei klarem Himmel segeln. Aber der Vogel ist weggeflogen, die Wolken zogen auf, und jetzt ...« Das nächste Wort erstarb ihm in der Kehle. Blaues Licht riß die Wolken auf, zwei gleißende Blitze schossen hervor und rasten in sprühenden Schlangenlinien dem Horizont entgegen. Mit einem Mal wurde es totenstill.

Niemand sprach ein Wort. Der Wind hörte schlagartig auf. Martine umklammerte mit beiden Händen die Reling, während sie lauschte. Als der Donner endlich hörbar wurde, vernahm sie nur ein entferntes, leises Rumpeln, wie ein unheimliches Flüstern.

Gyrth wandte sich an Rainulf und schüttelte den Kopf. »Wir sind mitten drin. Und alles, weil ein paar Brotkrumen für eine kleine Möwe zuviel der ...«

»Hört auf damit«, sagte Martine. Ihre Stimme bebte. Gyrth, Rainulf und die Matrosen wandten sich zu ihr um.

Mit warnendem Blick schloß Rainulf eine Hand um ihre Schulter. »Martine ...«

Sie riß sich von ihm los und stellte sich vor den Kapitän hin. Wenn das Schweigen sie als hochmütig brandmarkte, so konnte sie ebensogut sprechen, um ihren Frieden zu haben. »Ihr habt wirklich kein Recht, so etwas zu sagen.« Martine wies zu den beiden Matrosen, deren Pupillen in der unheimlichen Dunkelheit geweitet waren. »Sie glauben bestimmt, diesen Donner und den Blitz hätte ich über sie gebracht.«

»Aber Mylady ... die Vorzeichen ...«

»Bleibt mir vom Leibe mit euren Vorzeichen!« Martines Stimme erhob sich unwillkürlich, und sie verlor die Beherrschung. »Jetzt reicht es mir mit Eurem Gerede, ich wäre der Anlaß, daß sich Möwen auf dem Schiff niederließen, oder es stünde in meiner Macht, Sturmwolken am Himmel aufziehen zu lassen!« Sie erzitterte. »Glaubt mir, besäße ich solche Kräfte, würde ich sie benutzen, um Eure Zunge für immer zum Schweigen zu bringen, damit Ihr nie wieder von Vorzeichen sprechen könnt!«

Blitze zuckten hell am Himmel, und der krachende Donner, mit dem sie sich entluden, ließ die Luft erbeben. Regen stürzte aus den Wolken. Die niederprasselnden Wassermassen wurden vom Wind gewaltsam vorangetrieben, so daß Martine und Rainulf sich aneinanderklammern mußten, um nicht das Gleichgewicht zu verlieren.

Sie stolperten zum Hauptdeck hinunter, über die von Menschen wimmelnde Gangway zu ihrer Kabine, und schlugen die Tür hinter sich zu. Der kleine Raum war dunkel, und es roch nach feuchter Wolle. Rainulf schloß das Bullauge, aber der Wind drang durch die schmalen Ritzen der Kabinenwände. War ihr die Kabine vor kurzem noch wie ein Glutofen erschienen, zitterte Martine nun fröstelnd. Sie packte Loki, nahm das verängstigte Tier in die Arme und wickelte den schweren Mantel um sie beide. Dann kauerte sie sich neben Rainulf auf den Boden und kämpfte gegen das heftige Rollen des Schiffes an. Ein gelegentlicher Blitzstrahl erleuchtete die Kabine mit kaltem, unstetem Licht. Ansonsten war es dunkel wie in tiefster Nacht.

Rainulf bewegte sich nicht, tätschelte seiner Schwester nur die Hand, wenn sie sich an ihm festklammerte. Martine versuchte, ihr Zittern und das Herzklopfen zu beherrschen, doch in Wahrheit fürchtete sie, das Schiff könnte bersten und untergehen. Von allen Todesarten war Ertrinken — das Ringen nach Luft, das qualvolle Ersticken, während sich die Lungen mit Wasser füllten — sicher die furchtbarste. Tod durch Ertrinken, diesen Alptraum kannte sie nur zu gut. Er kehrte immer wieder. Martine spürte, wie ihr kalter Schweiß über den Körper rann, und sie preßte Loki fester an sich, doch der Kater sprang mit einem empörten Knurren davon.

Die Matrosen riefen pausenlos durcheinander, und die Welpen jaulten herzzerreißend, aber alle Geräusche wurden immer wieder vom dröhnenden Donner, den Wellen und dem niederpeitschenden Regen verschluckt. Von Zeit zu Zeit hörte Martine etwas, das ihr Unwohlsein bereitete und die Kehle verengte. Es war das gräßliche Ächzen von Holz, das größter Belastung ausgesetzt war, das gelegentliche Krachen, wenn etwas herunterfiel, und das Rollen und Holpern loser Fässer an Deck.

Endlich, am späten Nachmittag, ließ der Regen nach, und das Schiff schaukelte nur noch sanft, während nebliges Dämmerlicht die Kabine erfüllte. Rainulf streckte sich, stand auf und bückte sich, um nicht mit dem Kopf anzustoßen. Dann spähte er aus dem Bullauge. Martine betrachtete sein edles Profil, während ihr Bruder ruhig die See beobachtete, die sie beinahe verschlungen hätte.

Für seine vierunddreißig Jahre sah er ungewöhnlich anziehend aus mit dem blonden Haar und den haselnußbraunen Augen. Martine wußte, daß ihm die Frauen trotz oder wegen seiner Berufung gewogen waren. Vor zwölf Jahren, bevor er für Gott und König Ludwig das Kreuz genommen hatte, hatte er die Gesellschaft vieler Frauen genossen, wie Martine wußte. Nach der Heimkehr vom Kreuzzug hatte er die Gelübde abgelegt und ihres Wissens seitdem im Zölibat gelebt, obwohl er in Versuchung geraten sein mußte. Er war keusch, weise und mitfühlend. Jeder hielt ihn für einen untadeligen Gottesmann. Nur Martine wußte, wie schwer ihm die Bürde der Priesterschaft geworden war.

Rainulf starrte noch immer durch das Bullauge. »Die Drohung, Gyrths Zunge zu lähmen, war höchst ungeschickt. Ich habe gesehen, wie eine einfältige alte Frau ausgepeitscht wurde, weil sie die Ernte ihres Nachbarn verwünscht hat.«

»Das hast du mir schon oft erzählt. Wenn ich einen feierlichen Eid schwöre, niemals die Ernte meiner Mitmenschen zu verhexen, würdest du dann aufhören, mich zu belehren?«

Mit ernstem Blick wandte sich Rainulf zu Martine und reckte den Kopf, so daß er die niedrige Decke berührte. »Es gibt viele Wege, den Haß der Menschen auf sich zu ziehen, und nicht alle sind offensichtlich. Die Strafen für jene ›Verbrechen‹, die du nicht im Traum als sündhaft ansehen würdest, sind entsetzlicher, als du dir in deiner Fantasie vorstellen kannst. Nimm zum Beispiel Meister Abaelard. Der größte Mann, den ich kenne. Für das ›Verbrechen‹, Héloise zu lieben, wurde er mit Entmannung bestraft. Dann, Jahre später, als er wieder zu lehren begann, beging er das ›Verbrechen‹, logische Verfahren im Studium der Theologie anzuwenden — eine Sünde, die ich übrigens ebenfalls begehe, jedoch in aller Diskretion. Für diese Untat wurde Abaelard nicht nur exkommuniziert, sondern zu ewigem Schweigen in Cluny verdammt. Dem geistreichsten Mann der bekannten Welt erlaubt man nicht, seine Stimme zu erheben. Zu große Offenheit ist gefährlich, Martine! Du mußt lernen, auf das zu achten, was du sagst.«

»Ja, und wenn ich schweige, gelte ich als unzugänglich und hochmütig.«

»Es ist ... deine Art zu schweigen, Martine. Du bist so ... so ...«

»Willst du, daß ich bescheiden meinen Mund halte, mit niedergeschlagenen Augen und Schamröte auf den Wangen? Das war der Charakter meiner Mutter. So werde ich niemals sein.«

Rainulf wollte etwas sagen, dann schüttelte er nur den Kopf und gab es auf, Martine zu tadeln. Er warf einen Blick auf ihre schlichte, dunkle Tunika. »Sir Edmond wird wahrscheinlich zur Begrüßung anwesend sein, wenn wir morgen in den Hafen einlaufen. Vielleicht möchtest du etwas anderes tragen, das mehr ...« Er zuckte mit den Achseln.

Bei dem Gedanken, ihrem Verlobten zu begegnen, befiel Martine heftige Furcht. Ihre angespannten Nerven ließen sie scharf entgegnen: »Warum sollte ich einem Mann gefallen wollen, den ich noch nie gesehen habe? Sir Edmond ist nicht meine Wahl. Du hast ihn für mich ausgesucht, gemeinsam mit Thorne Falconer. Und zur Heirat habe ich mich auch nicht aus freien Stücken entschlossen. Du hast für mich entschieden. Täusche dich nicht. Dieser Ehe habe ich nur zugestimmt, weil du von mir frei sein willst. Einen anderen Grund gibt es nicht.«

Rainulf hockte sich neben Martine und zwang sie mit seinem Blick, ihn anzusehen. »Es geht nicht darum, was ich will, kleine Schwester, sondern um das, was ich brauche. Ich muß meinen Glauben zurückgewinnen, und das kann ich nicht in Paris, umgeben von Studenten, die an meinen Lippen hängen, als spräche aus mir die Heilige Bibel. Diese Pilgerfahrt habe ich für meine Seele nötig.«

Martine atmete tief ein, um zur Ruhe zu kommen, und legte eine Hand auf Rainulfs Schulter. »Es heißt, du seist der beliebteste Lehrer, den Paris seit Abaelard gesehen habe. Und jetzt verlangen sie in Oxford nach dir. Glaubst du, Gott möchte, daß du deine Talente verschwendest, indem du die Studenten allein läßt und dich vor jedem Reliquienschrein zwischen Compostela und Jerusalem in den Staub wirfst?«

»Ja.« Die Eindringlichkeit, mit der Rainulf sie ansah, verblüffte Martine. »Ich glaube, Gott will, daß ich mich selbst erniedrige. Genau das verlangt er von mir, da bin ich sicher.«

Sie seufzte. Wie unsinnig, ihm die Reise im letzten Moment ausreden zu wollen. »Und du wirst nur ein Jahr fortbleiben?«

Rainulf legte seine Hand auf ihre. »Vielleicht zwei.«

»Zwei?«

»Wenn ich zurückkomme, werde ich in Oxford unterrichten, nicht in Paris, so daß wir uns ziemlich oft sehen können . . .«

»Rainulf, ich brauche dich! Du kannst mich nicht zwei lange Jahre allein lassen.«

»Du wirst einen Ehemann haben, der für dich sorgt, und nicht allein sein.« Rainulf tätschelte ihre Hand und sprach vorsichtig weiter. »Weißt du, vielleicht stellst du sogar fest, daß Liebe in dir wächst . . .«

Martine preßte die Hände auf die Ohren und wandte sich von Rainulf ab.

»Martine, um Himmels willen.« Rainulf wollte seine Schwester berühren, doch sie entzog sich ihm und schlang die Arme um ihre angewinkelten Beine.

Rainulf schüttelte den Kopf. »Du benimmst dich, als wäre die Liebe ein Fluch.«

Martine hatte ihm noch immer den Rücken zugewandt. »Ist sie das etwa nicht? Denk daran, was die Liebe aus meiner Mutter gemacht hat. Zu lieben hat sie geschwächt und zerstört. Meine Mutter betete Jourdain an. Sie verehrte diesen Mann. Als deine Mutter starb, dachte sie, er würde sie heiraten, und er ließ sie in diesem Glauben. Aber Barone heiraten eine Geliebte nicht, habe ich recht?«

»Nein, das tun sie nicht«, antwortete Rainulf ruhig.

»Meine Mutter wußte das nicht. Sie vertraute der Liebe. Sie war eine Närrin.« Martine wandte das Gesicht zu ihrem Bruder. »Das bin ich nicht. Die Ehe mag unvermeidlich sein, aber in die Falle der Liebe werde ich niemals gehen.«

»Die Liebe muß keine Falle sein, Schwester. Liebe kann der Seele Freiheit geben und ihr Flügel verleihen ...«

Martine lachte bitter. »Der Seele Freiheit geben? Jourdain hielt die Seele meiner Mutter in Fesseln. Als er seine dreizehnjährige Erbin heiratete und Mama verließ, nahm er ihre Seele mit sich. Meine Mutter besaß nichts mehr, als Jourdain mit ihr fertig war. Er hatte sie verbraucht. Sie war völlig leer.«

Martines Kehle verengte sich, und sie zitterte. Sie schloß die Augen und rieb sich die Lider, während wie so oft das ungebetene Bild erschien. Es kam im Wachen und im Traum. Ein kostbares Gewand aus apfelgrüner Seide, durchwirkt von Goldfäden und mit tausend kleinen Perlen bestickt, trieb auf der windgekräuselten Wasseroberfläche eines kleinen Sees. Ihre Mutter hatte das Gewand für die Hochzeit genäht, die niemals stattfand. Es war das Kleid, in dem sie schließlich voller Verzweiflung den Tod im Wasser suchte. Der Schmerz, den diese Erinnerung in Martine wachrief, hatte mit der Zeit immer größere Macht gewonnen, bis er sich schlimmer anfühlte als tiefste Verlassenheit und entsetzlicher Gram. Ihr Schmerz war zu einem lebendigen Wesen geworden, zu einem dunklen, schwer lastenden Etwas, das aus ihrem Innersten aufstieg und ihr die Kehle zusammenschnürte.

Als sie jetzt die Augen öffnete, stellte sie fest, daß ihr Bruder mit traurigem Ausdruck und ein wenig hilflos zu ihr herüberstarrte. Sie atmete in tiefen Zügen ein, um das Bild aus ihrem Bewußtsein zu vertreiben, und setzte ein Lächeln auf. »Ich habe sagen hören, daß es in England keinen Sommer gibt, und das muß wahr sein, denn je näher wir kommen, desto kälter wird es ...« Ihre Stimme erstarb, und sie biß sich auf die Lippe, um das Weinen zu unterdrücken.

Rainulf rückte näher, legte den Arm um Martine und tätschelte beruhigend ihre Schulter. Kannte er seine Schwester wirklich? Hatte er überhaupt eine Vorstellung, wie sehr sie sich vor dieser Heirat fürchtete und wieviel Mut es sie kostete, um seinetwillen diesen Weg durchzustehen? Er flüsterte etwas, und sie wandte sich zu ihm, um besser hören zu können.

»Ich weiß, ich weiß, Martine. Ich verstehe dich.«

Eine Trompetenfanfare auf dem Achterdeck kündigte an, daß sie in den Hafen einliefen. Martine erhob sich, um aus dem Bullauge zu spähen, und Rainulf folgte ihr. Der Regen, der seit dem Sturm stetig gefallen war, hatte beinahe aufgehört. Martine konnte eine Vielzahl anderer Schiffe erkennen, die dichtgedrängt im trüben Nebel am Kai von Bulverhythe lagen, dem Hafen von Hastings.

»Denk daran, Martine«, warnte Rainulf. »Wenn irgend jemand auf Burg Harford Fragen über deine Familie, deine Eltern oder die Verwandtschaft mit der Königin stellt ...«

»... muß ich meine Gedanken für mich behalten«, ergänzte Martine ungeduldig. Ihre illegitime Herkunft war der Grund, warum Rainulf weit entfernt von ihrem Geburtsort einen Ehemann für sie gesucht hatte. Godfrey von Harford war so entzückt von der Vorstellung, seinen zweiten Sohn mit einer Verwandten der Königen vermählen zu können, daß er sich nicht die Mühe gemacht hatte, Fragen zu stellen. Niemand auf Harford wußte, daß sie nur eine uneheliche Cousine Eleonore von Aquitaniens war, der früheren Königin von Frankreich, die nach der Scheidung von Ludwig, ihrem ersten Gemahl, Heinrich Plantagenet geehelicht hatte und nun Königin von England war. Sogar Sir Thorne, der den Verlobungsvertrag vermittelt hatte, wußte nur, daß sie die Halbschwester seines alten Freundes und ehemaligen Kreuzzugskameraden war. Über die Umstände ihrer Geburt hatte Rainulf immer Stillschweigen bewahrt.

»Paß auf, daß du nichts verrätst«, sagte Rainulf. »Bis jetzt war ich nicht zu direkten Lügen gezwungen, denn es wird selbstverständlich angenommen, daß du ein rechtmäßiges Kind bist. Wir hatten Glück. Bis jetzt. Aber wenn Lord Godfrey die Wahrheit herausfindet, kommt eine Heirat natürlich nicht mehr in Frage. Dein Ruf wäre ruiniert, ebenso wie meiner. Und wahrscheinlich auch Thornes ...«

»Mach dir keine Sorgen«, sagte Martine spitz. »Ich weiß, was auf dem Spiel steht.«

Sie wandte ihre Aufmerksamkeit wieder dem Hafen zu. Das Schiff glitt zu einem leeren Liegeplatz. Auf der Kaimauer stand einsam ein Junge. Martine hörte ihn rufen: »Sir! Die *Lady's Slipper.* Sie ist hier, Sir!« Dann beobachtete sie, wie der Junge vom Kai wegrannte und im Nebel verschwand.

Gleich darauf erschien eine hünenhafte Gestalt. Der Mann trug einen schwarzen Umhang, die Kapuze war zum Schutz vor dem Regen über den Kopf gezogen. Er näherte sich dem Ende des Anlegers.

Martine spürte ihr Herz in der Brust hämmern. Über Edmond wußte sie nur, was Sir Thorne mitgeteilt hatte. Er war der jüngere von zwei Söhnen und von seinem Vater vor mehreren Monaten zum Ritter geschlagen worden. Nach der Heirat würde er ein eigenes Herrenhaus beziehen. Edmond sah gut aus, und seine Leidenschaft war die Jagd. Über die Jagd hatte sich Sir Thorne ausgiebig geäußert, doch keine andere Körperübung oder geistige Beschäftigung erwähnt, die Edmond pflege.

»Menschen gehen nicht nur auf die Jagd«, sagte Martine.

Angestrengt starrte Rainulf auf den Mann mit der Kapuze. »Hm?«

»Er muß doch noch etwas anderes tun, oder?«

»Das nehme ich doch an«, entgegnete ihr Bruder zerstreut.

Die in den Mantel gehüllte Gestalt blieb einige Meter vor dem Ende der Kaimauer stehen und wartete im trüben Nieselregen, während Matrosen vom Schiff heruntersprangen und die *Lady's Slipper* festmachten. Der Mann war hochgewachsen, beinahe einen Kopf größer als die geschäftig um ihn herumrennenden Seeleute. Wegen der Kapuze konnte Martine seine Züge nicht erkennen, aber sie stellte fest, daß er glattrasiert war. Der schwarze Mantel fiel gerade von seinen breiten Schultern, und die Beinlinge und Schuhe waren ebenfalls schwarz.

»Das ist er«, sagte Rainulf. Martine sog tief den Atem ein.

Hinter ihnen räusperte sich jemand. Sie wandten sich um und sahen Gyrth, der sich die Eiterbeulen kratzte und zu Boden blickte. »Ich bitte um Verzeihung, Vater, aber ... ich dachte, ob Ihr wohl die Bezahlung bereit hättet ...?«

»Natürlich. Achtzehn Schillinge, nicht wahr?« Rainulf zog seine Börse heraus, und Gyrth starrte gierig auf den Beutel. In der Vorfreude über die Münzen, die er bekam, fuhr er sich mit der Zunge über die Lippen.

Martine schlug den Umhang über den Kopf und verschloß ihn mit der Goldspange. Dann nahm sie ihre Messingkassette und Lokis Korb und folgte den Männern aus der Kabine. Während Rainulf Gyrth bezahlte, stand Martine halb verborgen hinter einer Verstrebung und warf einen verstohlenen Blick auf Sir Edmond.

Er sah nach oben, in die Wolken. Während sie ihn beobachtete, geschah etwas Seltsames. Goldenes Licht ergoß sich über sein Gesicht, bis es wie ein Fanal im Nebel zu leuchten begann. Gebannt folgte Martine seinem Blick in den Himmel und bemerkte, daß die Wolken aufrissen und in einem strahlend blauen Kreis die Sonne freigaben. Es waren die warmen Strahlen der Sonne, die sein Gesicht auf so wunderbare Weise verwandelt hatten. Hinter allen Dingen lag eine logische Erklärung, ermahnte sich Martine. Doch in diesem Augenblick spürte sie die starke Versuchung, an die Macht guter Omen zu glauben.

Er schob die Kapuze zurück und senkte den Kopf. Sein Haar fiel auf die Schultern und hatte eine Farbe wie Branntwein. Es war braun und spielte ins goldene, als würde er viel Zeit im Freien zubringen. Zu Martines Schrecken sah er direkt zu ihr herüber, und ihr fiel auf, daß seine Augen von dem gleichen leuchtenden Blau waren wie der sich öffnende Himmel über ihnen.

Seine edel geschnittenen Züge hätten das Gesicht eines jungen römischen Kaisers darstellen können. Sie wirkten wie auf den Bildnissen, die auf antiken Münzen zu finden waren. Am Ausdruck des Erkennens und der Freude war deutlich abzulesen, daß er wußte, wer sie war. Zweifellos hatte Rainulf ihm eine genaue Beschreibung geschickt.

Er schien Martine nicht nur anzublicken, sondern in sie hineinzusehen. Der leuchtende, durchdringende Blick verband sich mit ihrem und drang tief in ihr Inneres — dorthin, wo die geheimsten Hoffnungen und Ängste verborgen lagen. Martine fühlte sich, als wäre sie durchsichtig und als läge ihre Seele nackt vor ihm, damit er sie untersuchen konnte. Sie überlegte, daß sie die Augen abwenden müßte. Es galt als unschicklich, wenn eine Dame dem Blick eines Fremden auf diese Weise standhielt. Aber schließlich war dieser Mann nicht wirklich ein Unbekannter, sondern ihr Verlobter. In weniger als zwei Monaten würde er sie in seinen Armen halten. Was könnte schon geschehen, wenn sie einen harmlosen Blick auf den Mann warf, mit dem sie den Rest ihres Lebens verbringen würde? Zum ersten Mal spürte sie bei der Aussicht auf die Heirat keine Angst, sondern Vorfreude.

Dieser Mann wird mit mir das Gelöbnis sprechen. Er wird es sein, der mich in sein Bett bringt und Kinder mit mir zeugt.

Nun lächelte er Martine an. Es war ein willkommen heißendes Lächeln, das ihm um die Augen spielte und tiefe Grübchen in sein Gesicht schnitt. Zwanglos erwiderte Martine es. Dann senkte sie den Blick und sah zur Seite. Die Koketterie dieser Geste beschämte sie, aber sie schien nicht mehr Herrin ihres Handelns zu sein.

Als sie ihn wieder ansah, hatte er den Blick über sie hinweg gerichtet und strahlte vor Freude. Martine wandte sich um und entdeckte Rainulf hinter sich, der die Hände an den Mund legte.

»Thorne! Ist es immer so verdammt kalt auf dieser elenden Insel oder nur im August?«

Thorne? Thorne Falconer? Lieber Gott. Den Mund vor Verblüffung öffnend, wirbelte Martine zu dem Mann auf dem Kai herum. Rainulf glitt an ihr vorbei und sprang auf die Landungsbrücke. Ein Brennen kroch ihr die Kehle hinauf und breitete sich im Gesicht aus, während sie ihrem Bruder zusah, wie er den Mann umarmte, dessen Augen die Farbe des Himmels besaßen.

Es war Sir Thorne! Nicht ihr Verlobter. Als sie Rainulf fragte, ob er es sei, hatte ihr Bruder natürlich an seinen Freund gedacht, den er seit zehn Jahren nicht gesehen hatte, und nicht an den Jungen, den Martine heiraten sollte. Und mit kaum neunzehn war Edmond noch ein Junge. Der Mann, der Rainulf jetzt mit freundschaftlicher Wärme begrüßte, ihn umarmte und auf den Rücken schlug, war mindestens zehn Jahre älter.

»Martine!« rief Rainulf ihr zu. »Komm und begrüße Sir Thorne!«

Sie atmete bebend aus und zwang sich zur Gelassenheit, während sie ihrem Bruder zur Kaimauer folgte. Als Rainulf sie seinem Freund vorstellte, spürte Martine, daß sie ihm unmöglich in die Augen sehen konnte, und sie wünschte sich sehnlichst, ihr Gesicht wäre nicht so rot, wie es zweifellos war.

»Es wird bald wieder warm werden«, sagte Sir Thorne. Seine Stimme war tief und klangvoll, und er sprach Französisch mit einem leichten Akzent, der seine angelsächsische Herkunft verriet. Aus seinem Mund hörte sich das englisch gefärbte Französisch zwar etwas rauh, aber angenehm an.

Sir Thorne nickte in Martines Richtung. »Die Lady hat die normannische Sonne mitgebracht.« Wieder erschien dieses Lächeln in seinem Gesicht.

Er hatte recht: Es wurde tatsächlich wärmer. Noch während sie sprachen, wich die Kühle, und der Himmel hellte sich auf. Der Hafen von Bulverhythe verwandelte sich in ein Panorama aus Licht und Schatten, in dem alle Abstufungen von Blau, Grün und Gold glitzerten und die Spatzen ihr Lied pfiffen, untermalt vom spöttischen Gelächter der Möwen. Martine blickte auf und blinzelte in die Sonne. Sie schämte sich, das Erscheinen der Sonne als gutes Zeichen gedeutet zu haben.

Zauberdinge wie Omen gab es nicht — besonders keine guten.

2.

Der Nachmittag schien Überraschungen bereitzuhalten. Unvorhergesehene Ereignisse hatte Thorne Falconer noch nie gemocht.

Die erste Überraschung war gewesen, daß die *Lady's Slipper* wegen des Sturms verspätet im Hafen eintraf. Da Burg Harford einen halben Tagesritt von Hastings entfernt lag, würden sie unverzüglich aufbrechen müssen, wenn sie vor Einbruch der Dunkelheit dort ankommen wollten.

Thorne trat zu seinem Knappen, der in respektvoller Entfernung am Anlegeplatz bereitstand. »Fane, hol Albin und bring die Pferde her.«

»Ja, Sir. Soll ich auch Eure Männer holen? Ich weiß, in welchem Gasthaus sie sind.«

»Ja.«

Der Junge sprang davon. Thorne und seine Gäste folgten mit gemächlicherem Schritt.

»Deine Männer?« fragte Rainulf. »Du mußt mächtiger geworden sein, als ich dachte.«

In seiner schwarzen Mönchskleidung und dem Scheitelkäppchen war Rainulf eine Überraschung für Thorne. Obwohl er wußte, daß sein alter Freund seit langem die Gelübde abgelegt hatte, erschien immer, wenn er an ihn dachte, der Rainulf vor ihm, wie er ihn aus der Levante in Erinnerung hatte: unrasiert und ungewaschen, in durch den Kampf und die langen Monate der Gefangenschaft verlausten und zerrissenen Kleidern.

Thorne lächelte. »Fane drückt sich falsch aus, aber ich bin es leid, ihn zu verbessern. Natürlich sind es Lord Godfreys Männer. Sir Guy und Sir Peter, Ritter wie ich.«

»Und Albin?«

»Mein Schildknappe. Er und mein Falknereigehilfe sind die einzigen Leute, die ich von Rechts wegen mein eigen nennen darf. Und natürlich Fane und die anderen Jungen, die Botendienste für mich leisten.«

Fane und Albin kamen mit ihren Reitpferden, Lasttieren und Sänften in Sichtweite. Thorne hatte zwei Sänften aus

Harford mitgebracht. Die eine, ein eleganter, mit Vorhängen versehener Sessel, der zwischen zwei gesprenkelten Grauschimmeln hing, war für Lady Martine vorgesehen. Die andere war eine schlichte Holzkiste, in die Hafenarbeiter das Gepäck einzuladen begannen. Lady Martine starrte stirnrunzelnd auf die verhängte Sänfte.

Mit ihrem safranfarbenen Schleier und der einfachen grauen Tunika, die sie wie eine bescheidene Ordensnovizin aussehen ließen, war Rainulfs Schwester die nächste Überraschung gewesen. Thorne hatte Seidenbrokat, Pelzbesatz und glitzernde Juwelen erwartet. Schließlich war sie die Tochter eines normannischen Barons und eine, wenn auch entfernte, Cousine der Königin.

Ungeachtet ihrer Aufmachung hatte Thorne sie sofort erkannt. Rainulf hatte geschrieben, sie sei ihm ähnlich, und bereits das wenige, das er hatte erkennen können, gab Rainulf recht. Wie ihr Bruder war sie hochgewachsen. Thorne fragte sich, ob sie auch Rainulfs blondes Haar besaß, doch ihre dunklen Brauen und Lider deuteten nicht darauf hin. Zu schade ... solches Haar würde bei einer Frau atemberaubend wirken. Lady Martine besaß die gleichen glatt geschnittenen, herrschaftlichen Züge wie ihr Bruder, nur schien ihr Gesicht nicht so ebenmäßig zu sein. Als hätte ein exzentrischer Künstler die Details absichtlich übertrieben, waren die Wangenknochen etwas zu hervorgehoben, und der Mund wirkte zu breit. Ihrer äußeren Erscheinung nach hätte Rainulfs Schwester als schlichte, sogar einfache Frau gelten können, aber der Funke in ihren Augen verriet ihre sprühende Kraft, und Thorne konnte nicht anders, als Lady Martine anziehend zu finden.

Rainulf beobachtete, daß seine Schwester mit grimmigem Mißfallen auf die Sänfte blickte. »Thorne ... ich habe vergessen, es dir zu sagen. Martine verabscheut es, in einer Sänfte zu reiten. Du hast nicht noch ein Pferd mitgebracht?«

Verabscheut es, in einer Sänfte zu reiten? »Nur eines. Für dich.«

Thorne wandte sich an die Dame, um die Angelegenheit mit ihr zu besprechen, aber Lady Martine schritt entschlossen davon. Erfreut beobachtete er, daß sie sich der verhängten Sänfte näherte, aber die Freude währte nur kurz, denn Martine stellte nur die Messingkassette und den mitgebrachten Korb auf den Brokatsessel. Dann schloß sie die Vorhänge wieder, als wollte sie klarstellen, daß sie nicht die Absicht habe, die Sänfte zu besteigen. Thorne seufzte und blickte zu Rainulf, der mit den Achseln zuckte und lächelte.

Thorne fand Lady Martine weniger amüsant. Zuerst ihr plötzlicher Stimmungswechsel, als sie ihn angesehen hatte, und jetzt verlangte sie ein Pferd, während er sich die Mühe gemacht hatte, die Sänfte für ihre persönliche Bequemlichkeit den weiten Weg von Harford herzuschaffen.

Nach dem scheuen Lächeln, das sie ihm vom Deck der *Lady's Slipper* zugeworfen hatte, war Thorne über die unvermutete Kälte zunächst erschrocken. Bei reiflicher Überlegung aber mußte er sich eingestehen, daß von einer normannischen Adeligen keine andere Behandlung zu erwarten war. Auf Wärme folgte hochnäsige Abweisung. Die traurige Wahrheit bezüglich Lady Martines war, daß sie sich zwar nicht wie ein verwöhntes Kind kleidete, aber so handelte.

Albin erhob die Stimme. »Sie kann Solomon haben, Sir Thorne!« Der dunkelhaarige junge Schildknappe lächelte scheu zu Martine herüber und tätschelte seinem riesigen braunen Hengst die Flanke. »Ich weiß, Ihr würdet eine Stute bevorzugen, aber wenn Ihr glaubt, Ihr könnt mit ihm umgehen, nehmt ihn nur.«

Lady Martine dankte ihm nicht, sondern nahm lediglich die angebotenen Zügel in Empfang.

»Worauf willst dann du reiten, Albin?« fragte Thorne.

»Auf einem der Packpferde. Das macht mir nichts aus.«

Fane kam herbeigerannt, mit Guy und Peter im Gefolge. Normalerweise ließ sich Thorne bei seinen Ausflügen nach Hastings nur von Albin und Fane begleiten, doch dieses Mal, in Anbetracht des letzten Vorfalls in Weald Forest, hatte er es für ratsamer gehalten, seine Männer ebenfalls mitzubringen. Der Ritt nach Hastings bedeutete außerdem eine Abwechslung für sie. Sie waren froh über jede Ausrede, von

Harford wegzukommen und nach Hastings reiten zu können, wenn kein Krieg oder Turnier sie in Anspruch nahmen.

»Ich dachte, Edmond käme mit ihnen«, sagte Rainulf.

»Ah ... ich fürchte, er wurde außerhalb der Burg aufgehalten. Ich bin sicher, er hätte dich gern persönlich begrüßt ... und natürlich auch Mylady.«

Thorne nickte in Martines Richtung. Sie hielt seinen Blick fest. Der Moment dauerte nur kurz, aber er schien die Gesetze der Zeit zu überwinden und unendlich zu währen. In einer flüchtigen Bewegung, als suchte sie etwas Kostbares, das sie verloren hatte, fanden sich Martines mitternachtsblaue Augen auf den seinigen. Wie gebannt blieb Thorne stehen und dachte an den gerade erst vergangenen Augenblick, als er Lady Martine zum ersten Mal gesehen hatte. Wieder spürte er die Nähe zwischen ihnen und hatte das unheimliche Gefühl, sie wisse etwas über ihn und er über sie, obwohl sie sich überhaupt nicht kannten.

Thorne blinzelte, und Martine wandte den Blick ab, so daß der Zauber schnell vorüberging. Bis Thorne tief eingeatmet hatte, um wieder ins Gleichgewicht zu kommen, saß Martine bereits auf Solomon, nachdem sie Albins unbeholfene Versuche abgewiesen hatte, ihr in den Sattel zu helfen. Die übrige Gesellschaft bestieg ebenfalls die Reittiere, und die Gruppe machte sich auf den Weg. Zu Thornes Überraschung handhabte Martine den stolzen Hengst mit der gelassenen Anmut einer wohlgeübten Reiterin, als wäre er die zahmste Stute.

Um ihre Gefühle nicht zu kränken, lenkte Thorne die Gruppe weg von den verrufenen Straßen, die das Hafenviertel umgaben, und lächelte innerlich über seine übertriebene Ritterlichkeit. Es war ziemlich absurd, daß er die Dame vor dem Anblick der Schenken und Bordelle schützen wollte. In Paris hatte sie zweifellos eine Menge solcher Häuser gesehen, und sie schien nicht gerade eine prüde Frau zu sein.

Obwohl kein Markttag war, wimmelten die Straßen an diesem Nachmittag vor Menschen. Der Regen hatte die Bewohner den ganzen Morgen in ihren Häusern festgehalten, und nachdem das Wetter nun aufgeklart hatte, schwärmten sie zu den Verkaufsbuden und öffentlichen Gebäuden, um ihren Geschäften nachzugehen. Die Straßen waren enge Rinnsale aus Schlamm. Der Gestank nach Exkrementen vermischte sich mit dem beißenden Geruch von Holzrauch, geröstetem Fleisch und gekochtem Fisch. Die gemächlich zwischen den Fußgängern umhertrottenden Schweine durchschnüffelten den Unrat in den Abflußkanälen und rannten dann quietschend und in wilder Panik vor der Reitergruppe auseinander. Thorne konnte nicht verstehen, weshalb ein Mensch sich freiwillig für ein Leben in der Stadt entschied.

Er führte die Gruppe rasch nach Norden, aus Hastings heraus und in das dichtbewachsene, verfilzte Waldgebiet von Weald Forest, wo sie paarweise einen engen, vielbenutzten Reisepfad durchritten. Obwohl die Wolken sich verzogen hatten und die Sonne schien, drangen kaum Wärme und Helligkeit durch das Blätterdach. Die wenigen Lichtstrahlen, die hindurchgelangten, fielen wie eine Handvoll verstreuter Goldmünzen auf den gewundenen Weg.

Es war August, und die Wälder standen in vollem Grün. Farne und Moose wetteiferten mit knorrigen Weinreben, wilder Minze und Kolonien winziger blauer Veilchen. Thorne lauschte mit geneigtem Kopf auf das Säuseln der Blätter im Sommerwind und das Gezirpe unzähliger Vögel und Insekten. Tief Luft holend, sog er den Duft lehmiger Erde und die süße Schwere aufkeimender Pflanzen ein.

Vor ihm ritten nebeneinander Lady Martine und ihr Bruder. Von Zeit zu Zeit beugte sich Rainulf herüber, um die Hand seiner Schwester zu berühren, und manchmal sprach er leise zu ihr, als würde er ein verängstigtes Kind beruhigen. Was höchst merkwürdig war, da Lady Martine auf Thorne einen ausgesprochen beherrschten Eindruck machte und es sogar schien, als besäße sie besondere Fähigkeiten.

Als sie sich einige hundert Meter weit im Wald befanden, zog Thorne leise sein Schwert aus der Scheide. Albin, der neben ihm ritt, und Guy, der die Nachhut bildete, taten es ihm nach. Durch das scharfe, flüsternde Geräusch, als der

Stahl gegen das Leder rieb, aufmerksam gemacht, neigte Peter am vorderen Ende den Kopf und entblößte seine Waffe ebenfalls. Thorne sah, daß Lady Martine ihrem Bruder einen fragenden Blick zuwarf.

Rainulf spähte in die dichtbelaubten Baumreihen rechts und links des Weges und blickte dann über die Schulter zu Thorne zurück. »Erwartest du Ärger?«

Thorne sah Lady Martines Rücken und zögerte. Er wollte nicht, daß sie sich ängstigte. »Nicht wirklich. Nur die üblichen Vorsichtsmaßnahmen in einem dunklen Wald.«

Martine, die noch immer starr geradeaus blickte, meldete sich zu Wort: »Sir Thorne, da Ihr mich in diese gefahrvolle Situation gebracht habt, seid auch so freundlich und klärt mich über die Natur dieser Gefahr auf, damit ich vorbereitet bin, falls sie eintritt. Verschlimmert die Sache nicht zusätzlich, indem Ihr vorgebt, es bestehe kein Grund zur Sorge.«

Peter unterdrückte ein Schmunzeln, während Rainulf sich umwandte und seinen Freund anlächelte. Thorne kam sich plötzlich wie ein Narr vor, da er sich die Mühe gemacht hatte, der Dame die Angst zu ersparen, obwohl sie offensichtlich ihre Gefühle in der Gewalt hatte.

»Aha«, sagte er. »Mylady besitzt also doch eine Zunge.«

Martine reckte sich. Gut. Die Dame stellte also ihre Stacheln auf. Nun, dann würde er sie mit einer höflichen Geste wieder entschärfen. »In Wirklichkeit ist die Gefahr nicht so groß, wie Mylady befürchten. Vor nicht langer Zeit gab es in diesem Wald ein Vorkommnis, bei dem Banditen eine Rolle spielten. Aber es ist unwahrscheinlich, daß solche Männer eine Gruppe unserer Größe angreifen würden.« *Das sollte sie zufriedenstellen,* überlegte Thorne.

Doch im selben Moment kam ihre Frage. »Von welcher Art war dieses Vorkommnis? Wer waren die Opfer?«

»Ein Baron und eine Baronin, die nordwestlich von hier leben. Der junge Lord Anseau und seine Gemahlin Aiglentine.«

»Wurden sie ausgeraubt?«

Hartnäckiges Frauenzimmer. »Ja.« Thorne fragte sich, was nötig sei, um Lady Martines Eis zum Schmelzen zu bringen, und beschloß, es herauszufinden. »Außerdem wurde ihnen die Kehle durchgeschnitten.«

Rainulf bekreuzigte sich, und Martine nickte — noch immer, ohne sich zu Thorne umzuwenden.

»Natürlich sind die anderen Barone empört«, sagte Thorne. »Und Olivier, unser Graf und Lehnsherr, hat gelobt, die Verantwortlichen zu finden und sie der furchtbarsten Folter zu unterziehen, die Ihr Euch vorstellen könnt, bevor er sie dem Henker übergibt.«

Die Dame gab keine Antwort.

»Und finden wird er sie«, fuhr der Sachse fort. »Das muß er. Nicht nur, um der Gerechtigkeit Genüge zu tun, sondern auch, um den Kanzler des Königs zufriedenzustellen.«

»Thomas Becket?« fragte Rainulf. »Welches Interesse hat er an dieser Sache?«

»Lady Aiglentine war die Tochter eines nahen Freundes von ihm, und er mochte sie sehr. Becket will, daß diese Banditen gefangen werden, und er beabsichtigt, ein Exempel an ihnen zu statuieren. Olivier hat jeden Mann, jede Frau und jedes Kind aus Sussex und den umgebenden Gebieten aufgefordert, nach ihnen zu suchen. Höchstwahrscheinlich werden sie gefaßt, und wenn es so weit ist, dann Gnade ihnen Gott.«

»Ja, Gott möge ihnen gnädig sein«, murmelte Rainulf gedankenvoll.

»Die Männer, die Anseaus Vasallen waren, stehen ebenfalls unter Waffen. Er war ein allseits geachteter Lehnsherr, streng aber mitfühlend, und jedermann liebte Lady Aiglentine. Zur Zeit des Mordes war sie hochschwanger. Das Kind starb natürlich auch. Daher gab es nicht nur zwei Opfer, sondern drei.«

Martine fuhr halb zu Thorne herum, als wollte sie etwas sagen. Dann überlegte sie es sich anders. In ihrem Gesicht stand ein grimmiger Ausdruck, und als sie kurz Thornes Blick begegnete, bevor sie die Augen wieder abwandte, bemerkte er eine hoffnungslose Traurigkeit darin, die ihm den Atem stocken ließ.

Diese schlicht gekleidete Tochter eines Barons verwirrte

Thorne. Sie war eingebildet und mißgelaunt, doch ihre dunklen, unergründlichen Augen faszinierten ihn.

Thorne nahm sich zusammen. Zu große Neugier Martine von Rouen gegenüber konnte er sich nicht leisten. Für ihn existierte sie nur als Wertgegenstand. Sie war eine Handelsware, die er gegen seine Zukunft eintauschte. Dafür brauchte er Lady Martine. Oder besser gesagt, Thorne hatte ein unbedingtes Interesse daran, daß ihre Heirat mit Edmond von Harford rechtsgültig wurde. Dann würde er seine Belohnung erhalten: sein Land. Land, für das er zehn lange Jahre gekämpft und gerungen hatte. Verdient hatte er es längst … und nun endlich würde es, wenn Gott wollte, in Kürze sein eigen sein.

Beim Verlassen des Waldes sah Martine, daß der Ritter vor ihnen sein Schwert in die Scheide zurücksteckte und Sir Thorne und die anderen es ihm gleichtaten. Ihr wurde bewußt, daß sie seit einiger Zeit reglos im Sattel gesessen hatte.

»Du kannst dich jetzt entspannen. Die Gefahr ist vorüber«, versicherte ihr Bruder. Martine lächelte ihm zu. Über dem Lächeln löste sich die Starre, die sie ergriffen hatte, und sie lockerte sich.

Im Wald war es kühl gewesen, doch nun wärmte die Sonne wieder und ihr wollener Mantel nahm Martine die Luft zum Atmen. Sie löste die Spange und legte das Gewand über den Arm.

Sie ritten westwärts über hügeliges Weideland, das gelegentlich von kleinen Waldstücken unterbrochen wurde. Schließlich erreichten sie einen nördlich führenden Pfad, dem sie folgten. Die Reitergruppe formierte sich neu mit größeren Abständen. Sir Thorne und sein Schildknappe ritten vor Martine und Rainulf, die übrigen bildeten die Nachhut. Martine ergriff die Gelegenheit für ein ungestörtes Gespräch mit ihrem Bruder. »Glaubst du, daß er lesen kann? Sir Edmond?«

»Nein«, antwortete Rainulf. »Sonst hätte Thorne in seinem Brief etwas davon geschrieben.« Rainulf lächelte nachsichtig, als Martine aufstöhnte. »Du hast das letzte Jahr in Paris unter Studenten verbracht, und vorher warst du sieben Jahren im Kloster Sankt Theresa. Daher hältst du Lesen für eine selbstverständliche Fertigkeit. Die Wahrheit aber ist, daß die meisten Männer nicht lesen können.«

»Sir Thorne kann lesen. Und er ist ein Sachse!«

»Ja, weil ich es ihn gelehrt habe.«

»*Du* hast ihm das Lesen beigebracht? Wann? Während des Kreuzzugs?«

Rainulf nickte. »Wir haben ein ganzes Jahr, mit Beineisen angekettet, nebeneinander in einem heißen, stinkenden Loch unter der Erde gelegen. Um uns zu beschäftigen, mußten wir irgend etwas tun.« Der Ton, in dem Rainulf sprach, klang verdächtig leichtfertig, und in den Augen ihres Bruders erkannte Martine etwas Dunkles, Bitteres.

»Du sprichst niemals von diesen Zeiten«, sagte sie.

Rainulf starrte in die Ferne. »Ich schäme mich.«

»Ist es wegen der Gefangenschaft?«

»Nein. Daran war ich schuldlos. Aber ich schäme mich wegen der Dinge, die ich getan habe, bevor ich gefangengenommen wurde. Der Männer wegen, die ich getötet habe.«

»Aber sie waren Feinde. Ungläubige.«

»Sie waren Menschen«, entgegnete Rainulf schnell. »Menschen wie ich selbst, die ebenso leidenschaftlich glaubten, für die wahre und richtige Sache zu kämpfen.«

»Aber du hast doch für das Wahre und Richtige gestritten!« beharrte Martine. »Du hast für Christus gekämpft.«

Rainulf lachte kurz auf. »Das dachte ich auch. Aber ich war naiv. Wie wir es alle waren. In Wahrheit und ohne es zu wissen, kämpften und starben wir zu Tausenden für die Macht der Reichen und den Schutz einträglicher Handelswege nach Osten. Das einzig Gute an dieser Erfahrung war meine Begegnung mit Thorne, als ich von den Türken gefangengenommen wurde.«

»Wart ihr allein, als ihr in Gefangenschaft gerietet?«

»Bei Gott, nein. Wir waren zu Dutzenden ... zumindest am Anfang.« Rainulf schwieg, und Martine spürte, daß ihr Bruder überlegte, ob er ihr mehr erzählen und von Dingen sprechen sollte, die er lieber vergaß. Schließlich sprach er weiter. »Die meisten von ihnen waren französische Bauern, aber es gab auch einige Deutsche unter uns. Thorne war der einzige Engländer. Dieser Kreuzzug wurde von England nicht offiziell geführt, und nur die ehrgeizigsten Engländer schlossen sich ihm an. Thorne war jung ... siebzehn, glaube ich, aber der beste Bogenschütze, den ich jemals gesehen hatte. Seine Größe half ihm dabei. Einen Langbogen kann nur ein großer Mann beherrschen. Thorne sprach kaum Französisch, und ich verstand kein Wort Englisch, aber wir wurden dennoch Freunde. Ich kann dir sagen, es war gut, in diesem Loch einen Freund zu haben. Vor allem einen, der es schaffte, am Leben zu bleiben. Die anderen starben einer nach dem anderen weg. Einmal in der Woche wurden die Leichen fortgeschafft, zusammen mit dem übrigen Abfall.«

»Mein Gott«, flüsterte Martine. Sie begriff langsam, weshalb er nicht gern über diese Dinge sprach.

Rainulfs Stimme klang leise und monoton. »Es war die Hölle auf Erden. Diejenigen, die nicht starben, wurden verrückt. Sie heulten und weinten. Einige begannen sogar, hysterisch zu lachen, stundenlang. Auch wenn der Körper nicht entkommen konnte, versuchte ihr Geist, den Qualen zu entrinnen.«

»Aber du bist nicht wahnsinnig geworden. Oder?«

»Nein. Auch Thorne nicht. Wir blieben gesund, indem wir unseren Geist beschäftigten und uns gegenseitig unsere Muttersprache lehrten. Ich erfuhr, daß Thorne ein freier Sachse war, der Sohn eines Waldbauern und Jägers. Er war Ludwig aus reinem Idealismus gefolgt und erlitt die gleiche Enttäuschung wie ich. Thorne bat mich, ihn zu lehren, was ich in Cluny und Paris studiert habe, und ich führte ihn in die Grundlagen der Logik, die Ideen der griechischen Philosophie, die Geometrie, Arithmetik und natürlich die Theologie ein. Indem ich mit dem Kruzifix Buchstaben in den Sand ritzte, brachte ich ihm bei, Französisch und Latein zu lesen.«

»Wie konntest du von dort entkommen? Bist du geflohen?«

Rainulfs Blick wurde grimmig. »Der Tod war der einzige Weg nach draußen. Nein, Eleonore gelang es, meinen Aufenthaltsort ausfindig zu machen, und sie bezahlte ein Lösegeld für meine Freilassung. Ich bat, daß die anderen ebenfalls gehen dürften. Offenbar waren wir unseren Bewachern mittlerweile lästig geworden, und sie willigten ohne große Umstände ein. Ich nahm Thorne mit nach Paris und stellte ihn Eleonore vor. Er fand sich erstaunlich schnell bei Hof zurecht, obwohl er das Leben dort nicht sonderlich mochte. Thorne bewunderte Eleonore, aber für die albernen Liebeständeleien ihrer Hofdamen und Kavaliere empfand er nur Verachtung. Und als Sachse war er eine seltsame Erscheinung. Er sagte mir, er fühle sich wie der Elefant Karls des Großen, ein fremdartiges, wildes Tier, das für die Neugierigen in einem Käfig zur Schau gestellt werde.«

Martine betrachtete den hochgewachsenen Sachsen, der in einiger Entfernung vor ihnen ritt, und stellte sich vor, wie er aus der gaffenden Menge affektiert gekleideter Höflinge herausragte.

»Außerdem«, fuhr Rainulf fort, »vermißte er seine Familie in Sussex und konnte es kaum erwarten, zu ihr zurückzukehren. Ich bat Eleonore, ihm einen Empfehlungsbrief für Baron Godfrey zu schreiben, dem ich Jahre zuvor in Paris begegnet war. Es muß ein guter Brief gewesen sein. Sechs Monate nach seiner Ankunft auf Burg Harford schlug Godfrey ihn zum Ritter und machte Thorne kurze Zeit später zu seinem Falkenmeister. Es heißt, er sei der beste Falkner im Süden Englands — vielleicht sogar von ganz England.«

Vor ihnen wies Sir Thorne soeben den jungen Mann neben sich auf etwas in der Landschaft hin. Zu beiden Seiten der Straße erstreckten sich schmale Feldstreifen, die von kleinen Grasflächen unterbrochen wurden und auf denen Weizen und Roggen wuchs. Als die Gruppe vorüberritt, erhoben sich die gebückt arbeitenden Bauern und beschirmten die Augen mit den Händen, um einen besseren Blick auf die Reisenden zu haben.

In Martines Erinnerung erschien der Sachse wieder im grauen Nebel an der Kaimauer, und sie sah sein Gesicht im geheimnisvollen Licht leuchten, bevor er sie lächelnd mit seinen tiefblauen Augen angeblickt hatte. Sie nahm einen kräftigen Atemzug. »Ich habe über etwas nachgedacht. Sir Thorne ist ein guter Freund von dir, und außerdem ist er Ritter. Also gehört er dem Adel an, auch wenn er nicht aus einer hochgeborenen Familie stammt. Und nun kommt mir der Gedanke, warum du ... ich meine ...«

»Du willst fragen, warum ich dich nicht Thorne versprochen habe?«

Plötzlich befangen, schlug Martine den Blick nieder. »Nicht, daß ich es gewollt hätte. Ich meine nur ...«

»Er besitzt kein Land. Männer wie ihn gibt es viele in England. Unverheiratete Ritter, die im Haushalt ihres Lehnsherrn leben, weil sie sich noch kein eigenes Lehen verdient haben. Sie können nicht heiraten, da sie kein Haus haben, um die Frau heimzuführen, und sie verfügen nicht über die Mittel, den Brautpreis zu zahlen, den eine adelige Familie für ihre Tochter verlangt.«

»Heißt das, selbst wenn er wollte, könnte er nicht heiraten? Wie furchtbar für ihn.«

»Das wird es wohl sein«, gab Rainulf zu. »Aber meine Hauptsorge hat dir zu gelten, nicht ihm. Ich mußte dich an jemanden geben, der über Besitz verfügt. Hättest du eigene Ländereien, stünde die Sache anders. Ich meine, dann hättest du heiraten können, wen immer du wolltest. Aber ich habe mein ganzes Land der Kirche gegeben, als ich meine Gelübde ablegte, und nun ist nichts mehr da, um dich zu versorgen.«

»Ah.«

Einer der Feldarbeiter, ein buckliger alter Mann, legte die Hände um die Mund. »Sir Falconer!« schallte seine Stimme herüber.

Der Sachse winkte und rief etwas in der kehligen Sprache zurück, die in Martines Ohren so seltsam klang. Sie hatte Männer Dänisch sprechen hören und auch Deutsch. Englisch schien damit verwandt zu sein, aber es hatte einen anderen Tonfall, und die Worte wurden anders ausgesprochen. Die Sprache klang nicht so melodiös wie das Dänische und weniger rauh als das Deutsche.

»Um frei heraus zu sprechen«, fuhr Rainulf fort. »Ich bezweifle, ob Thorne bereit gewesen wäre, dich zu heiraten, selbst wenn ich den Vorschlag gemacht hätte. Du bist eine ziemlich kostspielige Partie, und dein Wert als Braut liegt vor allem in deiner gesellschaftlichen Stellung.«

»Wegen meiner angeblich legitimen Verwandtschaft mit der Königin.«

»Genau. Für einen Mann, der bereits vermögend ist, bist du ein trefflicher Fang. Aber Thorne besitzt nichts. Und selbst wenn er eines Tages belehnt würde und frei wäre zu heiraten, wird er seine Besitztümer erweitern wollen. Er beabsichtigt, eine Frau zu heiraten, die über eigenes Vermögen verfügt. Das hat er mir in seinen Briefen mitgeteilt.«

»Ich verstehe«, antwortete Martine, und ihre Stimme wurde hart. Weiter vorn lachten Thorne und Albin. Martine begriff. »Dein Freund ist ein ehrgeiziger Mann«, sagte sie ruhig.

Rainulf blickte sie finster an. »Martine, du weißt sehr wohl, daß adelige Männer aus Besitzgründen heiraten und nicht, weil sie eine Frau lieben.«

»Das sollte ich wohl«, schnappte sie zurück. »Diese Lektion habe ich in jungen Jahren auf grausame Weise gelernt.«

»Thorne ist nicht Jourdain«, entgegnete Rainulf. »Er ist nur jemand, der das Beste aus seinem Leben machen will.«

»Auf meine Kosten.«

»Was?«

»Warum glaubst du, war er so erpicht darauf, daß ich den Sohn seines Lehnsherrn heirate? Nur, um dir einen Gefallen zu tun?«

»Ja. Was sonst?«

Martine seufzte gereizt. »Du sagst selbst, daß ich als Braut großen Wert besäße. Zweifellos wird diese Ehevermittlung Sir Thornes Stellung bei Edmonds Vater erhöhen. Und dadurch kommt er seinem Landbesitz, den er durch das Erbe eines jungen Mädchens noch zu erweitern beabsichtigt, einen Schritt näher. Die Vorstellung, auf diese Weise benutzt zu werden, nur um den Ehrgeiz eines anderen zu befriedigen, macht mich ...«

»Thorne ist ein Mann mit hohen Idealen. Die Schwester

seines Freundes würde er nie zu solchen Zwecken mißbrauchen.«

»Ihr beide habt mich zu eurem Vorteil benutzt, und ich wage zu behaupten, daß dieses Eheversprechen für jeden von euch vorteilhaft ist. Was es mir bringt, werden wir wissen, wenn wir auf Harford eintreffen und ich Edmond kennenlerne.«

3.

Sie ritten schweigend, bis die späte Nachmittagssonne als orangeroter Ball tief am unwirklich blauen Himmel stand. Martine konnte sich nicht erinnern, in Frankreich je einen so prächtig blauen Himmel gesehen zu haben. Gab es solche Abendstimmungen in diesem Land, könnte sie vielleicht doch glücklich werden. Die sinkende Sonne vergoldete das reifende Getreide mit ihrem feurigen Glanz und warf lange Schatten zwischen die Ackerfurchen. Eine warme Brise, mit dem Duft von Heu getränkt, wehte über die Felder, während sich die Bauern anläßlich des Abendessens auf den Heimweg machten.

Im nächsten Augenblick versank die Sonne hinter dem Horizont, und der Himmel tauchte in rosarotes Licht — eine wunderschöne Farbe, doch Martine vermißte bereits dieses besondere englische Blau. Der Wind, der vor Sonnenuntergang lau geweht hatte, kühlte ab, und sie fröstelte auf einmal. Da sie den Mantel wieder umlegen wollte, ließ sie Solomon im Schritt gehen. Als sie den langen Umhang glattschüttelte, erfaßte der Wind den Stoff und blähte ihn wie ein Segel. Innerlich fluchend, rechnete Martine bereits damit, daß der Hengst scheuen könnte.

Und wirklich erschrak das Pferd. Solomon riß den Kopf in die Höhe, während das Weiße seiner Augen hervortrat. Unwillkürlich wollte Martine beide Zügel ergreifen und den Hengst zurückhalten, doch dann zog sie nur an einem und riß das aufgebrachte Tier in dieselbe Richtung, in die es scheute, so daß der Hengst wild im Kreis tanzte. Seitlich beobachtete sie, daß Thorne mit einem Arm seinen Schildknappen zurückhielt. Das war voraussehend, denn Albin wäre im Weg gewesen.

Solomon vollführte einen letzten vollen Kreis und schnaubte widerwillig, bevor Martine ihn zum Stehen brachte. Erleichtert aufseufzend, beugte sie sich vor und tätschelte den Hals des Hengstes. Thorne nickte anerkennend in ihre Richtung, während Albin einfältig grinste.

Martines Mantel war auf die Straße geglitten. Sie wollte absitzen, rückte aber zurück in den Sattel, als Albin von seinem bescheidenen Reittier sprang. Er hob den Mantel vom Boden, während er ihn anfaßte, als handelte es sich um das Leichentuch Christi. Nachdem er an einigen Stellen beflissen den Staub abgeklopft hatte, trat er vor Martine. Sir Thorne kam ihm zuvor und riß den Mantel an sich.

»Danke, Albin«, sagte Thorne.

Der Schildknappe antwortete mit einem resignierten »Sir« und bestieg wieder sein Reittier. Thorne schüttelte den Mantel kräftig und lenkte sein Streitroß dicht neben Martines Pferd. Ohne auf ihre ausgestreckte Hand zu achten, legte er ihr den Mantel sorgfältig um Nacken und Schultern, wobei er die Falten glättete und an einigen Stellen die Paßform zurechtrückte. Seine Bewegungen waren knapp, und er berührte Martine mit sanfter Stärke. Verwirrt blickte sie auf ihre Hände, die die Zügel hielten. Sie errötete nur selten, aber dieser Sachse schaffte es bereits zum zweiten Mal an einem Tag, sie aus der Fassung zu bringen.

Es kam nicht oft vor, daß Martine von Männern berührt wurde. Die höfische Etikette hielt den körperlichen Kontakt mit einer Dame für unschicklich. Obwohl Sir Thorne sich nicht an diese Einschränkungen hielt, tat er es ohne offensichtliche Mißachtung ihrer Person. Nachdem sie in Weald Forest gereizt aneinandergeraten waren, überraschte sie seine fürsorgliche Geste. Es kostete Sir Thorne einige Mühe, den Mantel mit der Spange zu schließen. Er betastete mehrmals mit seinen schlanken Fingern den schwarzen Wollstoff, während er geduldig versuchte, die Nadel durch das Gewebe zu schieben. Als er mit der Hand Martines Hals streifte, spürte sie seine Wärme. Thorne roch nach Erde, frisch und rein wie der Wald nach dem Regen.

Als er fertig war, wußte Martine, daß sie ihm höflich danken sollte, aber sie fürchtete, die Worte würden ihr in der Kehle stecken bleiben. Zum Glück schien er keinen Dank zu erwarten, sondern trieb sein Pferd voran und setzte sich wieder an die Spitze des Zuges.

Nicht viel später, als der Himmel seine Farbe von rosa zu violett verdunkelt hatte, entdeckte Martine in der Ferne auf dem einzigen Hügel in der Umgebung die Umrisse von Burg Harford. Die Größe der Festung beeindruckte sie. Neben der mächtigen Burganlage wirkten die bescheidenen Hütten an der Südseite des Burgberges wie die Behausung von Zwergen. Martine zählte ungefähr ein Dutzend kleiner Bauernhäuser sowie eine Turmkirche, die Thorne als ›Burgkapelle‹ bezeichnete.

Während sie Harford näherkamen, empfand Martine beim Anblick der einfachen Bauweise einen Stich der Enttäuschung. Sogar in der Abenddämmerung erkannte sie, daß der Bergfried nur ein riesiger, von dicken Mauern umgebener Steinquader mit rechtwinkligen Verteidigungstürmen an jeder Ecke war. Es gab keine schmückenden Erker, keine Verzierungen oder andere reizvolle architektonische Details, die das Auge erfreut hätten.

Die Straße führte an den Höfen und der Kapelle vorbei und bog westlich um den Hügel, auf den die Burg gebaut war. Östlich säumte ein Fluß den Burgberg. Die Gruppe folgte Thorne über einen Seitenpfad die Anhöhe hinauf, vorbei an einer Palisade aus angespitzten Holzpfählen und über eine Zugbrücke, die zum Burgtor führte. Eine kleine Tür in den metallverkleideten Eichentoren, die gerade groß genug war, um einen Reiter auf seinem Pferd durchzulassen, stand offen, und sie ritten hindurch auf den äußeren Burghof.

Es war jetzt zu dunkel, um mehr als ein flaches Rasenstück und die Schatten von Bauwerken innerhalb der Wallmauern zu erkennen. Aus einigen Gebäuden drang schwacher Lichtschein. Überall eilten Menschen umher. Martine hörte ihre Stimmen und spürte aufmerksame Augen, die auf sie gerichtet waren. Küchendüfte lagen in der Luft, aber es roch auch nach Bauernhof, Tieren, Dünger und Heu.

Martine bedauerte, nicht gleich alles sehen zu können. Nachdem sie aus Büchern und den Erzählungen der Troubadoure und fahrenden Sänger viel über Burgen erfahren hatte, war sie neugierig. Wenn Sir Thorne erfuhr, daß sie noch nie den Fuß in eine Burg gesetzt hatte, würde er ihr kaum glauben. Er mußte annehmen, daß sie in dieser herrschaftlichen Umgebung aufgewachsen war. Nun, Martine würde beinahe zwei Monate hier verbringen. Bis die Hochzeit am 1. Oktober stattfand, blieben sie und Rainulf als Gäste auf Burg Harford.

Sie überquerten eine zweite Zugbrücke, die zum inneren Burghof führte. Neben dem Bergfried konnte Martine als einziges Gebäude ein strohgedecktes Haus erkennen, das an die Südmauer gebaut war und aus dem sie heisere Schreie hörte.

»Was um alles auf der Welt ist das?«

Der Ritter namens Peter antwortete ihr. »Den Schrei eines Falken kennt Ihr doch sicher, Mylady.« Peter besaß ein nordisches Aussehen, mehr noch als Rainulf. Er war glattrasiert, und seine Brauen und Lider hatten die gleiche blasse Farbe wie sein langes wirres Haar, das ihm bis zur Taille reichte. Es war das längste Haar, das Martine je an einem Mann gesehen hatte.

Falken. »Oh, natürlich.«

»Das ist Sir Thornes Falkenhaus.«

Thorne verbesserte ihn. *»Lord Godfreys Falkenhaus.«*

»Ja«, bestätigte Peter. »Und Sir Thornes Vögel, das heißt, die Vögel von Mylord ... haben ihren Herrn vermißt und spüren seine Rückkehr.«

Auf dem gepflasterten Hof vor dem Bergfried saß die Gruppe ab und übergab die Zügel den wartenden Stallburschen. Ein junger rothaariger Mann erschien vor dem Falkenhaus und rannte zu Thorne.

»Sir! Azura hat eine gebrochene Schwanzfeder, der neue Zwergfalke niest, und Madness will nicht fressen!«

»Das kann alles bis morgen warten, Kipp«, entgegnete Thorne. »In dem Korb dort drüben befindet sich ein junges Gerfalkenweibchen. Bring den Vogel ins Falkenhaus und sieh zu, daß er es bequem hat. Das Falkenweibchen braucht völlige Dunkelheit. Umwickle die Sitzstange mit weichem Stoff.«

»Soll ich ihr Lederriemen und Glöckchen anlegen?«

»Nein. Berühre den Vogel so wenig wie möglich. Ich werde heute nacht bei dem Weibchen wachen und mich selbst darum kümmern.«

»Ja, Sir.«

Thorne wandte sich an seinen Schildknappen. »Albin, geh nach oben und melde Lord Godfrey und Edmond, daß unsere Gäste eingetroffen sind.«

»Ja, Sir!« Albin sprang die Außentreppe zum Bergfried hinauf und verschwand in dem dunkel aufragenden Steinklotz.

Martine empfand ein Gefühl furchtsamer Erwartung; ihr Mund war trocken. Wie würde Edmond sein? Ähnelte er Sir Thorne auch nur ein wenig? Wo war Loki? Der Kater würde sich an dem neuen Ort fürchten. Loki brauchte sie.

Eine Hand schloß sich um Martines Schulter. Als sie sich umwandte, legte Rainulf den Kater sanft in ihre Arme. »Ich hatte den Eindruck, Loki wirkte etwas nervös«, sagte er lächelnd.

»Das ist er«, bestätigte Martine. »Ein wenig.«

Im Eingang zum Bergfried erschien ein flackerndes Licht. Albin kam mit einer Fackel in der Hand, während er mit der anderen einen schweren, auf unsicheren Beinen stehenden alten Mann stützte, der ein Trinkgefäß trug. Martine hörte, daß Thorne mit unterdrückter Stimme ein paar zornige Worte auf englisch zischte. Albin fing seinen Blick auf und zuckte hilflos mit den Schultern.

Der Mann wirkte tatsächlich alt, mindestens sechzig. Am Pelzbesatz seiner grünen Tunika erkannte Martine sofort, daß er zum Adelsstand gehören mußte. Wahrscheinlich handelte es sich um Lord Godfrey. Er war hochgewachsen und kräftig gebaut, doch durch den massigen Bauch, der sich unter seinem Gewand wölbte, wirkte seine Gestalt unförmig. Im Licht von Albins Fackel glänzten das kinnlange Haar und der gekämmte Bart wie poliertes Silber. Ein Geflecht geplatzter Adern rötete Godfreys Nase und die Wangen. Der Alte klammerte sich an Albin fest und brüllte ausgelassen, als er Rainulf entdeckte.

»Mein kleiner Freund ist ein Mann Gottes!« lallte er, die Zunge schwer vom Alkohol, während er unter Albins Hilfe schwerfällig die Stufen hinunterging. »Als ich Euch in Paris sah, wart Ihr gerade erst ... zwanzig, nicht wahr?«

»Siebzehn, Mylord«, korrigierte ihn Rainulf.

»Nun, Ihr wirktet älter. Und handeltet reifer. Kommt her!« Rainulf und Godfrey umarmten sich und tauschten Küsse auf beide Wangen.

Rainulf führte den älteren Mann zu Martine und stellte sie vor. Trotz Rainulfs und Albins Versuchen, ihn aufrecht zu halten, taumelte der Baron leicht und schien Schwierigkeiten zu haben, seinen Blick auf einen Punkt zu konzentrieren. Lord Godfrey blinzelte Loki an und neigte den Kopf gefährlich nah zu dem nervösen Tier, um es besser sehen zu können.

»Eine Katze? Gehört sie Euch?« fragte er Martine.

»Ja, Mylord.«

»Hm. Nun ... vielleicht werden die Hunde ihr Vergnügen daran haben.« Er starrte Martine aus der gleichen Nähe an wie vorhin Loki. Dabei nahm sie den schalen Geruch nach Bier in seinem Atem wahr und die Ausdünstungen, die aus seinen Poren zu dringen schienen. »Das ist also Lady Martine. Ihr seht aus, als wärt Ihr die Mutter Gottes leibhaftig.«

Sir Thorne begegnete Martines Blick flüchtig. Sie spürte seine schmerzliche Belustigung und noch etwas anderes, das schwieriger zu beschreiben war. Dann wandte er sich an den Baron. »Wo ist Edmond heute abend, Sire?«

»Jagen, mit Bernard und seinen Männern.« Martine wußte bereits, daß Bernard Edmonds älterer Bruder war.

»Noch immer?«

Godfrey zuckte mit den Schultern. »Sie sind oft eine ganze Woche weg. Ihr kennt sie doch.«

»Das Verlöbnis wird bereits übermorgen feierlich in Kraft gesetzt«, sagte Thorne.

»Ich bin sicher, daß sie bis dahin zurück sein werden. In der Zwischenzeit bin ich immer noch Herr auf Harford und weiß, wie ich meine Gäste zu empfangen habe. Ihr müßt hungrig sein.«

Mit Unterstützung von Albin und Rainulf wandte der Baron sich um, schritt seinen Gästen und Rittern voran in den Bergfried und stieg die Wendeltreppe in einem Eckturm hinauf.

Das Turmgemäuer umschloß einen engen, sorgfältig als Rundung gebauten Raum, der von Fackeln erhellt wurde, die ihren harzigen Geruch verströmten. Auf dem zweiten Absatz trat Godfrey aus dem Turm, Martine und die anderen folgten ihm.

Noch bevor sie das Treppengebäude verlassen hatte, hörte Martine Geräusche: ein leises, drohendes Knurren, bei dem Loki zischte und seine Klauen entblößte. Martine verstärkte den Griff um den Kater und straffte sich, während sie die große Halle und deren Bewohner — Hunde wie Menschen — in den Blick nahm.

Es war ein saalartiger Raum, noch größer als das Auditorium an Rainulfs Universität, doch weniger erhaben. Die Halle wirkte wie ein riesiger Steinkasten, sehr hoch, breit und lang. Die wenigen Fenster waren kleine, von Tonnengewölben getragene Öffnungen in den dicken Wänden, deren Durchmesser der Größe von drei Männern entsprach. Als einzige Möbelstücke sah Martine lange, aneinandergereihte Tischplatten auf Holzgestellen, von denen eine Schar Diener eilig die Abfälle des vor kurzem beendeten Abendessens entfernte.

Am entgegengesetzten Raumende prasselte ein kleines Feuer in einer Bodenvertiefung vor der Wand. Über der Feuergrube befand sich eine Abzugshaube, doch der Großteil des Rauches quoll daran vorbei und stieg zur rußgeschwärzten Decke auf, wo er als beißender Nebel hängenblieb. An der Wand über der Feuerstelle hing eine gewaltige Streitaxt, umgeben von Wildschweinzähnen. In Abständen brannten an allen Wänden Fackeln, dazwischen ragten ausgestopfte Hirschschädel mit baumgroßen Geweihen hervor.

Eine Galerie umgab auf halber Höhe zwischen Decke und Boden den Saal. In einer der bogenförmigen Öffnungen stand eine Frau und sah auf Martine herunter, als würde sie ein kleines, seltsames Tier beobachten. Dabei wirkte sie selbst recht seltsam, fand Martine. Wie ein aufgeputzter kleiner Vogel mit leuchtendem Gefieder, der bei den Hühnern im Stall eingesperrt ist.

Die Frau schien ungefähr dreißig Jahre alt zu sein. Sie war sehr dünn und ziemlich hübsch, jedoch übertrieben zurechtgemacht. Ihre Haut wirkte zu blaß, während Wangen und Lippen in unnatürlichem Rot leuchteten, wahrscheinlich aufgrund der Schminke. Schwer mit Schmuck beladen, trug die Frau eine enges, am Körper anliegendes Gewand aus purpurfarbener Seide. Martine wußte, daß das Kleid am Rücken geschnürt wurde, wie es der neue Stil verlangte, der eben in Paris in Mode kam. Offenbar handelte es sich um eine verheiratete Frau, denn sie hatte ihr Haar bedeckt. Dabei schien sie Eleonore von Aquitanien nachzuahmen, denn zu ihrem leinenen Stirntuch und dem Schleier trug sie eine Barbette, wie man das Kinnband nannte, mit dem die Kopfbedeckung gehalten wurde. Eine schlichter wirkende junge Frau in ähnlicher Aufmachung, nur in Rosa und ohne Schleier, stand hinter ihr.

Von der Feuerstelle kam Hundeknurren. Ein dürrer, kahlköpfiger Priester stand an einem der Tische und schnitt faustgroße Stücke von einer halbgegessenen Wildbretkeule ab, die er der gierenden Meute zu seinen Füßen hinwarf. Es waren Jagdhunde — Wolfshunde, Spaniels und ein Mastiff. Der Mastiff schnappte noch immer gierig Fleischstücke aus der Luft, während die anderen Hunde offenbar Lokis Witterung aufgenommen hatten. Sie standen da und starrten den Kater zitternd und mit gesträubten Haaren an.

Lord Godfrey grinste. »Jetzt geht es los«, verkündete er. Als wäre dies ein Kommando gewesen, schossen die Hunde, einschließlich des Mastiff, durch den riesigen Saal und sprangen dabei über Tische und Bänke. Eine Tischplatte wurde vom Untergestell gerissen, und die darauf stehende Suppenschüssel fiel auf den binsenbedeckten Boden. Die meisten Hunde wurden von den Dienern aufgehalten, bevor sie zu weit vorgedrungen waren, doch einer von ihnen, ein riesiger Wolfshund, entkam seinen Häschern und stürzte mit entblößtem Fang auf Martine zu.

Sie mit dem Körper abschirmend, packte Thorne Martine und drückte sie gegen die Wand. Der Wolfshund sprang ihn an, doch Thorne schleuderte ihn mit einem wohlgezielten Tritt zu Boden. Ohne von Martine abzurücken oder den eisernen Griff um ihre Arme zu lösen, blickte Thorne über die Schulter zurück, während die restlichen Hunde gebändigt wurden.

Martine war so groß wie die meisten Männer und erlebte nicht oft, daß sie körperlich überragt wurde, aber mit Sir Thornes riesiger Gestalt mit den langen, kräftig gebauten Beinen, den breiten Schultern und seiner muskelgepanzerten Brust unter der vornehmen Tunika konnte sie sich längst nicht messen. Als er Martine an die Wand drückte, spürte sie die festen Oberschenkel, die sich gegen ihre Beine preßten. Bei dieser Berührung durchrieselte sie ein seltsamer, warmer Schauer. Ein merkwürdiger Impuls drängte Martine, die Arme um Thornes Schultern zu schlingen, und sie wußte mit entsetzlicher Sicherheit, daß sie genau das getan hätte, hielte sie nicht Loki in den Armen.

Sie wand sich und versuchte, Abstand zwischen sich und ihn zu bringen. Einen kurzen Augenblick lang sah Sir Thorne zu Martine hinunter, lächelte leicht und rückte von ihr ab. Seine großen Hände glitten an ihren Armen entlang, dann ließ er sie los. Martine trat rasch einen Schritt zurück. Soweit sie sehen konnte, waren alle Hunde zusammengetrieben worden, während Lord Godfrey ausgestreckt auf den Binsen lag und grölend über das Spektakel lachte.

Die Frau in Purpur hatte sich in die Halle herunter begeben und schlenderte auf Martine zu. An ihrem Handgelenk baumelte, mit einem Lederriemen gehalten, ein seltsamer silberbeschlagener Stock. Sie war klein und wirklich dürr, aber ihre Ausstrahlung ließ sie größer erscheinen.

Die meisten Hunde hatten sich in der Nähe der Feuerstelle versammelt und beobachteten Martine und Loki mit wilden, enttäuschten Blicken. Einer der Wolfshunde stand kaum einen Meter von Martine entfernt, der Frau direkt im Weg. Mit gelangweiltem, angewidertem Blick zeigte sie dem Hund warnend ihren Stock und schritt an ihm vorbei. Der Hund antwortete mit einem Knurren, das die Frau zusammenfahren ließ, und sie hob drohend den Stock. Langsam wandte sich der Hund ab und trottete fort.

»Lady Martine«, sagte Thorne, »darf ich Euch Lady Estrude von Flandern vorstellen, die in Kürze Eure Schwägerin sein wird. Sie ist die Gemahlin von Bernard, dem Bruder Eures Verlobten.«

»Mylady«, sagte Martine, als Estrude sie mit unverhüllter Belustigung betrachtete.

Schließlich drehte Estrude sich zur Tischgesellschaft. »Sie kann unmöglich Edmonds Braut sein«, verkündete sie. »Ihrer Erscheinung nach zu urteilen muß sie die Braut Christi sein!« Lord Godfrey, der Priester und die junge Frau in Rosa antworteten mit einem gemeinsamen Schmunzeln. Nur Sir Thorne blickte grimmig.

Estrude verzog die Lippen. »Welch ein saures Gesicht, Sir Thorne! Macht Euch keine Sorgen. Habe ich nicht versprochen, nett zu ihr zu sein? Ich werde sie wie eine Schwester behandeln.« Estrude breitete ihre spindeldürren Arme aus und lächelte mit ihrem allzu rotgefärbten Mund. »Willkommen auf Burg Harford, Schwester Martine!«

»Laßt ihnen die Glieder strecken, bis sie aus den Gelenken springen!« grölte Godfrey mit betrunkener Stimme die lange Abendtafel hinunter. Thorne fragte sich, wie der Burgherr noch bei Bewußtsein sein konnte. »Und die Augen sollen ihnen mit den Fingern aus dem Kopf gestoßen werden!«

Kurz vor ihrer Ankunft auf der Burg war ein Bote mit einer wichtigen Nachricht eingetroffen. Die drei Banditen, die Anseau und Aiglentine ermordet hatten, waren an diesem Morgen gestellt worden, während sie in einer verlassenen Mühle geschlafen hatten. Sie wurden nun in einem Verließ der Burg Graf Olivers, des Lehnsherrn von Lord Godfrey, gefangen gehalten. Natürlich wartete der Tod durch den Strang auf sie, doch zuvor sollten sie gefoltert werden, um Geständnisse zu erzwingen und weitere Komplizen zu verraten.

»Laßt sie in kochendes Wasser tauchen! Und ihr Fleisch soll von glühendheißen Zangen zerfetzt werden! Steckt ihre Füße in Salzwasser und laßt die Ziegen daran lecken, bis nur noch die Knochen übrig sind!« Die letzte Foltermethode war neu für Thorne. Dem erstaunten Blick nach, den Rainulf mit ihm wechselte, kannte auch er sie nicht.

Thorne beobachtete Martine, die gegenüber an der anderen Tischseite saß und die Fleischstücke auf ihrem Holzbrett anstarrte. Sie waren unberührt, bis auf die Bissen, die sie für ihren Kater abgeschnitten hatte. Das Tier, das noch vor kurzem soviel Aufruhr verursacht hatte, lag nun zufrieden auf dem Schoß seiner Herrin, leckte sich die Pfoten und putzte sich das fettbeschmierte Gesicht. Die Hunde saßen um Martines Bank versammelt und verfolgten hingerissen das Katzenritual.

Das heruntergefallene Essen und die verschütteten Getränke waren rasch beseitigt worden. Bis auf einen Tisch, der in der Nähe der Feuerstelle quer zu den anderen stand, hatte man die Platten und Tischgestelle abgetragen, und für die Spätankömmlinge war ein zweites Abendessen serviert worden. Godfrey, Estrude und Vater Simon, der Kaplan der Burgkapelle, hatten bereits gespeist, blieben jedoch anwesend, um ihren Gästen und Rittern an der Tafel Gesellschaft zu leisten. Die anderen Mitglieder des Haushalts befanden sich entweder auf der Jagd mit Bernard oder hatten sich früh zurückgezogen.

»Heißes Pech soll über ...«

»Sire«, unterbrach Thorne und nickte zu Martine. »Vielleicht wünscht die Dame ein anderes Thema bei ...«

»Die Franken haben die ausgefeiltesten Methoden«, sagte Godfrey. »Bis vor zwei Jahren hat Vater Simon, der hier sitzt, das Frankenland bereist. Er erläuterte gestern abend einige der schrecklichsten Qualen in spannenden Einzelheiten. Simon, sagt ihnen, was die Franken in Autun mit den Lederstiefeln und dem geschmolzenen Blei taten.«

Der Priester preßte die dünnen Lippen zusammen. »Sire, sicher war das, was ich in Toulouse gesehen habe, noch unterhaltsamer.« Godfrey runzelte die Stirn. »Ihr meint die beiden Ketzer, die an Pfähle gebunden und bei lebendigem Leib verbrannt wurden? Dann gab es noch die Sache mit Arnold von Brescia vor vier Jahren. *Ihn* sah ich brennen.«

»Lebend?« rief Estrude aus.

Wieder zuckte Vater Simon mit den Schultern. »Man hatte sie der Ketzerei überführt. Die Flammen auf dem Scheiterhaufen waren nichts gegen die Qualen, die sie auf ewig in der Hölle erwarteten.«

Der Baron schwenkte sein Trinkgefäß und verschüttete Bier auf den Binsenmatten. »Ja, aber der Scheiterhaufen ist eine Hinrichtungsart, keine Folter.«

»Darüber ließe sich streiten«, murmelte Rainulf.

»Rainulf!« rief Godfrey aus. »Ihr seid eben aus Paris gekommen. Sind Euch irgendwelche neuen Methoden zu Ohren gekommen ... um Geständnisse zu erzwingen?«

Rainulf nahm einen Schluck Wein. »Mylord, ich fürchte, mein Interesse an derartigen Dingen ist gering, es sei denn, es geht darum, wie man sie verhindert.« Ohne auf Simons übertriebenes Lächeln zu achten, sprach Rainulf weiter: »Ich stimme mit Papst Nikolaus I. überein, daß ein Geständnis freiwillig und ohne die Einwirkung von Gewalt abgelegt werden soll.«

»Vater Rainulf ist ein sehr gelehrter Mann«, bemerkte Simon, »geachtet in Paris, Tours und Laon für sein umfangreiches Wissen auf dem Gebiet der Logik und der Theologie. Es ist eine Ehre, an der gleichen Tafel mit ihm zu sitzen.« Er deutete eine Verneigung vor Rainulf an. »Aber stimmt es nicht auch, daß in den dreihundert Jahren, seit Papst Nikolaus diese Worte geschrieben hat, auch die Kirche bei ihren gerichtlichen Verfahren die Folter von Rechts wegen billigt und fördert?«

»Die Wege der Kirche entsprechen nicht immer dem, was

Gottes Wunsch ist«, antwortete Rainulf und griff nach seinem Trinkbecher.

Sofort war Vater Simon zu einer gereizten Entgegnung bereit. »Es scheint, als brauche man nur ein Studium an der Universität, um mit Gott auf vertrautem Fuße zu stehen.«

»Nein, aber es macht Menschen weniger anfällig für die niederen Instinkte, einem anderen Schmerz zuzufügen.«

Darauf wußte Simon nichts zu entgegnen, und er tat, als müßte er gähnen. Thorne bemerkte Martines Lächeln, während sie ihre Katze streichelte. Eigentlich war sie hübsch. Ihre Züge, die er zunächst für unausgewogen gehalten hatte, besaßen einen eigenen, nicht zu leugnenden Reiz und wirkten noch anziehender, wenn sie lächelte. Lady Martine schien Vergnügen daran zu finden, der Debatte zu lauschen, die ihr Bruder bei Tisch führte. Während der Jahre, die sie mit Rainulf in Paris verbracht hatte, mußte sie Zeugin vieler solcher Gespräche geworden sein.

Rainulf war ein Verfechter der umstrittenen neuen Bewegung, die *disputatio* genannt wurde und bei der die Argumentation zwischen Lehrer und Schüler die traditionelle, trockene *lectio* ersetzte. Aus seinen Briefen wußte Thorne, daß Rainulf Martine in den vergangenen Jahren auf diese Weise unterrichtet hatte, so wie er sein Lehrer gewesen war. Und Thorne vermutete, daß hier der Grund für Martines streitlustige Art lag.

Im allgemeinen bewunderte Thorne Menschen, die Auseinandersetzungen liebten. Widerspruchsgeist betrachtete er als ein Zeichen von Intelligenz, und die Weigerung, Dinge zu akzeptieren, wie sie waren, bedeutete oft einen Gewinn. Diese Haltung war das Gegenteil von Unterwürfigkeit, die er bei beiden Geschlechtern als Ausdruck der Sklaverei verachtete.

Es war das erste Mal, daß Thorne Lady Martines Lächeln sah, seit sie ihn vom Deck der *Lady's Slipper* scheu begrüßt hatte — vor ihrem unerklärlichen Rückzug. Thorne fragte sich, ob ihr Verhalten nur ein hochmütiges Spiel war oder mehr dahinter steckte. Er konnte sich nicht entsinnen, etwas

Verletzendes zu ihr gesagt zu haben, aber Frauen ihres Standes neigten zur Dünnhäutigkeit.

Der safrangelbe Schleier unterstrich ihre geheimnisvolle Ausstrahlung. Unverheiratete Frauen trugen gewöhnlich den Kopf bedeckt, wenn sie häßliche Stellen verbergen wollten. Vielleicht hatte Lady Martine dünnes Haar mit kahlen Flecken. Noch wahrscheinlicher war, daß sie als Kind die Pocken gehabt hatte und die zurückgebliebenen Narben auf der Stirn verhüllte. Das war eine sehr häufige Entstellung. Wenn Thorne eine Frau zum ersten Mal entkleidete, stellte sich nicht die Frage, ob sie Pockennarben besaß, sondern wo und wie viele.

Ja, es mußten die Pocken gewesen sein. Welch ein Jammer, daß dieses Gesicht derart verunstaltet war. Vielleicht würde Edmond den Makel zu abstoßend finden und das Verlöbnis absagen ... Bei diesem Gedanken durchschoß Thorne ein freudiges Gefühl. Vorwurfsvoll runzelte er die Stirn. War er verrückt geworden? Er sollte der letzte sein, der dies wünschte.

Offensichtlich hatte Lady Estrude, die zu seiner Linken saß, das Stirnrunzeln bemerkt. Als Vater Simon zu einer Beschreibung ansetzte, wie die beiden Ketzer verbrannt worden waren, beugte sie sich zu ihm und hob die Stimme, gerade laut genug für seine Ohren. »Warum so melancholisch, Sir Thorne?«

Thorne wurde bewußt, daß sie seinen gedankenverlorenen Blick auf Martine bemerkt haben mußte. Er nahm eine Brotkruste von seinem Eßbrett und tunkte sie in das Bier. »Wirke ich so, Mylady?«

»In der Tat. Oder es liegt daran, daß Ihr unter irgendeinem Bann steht.« Sie nahm einen Schluck Wein und betrachtete Martine, bevor sie wieder Thorne ansah. »Ist es das? Seid Ihr verzaubert?« Sie kicherte. »Merkwürdig. Ich dachte, kleine sächsische Bauernmägde und die Huren von Hastings wären eher nach Eurem Geschmack.«

Unerträgliches Weib. Beherrscht aß Thorne sein biergetränktes Brot.

»Ich schlage vor, Ihr nehmt Euch in acht«, murmelte Estrude. Aus dem Augenwinkel sah Thorne, daß ihre geschminkten Lippen sich zu einem schlauen Lächeln verzogen. »Dieser Pfirsich ist Edmond versprochen. Er könnte es übelnehmen, wenn Ihr ihn kostet, bevor er die Gelegenheit dazu besaß.«

Unwillkürlich blickte Thorne über den Tisch zu Lady Martine und stellte fest, daß sie ihn ansah. Ihre Augen weiteten sich unmerklich, als ihre Blicke sich begegneten. Auf ihren Wangen erschienen zwei zartrote Flecken, und sie wandte sich rasch ab.

Mit wissendem Lächeln verfolgte Estrude Martines Unbehagen. »Es scheint, Lady Martine steht ebenfalls unter einem Zauberbann. Faszinierend.« Sie neigte sich dicht zu Thorne. »Glaubt Ihr nicht auch, Sir Thorne?«

Allerdings tat er das, doch es wäre fatal, wenn Estrude davon erfuhr. In geheuchelter Gleichgültigkeit setzte Thorne sein Eßmesser an das Wildbret. Einer der Spaniels sah, wie er das Fleischstück an den Mund hob, und rannte um den Tisch zu ihm. Auch wenn es dumme Geschöpfe waren, hätte man glauben sollen, daß Estrudes Stock sie mittlerweile entmutigt hatte, doch der Hund sprang auf die Bank und zwängte sich, erwartungsvoll mit dem Schwanz wedelnd, zwischen Thorne und Estrude. Sie hob ihren Stock. Noch bevor sie zuschlagen konnte, hatte Thorne das Tier beim Nackenfell gepackt und weggeschleudert.

Estrude machte ein enttäuschtes Gesicht. Ebenso der Spaniel, bis Thorne einen kurzen Pfiff durch die Zähne ausstieß. Die Ohren aufgestellt und das Maul geöffnet, fing der Hund das Fleischstück auf, das der Ritter ihm zuwarf.

Finster wandte Estrude sich an Thorne. »Ich wußte gar nicht, daß Ihr Euch etwas aus Bernards Hunden macht. Oder gehört der Spaniel Euch?«

»Ich halte meine Hunde im Zwinger, wo sie hingehören«, entgegnete Thorne. »Was Bernards Hunde betrifft, würde ich sie am liebsten an die Falken verfüttern und Euren Stock in die Flammen werfen.«

Estrude schob ihr Eßbrett zurück, verschränkte die Arme auf dem Tisch und beugte sich zu Martine. »Mylady, ich muß Euch unbedingt fragen, woher in Gottes Namen Ihr diese Katze habt.«

Martines gesammelter Gesichtsausdruck ließ nicht die Andeutung von Gereiztheit über Estrudes Ton erkennen. Thorne bewunderte ihre Haltung. »Aus dem Kloster, in dem ich aufgezogen wurde. Katzen waren die einzigen Haustiere, die bei den Nonnen erlaubt waren.«

»Aha, ich verstehe«, sagte Estrude. »Ich hatte vergessen, daß Ihr auf einer Klosterschule wart. Sankt Theresa, nicht wahr?« Martine nickte. »Ich bin nicht zur Schule gegangen.« Estrude neigte den Kopf zu dem Mädchen in der rosa Tunika. »Wie Clare habe ich mehrere Jahre im Haushalt eines benachbarten Barons verbracht und der Dame des Hauses gedient. Da ich eines Tages selbst Baronin sein werde, hielten meine Eltern es für klug, mich auf diese Weise vorzubereiten.«

»Wenn ihr Schwiegervater das Zeitliche segnet und sie Baronin wird, kann Lady Estrude diese These eines Tages selbst einer Prüfung unterziehen«, bemerkte Thorne. Martine lächelte über diese subtile Zurechtweisung, und Thorne empfand ein seltsames Gefühl der Freude. »Mylord Godfrey ist ein Mann von großer Gesundheit und Lebenskraft. Mit Gottes Willen wird diese Zeit noch lange nicht kommen.«

Estrude wandte ihre Aufmerksamkeit wieder zu Martine. »Wie lange wart Ihr in Sankt Theresa?« fragte sie.

Martine zögerte. »Sieben Jahre, Mylady. Seit ich zehn war bis zu dem Zeitpunkt, als ich im letzten Jahr zu meinem Bruder nach Paris kam.«

»Habt Ihr Eure Familie in diesen Jahren oft gesehen?«

Unruhig blickte Martine zu ihrem Bruder. Was hatte das zu bedeuten?

Rainulf schien sich ebenfalls unbehaglich zu fühlen. »Nein, Mylady«, antwortete er. »Das hat sie nicht. Die Entfernung war zu groß, um des öfteren dorthin zu reisen.«

Estrudes Augen weiteten sich und sie blickte mit betontem Erstaunen in die Runde. »Wollt Ihr damit sagen, daß sie sieben Jahre lang keinen Kontakt zu ihrer Familie hatte? Hat sie ihre Verwandten denn nicht vermißt?«

Rainulf antwortete geschickt. »Sicher genauso wie Mylady die Familie in Flandern. Wie lange ist es her, seit Ihr nach England kamt, Mylady? Zehn oder fünfzehn Jahre? Es muß sehr schwer für Euch sein, in dieser großen Entfernung von Eurer Familie zu leben.«

Kein Wunder, daß Martine sich so auf ihren Bruder verließ. Er war ihr Retter und Beschützer. Aber warum hatte er geglaubt, sie vor Estrudes harmlosen Fragen schützen zu müssen? Vielleicht verbarg Rainulfs geheimnisvolle Schwester mehr als nur Pockennarben.

Thorne seufzte. Überraschungen hatte er noch nie gemocht, und besonders unangenehm waren sie, wenn es um einen hohen Preis ging. Bei Lady Martines Heirat mit Edmond stand eine Menge auf dem Spiel. Für ihn durfte nur der Gedanke an sein Lehen zählen, das ihm die Verbindung einzubringen versprach. Wenn die Dame Geheimnisse hatte, entdeckte er sie am besten selbst, bevor andere es taten und die Hochzeitszeremonie stattfand. Vielleicht konnte er morgen eine Gelegenheit herbeiführen, Martine allein zu sprechen. Ohne Rainulf als Beschützer enthüllte sie ihm womöglich, was die beiden so angestrengt zu verbergen suchten.

Thorne erhob sich und trat zum oberen Tischende. »Ich werde seiner Lordschaft zu Bett helfen.« Er zog den betrunkenen Baron auf die Füße und führte ihn in die Richtung seiner Kammer, die am anderen Ende der Halle lag.

Estrude erhob sich ebenfalls. »Ich begleite Euch.«

Dazu war Thorne nicht in der Stimmung. »Macht Euch keine Mühe, Mylady. Ich bin durchaus allein in der Lage ...«

»Ich hatte nicht vor, Euch dabei zu helfen, ihn zu Bett zu bringen. Gott weiß, darin besitzt ihr die größte Übung. Ich wollte Euch nur den Weg leuchten.« Sie hob einen Kandelaber vom Tisch und stellte sich dicht neben Thorne außerhalb der Hörweite der restlichen Tischgesellschaft. Den Blick zu ihm erhoben, flüsterte sie verführerisch: »Es wäre mir die allergrößte Freude, Euch den Weg zu weisen, Sir Thorne. Ich wünschte, Ihr ließet mich.«

Im flackernden Kerzenschein wirkte ihr Gesicht unnatürlich weiß, und die Lippen waren dunkel wie Pflaumen. Ihre großen braunen Augen, die mit schwarzem Puder umrandet waren, glitzerten betörend. An diesem Abend hatte sie ihre Schminke dicker aufgelegt als gewöhnlich ... für ihn? Doch auf der linken Gesichtshälfte, an Kiefer und Wange, konnte er noch schwache Schatten der fast verheilten Wunden sehen, die Zeugnisse des letzten Gewaltausbruchs ihres Ehemanns waren.

War es Trotz gegen Bernard, der Estrude seit kurzem trieb, Thorne eindeutige Angebote zu machen? Nach den vielen Jahren, in denen sie sich mit gegenseitiger Ablehnung begegnet waren, konnte Estrude unmöglich von plötzlicher Zuneigung zu ihm ergriffen sein. Nein, sie wollte etwas von ihm. Was es war, wußte Thorne nicht, und es interessierte ihn auch nicht. Sollte sie sich für ihre ermüdende kleine Intrige ein einfältigeres Opfer suchen.

»Wenn ich wollte, daß mir jemand den Weg weist«, sagte Thorne langsam und mit beinahe lautlosem Flüstern, »würde ich eine kleine sächsische Magd oder eine Hure aus Hastings nehmen.« Jetzt war sie mit dem Erröten an der Reihe. Ein unregelmäßiger roter Fleck erschien an ihrem Hals und verschwand unter dem hellen Gesichtspuder. Um seine Weigerung zu unterstreichen, erlaubte Thorne es sich, mit verächtlichem Blick an ihrem jungenhaft flachen Körper hinabzusehen, bevor er zu ihren Augen zurückkehrte, die vor Zorn und Erniedrigung zu Schlitzen verengt waren.

»Wie ich sagte«, fügte er hinzu, während er sich abwandte, »macht Euch keine Mühe.«

Verstohlen beobachtete Martine den Sachsen, der aus Lord Godfreys Schlafkammer trat und mit federndem, ausgreifendem Schritt durch die große Halle zu ihnen zurückkam. Das längere, unter der Tunika hervorscheinende Untergewand war schwarz wie seine Beinlinge und Schuhe. Trotz der schlichten Art der Kleidung und seiner bescheidenen Herkunft war Martine noch nie einem Mann von vornehmerer Ausstrahlung als Sir Thorne begegnet.

Als Thorne auf seinen Platz ihr gegenüber zurückgekehrt

war, erhob sich Rainulf. »Entschuldigt mich«, sagte er. »Ich möchte unser Gepäck überprüfen und nach den Welpen sehen.«

»Welpen?« fragte Lady Estrude.

»Ja. Eines von Lady Martines Verlobungsgeschenken für Sir Edmond ist ein Wurf bester Bluthundwelpen.«

Mit zierlicher Hand hob Estrude eine mit Käse gefüllte Waffel an den Mund. »Noch mehr Hunde. Wie sinnvoll.«

Während sie Rainulf nachblickte, biß sie ein zierliches Stück von dem Gebäck ab und schluckte es langsam herunter. »Sagt mir, Lady Martine«, begann sie dann wieder. »Wird Eure Familie bei der Hochzeit anwesend sein? Um zur Verlobung zu erscheinen, ist die Überfahrt sicher zu beschwerlich, aber wenn Ihr heiratet, wollen Eure Angehörigen doch sicher dabeisein.«

Martine blickte zur Tür in der Ecke, aber Rainulf war fort. »Ich fürchte nein, Mylady«, entgegnete sie in möglichst belanglosem Ton.

»Nein?« Estrude schien verblüfft.

Aus dem Augenwinkel sah Martine, daß Sir Thorne sie aufmerksam beobachtete, während er nach seinem Trinkgefäß griff.

»Ich weiß, Euer Vater ist tot«, sagte Estrude. »Aber Eure Mutter lebt noch, nicht wahr?«

»Meine ... Mutter?«

»Wie ich hörte, gibt es eine Baronin«, beharrte Estrude. »Lord Jourdains zweite Gemahlin. Ist sie nicht Eure Mutter?«

Wieder blickte Martine zur Tür. Als sie sich zurückwandte, entdeckte sie, daß alle Augen am Tisch in Erwartung einer Antwort auf sie gerichtet waren.

4.

Thorne erhob sich und trat um den Tisch zu Martine.

»Mylady«, sagte er und setzte sich rittlings auf die Bank auf den Platz neben ihr, den Rainulf verlassen hatte. »Ich habe mich gefragt, ob Euer Kater wohl einen Namen hat.« Loki zischte, und Estrude machte ein Gesicht, als hätte er sie bedroht.

»Loki.«

»Loki!« Thorne lächelte entzückt. »Das paßt wunderbar. Loki, der Trickreiche und Schlaue, der fortwährend seine Gestalt wechselt.«

»Ihr kennt die Legenden des Nordens?«

»Meine Mutter hat sie mir erzählt.« Thorne erlaubte Loki, seinen Handrücken zu beschnüffeln. Zu Martines Überraschung begann der Kater, Thornes Hand zu lecken.

»Meine Mutter erzählte sie mir auch«, entgegnete sie. Thorne schien keine Anstrengung zu unternehmen, den Abstand zu wahren. Als er sich zu Loki beugte, preßte sein linkes Knie gegen ihren Oberschenkel, und er streifte sie mit dem Arm. Martine spürte die harten Muskeln unter der weichen Wolle seines Ärmels und fuhr zusammen.

»Dann sind wir also Verwandte, Ihr und ich ... wir beide stammen von Nordmännern ab. Mich nennen sie einen Sachsen, aber es gibt keine reinblütigen Abkömmlinge mehr, weder in England noch in Nordfrankreich.« Sein Blick wanderte von ihren Augen zu ihren Lippen, dann lehnte er sich zu ihr. Martine rang nach Atem, und ein Schreck durchfuhr sie. *Mein Gott, er wird mich küssen!*

Als sein Gesicht nah bei ihr war, hielt Thorne inne. »Was für ein Duft ist das?«

Martine bemerkte, daß sie zu atmen aufgehört hatte, und schluckte heftig. »Es ist ein Parfüm, das ich aus Waldmeister und Lavendelöl hergestellt habe.«

»Es duftet so anders«, murmelte er und bewegte sich langsam von ihr zurück. »Wunderbar.«

»Euer Urteil überrascht mich«, sagte Estrude. »Ich fand diese Kräuterextrakte immer etwas langweilig und abgeschmackt. Ich verwende nur Rosenöl. Keine andere Blume duftet so süß.«

»Und aufdringlich«, bemerkte Thorne. »Besonders, wenn die erste Blüte überschritten ist.«

Estrude erstarrte, und ihr Gesicht verwandelte sich in eine

Maske der Empörung. Thorne neigte den Kopf zu Loki, der noch immer hingebungsvoll an seinen Fingern leckte. »Ist es normal, daß sich die Zunge so anfühlt?«

»Sie ist ziemlich rauh, wollt Ihr sagen.«

Thorne grinste. »Zusammen mit etwas Salzwasser könnte Lord Oliver den Kater Loki gut gebrauchen.«

Langsam, um Loki nicht zu erschrecken, entzog Thorne seine Hand und kraulte den Rücken des Katers. Als der Fremde ihn sanft zu streicheln begann, spannte Loki die Muskeln an. Dann ließ er sich zufrieden in Martines Schoß nieder und spielte schnurrend mit seinen Pfoten. Thorne fuhr fest mit der Hand über das Fell und liebkoste den Kater vom Kopf bis zum Schwanz. Das Schnurren verstärkte sich, und Loki schloß die Augen. Durch den warmen, bebenden Tierkörper konnte Martine jedes Streicheln spüren. Es war ihr, als würde Thorne sie berühren.

Seine Hände waren groß, aber wohlgestaltet, nicht wie die groben, fleischigen Hände der Bauern. Der Ring, den er an seiner Rechten trug, war ein polierter, ungeschliffener Rubin, umgeben von goldenen Krallen, die ihn umgriffen wie ein Falke, der seine Beute packt.

»Das ist ein hübscher Ring«, sagte Martine.

»Ich mag ihn auch sehr. Lord Godfrey hat ihn mir geschenkt, als er mich zu seinem Falkenmeister machte. Er ist mein kostbarster Besitz. Zumindest war er es bis heute abend.« Thorne blitzte Martine an, und seine blauen Augen raubten ihr den Atem. »Ein weißes Gerfalkenweibchen ist ein seltenes Geschenk, und ein wertvolles dazu. Euer Bruder bedenkt seine Freunde sehr großzügig.«

Für einen kurzen, suchenden Augenblick hielt Thorne ihren Blick fest und sah dann, beinahe scheu, auf Loki zurück. »Ich brauche für meinen Vogel einen Namen. Fällt Euch eine nordische Göttin ein, die gern ein Falkenweibchen wäre?«

Das war leicht. »Freya.«

»Natürlich!« Bei seinem warmen Lächeln entspannte sich Martine. »Freya!«

»Erinnert Ihr Euch? Sie besaß diese magische Falkenhaut.

Damit konnte sie in die Unterwelt fliegen und die Zukunft vorhersehen.«

»Das stimmt. Und gelegentlich lieh Loki sie sich aus.«

»Sie war die Göttin der Schönheit und der Liebe«, sagte Martine.

»Und des Todes«, ergänzte Thorne. »Schönheit, Liebe und Tod. Auch dafür steht der Falke.«

»Ich habe gehört, Ihr sagtet, Ihr würdet heute nacht bei Freya ›wachen‹. Was bedeutet das?«

»Auf diese Weise macht man sich einen neuen Falken vertraut. Ihr wacht mit ihm die ganze Nacht, bis er glaubt, Ihr wärt ein Teil von ihm.«

»Ich habe noch nie versucht, so lange wach zu bleiben«, sagte Martine. »Ist es nicht schwer?«

Estrude unterbrach sie. »Unser Thorne ist dafür bekannt, ein Mann von außerordentlicher Willensstärke zu sein. Jeder weiß, wie stolz er auf seine Körperbeherrschung ist.« Mit einem seltsam wissenden Ausdruck hob sie den Blick zu ihm. »Wie nett für unsere junge Lady Martine, so schnell Bekanntschaft mit ihm geschlossen zu haben. Edmond wird Eure Freundlichkeit zu schätzen wissen.«

Thorne unterdrückte den Wunsch, auf Estrudes hinterhältige Andeutung mit beißendem Sarkasmus zu antworten. Am besten schwieg er, denn gewöhnlich verband sich bei ihr Unverschämtheit mit scharfer Beobachtungsgabe. Es war die Wahrheit — er fand Lady Martine begehrenswert, so sehr ihn das auch überraschen mochte. Ihr fehlte es an Humor, und sie war von adeliger Herkunft, beides Eigenschaften, die er gewöhnlich bei Frauen verabscheute. Zudem war sie durch einen Vertrag gebunden, ein Abkommen, von dem seine Zukunft abhing. Lady Martines Heirat mit dem jungen Edmond war wichtig für ihn.

Warum also fühlte er sich zu ihr hingezogen? Woher kam dieses heftige Verlangen, sie zu berühren, das ihm beinahe körperliche Schmerzen bereitete? Warum wirkte ihr Duft so außerordentlich erregend auf ihn? Natürlich lautete die Antwort, daß er seit Wochen mit keiner Frau mehr das Bett geteilt hatte. Sein Leib verlangte nach der Berührung eines weiblichen Körpers, egal, wessen Körper es war, und stellte weder besondere Ansprüche noch Bedingungen. Für Männer des geistlichen Standes wie Rainulf mochte Keuschheit der richtige Weg sein, aber Thorne machte die Enthaltsamkeit rastlos; schlimmer noch, er erlag immer wieder dem Reiz der falschen Frauen.

Als Rainulf in die Halle zurückkehrte, erhob sich Thorne rasch und gab seinem Freund den Platz zurück. Die Küchenmädchen kamen mit dem Nachtisch, und Thorne lächelte der drallen, rothaarigen Magd zu, die sie beaufsichtigte. »Wie geht's, Felda?«

»So wie immer, Sir Thorne.« Die Magd stellte eine Schüssel mit duftenden, kandierten Orangenschalen und eine Zuckerschale vor ihn auf den Tisch. »Wie war es in Hastings?«

»Wie immer.«

»Felda!« rief Guy. »Wie heißt das neue Mädchen?«

Thorne folgte den Blicken der anderen zu der hübschen Frau, die am Tisch entlangging und neue Trinkgefäße für Branntwein und gewürztes Bier verteilte. Felda lächelte Guy an, während das neue Mädchen sich verhielt, als hätte sie nichts gehört.

»Ihr Name ist Zelma«, sagte Felda. »Aber sie spricht nur Englisch, also spart Euch die Worte.«

»Ich brauche keine Worte, um ihr meine Empfindungen klarzumachen«, antwortete Guy. »Zelma!« Die Magd sah in seine Richtung, und er warf ihr einen Kuß zu, worauf sie herumwirbelte und mit leicht gelangweiltem Blick von ihm wegeilte. Sie hatte dunkle, von schweren Wimpern umrahmte Augen und gebogene schwarze Brauen, aber ihr auffälligstes Merkmal war das dicke blauschwarze Haar, das von einem leinenen Stirnband zusammengehalten wurde. Die einzelnen Strähnen, die in widerspenstigen Löckchen an den Seiten herausquollen, ließen sie leichtlebig und freizügig wirken. Ihr tief ausgeschnittenes Kleid, dessen vordere Schnürung sich gelockert hatte, verstärkte den Eindruck noch. In verführerischer Fülle quollen die üppigen Brüste aus dem sich öffnenden Mieder. Wenn sie sich nach vorn beugte oder streckte, fehlte nicht viel, und die drallen Wölbungen hätten sich ihrer Einschnürung ganz entledigt.

Während er trank, beobachtete Thorne die Magd unauffällig über den Rand seines Bechers und lächelte in sich hinein. Er sah Rainulf das gleiche tun. Albin und Peter zeigten keine Zurückhaltung und starrten die Magd mit offenem Mund an, so wie vorhin die Hunde Loki beäugt hatten.

Lady Martine blickte von Zelma zu Thorne und wieder zurück. Dann senkte sie den Blick auf den Schoß und streichelte weiter ihren Kater mit betonter und zweifellos vorgetäuschter Langeweile. Könnte es sein, daß sie eifersüchtig war? Vielleicht hatte Estrude recht, als sie angedeutet hatte, Martine stehe unter einem Zauberbann.

Doch waren sie beide verzaubert. Glücklicherweise gab es ein einfaches Heilmittel gegen diesen Bann, zumindest für Thorne. Wenn die Enthaltsamkeit unkluge Gelüste in ihm weckte, brauchte er nur eine freundliche, zugängliche Frau, die das Lager mit ihm teilte und ihn auf die rechte Bahn zurückbrachte. Ganz sicher war dazu kein Techtelmechtel mit Estrude von Flandern nötig. Frauen ihrer Art verlangten ermüdende Aufmerksamkeit, für die Thorne keine Geduld besaß. Estrudes Gemahl Bernard, möglicherweise der gefährlichste Mann, den Thorne kannte, würde die Angelegenheit zusätzlich komplizieren.

Thornes Gedanken wurden von Vater Simon unterbrochen, der sich erhob und einen Schwall gewundener Abschiedsworte von sich gab. Eine Gruppe halbwüchsiger Jungen, die sich in einer Hallenecke aufhielten, verfolgten schweigend, wie er den Saal verließ. In dem Augenblick, als sich die Tür hinter ihm schloß, holten sie ihre Würfel heraus, stießen die Binsenmatten beiseite und hockten sich auf den Boden, um ein lebhaftes Spiel zu beginnen.

»Lady Martine, besitzt Ihr niemanden, der Euch bedient?« fragte Estrude. »Kein Kammerfräulein, das mit Euch gereist ist?«

»Nein, Mylady. Ich hatte in Paris keine Dienerin.«

»Dann werden wir eine für Euch finden müssen.« Estrude wandte sich ihrer Aufwarterin zu. »Clare, wißt Ihr jemanden? Eine Eurer Schwestern vielleicht? Die Dicke. Sie hat nichts Besseres zu tun.«

»Sie leidet an Krämpfen, Mylady«, antwortete Clare.

»Ja, aber in der Zeit zwischen den Krämpfen wird es mit ihr gehen, da bin ich sicher.« Estrude nickte zufrieden. »Morgen werde ich Eurem Vater Nachricht schicken, daß wir sie gern ...«

Thorne mischte sich ein. »Vielleicht möchte Lady Martine sich selbst ein Kammerfräulein unter den Hausmägden wählen.«

»Unter den Hausmägden?« fragte Estrude ungläubig. »Aber die Tochter eines Barons möchte doch sicher eine Dame von gewisser Bildung, statt eine dieser ...«

»Warum lassen wir nicht Lady Martine entscheiden?« Thorne wandte sich an Martine. »Meine Empfehlung, wenn dies für Euch von Interesse sein sollte, ist Felda, Mylady.« Estrude schnappte nach Luft. »Ich kenne sie seit vielen Jahren«, fuhr Thorne fort. »Sie ist verläßlich, besitzt ein gutes Herz und wird Euch ebenso gut dienen wie ein Mädchen von adeligem Stand.«

Als ihr Name fiel, zeigte Felda beinahe die gleiche Verblüffung wie Estrude. Ratsuchend blickte Martine zu Rainulf, doch dieser lächelte und breitete die Hände aus, als wollte er sagen: *Das liegt ganz bei dir.*

»Felda«, begann Martine. »Wäret Ihr denn überhaupt an so einer Stellung interessiert?«

»Das Kammerfräulein einer Lady zu sein?« sagte Felda und lächelte. »Und ob ich das wäre!«

Estrude schüttelte den Kopf. »Das ist lächerlich.«

»Dann würde es mich außerordentlich freuen, Euch zu nehmen«, sagte Martine.

Felda jubelte vor Begeisterung. Dann beugte sie sich vor, nahm Thornes Gesicht zwischen die fleischigen Hände und küßte ihn auf die Lippen.

Thorne grinste. »Paß auf, daß es mir nicht leid tut, dich vorgeschlagen zu haben.«

»Nein! Ich werde wunderbar sein. O Mylady, ich danke Euch. Kann ich gleich anfangen?«

Martine zuckte mit den Schultern. »Ich denke doch.«

Felda rief die Jungen, die in der Ecke würfelten. »Pitt! Sully! Brad! Ihr und die anderen geht jetzt und macht die Kessel mit Wasser heiß. Dann bringt ihr sie nach oben in Myladys Kammer und holt die große Badewanne. Und jetzt beeilt euch!«

»Ein Bad!« sagte Lady Martine. »Seit ich von Paris abreiste, habe ich keines mehr genommen. Das wird himmlisch sein.«

Felda wandte sich an zwei der Mägde, die das Essen auftrugen. »Beda, du kommst mit und hilfst mir, die Sachen von Mylady auszupacken. Carol, geh hinaus zum Kochhaus und hol einen Laib frisches Brot und ein großes Stück Brie. Mylady hat ihr Abendessen nicht angerührt. Und dazu etwas Buttermilch und einen kleinen Branntwein. Stell alles neben ihr Bett.«

Nachdem die Gäste sich von der Tafel erhoben hatten, legten sich die Hausdiener zu Dutzenden auf die Binsenmatten und machten sich zum Schlafen bereit. Die Fackeln wurden eine nach der anderen gelöscht, bis nur noch die Kerzen brannten. Waren auch diese Lichter erloschen, so würde die Halle in vollständiger Dunkelheit liegen.

Thorne wünschte allen im Saal eine gute Nacht. Dann wandte er sich um und starrte der neuen Dienstmagd nach, die mit zwei Krügen in der Hand das Treppenhaus betrat. Bevor Zelma ganz verschwand, drehte sie sich herum und fing Thornes Blick auf. Für einen kurzen, bedeutungsschweren Augenblick sahen sie sich an.

Vor sich hinlächelnd, eilte Thorne hinter ihr her.

»Zelma!«

Mit einem Krug in jeder Hand blieb das Küchenmädchen direkt unter dem Treppenabsatz stehen und blickte nach oben. Als sie sah, wer ihr folgte, lächelte sie, drehte sich um und lehnte sich mit dem Rücken gegen die gerundete Steinmauer.

»Du läufst unordentlich herum«, sagte Thorne auf englisch, strich ihr das Haar aus dem Gesicht und schob es unter das Kopfband. Ruhig beobachtete Zelma ihn. Selbst als er dann die Hände auf ihre Brüste senkte, rührte sie sich nicht.

Bis auf zwei Wolfshunde, die die Treppe heruntertrotteten, waren Zelma und Thorne allein. Thorne faßte die beiden Enden der Schnürbänder, die sich gelöst hatten, und zog sie fest, so daß Zelmas Kleid wieder eng um den Oberkörper lag. Ohne Hast band er die Enden zu einer Schleife.

»Ihr seid der sächsische Ritter«, sagte sie. »Der Falkner.« Thorne mochte Zelmas rauhe Stimme. Sie erinnerte ihn an die Zunge des Katers.

Er schloß die Schleife und zupfte sie zurecht. Dann legte er die Fingerspitzen auf Zelmas Brüste und beobachtete aus den Augenwinkeln, wie die Magd reagierte. Es kam keine Antwort. Zelma senkte nur die Lider, und um ihre Mundwinkel spielte ein leichtes Lächeln.

Thorne erlaubte es sich, die Finger langsam weiterzubewegen, und zeichnete zärtliche Muster auf den rauhen Wollstoff. Er hörte Zelma seufzen, und unter den Fingern spürte er ihre warme Brust. Bald würde sein schmerzhaftes Verlangen befriedigt sein. Was seinen Körper trieb, waren nur Wollust und ein brennender Durst, der gestillt werden mußte. Dafür spielte es keine Rolle, aus welchem Becher er trank. Heute würde er bei Zelma sein.

Thorne umschloß die Magd mit den Armen. »Komm mit mir nach draußen.«

»Ich bin verheiratet«, sagte sie.

Um so besser. Verheiratete Frauen waren meist auf dem Boden der Tatsachen und erwarteten nicht, daß Thornes Herz sie ebenso verehrte wie sein Körper. »Wo ist dein Mann?«

»In Hastings.«

Lächelnd neigte Thorne sich herunter und legte die Lippen auf ihren Mund. Zelma gab dem Kuß nach und erlaubte seiner Zunge und seinen Lippen, ihren warmen Mund zu erforschen. Als Thorne die Augen schloß, verwandelte sich Zelmas Gesicht in das einer anderen. Es war blaß und geheimnisvoll und von safranfarbenen Schleiern verhüllt. Die Schleier bewegten sich, und Thorne blickte in die tiefen blauen Augen, die Martine von Rouen gehörten. Sein Herz hämmerte in der Brust, und Verlangen überwältigte ihn. Als er die volle Unterlippe zwischen seine Zähne nahm, stöhnte sie kehlig auf.

Von unten klangen Stimmen, und Thorne öffnete die Augen. Die drei Jungen, die mit Würfeln gespielt hatten, kamen die Treppe herauf. Jeder von ihnen trug zwei Eimer mit dampfend heißem Wasser. Thorne unterbrach den Kuß, aber die Jungen hatten bereits genug gesehen und gehört. Im Vorbeigehen schnalzten sie mit der Zunge, und der erste von ihnen murmelte einen Gruß. »Sir.«

»Jungs.«

»Ihr riskiert eine Menge, mich so zu küssen«, sagte Zelma. »Mein Ehemann ist Ulf Stonecutter. Kennt Ihr ihn?«

»Nein.«

»Er ist ziemlich groß und stark.«

Thorne umfaßte Zelmas Hüften und zog die Magd an sich, damit sie sein Verlangen spürte, das Verlangen nach einer anderen, aber das war bedeutungslos. »Wie willst du wissen, ob ich nicht größer bin?«

Zelma lächelte, aber Thorne spürte, daß es nicht Belustigung über seine Antwort war. Die Magd sah aus, als reizte es sie, die Wahrheit herauszufinden. Sie wandte den Kopf zu den beiden Krügen mit Würzbier. »Würdet Ihr das für mich halten?«

Thorne nahm ihr die Krüge ab, jeden in eine Hand. Sie waren randvoll und schwer. Zelma mußte eine kräftige Frau sein. Gelassen, als würde sie ein Tischtuch wegnehmen, schob sie Thornes Oberkleider hoch, löste die Taillenschnur seiner Beinlinge und griff mit beiden Händen in die Hose. Als sie die Finger um seine Erektion schloß, um sich selbst von dem Sachverhalt zu überzeugen, sog Thorne den Atem ein.

»Verdammt«, sagte sie. »Ihr habt recht.«

»Zelma!« Thorne stand hilflos da mit den zwei schweren Krügen in der Hand, und nirgends gab es einen Platz, um sie abzustellen. Ebensogut hätte sie ihm die Hände fesseln können. Als einzige Möglichkeit blieb ihm, die Krüge fallenzulassen. Sie würden auf der Treppe zerbersten, der Inhalt sich die Stufen hinunter bis zum Hof ergießen. Das wäre keine gute Lösung.

Auf dem oberen Treppenabsatz hörte Thorne Stimmen. Es waren Peter und Guy. Zelma mußte sie ebenfalls gehört haben, aber sie machte keine Anstalten, ihn loszulassen. Ungeachtet seiner peinlichen Lage schüttelte Thorne den Kopf, belustigt über Zelmas Kühnheit.

Lachend schoben sich die Männer mit ihren vollen Trinkgefäßen an ihm vorbei. Sie fanden seine Zwangslage offenbar äußerst erheiternd. »Seid nur vorsichtig«, warnte Guy. »Wenn Ihr in Eurem Zustand die Treppe hinunterfallt, könnte das unangenehme Folgen haben.«

Zelma streichelte Thorne mit peinigender Geschicklichkeit. »Ihr seid ein Prachthengst, das muß ich sagen. Und mit diesem Ding könntet Ihr einigen Schaden bei mir anrichten.«

Auf ihrem Weg zum Kochhaus kam die Dienstmagd Carol die Treppe heruntergerannt. »Die hier ist verheiratet, Sir Falconer. Ihr Ehemann ist riesengroß!« rief sie.

»Dein Ulf scheint eine ziemliche Legende zu sein«, sagte Thorne.

»Er ist ein wunderbarer Mann, und ich liebe ihn sehr. Aber ich habe nun einmal eine wirkliche Schwäche für große, gutgewachsene Sachsen. Eine schwere Bürde, sage ich Euch. Aber ich versuche, stark zu sein.«

»Natürlich.«

Oben wurden noch mehr Schritte laut. Mit entnervtem Seufzen blickte Thorne hoch ... und entdeckte Lady Martine, die vom Treppenabsatz zu ihm herunterblickte.

Der Schreck ließ ihn wie angenagelt dastehen, und seine Zunge war gelähmt. Zuerst runzelte Martine in offensichtlicher Verblüffung die Stirn. Dann sah Thorne, wie ihr Blick mit merkwürdiger, beängstigender Ruhe von seinem Gesicht zu dem Zelmas wanderte, und schließlich an der Stelle halt machte, wo die Hände der Magd unter dem Saum seiner Tunika verschwanden. Martines Augen weiteten sich, und sie wich einen Schritt zurück.

In ihrer nonnenartigen Kleidung und den züchtig zusammengelegten Händen wirkte sie wie eine Heilige, die zufällig über ein paar Sünder gestolpert war und nicht recht wußte, was sie davon halten sollte. Trotz aller kühlen Beherrschtheit und ihres überragenden Geistes blieb sie eine Klosterschülerin, die nicht an weltliche Dinge gewöhnt war. Wäre Martine mit entsetztem Blick herumgefahren und geflohen, hätte Thorne sie verstanden. Aber sie erwiderte lediglich seinen Blick, und ihm fehlte die Kraft, sich zu entziehen. Als die Küchenmagd, die auf nichts anderes als ihr kleines Spiel achtete, ihre Liebkosungen wieder aufnahm, blieben seine Augen mit Martines verbunden.

Martine anzusehen, während diese geübten Hände ihre Fähigkeiten an ihm erprobten, verstörte und erregte Thorne zugleich. Er fragte sich, was Martine denken mochte. Wußte sie, daß er sich vorgestellt hatte, sie wäre an Zelmas Platz? Es waren ihre Augen, die er hinter den sich lüftenden Schleiern gesehen hatte, und bei dem Kuß hatte er die Wärme ihrer Lippen gespürt. Ob sie es ahnte?

Da war etwas in Martines Augen ... ein geheimes Wissen, als würde sie verstehen.

Sein Herz pochte heftig, und er konnte kaum atmen. Mit zusammengepreßten Lidern zwang er das Bild von Martine aus seinem Bewußtsein. Sie durfte nicht hier sein, und es war besser, wenn sie nichts wußte.

»Geht es Euch gut?« fragte Zelma und unterbrach die Bewegung ihrer Hände.

Thorne öffnete die Augen. Der Treppenabsatz war verlassen.

»Einen Augenblick saht Ihr aus, als würde Euch schwindlig«, erklärte Zelma.

Ein Augenblick. Ja, es hatte nicht lange gedauert. Nur der Zeitraum zwischen zwei Herzschlägen. Martine war erschienen und wieder verschwunden, aber ihm kam es vor, als hätte sie eine Ewigkeit dort gestanden.

Thorne holte tief Atem und verbannte alle Gedanken an Martine aus seinem Bewußtsein. »Mir geht es gut. Komm mit mir nach draußen.« Zelmas Liebkosungen hatten ihn gefährlich nah an die Grenze gebracht, und er würde ihr nicht erlauben, ihn hier im Treppenhaus wie einen unreifen Jüngling zu befriedigen, der auf die Gelegenheiten angewiesen war, die sich ihm boten. Er mußte Zelma dazu bringen, mit ihm ins Falkenhaus zu gehen.

Die Magd schüttelte den Kopf. »Ich glaube nicht.«

»Du wirst nicht schwanger werden. Ich ziehe ihn heraus, bevor ich komme.«

»Das ist bestimmt nicht nötig. Ich bin unfruchtbar wie ein Stein.«

Er mußte sich nicht zurückziehen! Diese Frau wollte er haben. Vielleicht fürchtete sie, er würde ihr weh tun. Sie hatte etwas über seine Größe gesagt, mit der er ihr Schaden zufügen könnte.

»Ich werde sanft und vorsichtig sein«, versprach Thorne. »Du wirst nicht einmal merken, daß ich in dir war.«

»Ach so ist das.« Brüsk ließ sie ihn los, nahm die Hände aus seiner Hose, zog die Kordel fest und rückte seine Oberkleidung zurecht. »Dann hat es kaum einen Zweck, meint Ihr nicht auch?«

»Wie bitte?«

»Wenn ich mittendrin einschlafe, breite ich meine Beine lieber für Sir Guy oder einen der anderen feinen normannischen Herren aus. Ein echter sächsischer Hengst sollte eine Frau zum Schreien bringen können.«

»Zelma . . .«

Sie wandte sich um und stieg die Treppe hinunter. »Versucht es wieder, wenn Ihr nicht in sanfter Stimmung seid.«

Thorne sah, wie die Magd verschwand. Die Krüge noch in der Hand, starrte er ihr nach. Zu dem pochenden Schmerz in seinen Lenden kam mit einen Mal ein bohrender Kopfschmerz. Er drehte sich zur Wand, schloß die Augen und preßte die Stirn an den kalten Stein. Es war ein harter Tag gewesen.

Von unten klangen erneut Stimmen. Es waren Peter und Guy, die offenbar ihre Angelegenheiten — welche auch immer — erledigt hatten, doch Thorne blieb reglos stehen. Die Unterhaltung der beiden Ritter verebbte, als sie hinter dem Falkenmeister vorbeikamen. Einen Augenblick betrachteten sie Thorne schweigend, bis Peter ihm eine Hand auf die Schulter legte und leise fragte: »Thorne?«

»Ja?«

Peter tippte mit seinem leeren Trinkgefäß an einen der Krüge. »Würdet Ihr mir nachfüllen?«

Martine setzte sich in das heiße, duftende Bad und lehnte sich mit dem Rücken gegen die glatte Wannenwand. Seufzend schloß sie die Augen. Alle Sorgen der Welt wichen mit einem Mal von ihr, und sie wurde von der wunderbar entspannenden Wärme des Wassers erfüllt. Sie glitt tiefer, bis nur noch der Kopf und die Knie herausragten. Ihr Haar hing über eine Wannenseite und legte sich auf den binsenbedeckten Boden.

Felda zog einen Hocker heran, hob das Haar auf ihren Schoß und bürstete es ausgiebig. Das Prickeln der harten Schweineborsten auf ihrer Kopfhaut tat Martine wohl. Sinnliche Genüsse dieser Art waren ihr neu. Sie fragte sich, wie es sich anfühlte, wenn ein Mann ihre Haut liebkoste, und sofort erschien vor ihrem inneren Auge das Bild von Sir Thorne und dem schwarzhaarigen Küchenmädchen. Martine sah die beiden zusammengedrängt stehen, während sie das taten, was andere ihr beschrieben hatten. Sie hatte sich immer gefragt, wie man daran Vergnügen finden konnte ... und dann sah sie sich an der Stelle der Magd.

Das pulsierende Verlangen und der wilde Hunger, der tief in ihrem Bauch bohrte, schockierte Martine. Sie hatte nur noch einen Wunsch: Thorne Falconer sollte in sie eindringen und sie ganz ausfüllen. So leer hatte sie sich noch nie im Leben gefühlt.

»Das Bad duftet himmlisch«, sagte Felda. »Was habt Ihr eben ins Wasser getan?«

»Liebstöckel und Rosmarin«, murmelte Martine.

»Ich habe die vielen Öle und Pulver gesehen, als ich Eure Taschen auspackte. Beda sagte, Ihr hättet genug, um auf dem Markt einen eigenen Stand zu eröffnen.«

Martine schlug die Lider auf. Ihre Kammer, die nur schwach vom Licht einer einzigen Öllampe erleuchtet wurde, war kaum mehr als eine Zelle innerhalb der dicken Steinmauern des Bergfrieds. Sie war so klein, daß der Platz kaum für die Truhe, den Hocker und ein schmales, seilbespanntes Bett reichte, auf dem nun Loki schlief. Der Badezuber nahm beinahe den gesamten restlichen Raum ein.

Martine griff nach der mit Lavendel parfümierten Seife, die Felda ihr reichte, und wusch sich. »Einige meiner Kräuter stammen aus dem Klostergarten, andere habe ich von Pariser Ärzten, die an der Universität lehrten. Ich schlich mich in ihre Vorlesungen, und einer von ihnen ließ mich sogar bei seinen Behandlungen assistieren.«

»Setzt Euch auf, meine Liebe. Und laßt mich Euer Haar waschen.« Felda ließ dampfendes Wasser über Martines Kopf laufen und schäumte ihr Haar mit der Lavendelseife ein. »Und jetzt stellt Euch hin.«

Martine gehorchte, und Felda goß einen Eimer heißes Wasser über ihren Körper, um die Seife abzuspülen. Dann rieb sie Martine mit einem großen Leinentuch ab. Nie zuvor war Martine auf diese intime Weise verwöhnt worden, aber ihre Befangenheit ließ bald nach, und sie genoß das neue Vergnügen.

Felda warf das feuchte Tuch in einen leeren Eimer und half Martine in ihren Schlafrock. »Wenn Sir Edmond Euch in der Hochzeitsnacht entkleidet, wird er sich wie ein glücklicher junger Hirsch fühlen. Bevor Ihr das Bett erreicht habt, hat er Euch schon zweimal bestiegen, das versichere ich Euch, Mylady.«

»Felda, ich bitte Euch.« Im gleichen Augenblick, als Martine den Vorwurf aussprach, bedauerte sie ihn bereits, aber Feldas Bemerkung hatte erneut die verstörenden Bilder von Sir Thorne und der Küchenmagd in ihr wachgerufen.

»Ich bitte um Verzeihung, Mylady. Mein loses Mundwerk ist eine Plage. Eben noch habe ich Sir Thorne versprochen, ein gutes Kammerfräulein für meine neue Herrin zu sein, und nun plappere ich solches Zeug. Dabei seid Ihr eine Klosterschülerin.«

Die Jungen, die Martines Badewasser gebracht hatten, spielten auf der anderen Seite des Ledervorhangs, der die

Kammer vom Korridor abtrennte, mit ihren Würfeln. Felda rief sie herein, damit sie die Wanne leerten und wegtrugen. Dann nahm sie ein frisches Leinentuch und rubbelte Martines Haar. »Ihr müßt hungrig sein.« Sie reichte ihrer Herrin ein Stück Brot und eine Tasse Buttermilch, ließ sie auf dem Hocker Platz nehmen und kämmte ihr feuchtes Haar. »Heute nacht wird es warm sein. Morgen früh ist Euer Haar trocken.«

Das Brot schmeckte frisch, die Buttermilch cremig und sauer. Felda schien das Herz auf dem rechten Fleck zu haben. Vielleicht konnte Martine mit ihr freimütig reden und ebensolche Antworten erwarten. In möglichst unverfänglichem Ton begann sie zu fragen. »Wie ist er übrigens? Ich meine, Sir Edmond?«

»Er liebt die Jagd, Mylady«, sagte Felda und reichte Martine ein Stück Käse.

»Ja, aber was sonst? Er tut doch sicher noch etwas anderes als nur jagen, oder?«

Eine Weile kämmte Felda schweigend weiter. »Ihr müßt verstehen. So ist er aufgewachsen nach dem Tod seiner Mutter«, sagte sie dann. »Die arme Lady Beatrix, Gott möge ihrer Seele Frieden geben.« Felda hielt einen Augenblick mit dem Kämmen inne, und Martine wußte, daß die Magd sich bekreuzigte. »Sie ist an Ostern vor elf Jahren gestorben.«

Felda seufzte. »Seitdem ging es mit dem gesamten Haushalt bergab. Lord Godfrey hat den Verlust nie verwunden, aber das ist eine andere Geschichte. Euer Edmond war erst acht Jahre alt und hatte plötzlich keine Mutter mehr. Sicher, auch schon vorher in den langen Jahren ihrer Krankheit konnte sie nicht mehr richtig für ihn sorgen. Aber plötzlich gab es sie nicht mehr, und seine Lordschaft ... nun, er war dem Jungen auch keine Hilfe in seinem Zustand. Bernard hat seinen kleinen Bruder aufgezogen. Bernard und seine Männer.«

»Seine Männer?«

»Seine Ritter. Neben ihm und Thorne gibt es vier auf der Burg. Und Edmond, nachdem auch er zum Ritter geschlagen wurde. Zwei Männer gehören zu Bernard, die anderen beiden zu Thorne.«

»Aber sicher sind alle Lord Godfrey unterstellt.«

»Ich sage nicht, wie es sein sollte, Mylady, sondern wie es ist. Wenn Ihr lieber nichts davon wissen wollt ...«

»Nein, bitte.« Martine wandte sich um und sah in die freundlichen grünen Augen ihrer Magd. »Ihr wißt, daß ich es hören will. Alles. Ihr müßt mir alles erzählen.«

»Ja, Mylady.« Felda schenkte Martine großzügig von dem Branntwein ein und reichte ihr das Trinkgefäß. »Bernard hat seine Leute, und Thorne ebenfalls. Wir nennen sie die Hunde und die Falken, weil Bernard mit Hunden jagt und Thorne seine Falken hat. Nicht, als wäre das der einzige Unterschied zwischen ihnen. Gott bewahre.«

»Was sonst? Erzählt mir von Edmond.«

»Wie ich bereits sagte, Bernard und seine Leute haben den kleinen Jungen großgezogen. Bernard ist viel älter als er, gute sechsunddreißig Jahre jetzt. Sie nahmen den Jungen überallhin mit, auf die Jagd, zu den Hu ... mmh, nach Hastings ... und wohin sie sonst gingen. Godfrey wollte Edmond auf eine Klosterschule schicken oder vielleicht in den Dienst zu einem der Ritter Lord Oliviers, aber Bernard war dagegen. Er sagte, der Junge brauche ihn und werde nirgendwo hingehen. In Wahrheit glaube ich, daß eher Bernard den Jungen brauchte.«

»Wieso das?« Der Alkohol wärmte Martines Magen und machte sie schläfrig. Welch ein Genuß, Branntwein zu trinken, während ihr Haar gekämmt wurde.

»Edmond betete Bernard an. Er sah zu ihm auf, als wäre er der liebe Gott persönlich. In allem machte er ihn nach und suchte ihm zu gefallen. Ich glaube, das brauchte Bernard. Es gab ihm das Gefühl ...«

»Hm?« Martine konnte kaum noch die Augen offen halten.

»Lassen wir das. Ihr seid schon halb eingeschlafen, und ich habe wie üblich zu viel geredet. Jetzt bringen wir Euch zu Bett.«

Felda nahm Martine den Schlafrock von den Schultern und machte Anstalten, ihr ein Nachtgewand überzustreifen, doch Martine haßte Nachtkleider und wehrte es ab. Die Leinenlaken würden kühl auf ihrer Haut liegen, und die Federmatratze war weich.

Nachdem Felda Laken und Decken fest um Martine geschlungen hatte, huschte sie geschäftig durch das Zimmer, um aufzuräumen und die Kleider ihrer neuen Herrin an die Haken zu hängen.

Mit schweren Lidern beobachtete Martine die Bewegungen ihrer Magd und genoß ihre beruhigende Anwesenheit. Felda hatte Sommersprossen auf den kräftigen Armen und im Gesicht, und ihr kupferfarbenes Haar glänzte im Lampenschein. Während sie arbeitete, kam eine friedliche, einlullende Melodie über ihre Lippen. Es war ein bekanntes Liebeslied, das zum Repertoire jedes fahrenden Sängers gehörte.

Martine schloß die Augen, und die Melodie umzog sie in langsamen, ruhigen Kreisen — wie ein Vogel ... eine Möwe. Der Vogel flog zu ihr, um sie zu ihrem Liebsten zu begleiten. Als die Möwe eine Kehre beschrieb und sich in den blauen Himmel Englands hinaufschraubte, packte sie die Sonne zwischen ihre Krallen und riß im Flug den leuchtenden Feuerball mit sich, der eine helle Spur am Himmel hinterließ, gleich einem Band aus Gold.

Es war das Band des Schicksals ... das Band der guten und schlechten Omen. In immer neuen Windungen, dem Rhythmus von Feldas Liebeslied folgend, umspannte es Martine, bis sie in einen goldenen Kokon gewickelt war . . . bewegungslos, blind, tiefer sinkend, schwebend ... gefesselt im Flechtwerk des Schicksals.

5.

Da war dieses Geräusch schon wieder. Es klang wie ein leises Atemholen.

Martine schlug die Augen auf. Sie hatte das Gefühl, lange geschlafen zu haben, und durch die weißen Bettvorhänge drang der schwache Schein der Morgendämmerung. Wo war Loki?

Vorsichtig tastende Schritte. In ihrem Zimmer war jemand.

Martine lauschte angestrengt. »Felda?«

Die Bewegung brach ab, und es war still. Das Laken vor die Brust gepreßt, setzte Martine sich auf. Hinter dem Bettvorhang miaute Loki, und es folgte ein scharfes »Schsch!«.

Die Stimme klang nicht, als gehörte sie einem Mann. Eher war es eine junge Frau oder ein Kind. Martine teilte die Vorhänge und spähte hindurch. Dann lächelte sie.

In der Zimmermitte stand ein kleines Mädchen, nicht älter als fünf oder sechs Jahre, das Loki auf dem Arm hielt und zu Martine herüberstarrte. Sie war ein schmutziges, ungepflegtes kleines Ding, barfuß und mit einem fleckigen Kittel, den sie falsch herum trug. Trotz der verfilzten braunen Haare und der Schmutzschicht auf ihrem Gesicht war sie ein hübsches Kind — mit großen dunklen Augen, die Martine schreckerfüllt anblickten. Vielleicht gehörte sie zu einer der Mägde oder Bediensteten auf der Burg und hatte bei ihrer Wanderung ins obere Stockwerk das seltsame Haustier entdeckt, das Sir Edmonds Verlobte mitgebracht hatte.

»Guten Morgen«, sagte Martine. Das Kind sah sie reglos an. Martine wünschte, Rainulf wäre da. Was würde er zu dem Mädchen sagen? Natürlich! »Wie heißt du?«

Noch immer kam keine Antwort. Vielleicht verstand die Kleine kein Französisch. Wie es schien, beherrschten viele Sachsen die Sprache ihrer Herrscher nur mangelhaft. Martine hatte Albin gehört, der mit den Stallburschen eine Art anglisiertes Französisch sprach, und sie versuchte, sich an einige der angelsächsischen Worte zu erinnern, die Thorne mit den Bauern gewechselt hatte, denen sie auf dem Weg nach Harford begegnet waren.

»Guten Tag«, sagte sie auf englisch. Das Mädchen machte ein verwirrtes Gesicht.

Martine stand vom Bett auf und kam näher, mit dem einzigen Erfolg, daß das Kind kreischend in eine Ecke floh. Das Gesicht hinter ihren schmutzigen Händen verborgen, kauerte die Kleine sich zusammen, und Loki sprang aus ihren Armen.

Der Ledervorhang teilte sich, und Felda trat ein. Sie trug ein Tablett mit Wein und Brot. Sie bemerkte das Kind nicht. »Guten Morgen, Mylady. Ich habe gestern abend vergessen, Euch zu fragen, ob Ihr morgens etwas frühstückt oder mit dem Essen lieber bis zum Mittag wartet.«

»Ich warte«, sagte Martine und wies in die Ecke.

»Lady Ailith!« sagte Felda. »Lieber Himmel, was habt Ihr hier zu suchen?«

Das Mädchen flüsterte etwas vor sich hin.

Lady Ailith?

Felda beugte sich über die Kleine. »Was soll das heißen, Liebes?«

»Sie ist nackt!«

Felda blickte zu Martine und lächelte. »Nun, Mylady, wenn Ihr uneingeladen in die Schlafkammern anderer Leute schleicht, müßt Ihr mit dem vorliebnehmen, was Ihr vorfindet, nicht wahr?«

Es folgte eine Pause. Dann nickte die Kleine.

Martine legte ihren Schlafrock an. »Du kannst jetzt hersehen«, sagte sie schließlich. »Ich bin angezogen.« Ailith spähte durch die Finger und erhob sich, erleichtert seufzend, aus der Hocke. Felda stellte das Mädchen als Edmonds und Bernards Nichte vor, das einzige Kind ihrer Schwester Geneva, Gemahlin des Grafen von Kirkley. Geneva und Ailith waren bereits seit längerer Zeit zu Gast auf Harford.

»Wie ich sehe, weiß Mylady, wie sie sich zu kleiden hat«, sagte Martine. Ailith blickte auf ihren falsch herum sitzenden Kittel, nestelte daran herum und grinste stolz. »Badest du auch?«

Ailith verzog das Gesicht, und Felda antwortete für sie. »Ihre kleine Ladyschaft macht sich nichts aus dem Badezuber.«

»Das sehe ich«, sagte Martine. »Man sollte glauben, ihre Mutter würde darauf bestehen.«

»Mama hat Kopfschmerzen«, bemerkte Ailith.

Martine blickte zu Felda. »Die Gräfin hat schon seit einiger

Zeit Kopfschmerzen, Mylady«, erklärte die Magd. »Sie bleibt die meiste Zeit auf ihrer Kammer.«

»Ich verstehe«, sagte Martine. »Aber man kann nicht immer ungebadet bleiben. Holt die Wanne, Felda. Seid so freundlich.«

»Oh, sie wird Euch nicht erlauben, daß Ihr sie badet, Mylady«, antwortete Felda. »Ich habe es auch schon versucht.«

»Ich werde sie gar nicht um Erlaubnis bitten«, entgegnete Martine und packte das Kind, als es aus dem Zimmer rennen wollte. Kreischend und kratzend schlug Ailith um sich, aber Martine hielt sie fest.

»Holt die Wanne«, wiederholte sie ruhig. Zu Martines Verblüffung biß das Kind sie in die rechte Hand, und das ziemlich fest. Martine schloß einen Arm um Ailiths Stirn und zwang das Mädchen mit festem Griff zum Stillhalten. Es war eine Technik, die sie in Sankt Theresa gelernt hatte, als sie bei der Pflege der jüngeren Kinder half. »Und beeilt Euch.«

Als die Sonne sich ganz über den Horizont erhoben hatte, war ihre kleine Ladyschaft so sauber wie noch nie.

»Ich *will* nicht herauskommen«, heulte Ailith und glitt tiefer in das bereits abgekühlte Wasser. Dabei klammerte sie sich in störrischer Entschlossenheit an den Badezuberrand.

»Bitte, Mylady«, sagte Felda und beugte sich mit dem Handtuch wartend über sie. »Kommt heraus für Tante Felda, ja?«

Martine schob die Ärmel ihres Schlafrocks hoch, tauchte die Arme in das Wasser und hob das nasse, wild um sich schlagende Kind heraus.

»*Du* trocknest mich ab!« befahl Ailith.

»Ist das der Ton, in dem du um etwas bittest?« fragte Martine. Ailith machte ein verblüfftes Gesicht. »Man sagt bitte.«

»Bitte ... was?«

Martine schüttelte den Kopf. Sie nahm Felda das Handtuch ab, wickelte Ailith hinein und schlang die Arme um das Kind. Dann trug sie es durch den Raum.

»Nimm mich wie ein Baby«, verlangte Ailith. Martine rückte die kleine Lady in den Armen zurecht und hielt sie wie ein Wickelkind. »Jetzt tu so, als wäre ich dein Kind und gerade erst auf die Welt gekommen. Du liebst mich mehr als alles andere. Dann sag: ›O mein kostbarer Schatz ... ich glaube, ich nenne dich ... *Robert!*‹«

»Aber das ist ein Jungenname.«

»Ich bin ein Junge. Sag es!«

»Ich hätte es lieber, wenn du ein Mädchen wärst.«

»Ein *Mädchen*? Willst du, daß dein Ehemann dich verstößt? Nenn mich Robert.« Ailith trat mit den Beinen. »Sag es!«

Martine sah Felda an, die traurig nickte. Deshalb also lebten Ailith und ihre Mutter auf Burg Harford. Der Graf von Kirkley hatte die Ehe angefochten und Geneva verstoßen, weil sie ihm keinen Sohn geboren hatte.

Martine setzte sich auf die Bettkante und drückte Ailith fest an sich. »Wenn du mein kleines Mädchen wärst, würde ich dich nicht gegen alle Söhne der Christenheit eintauschen. Und ich bin sicher, deine Mama empfindet das auch so.«

Murmelnd vergrub Ailith das Gesicht an Martines Schulter. »Nein, das tut sie nicht.«

Felda brachte einen sauberen lavendelfarbenen Kittel für Ailith, und Martine kämmte der Kleinen mühsam die Flechten aus den feuchten Strähnen. Schließlich schlang sie ein purpurfarbenes Tuch durch das Haar. »So hat *meine* Mama mich immer frisiert.«

»Schau, wie hübsch du nun aussiehst«, sagte Felda und hielt Martines kleinen Spiegel vor Ailith, die das Ergebnis begutachtete.

»Wird Thorne auch finden, daß ich hübsch bin?« fragte sie.

Felda antwortete auf Martines erstaunten Blick und zwinkerte ihr zu. »Lady Ailith beabsichtigt, Sir Thorne zu heiraten, wenn sie erwachsen ist.«

»Bis dahin hat er sicher sein Land«, erklärte Ailith.

Felda rollte die Augen. »Schlagt nur kein gutes Angebot aus, falls Ihr *darauf* wartet, Mylady.«

»Was meint Ihr damit?« wollte Martine wissen.

»Ich meine, wenn Lord Godfrey tatsächlich beabsichtigte, Thorne ein eigenes Lehen zu überlassen, so hätte er es längst getan. Thorne wird langsam ungeduldig. Nun ist er beinahe zehn Jahre in Godfreys Diensten und hat seinen Wert mehr als genug bewiesen. Er hat den Verdacht, der Baron will ihn nicht als seinen Falkenmeister verlieren und gibt ihm deshalb kein Lehen.«

»Ihr scheint eine ganze Menge über Sir Thorne zu wissen«, sagte Martine.

»Jeder braucht einen Menschen, mit dem er reden kann, sogar ein Mann wie Thorne. Er erzählt mir Dinge, die er sonst niemandem sagen würde.«

»Seid Ihr mit ihm ... ist er Euer ...«

Felda machte eine abtuende Geste. »Du lieber Himmel, nein! Wir sind Freunde, das ist alles. Wir kennen uns seit ewigen Zeiten. Nein, mein Geliebter ist Fitch, der Eisenhändler im Dorf. Das heißt, immer dann, wenn er sich von seiner Frau wegstehlen kann.«

»Er ist verheiratet?«

»Ihr solltet seine Frau sehen, Mylady. Arme wie zwei Schinken und Beine, als wären es Hirschschenkel. Ab und zu legt er sich gern auf eine Magd, die ihm keine Todesangst einjagt.«

»Wenn ich nicht Sir Thorne heiraten kann«, überlegte Ailith, ohne auf die Unterhaltung der beiden zu achten, »dann heirate ich vielleicht dich, Tante Felda.«

»Danke, daß Ihr an mich gedacht habt«, sagte Felda.

»Jetzt, wo ich hübsch bin, kann ich auch heiraten«, erklärte Ailith. »Wenn du nicht hübsch bist, will dich niemand haben, und du mußt Nonne werden.«

»Dann hilfst du mir am besten, auch hübsch zu werden«, antwortete Martine. »Denn dein Onkel Edmond kehrt heute nach Harford zurück.« In ihrer Vorstellung sah Martine Edmond auf einem weißen Streitroß in die Burg reiten. Solch ein Pferd hatte ihr Vater besessen, und auch Sir Thorne ritt auf einem weißen Hengst. »Such mir etwas Hübsches aus, das ich tragen kann. Etwas, in dem ich nicht wie eine Nonne aussehe.«

Ailith prüfte die Obergewänder, die an der Wand hingen. Sie waren alle in gedeckten Farben gehalten und schlicht geschnitten bis auf eines, das Ailith sofort hervorzog. Es handelte sich um eine Tunika aus glänzender ägyptischer Baumwolle. Der Stoff war in winzige Falten gelegt und leuchtete in einem außergewöhnlichen, satten Blau, das ins Violette spielte.

»Trag dieses Kleid! Ja, das hier! Es ist wunderschön. Dunkelblau ist meine Lieblingsfarbe. Auch deine?«

»Ja«, entgegnete Martine zerstreut.

»Es hat die gleiche Farbe wie Eure Augen, Mylady«, bemerkte Felda.

Das hatte auch Rainulf gesagt, als er Martine das Gewand zum Geburtstag schenkte. Er hatte den Stoff wegen seiner besonderen Farbe ausgewählt, die durch ein neues Färbemittel aus dem Orient erzielt wurde, das Indigo genannt wurde und genau den Ton von Martines blauen Augen traf.

»Ich wollte die Tunika für die Verlobungszeremonie aufheben«, meinte Martine.

»Lady Estrude hat Euch Kleider als Geschenke für die Verlobung und die Hochzeit machen lassen«, sagte Felda.

Während Martine das ungewöhnliche blaue Material betastete, erinnerte sie sich an Estrudes Kommentar vom vergangenen Abend. In diesem Kleid würde sie jedenfalls nicht das Aussehen einer Nonne haben. »Ich trage es.«

Die Seidenstrümpfe, Strumpfhalter und weichen Schuhe aus Ziegenleder waren ebenfalls passend gefärbt. Ailith brachte alle Sachen zu Martine und verfolgte unter anerkennenden Bemerkungen, wie sie sich anzog. Das Unterkleid war weiß und hatte lange Ärmel, die mit einem zarten Muster aus goldenen und grünblauen Fäden bestickt waren.

Als Martine schließlich das Obergewand über ihren Kopf zog, klatschte Ailith vor Begeisterung in die Hände, und Felda starrte Martine gebannt an. Obwohl das Kleid gerade geschnitten war und keine Schnürung am Rücken besaß, gab die Fältelung so weit nach, daß der Stoff sich weich um Martines wohlgeformten Körper schmiegte und die Rundungen zur Geltung brachte, ohne zuviel zu zeigen. Bis zu den Ellenbogen saßen die Ärmel eng auf der Haut, bevor sie sich zu großen Trichtern ausweiteten, die in Falten bis zum Boden fielen.

Felda band einen mit Quasten verzierten, goldenen Gürtel um Martines Hüften und öffnete das kleine Schmuckkästchen ihrer Herrin. »Es ist nicht sehr viel darin, wenn ich das sagen darf, Mylady. Aber die hier sind ziemlich hübsch.« Martine nahm den Ohrschmuck mit den baumelnden Perlen in Empfang, den Felda ihr reichte, und legte ihn an. Dann holte sie eine Handvoll kleiner Goldringe aus dem Kästchen und schob sie über ihre Finger.

Während Martine sich auf den Hocker setzte und sich von Felda das Haar bürsten ließ, bis es als silbrig glänzender Umhang über ihren Rücken floß, hockte Ailith am Boden und betrachtete Martine in gebannter Ehrfurcht. Felda schob eine Reihe Haarnadeln zwischen die Lippen, nahm das dicke Haar, als würde sie Wäsche wringen, und drehte es mit ihren starken Armen zu einem prächtigen Nackenknoten, der Martines schlanken Hals betonte. Am Ende nahm Martine einen schmalen Reif aus gehämmertem Messing und schob ihn über die Stirn.

Felda nickte lächelnd. »Er wird in Ohnmacht fallen, wenn er Euch so sieht.«

»Wer?« fragte Martine, bevor sie nachdenken konnte.

»Sir Edmond natürlich. Wer sonst?«

So beiläufig wie möglich mit den Schultern zuckend, wandte Martine sich ab. Sie ließ Felda das Zimmer aufräumen und nahm Ailith an die Hand. Mit der anderen griff sie die Messingkassette, in der sich ihre kostbarsten Kräuter befanden, und machte sich auf den Weg, um das Kochhaus zu suchen. Sie besaß einige seltene Gewürze aus dem Orient, die sie Lord Godfrey schenken wollte. Vorher aber mußte sie die Köche damit vertraut machen.

Als Martine ihre Kammer verließ, blickten sich alle nach ihr um. Sie blieb in einem der Galeriebögen stehen, um nach unten in die große Halle zu sehen. Alle Anwesenden hoben den Kopf zu ihr hinauf und ließen die Augen auf ihr ruhen. Die Bediensteten versuchten, diskret zu sein, und wandten halb die Köpfe, während sie seitwärts nach ihr schielten. Guy und Peter, die Schach spielten, nickten Martine zu und lächelten sich an. Estrude blieb stocksteif stehen, bevor sie ihren Blick mit mißtrauisch verengten Augenschlitzen an ihr entlanggleiten ließ, als wollte sie sich vergewissern, keiner Täuschung zu unterliegen. Albin ließ etwas fallen, das am Boden zerschellte. Rasch zog Martine Ailith ins Treppenhaus.

Draußen hüpfte das Kind hinter ihr her. In jeder Hand hielt das Mädchen einen Ärmel von Martines Kleid und schwenkte den Stoff wie Schmetterlingsflügel. Bei Tageslicht wirkte der innere Burghof wie ein einfacher Rasenplatz, der von riesigen Steinwällen umgeben war. Das Falkenhaus stand an die Südwand geschmiegt und war außer dem Bergfried das einzige Gebäude der inneren Burg.

Auf ihrem Weg zum äußeren Burghof kam Martine mit Ailith in einiger Entfernung vorbei, und Martine sah zwei Jungen in den beiden Türen stehen, die Stroh aus dem Falkenhaus fegten. Bündel mit frischem Stroh lehnten gegen die Steinwand des Häuschens. In einem Fenster erkannte Martine eine große, weißgekleidete Gestalt mit einem weißen Vogel auf der Faust. Es war Thorne, der Freya hielt.

Gebannt starrte er in Martines Richtung.

Martine wandte sich zur inneren Zugbrücke und beschleunigte ihre Schritte. Plötzlich war ihr überdeutlich bewußt, welchen Anblick sie Thorne bot: Er würde von Ferne die Gestalt einer hochgewachsenen jungen Frau mit einem Kind erkennen, das hinter ihr hertanzte und mit den Ärmeln ihres indigoblauen Gewands Schmetterling spielte. Dann würde er den silberblonden Haarknoten bemerken, der wie weißes Feuer in der Morgensonne glänzte ... und das funkensprühende Glitzern von Gold und Messing, während sie ging.

Martine hatte die Zugbrücke beinahe erreicht, als sie seine Stimme hörte. Er klang ziemlich nah. »Ich habe Euch kaum wiedererkannt. Ihr seht heute recht anziehend aus, Mylady.«

Martine lächelte und fragte sich, was sie ihm antworten sollte. Als sie sich umdrehte, sah sie, daß Ailith auf Thorne zurannte und mit selbstbewußter Kinderstimme rief: »Danke!« Thorne war ihnen gefolgt und nur noch wenige Schritte entfernt. Nun bückte er sich, um die junge Lady zu begrüßen. Ailith wollte sich in seine Arme stürzen, doch er hielt sie zurück und sagte etwas über Freya. Das weiße Falkenweibchen saß noch immer auf seinen linken Handschuh gekrallt. Natürlich galt Thornes Kompliment der kleinen Ailith. Martine befahl sich, nicht rot zu werden, als sie zu den beiden trat.

»Dein Haar ist genauso naß wie meines!« sagte Ailith. Thorne hatte sein feuchtes Haar aus dem Gesicht gekämmt. Über einer dunklen Kniehose trug er ein Hemd aus gebleichtem Leinen und wollene Strümpfe, die mit überkreuzten Leinenstreifen festgehalten wurden. Die Füße steckten in kurzen, abgetragenen Lederstiefeln. Das war seine Arbeitskleidung hier im Falkenhaus im Unterschied zu den vornehmen Gewändern und Beinlingen, die er tags zuvor getragen hatte.

»Ich habe gebadet«, antwortete Thorne. »Und du auch, wie es scheint.«

»Sir Thorne badet im Fluß«, wandte sich Ailith an Martine. »Er kann schwimmen! Das hat er in Lissabon gelernt.« Martine war noch nie jemandem begegnet, der — wie sie — schwimmen konnte. »Wenn ich groß bin, werde ich auch im Fluß schwimmen.«

»Vielleicht im Sommer«, sagte Thorne. »Im Winter bevorzugst du sicher eine angenehm warme Badewanne wie ich auch.« Er strich über Ailiths Haar, dessen honiggoldene Farbe immer klarer hervortrat, je mehr es trocknete. »Was für ein braves Mädchen du warst, dich von Tante Felda baden und dein Haar so nett frisieren zu lassen.«

»Das war nicht Felda«, erklärte Ailith. »Das war Tante Martine.«

»Tante Martine?« Zum ersten Mal, seit sie zu den beiden getreten war, sah Thorne sie direkt an. Aus einem für sie unerfindlichen Grund ruhte sein neugieriger Blick auf Martines Stirn.

Stolz strich Ailith ihr Haar zurecht. »Gefällt es dir?«

Thorne nickte und lächelte sie warm an. »Sehr.«

»So hat ihre Mama ihr immer das Haar frisiert. Und weißt du was?«

»Nein, aber du sagst es mir bestimmt.«

»Tante Martine ißt nichts zum Frühstück. Und sie kann Englisch. Wenigstens ›guten Tag‹. Und sie weiß alles über Kräuter. Sie bewahrt sie in dieser Kassette auf. Und sie würde mich nicht für alle Söhne der Christenheit eintauschen wollen. Und sie weint nicht, wenn sie gebissen wird!« Thorne runzelte die Stirn und sah Martine fragend an, die lächelnd die Hand hob und ihm die geröteten Bißspuren zeigte. »Sie schimpft mich nicht einmal!«

Thorne seufzte. »Dann steht es mir wohl auch nicht zu, dich an Lady Martines Stelle zu schelten. Du scheinst in kurzer Zeit eine Menge über sie erfahren zu haben. Wir anderen hatten nicht so viel Glück«, fügte er mit einem Blick auf Martine hinzu.

»Willst du wissen, was ihre Lieblingsfarbe ist?« fragte Ailith.

»Wenn du es mir sagst.«

»Dunkelblau, wie ihr Obergewand. Es hat die gleiche Farbe wie ihre Augen.«

»Kein Wunder, daß es ihre Lieblingsfarbe ist.«

»Weißt du, wie ihre Katze heißt?«

Thorne lächelte. »Loki. Der Verwandlungskünstler und Zauberer.« Sein Blick glitt über Martines Kleid. »Wie seine Herrin.«

Schmollend schob Ailith die Unterlippe vor. »Du wußtest es.« Plötzlich grinste sie. »Aber du weißt nicht, was sie im Bett trägt!«

Martine packte Ailith bei der Hand und zerrte das Mädchen mit sich zur Zugbrücke. »Ailith ...«

»Nichts!« schrie Ailith und wehrte sich gegen Martine, die sie mit sich zog. »Sie schläft nackt!« Zwei Torwächter, die gegen die Türme des inneren Torhauses gelehnt standen, blickten von dem Kind zu der Frau und sahen sich grinsend an.

Als Martine sich umwandte, um Ailith auf dem Arm zu

tragen statt mit ihr zu kämpfen, bemerkte sie, daß Thorne nicht grinste. Auf seinen Lippen erschien nur ein angedeutetes Lächeln, während er ihr mit den Augen folgte. Er stand sehr still, als müßte er darauf achten, Freya nicht zu verstören.

Mit der schreienden Ailith auf dem Arm, eilte Martine durch das Torhaus und über die Zugbrücke. »Nackt! Sie schläft nackt!« Martine hielt nicht an, bis sie auf dem äußeren Burghof waren.

Martine ließ Ailith im Kochhaus, wo das Kind mit einer Tochter der Köchin spielte, die eine Sammlung gebrannter Tontiere besaß. Im Tageslicht wirkte der äußere Burghof mit seinen Fachwerkhäusern wie ein kleines mauerumgrenztes Dorf. Menschen, Hühner und Schweine liefen durcheinander und trafen sich auf den Pfaden zwischen den Schlammpfützen. Alle dienten offenbar auf verschiedene Weise den Bedürfnissen des Barons. Kinder in Ailiths Alter oder jünger schienen die einzigen Wesen zu sein, die nicht arbeiteten. Sie spielten mit Bällen und Schlägern oder kleinen Holzsoldaten, die sie aufgereiht durch den Schlamm marschieren ließen.

Als Martine über die innere Zugbrücke zurückkehrte, stieg ihr der ekelerregende Geruch aus dem Burggraben in die Nase. Sie blickte nach unten und sah am Grund des Grabens das mehrere Zentimeter tiefe stehende Wasser, dessen Oberfläche schaumbedeckt war. Ein heißer, stechender Schmerz auf ihrem Handrücken ließ sie zusammenfahren. Sie schlug zu und zerquetschte das winzige Insekt. Es war eine Stechmücke. Das Regenwasser im Graben stellte sicher eine hervorragende Brutstätte für diese kleinen Quälgeister dar.

Es gab noch andere Hinweise, daß Harford keine gut bestellte Burg war. Die Binsenmatten in der großen Halle rochen nach Moder und waren mit Knochen und anderen Abfällen übersät. Die Hunde liefen wild umher wie ungezogene Kinder, denen niemand Disziplin beigebracht hatte. Was den Arbeitseifer bei Knechten und Mägden anging, gab es große Unterschiede, doch niemand war da, der die Aufsicht führte.

Normalerweise würde die Hausherrin mit fester Hand für Ordnung sorgen, aber Beatrix, die Baronin von Harford, war vor elf Jahren gestorben. Da ihm die zwei Söhne und eine Tochter als Erben reichten, hatte Lord Godfrey offenbar kein Bedürfnis nach einer Wiederverheiratung gespürt. Und er selbst schien nicht sonderlich interessiert daran, sich um seinen Haushalt zu kümmern. Zu sehr war er mit dem Trinken und der Jagd beschäftigt. Nach Feldas Auskunft konnte er nicht einmal seine Ritter unter Kontrolle halten, die ihre Treue zwischen Thorne und Bernard aufgeteilt hatten.

Als Martine an Thorne dachte, hörte sie, wie er ihren Namen rief. Sie hatte den inneren Burghof erreicht und blieb, die Stirn verwundert in Falten gelegt, stehen.

»Lady Martine«, wiederholte er. Sie wandte sich um. Gegen einen kleinen Turm gelehnt, hielt Thorne einen anderen Vogel auf der Faust. War er zurückgekehrt, um auf sie zu warten? Warum?

»Sir Thorne?«

Mit dem Kopf auf den Vogel weisend, trat er näher. Es war ein kleiner brauner Falke mit weißer Kehle. »Dieser Merlin hat Schnupfen. Ich habe mich gefragt, ob Ihr für ihn vielleicht etwas scharfen Rittersporn in Eurer Kräutersammlung habt.«

»Rittersporn? Ja, den habe ich.«

Martine öffnete die Messingkassette und griff hinein. »Ihr habt nicht zufällig auch etwas Kardamon?« fragte Thorne weiter. »Er tut dem Magen der Vögel gut.«

»Ich glaube schon«, antwortete sie und suchte zwischen den Päckchen und Glasbehältern.

Thorne nahm Martine die Kassette aus der Hand und ging damit zum Falkenhaus. »Ihr könnt die Sachen bei mir auf den Arbeitstisch stellen.«

6.

Martine folgte Sir Thorne mit dem Gedanken, kaum eine andere Wahl zu haben, nachdem er ihr den kostbarsten Besitz einfach aus der Hand genommen hatte. Diese Kräuter und Gewürze stammten aus den entlegensten Teilen der bekannten Welt, und einige von ihnen waren so wertvoll wie die seltensten Edelsteine. Martine beabsichtigte nicht, sie aus den Augen zu lassen, und das wußte Sir Thorne genau.

Die Jungen, die das Stroh gewechselt hatten, waren gegangen. Sir Thorne führte Martine durch die rechte Tür und zog beim Eintreten den Kopf ein. Obwohl der Türsturz hoch genug für sie war, neigte Martine ebenfalls den Kopf. Sie befanden sich in einem kleinen Wohnraum. Das schmale Bett zeigte, daß Sir Thorne hier schlief, doch die Kammer diente offenbar auch als Werkstatt. An einer Wand stand ein Tisch, auf dem sich verschiedene Werkzeuge, Krüge, Flaschen und Kästchen befanden, ein Haufen verschlungener Riemen und eine Reihe kleiner Lederkappen mit Federschmuck, deren jede auf ihrem eigenen hölzernen Gestell saß.

Thorne stellte die Messingkassette auf den Tisch und verschwand mit eingezogenem Kopf durch den Ledervorhang in den anderen Teil des Falkenhauses. Martine nutzte die Gelegenheit, die Kammer genauer zu betrachten. In einer Ecke bemerkte sie eine ungenutzte Feuerstelle, darüber verschiedene Lederhandschuhe, aufgehängt an Haken. Gegenüber stand ein wunderbar geschnitzter Lehnstuhl und daneben ein kleiner Tisch, auf dem ein Buch lag. Neben dem Buch entdeckte Martine eine Schale mit offenbar rohen Fleischstücken. Auf dem Buch lag eine weiße Feder.

Martine nahm die Feder, als ein plötzlicher, durchdringender Schrei sie zusammenfahren ließ. Vor Schreck fiel ihr die Feder aus der Hand. Freya, die angebunden auf einem Holzpflock saß, verwahrte sich anscheinend dagegen, daß Martine ihr zu nah kam. Sir Thorne kehrte durch den Ledervorhang zurück, hob die Feder auf und strich damit sanft über die Schwingen des jungen Falkenweibchens, während er leise in Englisch auf sie einredete.

»Warum Englisch?« fragte Martine.

»Die Vögel mögen es lieber als Französisch. Es ist eine einfache und direkte Sprache, ganz wie ihr Charakter.«

Martine verstand kein Wort, aber Thornes tiefe, melodiöse Stimme klang so beruhigend, daß sie sich wie Freya langsam entspannte. Der Vogel wandte den Kopf und starrte den Falkenmeister kühn und ungerührt aus einem Auge an, während Thorne in die Schale griff und ein Stück Fleisch herausnahm. Martine erwartete, daß er dem Vogel das Fleisch vor den Schnabel halten würde, aber statt dessen strich er damit über Freyas Krallen, während er ununterbrochen zärtliche Worte flüsterte. Nach einigen Augenblicken pickte das Falkenweibchen zögernd an dem Bissen, packte ihn daraufhin mit dem Schnabel und warf ihn auf den strohbedeckten Boden.

Thorne lächelte Freya an, als wäre sie ein ungezogenes Kind, und wiederholte die Geste mit einem zweiten Fleischstück, dann mit einem dritten und vierten, doch jedes Mal mit dem gleichen Ergebnis. Martine bewunderte seine Geduld. Schließlich ließ sich Freya dazu herab, ein Stück Fleisch im Schnabel zu behalten. Als sie es hinunterwürgte, belohnte Thorne sie mit überschwenglichen Lobesworten und fütterte zwei weitere Fleischstückchen direkt in ihren Schnabel.

Er sammelte das Fleisch ein, das sie auf den Boden geworfen hatte, legte es zurück in die Schale und trat zum Arbeitstisch. Martine folgte ihm und suchte in der Kassette nach den gewünschten Kräutern. Dazu breitete sie die Tütchen und Glasgefäße auf dem Tisch aus. Thorne öffnete viele, begutachtete den Inhalt und prüfte bei einigen den Geschmack. Als er eine kleine blaue Glasphiole entkorkte und einen Finger hineinstecken wollte, umfaßt Martine rasch sein Handgelenk. »Schierling.«

»Schierling!«

Ihre schlanken Finger reichten nicht, sein Gelenk ganz zu umschließen. Thornes Arm war hart wie Eichenholz, aber Martine spürte die Wärme seiner Haut. Sie ließ schnell los, als wollte sie ihn wegstoßen, und widmete ihre Aufmerksamkeit wieder dem Inhalt der Kassette, während sie spürte, daß Thorne sie mit seltsam tiefem Blick beobachtete.

Martine räusperte sich. »Schierling ist eine Zutat für einen medizinischen Schlaftrunk, den ich kenne, — in sehr kleiner Dosierung. Mehr davon würde Euch töten.« Sie reichte Thorne ein kleines Säckchen mit Rittersporn. »Nehmt, soviel Ihr braucht. Ich bin neugierig, wie Ihr das Kraut verwendet.«

Thorne tat eine Prise in einen Steinmörser, fügte drei Pfefferkörner aus seinem Vorrat hinzu und zerkleinerte alles rasch zu Pulver. Aus einem Krug goß er etwas in den Mörser. Dem Geruch nach, der in Martines Nase stieg, handelte es sich um Essig. »Ich lasse die Mischung eine Weile ziehen, bis sie fertig ist«, erklärte Thorne. »Dann streiche ich dem Merlinweibchen die Nasenlöcher und den Gaumen damit ein. Das und ein wenig warmes Hühnerfleisch sollte ihren Schnupfen kurieren.«

Er nahm noch etwas Rittersporn und einige Kardamonsamen und füllte sie in kleine Vorratsgefäße. »Habt Ihr schon einmal einen Falken gehalten?« fragte er schließlich.

»Nein.«

»Noch nie?«

Natürlich mußte ihn ihre ehrliche Antwort erstaunen, überlegte Martine. Frauen aus adeligen Kreisen waren den Umgang mit Jagdvögeln gewöhnt, und sei es nur mit kleineren Arten wie diesem Merlin hier. Hatte Thorne Falconer die Frage absichtlich gestellt, um sie in eine Falle zu locken? Hatte er nach Estrudes Fragen zu ihrer Familie Verdacht geschöpft, sie könnte etwas verbergen?

Thorne nahm einen kleinen Handschuh vom Haken über dem Kamin und reichte ihn ihr. »Folgt mir.« Er öffnete ihr den Ledervorhang, und nach kurzem Zögern betrat Martine den angrenzenden Raum.

Als Martine und Thorne eintraten, schrien einige der Vögel und schlugen mit den Flügeln, aber mit ein paar tröstenden Worten beruhigte Thorne seine Schützlinge wieder. Martine zählte ungefähr ein Dutzend Vögel der unterschiedlichsten Art. Sie saßen auf Holzstangen, die mit Eisenpfeilern im Steinboden verankert waren. Im Raum war es dämmrig und kühl. Das einzige Licht drang durch die Ritzen der Fensterläden, obwohl von der Decke mehrere an Eisenketten aufgehängte Laternen aus Messing sowie Hornscheiben baumelten, die jedoch nicht brannten. Der Duft frischen Strohs erfüllte die Luft. Es roch auch nach Vögeln, jedoch nicht aufdringlich.

Martine versuchte, den Handschuh über ihre rechte Hand zu streifen, aber Thorne nahm ihn und zog den Handschuh über ihre linke, während er seine rechte Hand auf ihren Rücken legte. Bei der Berührung drang die Wärme seiner Hand durch den dünnen Stoff ihres Baumwollgewands, und Martines Körper spannte sich an. Thorne führte sie zu einem riesigen Gerfalken und nahm die Hand von ihrem Rücken. Sogleich fühlte sich die Stelle kühl an, und sie wünschte, seine Berührung hätte länger gewährt.

»Das ist Azura«, sagte er, »Lord Godfreys Liebling.« Thorne fädelte eine Lederleine durch eine der kleinen Schlaufen an Azuras Beinfesseln und wickelte sie lose um Martines behandschuhte Finger.

»Diese hier?« fragte sie. »Sie ist so groß!«

»Azura ist die zahmste von allen. Hier.« Thorne nahm Martines ledergeschützte Hand zwischen die seinen und formte ihre Finger zu einer Faust. Dann führte er die geballte Hand zu den Füßen des Vogels. »Sie ist gut abgerichtet und weiß, was sie tun muß. Laßt sie nicht spüren, daß Ihr unerfahren seid.«

Als der riesige Vogel auf ihre Faust sprang und sich mit den kräftigen Klauen festkrallte, hielt Martine den Atem an.

»Seid Ihr unsicher, ist sie es auch«, sagte Thorne. »Einem nervösen Falken nahezukommen, ist sehr gefährlich.«

»Ihr besitzt die Gabe, mich in gefährliche Situationen zu bringen, Sir Thorne.«

»Und Ihr scheint Euch ziemlich gut in der Gewalt zu haben, Mylady.« Thorne begegnete ihrem Blick, und Martine wandte die Aufmerksamkeit rasch wieder dem Vogel zu.

»Was ist mit ihrem Schweif geschehen?« fragte sie und wies auf eine Stelle am Schwanz, die verletzt schien.

»Eine der Federn ist gebrochen. Ich wollte das heute richten, weil der Baron Azura bald wieder fliegen lassen will, aber mein Gehilfe ist nicht hier, um mir zu helfen.«

»Richten?«

»Ja, eine neue Feder einsetzen.«

»Das könnt Ihr?«

»Sicher.« Thorne machte eine Pause, als würde er über etwas nachdenken. »Möchtet Ihr es vielleicht sehen?«

»Aber Ihr sagtet, Euer Gehilfe sei nicht da und deshalb ...«

»Ihr könnt mir helfen«, schlug Thorne vor. Er teilte den Vorhang und schob Martine in den Wohnraum zurück. Dort zog er den Armsessel zum Bett.

»Was habe ich zu tun?« fragte Martine. Der Vogel wog schwer, und sie mußte die andere Hand zu Hilfe nehmen, um ihren linken Arm abzustützen. Wie stark Thorne sein mußte, wenn er auf der Jagd mit Godfrey die Falken stundenlang halten konnte!

Thorne suchte auf dem Arbeitstisch einige Dinge zusammen und warf sie zusammen mit seinem Handschuh auf das Bett. »Setzt Euch einfach in diesen Sessel.« Martine gehorchte. Thorne breitete ein sauberes Leinentuch über ihren Schoß, griff mit zarter Hand nach Azura und setzte sie, mit den Schwanzfedern zum Bett gerichtet, auf das Tuch. Als nächstes legte er ein Stück schwarzen Wollstoff über den Kopf des Gerfalkenweibchens, um es ruhig zu stellen, wie er erklärte. Vom Arbeitstisch holte er einen Lederstreifen und band sein Haar zurück. Dann setzte er sich Martine gegenüber auf das Bett und nahm den Lehnstuhl zwischen seine langen Beine.

Martine war die körperliche Nähe zu ihm nach wie vor unheimlich. Für ihn dagegen schien das ganz selbstverständlich zu sein. Obwohl sie sich nicht berührten, fühlte Martine sich von Thorne umgeben, da er sie auf höchst intime Weise zwischen seinen Schenkeln gefangen hielt. Sie spürte seine Wärme und roch die kastilische Seife, mit der er sich am Morgen gewaschen hatte. Als Azura zusammenfuhr, bemerkte Martine, daß sie den Vogel zu fest angefaßt hatte.

»Haltet sie nur leicht«, sagte Thorne. »Dann weiß sie, daß Ihr da seid.« Zuerst nahm er ein kleines Stück Pergament und schob es unter die beschädigte Feder. Dann griff er in ein hölzernes Kästchen und zog eine Feder im gleichen Grau wie die an Azuras Schwanz heraus.

»Ich sammle die Federn in der Mauser«, erklärte Thorne. Mit einem kleinen Messer stutzte er die Feder auf die richtige Länge und schnitt das Ende der alten zurecht. Dann nahm er aus einem anderen Kasten eine kleine Nadel, in die er einen Seidenfaden einfädelte, und nähte die Federn zusammen.

Martine hatte noch nie einen Mann nähen sehen. Nähen und Sticken waren den Frauen vorbehalten und stellten die einzig produktive Tätigkeit adeliger Damen dar, obwohl Martine selbst nicht die geringste Geduld dafür besaß. Über den Vogel gebückt, runzelte Thorne konzentriert die Stirn, während er mit seinen schlanken Fingern die kleine Nadel immer wieder durch den Federschaft führte. Trotz seiner großen Hände nähte er mit erstaunlich feinen, sauberen Stichen.

»Wie seid Ihr zur Falknerei gekommen?« fragte Martine.

»Und Ihr?« gab Thorne zurück. »Warum wißt Ihr überhaupt nichts darüber? Ich bin noch nie einer Dame Eures Standes begegnet, der Falken völlig unvertraut sind.«

Martine starrte auf seinen Scheitel. Die Fragen, die er stellte, wurden direkter. Mit dem Vogel auf dem Schoß konnte sie kaum aufstehen und einfach gehen, auch wenn sie genau das am liebsten getan hätte. Ob Thorne Falconer diese Situation absichtlich herbeigeführt hatte?

Die Stille wurde drückend. Thorne unterbrach das Nähen und hob mit nachdenklichem Ausdruck den Blick zu Martine.

»Ich habe Jagdvögel gehalten, seit ich ein Kind war«, erklärte er, als er weiternähte. »Eines Nachmittags, als ich auf Niederwild Jagd machte, traf mein Pfeil zufällig einen Sperber. Ich kletterte auf den Baum, in dem der Vogel sein Nest hatte, nahm die Jungen heraus und zog sie auf. Danach richtete ich andere Sperber ab, auch Hühnerhabichte und Turmfalken. Erst als ich in Lord Godfreys Dienst trat, konnte ich mit den selteneren Falkenarten arbeiten.«

»Es heißt, Ihr wärt ein vollkommener Bogenschütze. Hat das damit zu tun, daß Ihr mit der Jagd großgeworden seid?« Solange Martine Fragen stellte, mußte sie nicht antworten.

»Wenn Ihr etwas oft genug tut, gewinnt Ihr Meisterschaft darin«, entgegnete Thorne. »Als ich ein Junge war, ging ich auf die Jagd und hackte Holz, mehr nicht. Wir waren arm, und ich war der einzige überlebende Sohn.« Thorne sah Martine lächelnd an. »Beim Holzhacken bin ich ebenso geschickt wie mit meinen Falken, aber das beeindruckt niemanden.«

Sie konnte nicht anders und mußte zurücklächeln. »Hattet Ihr Schwestern?«

Thorne führte zwei Stiche aus, bevor er antwortete. »Eine. Louise.«

»Seht Ihr sie manchmal?«

Wieder machte er zwei Stiche. »Jedes Mal, wenn ich Ailith begegne.« Thorne beugte sich vor, biß den Seidenfaden ab und band die Enden zusammen. Dabei berührte seine Hand die von Martine.

»Nein, ich meine ...«

»Fertig.« Thorne zog seinen Handschuh an, hob Azura von Martines Schoß und setzte sie auf seine Faust. Dann wies er auf die roten Bißspuren an Martines Hand. »Das nächste Mal, wenn Ihr Eure kleine Ladyschaft badet, sollte ich Euch einen meiner Handschuhe leihen.« Wegen der bohrenden Fragen, die er selbst vorher gestellt hatte, wirkte der schnelle Themenwechsel um so befremdlicher.

»Das nächste Mal wird sie mich nicht beißen«, sagte Martine.

Thorne trug Azura durch den Ledervorhang in den anderen Raum. »Wo habt Ihr als Einzelkind gelernt, so gut mit Kindern umzugehen?«

Einzelkind? Das war ganz sicher kein Versprecher gewesen. Martine wartete, bis Thorne wieder zurückkehrte. »Ich habe zwei Brüder.«

Thorne hängte den Handschuh an den Haken zurück.

»Aber sie sind viel älter, nicht wahr? Und Ihr habt sieben Jahre im Kloster verbracht. Das muß dem Gefühl, ein Einzelkind zu sein, ziemlich nahe kommen.«

Martine zog den Handschuh aus und reichte ihn Thorne, bevor sie sich in eisiger Zurückhaltung an ihn wandte. »Ihr wißt genau, daß ich zwei Brüder habe. Daher bin ich auch kein Einzelkind.«

Mit prüfendem Blick sah Thorne sie an und nahm sich Zeit, ihr zu antworten. Als er sprach, klangen seine Worte wohlgewählt. »Mylady, ich weiß so gut wie nichts über Euch. Außer, daß Rainulf Euch seine Halbschwester nennt und Ihr in Panik geratet, wenn man Euch über Eure Familie befragt. Ich habe Euch dem Baron als passende Braut für seinen Sohn empfohlen. Morgen wird das Verlöbnis feierlich besiegelt. Wollt Ihr mir verdenken, daß ich zuvor herausfinden will, ob ich meinen Lehnsherrn in irgendeiner Weise irregeleitet habe?«

Es war tatsächlich eine Falle gewesen. Unter dem Vorwand einer angenehmen Unterhaltung hatte Thorne versucht, Martines Geheimnisse auszuforschen. Warum aber hatte er sie gestern abend vor Estrudes neugierigem Verhör beschützt, wenn er so entschlossen war, die Wahrheit über sie herauszufinden? Die Antwort gab er selbst. Thorne hatte Martine als passende Braut für Edmond vorgeschlagen, wahrscheinlich, um seinen eigenen Aufstieg zu fördern. Daher kam er den anderen besser zuvor und fand rechtzeitig heraus, welche Wahrheiten Martine von Rouen zu verbergen hatte. Wußte er einmal Bescheid, so konnte er immer noch entscheiden, ob er sein Wissen preisgeben oder ihr Geheimnis bewahren wollte. Und ganz sicher würde er so handeln, wie es für seine Zwecke am besten war.

Plötzlich mißtraute Martine Thorne zutiefst. Sie mochte nicht sein, für was sie sich ausgab, aber Thorne war es ebensowenig.

Sie trat zur Tür. »Rainulf denkt, Ihr habt meine Heirat aus Freundschaft vermittelt. Ich habe ihm gesagt, es sei aus Ehrgeiz geschehen, aber er glaubte mir nicht. Ihm gefällt es, zu glauben, alle Menschen seien so gut wie er.«

»Meinen Ehrgeiz leugne ich nicht, und ich entschuldige mich auch nicht dafür. Ich werde tun, was immer nötig ist, um mich über die Bedingungen zu erheben, in die ich hineingeboren wurde. Sollte ich eines Tages Kinder haben, möchte ich nicht, daß sie die grausame Armut erleiden, die Euer Stand Menschen meiner Herkunft bedenkenlos zumutet. Eure Heirat nützt meinen ehrgeizigen Plänen, aber sie ist auch ein Ausdruck der Freundschaft mit Eurem Bruder, die mir mehr bedeutet, als Ihr jemals ahnen könnt.«

»Das war eine sehr anrührende Rede«, bemerkte Martine von der Tür aus. »Ihr habt offenbar viel darüber nachgedacht, in welcher Weise diese Heirat Euren Zwecken dient. Aber ob sie auch mir Segen bringt, ist Euch wohl ziemlich gleichgültig.«

Martine schlug die Tür hinter sich zu und kehrte in den Bergfried zurück.

Das Mittagsmahl bestand aus Wurstpastete und in Schinkenbrühe gegarten Erbsen. Bei Tisch fehlten Lord Godfrey, Sir Thorne und Albin. Sie ließen die Falken fliegen und hatten ihr Essen mit auf die Jagd genommen. Ailiths Mutter, Lady Geneva, war der Tafel ebenfalls ferngeblieben, ohne daß jemand eine Erklärung dafür abgab.

Den Nachmittag verbrachte Martine mit Ailith, die sie bei der Besichtigung der unteren Stockwerke des Bergfrieds begleitete.

Auf der ersten Ebene befand sich der Wachraum, der beinahe die gleiche Ausdehnung wie die große Halle hatte. Statt der Fenster gab es nur Schießscharten für die Bogenschützen, und nirgends konnte Martine eine Feuerstelle entdecken. Dem Raum fehlte jede Bequemlichkeit oder Anmut. Auf dem hölzernen Fußboden lagen keine Binsenmatten, und die Wände waren nicht mit Jagdtrophäen geschmückt. Statt dessen sah Martine eine verwirrende Anzahl von Waffen. Glänzende Breitschwerter und Streitäxte prangten an einer Wand, während an der anderen reihenweise schlanke Speere, Wurfspieße und Lanzen hingen. Es gab Dutzende eleganter Langbogen und sogar einige der geächteten Armbrüste sowie Tausende von Pfeilen und Bolzen, die wie Reisig in Bündeln gelagert wurden. Zu den furchtbarsten Waffen gehörten in Martines Augen die grausam einfachen Streitkolben und Wurfkeulen, deren Zerstörungskraft weniger von der Geschicklichkeit des Kämpfers als von Masse und Gewicht abhing.

Mit einer Messinglaterne in der Hand stiegen sie und Ailith in den Keller hinunter. Es war ein kaltes, feuchtes Gewölbe, aus dessen Felswänden das Wasser sickerte. Der Boden bestand aus gestampfter Erde. In der Mitte des Kellers war ein Brunnen ausgehoben. Überall lagen prymamidenförmig gestapelte Fässer und Holzkisten.

Ailith blickte sich erstaunt um. »Tante Felda sagt, es gibt einen Geheimgang hier unten! Wenn ich lieb bin, zeigt sie ihn mir eines Tages!« Sie rannte zu einer verriegelten Eisentür, die von Rost überzogen war.

»Das hier ist der Ort, an dem die bösen Menschen eingesperrt werden. Wenn ich nicht aufhöre, Mama auf die Nerven zu gehen, muß sie mich hier unten einsperren lassen, sagt sie.«

Martine folgte Ailith zu der Tür und schob die Metallscheibe zur Seite, die halb über einem kleinen Guckloch festgerostet war.

»Heb mich hoch, damit ich auch etwas sehen kann«, bettelte Ailith. Martine hielt das Mädchen in die Höhe, und zusammen preßten sie die Köpfe an die Tür, um in das dunkle Verließ zu sehen. Der Lichtschein der Laterne reichte nicht weit, aber Martine konnte die feuchten Granitwände des Kellerlochs erkennen.

Der Raum war nicht größer als ein Abort und ebenso übelriechend. Es stank nach Urin und verfaultem Stroh. Martine hörte ein leises Rascheln, als krabbelte etwas unter dem Stroh. In Lord Oliviers Bergfried würde es einen ähnlich furchtbaren Raum geben. Dort saßen die Verbrecher, die Anseau und Aiglentine ermordet hatten, und warteten bei unvorstellbaren Folterqualen auf den Henker, der ihnen den Strick um den Hals legte.

Von der Decke tropfte gelegentlich Wasser und unterbrach

die gespenstische Ruhe. Sonst war es in der Zelle still wie in einem Grab.

Erschauernd trug Martine das Kind zur Treppe zurück. »Laß uns wieder nach oben gehen. Wir suchen jetzt meinen Bruder. Dann nimmst du uns mit in die Kammer deiner Mutter und stellst uns ihr vor. Wie wäre das? Je mehr ich von Lady Geneva höre, desto neugieriger werde ich, sie kennenzulernen.«

»Laßt mich in Ruhe«, stöhnte Ailiths Mutter. »Ich will nicht noch mehr Kopfschmerzpulver.«

Rainulf nahm seiner Schwester die kleine Tasse ab und dachte, daß die Menschen, die der Hilfe am meisten bedürften, sie oft am entschiedensten ablehnten. »Das ist kein Kopfschmerzpulver, Mylady«, sagte er und neigte die Tasse, so daß Ailiths Mutter die bernsteinfarbene Flüssigkeit darin sehen konnte.

»Das ist ein Tonikum gegen die Schwermut«, erklärte Martine. »Ein Sud aus Baldrian, Johanniskraut und Misteln. Sehr heilkräftig.«

Geneva, die Gräfin von Kirkley, nahm die Tasse, neigte sie zur Seite und schüttete den Inhalt auf die Binsenmatten. Dann reichte sie die leere Tasse Rainulf zurück, zog die Wolldecke bis zum Kinn und richtete ihre dunklen, teilnahmslosen Augen auf Martine.

Bekleidet mit einem schmutzigen Nachtgewand, saß sie zwischen Bergen aus Federkissen im Bett. Graue Haarsträhnen nahmen ihrem glänzenden schwarzen Haar die Frische, und ihr Gesicht wirkte bleich und stumpf wie Wachs. Rainulf wußte, daß Martine das Leiden von Lady Geneva nur für Faulheit hielt. Von den Krankheiten des Körpers verstand seine Schwester etwas, nicht aber von denen der Seele.

»Schwermut?« fragte Geneva. Sie wies auf ihre Tochter, die halbversteckt hinter Martines Rock stand. »Ailith! Hast du irgend etwas über Schwermut zu ...«

»Nein! Ich sagte, du hättest Kopfschmerzen. Wirklich, ich ...«

»Es war meine Vermutung«, antwortete Martine und streckte den Arm nach Ailith aus, um das Kind zu beruhigen. »Es heißt, Ihr verlaßt nie Eure Kammer, und ich weiß, daß Ihr von ... daß Ihr nicht mehr ...«

»Daß ich verstoßen wurde? Schwermut ist eine völlig natürliche Reaktion, wenn eine Frau fallengelassen wird, als wäre sie nicht mehr wert als die Abfälle aus der Küche, die man den Hunden vorwirft, meint Ihr nicht auch? Ich glaube kaum, daß ich Euer Tonikum brauche, denn was ich fühle, empfände jede vernünftige Person unter ähnlichen Umständen.«

Rainulf hörte an den Geräusch unten im Hof, daß Thorne und Lord Godfrey von ihrem Jagdnachmittag zurückgekehrt waren, und winkte den Männern vom Fenster aus zu, als sie in den Bergfried traten. Beim Klang von Thornes Stimme erstarrte Martine. Seine Schwester besaß Intelligenz und Verstand, aber in ihrem Urteil über Menschen konnte sie erstaunlich irren, überlegte Rainulf.

»Ihr hättet das Tonikum trinken sollen«, sagte Martine zu Geneva. »Dann solltet Ihr aufstehen, Euch anziehen und den Dingen des täglichen Lebens zuwenden.«

Rainulf schüttelte den Kopf. »Martine ...«

Natürlich ließ sie sich nicht aufhalten und ignorierte ihn. »Eure Schwermut mag natürlichen Ursprungs sein, aber sie richtet dennoch großen Schaden an. Nicht nur in Euch selbst, sondern auch bei Eurer Tochter. Sie braucht Euch, nicht nur Eure entsetzlichen Drohungen, sie unten in diese Zelle einsperren zu lassen. Nein, sie braucht Euch als richtige Mutter. Und wenn Ihr wirklich wüßtet, was gut für Euch ist, würdet Ihr auch begreifen, daß Ihr Ailith braucht.«

»Ich soll Ailith brauchen?« Bebend vor Empörung beugte Geneva sich vor. »Warum glaubt Ihr, daß ich hier bin?« Sie ballte ihre Hand zur Faust und schrie. »Sie hat mein Leben zerstört!«

Ailith duckte sich hinter Martine. Rainulf ging zu ihr, hob sie auf den Arm und trug sie aus dem Zimmer. Auf der Galerie standen lauschend Lady Estrude und Clare und hielten die Hände auf den Mund gepreßt, um ihr Kichern zu unterdrücken. Geneva schrie lauter als je zuvor. Das Gesicht an Rainulfs Schulter vergraben, hielt Ailith sich die Ohren zu.

»Wäre sie ein Sohn geworden, wie es hätte sein sollen, lebte ich noch immer als Herrin auf Burg Kirkley und nicht diese Hure, die mein Gemahl an meiner Stelle in sein Bett geholt hat! Ich soll Ailith brauchen? Ich wünschte, sie wäre nie geboren!«

In der Ferne erklang ein Jagdhorn. Estrude und ihre Kammerfrau wurden still. Während das Gesicht ihrer Herrin einen Ausdruck müder Verzweiflung annahm, biß sich Clare auf die Lippe und blickte mit ihren kleinen, traurig glänzenden Augen in die Richtung, aus der das Geräusch kam. Geneva gab nun Ruhe. Martine trat aus der Tür und sah zu Rainulf, als der Hörnerklang erneut erschallte.

»Oh, wie gut«, erklärte Estrude mit harter, gedehnter Stimme. »Die Helden kehren zurück.«

Bald hörte man das näherkommmende Kläffen und Heulen der Hundemeute, vermischt mit den jauchzenden Hallo-Rufen der Jäger. Martine fragte sich, welche Stimme ihrem Verlobten gehören mochte. Zum dritten Mal, seit sie in England war, wurde ihr unwohl bei der Gedanken, ihren Verlobten zu sehen.

Felda erschien und nahm Ailith aus Rainulfs Armen. »Die Falken habt Ihr kennengelernt, Vater. Jetzt kommen die Hunde.«

Martine folgte Rainulf die Wendeltreppe vom dritten in den ersten Stock hinunter. Selbst durch die dicken Steinwände des Bergfrieds hörte Martine die Jagdgesellschaft, die wie ein Donnergrollen näherrückte. Als sie und Rainulf den Wachraum erreichten, waren die Männer bereits da. Zu Martines Erstaunen saßen sie immer noch im Sattel. Sie waren mit ihren Pferden direkt die Treppe hinauf in den Bergfried geritten. Es schien, als wäre die Jagd noch nicht beendet. Sie hatten einen verwundeten Hirsch vor sich her in den Bergfried getrieben. Es war ein prächtiger Rothirsch mit vielendigem Geweih, das den Trophäen an der Wand in der großen Halle in nichts nachstand.

Martine verharrte am Fuß der Treppe neben ihrem Bruder

und verfolgte fassungslos das schreckliche Geschehen, das sich vor ihren Augen abspielte. In einer alptraumhaften Hetzjagd galoppierten, sprangen, heulten und schrien sechs oder sieben berittene Männer, ein Dutzend oder mehr Jagdhunde und der Hirsch durcheinander. Die Jäger hielten sich vorwiegend am äußeren Rand des Wachraums auf und umkreisten die Hunde und ihr verängstigtes Opfer in einander überschneidenden Runden.

Der Rothirsch rannte in wilder Panik und mit Schmerzen umher. In Schultern, Schenkeln und Hals steckten fünf Pfeile, doch keiner hatte dem Tier offenbar eine tödliche Wunde zugefügt. Martine fragte sich, warum eine Gruppe erfahrener Jäger es nicht schaffte, den Hirsch nach so vielen Schüssen niederzustrecken, bis ihr klar wurde, daß sie ihn überhaupt nicht töten wollten. Sie machten sich ein Vergnügen daraus, das Tier zu quälen, so wie sie einen gefangenen Bären zum Besten halten würden.

Über dem Getöse erhob sich der Schrei eines Babys, wie Martine verblüfft wahrnahm. Dann bemerkte sie, daß es der Hirsch war, der in höchster Todesnot schrie. Aus seinen Wunden rann Blut, und der Speichel trat als Schaum aus seinem Maul, während er sich hin und her warf und verzweifelt versuchte, auf den Beinen zu bleiben. Martine blickte in die schmerzverquollenen Augen des Tieres, die vor Pein geschwollen waren.

»*Hört auf damit!*« schrie sie, aber ihre Worte wurden von dem Höllenlärm verschluckt, der den Wachraum erfüllte. Etwas mußte geschehen. Diesem Entsetzen mußte ein Ende gemacht werden. Martine sah zu Rainulf und glaubte, er wisse, was zu tun sei. Ihr Bruder nahm den Blick auf und schüttelte mit grimmigem Ausdruck den Kopf, als wollte er sagen, daß da nichts zu machen sei. Für Martine war Rainulf ein Mann von Weisheit. Er kannte den Drang des Menschen, zu quälen und Schmerz zuzufügen, und wußte, wann etwas dagegen unternommen werden konnte und wann nicht. Sie fand es entsetzlich, angesichts dieser Grausamkeit hilflos zu sein.

Welcher der Männer war Edmond? Nahm er an diesem

furchtbaren Spiel teil? Die Reiter verschwammen zu einem einzigen Wirbel aus wehenden Mänteln, untermalt von dröhnendem Hufgetrampel. Es war unmöglich, in diesem Durcheinander eine einzelne Person zu erkennen.

Nein, das stimmte nicht. Es gab jemanden, der sich von den anderen abhob. An einer Wand, mit Reihen glänzender Breitschwerter hinter sich, saß ein Reiter reglos auf seinem flachsmähnigen Rotfuchs. Er war es, zu dem die anderen von Zeit zu Zeit blickten, der die Richtung wies und Befehle gab.

Das konnte nicht Edmond sein. Dieser Mann war zu alt, ungefähr Mitte Dreißig. Er hatte glattes tintenschwarzes Haar und einen graumelierten Bart, den er kurzgeschnitten trug. Seine Tunika leuchtete amethystblau, und darüber trug er einen Mantel aus schwarzem Lammfell. Um den Hals hing an einer silbernen Kordel ein Jagdhorn aus Elfenbein, das mit Einlegearbeiten aus Gold und Onyx verziert war. Seine kleinen dunklen Augen glitzerten, während er den umhertorkelnden, schnaubenden und mit den Hufen aufstampfenden Hirsch beobachtete. Er lächelte, aber es war ein totes Lächeln, das bloß die Lippen formte, die Augen aber kalt ließ. Inmitten des Tumults wirkte er als einziger auf unheimliche Weise ruhig.

Das war Bernard. In dem Augenblick, als Martine ihn erkannte, sah sie, daß auch er sie zum ersten Mal wahrnahm, wie sie auf der Treppe stand und ihn betrachtete. Noch immer das leblose Lächeln auf den Lippen, nickte Bernard. Als Martine nicht antwortete, erstarb es sofort. Mit seinem harten schwarzen Blick, der zu einer Schlange paßte, begutachtete Bernard sie von Kopf bis Fuß. Dann kehrte das Lächeln zurück und wurde zu einem Grinsen. Bernard wandte seine Aufmerksamkeit wieder dem Rothirsch zu, und Martine tat das gleiche.

Über und über mit Blut bedeckt, ging der Hirsch in die Knie und trieb in wilder Verteidigung einem der Jagdhunde die Geweihspitzen in die Hinterläufe. Der Hund brach zusammen, erhob sich jaulend wieder und humpelte hinkend davon. Bernard stieg von seinem Hengst, während die anderen Männer ihre Reittiere zügelten, um ihren Jagdherrn nicht niederzutrampeln. Er griff sich einen Streitkolben, trat den Hund zu Boden und zerschmetterte ihm mit einem einzigen Schlag den Schädel. Dann warf Bernard die Waffe beiseite, hob das leblose Tier bei den Hinterläufen und schleuderte es zum Tor hinaus.

In der Zwischenzeit stolperte der Hirsch, noch immer wild um sich stoßend, durch die Halle und rannte in eine Reihe aufgestellter Armbrüste. Als hätte diese Wendung Bernard auf eine Idee gebracht, wies er auf die Schußwaffen und schrie: »Boyce! Hier herüber!« Ein großer stämmiger Mann mit langem drahtigem Bart stieg ab und warf ihm eine Armbrust und einen Bolzen zu. Armbrüste waren Waffen von teuflischer Macht und konnten den Bolzen durch die beste Rüstung treiben. Daher hatte die Kirche ihren Einsatz gegen Christen verboten — nicht aber gegen Hirsche, wie es schien.

Die Männer hielten ihre Pferde im Zaum, während sie Bernard beobachteten, der die Waffe lud und spannte. Sein Opfer torkelte kraftlos umher und schlitterte mit den Hufen über das eigene Blut und seine Ausscheidungen.

»Schießt ihm in die Nüstern!« brüllte jemand.

»Ja! Die Nüstern!«

»Ich will mich nicht aufdrängen, Bernard«, erhob Boyce die Stimme, »aber diese Mühe würde ich mir sparen. Es ist ein bewegliches Ziel. Der einzige Mann, der nach meiner Kenntnis hier treffen könnte, wäre Thorne Falconer.«

»Ich glaube, die Kunstfertigkeit unseres Waldmenschen wird zu hoch gepriesen«, entgegnete Bernard. »Wann hat er sich zum letzten Mal herabgelassen, uns seine Fähigkeiten unter Beweis zu stellen? Vielleicht hat er längst sein Fingerspitzengefühl verloren, nachdem er die Vögel tun läßt, was früher seine Pfeile erledigten. Ich dagegen bin in Übung geblieben.«

Sorgfältig legte Bernard auf sein Ziel an und löste den Bolzen, aber er verfehlte den Hirschen. Statt dessen streifte das Geschoß Boyces Oberarm und bohrte sich zwischen zwei Steinquader in die Wand. Als Boyce die Augen nach oben rollte und vor Schmerz das Gesicht verzerrte, brachen die Männer in dröhnendes Gelächter aus.

»Verdammt, wenn Ihr nicht recht hattet, Boyce«, rief Bernard in die lachende Menge. »Ich hätte mir die Mühe sparen sollen.«

Boyce blickte auf seinen verwundeten Arm und dann auf Bernard, und schon brüllte er los vor Lachen. Sein Gesicht rötete sich, und aus den Augen traten Tränen.

»Verdammt recht hatte ich«, spie er hustend aus und klopfte sich auf die Schenkel. Martine war erstaunt, daß er überhaupt sprechen konnte, nachdem ihn die Armbrust getroffen hatte. »Versucht niemals, Eure Kunst an einem beweglichen Ziel zu beweisen. Seht her.« Mit seinem unverletzten Arm wies Boyce auf den Hirsch, der noch immer auf seinen wackligen Beinen stand und verzweifelt mit dem Kopf nach rechts und links schlug. »Das verdammte Ding bewegt sich immer noch. Es will einfach nicht aufgeben.«

Auf der Treppe hinter sich hörte Martine Schritte, und dann wurde sie von zwei starken Händen bei den Schultern gepackt und zur Seite geschoben. Es war Thorne.

In dem Augenblick, als der Sachse den Wachraum betrat, verschwand das Lächeln aus Bernards Gesicht. »Aha. Der Falkner. Gerade zur rechten Zeit, um der Lustbarkeit beizuwohnen.«

»Jetzt werden wir gleich einen Meisterschuß erleben«, sagte Boyce.

»Boyce glaubt, Ihr könntet den Rothirsch in die Nüstern treffen«, erklärte Bernard. »Ich finde allerdings, daß Euer Ruf Eure Fertigkeiten bei weitem übertrifft.« Mit kaum verhohlener Feindseligkeit blickten sich Bernard und Thorne in die Augen, und in Bernards Gesicht kehrte das kalte Lächeln zurück. »Wollt Ihr mir das Gegenteil beweisen, Waldmensch?«

»Jemand soll mir einen Kurzbogen geben«, befahl Thorne.

»Lieber Gott«, sagte Martine und trat in den Raum. Sie blickte verzweifelt um sich, als Thorne den Bogen und den Pfeil auffing, die ihm jemand zuwarf. Zu ihrer Überraschung schien Rainulf ungerührt darüber, daß sein Freund sich an diesem Alptraum beteiligte. Konnte er tatsächlich soviel Nachsicht zeigen?

Nun, Martine tat es nicht. Als Thorne den Bogen spannte, griff sie ein und riß ihm den Pfeil aus der Hand. So hart, wie sie konnte, schlug sie ihn an die Steinwand, und der Pfeil zerbrach in zwei Teile.

»Ihr widert mich an!« sagte sie.

Für einen kurzen Augenblick erfror jedes Geräusch und jede Bewegung im Wachraum. Nur der Hirsch stakste weiter unruhig umher. Dann folgten leise Pfiffe und das ungläubige Schmunzeln von Bernards Männern. Martine blickte Thorne direkt ins Gesicht und war bereit, ihm in aller Deutlichkeit zu sagen, was sie von diesem grausamen Sport hielt und von Sir Falconer, der Bernards Herausforderung angenommen hatte. Die Art, wie Thorne ihren Blick erwiderte, entwaffnete sie. Martine hatte Zorn erwartet, doch nun hätte sie schwören können, daß für einen winzigen Moment in seinen Augen Belustigung aufflackerte und noch etwas anderes ... vielleicht Bewunderung?

Er wandte sich zum Wachraum zurück und befahl: »Noch einen Pfeil.«

Sobald er ihn in der Hand hielt, wollte Martine ihn ihm wegnehmen, doch dieses Mal umfaßte Thorne mit festem Griff ihr Handgelenk und sah, um Unterstützung bittend, zu Rainulf. Ihr Bruder packte Martine am Arm und führte sie zur Treppe.

Wie eine Spielzeugfigur mit mechanischen Gelenken sprang der Hirsch schwankend in alle Richtungen. Während Thorne den Bogen spannte, beobachtete er das Tier und wartete auf den richtigen Augenblick.

»Nun, Waldmensch?« fragte Bernard. »Schafft Ihr es, ihn in die Nüstern zu treffen?«

Das Tier fuhr herum und sah Thorne direkt an. Rasch ging Thorne auf ein Knie, zielte und löste den Schuß. Der Hirsch riß den Kopf nach oben, verlor den Halt und brach mit krachendem Geweih zu Boden. Seine Pupillen rollten in die Augenhöhlen, und das Tier sank, gebrochen seufzend, in sich zusammen. Den Körper durchlief ein Zittern, dann blieb der Hirsch todesstarr liegen. Der Pfeil hatte nicht seine Nüstern, sondern die Brust durchbohrt.

Mit ausdrucksloser Miene erhob sich Thorne und stellte sich ruhig Bernards wütendem Funkeln. »Beinahe.«

Der Pfeil hatte das Herz durchdrungen. Als Rainulf Martines Arm losließ, begriff sie, daß Thorne von Anfang an den gequälten Hirsch durch einen Gnadenschuß hatte erlösen wollen. Vermutlich hatte Rainulf den Gedanken seines Freundes gleich erkannt. Warum war sie nicht selbst darauf gekommen? Ihre Wangen brannten vor Scham, und im stillen dankte sie Thorne, daß er nicht in ihre Richtung sah.

Bernard blinzelte Thorne mit kalter Ablehnung an, während Boyce hustend über den offenbar gelungenen Scherz lachte. Der Rest der Männer in Bernards Gefolge stöhnte enttäuscht und murmelte halblaute Flüche.

»Ich glaube, der Falkner mißbilligt unseren harmlosen Sport«, sagte Bernard gespannt. »Am Ende einer langen Jagd schlägt die Stimmung hohe Wellen, und die Männer lieben diese Art der Zerstreuung. Aber davon wißt Ihr natürlich nichts, Waldmensch, nicht wahr? Ihr nehmt Eure kleinen niedlichen Vögel und kehrt ein paar Stunden später mit einer lächerlichen Beute heim. Das Niederwild, das Ihr erlegt, würde nicht einmal einem dieser Jagdhunde den Magen füllen. Ehrlich gesagt, begreife ich nicht, wie Ihr dabei noch den Kopf aufrecht halten könnt. Mein kleiner Bruder hatte schon Wildschweine erlegt, als er noch keine Haare an seinem« — Bernard blickte zu Martine und grinste — »Kinn hatte.« Bernards Männer schnalzten mit der Zunge.

Thorne blickte durch den Raum. »Ist Edmond mit Euch von der Jagd zurückgekehrt?« Seine Augen blieben bei Boyce, der gegen die Wand gelehnt saß, während das Blut von seinem Arm rann. »Oder habt Ihr ihn zufällig auch erschossen?« Nur Boyce lachte, obwohl einige andere sich offensichtlich auf die Lippe bissen.

»Mein Bruder ist sicher zurückgekehrt. Er wird in Kürze hier sein mit seinem Brautgeschenk.« Bernard wandte den harten Blick zu Martine. »Dies ist doch Lady Martine, nicht wahr?«

»Martine von Rouen und ihr Bruder, Vater Rainulf ... Bernard von Harford«, stellte Thorne vor.

»Das dachte ich mir bereits«, antwortete Martine mit tonloser Stimme.

Ein leises Murmeln wurde unter Bernards Männern laut. Martine hörte sie flüstern: »Eine kalte Frau, das ist sie.« Aber auch: »Edmond wird etwas zum Anfassen haben.«

Plötzlich verstummte jedes Geräusch, und Martine folgte den Blicken der anderen zur Tür. Dort stand ein junger Mann und blickte sie mit ernster Neugier an. Martine wußte sofort, daß dies Edmond war.

7.

Ihr Verlobter sah gut aus, wie Sir Thorne in seinem Brief versprochen hatte, mit seinen dunklen Augen und der von der Sonne gebräunten Haut. Seine Lippen waren voll, und er besaß einen muskulösen Hals. Im Gegensatz zu seinem Bruder trug er schlichte Kleidung, und sein Haar steckte unter einer abgenutzten blauen Mütze. Das Gewicht auf ein Bein verlagert, stand er da und hielt mit beiden Händen eine graue Decke, die etwas Riesiges umhüllte, das auf dem Boden neben ihm lag. Martine nahm den schwachen Wildgeruch wahr und fragte sich, was unter dem grauen Tuch verborgen wäre.

Bernard trat um den toten Hirsch herum und zog Edmond die Mütze vom Kopf. Schwarzes, gelocktes Haar, noch eng zusammengedrückt, fiel herunter. Es war lang und reichte Edmond bis auf die Schultern. Mit seinen dunklen Gesichtszügen, dem schwarzen Lockenhaar und den in mehreren Schichten übereinandergetragenen erdfarbenen Kleidern wirkte er wie ein Wilder ... oder ein Ungläubiger.

»Meine liebe Lady Martine«, sagte Bernard. »Gewährt mir die Ehre, Euch Euren Verlobten vorzustellen ... meinen Bruder, Sir Edmond von Harford.«

Die beiden starrten sich an. Keiner sagte ein Wort oder bewegte sich. Die Spannung schien für Bernards Männer unerträglich, schon bald flüsterten und kicherten sie.

Thorne ergriff das Wort. »Edmond, Euer Bruder sagte uns, Ihr würdet ein Geschenk für Lady Martine mitbringen.«

Bernard schob seinen Bruder nach vorn. Das Bündel hinter sich herschleppend, näherte Edmond sich Martine. Nun merkte sie, daß die Decke mit dunklen Flecken verschmutzt war. Es war Blut, wie Martine bewußt wurde ... Blut, das heraussickerte. Je näher Edmond kam, desto widerwärtiger wurde der Gestank, der dem Bündel entwich. Martine weitete die Nasenlöcher, und ihr wurde übel. Als sich Edmond an der Decke zu schaffen machte, sah Martine auf seine Hände. Die Haut war dunkel gefärbt, aber nicht von der Sonne. Dafür war sie zu braun. Schmutz? Nein, die dunkle Schicht, die seine Hände bedeckte, ähnelte eher einer getrockneten Flüssigkeit — Blut. Edmonds Hände waren blutverschmiert.

Er riß die Decke auseinander, und es entwich ein unaussprechlicher Fäulnisgeruch, der Edmond nicht das geringste auszumachen schien. Aus einem klaffenden Maul, mit blutbespritzten Stoßzähnen zu beiden Seiten, ragte bizarr eine purpurrote Zunge, um die Schwärme von Fliegen schwirrten. Die Insekten krabbelten über die gebrochenen Augen und machten sich an vielen feucht glitzernden Wunden zu schaffen.

Martine wich einen Schritt zurück und spürte die erste Treppenstufe an ihrer Ferse. Nervös die blutbeschmierten Hände ineinanderreibend, während er von Martine zu seinem Bruder und zurück blickte, schien Edmond auf eine Reaktion von ihr zu warten.

Die anderen sahen Martine noch immer an und schienen ebenfalls zu warten. Worauf nur? Was sollte sie sagen? *Oh, ich danke Euch. Danke für den toten Eber. Und den toten Hirsch. Den toten Hund. Tot, tot, alles tot.*

Edmonds Hände waren blutbefleckt ... voller Blut. Und alle Augen richteten sich starr auf Martine.

Martine fuhr herum und rannte die Treppe hinauf. Ihr Herz hämmerte in einer warnenden Vorahnung, die ihr Verstand nicht zulassen wollte: Die blutbeschmierten Hände ihres Verlobten waren ein Omen. Ein Omen des Bösen. Ein Omen, das für Tod stand.

»Er war auf der Jagd«, wiederholte Rainulf. »Deshalb hatte er Blut an den Händen. Reiß dich zusammen.« Er wünschte, Martine würde mit dem ständigen Umherlaufen aufhören. Auf und ab ohne Ende, während ein halbes Brathähnchen auf ihrem Eßbrett langsam kalt wurde. Martine hatte darauf bestanden, das Abendessen allein auf ihrer Kammer einzunehmen und weigerte sich, zu den anderen nach unten zu gehen.

»Er hat ein Bad genommen«, lenkte Rainulf ein und setzte sich zu Martine aufs Bett.

»Es ist zu spät. Ich habe ihn gesehen, wie er ist. Er kann mir nichts mehr vormachen.«

»Martine, ich hätte dich nie jemand völlig Unbekanntem versprochen. Thorne hat Edmond aufwachsen sehen, und er versichert, daß er nie das geringste Zeichen für einen schlechten Charakter an ihm erkannt habe, oder ...«

Martine hörte mit dem Umhergehen auf und wandte das Gesicht zu Rainulf. »Er hätte dir alles mögliche gesagt, wenn es nur dem Ziel diente, meine Zustimmung zu dieser Heirat zu gewinnen. Ich habe selbst aus seinem Mund gehört, daß er diese Ehe zu seinem eigenen Vorteil vermittelt hat.«

»Das gleiche sagte er mir vor dem Abendessen. Er fürchtete, ich würde ihn dafür hassen wie du.«

Loki strich um Martines Beine. Sie hob den Kater und hielt ihn an ihre Brust. »Und haßt du ihn etwa nicht?«

»Nein. Er hat nie behauptet, ein Heiliger zu sein, Martine ... nur ein Mann, der das Beste aus seinem Leben zu machen versucht. Thorne wuchs ohne Vermögen auf. Er hat die bitteren Seiten der Armut kennengelernt. Es ist keine Sünde, daß er seine Lage verbessern will. Meiner Ansicht nach ist dies sogar ein edles Ziel in Gottes Augen.«

»Mir sagte er, er werde alles tun, was immer notwendig sei, um dieses Ziel zu erreichen. Das waren seine eigenen

Worte. Was immer notwendig sei. Nimm an, dazu wäre eine Sünde erforderlich ... zu stehlen, zu töten oder ...«

Rainulf lachte. »Das ergäbe ein lohnendes Thema für einen Disput mit meinen Studenten. Rechtfertigt ein edles Ziel eine sündige ...«

»Hör auf, Rainulf.« Martines ruhiger Vorwurf traf mehr, als wenn sie ihn mit wütenden Beleidigungen beschimpft hätte. Selbst der Kater warf Rainulf einen glühenden, vorwurfsvollen Blick zu, bevor er aus ihren Armen sprang. »Setz dich nicht leichtfertig über meine Zweifel und Befürchtungen hinweg. Das hast du früher nie getan. Du hast mich immer verstanden. Ich mußte nicht einmal von den Dingen sprechen, die mir angst machten. Du wußtest immer, wie ich empfand.«

Martine hatte recht. Er ließ sie im Stich. Statt sich über sie lustig zu machen, sollte er ihre Ängste ernst nehmen. Seit sein Glaube schwand, hatte er womöglich auch die Fähigkeit verloren, Bedürftigen Trost zu spenden, selbst bei seiner geliebten Schwester.

Martine öffnete die Fensterläden und atmete tief die warme Nachtluft ein. Sie starrte in den Burghof hinunter und hielt den Blick auf etwas gerichtet, das Rainulf nicht sehen konnte.

»Martine.« Als sie sich vom Fenster abwandte, waren ihre Augen groß und traurig. »Du mußt Edmond nicht heiraten. Wir können morgen früh von hier abreisen, noch vor der offiziellen Verlobung. Ich biete Godfrey eine kleine Entschädigung ...«

»Ich werde ihn heiraten«, erwiderte sie tonlos.

»Ja, aber ich weiß, daß du böse Vorahnungen hast. Ich ... ich werde meine Pilgerreise verschieben, bis du versorgt bist.«

»›Versorgt‹. Das bedeutet Ehe oder Kloster. Wir wissen beide, daß ich keine anständige Nonne sein kann. Ich meine, es wird immer noch erwartet, daß ich all das primitive und abergläubische Zeug wirklich glaube ...«

»Martine!« Doch Rainulf mußte unwillkürlich lächeln.

»Also bleibt die Ehe. Und da du viele Mühen auf dich genommen hast, Sir Edmond für mich zu finden, kann ich ebensogut ihn wie irgendeinen anderen heiraten. Wenn ich Glück habe, findet er mich nicht so unangenehm wie die meisten Männer, und außerdem bin ich sicher, daß es nicht lange dauert, bis er sich eine Geliebte nimmt und mich in Frieden läßt.«

Rainulf starrte die verbitterte junge Frau vor sich an. »Du willst ihm nicht einmal eine Chance geben, sich deine Liebe zu verdienen ...«

»Er wird überhaupt nichts von mir bekommen!« gab Martine verbissen zurück. »Gäbe ich ihm die geringste Kleinigkeit, nur einen winzigen Teil von mir, nähme er immer mehr und mehr, bis ich vollkommen leer zurückbliebe.« Mit verschränkten Armen blickte Martine zur Seite.

»Martine, sieh mich an.« Sie tat es. »Du bist sehr stark, anders als Adela, wie du selbst gern betonst.«

Als Rainulf den Namen ihrer Mutter erwähnte, kehrte Martine zum Fenster zurück. »Sie wurde von ihrer Liebe zerstört«, sagte sie, während sie Rainulf den Rücken zuwandte und den Blick wieder nach draußen richtete. »Sie hat ihr ganzes Herz Jourdain gegeben, und er nahm es, als wäre es sein selbstverständliches Recht. Zurück bekam sie nichts als Kummer.« Von ihrem Vater sprach Martine immer mit seinem Vornamen, fiel Rainulf auf, als wollte sie dadurch die Tatsache leugnen, daß er sie gezeugt hatte. Ihr Haß auf ihn wurzelte tief und unverrückbar noch Jahre nach seinem Tod. »Er hat sie benutzt und verzehrt. Sie verbrannte wie Stroh, und es blieb nichts von ihr zurück.«

Rainulf erhob sich und trat zu seiner Schwester ans Fenster, weil er wissen wollte, was ihre Aufmerksamkeit gefesselt hielt. Er konnte nichts von Bedeutung entdecken. Der Burghof lag verlassen im Mondschein. Als einzige Lichter leuchteten die von Kerzen erhellten Fenster des Falkenhauses.

»Mylady?« drang eine Frauenstimme durch den Ledervorhang an der Tür. Martine stöhnte innerlich. *Estrude.* Was konnte ausgerechnet sie wollen?

Mit amüsiertem Ausdruck begegnete Rainulf Martines

Blick und formte mit den Lippen eine Warnung. *Reiß dich zusammen.* Er wartete ab, bis Martine grollend nickte, bevor er den Vorhang zur Seite schob. »Guten Abend, Mylady.«

In einen purpurfarbenen Seidenumhang gekleidet, stürzte Estrude in die Kammer. Das rote Haar stand feucht als loses, ungeordnetes Lockengewirr um ihren Kopf, und obwohl sie ganz offensichtlich direkt aus dem Bad kam, hatte Estrude die Schminke auf ihrem Gesicht frisch aufgetragen. Martine fragte sich, warum sie ausgerechnet vor dem Schlafengehen diese Mühe auf sich nehme. »Vater ... Lady Martine. Störe ich? Ich könnte später noch einmal kommen.«

»Um ehrlich zu sein ...« begann Martine.

»Nun, um ehrlich zu sein, sind wir erfreut, daß Ihr uns besucht«, beendete Rainulf mit ausgesucht höflichem Lächeln und einem raschen strafenden Seitenblick zu Martine den Satz. »Wir hatten so wenig Zeit, Euch kennenzulernen.«

»Ihr seid sehr freundlich«, entgegnete Estrude. »Eigentlich bin ich nur vorbeigekommen, um von Eurer Schwester einen Gefallen zu erbitten.« Sie wandte sich an Martine. »Ich gestehe, daß ich höchst neugierig auf Euer Parfüm geworden bin. Ich meine das aus Lavendel und ... süßem Fenchel, so war doch der Name.«

»Süßer Waldmeister«, verbesserte Martine.

»Thorne schien offensichtlich davon angetan«, bemerkte Rainulf.

Estrudes Gesicht wurde ausdruckslos. Sie wandte den Blick ab und sah sich neugierig in der Kammer um. »War er das? Davon habe ich nichts bemerkt.«

Lügnerin, dachte Martine, plötzlich wachsam geworden. *Du hast es gesehen. Einer Frau wie dir entgeht nichts.* »Tatsächlich?«

Estrude begegnete Martines Blick ungerührt. »Ja, meine Liebe, so ist es. Und, wie gesagt, seit gestern abend bin ich höchst neugierig darauf. Ob Ihr mir wohl erlauben würdet, etwas von dem Parfüm zu probieren?«

»Ihr wollt das Parfüm tragen?« Die Vorstellung entsetzte Martine. Den Duft hatte sie selbst zusammengestellt, und er gehörte ihr, ihr allein. Bei dem Gedanken, daß diese furchtbare Frau ihr Parfüm benutzen und so duften würde wie sie, fuhr Martine innerlich zusammen.

»Nur für heute abend«, sagte Estrude. »Um zu versuchen, wie die Mischung an mir wirkt.«

Martine wollte den Kopf schütteln, doch Rainulf schickte ihr einen scharfen warnenden Blick und ging zur der kleinen Truhe, auf der Martines Toilettensachen standen. »Es ist doch ein Kompliment, Schwester. Meinst du nicht auch?« Er suchte das Parfümfläschchen und reichte es Lady Estrude. »Wenn Ihr den Duft mögt, bin ich sicher, daß Martine Euch gerne die Rezeptur mitteilt.«

Lachend zog Estrude den Glasstöpsel heraus. »Ich bin nicht sehr bewandert mit Kräutern, aber danke für das Angebot.« Stirnrunzelnd schnupperte sie an dem Fläschchen. »Es riecht so anders.« Estrude zuckte mit den Schultern und verteilte das Parfüm großzügig über Hals und Arme.

»Das ist ... ziemlich viel«, sagte Martine. »Der Duft wirkt stärker, als man denkt.«

»Ich mag es gerne kräftig«, antwortete Estrude und schloß den Flacon, bevor sie ihn Rainulf zurückgab, der das Parfüm an seinen Platz auf der Truhe zurückstellte. Estrude hob das Handgelenk und schnupperte. Dabei bemerkte Martine den silberbeschlagenen Hundestock, der lose an ihrem Arm baumelte. Offenbar verließ Lady Estrude ihre Kammer niemals ohne den Stock. »Ich fürchte, das ist doch nicht ganz mein Geschmack«, sagte Estrude dann entschuldigend. »Aber ich bin äußerst gerührt über Eure Großzügigkeit, das Parfüm mit mir zu teilen.«

Nachdem Estrude ihnen eine gute Nacht gewünscht und die Kammer verlassen hatte, wandte Martine sich an ihren Bruder. »Was meinst du, hatte das zu bedeuten?«

Rainulf zog die Brauen zusammen. »Sie wollte einfach ...«

»Nichts bei dieser Frau ist *einfach*.«

Rainulf schüttelte den Kopf. »Deine Nerven machen dich wie gewöhnlich gereizt. Du mußt lernen, höflich zu sein, auch wenn du erregt bist.«

Martine stöhnte und preßte die Hände an die Ohren. »Keine Lektionen mehr heute abend, Rainulf ... bitte.«

Er nickte. »Du hast recht. Es ist eine schwierige Zeit für dich, und ich bin wenig hilfreich.«

»Nichts kann mir helfen«, entgegnete Martine dumpf.

»Schlaf würde dir guttun«, sagte Rainulf. »Du bist noch immer erschöpft von der Reise, und für die Verlobung morgen mußt du ausgeruht sein. Ich werde dich jetzt allein lassen, aber du mußt mir versprechen, sofort zu Bett zu gehen. Versprich mir, daß du nicht wachliegst und grübelst. Und auch keine Träume von Seidenkleidern, die in einem See aus Blut schwimmen. Wenn der Alptraum wiederkommt, gehst du zu mir, weckst mich auf, und wir reden ...«

»In letzter Zeit kommt er beinahe jede Nacht. Ich kann dich nicht immer wecken.«

»Doch, du kannst.«

Martine lächelte sanft. Obwohl sie nicht beabsichtigte, sein Angebot anzunehmen, war sie Rainulf dankbar. Schon ohne seinen Schlaf zu rauben, bürdete sie ihrem Bruder genügend auf. Er würde ihr gerne helfen wie in allem und suchen, sie mit tröstenden Worten zu beruhigen. Aber es wäre nicht richtig ihm gegenüber. Außerdem linderte seine Freundlichkeit nur die kleineren Sorgen. In Zeiten wie diesen, wenn ihr Herz schmerzte und sie vor namenloser Verzweiflung zitterte, brauchte Martine tröstende Arme und nicht bloße Worte.

»Schlaf gut, Martine«, sagte Rainulf und verließ die Kammer.

Sie kehrte zum Fenster zurück und öffnete die Läden. Aus dem Falkenhaus schimmerte noch immer der warme Kerzenschein.

Er suchte ihre körperliche Nähe, gelassen und mit ruhiger Sicherheit, als besäße er jedes Recht der Welt, sie zu berühren.

Vor einem der Fenster des Falkenhauses tauchte eine dunkle Gestalt auf und verschwand wieder. Wie würde Thorne ihre Ängste beruhigen, falls es seine Angelegenheit wäre? Er war kein Heiliger, wie ihr Bruder betont hatte, und er gab auch nicht vor, einer zu sein.

Wieder erschien die dunkle Gestalt und blieb stehen, umrahmt vom goldenen Lichtschein des Fenstervierecks. Nun konnte Martine ihn deutlich erkennen. Er trug kein Hemd und hielt Freya auf seiner Faust. Als er zum Bergfried blickte, zog Martine rasch die Läden zu und schloß ihr Fenster.

Thorne fuhr im Schlaf zusammen, als die Kerzenflamme zitterte und im Luftzug zu tanzen begann. Ein verzweifeltes Stöhnen drang tief aus seinem Inneren. Die flackernde Flamme wurde länger und erreichte schon beinahe das Stroh, das von der Decke der kleinen ärmlichen Hütte hing. Sie kam näher und näher ...

Das Stroh entzündete sich, und Flammen loderten auf. Innerhalb weniger Minuten hatte der Feuersturm das ganze Dorf ergriffen.

Durch das tobende und prasselnde Inferno tönte der Schrei eines kleinen Mädchens. »*Thorne, hilf mir! Bitte, Thorne*!«

Louise. Keuchend rannte Thorne durch die engen Gassen und suchte vergeblich nach seiner Schwester, während die Flammen alles um ihn herum einhüllten. »Wo bist du?« rief er atemlos. »Wo bist du?«

»Hier bin ich«, kam die geflüsterte Antwort ... aber nicht von Louise.

Kühle Fingerspitzen strichen über seine schweißnassen Brauen. Thorne hörte auf, sich im Bett umherzuwerfen, und blieb reglos liegen. Er nahm einen feinen, geheimnisvollen Duft wahr ...

Süßer Waldmeister und Lavendel.

»Ich bin hier«, flüsterte sie, und langsam hob sich die Gestalt im matten Mondlicht des Falkenhauses ab. Sie beugte sich über Thorne, der in seinem schmalen Bett lag, und er blickte in ihre mitternachtsblauen Augen und sah das silberblonde Haar. »Ihr hattet einen schlimmen Traum«, murmelte sie.

O Gott. Martine. Sie war zu ihm gekommen. Sie war hier.

Thorne versuchte die Hand nach ihr auszustrecken, aber seine Arme waren seltsam schwer, und er konnte sich nicht bewegen. Er mühte sich, aber sie nahm sein Gesicht zwischen ihre Hände und flüsterte: »Schsch. Bleibt ganz ruhig liegen.«

Ihr warmer, süßer Mund legte sich auf seine Lippen. Thorne wollte sie wiederküssen, konnte aber nicht. Sein Atem beschleunigte sich, und das Herz hämmerte in seiner Brust, während er ihren betörenden Duft einatmete.

Sie löste das Laken, in das er gewickelt war, und streifte es ab. Thorne spürte die kühle Nachtluft auf seinem nackten Körper und sah, daß auch sie nichts anhatte. Mit einer nie gespürten Macht wuchs die Erregung in ihm.

Sie umschloß den harten Schaft mit der Hand, und Thorne stöhnte auf. *O Gott. Martine … Martine.* Er versuchte sich zu bewegen und auf den Rhythmus ihrer Liebkosungen einzugehen, doch sein vor Begierde pulsierender Körper war bleischwer und bewegungsunfähig. Thorne nahm wahr, daß er mit den Händen das Leinentuch umkrallte.

Sie setzte sich auf ihn und führte seinen harten Stab in sich ein. Thorne hielt den Atem an. Als sich ihr Körper heruntersenkte, stöhnte er auf. Er hörte, daß sie durch die Lippen den Atem einsog. Für einen Augenblick blieb sie reglos in ihrer Position, dann nahm sie den Rhythmus wieder auf. Sie glitt an ihm entlang, auf und nieder, bis er glaubte, sein Herz würde vor Lust zerspringen.

Martine hörte auf und suchte etwas auf dem Bett … einen silberbeschlagenen Stock, Estrudes Hundestock.

Blinzelnd erwachte Thorne ganz aus dem Schlaf. Es war Estrude und nicht Martine, die den Hundestock hoch über ihren Kopf erhob und mit angsterfülltem Blick um sich sah.

Thorne löste die Fäuste vom Bettlaken, packte den Stock und riß ihn ihr aus der Hand. »Was zum Teufel …«

»Wo ist er?« fragte sie. »Wo ist der verdammte Vogel?«

In seinem Kopf drehte sich alles, und Thorne nickte zur Ecke, wo das weiße Gerfalkenweibchen mit der Fessel um den Fuß auf der stoffgepolsterten Sitzstange hockte.

Estrude entspannte sich, als sie sah, daß der Vogel sicher angebunden war und sie nicht verletzen konnte. Greifvögel waren noch schlimmer als Hunde. Hunde gingen an die Kehle, aber Vögel hackten die Augen aus.

»Geht runter«, knurrte Thorne und ließ den Hundestock auf das Bett fallen, bevor er Estrude um die Taille faßte. Er versuchte, sich von ihr zu lösen, aber sie war geschickt und entwand sich seinem Griff.

Estrude bewegte sich von neuem mit lüsterner Leidenschaft, so wie sie es tat, wenn sie wollte, daß Bernard schnell zum Ende kam. Tatsächlich hörte Thorne bald auf, sich zu wehren. Er umfaßte ihre Hüften und stieß so hart zu, daß sie meinte, er würde sie mit einer Lanze durchbohren. Plötzlich unterbrach er sich, das Gesicht zu einer Grimasse verzogen, und mühte sich, Estrude loszuwerden.

»Ich will mich herausziehen«, sagte er heiser.

»Nein, das wollt Ihr nicht«, antwortete sie und machte unbeirrt weiter.

»*Kommt runter!*« Aber es war zu spät. Thorne erschauerte und grub die Finger in Estrudes Fleisch. Sie spürte den heißen Strahl seines Samens in sich und lächelte insgeheim. In seiner einfachen Sprache murmelte der Sachse ein paar unverständliche Schwüre, dann schloß er die Augen und blieb einige Augenblicke reglos liegen.

Estrude blickte auf ihn hinunter. Sein Gesicht und sein Körper glänzten vor Schweiß im silbernen Mondlicht. Sein Haar war naß. Mit den geschlossenen Augen sah er aus, als würde er schlafen. Estrude nutzte die Gelegenheit, ihn schamlos zu begutachten. Der Falkner hatte sehr breite Schultern, und seine glatte Brust und die langen Arme waren dick mit Muskeln bepackt. Es verblüffte sie zunächst, daß sein linker Arm deutlich mehr Umfang besaß als sein rechter. Dann fiel ihr ein, daß er den ganzen Tag diese riesigen Vögel mit der linken Hand hielt. Thornes mächtiger Oberkörper verjüngte sich zu schmalen Hüften, und er hatte unverhältnismäßig lange Beine. Estrude dachte, daß er wahrscheinlich der bestaussehendste Mann sei, den sie jemals gesehen habe. Auch wenn der Grund, aus dem sie in sein Bett gekommen war, nichts mit seinem Äußeren zu tun hatte, war seine Schönheit nicht zu leugnen.

Nachdem alles vorüber war, würde Thorne Falconer sicher nicht das Herz haben, ihr böse zu sein, daß sie ihn überlistet hatte. Schließlich war sie eine attraktive Frau, und er wußte nun, was für eine leidenschaftliche Geliebte sie sein konnte. Sicher würde er bald wieder Verlangen nach ihr verspüren und womöglich selbst die nächste Verabredung herbeiführen. Es könnten mehrere Begegnungen nötig sein.

Als er die Augen öffnete, erkannte Estrude keine Zuneigung darin. »Was ist los mit Euch? Wollt Ihr unbedingt schwanger werden?«

»Hättet Ihr etwas dagegen?« fragte Estrude zurück. »Zwischen hier und Byzanz müßt Ihr Dutzende von Bastarden hinterlassen haben.«

»Keine, von denen ich wüßte. Und von Euch will ich sie bestimmt nicht.«

»Dann beruhigt Euch. Ich bin seit vierzehn Jahren verheiratet. Könnte ich Kinder haben, hätte ich längst welche, meint Ihr nicht auch?«

Der Falkner schien darüber nachzudenken. Und sie spürte, daß sich sein Körper unter ihr entspannte.

»So ist es besser«, sagte sie mit beschwichtigendem Lächeln. »Auch wenn Ihr immer alles unter Kontrolle haben wollt, werdet Ihr Euch bald an meine Art gewöhnen. Vielleicht seid Ihr das nächste Mal nicht so ...«

»Das nächste Mal? Seid Ihr verrückt?« Thorne setzte sich auf, hob sie von sich und stieß sie grob zur Seite. Er stand vom Bett auf, nahm Estrudes Umhang vom Boden und warf ihn ihr hin. »Geht.«

Ohne auf ihren Umhang zu achten, beobachtete Estrude, wie Thorne seine Beinlinge vom Haken nahm und sie anzog. »Ihr werdet zu mir kommen.« Sie lächelte spröde. »Eines Abends, wenn Ihr an sie denkt ... sie wollt und wißt, daß Ihr sie nicht haben könnt.«

Thorne band die Nesteln an den Beinenden fest. »Dafür gibt es Hurenhäuser«, sagte er.

»Ach ja, Eure Huren aus Hastings. Ich glaube, meine Leidenschaftlichkeit als Bettpartnerin habe ich genug bewiesen. Was besitzen diese Huren, das ich Euch nicht geben kann?«

»Ein Mann muß eine Frau achten können, mit der er ins

Bett geht. Ihr besitzt zwar die Leidenschaft einer Hure, aber nicht den Charakter.«

»Was?«

Thorne hatte Estrude den Rücken zugewandt und hob den Wasserkrug von der Kommode am Fußende des Betts. »Huren sind gewöhnlich ehrlich. Ihr dagegen seid verschlagen wie eine Schlange.« Er trank einen Schluck Wasser.

»Bastard!« Estrude zitterte vor Zorn. »Ich bin eine *Lady.* Beinahe Baronin! Ihr dagegen seid nichts weiter als ein primitiver Sachse und gehört auf den Scheunenhof zu den Schweinen. Ihr habt keine Ahnung, wie Ihr mit einer Dame im Bett zu verkehren habt.«

Thorne machte eine Pause beim Trinken. »Ich habe Euch nicht eingeladen.«

»Jeder Mann von adeliger Geburt hätte meine Aufmerksamkeiten willkommen geheißen, ganz gleich, mit welcher List ich zu ihm gekommen wäre. Er hätte nicht einfach ... alles Vergnügen genommen und mich dann zur Seite gestoßen, das kann ich Euch sagen. Zuerst hätte er für mich gesorgt. So handelt ein Gentleman.«

Thorne stellte den Krug auf die Kommode zurück. »Dafür habt Ihr immer noch Euren Hundestock.«

Es dauerte einen Augenblick, bis Estrude verstand, doch dann loderte brennender Zorn in ihr auf, der noch durch die erniedrigende Zurückweisung genährt wurde. Ihr Blick glitt von ihrem Stock zu Thorne, der noch immer mit dem Rücken zu ihr stand und die Hände durch sein feuchtes Haar zog.

Sie schloß beide Hände um den Silbergriff und sprang vom Bett. Der Haß ließ ihre Arme vor Kraft erbeben. Als Thorne sich zu Estrude umwandte, hob sie den Stock über seinen Kopf und ließ ihn mit sausender Wucht auf seinen Schädel prallen. Fast verlor sie dabei das Gleichgewicht.

Thorne krümmte sich zusammen, und Estrude sah Blut.

Aus der Ecke kam Kreischen und Flügelschlagen. Thorne kniete am Boden und packte mit einer Hand das Bett, während er mit der anderen über seine Stirn fuhr. Auf das Stroh unter ihm tropfte etwas Dunkles. Estrude blickte auf das

Blut an ihrem Stock, und ihr war, als begänne der Raum langsam um sie zu kreisen.

Thorne stand auf, sein Blick war grimmig. Aus der Platzwunde an der Stirn rann das Blut über sein Gesicht. Estrude wich einen Schritt zurück.

Mit einer raschen Bewegung packte Thorne den Stock und entwand ihn ihr. Estrude taumelte gegen das Bett, und in ihrem Kopf jagten sich furchterfüllte Gedanken. *Das wird weh tun.*

Mit einem Fuß gegen das Bett gestemmt, hob Thorne den Stock.

»*Nein!*« flehte Estrude und kauerte sich, die Arme über den Kopf geschlagen, auf dem strohbedeckten Boden zu einer Kugel zusammen. Als sie das Krachen von Holz hörte, kreischte sie los.

Der Augenblick ging vorüber. Sie war unverletzt geblieben.

Noch immer ihren Kopf schützend, hob Estrude den Blick. Thorne hielt in jeder Hand eine Hälfte des Hundestocks, den er über seinem Knie zerbrochen hatte. Estrude beobachtete, wie er die Stücke in die leere Feuerstelle warf, wo sie klappernd aufkamen. Als er sich wieder umwandte und zu ihr herunterblickte, stand kein Zorn mehr in seinen Augen. Zu Estrudes Bestürzung sah er sie mitleidvoll an.

Er hob den Mantel vom Bett und bot ihr die Hand ... eine unerwartet ritterliche Geste. Statt die Hilfe anzunehmen, kam sie allein auf die Füße und entriß ihm den Mantel. Sie zog seinen Zorn dem Mitleid vor.

Während Estrude den Mantel schloß, nahm der Falkner den Lappen aus der Waschschüssel und wusch sich das Blut aus dem Gesicht. »Das habt Ihr verdient«, bemerkte Estrude, nachdem sie darauf vertrauen konnte, nicht geschlagen zu werden.

»Sagen wir, daß es so ist, und lassen wir es dabei. Geht jetzt und kommt nie wieder. Sagt niemandem etwas, und sprecht auch nicht mit mir davon. Tut so, als wäre dies alles nie geschehen.«

Die Augen auf seinen Rücken gerichtet, trat Estrude zur

Tür. Thorne hielt weiter das Tuch an seinen Kopf und tauchte die andere Hand in die Waschschüssel. Dann ging er zu dem noch immer aufgeregten weißen Falkenweibchen und besprengte das Gefieder sanft mit Wasser. Die Geste schien den Vogel zu beruhigen. Estrude dachte nach, was sie noch sagen könnte — eine vernichtende Bemerkung, die den Falkner auf seinen Platz verweisen und ihr das letzte Wort geben würde.

»Geht«, sagte er, ohne sie anzusehen.

Estrude gehorchte, schloß die Tür hinter sich und ging ein paar Schritte. Dann, nachdem sie lange genug stehengeblieben war, um ihren Mantel zu raffen, lief sie los und hielt nicht eher an, als bis sie den Bergfried erreicht hatte.

8.

»Und ich werde Euch zu meinem Gemahl nehmen«, sagte Martine, während ihre Hand auf der kleinen, mit Edelsteinen besetzten Goldkassette ruhte, die einen Finger des heiligen Bonifazius enthielt. Als nächstes reichte Sir Edmond ihr einen weißen Handschuh, der den Brautpreis symbolisierte — einige der wertvollsten Ländereien seines Vaters. Den würde er dem Verlobungsvertrag gemäß in sechs Wochen an Martine zu zahlen haben, wenn sie Mann und Frau geworden waren.

Schließlich hielt sich das Paar an den Händen und sprach die Gelübde nach, die das Einverständnis bekräftigten, miteinander eine Ehe einzugehen.

Den Sinn von Ritualen hatte Martine noch nie verstanden. Ihre Verlobung, die in der Burgkapelle mit Vater Simon als Geistlichem abgehalten wurde, erschien ihr als inhaltsloses Aufsagen von Gebeten und Gelöbnissen. Gott sei Dank war die Zeremonie nun vorüber. Mehrere Male hatte Martine geglaubt, sie würde in Ohnmacht fallen, entweder aus Langeweile oder durch das beengende Gewand. Sie sah sich gezwungen, die Kleider zu tragen, die Estrude ihr speziell für diesen Anlaß geschenkt hatte, und nun war ihr, als müßte sie darin ersticken.

Das Unterkleid bestand aus rosenfarbener Seide mit einem Innenfutter aus rotem Wolltuch. Saum, Halsausschnitt und Ärmel waren mit rotgefärbtem Marderfell eingefaßt. Darüber paßte eine perlgraue, mit Silberfäden durchwirkte Seidentunika, die am Hals und den Rändern der bodenlangen Trompetenärmel mit dicken, geflochtenen Silberbändern verziert war. Am Rücken wurde die Tunika fest geschnürt und saß so hart, daß Martine kaum atmen oder sich nach vorn beugen konnte.

Schon beim Anziehen engte die Kleidung derart ein, daß Martine sofort beschloß, ein anderes Gewand für die Zeremonie zu wählen. Sie versuchte hinter sich zu greifen, um die Schnürung zu lockern. Es gelang ihr aber nicht, in dieser Verrenkung den Knoten zu lösen, den Estrude sorgfältig gebunden hatte. Felda weigerte sich, ihrer Herrin zu helfen, bevor sie nicht wenigstens einen Blick in den Spiegel getan hätte. Und bald war Martine nicht mehr sicher, ob sie sich tatsächlich umziehen sollte.

Zugegeben, das Gewand saß unbequem und schnürte sie beinahe unerträglich ein. Aber selbst Martine mußte zugeben, daß es prachtvoll war, oder besser, daß sie wunderschön darin aussah. Sie hatte geglaubt, in dem Kleid ebenso eingequetscht zu wirken, wie sie sich fühlte. Statt dessen betonte der Schnitt ihre Rundungen eher. Martine sah aus wie eine silbrig glänzende Statue, die eine junge Frau mit hohen Brüsten, schmaler Taille und schlanken, gerundeten Hüften in majestätischer Haltung darstellte.

Als nächstes brachte Estrude eine lange, perlenbesetzte Schärpe, die sie um Martines Taille legte und vorne zusammenband. Dann folgte ein Mantel aus Silberbrokat. Damit war der prächtige Aufputz vollkommen, und Martine wollte ihn nicht zerstören. Für einen Tag würde sie die Unbequemlichkeit ertragen und als strahlende Göttin umherschreiten, als wäre sie eine Walküre.

Estrude versuchte, Martine zu überreden, auch eine Kinnbinde, die Barbette, zu tragen, doch hier weigerte sich Martine. Statt dessen befahl sie Felda, ihr Haar zu zwei langen schweren Zöpfen zu flechten. Darüber legte sie einen einfachen Schleier, der mit einem schmalen, filigran gearbeiteten Silberreif gehalten wurde. Martine bemerkte, daß ihre starrsinnige Weigerung Estrude verärgerte, und beließ es dabei. Obwohl Estrudes Gaben großzügig waren, erzürnte Martine die herablassende Haltung ihrer zukünftigen Schwägerin. Auch wenn sie Martine wie ein Kind oder eine Puppe herausgeputzt hatte, war Martine doch bewußt, daß sie Estrude nicht das geringste bedeutete. Für ihre zukünftige Schwägerin war sie ein lebloser Gegenstand, den sie schmücken und dann wieder vergessen konnte. Martine hatte bereits begriffen, daß Estrudes gesamte Aufmerksamkeit Männern galt. Andere Frauen, Martine eingeschlossen, waren schöne Gefäße, und die Männer konnten sie erfüllen oder leer lassen, wie es ihnen beliebte.

Von der Kapelle begab sich die Verlobungsgesellschaft zu Fuß zum östlich der Burg gelegenen Flußufer, wo zur Feier des Tages ein mittägliches Mahl mit anschließender Falkenjagd stattfand. Schon während des Gottesdienstes trugen Godfrey, Olivier, Thorne, Guy und Peter auf ihren Fäusten die Greifvögel bei sich, deren Köpfe unter kleinen Lederhäubchen verborgen waren. Martine wußte, daß es Sitte war, die Vögel beinahe überallhin mitzunehmen. Trotzdem fand sie, daß die Tiere in der Kirche einen seltsamen Anblick boten.

Zu der Zeremonie war der gesamte Haushalt erschienen, sogar Geneva. Sie wirkte bleich und verstört, als wäre sie zur Teilnahme gezwungen worden. Unter den anwesenden Frauen war sie die einzige, die sich keine Mühe mit ihrer Kleidung gemacht hatte. Ihr Haar war in einen Turban aus Musselin gehüllt, und sie trug eine ausgeblichene weiße Tunika. Aber sie hatte ihre Kammer verlassen, um sich zu zeigen, und Ailith benahm sich, als wäre dies der aufregendste Tag ihres Lebens. Auf dem Weg zum Fluß tanzte und hüpfte sie um ihre Mutter, lachte und zerrte an ihrem Kleid, begeistert darüber, ihre Mutter angezogen unter Menschen zu sehen. Geneva achtete nicht auf ihre Tochter, bis das Kind die langen Ärmel ihrer Tunika in die Hand nahm und mit ihnen wedelte, wie sie es am Tag zuvor mit Martines Kleid gemacht hatte. Statt entzückt zu sein, fuhr Geneva herum und entriß Ailith die Ärmel. »Hör auf damit!« zischte sie.

Der Tag war mild und klar. Luftige Wolken zogen majestätisch über den Himmel, getrieben von einer leichten, nach Klee duftenden Brise. Der Klee wuchs in ausgedehnten sattgrünen Flächen auf den Wiesen östlich von Burg Harford zwischen Myriaden von Wildblumen und blühenden Gräsern. Die Festwiese wurde vom Dorf und der Burg durch den Fluß getrennt, an dessen felsigem Ufer der Weißdorn in stacheligen Büschen wuchs, die so hoch wie Apfelbäume waren. Entlang des östlichen Flußufers erkannte Martine die langen, mit weißen Leinentüchern bedeckten Tische. Über ihnen spannte sich ein im Wind flatternder weißer Baldachin und spendete Schatten.

Um an das östliche Ufer zu gelangen, mußte man den Fluß überqueren. Eine schmale Holzbrücke führte an die andere Seite, doch Edmond wollte sie nicht benutzen. Statt dessen schritt er ein paar Meter flußabwärts, wo sich Felsbrocken aus der schäumenden Gischt erhoben und den Scheitelpunkt eines Wasserfalls von beinahe sieben Metern Höhe bildeten. Er hob seine knöchellange kastanienbraune Tunika und hüpfte in kraftvollen Sprüngen von einem Felsblock zum nächsten. Einige der Steine wurden durch breite reißende Strömungen getrennt. Blind für die Gefahr sprang Edmond unbedacht weiter, der rote Mantel und sein schwarzes Haar wehten hinterdrein, während Ailith jubelnd in die Hände klatschte.

Unterhalb des Wasserfalls hatte ein natürlicher Damm aus umgefallenen Baumstämmen und entwurzelten Weißdornbüschen den Fluß aufgestaut. Die donnernd herabstürzenden Wassermassen wühlten das Gewässer auf und ließen es wie einen bodenlosen, schäumenden Hexenkessel wirken. Bei dem Gedanken, was Edmond geschehen könne, wenn er mit dem Fuß ausglitte und in die düsteren, brodelnden Tiefen stürzte, erschauderte Martine innerlich. Mehrere Male glaubte sie, daß er unmöglich den nächsten Felsblock erreichen könne, doch jedes Mal landete er mit sicherer Eleganz, bevor er rasch weitersprang.

Heute sah er viel weniger wie ein Ungläubiger aus, überlegte Martine, während sie ihn von der Brücke aus beobachtete. Mit seinem gutgebürsteten Haar und der langen festlichen Tunika wirkte er recht zivilisiert und außerordentlich gutaussehend. Wäre er bei der Verlobungszeremonie nicht so unruhig gewesen, hätte Edmond beinahe einen würdigen Eindruck gemacht. Als sie sich an den Händen gehalten und die Heirat gelobt hatten, war es Martine erschienen, als würde Edmond vor unterdrückter Lebenskraft zittern. Sie hatte andere junge Männer im seinem Alter kennengelernt, Rainulfs Studenten, doch keiner von ihnen besaß diese innere Unruhe. Andererseits führten die jungen Männer an der Universität ein Leben in Gelehrsamkeit. Edmond dagegen war ungebildet, ein Naturmensch, und als Jäger mit seinem gejagten Wild vereint.

Er erreichte die andere Seite, und Bernard jubelte voll des Lobes. Edmond grinste seinen Bruder stolz und mit Bewunderung in den Augen an. Martine würdigte er mit keinem Blick, aber sie spürte die neugierigen Augen eines anderen auf sich ruhen.

Thorne, der in einiger Entfernung unter dem Baldachin stand, beobachtete, wie Martine Edmond ansah. Sie wurde sich bewußt, daß Thorne ihren Blick als Bewunderung oder Zärtlichkeit mißverstehen könnte ... oder gar als aufkeimende Liebe. Natürlich war das lächerlich. Edmond bot einen wunderbaren Anblick, aber es gab viele schöne Dinge und Kreaturen, für die Martine trotz ihres gefälligen Äußeren niemals Liebe empfinden würde. Als Edmond während der Verlobungszeremonie ihre Hand gehalten hatte, hatte sie nicht die geringste Erregung gespürt, nur einen leichten Krampf im Handgelenk und den Wunsch, das ganze Spektakel möge bald vorübergehen.

»Macht Ihr Euch nichts aus Wildbret, meine Liebe?« fragte Lord Godfrey.

Martine betrachtete die unberührte Platte mit den Fleischstücken, die Edmond für sie aufgeschnitten hatte. Immer wenn sie hinblickte, sah sie die vor Angst und Schmerz irrsinnigen Augen des Hirsches, den Bernard und seine Männer am Vortag zu ihrem Vergnügen gequält hatten. »Ich habe den Geschmack daran verloren, Sire.«

»Dann wird der nächste Gang Euch sicher zusagen«, meinte Godfrey und nickte zu den Kochgruben, die mehrere Meter entfernt auf dem Feld ausgehoben waren. Eine Gruppe junger Männer drehte einen langen Spieß, auf dem der Eber steckte, den Edmond für das Verlobungsmahl erlegt hatte. Schwarzer fettiger Rauch stieg aus den Feuerlöchern auf und verdüsterte den blauen Himmel.

Martine spürte, wie ihr übel wurde, und sie blickte rasch zur Seite. Aus dem Becher, den sie mit Edmond teilte, nahm sie einen Schluck Weißwein. Sie saß an der erhöhten Tafel auf dem Platz zwischen Lord Godfrey und dem ihres Verlobten.

Edmond hatte schon vor einiger Zeit ihre Seite verlassen, um sich mit den Gefolgsleuten seines Bruders auf der Wiese im Ringen und Boxen zu messen. Graf Olivier saß neben Godfrey in einem hochlehnigen Sessel. Martine war überrascht, wie freundschaftlich er und Bernard miteinander umgingen, aber Godfrey erklärte, daß sein ältester Sohn in frühem Alter auf die Burg des Grafen geschickt worden sei, um dort zum Ritter ausgebildet zu werden, und die beiden sich seither gut verstünden. Einen fettleibigeren Mann als Olivier hatte Martine noch nie gesehen, und auch das rote Gesicht war auffällig. Seine dickliche, rosagesichtige Gemahlin stellte das passende weibliche Gegenstück dar. Weitere Nachbarbarone, alles Oliviers Vasallen, saßen mit ihren Familien an Tischen, die im rechten Winkel zu der erhöhten Tafel standen.

Rainulf nahm neben Martine Platz auf dem Stuhl, den Edmond verlassen hatte. »Sieh dir Ailith an«, sagte er und wies mit dem Finger auf das Mädchen.

Ailith war auf eine leere Bank geklettert und begann sich mit ausgestreckten Armen im Kreis zu drehen. »Mama!« quietschte sie dazu. »Sieh nur, was ich mache! Ich bin eine

Tänzerin, Mama!« Angewidert schüttelte Geneva den Kopf und blickte weg.

»Sie sehnt sich verzweifelt nach der Aufmerksamkeit ihrer Mutter«, sagte Rainulf. »Es ist traurig mitanzusehen, daß ihre Anstrengungen vergeblich sind.«

Thorne, der ebenfalls zugesehen hatte, ging zu Ailith hinüber und hob sie von der Bank. Sie trat und wand sich abwehrend in seinen Armen. Da hörte Martine seine Stimme. »Du hättest von der Bank fallen können, und dann sähst du aus wie ich.« Er senkte den Kopf, so daß Ailith einen besseren Blick auf die Wunde an seiner Stirn werfen konnte. Es war ein häßlicher Riß, von einer blauschwarzen Schwellung umgeben. »Das willst du sicher nicht, habe ich recht?« Mit großen Augen betrachtete Ailith die Wunde und ergab sich.

»Dieses Kind ist wie ein wildes Tier«, sagte Godfrey. »Bei einem Jungen würde man ein wenig Temperament erwarten. Das ist nur natürlich. Meine Söhne steckten immer in irgendwelchen Schwierigkeiten. Die einzige Person, die mit ihnen fertig wurde, war meine Beatrix.« Mit wehmütigem Lächeln sahen seine tränenfeuchten Augen in eine weit entfernte Vergangenheit. Er wandte sich, traurig und ernst zugleich, an Martine. »Ihr müßt mir bald Enkel schenken, Mylady. Ich habe Edmond bereits gesagt, daß ich innerhalb eines Jahres einen Jungen erwarte.«

Martine zuckte zusammen und war sprachlos. Thorne, der offenbar die Bemerkung des Barons gehört hatte, kreuzte mit nachdenklichem Ausdruck ihren Blick.

»Einen Jungen, hört Ihr?« fuhr der Baron fort. »Damit er den Titel weiterführen kann. Für jeden Enkel, den Ihr mir schenkt, erhaltet Ihr ein besonderes Stück Land. Auf diese Weise werdet Ihr in wenigen Jahren den Brautpreis verdoppelt haben.«

Kaum ein verlockendes Angebot, dachte Martine. Bis zu seinem Tod konnte Edmond über alles Land, das sie besaß — einschließlich des Brautpreises — nach eigenem Gutdünken verfügen. Solange ihre Männer noch lebten, hatten Ehefrauen nicht das Recht, ihre Güter selbst zu verwalten. In Anbetracht von Edmonds Jugend und seiner offensichtlich guten Gesundheit erwartete sie nicht, bald Witwe zu werden.

Derartige Überlegungen schienen Estrude völlig unerheblich. Auf die Ellenbogen gestützt, beugte sie sich zu Godfrey. »Das ist ein ordentliches Angebot, Mylord. Werde auch ich mit solcher Freigebigkeit belohnt, wenn ich einen Sohn gebäre?«

Bernard, der neben ihr saß, stöhnte auf. »Ist dir eigentlich klar, wovon du redest, meine Liebe? Du wirst nie einen Sohn zur Welt bringen, und das weiß mittlerweile jeder. Es war die einzige Leistung, die jemals von dir erwartet wurde ... und du hast kläglich versagt.«

Das Gesicht feuerrot, lehnte Estrude sich auf ihrem Stuhl zurück.

Bernard drehte nachdenklich sein juwelenbesetztes Eßmesser zwischen den langen schlanken Fingern. »In seiner Verzweiflung greift mein Vater nun mein Geburtsrecht an, um Lady Martine zu bestechen, die Arbeit zu tun, für die ich dich vor vierzehn Jahren den weiten Weg aus Flandern geholt habe.« Er lachte bitter. »Wenn sie sich als außergewöhnlich fruchtbar erweist, werde ich, wenn es ans Erben geht, am Ende einen Baronstitel ohne Land haben.«

Thorne war mit Ailith auf die Wiese hinausgegangen. Als Bernard zu reden begonnen hatte, hatte er offenbar gespürt, daß seine Worte für die Ohren des Kindes unpassend sein würden. Um Bernards häßliches Grinsen nicht sehen zu müssen, beobachte Martine die Kleine, die an der Hand des Falkners ging.

Thornes Zärtlichkeit Ailith gegenüber war erstaunlich, wenn sie an seine gebieterische, selbstbeherrschte Art dachte. Es schien, als löste sich seine Verschlossenheit nur bei dem kleinen Mädchen, das ihn an ... Wie hieß seine Schwester? Louise ... Warum nur war er so schweigsam bei diesem Thema?

Die anderen Gäste taten, als hörten sie nichts, während Bernard seine Frau öffentlich demütigte. Niemand sagte etwas. Alle blickten auf ihre Eßbretter, nur Clare nicht, die Bernard wie in Trance ansah. Schließlich sagte Estrude in zitterndem Flüsterton: »Ich bin erst dreißig.« Wie alle unter dem Baldachin wandte Martine ihr den Blick zu.

Bernard stieß sein Messer in die Tischplatte. »Unfruchtbar und wertlos, mehr ist nicht mit dir! Du solltest dich glücklich schätzen, daß ich dich aus Mitleid hierbehalten habe, statt dich zurück nach Flandern zu schicken. Ich war oft genug in Versuchung, und vielleicht werde ich es noch tun. Frage meine Schwester, wie es ist, von seinem Ehemann fortgejagt zu werden. Wenn Bestechung einem Sohn zur Geburt verhelfen kann, so kann Angst vielleicht dasselbe bewirken.«

Martine war schockiert, daß Bernard sich bei einem feierlichen Anlaß wie diesem und vor so vielen Menschen einen derartigen Ausbruch erlaubte. Außer ihr schien jedoch niemand überrascht zu sein. Der Rest der Tischgesellschaft wirkte so, als wäre sein Benehmen nichts Neues, was zweifelsohne der Wahrheit entsprach.

Estrude, noch immer rot vor Scham und Zorn, blickte über den Fluß in die Ferne. Plötzlich erschien ein verblüffter Ausdruck in ihrem Gesicht, und sie blinzelte. »Wer hat Lord Neville eingeladen?«

»Das möchte ich gar nicht wissen«, stöhnte der Baron, während alle Köpfe sich zum Fluß wandten. Über die kleine Brücke kam ein großer, steif wirkender und übertrieben gekleideter Mann geritten, in Begleitung einer kleinen Frau in schimmernder Seide und Kopfbinde. Sie stiegen vom Pferd und traten näher, um zuerst Olivier und dann Godfrey zu begrüßen.

Neville bemerkte den Baldachin, sah die reich gekleidete Gästeschar an den kostbar geschmückten Tischen vor ihrem üppigen Mahl und nahm die dutzendweise anwesenden Diener zur Kenntnis. Der Lord schien ungefähr vierzig Jahre zu sein und trug einen langen, blonden Bart, den er spitz gezwirbelt hatte. Auf dem Kopf saß eine eng anliegende purpurne Kappe.

Er sprach mit einer leichten Verneigung zu Godfrey. »Hätte ich gewußt, daß Ihr Gäste bewirtet, wäre ich zu einem anderen Zeitpunkt vorbeigekommen.« Hinter ihm rollten die Umstehenden die Augen.

Seine Gemahlin hatte ein blasses Gesicht und wirkte nervös. Ihr Blick schoß unruhig zwischen Godfrey und dem Grafen hin und her, und ihre zusammengepreßten Hände zitterten sichtbar. Es war nicht die Peinlichkeit, ungelegen zu kommen, sondern wirkliche Angst. Martine fragte sich, welchen Grund sie haben mochte.

Godfrey murmelte einige höfliche, nichtssagende Worte und befahl, zwei neue Gedecke aufzulegen. Die Köche traten herbei und zeigten Godfrey auf einer Platte den Eberkopf zur Begutachtung. Der Gastherr nickte gähnend, und das Eberfleisch wurde serviert, obwohl sich viele der Anwesenden bereits sattgegessen und ihre Plätze verlassen hatten.

Thorne kehrte von der Wiese zurück und reichte Rainulf ein Buch. »Danke, daß du es mir geliehen hast. Es ist angenehmer, in einer langen Nacht bei einem Falken zu wachen, wenn man sich die Zeit mit einem Buch vertreiben kann.« Hochgewachsen und elegant, in sein rostbraunes Obergewand gekleidet, das von einem schwarzen, feingearbeiteten Ledergürtel gehalten wurde, stand Thorne an der anderen Seite der Tafel Martine direkt gegenüber. An der Seite trug er sein Schwert in der Scheide, das Symbol seines Rittertums. Während Martine den Falkner unauffällig beobachtete, entging ihr nicht, daß er in ihre Richtung sah, doch den Blick sofort wieder abwandte.

Hinter Thorne erschien Vater Simon. Er stand auf den Zehen, um dem großen Sachsen über die Schulter zu blicken. »Ciceros *Über die Freundschaft*«, verkündete er grinsend. »Griechische Philosophie. Sagt mir, Vater Rainulf, sind heidnische Schriften an der Universität von Paris nicht geächtet?«

Rainulf lehnte sich zurück und schlug die Beine übereinander. »Das ist einer der Gründe, warum ich beschlossen habe, in Oxford zu lehren, wenn ich aus Jerusalem zurückgekehrt bin. Und Cicero war Römer, nicht Grieche.«

Mit einem Schulterzucken tat Simon die Unterscheidung ab. »Wir haben in der Nähe einen Mönch, der Eure unorthodoxen Ansichten teilt, Vater. Vielleicht kennt Ihr ihn.«

Rainulf nickte. »Bruder Matthew, Prior von Sankt Dunstan. Ich kenne ihn aus Paris. Wir studierten zusammen unter Abaelard.«

Simon lächelte wissend. »Ich möchte sagen, das überrascht mich nicht.«

»Bruder Matthew hat mich zu einem längerem Besuch nach Sankt Dunstan eingeladen«, sagte Rainulf. »Thorne hat eingewilligt, mich zu begleiten.«

Bernard beugte sich vor und runzelte die Stirn. »Was ist mit Lady Martine? Wird sie nicht mit Euch kommen?«

Rainulf schüttelte den Kopf. »Wir dachten, es wäre das beste, wenn sie in Harford bleibt. Sie wird Edmond näher kennenlernen wollen, vielleicht das Haus besuchen, in dem sie leben werden, und sich um die Einrichtung kümmern ...«

»Ja, natürlich«, schaltete sich Bernard ein. »Wenn sie sich dafür entscheidet, ist sie uns mehr als willkommen. Aber ich glaube kaum, daß dies ihr wirklicher Wunsch ist. Schließlich geht Ihr kurz nach der Hochzeit auf Pilgerfahrt, und Martine wird Euch jahrelang nicht sehen.«

»Höchstens zwei.« Martine sah den unbehaglichen Blick, den Rainulf in ihre Richtung sandte. Bernard hatte selbstverständlich recht. Viel lieber würde sie ihren Bruder ins Kloster begleiten, aber er bestand darauf, daß die Trennung gut für sie sei.

»Zwei Jahre sind eine lange Zeit, Vater Rainulf«, beharrte Bernard. »Sicher wird sie mit Euch glücklicher sein, als hier unter beinahe Fremden allein zurückzubleiben.«

Warum nur bestand Bernard mit diesem Nachdruck darauf, daß sie den nächsten Monat außerhalb von Harford verbrachte? überlegte Martine. Beinahe schien es, als wollte Bernard etwas vor ihr verbergen. Sie blickte auf die Wiese, wo Edmond und die anderen Männer unter dem rauhen Jubel einiger ›Hunde‹ von Harford mit Tritten und Stößen aufeinander losgingen. Ihr Verlobter hatte sein Obergewand abgelegt und kämpfte in Hemd und Beinlingen. Seine Züge wirkten grimmig und entschlossen. Die Haare hingen ihm ins Gesicht, während er seinen Gegner umkreiste, sich duckte und trat. Ob Bernard sie von Edmond fernhalten wollte? Vielleicht erachtete er es für besser, wenn Martine ihren Verlobten vor der Hochzeit nicht allzugut kennenlernte. Um so weniger wäre sie versucht, das Versprechen, die Ehe mit ihm einzugehen, rückgängig zu machen.

Selbst wenn dies stimmte, spielte es keine Rolle. Martine wußte schon jetzt, daß sie Edmond niemals lieben würde, und das war für sie das beste. Ließe sie Gefühle für ihn zu, würde er ihre Empfindungen eines Tages gegen sie verwenden. Dann brachte ihr die Ehe nur Leid, während Edmond an Macht gewann. Heiraten würde Martine, aber nach ihren eigenen Regeln. Ihre Ehe sollte nicht der Bund der Liebe sein, von dem die Spielleute sangen, und sie heiratete auch nicht wie Thorne aus Besitzstreben. Für sie zählte nur das Pflichtgefühl Rainulf gegenüber. Vor acht Jahren hatte er ihr, einem verängstigten und verlassenen Kind, die Zukunft zurückgegeben. Und nun erwies sie ihm einen Gegendienst.

»Wann geht Ihr nach Sankt Dunstan«, wandte sich Olivier an Rainulf.

»Morgen, Sire.«

Lord Neville hatte sich der Gruppe an der erhöhten Tafel angeschlossen. »Morgen?« fragte er jetzt. »Sankt Dunstan ist einen Tagesritt entfernt, Vater, und der Weg führt die meiste Zeit durch dichten Wald. Seid Ihr sicher, daß es klug ist, zu dieser Reise aufzubrechen, während die Banditen, die Anseau und Aiglentine ermordet haben, noch frei herumlaufen?«

Einen Augenblick schwieg Graf Olivier verblüfft. »Habt Ihr es nicht gehört?« fragte er dann. »Diese Männer sind gefaßt worden. In den letzten zwei Tagen hat mein Henker ihnen einen Vorgeschmack auf das gegeben, was sie in der Hölle erwartet, stecken ihre verlausten Köpfe erst einmal in der Schlinge.«

Wie Martine beobachten konnte, wich alle Farbe aus Nevilles Gesicht. Seine Frau klammerte sich unwillkürlich an seinen Ärmel, aber er schüttelte gereizt ihre Hand ab. »Gefaßt?« fragte Neville. »Nein, das hat mir niemand gesagt. Jemand hätte einen Boten schicken können.« Um seine Zuhörer auf die nächste Feststellung vorzubereiten, machte Neville eine dramatische Pause. »Schließlich bin ich Anseaus einziger lebender Verwandter.«

Unter dem Baldachin erstarb jedes Gespräch. Martine wußte, daß man davon ausging, Anseau habe keine Familie hinterlassen ... zumindest nicht in England. Olivier und Godfrey runzelten die Stirn und berieten sich flüsternd miteinander. Schließlich zuckte Godfrey mit den Schultern, und Olivier, der leicht bestürzt wirkte, richtete das Wort an Neville. »Ich bin darüber unterrichtet, daß möglicherweise eine entfernte Verwandtschaft besteht.«

»Entfernt vielleicht«, gab Neville zu. »Dennoch bin ich sein legitimer Erbe. Ich dachte, das wäre allgemein bekannt.«

Das Schweigen wurde von aufgeregtem Murmeln abgelöst. Das also war der Grund für Lord Nevilles ungebetenes Erscheinen auf Martines und Edmonds Verlobungsfest. Er wollte sich als Anseaus Erbe vorstellen und den Anspruch auf seine Güter anmelden.

Nach einer gedankenschweren Pause sprach Olivier weiter. »Dies ist nicht die Zeit oder der Ort, über solche Angelegenheiten zu diskutieren, Lord Neville. Vielleicht seid Ihr Anseaus legitimer Erbe, vielleicht auch nicht.« Neville wollte zu einer Entgegnung ansetzen, doch Olivier hob entschieden die Hand. »Ihr müßt verstehen, die in Frage kommenden Güter sind die größten und einträglichsten unter meinen Lehen. Eine Entscheidung über die Erbfolge ist mit größter Sorgfalt zu treffen. Wenn Ihr tatsächlich Anseaus einziger Nachkomme und Erbe seid, wie Ihr behauptet, könnt Ihr versichert sein, daß Ihr zu gegebener Zeit Euren rechtmäßigen Anteil erhalten werdet. Für den Augenblick sage ich nichts weiter zu dieser Angelegenheit.«

Wieder versuchte Neville zu sprechen, doch Olivier wandte sich an Godfrey. »Müssen nicht die Verlobungsgeschenke noch ausgetauscht werden? Da alle Gäste versammelt sind, wäre dies der richtige Zeitpunkt.«

Begierig das Stichwort aufnehmend, schickte Godfrey nach Edmond und ließ die Geschenke bringen. Edmonds Gabe an Martine war ein großer Haufen schwarz-weiß gesprenkelter Hermelinfelle von bester Qualität, die ausgiebig bewundert wurden. Besonders Estrude schien beeindruckt, und Martine willigte ein, daß sie ihr Hochzeitsgewand mit den Fellen einfaßte.

Martines Geschenk für ihren Verlobten, in Ergänzung zu den Bluthundwelpen, war ein Schachspiel, das Rainulf bei einem angesehen dänischen Künstler in Auftrag gegeben hatte. Die weißen Figuren waren aus Walfischbein geschnitzt, die schwarzen aus Ebenholz. Außergewöhnlich an dem Schachspiel waren die Könige und Damen, die geschnitzte Köpfe vorstellten, eine Art Miniaturbüsten auf kleinen Sockeln. Der schwarze König trug eine herrschaftliche Krone über seinem kurzen Haar, seine Dame eine Kinnbinde mit Schleier und darüber ein kunstvoll gearbeitetes Diadem. Olivier bemerkte, daß sie Heinrich und Eleonore ähnlich sähen, und Rainulf bestätigte, daß diese Ähnlichkeit beabsichtigt sei. Während der Graf die Figuren herumreichte, wurden viele Komplimente über die gelungene Idee und die Geschicklichkeit des Künstlers laut.

Boyce, der einen Arm in der Schlinge trug und mit der anderen Hand einen Bierkrug hielt, gab seinen Kommentar ab. »Nun muß der junge Edmond das königliche Schach lernen! Dabei weiß er noch nicht einmal, was beim *Damespiel* zu tun ist!«

Mit dröhnendem Gelächter quittierten Bernards Männer die Bemerkung. Edmond lachte auch, aber Martine spürte sein Unbehagen, als wüßte er nicht recht, ob er Boyces Anzüglichkeit mit einem Schulterzucken als freundschaftliche Neckerei abtun oder beleidigt sein sollte.

So ist das also, dachte Martine. *Er versteht nicht einmal etwas vom Schachspielen. Und Lesen kann er auch nicht. Kein Wunder, daß er nur auf die Jagd geht.*

Offenbar unbemerkt — sah man von Martine ab —, hob Thorne den weißen König und dessen Dame, um sie näher zu betrachten. Den jungen, ungekrönten König mit seinem langen Haar sah er kurz an und stellte ihn dann wieder zurück, während er die Dame mit der Handfläche umschloß und sanft mit dem Daumen über ihre feinen, glatt gearbeiteten Züge strich, die hervorstehenden Wangenknochen, den breiten Mund und die gerade aristokratische Nase. Das Haar war unter einem gefalteten, den Hals einfassenden Schleier verborgen, wie Martine ihn getragen hatte, als sie für den Bildschnitzer Modell gestanden hatte. In stillem Vergnügen über seine Entdeckung lächelte Thorne, und Peter, der neben ihm saß, sprach ihn an. »Ihr scheint recht angetan von der Figur.«

Thornes Blick begegnete dem von Martine, und er hielt ihn einen kurzen Augenblick fest. Von ihr beobachtet zu werden, machte ihn offenbar verlegen. Er reichte die Schachfigur seinem Tischnachbarn. »Die künstlerische Leistung ist bemerkenswert. Habt Ihr sie erkannt?«

Stirnrunzelnd untersuchte Peter die weiße Figur und reichte sie weiter. Mehrere Gäste wagten einen Versuch, die Identität der Dame zu erraten. Die meisten meinten, die Figur stelle die Mutter Gottes dar.

Thorne lachte. »Es gibt noch eine andere Dame von großer Schönheit und Tugend. Unsere Martine von Rouen!«

Entzückte Seufzer wurden laut, und es folgten viele Entschuldigungen an Martine, das nicht gleich erkannt zu haben. Seltsam, überlegte Martine, daß nur Thorne ihr Gesicht in der Schnitzerei erkannt hatte.

Im Laufe des Nachmittags wurden die Wolken dunkler und überzogen den Himmel wie schwarzer Rauch. Martine schlenderte am Flußufer entlang und entdeckte in der Ferne die kleine Gestalt eines Reiters, der auf der Straße zur Burg näherkam, achtete aber nicht weiter auf ihn. Sie neigte den Kopf und suchte wieder nach Wildblumen, um den begonnenen Kranz noch vor dem Regen fertig zu flechten. Er war für Ailith gedacht, die hinter ihr herlief und einen Blumenstrauß für ihre Mutter pflückte.

Martine hörte von weitem Thornes Stimme und kniff die Augen zusammen, um ihn in der Gruppe der Männer zu entdecken, mit denen er auf der Wiese am Waldrand die Falken fliegen ließ. Es war nicht schwer, ihn auszumachen, denn er überragte alle übrigen. Ein Spaniel nahm Wildwitterung auf und tanzte aufgeregt um eine Ansammlung von niedrigem Buschwerk. Statt Freya, die das Jagen noch lernen mußte, hatte der Falkenmeister einen erfahrenen Wanderfalken mitgebracht. Er nahm dem Vogel die Lederkappe ab und lobte den Hund.

Neben dem Blumenpflücken und Kranzbinden hatte Martine den ganzen Nachmittag von ihrem versteckten Platz am Flußufer beobachtet, wie Thorne und seine Männer die Falken fliegen ließen. Sie wollte mehr über die Beizjagd wissen — das wurde ohnehin von ihr erwartet — und stellte fest, wieviel sie durch das heimliche Zusehen bereits gelernt hatte.

Nachdem er dem Wanderfalkenweibchen einige Augenblicke Zeit gelassen hatte, sich auf der behandschuhten Faust zurechtzufinden, warf Thorne den Vogel mit einer Armdrehung ab. Sofort schraubte er sich über dem Hund in eleganten Spiralen nach oben in den Himmel. Als das Falkenweibchen beinahe außer Sicht war, durchstöberte der gut abgerichtete Spaniel das Gebüsch und spürte einen Schwarm Rebhühner auf, die erschrocken aufflatterten, während Thorne mit lautem Singsang den Wanderfalken rief.

Wie die Männer auf der Wiese suchte Martine mit den Augen sofort den Falken. Der Vogel schwebte in der Luft, und in dem kurzen Moment vor dem erwarteten tödlichen Angriff hielt Martine den Atem an. Wie ein Stein, der aus großer Höhe zur Erde fiel, schoß der Falke herab. Die Krallen nach vorne gestreckt, beschleunigte er seinen Fall mit harten, kurzen Schwingenschlägen und stürzte sich auf seine Beute. Aus der Entfernung, aus der Martine das Geschehen verfolgte, wirkte es, als würden zwei Vögel, der Falke und das Rebhuhn, in der Luft zusammenstoßen. Dann fiel das Huhn zu Boden, und der Falke schwang sich noch einmal steil in die Höhe.

Martine wußte natürlich, daß der Zusammenprall alles andere als ein Zufall war. Es handelte sich um einen sorgfältig geplanten und tadellos ausgeführten Angriff durch ein Geschöpf, das zu diesem Zweck geboren und von Südenglands berühmtestem Falkner vollendet abgerichtet worden war. Die Männer auf der Wiese jubelten begeistert über die

Meisterschaft, mit der Sir Thorne den Falken geführt hatte, und über die Geschicklichkeit, mit der der Falke das Rebhuhn erlegt hatte.

Der Wanderfalke flog eine Kehre und ließ sich auf dem toten Rebhuhn nieder, aber sofort wurde die Aufmerksamkeit des Vogels von Thornes schrillem Pfiff abgelenkt. An einer langen Leine schwang der Falkner einen Köder, das Federspiel, über den Kopf des Falkenweibchens. Als Thorne den Köder fallen ließ, flog der Falke herüber und hackte begeistert darauf ein. Nun kniete Thorne neben dem Greifvogel nieder, pfiff erneut und hielt ihm etwas anderes hin. Martine vermutete, daß es Fleisch war. Das Falkenweibchen flog auf Thornes Faust, fraß das Fleisch, und Thorne streifte dem Vogel die kleine Lederkappe über den Kopf, deren Metallklammern er mit den Zähnen schloß.

Hinter Martine donnerte etwas über die Holzplanken der Brücke, und sie wandte sich überrascht um. Es war der Reiter, den sie auf der Straße gesehen hatte, ein junger Bursche auf einem graubraunen Hengst. Das Pferd war offenbar bis zur Erschöpfung geritten worden, denn es hatte Schaum vor dem Maul. Der Junge brachte sein bedauernswertes Reittier zum Stehen und rief nach Martine, die zufällig am nächsten stand. »Ich habe eine Botschaft für Lord Olivier!« Martine wies auf die Wiese, und der junge Reiter sprengte auf die Jäger mit den Falken zu.

Eine plötzliche Unruhe unter dem Baldachin ließ Martine aufmerken, und sie sah Lord Neville und seine Gemahlin zu ihren Pferden eilen. Hastig stiegen die beiden auf, stießen den Tieren die Knie in die Flanken und galoppierten davon. Mehrere Gäste blickten ihnen bei ihrem überstürzten Aufbruch nach, während Bernard und seine Männer, einschließlich Edmond, zu sehr mit dem Trinken und Geschichtenerzählen beschäftigt waren, um auf etwas anderes zu achten. Rainulf, der allein abseits des Baldachins stand, starrte grimmig hinter dem Baron und der Baronin her, dann wandte er sich wie Martine zur Wiese.

Der Bote saß ab, verneigte sich vor Olivier und trug, wieder in aufrechter Haltung, seine Botschaft vor. Ungeachtet der großen Entfernung zur Wiese hörte Martine den Grafen ausrufen: »Lieber Gott!« Nach einem kurzen, leidenschaftlichen Wortwechsel strömten alle Männer zielstrebig zum Baldachin. Olivier brüllte einen Befehl: »Haltet Neville auf! Laßt ihn nicht entkommen!«

Martine rannte zu ihrem Bruder, der mit verschränkten Armen ruhig dastand. Als er Martine anblickte, waren seine Züge voll trauriger Gelassenheit. »Wir können nicht hoffen, Neville noch einzuholen. Alle unsere Pferde sind in den Ställen. Über diese Tatsache ist der Graf sicher nicht sonderlich erfreut.«

»Ich verstehe nicht«, sagte Martine und faßte ihren Bruder beim Arm. »Worum geht es? Was ist los?«

Rainulf hielt den Blick ruhig auf die in der Ferne verschwindenden Gestalten des Barons und der Baronin gerichtet. »Neville hat Anseau und Aiglentine umbringen lassen.«

Martine rang nach Atem. »Was sagst du da? Woher weißt du das?«

»Sie schossen davon wie Kaninchen, als dieser Bote für Olivier eintraf. Ich vermute, und Neville tat das wohl auch, daß die Mörder ein Geständnis abgelegt haben, in dem sie Neville als ihren Auftraggeber nannten, der sie für ihre Verbrechen bezahlte.«

Martine begann zu verstehen. »Neville wollte den Landbesitz.«

Rainulf nickte. »Aiglentine war schwanger. Wäre dieses Kind zur Welt gekommen, so hätte Neville jede Hoffnung aufgeben müssen, den Baron zu beerben. Aber durch den Tod von Anseau und Aiglentine und da es keinen Nachkommen gibt . . .«

Vom Fluß schallte Ailiths schrille, eindringliche Stimme herüber. »Mama! Mama! Schau, was ich mache!«

Als Martine sich umwandte, sah sie Geneva, die auf einer nahen Bank saß. Die ältere Frau richtete den müden, gelangweilten Blick zum Fluß, doch im selben Moment zuckte sie zusammen und sprang mit einem angsterfüllten Schrei auf. »Ailith!«

Martine wirbelte herum. Die Arme ausgestreckt, um sich im Gleichgewicht zu halten, stand Ailith oberhalb des Wasserfalls auf einem der Felsbrocken. Eine Sekunde verharrte Martine in ungläubigem Schrecken, dann ließ sie ihren Kranz fallen und rannte, Ailiths Namen rufend, mit Rainulf und Geneva zum Fluß.

»Ich werde über die Steine hüpfen wie Onkel Edmond!« verkündete Ailith laut. »Paß auf, Mama!«

Ohne auf die warnenden Rufe zu achten, wandte Ailith sich um, hob ihr elfenbeinfarbenes Kleid und sprang.

9.

Der Felsbrocken, auf den das Mädchen springen wollte, lag ziemlich nah, doch schaffte das Kind mit seinen kurzen Beinen diesen Sprung nur mit Mühe. Ailiths nackte Füße rutschten ab, und sie konnte sich gerade noch auf Händen und Knien halten.

»Ailith!« schrie Geneva. »Hör auf damit! Komm zurück!«

Unsicher kam Ailith auf die Füße und rief: »Das nächste Mal mache ich es besser!« Doch die Entfernung zum nächsten Stein war viel zu groß.

Martine, die am Scheitelpunkt des Wasserfalls stand, warf den Mantel beiseite und zog ihre Schuhe aus. Vorsichtig trat sie auf den ersten Felsen, dann auf den nächsten, während sie den Blick auf das wenige Meter entfernt stehende Kind gerichtet hielt. Unter ihrem bestrumpften Fuß fühlte sich der Stein kalt und naß an, und Martines Herz pochte in der Kehle.

Rainulf packte einen langen Ärmel ihrer silbernen Tunika und versuchte sie zurückzuziehen. »Martine! Laß mich ...«

»Nein! Du kannst nicht schwimmen, aber ich. Laß los, oder ich verliere das Gleichgewicht.«

Er tat, was Martine verlangte, und sie streckte Ailith eine Hand entgegen. »Ailith, bitte. Nimm meine ...«

»Nein! Geh weg! Mama sieht zu! Ich will, daß Mama mich

sieht!« Ärgerlich schlug Ailith nach Martine und brachte sie beinahe zu Fall.

»*Ailith!* Du kannst es nicht schaffen!« Martine blickte hinunter auf die zerklüfteten Felsen, über die das Wasser brodelte, und sah in das grundlose Gewässer, dessen Oberfläche unter dem schnell dunkler werdenden Himmel fast undurchsichtig wirkte. Aus den grauen Tiefen stiegen furchtbare und unerwünschte Erinnerungen in ihr auf: das apfelgrüne Kleid und dieses entsetzliche Etwas, das unter der Wasserlinie verborgen war.

In ihrer Panik wandte Martine sich an Rainulf und Geneva, die am Ufer standen. Die Mutter klammerte sich haltsuchend an den Priester, der ein Stoßgebet murmelte und sich bekreuzigte. »Sag etwas zu ihr, Rainulf! Du weißt doch immer, was zu sagen ist! Sag irgend etwas zu ihr!«

Hinter ihnen auf der Wiese löste sich jemand von der Gruppe und eilte zu ihnen. Es war Thorne.

Da streckten Rainulf und Geneva die Arme aus und riefen Ailiths Namen. Martine wandte sich wieder nach Ailith um und sah das Mädchen. Wie ein Engel flog es in seinem elfenbeinfarbenen Kleid mit ausgestreckten Armen zwischen zwei Felsbrocken in der Luft.

Die Zeit schien beinahe stillzustehen. Dann hörte Martine über dem wild dröhnenden Wasserfall das dumpfe Flattern des Kleiderstoffs und ein hellen Aufklatschen. Der erste kleine Fuß, dann der zweite verfehlten den Felsbrocken, und Ailiths Beine versanken im tosenden Wasser. Martines Ohren wurden von einem Geräusch erfüllt, und sie erkannte, daß es ihr eigener Schrei war, den sie ausstieß, als sie das kleine Mädchen wie einen Engel heranschweben sah, in schaurig elegantem Schwung nach vorn getrieben durch die unerbittliche Kraft des herabschießenden Wassers.

Für einen Sekundenbruchteil, während Ailith mit fliegendem Haar über dem Wasserfall hing, das Kleid gebläht von der Gischt, konnte Martine deutlich ihr Gesicht erkennen. Ihr war, als würde Ailith sie flehentlich ansehen. Dann verwandelte sich der Engel in eine hilflose Stoffpuppe, die einige Male gegen die spitzen Felsen stieß, bevor die schäumenden Wassermassen sie mitrissen und unter sich begruben.

»Ailith!« Martine wußte nicht, ob es ihre Stimme war oder die von Rainulf oder Geneva oder alle zusammen, die den Namen des Kindes riefen. Mit klammen Händen warf sie ihren Stirnreif und den Schleier beiseite, riß an ihrem schweren Obergewand und wollte es ausziehen, aber das Kleid war zu fest geschnürt. Über die Kante des Felsblocks geneigt, blickte sie nach unten. »Das kann ich nicht«, dachte sie in ihrer Angst und ihrem Schrecken. Dann schloß sie die Augen und sah Ailith vor sich, die sie im Fallen um Hilfe flehend angeblickt hatte.

Ohne hinzusehen, stieß Martine sich von der Felskante ab, in der Erwartung, wie Ailith auf die Steine unterhalb des Wasserfalls zu prallen. Aber ihr Sprung war kraftvoll gewesen, und sie landete in eisigem Wasser, das sie prickelnd umspülte, über ihrem Kopf zusammenschlug und von oben auf sie eintrommelte. Die nachstürzenden Wassermassen preßten ihren Brustkorb zusammen und drückten sie in die Tiefe. In wilder Angst kämpfte Martine sich an die Oberfläche zurück. Vom Ufer hörte sie, wie die anderen ihren Namen und den Ailiths riefen. *Ich muß ruhig bleiben,* dachte sie. *Ailith braucht mich.* Martine holte tief Luft und tauchte. Unter der Oberfläche des Stausees schwamm sie mit aller Kraft vom Wasserfall weg in den ruhigeren Bereich stromabwärts, wohin die Strömung Ailith wahrscheinlich getrieben hatte.

Martine spähte durch das grüngefärbte schattige Wasser, das sich tief und breit vor ihr erstreckte. Beim Schwimmen lasteten die Schichten aus Wolle, Seide und Pelz bleischwer auf ihrem Körper und zogen sie nach unten. Sie versuchte, nicht auf das wilde Hämmern ihres Herzens und den wachsenden Druck in den Lungen zu achten.

Die Ränder und der Grund des Sees waren von Felsblöcken, verfaulten Baumstämmen und Abfällen aller Art bedeckt — Weinkrüge, irdenes Geschirr, eine rostige Sense. Und über allem wuchs eine dicke Schicht grüner Algen. Vor ihr, im Halbdunkel unter Wasser, ragte der natürliche Damm aus verfilzten Weißdornbüschen und umgefallenen Baumstämmen auf, der den Fluß staute.

Martine entdeckte einen weißen Schimmer und schwamm darauf zu. Mit gewaltiger Anstrengung kämpfte sie gegen die beengende Kleidung und arbeitete sich mühsam vorwärts. *Bitte, Gott,* flehte sie. *Laß es Ailith sein.*

Sie war es. Bei ihrem Anblick stockte Martines Herz.

Der kleine Körper, besinnungslos und vielleicht schon ohne Leben, schwebte senkrecht im kalten, dunklen Wasser, die Arme anmutig über dem Kopf zusammengehalten, als würde Ailith immer noch tanzen. Ihre Augen waren geschlossen, während der Mund offenstand und der Unterkiefer schlaff nach unten hing. Über ihr Kinn lief ein tiefer Kratzer. An der Stirn hatte sie eine offene Wunde, aus der das Blut sickerte und sich als rosa Wolke im grünlichen Wasser ausbreitete.

Der Damm hatte verhindert, daß Ailith weiter stromabwärts getrieben wurde, aber nun war sie mit der unteren Kleiderhälfte in den stacheligen Ästen des Weißdorns verfangen. Martines Lungen waren kurz vor dem Zerbersten. Sie packte das Kind unter den Arm und wollte es vom Damm wegziehen, aber der Körper ließ sich nicht von der Stelle bewegen. Bei näherem Hinsehen erkannte Martine, daß sich die dünne Wolle tief in den nadelscharfen Dornen verhakt hatte.

Rasch schwamm Martine hoch auf das helle Sonnenlicht zu und schnappte nach Luft. Als sie durch die Oberfläche stieß, sah sie die versammelte Menschenmenge am Flußufer. Thorne stand am nächsten. Er riß sein braunes Untergewand über den Kopf und stand nur noch in seinem weißen Leinenhemd und den braunen Beinlingen da.

»Sir Thorne!« rief Martine heiser.

»Mylady! Gott sei Dank, daß Euch nichts passiert ist! Habt Ihr sie . . .«

Martine nickte ungeduldig. »Euer Schwert! Gebt es her!«

Thorne zog die Waffe aus der Scheide, und Martine füllte ihre Lungen mit neuer Luft, bevor sie wieder zu Ailith hinuntertauchte. Das Kind befand sich noch an der gleichen

Stelle, wo sie es zurückgelassen hatte, und Martine sah mit Bestürzung, wie blaß Ailiths Gesicht geworden war. Sie hing reglos im Wasser, als wäre sie nur noch eine seelenlose Hülle. *Lieber Gott, bitte laß sie noch nicht tot sein,* flehte sie, während sie die Arme um den kleinen Körper schlang und das Kind festhielt.

Eine Hand an ihrer Schulter ließ Martine zusammenfahren. Sie wandte sich um und sah den Sachsen mit seinem Schwert. Martine wies auf das im Weißdorn verfangene Kleid, und mit sorgfältig gezielten Hieben trennte Thorne die Wolle von den Stacheln. Er ließ das Schwert fallen, das auf den Grund sank, nahm das Kind in seine Arme und kehrte mit Ailith an die Oberfläche zurück. Martine wollte ihm folgen, aber etwas hielt sie fest.

Sie konnte sich nicht bewegen! Mit Armen und Beinen machte sie wilde Schwimmbewegungen und verstand im ersten Schrecken nicht, was geschehen war. Als sie an sich hinunter blickte und ihre eigene Kleidung fest in den winzigen scharfen Klauen des Weißdorns verfangen sah, verwandelte sich ihr Schrecken in Verzweiflung. Über ihr strebte Thorne mit kräftigen, sicheren Zügen dem Ufer zu.

Martine riß an ihrem Obergewand, dann griff sie nach unten, um einzelne Dornen zu lösen, aber sie stach sich dabei in die Finger, die sofort bluteten, und für jeden Dorn, den sie herauszog, verfing sie sich in zwei weiteren. Unter ihr, am Grund des Flusses, blinkte matt und höhnisch Thornes unerreichbares Schwert. Martines Lungen brannten, und ihr Herz pochte schmerzhaft in der Brust.

Sie wußte es. Immer hatte sie gewußt, daß sie durch Ertrinken sterben würde, in Panik um sich schlagend und darauf wartend, daß ihre Lungen sich mit Wasser füllten.

Martine versuchte, nicht auf den Schmerz und den Druck in ihrer Brust zu achten, und griff tastend hinter sich an den Knoten, den Estrude gebunden hatte. Vergebens. Mit beiden Händen versuchte sie, den Halsausschnitt ihres Obergewands auseinanderzureißen, aber die schwere Silberkordel ließ sich nicht einmal dehnen. In wilder Verzweiflung warf Martine sich umher und kämpfte gegen ihr Gefängnis aus

Seide und Wolle. Aus Nase und Mund entwichen Luftblasen, und sie zwang sich, dem Trieb zum Atmen zu widerstehen. Ihre Brust schmerzte unter Krämpfen, und die Kehle zog sich zusammen.

Martine schloß die Augen und wiederholte den Befehl an sich selbst. *Nicht atmen, nicht atmen, nicht atmen.* Sie ließ zu, daß ihr Körper schlaff wurde ... *nicht atmen* ... das Wasser durfte sie einhüllen und tragen ... *nicht atmen* ...

Ihre Augen wurden von weißem Licht erfüllt, und sie verlor jedes Zeitgefühl, jede Raumwahrnehmung und alle Angst . . . bis zwei große Hände sie bei den Schultern packten und die Trance brachen. Martine schlug die Lider auf.

Thorne. Sein bekümmerter Blick wich der Erleichterung, als er ihr Gesicht in beide Hände nahm und mit geschlossenen Augen seine Stirn gegen ihre preßte. Dann ließ er Martine los, holte sein Schwert vom Grund und schnitt mit raschen Bewegungen den Pelz und die kordelbesetzten Säume ihrer Tunika und des Untergewandes los. Der Drang, Luft zu holen, wurde beinahe unerträglich, und Martine wurde von Krämpfen geschüttelt, während sie um ihre Körperkontrolle rang.

Thorne befreite sie aus den Krallen des Weißdorns und brachte sie, den Arm um ihre Taille gelegt, an die Oberfläche zurück. Über Wasser sogen beide gierig die Luft ein und kämpften sich zum Ufer. Dort warteten Rainulf und Albin. Der Rest der Gäste hatte sich neben dem Baldachin versammelt. Aus dieser Richtung drang ein entsetzliches Heulen, wie von einem Tier, das große Schmerzen litt.

»Martine!« rief Rainulf und rannte ihr entgegen. »Gott sei Dank!«

Martines Beine zitterten so, daß sie sich kaum aufrecht halten konnte. Sie wußte, ohne Thorne, der sie stützte, bräche sie zusammen. »Ailith! Wo ist sie?«

Der Ritter und der Priester wechselten einen verzweifelten Blick. Rainulf legte eine Hand auf Martines Arm. »Sie ist von uns gegangen.«

Zuerst weigerte sich Martines erschöpfter Verstand, die

Bedeutung der Worte ihres Bruders aufzunehmen. »Wohin ist sie gegangen? Zurück zur Burg?«

Keiner der Männer sagte etwas. Dann faßte Thorne die Schwester seines Freundes bei den Schultern. »Mylady ...«, begann er und schien nicht weitersprechen zu können. Das war auch nicht nötig. In seinen hell scheinenden Augen konnte Martine die Trauer erkennen, und als Thorne auf die Gruppe neben dem Baldachin sah, folgte sie seinem Blick.

Reglos und schweigend bildeten Edelleute und Bedienstete einen Kreis und hielten die Köpfe gesenkt. Aus der Mitte drang das Wehklagen, zusammen mit dem stetigen, leisen Murmeln eines Mannes. Jemand rührte sich, und es entstand eine Lücke im Kreis. Durch diese Öffnung erkannte Martine eines der weißen Tischtücher im Gras und darauf den langen elfenbeinfarbenen Rock von Ailiths Kleid. Unter dem ausgefransten, zerfetzten Saum ragten zwei kleine nackte Füße blaß und unbeweglich hervor.

»Nein«, stieß Martine erstickt aus. Sie wehrte Thornes Versuche ab, sie zurückzuhalten, und stürzte auf schwankenden Beinen zu dem Kind hin. Thorne ließ sie gewähren, folgte ihr jedoch sogleich.

»Martine«, rief Rainulf und kam ebenfalls nach. »Du hast alles getan, was du konntest, und sogar dein eigenes Leben für Ailith aufs Spiel gesetzt. Es war Gottes Wille, daß sie von uns genommen ...«

»Zur Hölle mit Gottes Willen«, spie sie aus. Als der Kreis sich öffnete, um Martine hereinzulassen, bekreuzigten sich einige der Bediensteten wegen ihrer gotteslästerlichen Worte.

Ailith lag mit vor der Brust gekreuzten Armen auf dem Rücken, während Vater Simon ihr die Sterbesakramente spendete. Ein ungläubiges Stöhnen entfuhr Martine, als sie Ailiths Gesicht sah, mit der blaugrauen Haut, den violetten Lippen und der häßlichen Wunde an ihrem Kinn. *Sie kann nicht tot sein.*

Das Wehklagen kam von Geneva. Sie kauerte über dem reglosen Körper ihrer Tochter und hielt das Gesicht in den Händen vergraben. Dabei schaukelte sie hin und her und schrie schluchzend ihren Schmerz hinaus. »Mein Baby, mein Baby! Es tut mir so leid! Gebt mir nur mein Baby zurück!« Noch nie hatte Martine eine so entsetzliche Verzweiflung erlebt. Rainulf, der neben der fassungslosen Frau kniete, legte die Arme um sie und sprach leise und eindringlich in ihr Ohr, aber Geneva schien seine Anwesenheit überhaupt nicht wahrzunehmen.

Martines Beine gaben nach. Sie sank neben dem Kind auf die Knie und legte eine Hand auf die kalte Stirn. »O Gott«, flüsterte sie. »Das kann nicht sein.« Sie löste die schlaffen kleinen Arme aus der Verschränkung und legte die andere Hand auf Ailiths Brust, um zu prüfen, ob das Kind noch atmete, aber es war keine Bewegung zu spüren.

Vorwurfsvoll die Stirn runzelnd, murmelte Vater Simon weiter seine Gebete. Von den Umstehenden kamen geflüsterte Kommentare über Martines Hände, die an beiden Seiten mit winzigen Einstichen übersät waren, den Folgen ihres Kampfes gegen die Weißdornbüsche. Die Wunden bluteten heftig, aber Martine spürte keinen Schmerz.

Ailiths Gesichtsfarbe zeigte deutliche Erstickungsanzeichen. Ihre Haut und die Lippen sahen aus wie bei dem kleinen Jungen in Paris, dem Martine auf die Welt geholfen hatte. Er konnte nicht atmen, aber die Ärzte hatten einen Puls bei dem Neugeborenen festgestellt und das Baby gerettet, indem sie ihm in den Mund bliesen.

Martine beugte sich vor und legte ein Ohr auf Ailiths Brust, aber sie hörte nur ihren eigenen jagenden Atem und Genevas Wehgeschrei. Sie preßte zwei Finger an Ailiths Kehle, schloß die Augen und hielt die Luft an. Da spürte sie einen schwachen Druck unter ihren Fingerspitzen, dann wieder einen. Der Puls! Entgegen allen äußeren Anzeichen war das Kind noch nicht tot!

Was nun? Bei dem Baby hatte der Arzt seinen Mund über den Mund und die Nase des Kindes gelegt und dann hineingeatmet. Der Abstand zwischen Ailiths Mund und Nase war dafür zu groß. Kurz entschlossen preßte Martine die Nasenlöcher des Kindes zusammen, bedeckte den kleinen Mund mit ihrem eigenen und blies hinein. Als Ailiths Brust sich hob und senkte, fühlte Martine neuen Mut. Ihre Zuversicht schwand jedoch bei dem schwachen gurgelnden Laut, der aus der Kehle drang und auf Wasser in der Lunge schließen ließ.

Vater Simon hielt inne mit den Gebeten. Aus den flüsternden Bemerkungen der Umstehenden wurde ein allgemeines Raunen, erschreckt und verblüfft zugleich. Geneva trommelte wild auf Martines Rücken und Schultern und schrie: »Laßt mein Baby in Frieden! Was macht Ihr mit meinem Baby?«

Als Martine den Kopf hob, um Atem zu holen, sah sie, wie Rainulf die Fäuste Genevas festhielt und die Verzweifelte in seine Arme schloß. »Es ist alles gut«, beruhigte er sie. »Lady Martine braucht nur das Gefühl, alles, was ihr möglich ist, getan zu haben.« Schluchzend brach Geneva in seiner Umarmung zusammen, und Rainulf hielt sie fest, streichelte sie und flüsterte tröstende Worte.

Martine zwang Atemzug um Atemzug in die Lungen des Kindes und befahl sich selbst, an nichts anderes als an die Technik zu denken, mit der sie vorging, und nicht daran, was die Leute über ihr Handeln denken mochten oder ob es ihr überhaupt gelingen würde, Ailith wiederzubeleben. Besonders nicht an das letztere, denn der Gedanke an ein Scheitern war unerträglich für Martine.

»Mylady!« rief Vater Simon aus. »Was macht Ihr da? Das ist unerhört! Jemand muß ihr Einhalt gebieten!«

»Laßt sie gewähren«, verlangte Thorne und stellte sich schützend zwischen Martine und den aufgebrachten Priester.

»Nein!« schrie Simon und reckte den Arm vor. Wahrscheinlich wollte er Martine wegstoßen, aber bevor es dazu kam, riß Thorne den Priester gewaltsam fort.

»Geht weg von hier«, befahl er und schob den Geistlichen grob zur Seite, so daß dieser stolperte und zu Boden fiel. Als Martine den Kopf hob, um Luft zu holen, sah sie Peter und Guy mit gezogenen Schwertern aus der Menge hervortreten, Thorne ihre Gefolgstreue anbietend.

»Das Kind ist tot!« rief Simon und erhob sich vom Boden.

Als suchte er Unterstützung, wandte der Priester den Kopf zu Bernard. Dieser verfolgte die Vorgänge mit teilnahmslosem Blick, sein kaltes Lächeln auf den Lippen. »Der Versuch, sie ins Leben zurückzuholen, ist ruchlos. Das ist Teufelswerk«, spie Simon aus.

»Ihr irrt Euch«, sagte Thorne. »Sollte der Teufel heute an diesem Ort anwesend sein, so seid Ihr sein Werkzeug, nicht Lady Martine.« Thornes ballte die rechte Hand zur Faust. »Und jetzt geht.«

Simon kräuselte die Lippen. »Ihr würdet einen Mann von geistlichem Stand doch nicht schlagen.«

Während Martine in Ailiths Mund blies, sah sie aus dem Augenwinkel, wie die große Faust des Sachsen durch die Luft flog und den erstaunten Priester mit einem dumpfen Schlag mitten ins Gesicht traf. Brüllend fiel Vater Simon auf den Rücken und hielt schützend die Hände vor sich.

»Wieder falsch«, kommentierte Thorne trocken und kehrte zu Martine und Ailith zurück, um sie mit seinem mächtigen Körper abzuschirmen. Beim Anblick von Vater Simon, der sich am Boden wand, während ihm das Blut aus den Nasenlöchern tropfte und das weiße Tischtuch befleckte, lachten Bernard und seine Männer dröhnend.

Martine machte eine Pause, um Luft zu holen. Ein neues, rasselndes Geräusch weckte ihre Aufmerksamkeit. Es klang nach einer Flüssigkeit und kam von Ailith. Das Geräusch ähnelte dem Todesrasseln, das Martine mehr als einmal in Paris gehört hatte. Alarmiert legte sie ein Ohr an die kleine Brust. Wieder und wieder kam das Geräusch. Es klang gepreßt, als arbeitete Ailith mit großer Anstrengung.

Thorne hockte sich neben Martine. »Was ist das?«

»Ich glaube, sie versucht zu atmen«, flüsterte Martine.

Der kleine Kinderkörper begann krampfhaft zu zucken. Die verblüfften Laute der Zuschauer nahm Martine nur undeutlich wahr.

Zusammen mit Thorne umgriff sie Ailith, drehte das Kind auf die Seite und hielt es fest. Krämpfe schüttelten die Kleine, und Wasser floß aus ihrem Mund. Beim Einatmen krächzte Ailith, dann folgte ein heiserer Husten, und sie spuckte Wasser. Wieder hustete sie, und neues Wasser ergoß sich aus ihr.

»Ailith!« schrie Geneva. »Ailith! Mein Baby! Ailith!« Sie strebte zu ihrer Tochter, doch Rainulf hielt sie mit vor Verwunderung aufgerissenen Augen fest. Die allgemeinen erschrockenen Seufzer verwandelten sich in einen murmelnden Chor der Überraschung.

Flatternd hob Ailith die Lider. Sie blinzelte, als würde das Licht ihren Augen wehtun, und hustete noch einmal schwach.

»Gott sei gedankt«, sagte Rainulf. Er lächelte Martine an. Als sie die Freude und den Stolz in den Augen ihres Bruders erkannte, wurde ihr Herz warm. Rainulf ließ Geneva los, die Ailith unter Küssen in die Arme schloß, und schlug feierlich das Kreuzzeichen.

Viele der Umstehenden taten das gleiche, aber in ihren Augen sah Martine nicht Freude, sondern Verwirrung und sogar Angst. Sie hörte geflüsterte Bemerkungen über Zauberei, ohne weiter darauf zu achten.

Thorne schlug die Tür des Falkenhauses hinter sich ins Schloß und entkleidete sich rasch. Er schälte sich aus den durchnäßten Beinlingen und dem auf der Haut klebenden Hemd und zog eine dunkle Kniehose aus Leinen an. Sie saß locker und bequem, vor allem war sie trocken.

Als er die Fensterläden vor dem Regen zuklappte, dachte er daran, wie dunkel es schon war, obwohl die Sonne noch nicht untergegangen war und man gerade das Abendessen in der großen Halle auftrug, eine Mahlzeit, für die ihm jeglicher Appetit fehlte. Die Regenwolken ließen das Licht der Nachmittagssonne nicht durchdringen, so daß der Eindruck dunkler Nacht entstand. Thornes überwältigende Müdigkeit verstärkte den Eindruck der späten Stunde noch. Es war ein anstrengender Tag gewesen.

Zuerst die Verlobungszeremonie. Thorne erinnerte sich an das schmerzhafte Gefühl, mit dem sein Herz sich zusammengezogen hatte, während er zusah, wie Lady Martine in kühler Haltung den weißen Handschuh von Edmond empfing, seine Hand nahm und die Worte nachsprach, die das Verlöbnis besiegelten. Er hätte sich erleichtert fühlen sollen, seinem eigenen Lehen einen Schritt näher gekommen zu sein. Statt dessen empfand er tiefes Bedauern.

Was war geschehen, daß sich diese Frau in zwei Tagen so nachhaltig in jeden seiner wachen Gedanken stehlen konnte? Thorne befand sich in einem verwirrenden Zwiespalt, der ihn mehr als beunruhigte. Nicht nur, weil seine ehrgeizigen Pläne von Lady Martines Ehe mit Edmond abhingen. Es war auch äußerst töricht, daß er zuließ, daß ein anderer Mensch wichtig für ihn wurde. Tiefe Empfindungen machten verletzlich. Die kleine Louise hatte er geliebt, und als sie diese Welt verließ, kostete ihn diese Liebe beinahe den Verstand. Ihr Tod lehrte Thorne eine schmerzliche, aber wertvolle Lektion. Liebe hat einen Preis. Wenn man ihn nicht zahlen wollte, war es am besten, seine Gefühle zu beherrschen und starke Empfindungen im Zaum zu halten.

Dennoch begehrte er Martine wie noch keine andere Frau vor ihr. Natürlich war nicht daran zu denken, daß er sie jemals besitzen würde. Er konnte nur mit ganzem Herzen beten, daß sein Verlangen mit der Zeit abnähme. Wenn Lord Godfrey ihm sein Land zum Lehen gab und er die Früchte der Verbindung zwischen Edmond und Martine erntete, würde er die ungestümen Gefühle vielleicht zügeln können.

Nach der Verlobungszeremonie war die erschütternde Nachricht von Oliviers Boten gekommen, daß Anseaus und Aiglentines Mörder Lord Neville mit dem Verbrechen in Verbindung gebracht hatten. Noch am Nachmittag, gleich nach ihrer Rückkehr in die Burg, hatten der Graf und seine Barone sich beraten und beschlossen, den verbrecherischen Neville bis auf weiteres auf freiem Fuß zu lassen, da sie es für unziemlich erachteten, ein Mitglied des Adels ohne Schuldbeweis einzukerkern. Neville würde vor König Heinrichs Gerichtshof zitiert werden, und befand ihn die hohe Versammlung für schuldig, würde er bestraft werden.

Bestenfalls konnte er hoffen, zur Buße auf eine Pilgerfahrt nach Jerusalem geschickt zu werden. Sein Schädel würde rasiert werden, um den Hals und an Füßen und Händen müßte er aus seiner Rüstung geschmiedete Ketten tragen, und man würde ihn zwingen, allein und barfuß jahrelang, vielleicht sogar jahrzehntelang von einem Reliquienschrein zum nächsten zu wandern. Schlimmstenfalls — sollte Heinrich nicht gnädig gestimmt sein — erhielt er die gleiche Behandlung wie die Verbrecher, die auf sein Geheiß gemordet hatten: zuerst Folter und dann die öffentliche Hinrichtung am Galgen, was große Schande über ihn und seine Familie bringen würde. Als wahrscheinlichste Strafe erwartete ihn die schnelle Enthauptung mit der Axt, eine humanere und ehrbarere Art der Hinrichtung als der Strang.

Ob Neville aus freien Stücken vor Heinrichs Gericht treten würde? Wie Thorne den Baron kannte, schien dies unwahrscheinlich. Wäre es nach Thorne gegangen, hätte er noch am gleichen Nachmittag einen Suchtrupp zusammengestellt und den Schuft gefangengesetzt. Unglücklicherweise oblag nicht ihm diese Entscheidung, obwohl er die Konsequenzen zu tragen hatte. Als Godfreys Kämpfer mußte Thorne auch für dessen Lehnsherrn Olivier und König Heinrich Kriegsdienste leisten. Sollte Neville einen Weg finden, dem Gesetz zu trotzen, wäre Thorne unter denen, die seine Kapitulation erzwingen müßten. Eine Aussicht, die er zwar nicht fürchtete, die ihm aber auch kein sonderliches Vergnügen bereitete.

Nachdem Thorne seine Falken versorgt hatte, legte er sich mit dem Gesicht nach unten auf das schmale Bett und schloß die Augen.

Vor ihm erschien Martines Gesicht im dunklen Wasser, blaß und angsterfüllt. Stöhnend rollte er sich auf den Rücken und betrachtete die Fachwerkdecke seiner kleinen Hütte. Bei dem Gedanken, wie nahe Martine dem Tod gewesen war, fröstelte ihn. Ihr Tod wäre auch Ailiths Tod gewesen, denn nur Martine hatte den flackernden Lebensfunken in dem kleinen Körper entdeckt. Alle anderen, Thorne eingeschlossen, hatten geglaubt, das Kind wäre bereits hinübergegangen.

Jemand klopfte an die Tür. Sollten sie klopfen. Er brauchte nicht zu öffnen. Nach Gesellschaft stand ihm nicht der Sinn. Was ihm nottat, war Schlaf.

Thorne bedeckte das Gesicht mit den Händen. Hätte er Ailiths Tod ertragen? Durch ihren Verlust wäre Louise zum zweiten Mal von ihm gegangen. Es schien, als füllte Ailith den Platz seiner verlorenen Schwester aus und milderte den Schmerz, der in seinem Herzen lauerte und niemals vergehen würde. Höchstens würde er erträglicher. Diese Linderung brachte ihm Ailith.

Das Klopfen hörte auf. Thorne erhob sich, tauchte einen Lappen in die Schüssel und wusch sich Gesicht, Arme und Brust. Er fühlte sich erschöpft und wollte nur noch in tiefen, traumlosen Schlaf versinken.

Der Regen prasselte leise auf das Strohdach, und die Fenster klapperten. Ein Windstoß riß einen Laden auf, und Thorne ging hinüber, um ihn zu schließen. Dabei bemerkte er eine dunkle Gestalt, die vom Falkenhaus zum Bergfried ging. Es war sein unwillkommener Besuch. Die Gestalt trug einen langen Mantel mit Kapuze und schritt, den Kopf gegen Wind und Regen geneigt, voran. Wer würde bei diesem Wetter zu ihm über den Burghof kommen? Vielleicht war es eine wichtige Angelegenheit. Thorne hatte ein schlechtes Gewissen und blinzelte in den Regen. Ob es Rainulf war? Nein, dafür war die Gestalt nicht groß genug.

Ein weiterer Windstoß riß der Gestalt die Kapuze vom Kopf ... von ihrem Kopf, stellte Thorne in dem kurzen Augenblick fest, bis sie die Kapuze wieder aufsetzte. Ein sehr kurzer Moment, aber er reichte, um das silberblonde Haar zu erkennen, das so außergewöhnlich war.

Bevor er wußte, was er tat, war Thorne zur Tür hinaus und rannte, gerade halbbekleidet, durch den Regen zu Martine.

10.

Thorne packte Martines Schulter. Verblüfft wandte sie sich um, und ihre Kapuze rutschte erneut herunter. Thorne schob die Kopfbedeckung wieder an ihren Platz, nahm Martines Arm und führte sie rasch ins Falkenhaus zurück.

Als er die Tür geschlossen hatte, starrten sie sich im dämmrigen Raum an. Das Zögern in Martines Augen überraschte Thorne. Sie hatte immer so selbstsicher gewirkt. Was immer der Grund für ihr Kommen in diesem Zustand war, es schien ein schwerer Gang zu sein. Aus ihrem glatten Gesicht war alle Farbe gewichen, und es ähnelte in seiner unwirklichen Blässe der Schachfigur aus Walfischknochen mit ihrem geschnitzten Porträt. Bei der kleinen Skulptur war ihr Haar allerdings unter einer nonnenähnlichen Kopfbedeckung verborgen. Die Martine, die vor ihm stand, trug ihr Haar offen, und die wirren hellgoldenen Strähnen reichten tief ihren Rücken hinunter. In ihrer Schönheit war sie beinahe schmerzlich anzusehen. Wie hatte Thorne sie jemals für unscheinbar halten können?

Schließlich sprach Martine. »Ich glaubte, Ihr wärt nicht da.«

»Ich habe geschlafen.«

Martine runzelte die Stirn. »Es tut mir leid. Ich wollte nicht ...«

»Nein, nein, das ist in Ordnung.« Ihr Mantel war völlig durchnäßt. Thorne trat auf sie zu und ergriff die Goldspange, um den Verschluß zu lösen. Als Martine erstarrte, zog er sich zurück. »Ich wollte nur ... ich dachte ... Euer Mantel ist feucht, und deshalb ...« Er stammelte wie ein schwachsinniger Knabe. Was mußte sie von ihm denken?

»Oh, natürlich.« Martine versuchte, die Spange selbst zu lösen, aber mit ihren in dicke Leinenstreifen eingebundenen Hände gelang es ihr nicht.

»Erlaubt Ihr?« fragte Thorne und wartete mit ritterlicher Zurückhaltung auf ihr Kopfnicken, bevor er den Verschluß löste und ihren Mantel an einem Haken aufhängte. Das ruinierte Verlobungsgewand hatte Martine durch ein lose hängendes dunkles Kleid ersetzt.

Aus dem Augenwinkel sah Thorne, wie sie einen Blick auf seinen bloßen Oberkörper warf und zwei leuchtend rote Flecken auf ihren blassen Wangen erschienen, bevor sie wegsah. Thorne lächelte innerlich. Martines Erröten gefiel ihm immer besser, und es zeigte, daß wirkliche Gefühle in ihr lebten. Dennoch nahm er ein Hemd vom Haken, zog es über seinen Kopf und zündete zwei Kerzen an.

Ein Zittern überlief Martine. Thorne schob sie zu seinem großen Sessel und ließ sie hinsetzen. Er goß einen kräftigen Branntwein ein und reichte Martine das Getränk. Mit ihren verbundenen Händen nahm sie unsicher die Tasse und versuchte einen Schluck.

»Ich kann Kohlen für die Feuerstelle holen«, bot Thorne an.

Sie schüttelte den Kopf. »Macht Euch keine Umstände. Mir wird schon warm genug sein.«

Mit einem Kopfnicken wies Thorne auf ihre Hände. »Tut es sehr weh?«

»Ein wenig.«

»Dann müßt Ihr den Brandy rasch austrinken. Er wird den Schmerz dämpfen.«

Als würde sie eine Entscheidung abwägen, blickte Martine in die Tasse, dann hob sie das Gefäß an die Lippen und leerte den Inhalt mit einem Schluck. Thorne nahm ihr die Tasse ab und griff erneut nach dem Krug.

»Nein«, sagte Martine. »Wenn ich mehr trinke, schlafe ich auf der Stelle ein.«

In seiner Vorstellung sah Thorne Martine, wie sie in seinem Bett schlief. Er erinnerte sich, daß Ailith gesagt hatte, sie schlafe nackt, und räusperte sich. »Wie ging es Ailith, als Ihr zuletzt bei ihr wart?« fragte er, nachdem er auf der Bettkante Platz genommen hatte.

Martine erlaubte sich ein müdes Lächeln. »Sie schlief noch immer in den Armen ihrer Mutter.«

Thorne nickte langsam. »Ohne Euch wäre sie jetzt tot, Mylady. Ich habe selten solchen Mut gesehen, wie Ihr ihn heute bewiesen habt. Ailith bedeutet mir viel. Ich wollte Euch noch mehr erzählen, aber ... vor allem danke, daß Ihr sie gerettet habt.«

Sie nickte und begegnete seinem Blick. »Ich möchte auch etwas sagen. Ich weiß, wie Ihr über mich denkt. Ihr glaubt, ich sei ... verwöhnt und ... eigensinnig und ...«

»Nein, Mylady.«

»Bitte leugnet es nicht. Alle denken so, und ich weiß, daß Ihr nicht anders seid.« Martine senkte den Blick auf ihren Schoß. Dort ruhten die weiß bandagierten Hände auf der dunklen Wolle ihrer Tunika. »Vielleicht bin ich so, und ich weiß, wie schwer einige Dinge für mich auszusprechen sind. Besonders gegenüber ...« Sie sah Thorne befangen an und senkte die Augen wieder auf ihre Hände.

Besonders mir gegenüber? fragte sich Thorne. *Besonders Männern gegenüber?*

Aber Martine führte den Satz nicht zu Ende. Sie schüttelte düster den Kopf. »Ich war ungerecht zu Euch. Ehrlich gesagt ... mochte ich Euch nicht und habe Euch auch nicht getraut. Aber jetzt ... empfinde ich anders. Ich hoffe inständig, daß Ihr mir meine frühere Grobheit verzeiht und wir Freunde sein können.«

Thorne atmete tief ein, um sicherzustellen, daß seine Stimme fest klang. »Das hätte ich sehr gern.«

Mit ernstem Ausdruck suchte Martine seinen Blick. »Danke, daß Ihr mir das Leben gerettet habt.«

»Schon in Ordnung.« Traurig dachte er, daß sie jetzt vielleicht gehen wollte, aber sie machte keine Anstalten. Einen Augenblick wirkte es, als würde Martine etwas sagen, dann biß sie sich schweigend auf die Lippen. Thorne fragte sich nach dem Grund für ihr Zögern. Was sonst hatte sie ihm zu sagen, und warum war es so schwierig für sie?

Er hielt Martine von Rouen für einen Menschen, der seine Gedanken offen aussprach, manchmal vielleicht zu offen. Sie besaß nicht das diplomatische Geschick, das bei einer Dame ihres Standes zu erwarten war. Manche Männer mochten dies bemängeln, Bernard ganz sicher, und vielleicht auch Edmond. Thorne dagegen konnte wenig anfangen mit der glatten, geschliffenen Art wohlgeborener Damen und fand Lady Martines Freimütigkeit anziehend. »Wo habt Ihr schwimmen gelernt?« fragte er nach einem Augenblick des Schweigens.

Den Blick auf eine der Kerzen gerichtet und mit entfernt klingender Stimme, antwortete Martine: »Ich bin in der Nähe eines kleinen Weihers aufgewachsen.«

»Bei der Burg Eures Vaters? Oder meint Ihr in der Nähe des Klosters?«

Thorne fiel auf, daß Martine zusammenzuckte. Sofort bedauerte er die Frage. Er hatte sie nur mit einer angenehmen Unterhaltung entspannen wollen, doch das konnte sie nicht wissen. In Martines Ohren mußte es klingen, als versuchte er noch immer, ihre Geheimnisse zu entdecken.

»Weder noch«, entgegnete sie.

Thorne erhob sich. »Ich wollte nicht ...«

»Es gibt noch etwas, das ich Euch sagen muß.«

»Nein.« Mit einem langen Schritt überwand Thorne die Entfernung zwischen ihnen und kniete zu Martines Füßen nieder. Er legte seine Hände auf ihre und bat sie mit dem Blick, ihn anzusehen. Sie tat es. »Es gibt nichts, das Ihr mir erzählen müßt. Ihr schuldet mir nichts. Ich wollte Euch wirklich nicht ...«

»Ich schulde Euch nichts?« Martine schob die Brauen zusammen und schüttelte den Kopf. »Ihr habt mir das Leben gerettet.«

Thorne strich ihr mit der Hand das Haar aus dem Gesicht und schob es hinter die Ohren. »Ihr habt das Recht, selbst zu entscheiden, was Ihr anderen enthüllt«, sagte er ruhig und streichelte ihre Wange. »Ich hätte niemals den Versuch machen sollen, Euch auszuhorchen. Ihr schuldet mir wirklich nichts. Was am Fluß geschah, hat nichts zu tun ... mit dem, was Ihr mir sagen wollt.«

Martine wandte den Blick von ihm ab. »Ihr wißt nicht, was ich Euch sagen will.«

Die Hand an ihr Kinn gelegt, drehte Thorne Martines Gesicht zu sich. »Ihr seid nicht Lord Jourdains legitimes Kind.« Die Spannung in ihren Händen und die Art, wie sie den Atem einsog, sagten ihm, daß er recht hatte.

»Ihr wußtet es?«

Mit den Daumen rieb er sanft über den dicken Verband, der in sauberen Streifen um ihre Hände gewickelt war. »Nicht sicher. Aber es schien am wahrscheinlichsten. Wolltet Ihr mir das sagen? Seid Ihr deshalb hergekommen?«

Martine nickte. »Das, und um Euch zu danken. Ich dachte,

Ihr hättet das Recht, es zu wissen. Es war falsch von mir, Euch diese Tatsache zu verheimlichen, besonders nach dem, was Ihr für mich getan habt. Es würde Euch schaden, wenn vor der Eheschließung die Wahrheit über meine illegitime Geburt herauskäme, und das wäre ein schlechter Lohn dafür, daß Ihr mir das Leben gerettet habt.«

Als Martine die bevorstehende Hochzeit erwähnte, wurde Thorne mit einem Mal bewußt, wie unbedacht ihr Kommen war und wie unvorsichtig er sich selbst verhielt, hier zu ihren Füßen zu sitzen und ihre Hände zu halten. Dennoch machte er keine Anstalten, Martine freizugeben. Er konnte sie unmöglich gehen lassen. Dazu drängte es ihn viel zu sehr, sie zu berühren. Und er redete sich ein, daß sie seinen Trost brauche.

Früher am Tag, als sie noch beim Fluß gewesen waren und Thorne die kleine Ailith gerade in seinen Mantel gewickelt hatte, um sie auf die Burg zurückzubringen, hatte Martine bedenklich gezittert. Plötzlich wurde Thorne bewußt, welch große Tat sie vollbracht und unter welcher Belastung sie gestanden hatte. Möglicherweise war die Fassade ihrer Unnahbarkeit und Selbstbeherrschung brüchiger, als er sich vorstellte.

Thorne hatte den Blick gesehen, den Martine Rainulf zugeworfen hatte, doch obwohl ihr Bruder zutiefst besorgt nachgefragt hatte, ob es ihr gut gehe, war er zu sehr mit Geneva beschäftigt gewesen, um seiner Schwester echten Trost spenden zu können. Instinktiv hatte Thorne zu Martine eilen wollen, um sie in die Arme zu nehmen und mit seiner Wärme und Kraft ihr Schaudern zu beruhigen, doch hatte er diesem Antrieb unmöglich nachgeben können. Auch ohne Ailith, um die er sich kümmern mußte, wäre eine solche Umarmung skandalös gewesen, ganz gleich, welch gute Absicht dahinter gestanden wäre.

Und doch nicht halb so skandalös wie die Enthüllung von Martines illegitimer Geburt, falls diese Nachricht an die Öffentlichkeit gelänge. Es berührte Thorne tief, daß sie bereit gewesen war, sich ihm anzuvertrauen. »Weiß Rainulf, daß Ihr mit mir über dies alles sprecht?« fragte er.

Martine nickte. »Er wollte die Wahrheit niemals vor Euch verbergen … obwohl es ihm nichts auszumachen schien, sie allen anderen zu verschweigen.«

»Wie war das möglich?«

»Als ich noch im Kloster lebte, war es leicht. Nur wenige Menschen wußten von meiner Existenz. Dann folgte ich Rainulf im vergangenen Sommer nach Paris, und er stellte mich als seine Halbschwester vor. Dabei beließ er es.«

»Und alle nahmen an, Ihr wärt das Kind aus der zweiten Ehe Eures Vaters.«

Martine nickte. »Wie Lady Estrude auch dachte. Aber das wäre kaum möglich: Lady Blanche, Jourdains Witwe und zweite Gemahlin, ist gerade einundzwanzig Jahre alt.«

»Drei Jahre älter als Ihr.« Reumütig lächelnd schüttelte Thorne den Kopf. Er schämte sich, so vieles als selbstverständlich angenommen zu haben, ohne ausreichende Nachforschungen anzustellen, vor allem angesichts der Wichtigkeit dieser Ehe und seiner Verantwortung für ihr Zustandekommen. »Das war ein kluger Schachzug.«

Mit schmerzerfülltem Ausdruck blickte Martine zu Boden. »Rainulf fürchtet, Ihr könntet Euch betrogen fühlen. Er hat Angst, daß Ihr ihn jetzt haßt.«

Thorne schloß beide Hände um Martines und drückte sie sanft. »Ich glaube nicht, daß Euer Bruder jemals etwas tun könnte, das schlimm genug für mich wäre, um ihn zu hassen. Und ich fühle mich nicht betrogen, nicht wirklich. Irregeleitet vielleicht, aber er tat alles nur aus Liebe zu Euch. Zu echtem Betrug ist er nicht fähig.«

Staunend blickte Martine auf Thorne, und ihre Augen leuchteten im Kerzenlicht. »Ihr seid ebenso gütig wie er!«

»Ist das so überraschend?«

»Alles an Euch ist überraschend«, antwortete sie rasch. Als hätte sie zuviel gesagt, schlug Martine den Blick nieder, und wieder stieg die heiße Röte in ihre Wangen. Ihr beunruhigter Blick ruhte auf Thornes Händen, die weiter auf ihren lagen. Zögernd zog er sich zurück und griff nach dem Branntweinkrug, um die Befangenheit des Augenblicks zu zerstreuen.

»Noch eine Tasse? Ihr werdet nicht davon einschlafen.«

Martine nickte, und er schenkte für sie beide ein. »Eure Mutter war also ...« Thorne hatte gehofft, daß Martine den Satz zu Ende sprechen und ergänzen würde, wie sie es für richtig hielte. Statt dessen blickte sie gedankenverloren in die tanzende Kerzenflamme. Nun gut. Obwohl er voller Neugier war, wollte er Martine nicht drängen. Thorne stürzte seinen Branntwein in einem Zug herunter, und Martine tat augenblicklich dasselbe. Dann reichte sie ihm die Tasse, damit er nachschenkte. Er tat es, und sie umgriff das volle Gefäß mit beiden Händen und starrte hinein.

»Meine Mutter ...« fing sie an.

»Ihr müßt nichts erzählen.«

»Meine Mutter war Jourdains Geliebte.« Da er nun um ihre uneheliche Geburt wußte, brachte Thorne diese Nachricht nicht aus der Fassung. Doch Martine schien es sehr weh zu tun, davon zu sprechen. Plötzlich dämmerte es Thorne: Wahrscheinlich sagte Martine diese Worte zum ersten Mal und gab laut zu, daß ihre Mutter keine Baronin, sondern die Mätresse eines Barons gewesen war. Er begriff, wie schwer dieses Eingeständnis für sie war und weshalb sie sich vorher mit Branntwein stärken mußte.

»Sie hieß Adela«, fuhr Martine fort. »Ihr Vater war ein Pariser Weinhändler. Als sie noch sehr jung war, verkaufte er Adela für eine Handvoll Silber an Jourdain.« Martine nahm etwas Branntwein. »Das weiß ich jetzt. Ich weiß alles, die ganze furchtbare ... alles.« Sie leerte die Tasse. »Ich sehe auf meine Kindheit zurück ... die ersten zehn Jahre zumindest ... und frage mich, wie ich so naiv sein konnte, so« — Martine hob die Tasse an die Lippen und setzte sie wieder ab, als sie feststellte, daß sie leer war — »glücklich. Ja, ich war glücklich. Das Leben war so einfach — bis ich die Wahrheit entdeckte ...«

In dem Sommer, als Martine zehn Jahre alt wurde, fiel ihr auf, daß in den Gebeten ihrer Mutter immer wieder der gleiche Name auftauchte.

»Mama«, fragte das Kind schließlich. »Wer ist Odelina?«

Adela kniete vor ihrer Holztruhe und zündete die sechs

übelriechenden Talgkerzen an, die sie nebeneinander auf den Truhendeckel gestellt hatte. Den Blick gehoben, sagte sie mit ihrer hellen Stimme: »Odelina ist eine Dame, die schon lange Zeit sehr krank ist.«

Mit ihren schlanken Armen, den kleinen Brüsten und riesigen Augen wirkte Adela trotz ihrer fünfundzwanzig Jahre noch immer sehr mädchenhaft. Martine war ebenso blond wie sie, hatte aber die Größe und Ausstrahlung ihres Vaters geerbt und war ihrem Alter an Reife voraus.

»Du betest also, damit es ihr besser geht?«

Grimmig schüttelte Adela den Kopf. »Ich bete darum, daß sie stirbt.«

Martine schnappte nach Luft. »Daß sie stirbt! Warum? Weil sie Schmerzen hat und du willst, daß ihr Leiden zu Ende geht?«

»Nein«, entgegnete Adela und wandte sich wieder zu den Kerzen. »Ihr Leiden ist mir gleichgültig.«

Dann sagte sie etwas, das alles änderte. »Ich will, daß sie stirbt, damit ich ihren Gemahl heiraten kann. Lady Odelina ist die Frau deines Vaters.«

Martine starrte ihre Mutter mit offenem Mund an. »Aber du bist Papas Frau! Oder nicht?«

Adela richtete ihre großen Augen vorwurfsvoll auf Martine. »Wäre ich seine Frau, würden wir dann hier leben? Barone lassen Ihre Gemahlinnen nicht in kleinen Lehmhütten mitten im Wald hausen. Sie holen sie auf ihr Schloß. Wußtest du das nicht?«

Verblüfft schüttelte Martine den Kopf. Für sie war ihr Vater ein heldenhafter Riese mit goldenem Haar, in Pelz und Seide gehüllt, der auf seinem weißen Hengst durch den Wald galoppiert kam, wenn sie ihn am wenigsten erwartete.

Martine jauchzte jedes Mal vor Entzücken, wenn er vom Pferd stieg, sie in die Luft hob und herumwirbelte, bis ihr schwindlig wurde, und er sie in seine mächtigen Arme preßte. Dann drückte er ihr eine Kleinigkeit in die Hand. Jourdain von Rouen kam niemals ohne Geschenke für seine Tochter und ihre junge Mutter. Seidene Bänder, winzige Goldringe, Fläschchen mit aromatischen Ölen, in Elfenbein gerahmte Spiegel aus poliertem Stahl, Silberkämme, weiche Schuhe mit Fransen ... In ihrer dunklen, aus Lehm und Flechtwerk gebauten Hütte schienen sich im Laufe der Jahre diese zierlichen Schätze zu häufen.

Martine betete ihren Vater an. Er brachte Lachen und Abwechslung in ihr trübseliges Leben. Ihr Papa war wunderbar.

Welch eine Veränderung ging mit ihrer Mutter vor, wenn er zu Besuch kam! Mit leuchtenden Augen eilte Adela in der kleinen Hütte umher, bediente ihn, hängte seinen Mantel auf, löste die Schnürung seiner Stiefel, brachte ihm Bier, Brot und Fleisch.

Nachdem er sich ausgeruht und sattgegessen hatte, gab es andere Bedürfnisse, die befriedigt werden mußten, und Martine wurde nach draußen geschickt, um durch den Wald zu streifen oder im Teich zu schwimmen. Wenn es regnete, mußte sie nach oben auf den kleinen Dachboden verschwinden, wo sie nachts auch schlief.

Unten hörte sie das Stroh von Adelas Matratze knistern, und andere Geräusche, sein Stöhnen und ihr atemloses Schreien, Geräusche, die Martine ängstigten und verwirrten.

»Nein, nein, Martine. Dein Papa würde mir niemals weh tun«, versicherte Mama ihr immer, nachdem er fort war. »Er füllt mich aus. Er macht mich ganz. Ohne ihn bin ich eine leere Hülle.«

Martine sah zu, während ihre Mutter die letzte Kerze anzündete, und lauschte ihrem unverständlichen Murmeln. Jedes Mal, wenn sie den Namen Odelina heraushörte, zuckte sie innerlich zusammen. »Es ist falsch, Mama! Man darf einem anderen Menschen nicht den Tod wünschen. Das ist beinahe wie Mord. Gott wird dich bestrafen!«

Ihre Mutter erhob sich. Sie hatte die großen Augen weit aufgerissen, und ihre Pupillen waren zwei kleine schwarze Stecknadelköpfe. »Damit meine Gebete erhört werden, riskiere ich gern die Flammen der Hölle.« Mit bebendem Arm wischte sie die Kerzen von der Truhe auf die gestampfte Erde der Hütte, wo sie zischend verloschen. »Für einen Tag als rechtmäßige Ehefrau von Mylord Jourdain nähme ich in Kauf, mich für alle Ewigkeit in Qualen zu winden!«

Martine rannte aus der Hütte und schwamm im Teich, bis der Himmel finster wurde und das Wasser kühl.

Kurz darauf bestellte Adela den Stoff für ihr Hochzeitskleid, meterweise kostbar durchwirkte Seide in der frischgrünen Farbe von Spätsommeräpfeln vor der Reife. Sie brauchte viele Tage, um das bauschige Obergewand mit den langen fließenden Ärmeln zu nähen, und Wochen für die Stickerei und den Bortenbesatz. Ein Kleid wie dieses hatte Martine noch nie gesehen. Es war blendend schön und außergewöhnlich.

An dem Morgen, als Adela mit dem Nähen fertig war, erschien einer von Jourdains Leuten mit einer Ladung Feuerholz. Lady Odelina, berichtete er, sei am gleichen Morgen in den Himmel aufgestiegen. Gott möge ihrer gequälten Seele Ruhe geben.

»Er kam, als ich gerade die letzten Verzierungen anbrachte«, erzählte Adela ihrer Tochter, während der Knecht fortritt. »Das ist ein gutes Omen. Ein glückliches Zeichen für die Hochzeit, glaubst du nicht auch?« Bald, sagte sie, werde Lord Jourdain in den Wald geritten kommen und sie beide auf sein Schloß holen. Schwindlig vor Aufregung badete Martine, kleidete sich an und bürstete ihr Haar.

Der Tag verging und der nächste und noch weitere, doch Jourdain kam nicht. Seine Knechte trafen nicht länger mit ihren Lieferungen an Lebensmitteln, Feuerholz, Kleidung und anderen Haushaltsdingen ein. Wochen gingen vorüber. Martine fühlte sich verloren und verstand nicht. Sie betete ihren Papa an. Es brachte sie aus der Fassung, daß er nicht gekommen war, um sie zu holen, und auch nicht mehr die notwendigen Vorräte schickte, die sie zum Leben brauchten.

Der Herbst kam, und in jenem Jahr war es ein feuchter, kalter Herbst. Sie verbrauchten das Holz, und ihnen gingen die Lebensmittel aus. Martine sammelte Wurzeln und Beeren im Wald, aber Adela verbrachte alle wachen Stunden in fieberhaftem, tränenreichem Gebet. Niemand mußte Martine sagen, daß sie und ihre Mutter den Winter nicht überleben würden.

Eines Nachmittags kehrte Adela von einem Gang ins Dorf zurück, setzte sich ans Fenster und starrte schweigend in den Wald.

»Sprich mit mir«, flehte Martine. »Was ist geschehen? Hat es mit Papa zu tun? Hat dir jemand etwas erzählt? Ist er krank? Oder ist er ... tot? Bitte, sag etwas zu mir!«

Als das Kind an diesem Abend zum Schlafen auf den Dachboden kletterte, saß Adela immer noch da. Am nächsten Morgen kam Martine herunter, und ihre Mutter war weg. Alle Kleider hingen am Haken, bis auf die neue, apfelgrüne Tunika.

Martine suchte überall nach ihrer Mutter. Sie ging sogar allein ins Dorf und fragte, ob jemand ihre Mutter seit gestern gesehen habe, aber alle verneinten. Auf dem Rückweg kam sie am Teich vorbei, und dann sah sie auf der vom Wind gekräuselten Oberfläche den apfelgrünen Seidenstoff schwimmen — das Hochzeitskleid ihrer Mutter.

Warum hatte Mama das Kleid in den Teich geworfen? Es würde verdorben sein. Dabei war es wunderschön, und sie hatte so lange daran gearbeitet.

Martine watete ins Wasser und versuchte, das Seidenkleid herauszuziehen, aber der Hunger hatte sie geschwächt, und der Stoff schien von etwas festgehalten zu werden. Jemand pfiff, und Martine blickte auf. Es war ein Bauer, den sie kannte. Er lenkte seine Ochsen auf dem Pfad an der Waldkante.

»Könnt Ihr mir helfen?« rief Martine. »Mamas Hochzeitskleid liegt im Teich!«

»Ihr Hochzeitskleid?« fragte er. »Wen wird sie denn heiraten?«

»Meinen Vater. Baron Jourdain von Rouen.«

Der Bauer lachte ungläubig. »Kind, Seine Lordschaft hat letzte Woche wieder geheiratet. Ihr Name ist Blanche. Dreizehn Jahre ist sie alt.« Er zuckte mit den Schultern. »Manche Männer mögen sie jung.«

Mit ihrem ausgemergelten Körper stand Martine fröstelnd

im eiskalten Wasser und beobachtete, wie der Bauer weiter den Pfad entlangzog.

Es wäre besser, sehr viel besser gewesen, würde ihr Papa nicht mehr leben, wie sie befürchtet hatte. Das hätte wehgetan, aber nicht annähernd den Schmerz verursacht, den sie bei dem Wissen empfand, daß er sich von ihnen abgewendet und sie verlassen hatte. Martine und ihre Mutter bedeuteten ihm nichts, wenn er sie für diese Blanche derart gleichgültig zur Seite stieß. Das war die Nachricht, die Adela im Dorf gehört hatte, und der Grund für ihre Verzweiflung. Darum hatte sie ihr Hochzeitskleid weggeworfen.

Das hätte sie nicht tun sollen. Es war erlesen, und sie hatte so schwer daran gearbeitet. Ihre Mutter verdiente, es zu behalten und zu tragen, selbst wenn Jourdain sie nicht heiraten wollte.

Martine holte tief Luft und tauchte angekleidet in den Teich, um das Kleid herauszuholen. Das Wasser war entsetzlich kalt. Unter der Oberfläche bauschte sich noch mehr grüne Seide, umschwebte Martine und hüllte sie ein. Mit fuchtelnden Armen schob Martine den Stoff zur Seite.

Was sie dann sah, würde sie für den Rest ihres Leben verfolgen und quälen. Es war das Gesicht eines Ungeheuers, in dem die Todesangst stand.

Das Gesicht gehörte ihrer Mutter. Sie trieb im eiskalten Wasser des Weihers, nur wenige Zentimeter von Martine entfernt. Adeles gebrochene Augen starrten blicklos ins Weite und in die entsetzten Augen ihrer Tochter. Ihre Mutter sah aus wie ein der Hölle entsprungener Dämon. Die Haut war überall geschwollen und purpurrot, der Mund stand klaffend offen und heraus hing eine aufgeblähte schwarze Zunge.

Martine würgte und kämpfte mit der Übelkeit. Ein schriller, ungläubiger Schrei schien ihren Kopf von innen zu sprengen. Sie wollte an die Oberfläche zurückkehren, aber die grüne Seide umhüllte sie wie ein Kokon und hinderte sie am Auftauchen. Martine riß und zog daran. Dann sah sie das Seil um den Hals ihrer Mutter, das durch einen mit Steinen gefüllten Sack gestrafft war, und verstand. Ihre Mutter war von eigener Hand gestorben — eine schwere, unverzeihliche Sünde.

Diese Entdeckung war für einige Zeit ihr letzter zusammenhängender Gedanke. Als Martines Sinne zurückkehrten, saß sie zusammengekauert in einer Ecke der Hütte, die Arme um ihre hochgezogenen Knie geschlungen und hörte einen Mann draußen ihren Namen rufen. Ihre Kleider und die Haare waren naß, und ihre Kehle fühlte sich schmerzhaft rauh an. Martine wurde bewußt, daß sie geschrien haben mußte. Aber ihre Augen waren trocken. Geweint hatte sie also nicht. Doch sie weinte niemals viel.

Der Mann trat durch die Tür und runzelte bei Martines Anblick die Stirn. Es war der Priester des Ortes, der dicke kleine Vater Tancred.

»Wir können die Leiche nicht begraben«, begann er ohne Einleitung. »Ich hoffe, das ist dir klar. Es wäre nicht anständig, weil sie sich selbst das Leben genommen hat. Man wird sie in den Wald schleppen und den Wölfen zum Fraß überlassen. Die machen kurzen Prozeß mit ihr. Darum brauchst du dich nicht zu sorgen.«

Martine starrte den Priester nur an. Ihre Kehle war viel zu wund zum Sprechen.

Vater Tancred schürzte die Lippen. »Spar dir die Mühe, für sie zu beten. Es wäre nicht gut. In diesem Moment brät sie bereits in der Hölle, und du kannst nichts tun, um sie zu retten. Wenn du beten mußt, dann flehe um deine eigene Rettung, denn in deinen Adern fließt ihr verkommenes Blut.«

Als Martine nicht antwortete, hob Vater Tancred die Brauen. »Es ist nicht sicher für dich, ganz allein hierzubleiben. Nicht alle Männer sind gut und freundlich wie ich. Es gibt genug, die ein Mädchen in deiner Lage ausnutzen. Du weißt, was ich meine, nicht wahr?«

Martine blickte verständnislos.

Der Priester nickte und sprach weiter. »Ja, du weißt, was ich meine. Und hinterher bist du nicht besser als deine Mutter. Du weißt, daß sie als Hure starb, nicht wahr?«

Mit angewidertem Blick musterte der dicke Geistliche

Martine von oben bis unten, während sie überlegte, wie sie aussehen müsse mit ihrem abgemagerten Körper, den tief in den Höhlen liegenden Augen und dem offenen Haar, das als feuchte, zerzauste Mähne um den Kopf hing. Der Priester lüftete das schwarze Scheitelkäppchen und glättete sein fettiges gelbes Haar. Dann sah er aus dem Fenster. Martine folgte seinem Blick. Draußen vor der Hütte in der grellen Mittagssonne wartete eine geschlossene Sänfte. Eine mit Ringen geschmückte Frauenhand teilte die Brokatvorhänge und ließ sie rasch wieder fallen.

Vater Tancred räusperte sich. »Wo sind die vielen Sachen, die der Baron dir und deiner Mama über die Jahre geschenkt hat? Die Ringe, Armbänder und bunten Kinkerlitzchen?« Zielbewußt blickte er auf die Truhe in der Ecke, deren Deckel noch die Spuren der heruntergebrannten Talgkerzen trug. »Du weißt, daß es Räuber gibt, die dir für ein einziges dieser kleinen Schmuckstücke die Kehle aufschlitzen, nicht wahr? Hier bist du nicht sicher. Du machst am besten, daß du aus diesem Haus fortkommst.«

Er wartete, aber Martine rührte sich nicht von der Stelle.

»Geh weg von hier«, wiederholte er und wedelte mit seiner dicklichen Hand. »Verschwinde! Los jetzt!«

Wohin soll ich denn gehen? fragte sich Martine. *Das hier ist mein Zuhause. Ich habe keinen anderen Ort, an den ich gehen kann.*

Der Priester blickte zur Sänfte zurück und zuckte mit den Schultern. Die blasse Hand mit den vielen Ringen winkte ungeduldig und zog schnell die Vorhänge zusammen.

»Du wirst noch an meine Worte denken«, sagte der Priester und wich, sich die Lippen leckend, zur Tür zurück. »Hier ist es nicht sicher für dich. Entweder gehst du vor Anbruch der Nacht fort, oder es kann sein, daß du schon morgen neben deiner Mutter in der Hölle brennst.«

Wieder allein, legte Martine den Kopf auf die Knie und schloß die Augen. Lange Zeit dachte sie darüber nach, wie es sein würde, wenn sie starb. Die Kehle durchschnitten zu bekommen, würde schnell gehen, aber es tat weh. Verhungern dauerte lange, und Martine wußte aus eigener Erfahrung, daß der Hunger seinen eigenen, nagenden Schmerz hatte.

Aber Ertrinken, verzweifelt nach Luft zu ringen und darauf zu warten, daß sich die Lungen mit Wasser füllten, das war unvorstellbar schrecklich für sie. Ihre Mutter mußte gelitten haben, obwohl sie ihr Schicksal selbst gewählt hatte. Ungeachtet Vater Tancreds Bemerkung versuchte Martine, für Adelas Seele zu beten, aber aus ihrer Kehle kam kein Laut.

Dann meinte sie, das Jammern und Wehklagen der Verdammten in der Hölle zu hören, und preßte die Hände fest an die Ohren.

Langsam nahm sie die Hände wieder weg. Es waren nicht die Verdammten, sondern lediglich Pferde, die wieherten. Martine schlug die Augen auf. An den langen Schatten draußen konnte sie ablesen, daß es bereits später Nachmittag war. Die Pferde sah sie nicht, aber sie konnte auf der harten Erde vor dem Haus die Schritte eines Mannes hören.

Flink wie ein Eichhörnchen sprang Martine auf die Füße. Sie riß ein großes Fleischmesser vom Haken, kletterte die Leiter zu ihrem Dachboden hinauf und vergrub sich in der entferntesten Ecke unter einem Strohhaufen.

Sie hörte den Mann ins Haus treten, dann folgte ein dumpfer Schlag, als würde er etwas Schweres auf den kleinen Tisch legen. Martine spürte die Neugier, mit der er sich umsah. Die Leiter quietschte, als er auf die erste Sprosse trat, und dann auf die nächste. Den Messergriff fest in beiden verschwitzten Fäusten, bereitete Martine sich auf sein Näherkommen vor.

Ein schwarzes Scheitelkäppchen erschien, das zur Hälfte einen Schopf blaßblonder Haare bedeckte. Das Kind wurde starr und war bereit zum Sprung. Dann sah Martine sein Gesicht.

Sie sog den Atem ein. Dieser Mann sah überhaupt nicht wie Vater Tancred aus. Es war ein junger Priester, nicht älter, als ihre Mutter gewesen war. Außerdem sah er gut aus.

Der Priester hielt auf der Leiter inne. Ruhig betrachtete er zuerst Martines Messer und dann ihr Gesicht. Schließlich nickte er. »Mylady.«

Martine verstärkte den Griff um ihr Messer. Er machte sich über sie lustig.

»Ihr seid die Tochter eines Barons, oder nicht? Ich wollte Euch nur meinen Respekt erweisen«, sagte der junge Geistliche, als könnte er ihre Gedanken lesen.

Er stieg die Leiter wieder herunter. »Aber wenn es dir lieber ist«, fuhr er unten fort, »nenne ich dich Martine.« Sie hörte ihn eine Schnalle öffnen — ein Lederbeutel? — und Dinge daraus auf den Tisch legen. »Und du darfst Rainulf zu mir sagen.«

Nicht Vater Rainulf? überlegte Martine.

»Nur Rainulf«, sagte der Priester, und wieder erweckte er den Eindruck, die Gedanken in ihrem Kopf sehen zu können. »Zwischen Bruder und Schwester sind Förmlichkeiten nicht nötig.«

Zwischen ... Einige Zeit blieb Martine wie betäubt in ihrem Strohversteck sitzen. *Zwischen Bruder und Schwester?*

Schließlich schob sie die Halme beiseite und kroch, das Messer in der rechten Hand, gerade weit genug heraus, um über die Kante der Bodenluke zu spähen.

Rainulf sah zu ihr hoch. Er war groß und stand in der gelassenen, selbstbewußten Haltung eines Edelmanns. In einer Hand hielt er einen Apfel. Hinter ihm auf dem Tisch lagen noch mehr Äpfel, dazu ein Laib Weißbrot, eine Ecke Käse, einige Pasteten, getrocknete Früchte und ein Schlauch Wein. Beim Anblick der vielen Lebensmittel lief Martine sofort das Wasser im Mund zusammen, und sie konnte nicht anders, als mit vor Staunen geweiteten Augen dieses Wunder zu betrachten.

»Möchtest du mir beim Abendessen etwas Gesellschaft leisten?« fragte Rainulf.

Die Zähne auf die Unterlippe gepreßt, sah Martine von dem Priester zu dem Essen und wieder zurück. Dann straffte sie sich und schüttelte den Kopf.

Rainulf machte eine nachdenkliche Pause. »Mein Pferd ist sehr hungrig«, sagte er dann. »Macht es dir etwas aus, wenn ich nach draußen gehe und ihm einen Apfel gebe?« Martine antwortete nicht. Im selben Moment drehte Rainulf sich um und verließ die Hütte.

Einige Zeit lang starrte Martine auf die Lebensmittel. Ein Auge auf die Tür gerichtet, das Messer mit festem Griff in der Hand, kletterte sie die Leiter hinunter und schlich zum Fenster. Draußen stand der Priester mit dem Rücken zu ihr und gab seinem kastanienbraunen Hengst den Apfel. Daneben hatte er eine kleine graue Stute angebunden, zusammen mit einem Packpferd, an das eine Schlepptrage gespannt war. Auf die Trage gebunden, lag ein in weißes Leinen gewickeltes Bündel ... ein toter Körper im Leichentuch. Ihre Mutter? Aber sie hatten sie in den Wald gebracht. Rainulf mußte die Leiche zurückgeholt und hierher gebracht haben. Warum?

Trotz der vielen Fragen, die ihr durch den Kopf schwirrten, trieb der Duft des reifen Käses Martine bald zum Tisch. Die Augen weiter auf den Mann vor dem Haus gerichtet und das Messer noch immer in der Hand, hob sie das Käsestück und nahm einen großen Bissen. Der Geschmack durchtränkte ihre Sinne, und Martine biß noch einmal ab, bevor sie den ersten herunterschluckte. Als nächstes lockten die Pasteten. Sie griff sich eine und ließ sie kurzerhand in ihrem Magen verschwinden. Dann kam ein Apfel. Martine ließ das Messer los, riß mit zitternden Fingern ein Stück Brot ab und aß es gierig auf, gefolgt von einer Handvoll klebriger kleiner Feigen. Sie entkorkte den Weinschlauch und preßte einen Strahl in den Mund. Es war süßer Apfelwein. Atemlos stürzte Martine das Getränk hinunter und griff noch einmal nach dem Käse.

Mit einem Mal rebellierte ihr Magen, der so lange darben hatte müssen und plötzlich überfordert war. Als hätten eisige Finger sie gepackt, kroch ihr die Kälte den Rücken hinauf, und ihr wurde schwindlig vor Übelkeit. Auf wackligen Beinen stolperte Martine zu dem schmalen Bett ihrer Mutter, sank auf die Knie und suchte unter der Seilbespannung nach dem Nachttopf. Sie beugte sich wimmernd über das Tongefäß, während sie sich in Krämpfen wand.

Plötzlich war Rainulf da und kniete hinter ihr. Mit einer Hand hielt er Martines Haar zusammen, während er mit der anderen ihren Kopf stützte. Martine stöhnte verzweifelt und kämpfte gegen das Unvermeidliche.

»Ganz ruhig jetzt«, sagte Rainulf tröstend. »Laß es kommen.«

Schließlich entleerte sich ihr Magen. Dann setzte Rainulf seine kleine Schwester auf das Bett und tupfte ihr Gesicht mit einem feuchten Tuch sauber. »Wir müssen dir trockene Sachen anziehen, und dann kannst du wieder essen, aber dieses Mal langsam.«

Rainulf nahm ein frisches Kleid vom Haken, brachte es Martine und ging in die Hocke, so daß ihre Köpfe gleich hoch waren. »Ich weiß, daß du die Leiche deiner Mutter gefunden hast«, sagte er leise. »Kaum verwunderlich, wenn du vor Schreck wie erstarrt bist. Wenn du nicht sprechen willst, verstehe ich das. Ich bin Lehrer und daher gut in der Lage, allein ein kleines Gespräch aufrechtzuerhalten.«

Lächelnd tätschelte Rainulfs Martines Arm. Dann stand er auf und wandte ihr absichtlich den Rücken zu. »Deine Arme sind wie zwei kleine Stöckchen«, sagte er, während Martine sich auszog. »Als ich dich beim Hereinkommen dort oben auf dem Dachboden sah, war ich beinahe in Versuchung, dir die Letzte Ölung zu geben. Dann entdeckte ich das Messer und das Funkeln in deinen Augen. Ich dachte mir, Gott mag für Martine bereit sein, aber sie scheint es nicht so eilig mit ihm zu haben.«

Martine warf ihr feuchtes Kleid beiseite und schüttelte das trockene Gewand glatt. Konnte dieser erwachsene Mann und Priester tatsächlich ihr Bruder sein?

»Du hast zwei Brüder«, sagte Rainulf, und dieses Mal bemerkte Martine kaum, wie er in ihre Gedanken eindrang, so natürlich erschien es ihr. »Halbbrüder natürlich. Wir sind Jourdains Söhne, die seine verstorbene Gemahlin, unsere Frau Mutter Odelina, ihm geboren hat.« Noch immer den Rücken zu Martine gewandt, schlug er ein feierliches Kreuzzeichen. »Etienne ist der ältere und daher auch der Erbe. Ich unterrichte Logik und Theologie an der Universität von Paris. Seit zwei Wochen bin ich in Rouen, um bei meiner Mutter zu sein.«

Martine verrenkte sich bei dem Versuch, das Kleid am Rücken zusammenzubinden. Sonst hatte ihr immer ihre Mutter dabei geholfen. Rainulf erklärte weiter, daß er von Martines Existenz wisse, seit sie auf der Welt sei, aber sonst wären nur wenige informiert gewesen. Als an diesem Tag die Nachricht von Adelas Tod auf Lord Jourdains Burg bekannt geworden war, hatte Rainulf seinen Vater gefragt, ob für Martine gesorgt werde. Der Baron sagte ihm, er sei als Bedingung für die Heirat mit Lady Blanche, einer Waisen, die große Ländereien geerbt habe, gezwungen worden, das Kind und seine Mutter zu verlassen. Sein mächtiger Lehnsherr, Blanches Großonkel, hatte sich geweigert, die Verbindung zu billigen, die Jourdains Besitz um das Doppelte vermehren sollte, es sei denn, der Baron löste alle Bande zwischen seiner Geliebten und der illegitimen Tochter.

Im Geist erschien Martine das Bild ihres Vaters, überlebensgroß und leuchtend wie die Sonne, wie er aus dem Wald herausgaloppiert kam, sie auf sein Pferd hob und an seine breite Brust preßte. *Meine kleine Martine,* sagte er immer. *Papa hat dich so vermißt*!

Rainulf hatte sich umgewandt und sah Martine mit traurigen Augen an. »Ich werde wohl nie wirklich verstehen, warum er sich damit abfand und dich hier allein zurückließ, denn ...« Er schüttelte den Kopf. »Gott kennt die Spielarten der menschlichen Schwächen besser als ich.«

Jourdain soll schwach sein? dachte Martine. *Mama und sie waren schwach. Sie hatten ihm erlaubt, daß er sie benutzte. Und Martine würde sich nie wieder von jemandem benutzen lassen. Kein Mann würde ihr antun, was ihr Papa ihrer Mama zugefügt hatte.*

Rainulf führte Martine zum Tisch, tränkte ein Stück Brot mit Apfelwein und sagte ihr, daß sie langsam essen solle.

»Ich habe gehört, Vater Tancred war heute bei dir«, sagte er. Martine blickte Rainulf an. Was er in ihren Augen sah, ließ ihn verstehend nicken, und er wurde sehr ernst. »Vater

Tancred ist ein Dummkopf. Darüber müssen wir uns beide im klaren sein.«

Martine verschluckte sich am Brot, und Rainulf klopfte ihr auf den Rücken, bevor er noch eine Scheibe abschnitt und mit Apfelwein tränkte. »Ich kann mir vorstellen, was er dir erzählt hat, aber du mußt alles wieder vergessen. Und du darfst niemals daran zweifeln, daß deine Mutter im Himmel ist.«

Rainulf reichte Martine das Brot, aber sie starrte ihn in verzweifelter Verwirrung an. Er rückte näher. »Sie hat große Qualen gelitten, das ist nun vorüber. Und sie ist bei den Engeln. Manche mögen behaupten, sie sei verdammt, weil sie sich selbst das Leben genommen habe. Andere aber sind nicht dieser Meinung. Zu denen gehöre ich.«

Martine runzelte die Stirn. Ihr schien es unglaublich, daß sich ein Priester gegen eine anerkannte Lehre der Kirche stellte.

»Gott hat uns einen freien Willen gegeben, so daß wir in Frage stellen können, was uns gesagt wird«, erklärte Rainulf. »Vernunft wie auch der Glaube sind eine Gabe Gottes. Das habe ich von einem großen Mann namens Abaelard gelernt. Ich gebe diese Lehre an meine Studenten weiter und nun an dich. Eines Tages leihe ich dir seinen *Diskurs* über die *Dreifaltigkeit,* und du kannst seine Ideen selbst nachlesen.«

Rainulf nahm Martines Hand, legte das Brot hinein und führte den Bissen an ihren Mund. In diesem Augenblick schoß Martine der Gedanke durch den Kopf, ob ihr Halbbruder verrückt sei. Priester konnten lesen ... die meisten von ihnen. Aber zehnjährige Mädchen?

»Oh, ich bringe dir das Lesen bei«, sagte Rainulf. »Dort, wohin ich dich bringe, können alle lesen. Es ist ein Kloster sehr weit im Süden, in Bordeaux. Ich kenne die Äbtissin, und ich glaube, du wirst sie genauso gern haben wie ich. In diesem Kloster werden Mädchen aus adeligen Familien erzogen, und die Nonnen lehren sie viele Dinge, einschließlich Lesen und Schreiben. Glaubst du, das würde dir gefallen?«

Für einige Augenblicke starrte Martine dumpf vor sich hin, dann nickte sie langsam. »J-ja«, sagte sie rauh. Sie hustete heftig und nickte wieder, dieses Mal begeistert. »Ja, das würde mir gefallen.« Rainulf lächelte sie an, und sie lächelte zurück. »Es würde mir sogar sehr gefallen.«

»Am gleichen Nachmittag machten wir uns auf die Reise nach Sankt Theresa«, erzählte Martine. »Unterwegs begrub Rainulf meine Mutter in geweihter Erde auf einem wunderschönen kleinen Friedhof südlich von Rouen.« Den Blick in die Vergangenheit gerichtet, sah Martine auf die Kerzenflamme.

Zuviel Brandy, dachte Thorne. *Und zuviel Kummer. Eine Mischung, die zu Kopf steigt.* Gebannt beobachtete er Martine, deren Augen im Kerzenlicht schimmerten. »Niemand stellte Fragen?«

Sie antwortete mit leichtem Kopfschütteln, und aus jedem Auge quoll, langsam wie Honig, eine einzelne Träne.

Vor Jahren in einer Kapelle in Marseille hatte Thorne eine Statue der Jungfrau Maria gesehen, die in glattem hellem Stein gemeißelt war und von der es hieß, sie weine manchmal. Er war jung und voller Glauben, doch obwohl er tagelang vor der Statue auf Knien lag und inständig um die Gnade flehte, das Wunder erleben zu dürfen, vergoß die ›Weinende Jungfrau‹ keine Träne für ihn. Wäre es geschehen, so hätte ihn der Anblick nicht weniger erschüttert als jetzt Martine von Rouens Weinen.

Wie in Trance starrte sie auf die Kerze, ohne sich um ihre Tränen zu kümmern. Vorsichtig fuhr Thorne mit den Fingern über ihre Wangen. Die Haut fühlte sich kühl an, und die Tränen waren überraschend heiß. Seine Berührung schien Martine in die Gegenwart zurückzubringen. Als ihr Blick dem seinen begegnete und er die Verwirrung und den Schmerz darin sah, sank er unwillkürlich auf die Knie, breitete die Arme aus und umschlang Martine.

Sie krallte die Hände in sein Hemd, und Thorne drückte ihren Kopf an seine Brust, während sie schluchzte. Sanft ihren Oberkörper schaukelnd, flüsterte er ihr tröstende Worte zu, als wollte er ein Kind oder einen Falken beruhigen. Erst als Martine wieder ruhig war, wurde ihm klar, daß er in der alten angelsächsischen Sprache zu ihr gesprochen hatte.

»Wie dumm von mir«, murmelte Thorne. »Ihr habt kein Wort von dem verstanden, was ich gesagt habe.«

»Ich habe alles verstanden«, flüsterte Martine und hob den Kopf von seiner Brust, um ihn anzusehen. Sie war so nah, daß Thorne den warmen Atem auf dem Gesicht spüren konnte. Ihre Lippen waren nur wenige Zentimeter von seinem Mund entfernt. Er mußte sich nur ein wenig vorbeugen und ...

Martine wandte sich ab. »Vielleicht ... sollte ich jetzt gehen. Es ist dunkel geworden.«

Thorne folgte ihrem Blick zum offenen Fenster. Die Nacht war hereingebrochen, und der Regen hatte sich in ein leichtes Nieseln verwandelt. Enttäuscht seufzte er. Sie hatte recht. Es war unklug von ihnen, hier beisammen zu sein. Nein, es war Wahnsinn. Um Gottes willen, er hätte sie beinahe geküßt. Was war aus seiner Selbstbeherrschung geworden, seiner Entschlossenheit, sich auf keine Gefühle einzulassen? Am besten erinnerte er sich daran, was auf dem Spiel stand, und hielt gebührende Distanz.

Thorne ließ Martine los und erhob sich. »Ja. Es ist spät. Sie könnten kommen und nach Euch suchen.«

Er half Martine auf die Füße und folgte ihr zu dem Haken, wo der Mantel hing. Er nahm ihr das Kleidungsstück ab und trat hinter sie, um den Mantel über ihre Schultern zu legen. Dieses Mal wich Martine nicht vor ihm zurück.

»Ist es Euer Wunsch, daß ich die Umstände Eurer Geburt vor Lord Godfrey verschweige?« fragte Thorne. »Die Entscheidung liegt bei Euch.«

Es dauerte einen Augenblick, bis Martine antwortete. Thorne konnte ihr Gesicht nicht sehen. »Seid Ihr bereit, mein Geheimnis zu bewahren?«

Thorne umgriff Martine und schloß die Spange auf dem Rücken, mit der der Mantel zusammengehalten wurde. Es war, als würde er sie umarmen. *Halte Distanz* ... erinnerte er sich still.

Ruhig sprach er weiter. »Es würde uns beiden nützen, nicht wahr?«

Martine nickte langsam. »Dann tut es bitte. Diese Heirat bedeutet viel für Rainulf.«

Durch den Arm, der auf Martines Brust lag, spürte Thorne das rasche Pochen ihres Herzens und wußte sofort, daß Martine das heftige Pulsieren in seinen Adern ebenfalls wahrnahm. »Euch auch, oder nicht?«

»Ja, natürlich«, antwortete sie mit leicht unsicherer Stimme. »Aber nur insofern, als es meinem Bruder die Freiheit gibt, seine Pilgerfahrt anzutreten.«

Thorne zog eine dicke Strähne von Martines blondem Haar unter ihrem Mantel hervor und strich sie am Rücken glatt.

Sie drehte sich zu ihm herum und unterbrach die Berührung. Ihre Augen waren weit aufgerissen. »Es wäre eine Katastrophe, wenn der Baron nach der Hochzeit die Wahrheit erführe. Ihr nehmt nicht an, daß Lady Estrude ...«

»Macht Euch wegen ihr keine Sorgen. Estrude fragte Euch aus reiner Neugier über Eure Familie aus und nicht, weil sie einen ernsthaften Verdacht hegte. Dennoch rate ich Euch, so wenig Zeit wie möglich mit ihr zu verbringen, vor allem im nächsten Monat, wenn Euer Bruder und ich im Kloster sind. Ich bin allerdings überrascht, daß Rainulf gerade jetzt bereit ist, Euch allein hier zurückzulassen.«

»Er wollte sehen, wie ich ohne ihn zurechtkomme, aber er hat seine Meinung geändert. Vorhin meinte er zu mir, er sähe es doch lieber, wenn ich mit nach Sankt Dunstan käme. Er sagte, die Leute flüsterten darüber, ich hätte eine Tote wieder zum Leben erweckt, und daß ich allein auf der Burg nicht sicher genug sei. Natürlich ist das lächerlich.«

»Er hat recht«, sagte Thorne. »Die Menschen haben Angst vor dem Unbekannten. Sie brauchen Zeit, um zu akzeptieren, daß ihr Ailith mit Eurer Heilkraft und nicht durch Zauberei gerettet habt. Wenn Ihr zurückkehrt, werden Sie sich beruhigt haben.«

Martine zuckte mit den Achseln. »Ich denke immer noch,

daß es albern ist. Aber ich werde gehen, um Rainulf glücklich zu machen.«

»Mich macht es auch glücklich.« Thorne hob die Kapuze und legte sie um Martines Gesicht. »Zu wissen, daß Ihr in Sicherheit seid«, fügte er rasch hinzu und öffnete die Tür. »Ich begleite Euch zum Wohnturm.«

»Macht Euch bitte keine Mühe. Ich schaffe es schon alleine.«

Thorne wollte darauf bestehen, doch Martine weigerte sich. Sie hatte recht, das sah er ein. Es wäre ungut, wenn sie nach Einbruch der Dunkelheit zusammen gesehen würden.

Da Thorne sie nicht begleiten konnte, blickte er Martine durch das Fenster nach, während sie den Burghof überquerte und in dem düster aufragenden Turm verschwand. Er starrte auf die hochgelegene Stelle an der dunklen Steinwand, bis ein kleines goldenes Viereck erschien. Nun hatte sie in ihrer Kammer das Licht angezündet. Kurz darauf erschienen ihre Umrisse in der Fensteröffnung, und Martine blieb eine Weile unbeweglich stehen. In dem Augenblick, als Thorne der Gedanke kam, sie könnte bemerken, daß er zu ihr hochsah, verschwand das Licht. Martine hatte die Läden geschlossen.

Thorne griff hinaus und tat das gleiche. Dann machte er einen tiefen, bebenden Atemzug. Seine Brust schmerzte. Er rieb mit der Hand darüber und stellte fest, daß sein Hemd von Martines Tränen feucht war. Unwillkürlich schloß er die Faust um den nassen Stoff. Er wünschte, die Tränen würden nie trocknen, denn sie waren alles, was er jemals von Martine besitzen würde.

Herr im Himmel, welchen Zauber hatte sie über ihn geworfen? Um dieser Macht zu widerstehen, würde er seine ganze Kraft brauchen.

Thorne warf sich auf die Knie und betete lange um Stärke.

11.

Rainulf spürte das bohrende Hungergefühl im Magen. Er ließ sein Reitpferd mit dem daran angebundenen Packtier langsamer gehen und blickte durch das raschelnde Blätterdach, das den Waldpfad überragte, nach oben. Die Sonne stand fast senkrecht über ihnen. Es war bald Mittag. Sie kamen gut voran, und am späten Nachmittag würden sie Sankt Dunstan erreicht haben. Rainulf wandte sich im Sattel zu Martine und Thorne um, die mit einigem Abstand hinter ihm ritten, und fragte die beiden, ob sie schon an einen Halt für das Mittagsmahl gedacht hätten.

Rainulf beobachtete, wie Thorne auf einen Schwarm Gänse wies, die über ihren Köpfen vorbeiflogen. Lächelnd beugte sich der Sachse zu Martine, um ihr etwas zu erzählen, und Martine antwortete mit einem fröhlichen Gesicht. Als Thorne bemerkte, daß Rainulf sie beobachtete, winkte er.

Rainulf hatte seine Schwester noch nie so glücklich und entspannt erlebt. Nachdem die beiden ihre Meinungsverschiedenheiten überwunden hatten, tat Thornes Gesellschaft Martine offensichtlich gut. Zu schade, daß sein Freund kein Land besaß und nicht heiraten konnte. Rainulf spürte, daß er ein guter Ehemann für Martine gewesen wäre. Sowohl im Geiste als auch im Handeln stimmten sie bemerkenswert überein, ungeachtet der unterschiedlichen Herkunft.

Rainulf wollte die zwei nicht stören und sah wieder nach vorn, während sie weiter den schmalen Waldweg entlangritten. Mit seiner Mahlzeit würde er warten. Es machte ihn glücklich, Martine und Thorne wie zwei alte Freunde miteinander lachen zu hören, nachdem sie vorher so heftig gestritten hatten.

Vor Rainulf tauchte ein mannshoher Felsblock auf, um den der Weg eine Kurve machte. Aus einer Spalte wuchs ein knorriger alter Baum heraus, dessen Wurzeln sich in wirren Windungen wie ein Spinnennetz über den Felsblock spannten.

Dort wartete Rainulf auf seine Reisegefährten. Ein Fremder, der Martine und Thorne zum ersten Mal begegnete, würde niemals ihren wahren Rang erahnen. Dafür waren sie zu bescheiden gekleidet. Martine trug eines ihrer unscheinbaren Obergewänder. Ihr Haar hatte sie heute aus irgendeinem Grund unbedeckt gelassen und zu einem langen Zopf geflochten, der über eine Schulter hing. Thornes lederne Beinlinge und seine grobe Tunika gaben ihm mehr das Aussehen eines Mannes, der in den Wäldern lebte. Es war der Beruf, den sein Vater ihn gelehrt hatte, bevor Thorne zum Ritter wurde.

Martine bewunderte den Felsen und den Baum, der darauf wuchs. Es erstaunte sie immer wieder, mit welcher Erfindungsgabe und störrischen Widerstandskraft die Natur sich ihren Weg suchte. Sie streifte den Handschuh ab und legte die Hand, die mittlerweile zwar ohne Verband, doch deren Haut noch immer empfindlich war, auf die knotigen Wurzeln. »Was glaubt Ihr, wie lange wächst dieser Baum schon hier?«

Auch Thorne betastete die Wurzel, und seine Hand streifte Martines — mit Absicht, wie sie vermutete. An diesem Tag berührte er Martine zum ersten Mal, und als sie die Wärme und Rauheit seiner Haut spürte, erschrak sie beinahe vor Freude.

»Er ist hier, solange ich denken kann«, erwiderte er mit nachdenklichem Blick. Er richtete die Augen auf Martine und zögerte. »Als ich noch ein Junge war, bin ich am liebsten auf diesen Baum geklettert.«

»Ihr seid in dieser Gegend aufgewachsen?« fragte Martine.

Thorne nickte langsam. »Ja.« Er wies nordwärts auf ein dunkles, dichtbewachsenes Waldgebiet. »Unsere Hütte befand sich ungefähr vier oder fünf Meilen in dieser Richtung.«

Martine dämmerte, daß sie beinahe nichts über Thornes Leben vor dem Kreuzzug und seiner anschließenden Erhebung in den Ritterstand wußte. Vorher war es ihr gleichgültig gewesen, doch nun brannte sie vor Neugier auf seine Vergangenheit. »Lebt Eure Familie noch immer hier?«

»Nein. Sie ... ist weggegangen. Niemand lebt hier, da bin

ich sicher. Dieses Land wurde vor zwölf Jahren unter das Forstgesetz gestellt.«

»Forstgesetz?« fragte Martine.

Rainulf fing ihren Blick auf und schüttelte beinahe unmerklich den Kopf, bevor er in etwas zu heiterem Ton das Thema wechselte. »Soll ich uns einen Platz zum Essen suchen?«

»Du solltest dich schämen, Rainulf«, schalt Martine. »Ich will etwas Neues lernen, und du kannst nur ans Essen denken.«

Ihr Bruder sah sie verärgert an und wollte etwas sagen, doch Thorne unterbrach ihn. »Es ist gut, Rainulf.« Zu Martine gewandt, erklärte er: »Das Forstgesetz ist eine Erfindung der Normannen. Sie nehmen den Sachsen die Wälder und Weiden, die ihre Existenzgrundlage sind, damit der König und seine Barone ungestört ihrem Jagdvergnügen nachgehen können, ohne das Wild mit denen teilen zu müssen, die auf die Jagd angewiesen sind, um satt zu werden.«

Martine blickte auf die ausgedehnten Waldgebiete, die sich zu allen Seiten erstreckten. »Der Wald ist nur ein Jagdrevier?«

»Alles Land, durch das wir seit dem späten Vormittag geritten sind, ist ein Jagdgehege, Mylady. Der überwiegende Teil Englands steht mittlerweile unter dem Forstgesetz, und jedes Jahr wird mehr Land beansprucht. Niemand, der in einem Jagdgebiet lebt, darf Rotwild oder Wildschweine erlegen, nicht einmal einen Hasen. Alles Wild ist ausschließlich Jagdherren wie Bernard vorbehalten. Die Leute dürfen auch keine Bäume fällen, um Feuerholz zu haben, oder Ackerland roden. Der Wildbestand darf nicht beeinträchtigt werden. Ihr versteht also, daß in diesen Wäldern niemand seinen Lebensunterhalt fristen kann. Selbst wenn es möglich wäre, Nahrung zu finden, ohne zu jagen oder Landwirtschaft zu betreiben, fehlte das Feuerholz zum Kochen einer warmen Mahlzeit.«

»Wie furchtbar«, sagte Martine.

»Bin ich der einzige, der Hunger hat?« fragte Rainulf. »Laßt uns essen.«

Martine runzelte die Stirn. »Hier?« Plötzlich leuchteten ihre Augen. »Warum bitten wir Sir Thorne nicht, uns zum Haus seiner Familie zu bringen? Wir könnten dort essen.«

»Ich habe die Hütte seit zehn Jahren nicht gesehen, Mylady. Vielleicht steht sie längst nicht mehr.«

Rainulf schickte Martine einen strengen Blick. »Nein, Schwester. Wir werden eine Lichtung finden, auf der wir unsere Mahlzeit einnehmen. Thorne verspürt kein Verlangen, das zu sehen ...«

»Natürlich verspürt er es«, beharrte Martine und wunderte sich, warum Rainulf sie zwang, sich vor Sir Thorne mit ihm zu streiten. »Es ist das Haus seiner Kindheit.«

»Martine, nein! Ich bin sicher, daß Thorne nicht will ...«

Um Ruhe bittend, hob Thorne die Hand. Er dachte einen Augenblick nach. »Folgt mir«, sagte er dann und lenkte sein Pferd auf einen Pfad, der in das nördliche Waldgebiet führte.

Mit triumphierendem, selbstgefälligem Blick sah Martine ihren Bruder an und streifte sich den Handschuh wieder über. Rainulf schüttelte nur den Kopf und setzte mit sanftem Schenkeldruck sein Pferd in Bewegung.

Schon bald bedauerte Martine, auf diesem Umweg bestanden zu haben. Die verlassenen, urwüchsigen Waldgebiete machten das Reisen beschwerlich. Zuerst führte Thorne sie einen gewundenen Bachlauf entlang, dessen Ufer nur wenige Bäume säumten und der leicht zugänglich war. Als der Bach nach Osten bog und sie den nördlich davon liegenden dichten Wald durchqueren mußten, wurde der Ritt schnell ermüdend. In diesen Teil war sicher seit Jahren niemand gekommen, nicht einmal Jäger.

Schließlich öffnete sich der Wald und gab den Blick auf eine grüne Lichtung frei. Am Waldsaum, beschattet von einem einzelnen alten Baumriesen, stand eine Fachwerkhütte aus Lehm und Steinen, die beinahe vollständig von wildem Wein überwuchert war. Martine blickte zu Thorne. Sein Gesicht zeigte keine Regung. Als er abstieg, taten Martine und Rainulf dasselbe. Thorne nahm die Zügel der drei Reitpferde und brachte sie auf die Grasfläche neben einem kleinen

Wasserlauf. Dort ließ er sie mit angebundenen Beinen grasen.

Rainulf befreite das Packtier von einem Teil der Last. Die beiden Körbe, in denen Freya und Loki saßen, stellte er neben den Hauklotz auf den Boden. Dann holte er den Käse, das Brot und den Wein aus den Satteltaschen. Martine hob ihren Kater aus seiner Behausung. Sofort sprang er ihr vom Arm, raste zur Hütte und verschwand darin.

»Loki!« Martine folgte ihm zur Tür und schob das verwitterte Bärenfell zur Seite, das den Eingang verhängte.

Im Innern gab es zwei Räume, die durch einen Durchgang verbunden waren, dessen Vorhang aus Hirschleder heruntergefallen war. Der hintere Raum, ein mit Stroh gefüllter Verschlag, hatte wahrscheinlich als Stall gedient. Von dort hörte Martine heftiges Rascheln. Natürlich, was wäre interessanter für eine Katze als ein verlassener Stall. Sicher wimmelte es dort von Mäusen.

Martine trat in den vorderen Raum und sah sich um. Es fiel genug Licht herein, um sich zurechtzufinden, denn die Häute vor den Fenstern waren fast vollständig weggefault. An einer Wand befand sich ein großes, auf Holzstämme gelegtes Brett, das als Tisch diente. Zu beiden Seiten standen staubbedeckte Bänke. Drei Strohmatratzen, umhüllt von Wolfspelzen, waren in einer Ecke gestapelt.

Um die mit Lehm ausgekleidete Vertiefung für das Herdfeuer lagen verschiedene Arbeitsgeräte und Haushaltsgegenstände auf dem nackten Boden: eine Axt mit gebrochenem Griff, ein zerborstenes Eßbrett aus Holz, ein riesiger, von Rost zerfressener Eisenkessel.

Neben den armseligen Hinterlassenschaften der früheren Bewohner entdeckte Martine, für sich allein in einer Ecke stehend, etwas Bemerkenswertes. Sie durchquerte den Raum, um den Gegenstand aus der Nähe zu betrachten. Es war eine aus glattem dunklen Holz gearbeitete Wiege. Das Brett am Kopfende trug eine fein gearbeitete geometrische Schnitzerei mit einem Kreuz in der Mitte. Über die Wiege, als sollte das Baby darin vor Staub geschützt werden, lag eine ordentlich gesäumte grobe Wolldecke, deren Farbe durch das Alter verblichen war. Martine bückte sich und wollte die Decke beiseite ziehen. Bei dem Gedanken, was sie darunter finden würde, zögerte sie. Schließlich gewann ihre Neugier die Oberhand, und sie schlug den Stoff zurück. Ihr Atem stockte, als sie sah, was sich in der Wiege befand.

Mit großen Augen starrte sie das Gesicht eines Kindes an. Erschrocken stand Martine auf und trat einen Schritt zurück, bevor sie erkannte, daß der runde glatte Kinderkopf aus hellem, weichem Holz geschnitzt war. Die blauen Augen und rosa Lippen waren aufgemalt. Im Bett lag eine Puppe.

Martine ging in die Knie und deckte das Kind aus Holz ganz auf, während sie staunend den Kopf schüttelte. Die Puppe war ungefähr so groß wie ein Neugeborenes, besaß lebensecht gestaltete Gliedmaßen und war sorgfältig gekleidet. Mit den vollen Wangen, auf denen sich Grübchen kräuselten, wirkte das kleine Gesicht, als gehörte es einem lebendigen Kind. Auf dem Kopf saß eine weiße Kindermütze aus Leinen, unter der weiche blonde Strähnen hervorschienen, die offenbar aus menschlichem Haar gefertigt waren. Das Gewand des Babys, wenn auch aus bescheidenem braunem Handwebstoff, war wie die Tunika eines Königskindes genäht, mit reicher Stickerei verziert und langen pelzbesetzten Ärmeln, unter denen das Unterkleid aus Leinen sichtbar war. Ein kleines Holzkreuz hing an einem Lederband um seinen Hals. Die rundlichen winzigen Hände waren unbedeckt, doch die Füße steckten in Pantoffeln aus weichem Hirschleder.

Martine zog ihre Handschuhe aus und drückte das Kissen herunter, auf dem das Baby lag. Es war mit Federn gefüllt und nicht mit dem harten Stroh, auf dem die Familie schlafen mußte. Martine strich über die glatt polierten Wangen, den Pelzbesatz an den Ärmeln und die kleinen Hände. Als sie das Kind aus der Wiege heben wollte, durchschnitt Thornes Stimme die Stille. »Nein, nicht!«

Martine wich von der Wiege zurück und drehte sich nach der Stimme um. Dunkel aufragend im Gegenlicht, stand der

Sachse mit eingezogenem Kopf in der Tür und hatte das Bärenfell zur Seite geschoben. Der Staub, den Martine bei ihrem Eintreten aufgewirbelt hatte, bildete einen glitzernden Nebel zwischen ihnen.

Den Blick auf die Puppe in der Wiege gerichtet, ließ Thorne das Bärenfell los und trat langsam auf Martine zu. Er hockte sich neben sie, und seine Stimme wurde sanfter. »Die Puppe ist alt. Ich möchte nicht, daß sie beschädigt wird.« Sorgfältig bettete er das Puppenkind wieder, wie Martine es gefunden hatte, und legte das kleine Kreuz auf die Brustmitte.

Er behandelte die Puppe, als wäre sie ein wirkliches Baby. Martine brannte darauf zu erfahren, was hinter Thornes gefaßten Zügen vorging. »Es ist eine ungewöhnliche Puppe«, sagte sie. »Gehörte sie Eurer Schwester?«

Noch immer starrte Thorne auf das kleine runde Gesicht. »Sie ist meine Schwester«, antwortete er. »Ich habe sie nach Louises Vorbild geschnitzt, kurz nach ihrer Geburt.«

»Die Puppe habt Ihr geschnitzt?« Thorne nickte. »Und auch die Wiege?«

»Ja.« Mit dem Daumen rieb er über das verstaubte Holz. »Es war Louises Wiege, und als sie herauswuchs, bekam Bathilda sie.«

Martine lächelte. »Bathilda. An Eure sächsischen Namen werde ich mich nie gewöhnen. Aber die Kleider ... habt Ihr nicht genäht, oder?«

Nachdenklich hob er die Braue. »Nein, mein Talent mit Nadel und Faden reicht nur zum Annähen gebrochener Federn. Meine Mutter hat die Kleider genäht. Ich habe sie gebeten, das Baby wie eine Prinzessin auszustatten.«

»Sie hat gute Arbeit geleistet«, antwortete Martine. »Als ich klein war, träumte ich immer von Kleidern mit langen, pelzbesetzten Ärmeln. Ihr müßt Louise sehr geliebt haben.«

Thorne sandte Martine einen langen Blick. Seine Augen glänzten in dem dämmrigen Raum. Dann sah er wieder auf die Puppe. »Ich war zehn Jahre alt, als Louise geboren wurde. Dazwischen hatte es andere Babys gegeben, aber Louise war das einzige Kind, das die ersten fünf Jahre überlebte.

Von Anfang an war sie anders, so gesund, kräftig und glücklich. Sie besaß ein lebhaftes Temperament, ganz wie Ailith. Meine Eltern konnten sie kaum bändigen, aber auf mich hörte sie. Wohin ich auch ging, sie folgte mir. Sie war mein kleiner Schatten. Jeden Abend in meinen Gebeten dankte ich Gott, daß er sie nicht wie die anderen von uns genommen hatte. Und ich versprach ihm, wenn er sie weiter am Leben ließe, würde ich für sie sorgen und sie beschützen, damit nichts und niemand ihr ein Leid zufügen könne.«

Grimmig schüttelte er den Kopf, und als er weitersprach, klang seine Stimme gepreßt. »Aber ich habe mein Versprechen gebrochen. Dafür hat Louise mit dem Leben bezahlt, wie auch meine Eltern.«

Martine starrte Thorne an, der sich über die kleine Wiege bückte. In seinen durchscheinenden blauen Augen standen Trauer und Leid.

»Ich verstehe nicht«, flüsterte sie.

Thorne griff in die Wiege und rückte Bathildas Mütze gerade. Dann berichtete er mit beinahe harter, von weither klingender Stimme: »Mit siebzehn nahm ich das Kreuz. Ich wußte, daß meine Familie mich brauchte, aber ich war sehr jung und durch den Glauben verblendet. Statt zu Hause zu bleiben, meinen Eltern bei ihrer Arbeit zu helfen und Louise zu beschützen, wie ich es Gott gelobt hatte, folgte ich einem fremden König auf einem verhängnisvollen Kreuzzug. Ich war ein Narr.«

Sein Schmerz überwältigte Martine. »Ihr habe versucht, Christus zu dienen. Ihr wart ...«

»... ein Narr«, spie er aus. »Als ich zwei Jahre später zurückkehrte und nach meiner Familie suchte, fand ich die Hütte, wie Ihr sie heute seht, und keine Menschenseele. Ich erfuhr, daß der Wald nicht lange nach meinem Fortgehen unter das Forstgesetz gestellt wurde und meine Eltern und Louise in ein Dorf nicht weit von hier gezogen waren.«

Er preßte die Kinnladen aufeinander. »Meine Eltern haßten das Stadtleben. Es muß die Hölle für sie gewesen sein, auf engem Raum unter vielen Menschen zu wohnen. Wäre ich hier gewesen, hätte ich in einem anderen Waldteil eine neue Hütte bauen können, an einem Ort, wo uns die Jagd und das Holzschlagen noch erlaubt waren. Aber ich war nicht da, und mein Vater war zu alt, um die Arbeit allein zu bewältigen. Weil ich meine Familie verlassen habe, mußten alle sterben.«

»Was ... ist geschehen?«

»Es gab einen Brand.« Thorne schüttelte die Decke aus, und der Staub erhob sich wie Rauch in die Luft. Martine bedeckte das Gesicht mit den Händen. »Während einer Sturmnacht geriet die Kerze in einer Hütte zu nahe an das Strohdach, und innerhalb weniger Minuten stand das ganze Dorf in Flammen. Der Wiederaufbau begann bereits am nächsten Tag. Innerhalb von zehn Jahren war dieses eine Dorf bereits zum siebten Mal bis auf die Grundmauern abgebrannt.«

Als Martine die Augen öffnete, legte Thorne das Wolltuch über die Wiege.

»Alle Knochen, die nicht von Angehörigen beansprucht wurden, kamen in ein Massengrab.« Sorgfältig strich er über die Decke, als würde sie nicht eine hölzerne Puppe, sondern den kostbaren Körper seiner toten Schwester schützen.

Martine spürte den Drang, Thorne zu trösten, aber was sollte sie ihm sagen? Sein tiefer Schmerz erschütterte sie im Innersten. Thorne hatte so selbstbeherrscht gewirkt. Allem Anschein nach schien er der vollkommene Meister seiner Gefühle zu sein. Und jetzt wußte Martine, daß er nichts davon bewältigt hatte. Hinter dem Panzer seiner zur Schau getragenen Gelassenheit verbargen sich nackter Schmerz und bohrende Schuld.

»Ich habe Bathilda hier gefunden«, sagte Thorne. »So wie Ihr sie jetzt seht, sorgfältig angekleidet und in ihrer Wiege liegend, mit diesem Tuch zum Schutz darüber.«

»Warum blieb sie zurück?« fragte Martine. »Wie es aussieht, hat Ihre Familie alle anderen wertvollen Dinge mitgenommen.«

»Das gleiche fragte ich mich auch«, antwortete Thorne. »Vielleicht dachte Louise, daß Bathilda hier in ihrem eigenen Zuhause glücklicher sein würde als im Dorf. Sie hat versucht, ihre Puppe vor dem Schicksal zu bewahren, dem sie selbst nicht entgehen konnte.«

»Und Ihr habt Bathilda hier gelassen.«

Thorne zuckte mit den Schultern. »Louise wußte es am besten. Das hier ist Bathildas Zuhause. Sie gehört hierher.«

Er erhob sich und reichte Martine die Hand, damit sie ebenfalls aufstehen konnte. Nachdem Martine auf die Füße gekommen war, ließ er sie nicht los, sondern hielt weiter ihre Hand. Es war ein wunderbares Gefühl, Thornes warme schwielige Haut auf ihrer eigenen zu spüren.

»Von diesen Dingen spreche ich nie«, sagte er. »Nicht nur, weil sie traurig sind, sondern weil dann die Scham in mir hochsteigt. Warum ich Euch davon erzählt habe, weiß ich nicht. Ich hoffe, Ihr nehmt es mir nicht übel.«

Martine sah Thornes in die Augen und erkannte seine Unsicherheit und seine Qual. Die schlimmsten Qualen, das wußte sie, rührten oft von Schuldgefühlen. »Natürlich nehme ich es nicht übel. Aber Ihr müßt Euch nicht schämen. Ihr seid nicht für das Unglück im Dorf verantwortlich.«

»Doch das bin ich. Mich selbst zu belügen, würde meine Schuld nicht mindern.«

»Aber ...«

»Weil ich jung und irregeleitet war, habe ich meine Familie den Normannen ausgeliefert. Heute bin ich älter und weniger unbedarft. Es ist die Macht der Normannen, die Macht von Wohlstand und Besitz, Landbesitz, die ihnen erlaubt, uns Sachsen unter den Stiefelabsätzen zu zermalmen. Es gibt nur einen Weg, diese Macht zu bekämpfen. Ich muß selbst meinen Anteil daran erhalten. Darum will ich mein Land.«

Vielleicht hatte er ihr von Louise erzählt, damit Martine die Gründe für seinen Ehrgeiz verstand, und warum er alles daran setzte, daß sie die Ehe mit Sir Edmond einging.

Thorne wirkte müde, als hätte es ihn ausgelaugt, Martine soviel von sich zu offenbaren. »Euer Bruder wird bereits auf uns warten. Laßt uns essen, damit wir noch vor Einbruch der Dunkelheit in Sankt Dunstan ankommen.«

Er führte Martine an der Hand zur Tür und ließ sie unvermittelt los, als er das Bärenfell zur Seite schob. Rainulf stand nur wenige Meter entfernt und trank aus einem Weinschlauch. War es unrecht, wenn sie Thorne erlaubte, sie zu berühren? Rasch prüfte Martine ihr Gewissen und beschloß, daß sie nichts Falsches tat. Thorne hatte sich nie Freiheiten ihr gegenüber herausgenommen. Wie würde sie reagieren, wenn er es täte? Martine sann einen Augenblick darüber nach, und dieses Mal war die Antwort nicht einfach. Ihr Gewissen und ihr Herz lagen im Zwiespalt. Hoffentlich würde sie niemals zwischen beiden wählen müssen.

In dem Augenblick, als Martine aus dem Wald ritt und, in ein grünes Tal geschmiegt, Sankt Dunstan unter sich liegen sah, verspürte sie ein Wonnegefühl, das sie nicht mehr erlebt hatte, seit sie vor über einem Jahr Sankt Theresa verlassen hatte. Während sie von oben auf die sauber angeordneten langen Steingebäude blickte, sann sie über die Ruhe und den Frieden nach, den dieser Ort versprach. Verglichen mit Burg Harford, wo Martine sich wie im Grab gefühlt hatte, wirkte Sankt Dunstan lebendig und einladend.

Das Kloster war nicht von Mauern und Gräben umgeben, wie eine Burg oder eine große Stadt, sondern lag inmitten von Obstgärten, Weiden und ordentlich bestellten Feldern. Als Martine und ihre Begleiter hinabritten, erkannten sie hier und da die geschäftigen Umrisse von Laienbrüdern und Bediensteten, die sich um die Anpflanzungen und Schafherden kümmerten. Wie ein helles blaues Band, das vom Himmel herabgeflattert war, schlängelte sich ein Fluß durch den Talboden. An sein Ufer geschmiegt, lag Sankt Dunstan. In der Ferne auf einer Bergkuppe erhob sich eine seltsam aussehende, prachtvolle Rundburg. Thorne erklärte, daß es sich um die halbfertige Befestigungsanlage handle, die Lord Anseau hatte errichten lassen, bevor er ermordet worden war. Zu seinem Lehen, der Herrschaft von Blackburn, gehörte auch Sankt Dunstan.

Klosteranlagen folgten immer einem ähnlichen Grundriß. Daher konnte Martine leicht den Zweck der verschiedenen Gebäude von Sankt Dunstan erkennen. Im Osten, um den inneren Kreuzgang gruppiert, befand sich der Klausurbereich der Mönche. Dort würde sie während ihres Besuchs keinen Zugang haben. Von Martine erwartete man, daß sie sich auf die Wohnung des Priors, den Stall, das Gästehaus, die Küche und andere allgemein zugängliche Gebäude beschränkte, die sich um den westlichen Hof scharten. Die Kirche stand zwischen diesem öffentlichen Teil und dem inneren Klosterbezirk und war über zwei Pforten von beiden Seiten zugänglich.

Sankt Dunstan war keine Abtei, sondern ein einfaches Priorat, das den großen Benediktinerklöstern im Süden unterstand. In einer Abtei stünde Bruder Matthew, der Klostervorsteher, nur an zweiter Stelle hinter dem Abt. Hier war er der Verantwortliche, obwohl wichtige Entscheidungen von seinem vorgesetzten Abt genehmigt werden mußten. Wäre Sankt Dunstan ein bedeutenderes und bekannteres Kloster gewesen, hätte man Martine trotz ihres hohen Rangs womöglich nicht erlaubt, sich dort nach Sonnenuntergang aufzuhalten. Matthew dagegen schien die Regeln leicht zu nehmen, als er Rainulf geschrieben hatte, seine Schwester sei ihm hochwillkommen, wenn er sie mitbringen wolle.

Als Martine zwischen Rainulf und Thorne durch den Haupteingang in den öffentlichen Hof ritt, erhob sich von der Kirche herüber ein wunderbar erhabener Gesang.

Rainulf lächelte. »Wenn sie bereits die Vesper singen, ist es später, als ich dachte.«

»Euch beide scheint das zu freuen. Was ist so besonders am Vespergesang?«

Stirnrunzelnd sah der Priester Thorne in gespielter Empörung an. »Alle Gottesdienste der Kirche sind etwas Besonderes, du Heide!«

Martine beugte sich verschwörerisch zu Thorne. »Aber die Vesper hat eine besondere Bedeutung«, flüsterte sie laut genug, daß ihr Bruder sie hören konnte, »denn dann dauert es nicht mehr lange bis zum Abendessen.«

Rainulf stöhnte, und Thorne verzog erheitert das Gesicht. Das freie und offene Lächeln, mit dem der Falkner in Martines Augen blickte, ließ wieder dieses seltsame Gefühl in ihr aufsteigen, das sie gespürt hatte, als er an der Kaimauer im Hafen von Bulverhythe stand … Er sah sie nicht nur an, sondern blickte in sie hinein, mitten in ihre Seele, in ihr Herz.

»Ihr seid beide Heiden«, schimpfte Rainulf. »Einer schlimmer als der andere.«

In Wahrheit hatte Martine nicht aus Vorfreude auf das Abendessen gelächelt, sondern weil sie einen ganzen Monat an diesem wundervollen Ort bleiben würden, der Sankt Theresa so ähnlich war. Obwohl sie den religiösen Eifer der Nonnen, die sie aufgezogen hatten, nicht teilte, gefielen Martine die Regeln und die Harmonie des Klosterlebens.

Sie atmete tief ein, als wollte sie den schwebenden Gesang mit seinen feierlich getragenen Tonfolgen in sich aufnehmen. Auch wenn es Männer waren und keine Frauen, die ihre Stimme in dem Choral zu Gott erhoben, war ihr der Klang auf tröstende Weise vertraut, und Martine fühlte sich, als kehrte sie nach Hause zurück.

»Waren das die *Gebete an die Jungfrau Maria,* die ich Euch heute nachmittag lesen sah?« fragte Martine. Sie legte ihr Eßmesser beiseite und hob den Trinkbecher.

»Ja.« Thorne wußte, daß Martine mit Absicht die Saat für eine weitere Tischdiskussion ausstreute und lächelte innerlich. Ihre Begeisterung für die *disputatio* amüsierte ihn, und gleichzeitig war er beeindruckt von der Kunstfertigkeit, mit der sie darin glänzte. Seit ihrer Ankunft in Sankt Dunstan war eine Woche vergangen, und während dieser Zeit hatte sie mehr Debatten gewonnen als verloren.

Der Sachse war froh, sich nicht den Mönchen bei ihren schweigend eingenommenen fleischlosen Mahlzeiten im Refektorium anschließen zu müssen — so wie Rainulf, der beschlossen hatte, ganz in das Klosterleben einzutauchen. Thorne und Lady Martine aßen, sich gegenübersitzend, an einem kleinen Tisch im Haus des Priors. Ihre ursprüngliche Befangenheit war schnell einer Kameradschaft gewichen, die unter Menschen entstand, die an einem fremden Ort auf bestimmte Zeit festgehalten waren und jeweils nur den anderen zur Gesellschaft hatten.

Tagsüber erkundeten sie die üppige Landschaft, die das Kloster umgab. Ihr Lieblingsplatz war eine Stelle am Blackburn River. Dort machte der Fluß eine Biegung und setzte seinen Lauf in den Wäldern weiter nördlich fort. Die lebhafte Strömung hatte das Grundgestein ausgewaschen und moosbewachsene Steilwände mit darin liegenden Höhlen geschaffen, eine sehr verschwiegene, weltabgeschiedene Schlucht. Entlang des felsigen Ufers unternahmen Martine und Thorne ausgedehnte Spaziergänge, und manchmal kletterten sie vorsichtig bis zum Flußbett herunter, setzten sich ans Wasser und redeten stundenlang. Wenn sie hinabstiegen, hielt Sir Thorne, um Martine vor dem Stolpern zu bewahren, immer ihre Hand, aber bei keiner anderen Gelegenheit erlaubte er sich den körperlichen Kontakt mit ihr. Er unternahm große Anstrengungen, Martine ein wirklicher Freund und sonst nichts zu sein. Oft war es schwierig, einer Berührung zu widerstehen oder Dinge zu äußern, die besser ungesagt blieben, doch bis jetzt hatte er es geschafft.

Beide waren überrascht, wie viele Gemeinsamkeiten sie besaßen — nicht nur geistiger Art, sondern auch im Temperament. Sie entdeckten einer im anderen den eigenen Stolz und die Nüchternheit, die typisch für ihren Charakter waren, und noch etwas, das tiefer ging und schwieriger zu benennen war ... eine Leere, als fehlte ihnen etwas.

»Ich schließe daraus, daß die Wahl meines Lesestoffs Euch überrascht«, sagte er. Beide besaßen freien Zugang zu der kleinen Klosterbibliothek und lasen oft hintereinander die gleichen Bücher, griechische und römische Klassiker, über die sie anschließend wie gelehrte Männer der Kirche diskutierten.

Martine hob die Braue. »Da Ihr niemals die Messe besucht, ja!«

»Der Glaube kann viele Formen annehmen, Mylady.«

Martine schwieg nachdenklich, und ihre indigoblauen Augen glitzerten im warmen flackernden Kerzenlicht. Manchmal schmerze es beinahe, ihre Schönheit vor Augen zu haben, überlegte Thorne.

»Seid Ihr wirklich ein Mann des Glaubens, Sir Thorne?« fragte Martine.

Er zuckte mit den Schultern. »Immerhin habe ich das Kreuz für unserer Mutter Kirche genommen.«

Sie lächelte leicht, und Thornes Blick wanderte zu ihren üppig vollen Lippen. Der erdbeerfarbene Mund wirkte immer leicht geschwollen, als wäre sie heftig geküßt worden. Bei diesem Gedanken durchfuhr ein lustvoller Schmerz seine Lenden, und im stillen tadelte Thorne sich für seine unbeherrschte Vorstellung.

»Ich fürchte, Eure Kreuzfahrt beweist gar nichts«, entgegnete Martine. »Von Rainulf weiß ich, daß der übelste Abschaum Europas das Kreuz nahm, allein wegen der Beute, die unterwegs zu machen war. Andere gingen in der Hoffnung, daß ihnen ihre Sünden vergeben würden, und hatten nicht das geringste Interesse, Jerusalem von den Ungläubigen zurückzugewinnen.«

Thorne nickte und lehnte sich auf seinem Stuhl zurück, während Cleva, Bruder Matthews Köchin, ihre Eßbretter abtrug. »Ich bedaure, Euch sagen zu müssen, daß es mir weder um Plünderung noch um Absolution ging, Mylady. Ich gehörte der dritten Gruppe an. Ludwig nannte uns ›die armen Krieger Christi‹, weil wir voller Glauben und Einfalt waren. Ich wollte wirklich das Heilige Land befreien und war bereit, für diesen Zweck mein Leben zu opfern.«

Obwohl Thorne ruhig sprach, bemerkte Martine etwas Hartes in seiner Stimme, das tiefe Bitterkeit verriet, eine Verzweiflung, die mit einer dicken Narbe verschlossen war.

Thorne seufzte und trank einen großzügigen Schluck Wein. »Wer in der Schlacht fiel oder unterwegs umkam, glaubte wenigstens noch an unseren Erfolg ... daß wir Jerusalem befreien und als gefeierte Helden in der Heimat empfangen würden. Die toten Kämpfer erfuhren nicht mehr, wie furchtbar wir scheiterten und wie armselig die meisten von uns aufgenommen wurden, als wir schließlich nach Hause zurückkehrten.«

Cleva stellte eine Schale würzigsüßen Sternanis auf den Tisch. Martine nahm ein kleines, graubraunes Samenkorn und zerkaute es gedankenverloren, während sie über Thornes Jugend nachdachte, seine große Frömmigkeit, die grausame Gefangenschaft in der Levante und endlich die heiß ersehnte Heimkehr, bei der er statt eines freudigen Wiedersehens das furchtbare Schicksal seiner Familie erfahren hatte. »Es ist ein Wunder, daß Euch überhaupt ein Rest an Glauben geblieben ist«, sagte Martine.

»Oh, ich bin noch immer gläubig«, entgegnete er ruhig und begegnete ihrem Blick. »Nur nicht mehr auf die gleiche Weise wie damals, als ich noch jung war. Als Junge war ich . . .« Er lächelte traurig. »Ich war sehr unschuldig und glaubte an einen gütigen Gott, den Gott der Liebe.«

»Und jetzt?«

Thorne erhob sich, ging zu der Kommode in der Ecke, in der das Schachbrett und die Figuren aufbewahrt wurden. »Heute weiß ich es besser. Ich weiß, daß Gott . . . nun, daß Gott manchmal seine Launen hat und man ihm besser nicht begegnet, wenn er beschließt, Rache zu üben.«

»Ihr klingt, als würdet Ihr Glauben und Furcht gleichsetzen.«

Thorne stellte das Schachbrett auf den Tisch, griff in die beiden grünen Säckchen für die Spielfiguren und nahm von jeder Farbe einen Bauern heraus. »Ich nehme an, Ihr habt eine bessere Definition.«

»Peter Abaelard hat sie«, erwiderte Martine. »Er sagt, Glaube sei persönliches Urteilen.«

Für einen Moment verbarg Thorne seine Hände hinter dem Rücken, dann streckte er Martine beide Fäuste entgegen, in denen er je einen Bauern umschlossen hielt. Sie deutete zunächst auf die rechte Faust, zögerte dann jedoch und tippte auf die linke. Thorne öffnete die Hand. Es war der weiße Bauer, dessen Mund zu einem fratzenhaften Lachen verzerrt war. Ihre Wahl verwunderte Martine nicht. Sie zog fast immer die weiße Figur. Lachend nahm sie den Bauern und kippte die übrigen weißen Figuren auf den Tisch.

»Abaelard«, sagte Thorne, während er sich wieder setzte und das Säckchen mit seinen schwarzen Figuren leerte, »hat viele kluge und tiefsinnige Dinge geäußert, aber ein Evangelium des Glaubens schrieb er nicht. Ich weiß, daß Eure persönliche Theologie ziemlich ... ungegenständlich ist, und Abaelards Lehren passen zu Eurem Denken, mir aber genügen sie nicht.«

Martine ordnete ihre Figuren auf dem Schachbrett. »Er war brillant!«

»Ja, außerordentlich brillant, aber nur ein Mann. Und als dieser beging er Fehler.«

»Abaelard war kein Häretiker«, sagte Martine und stellte den Bischof mit einem heftigen Krachen auf das Brett. »Die ihm zur Last gelegten Sünden wurden von denen vergeben, die ihn verurteilt hatten.«

»Ich spreche nicht von seinem Glauben«, erwiderte Thorne. Er schwieg, um seine eigenen Figuren aufzubauen, und blickte Martine mit leichten Unbehagen an. »Ich spreche von Héloise.«

»Nun, die Liebe ist eine gewaltige Kraft.« Martine spürte, daß ihre Wangen heiß wurden. »So heißt es wenigstens. Es gibt Stimmen, die sagen, man könne ihr nicht immer widerstehen.«

Thorne reihte seine Bauern in militärischer Präzision auf. »Man kann, wenn man stark genug ist. Als kirchlicher Würdenträger war Abaelard zum Zölibat verpflichtet. Aber er war schwach, und unter den Folgen hatte er zu leiden. Héloise zu lieben war ein Fehler, wie er zweifellos mit ernüchternder Klarheit erkannte, als die von ihrem Onkel gedungenen Mörder in sein Zimmer eindrangen und« — Thorne warf Martine einen raschen Blick zu, bevor er die letzte Figur auf das Schachbrett setzte — »ihn entmannten.«

Er lehnte sich zurück und betrachtete Martine, bis sie befangen den Blick auf das Schachbrett senkte, als dächte sie über den ersten Zug nach. »Manchmal ist die Liebe mit Schwierigkeiten verbunden«, sagte er schnell. »Sie kann Folgen haben. Abaelard kannte die Konsequenzen, aber es fehlte ihm an Disziplin, ihr nicht zu erliegen.« Nachdenklich machte Thorne eine Pause. »Mir wäre dieser Fehler nicht unterlaufen«, fügte er schließlich hinzu.

Martine betrachtete ihre Figuren, und es lief ihr heiß den

Rücken hinunter. Sie holte tief Atem und hob die Augen zu Thorne. »Mir auch nicht.«

Alle Kräfte zusammennehmend, schob Martine den Bauern ihrer Königin zwei Felder nach vorne. Dann nickte sie kühl über das Brett. »Euer Zug, Sir Thorne.«

12.

Eines Nachmittags, als es schon spät war und die Sonne ihre länger werdenden goldenen Streifen auf die Felder warf, beobachtete Martine, wie Freya ihre erste Beute schlug, einen kleinen fetten Fasan.

»Seht«, sagte Thorne, als das Falkenweibchen nach unten stieß, um seinen Fang zu machen. »Zuerst rupft sie ihn, dann reißt sie den Vogel auf und nimmt sich zuerst den linken Flügel vor.« Verwirrt richtete Martine den Blick auf Thorne. »Sie bricht die Flügel ab und frißt das Fleisch.«

Der Vogel tat, wie Thorne vorausgesagt hatte. »Wie konntet Ihr das wissen?« fragte Martine kopfschüttelnd.

Der Falkner lachte leichthin. »Es gibt wenig über Vögel, das ich nicht weiß, Martine.«

Thorne schien ebenso überrascht wie Martine, als er einfach ihren Vornamen sagte, statt sie mit ›Mylady‹ anzusprechen. Die Kiefer zusammengepreßt, blickte er zur Seite. Martine fand, Thorne war zu hart mit sich selbst, vor allem, da er ansonsten auf Konventionen wenig gab. Es war eine kleine Nachlässigkeit, die ihr sogar gefiel. Thorne verwendete ihren Namen nur selten, und sie mochte die Art, wie er ihn mit seinem rauhen englischen Akzent aussprach.

Sein Blick ging stirnrunzelnd zu Freya, die an dem kleinen Vogel zerrte. Thornes Verlegenheit belustigte Martine und rührte sie. »Wird Freya voll ausgebildet sein, wenn wir nach Hause zurückkehren?« fragte sie.

»Nach Hause?« In seinem Gesicht stand Verwirrung. »Oh, Ihr meint Harford. Ja, das meiste sollte sie bis dahin gelernt haben.«

»Natürlich meinte ich Harford. Es ist Euer Zuhause, oder nicht?«

»Es ist das Zuhause von Sir Godfrey.«

Thorne zog einen Dolch mit silbernem Griff hervor und beugte sich über den Fasan, wobei er sorgfältig darauf achtete, nicht von Freyas Krallen getroffen zu werden. Mit der Schneide sprengte er den Schädel und legte das Gehirn frei. Sofort begann Freya, genüßlich die weiche Masse zu verspeisen. Auch wenn Martine verstand, daß Thorne seinem Beizvogel eine Belohnung anbieten mußte, mußte sie den Blick abwenden.

»Seit meiner Kindheit hatte ich kein Zuhause mehr«, sagte der Sachse und stieß die Dolchschneide in den Boden.

Martine machte eine nachdenkliche Pause, bevor sie antwortete. »Ich auch nicht.«

Als Thorne die Schneide an seinen Lederbeinlingen sauber wischte und sich erhob, begegnete er kurz Martines Blick. »In wenigen Wochen werdet Ihr es haben — wenn Ihr verheiratet seid.«

Martine nickte. »Und dann wird es nicht mehr lange dauern, bis Ihr das Eure erhaltet.«

Ein beunruhigter Ausdruck lief über Thornes Züge, bis er seine Gesichtszüge wieder unter Kontrolle hatte und seine Aufmerksamkeit wieder auf Freya richtete. Die Stille lastete schwer, während Martine und Thorne dem Falkenweibchen zusahen, das seine Beute verschlang.

Er beobachtete sie.

Aus dem Augenwinkel sah Martine, wie Thorne mit ihrem Bruder auf der nahegelegenen Wiese stand. Freya saß auf seiner Faust, und einige Spaniels, die er ausgeliehen hatte, hockten ihm zu Füßen. Das weiße Falkenweibchen trug die Lederhaube. Offenbar war Freyas Ausbildung für heute morgen beendet. Es sah aus, als wäre Thorne in ein tiefes Gespräch mit Rainulf versunken, doch seine Aufmerksamkeit schien Martine zu gelten, die den Kräutergarten des Klosters erforschte.

Sie kauerte neben einer besonders vertrauten kleinen

Pflanze und betrachtete die großen behaarten Blätter. Schwarzwurz nannten manche Leute das Kraut, oder auch Wasserkraut. Aber die Nonnen sprachen immer von Beinwell, und das war auch der Name, den Martine verwendete. Sie hatte gehofft, einige Exemplare der Pflanze hier zu finden. Beinwell war eines der wichtigsten Heilkräuter, doch schwierig aus Samenkörnern zu ziehen. Da Martine die Pflanze im Garten ihres neuen Zuhauses anbauen wollte, beschloß sie, einen Ableger nach Harford mitzunehmen. Sie holte das Eßmesser aus der Hülle an ihrem Gürtel, wählte einen Stengel aus und löste geschickt die unteren Blätter, bevor sie ihn an der Sproßachse abtrennte.

Ja, er beobachtete sie. Und nicht zum ersten Mal.

Immer wenn Martine Thornes Blick auf sich spürte, durchfloß ihren Körper eine angenehme Wärme, die sich vom Scheitel bis zu den Zehenspitzen ausbreitete. Ein seltsam angenehmes Hochgefühl erfüllte sie. Es ähnelte sehr der Empfindung, als Felda ihr Haar gekämmt und sie den Branntwein getrunken hatte ... eine Art Prickeln, das sie schwindlig machte.

Ihre Gefühle für Thorne ähnelten einem Fieber, das ihr zu Kopf stieg, überlegte Martine. Sie wollte diese Sehnsucht und Faszination nicht, und erst recht fürchtete sie ... von ihm betört zu sein. Es war absurd, aber sie begehrte ihn. Noch nie hatte Martine sich so lebendig, voller Erregung und Staunen gefühlt, als wäre plötzlich alles möglich.

Die Wirklichkeit sah anders aus. Auf diese Weise an Sir Thorne zu denken, war nicht nur unklug, sondern drohte verhängnisvoll zu enden. Martine hatte sich verpflichtet, Edmond zu heiraten. Sie tat es für Rainulf, damit ihr Bruder frei würde. Deshalb wollte sie an ihrem Versprechen festhalten. Wenn sie sich erlaubte, ihrer Sehnsucht nach Sir Thorne Raum zu geben, würde sie nur unnötige Schmerzen leiden.

Entschieden konzentrierte Martine sich wieder auf die Arbeit und legte den kleinen Steckling in den flachen Erntekorb, bevor sie sich umblickte, ob sie noch mehr Pflanzen fände, die sie ziehen wollte.

Der Kräutergarten von Sankt Dunstan, den Bruder Paul,

der Krankenpfleger versorgte, besaß eine reiche Vielfalt an Heilpflanzen: Kamille, Schafgarbe, Mutterkraut, Baldrian, Fingerhut … Hier wuchsen auch Engelwurz, bekannt als die Wurzel des Heiligen Geistes, sowie Dill und Gartenraute, die alle drei gegen Hexenzauber schützen sollten. Es gab reichlich Johanniskraut, das Bruder Paul nicht nur als Lungenheilmittel empfahl, sondern ebenfalls zur Austreibung böser Geister. Martine zweifelte, ob das Kraut tatsächlich bei Lungenkrankheiten half. Was die andere Wirkung betraf, mußte man wohl zuerst an böse Geister glauben, um von der sinnvollen Anwendung überzeugt zu sein. Bis dahin konzentrierte Martine sich besser auf die Kräuter, deren Heilkraft bewiesen war.

Sie wandte ihre Aufmerksamkeit wieder dem Beinwell zu. Wenn man einen warmen Breiumschlag mit seinem Fruchtfleisch auf einen Knochenbruch legte, wuchsen die Knochenenden wieder vollständig zusammen. Bei einem jungen Mädchen in Paris, dessen Bein unter ein Fuhrwerk geraten war, hatte Martine gesehen, wie der Bruch heilte, als steckte Zauberei dahinter. Es hieß auch, daß die Wurzel Fleischstücke wieder zusammenfügte, wenn man sie in einem Kessel mitkochte. Martine beschloß, die Wirkung selbst auszuprobieren. Sie grub mit den Fingern in der schwarzen Erde, bis eine dicke weiße Wurzel zu sehen war und schnitt etwas davon ab. Natürlich brauchte sie nun noch das zerkleinerte Fleisch … Vielleicht würde Cleva der wissenschaftlichen Forschung einen Dienst erweisen und ihr ein Huhn schenken. Wenn das Experiment fehlschlug, konnte man aus dem Huhn immer noch Suppe kochen.

Martine schob die Erde über die Beinwellwurzel zurück und drückte sie fest. Dann nahm sie die abgeschnittenen Stücke und legte sie zu dem Steckling in ihren Korb.

Ob er sie noch immer beobachtete? So unauffällig wie möglich wandte sie den Kopf und blickte über die Schulter zur Wiese.

Thorne merkte, daß Martine zu ihm hersah. Etwas zwang ihn, ihren Blick lange festzuhalten, viel zu lange, bevor er den Kontakt mit einem Ruck abbrach.

Er neigte den Kopf zu Rainulf, der über einen der Spaniels gebeugt stand und den Hund am Bauch kraulte. »Wann hast du das mit ihr herausgefunden?« Verwirrt blickte sein Freund hoch. »Ich meine, wann hast du … erfahren, daß sie deine Halbschwester ist?«

»Ach das.« Der Priester stand auf. Nun drehte er den Kopf und starrte in die Ferne zum Kräutergarten. Gemeinsam sahen Thorne und Rainulf zu Martine, die sich erhoben hatte. Sie zerrieb ein Blatt zwischen den Fingern und hielt es an die Nase. Als sie den Duft einatmete, lächelte sie.

»Ich war sechzehn«, begann Rainulf, »und für die Weihnachtstage aus Paris nach Hause zurückgekehrt. Eines Nachmittags unternahm ich mit meinem Bruder Etienne einen langen Ausritt. Er war neunzehn, und … sehr erfahren. Sehr weltlich, verglichen mit mir. Wir kamen in ein kleines Dorf, etwas entfernt von unserer Burg, um eine Besorgung zu erledigen. An den Namen des Weilers kann ich mich nicht mehr erinnern. Etienne zeigte mit dem Finger. ›Sieh, dort.‹ Ein blondes Mädchen trat mit einem Baby auf dem Arm aus der Kirche.«

Rainulf zuckte mit den Schultern. »Ich fragte meinen Bruder, ob er das Mädchen kenne. Er sagte, er habe noch nie mit ihr gesprochen, aber Gerüchte über sie gehört. Sie habe einen Liebhaber, der älter sei und weit weg lebe. Das Baby in ihren Armen sei sein Bastard.«

»Adela«, murmelte Thorne.

Rainulf nickte. »Es war nur so, daß ich damals von Adela nichts wußte, und auch mein Bruder nicht. Sie muß fünfzehn gewesen sein, wirkte aber viel jünger, viel zu jung, um die Geliebte eines Mannes zu sein, und erst recht zu jung für ein Baby.« Er seufzte. »Etienne sagte, es sei an der Zeit, daß ich Erfahrungen mit einer Frau sammle. Als er vierzehn war, hätte unser Vater eine Frau für ihn bezahlt, und nun wolle er für mich das gleiche tun. Etienne glaubte, dieses Mädchen sei leicht zu haben. Der Mann, der sie aushalte, sei die meiste Zeit nicht da, also sei sie einsam … Ich wollte wirklich eine Frau. An etwas anderes konnte ich kaum noch denken, aber es sollte eine richtige Frau sein mit Fleisch auf den Knochen, älter und erfahren. Kein dürres Geschöpf, das fast noch ein Kind war.«

Thorne sah die Schneide von Martines kleinem Messer in der Sonne blitzen, als sie ein paar zarte blaue Blüten von einer Pflanze schnitt. »Also hast du dich geweigert.«

»Ja, aber Etienne war das gleichgültig. Er hatte seinen Entschluß gefaßt, lauerte ihr auf und bot ihr eine Handvoll Münzen, wenn sie mich mit zu sich nach Hause nähme. Es war furchtbar. Das Baby weinte, und sie wirkte völlig verängstigt. Später erfuhr ich, daß die junge Frau wußte, wer wir waren. Kannst du dir vorstellen, wie sie sich gefühlt haben mußte, von den Söhnen des Mannes einen unsittlichen Antrag zu bekommen, mit dem sie ein Kind hat? Sie rannte davon, und ich hielt meinen Bruder zurück, damit er ihr nicht folgen konnte.«

Martine schnupperte an den Blüten, bevor sie das Bündel zu den anderen Pflanzen in ihrem Korb tat. Thorne fragte sich, wie sie riechen mochten. »Ich nehme an, dein Bruder war ärgerlich, daß du seine Pläne durchkreuzt hast.«

»Ja, er beklagte sich sogar bei meinem Vater und erzählte ihm alles.«

»Verriet dein Vater, wer das Mädchen war?«

»Nein. Aber am nächsten Morgen befahl er uns, die Pferde zu satteln, und wir folgten ihm zu einer kleinen Hütte aus Flechtwerk und Lehm im Wald nahe des Dorfes, in dem wir das Mädchen gesehen hatten. Unser Vater nahm uns mit hinein, und dort stand sie in einer Ecke mit dem Kind auf der Schulter. Etienne war entzückt. Er stieß mich an und flüsterte: ›Siehst du? Er hat sie für uns beide gekauft!‹ Mein Vater sagte: ›Es ist Zeit, euch einander vorzustellen.‹ Er legte dem Mädchen eine Hand auf die Schulter. ›Das ist Adela.‹ Mein Bruder wurde schon ungeduldig. Er warf seinen Mantel auf einen Stuhl und hakte seinen Gürtel auf.«

»Was tat dein Vater?«

»Ruhig nahm er das Baby aus den Armen des Mädchens und brachte es zu uns. ›Das ist eure Schwester‹, sagte er. ›Sie heißt Martine.‹« Thorne schwieg, während Rainulfs Blick ins Weite ging, tief in die Vergangenheit hinein.

»Zuerst verstand ich nichts, so wenig wie Etienne. Niemand sagte etwas, bis wir langsam begriffen. Und Etienne ... er bekam einen Wutanfall. Sein Gesicht wurde dunkelrot vor Zorn. Er beschimpfte meinen Vater mit furchtbaren Worten und beschuldigte ihn sogar, meiner Mutter Gift gegeben zu haben, damit sie krank werde. Das Mädchen nannte er eine Hure und Schlimmeres. Er sagte, das Baby hätte man zum Sterben in den Wald aussetzen müssen. Dann griff er seinen Gürtel und den Mantel, sprang auf sein Pferd und ritt davon.«

»Und du? Bist du auch gegangen?«

»Lieber Gott, nein. Ich war wie gebannt und starrte immer nur auf das Baby in den Armen meines Vaters. Meine Schwester. Ich hatte eine Schwester! Sie war so rosarot und unglaublich klein. Etiennes Ausbruch hatte sie aufgeregt, und sie weinte. Vater sah hilflos zu Adela. Diesen hilflosen Blick hatte ich noch nie an ihm gesehen. Er hielt ihr das Baby hin, aber ich trat vor und nahm es an seiner Stelle. Die Kleine war leichter, als ich gedacht hatte, und warm. Sie roch nach Milch. Ohne darüber nachzudenken, begann ich sie zu wiegen. Ich sprach sehr leise auf sie ein: ›Ja, ist schon gut. Ganz ruhig. Es ist alles gut.‹ Und tatsächlich beruhigte sie sich und schlief in meinen Armen ein. Ich fühlte mich so ... Es ist schwer zu beschreiben.«

»Ich kenne dieses Gefühl«, sagte Thorne, und seine Kehle wurde eng. »Ich hatte auch eine kleine Schwester.«

Martine pflückte eine zartrosa Blüte von einer Pflanze, legte ihren Nackenzopf nach vorn über die Schulter und schob den Blütenstiel unter das Band, das die geflochtenen Strähnen zusammenhielt. Zum ersten Mal sah Thorne, daß sie sich schmückte, und ein seltsames Glücksgefühl durchströmte ihn.

Rainulf nickte, und nach einer Pause sprach er weiter. »Danach habe ich meine Schwester zehn Jahre nicht gesehen. Ich war vom Kreuzzug zurückgekehrt und lehrte an der Universität, als ein Bote aus Rouen eintraf. Meine Mutter lag im Sterben. Ich kehrte natürlich nach Hause zurück, und das übrige kennst du. Meine Mutter starb, und mein Vater heiratete Lady Blanche, während Adela ...« Rainulf schüttelte langsam den Kopf. »Adela band sich einen Sack Steine um den Hals und ging ins Wasser.«

Thorne folgte Rainulfs Blick zu der entfernten Gestalt von Lady Martine, die über eine niedrige Hecke gebeugt stand.

»Und Martine«, ergänzte Thorne, »blieb zurück, um langsam zu verhungern.«

Rainulf schüttelte den Kopf. Sein Gesicht verzerrte sich. »Als ich sie fand, war sie bereits halbtot, nur ein nasses, zitterndes kleines Skelett in einem dünnen Kleid. Nein, klein eigentlich nicht. Für ihre zehn Jahre war sie sogar ziemlich groß, mit langen schlaksigen Armen und Beinen. Damals war schon zu erkennen, daß aus ihr eine hochgewachsene Frau werden würde. Ich hätte sie überall erkannt, denn sie sah meinem Vater verblüffend ähnlich. Sie war keine Schönheit, wenigstens nicht im üblichen Sinn, was wohl auch heute noch stimmt. Aber sie hatte etwas besonders Anziehendes, etwas Bezwingendes an sich. Ein Leuchten hinter ihren Augen, ein blitzender Funke. Wahrscheinlich klingt das ziemlich albern.«

»Nein«, sagte Thorne leise. »Ich weiß genau, was du meinst.«

Was ihre Schönheit betraf, irrte Rainulf allerdings, auch wenn Thorne darüber schwieg. Er beobachtete Martine, die nun zu ihnen auf die Wiese kam. Sie hatte den Korb an einen Arm gehängt, während sie mit der anderen Hand die Röcke über die hohen, im Wind wogenden Grashalme hob. Aus dem Zopf hatten sich helle silbrige Strähnen gelöst, die in der warmen Brise tanzten, die das Tal erfüllte. Sie lächelte, und Thorne hätte zu gern den Grund gekannt, um ihre Freude zu teilen. Von der Sonne bei der Arbeit waren Martines Wangen gerötet, und das Glitzern in ihren Augen wirkte nicht nur anziehend, sondern unwiderstehlich.

Martine war nicht nur schön, sie war bezaubernd, verwirrend, unberechenbar und einzigartig. Sie war immer beides zugleich, weich und hart, warm und kalt ... über alle Maßen faszinierend.

Und sie gehörte Edmond.

Thorne tauchte aus der Tiefe seines Schlafs auf und hörte das entfernte Glockengeläut. Er öffnete die Augen und blieb ruhig im Dunkeln liegen. Es war Mitternacht, und der Sakristan rief die Brüder zum Stundengebet. Draußen auf dem Hof flüsterte leise der Regen.

In der kleinen Kammer nebenan hörte er Rainulf, der sich wie gewöhnlich bereitmachte, sich den Brüdern zum Mitternachtsgebet anzuschließen. Warum er sich diese Mühe machte, obwohl er nur Gast im Kloster war und nicht den heiligen Regeln unterlag, überstieg Thornes Verständnis. In der Nacht vor einer großen Reise erschien ihm Rainulfs Verhalten besonders unklug. Morgen würden sie nach Harford zurückkehren, und Thorne fand, daß Rainulf sich besser ausruhen sollte, statt die halbe Nacht in der Kirche zu stehen und lateinische Choräle zu singen. Höchstwahrscheinlich würde er zum *Laudes* im ersten Morgenlicht erneut aufstehen.

Durch den Ledervorhang seiner Kammer hörte Thorne, wie Rainulf Bruder Matthew begrüßte, dann verließen die beiden Männer das Haus. Alles war wieder ruhig. Thorne rollte sich zur Seite und schloß die Augen, aber wie so oft während der vergangenen Nächte konnte er nicht wieder einschlafen. So etwas hatte er vorher nicht gekannt, und es ärgerte ihn sehr. Sein Körper verweigerte den Gehorsam, was Thorne ein Gefühl der Schwäche gab.

Er stand auf, zündete die Laterne an und streifte seine Beinlinge über. In der Küche im Erdgeschoß goß er sich einen Becher Wein ein und trug ihn in die große Halle zu einem Tisch. Die *Elemente* von Euklid, die er gestern zu Ende gelesen hatte, lagen noch dort, und er hob das Buch auf.

Das Haus des Vorstehers war ein weitläufiges Gebäude, dessen oberes Stockwerk um eine große Halle gebaut war. Vier Schlafkammern öffneten sich zur Galerie. Eine davon gehörte Bruder Matthew, die anderen waren für hochrangige Gäste reserviert. Die Bediensteten verbrachten die Nacht an einem anderen Ort, so daß Thorne im Augenblick allein im Haus war — bis auf Lady Martine natürlich, die in ihrer eigenen kleinen Zelle schlief. Aus ihrer Kammer drang kein Laut. Die Glocken schienen sie nicht aufgeweckt zu haben.

Thorne öffnete das Buch und blätterte durch die vergilbten Pergamentseiten, die in Latein dicht mit der Hand vollgeschrieben waren: penibel ausgeführte, winzige Buchstaben. Doch seine Augen erkannten weder Worte noch Bedeutung. Thorne sah nur Martines Augen vor sich, die mit ihrem blauen Feuer wie von innen leuchteten ... hörte ihr weiches melodisches Lachen . . . spürte ihre Hand, die kühl und schmal in der seinigen lag. Es gelang ihm nicht, diese Bilder aus der Vorstellung zu verbannen und sich zu zwingen, an andere Dinge zu denken.

Noch nie war er so hilflos gewesen.

Bei Gott, Martine würde ihm fehlen, wenn sie diesen Ort verließen. Wie im vergangenen Monat würden sie nie wieder zusammen sein können. Jeden Morgen, wenn Thorne beim Läuten zum Tagesanbruch aufstand, war sein Geist von ihr erfüllt. Er zog sich an, wusch sich und dachte: *Nicht mehr lange, und ich sehe sie wieder.* Den ganzen Tag suchte er Gelegenheiten, um ihre Nähe zu teilen, allein um des Vergnügens willen, das ihre körperliche Anwesenheit ihm bereitete. Wenn er bei Martine war, sog er ihren Duft ein, der wie eine Wildwiese nach Erde, Gräsern und süßen Blumen im warmen Sonnenschein roch.

Aber gerade jetzt war Martine nicht da, als ihn das schmerzliche Verlangen nach ihrer Nähe erneut ergriff. Die Sehnsucht wurde zu einer Qual, die er kaum noch ertrug, und Thorne wußte, daß er noch nie etwas Vergleichbares verspürt hatte.

Die Wucht seines Begehrens war ein hinterlistiger Scherz, den Gott mit ihm trieb, und Thorne mußte dem Allmächtigen seine ganze Bewunderung aussprechen. Zum ersten Mal in seinem neunundzwanzigjährigen Leben wurde ihm vorgeführt, daß eine Frau das Gefühl der Leere in ihm ausfüllen konnte ... Nur würde er diese Frau niemals besitzen. Nach der kurzen Begegnung mit dem Unerreichbaren kehrte Thorne um so leerer nach Harford zurück.

Die Strafe, die Gott ihm geschickt hatte, weil er seine Familie ihrem grausamen Schicksal überlassen hatte, war scheinbar noch immer nicht abgebüßt. Hatte er nicht genug für seinen Fehler bezahlt? Und für seine Familie? Und Louise? Fluchend klappte Thorne das Buch zu und warf es auf den Tisch. In der dumpfen Stille, die folgte, glaubte er, etwas zu hören. Jemand weinte. War es ein Kind?

Thorne hielt inne und horchte. Nein. Das Geräusch bildete er sich nur ein. Er dachte an Louise, und deshalb ...

Da war es wieder. Ein stockendes, gequältes Stöhnen.

Es drang durch den Ledervorhang von Lady Martines Kammer.

Nach kurzem Zögern erhob sich Thorne und ging mit der Laterne auf die Galerie, wo er lauschte. Wieder wurde die Stille durch einen erstickten Schrei unterbrochen. Ob Martine einen Alptraum hatte?

Thorne räusperte sich. »Mylady?« Er hörte ein undeutliches, verzweifeltes Murmeln. »Mylady«, wiederholte er ein wenig lauter. Jetzt sagte sie etwas, und Thorne bemühte sich, die gemurmelten Worte zu verstehen, doch sie ergaben keinen Sinn.

Vorsichtig öffnete er den dicken Vorhang einen Spalt, um in den kleinen Raum zu spähen. Martines schmales Feldbett stand direkt hinter der Türöffnung rechts an der Wand. Thorne hätte ihr schlafendes Gesicht mit ausgestreckter Hand berühren können, aber er hielt an sich.

Martine lag auf dem Bauch. Ihr langer Zopf baumelte von der Bettkante. Das zerknitterte Leinenlaken war bis zu den Hüften heruntergerutscht und enthüllte ihren bloßen Rücken mit dem feinen Knochenbau, den elegant geformten Kurven und der schmalen Taille. Das schwache Licht, das durch die Hornscheiben der Laterne fiel, verlieh Martines blassen Zügen einen leichten Goldglanz. Ihr Gesicht wirkte glatt wie Elfenbein, und der Drang, sie zu berühren, über ihre silbrig schimmernde Haut zu streichen, das Laken wegzuschieben und sie in die Arme zu nehmen, überwältigte Thorne beinahe.

Er mußte gehen.

Als Thorne sich umwandte, sprach Martine erneut. Dieses

Mal konnte er verstehen, was sie schlaftrunken und in tiefem Schrecken murmelte: »Mamas Hochzeitskleid liegt im Teich!« Es war mehr die Stimme eines verängstigten kleinen Mädchens, die er hörte, und nicht die der selbstbewußten, beherrschten Frau, die er kannte.

Martines Atem beschleunigte sich. Ihr Körper wurde starr, und sie rang verzweifelt die Hände. Ein angstvolles Stöhnen drang aus ihrer Kehle, und Thorne sah, daß ihr Gesicht trotz der kühlen Nacht mit glitzernden Schweißperlen bedeckt war.

Er trat in die Kammer, ließ den Vorhang hinter sich fallen und stellte die Laterne auf den Boden. Vorsichtig nahm er das zerknitterte Laken und zog es über Martines Körper hoch. Unter dem weißen Stoff bewegte sie in wilden Zukkungen die Finger.

»Mylady.«

»M-Mamas ... Hochzeitskleid ...«

»Wacht auf, Mylady.« Thorne setzte sich auf die Bettkante und schüttelte sanft ihre Schulter. »Wacht ...«

Martines Lider flogen auf. Im Erwachen fuhr sie schreiend hoch. »Mama! Mama!«

Nacktes Entsetzen stand in ihrem Gesicht, und sie zitterte unkontrolliert. Ohne einen Gedanken zu fassen, nur mit dem Instinkt zu trösten, legte Thorne sich neben Martine auf das schmale Feldbett und nahm sie in seine Arme.

13.

Bei Thornes Berührung erschauerte Martine wie ein Küken, das eben aus dem Nest genommen wurde. Aber er ließ sie nicht los, sondern hielt sie fest in seinen Armen und streichelte ihre Haut durch den Leinenstoff des Lakens, der sie wie ein Kokon einhüllte. Dabei murmelte er tröstende Worte, als würde er einen aufgeregten Jungfalken beruhigen. »Schsch, es war nur ein Traum ...«

»Th-Thorne? Sir Thorne?«

»Ja.« Er strich eine Haarsträhne aus Martines feuchter Stirn. »Ihr hattet einen Alptraum.«

Martine stöhnte verzweifelt und neigte ihren Kopf gegen seine Brust. Ohne nachzudenken, berührte Thorne mit den Lippen ihr Haar und atmete den Duft nach Sonnenschein und süßem Lavendel ein. Martines Körper fühlte sich einladend weich und warm an. Verlangen ergriff Thorne, und er wollte sie umschlingen und sich tief in ihr vergraben. Gewaltsam mußte er sich daran erinnern, daß er hier war, um Trost zu spenden.

Er hörte Martine leise einatmen, als ihr die intime Situation bewußt wurde, in der sie sich befanden. Es war mitten in der Nacht, und sie lag nackt in seinen Armen, nur getrennt durch ein dünnes Laken.

Thorne bemühte sich, einen klaren Kopf zu bekommen. »Ich hole jetzt Euren Bruder aus der Kirche.«

Martine schüttelte den Kopf. »Nein. Ich ... kann ihn nicht jedes Mal damit belästigen. Es ist nur ein Traum und hat nichts zu bedeuten.«

Beruhigend rieb Thorne über ihren Rücken. »Ihr zittert, und das soll nichts zu bedeuten haben, Mylady? Habt Ihr oft Alpträume?«

»Nur diesen einen. Jede Nacht ist er ein wenig anders, aber er endet immer auf die gleiche Weise.«

»Jede Nacht? Ihr erlebt das jede Nacht?«

»Neuerdings. Je näher mein ... Hochzeitstag rückt, desto häufiger kommt der Traum.«

Es folgten einige Augenblicke Schweigen. »Erzählt ihn mir«, sagte Thorne schließlich und nahm Martine fester in seine Arme. Auch wenn es nicht möglich war, ihr alles zu geben, was er sich ersehnte, konnte er Martine Trost spenden. Er konnte den Schmerz mit ihr teilen und vielleicht sogar lindern, wenn sie ihn nur ließ.

»Der Traum betrifft meine Mutter, als ich ihre Leiche im Teich fand. Sie war ... sie war immer so wunderschön, und plötzlich sah ich nur noch dieses *Ding,* dieses fratzenhafte, grauenvolle Ding.«

»O Mylady«, flüsterte Thorne.

»Ohne Rainulf wäre auch ich gestorben. Er hat mir das Leben gerettet. Und nicht nur das. Durch ihn wurde mein Leben lebenswert. Er hat mir eine Erziehung gegeben. Alles, was ich bin, verdanke ich ihm. Für ihn würde ich alles auf der Welt tun.«

»Sogar Sir Edmond heiraten.«

Ihre Antwort war nur ein Flüstern. »Ja.«

»Obwohl bereits der Gedanke an die Heirat Euch in Angst und Schrecken versetzt.«

Martine nickte.

»Vielleicht ... wird es Euch gefallen, verheiratet zu sein. Edmond ist kein so übler Mann, nur etwas jung.« Selbst in Thornes Ohren klangen die Worte hohl. »Ihr könntet ihn vielleicht lieben lernen.«

»O Gott! Nur das nicht!« Ihre Heftigkeit befriedigte ihn und gab ihm Ruhe.

»Ihr zieht eine Ehe ohne Liebe vor?«

»Ich würde am liebsten überhaupt nicht heiraten. Schon vor dem Gedanken fürchte ich mich. Doch da meine Wünsche offenbar nicht zählen, ziehe ich eine leidenschaftslose, zivilisierte Verbindung der Liebe vor. Männer benutzen die Liebe, die in den Herzen der Frauen wächst, um Macht über sie zu gewinnen, sie an ihrem Platz zu halten oder sogar zu zerstören, wenn das ihren Plänen nützlich erscheint.«

Die Tiefe ihrer Bitterkeit war Thorne nicht bewußt gewesen. »Es überrascht mich, daß Ihr dieser Heirat überhaupt zugestimmt habt, auch wenn Ihr es für Rainulf tatet.«

»Als ich in Not war, hat er mir selbstlos geholfen, und nun werde ich das gleiche für ihn tun.«

»Wollt Ihr den Rest Eures Lebens an ihm Wiedergutmachung leisten?«

»Ich habe meine Entscheidung getroffen. Es gibt für mich keinen ›Rest meines Lebens‹. Bis zu diesem Zeitpunkt durfte ich ein ziemlich gutes Leben führen, dank Rainulf. Nun ist er an der Reihe.«

Was konnte Thorne ihr sagen? Daß sie einen Verlobungsvertrag lösen solle, an dessen Zustandekommen er selbst beteiligt war und von dem seine Zukunft abhing? Normalerweise neigte Thorne nicht zu Selbstzweifeln, und deshalb stellte er mit einiger Verwunderung fest, daß er über seine Rolle beim Zustandekommen dieser Verbindung nachsann. Der Vorteil, den Rainulf durch Martines Heirat gewann, war die eine Seite, da sie glaubte, ihm Freiheit schuldig zu sein. Thorne dagegen schuldete sie nichts, und er hatte keinen Augenblick gezögert, ihre Hand gegen den Gewinn eines Lehens einzutauschen.

Und jetzt ... mußte er immerzu an sie denken. Er begehrte sie, er brauchte sie ...

Dinge, die vorher einfach waren, wurden auf verwirrende Weise schwierig. Die Macht, die Thorne über jede Einzelheit seines Lebens besessen hatte, schien ihm zu entgleiten. Seine Gefühle, seine Begierden, die er immer sorgfältig in Schach hielt, gerieten in inneren Aufruhr. Er fühlte sich wie ein wütend brüllender, angebundener Bär, der sich gegen die Stricke wehrte, die jeden Augenblick reißen konnten.

Durch das leise Rauschen des Regens draußen vor dem Fenster klang aus der Ferne der hypnotische, einschläfernde Gesang der Mönche, die ihr mitternächtliches Gebet abhielten.

Thorne blickte auf die Frau in seinen Armen, die so warm und so süß war. An seinem nackten Oberkörper, durch das dünne Laken, spürte er die weichen Rundungen ihrer Brüste, ihren pochenden Herzschlag ... Martine bebte noch immer vor Angst.

Bei ihr zu sein um Mitternacht in ihrer Kammer, gemeinsam in einem Bett, war der reine Wahnsinn. Thorne wußte, daß er gehen sollte, aber er konnte nicht, solange Martine unter dieser Belastung stand.

Er wollte versuchen, sie zu beruhigen und zu trösten, bis sie wieder eingeschlafen war. Dann würde er die Kammer verlassen. Thorne hob ihren erstaunlich schweren Zopf, zog das Band herunter, mit dem er zusammengehalten wurde, und löste die Flechten. Innerhalb weniger Augenblick entspannte Martine sich in seinen Armen, und ihr Atem wurde regelmäßiger.

»Denkt Ihr manchmal über das Schicksal nach?« fragte sie.

»Das Schicksal?« Thorne strich durch ihr offenes Haar, das wie ein Mantel aus goldener Seide über ihr lag.

»Ich schon«, murmelte sie. »Ich glaube, daß das Schicksal wie ein Band ist — ein langes goldenes Band. Es zieht sich durch unser Leben, und anfangs bemerken wir nur, wie es uns hin und wieder umwindet. Wir denken nicht viel darüber nach, bis wir eines Tages entdecken, daß wir vollständig von ihm gefesselt sind, fest umschlungen von seiner Macht und unfähig, uns davon zu befreien.«

Bei dieser fantasievollen Vorstellung einer sonst so vernunftbetonten Frau mußte Thorne lächeln. »Hat Rainulf Euch nichts über den freien Willen gesagt? Das war die erste Lektion, die ich von ihm erhalten habe.«

Martine schmunzelte. »Meine auch. Der freie Wille existiert, ohne Zweifel. Aber das macht die Erfahrung um so bitterer, eine Gefangene des Schicksals zu sein.«

Hingebungsvoll fuhr Thorne mit den Fingern durch Martines Haar. »Ich halte mich lieber an den Gedanken, über mein Geschick selbst mitzubestimmen.«

»Das tut jeder. Aber habt Ihr noch nie das Gefühl gehabt, von Kräften fortgetragen zu werden, über die ihr keine Macht besitzt?«

Sofort stand Thorne in seinem Innern der wütend tobende Bär vor Augen.

»Nein«, log er. Dabei war es keine glatte Lüge. Sicher wurde er von ungewollten Gefühlen für Martine heimgesucht, aber er hatte sie unter Kontrolle. Wenn Thorne die Kraft besaß, ihn zurückzuhalten, würde sich der Bär nicht losreißen können.

»Meine Mutter war ein Opfer des Schicksals«, sagte Martine. »Ihre Liebe zu Jourdain hielt sie jahrelang gefangen. Erst ganz am Ende schaffte sie es, sich zu befreien. Sie ertränkte sich im Teich. Das war die erste und letzte wirklich freie Tat ihres Lebens.«

Thorne hielt in seinem Streicheln inne. »Wollt Ihr den Selbstmord als Akt des freien Willens rühmen?«

»Ich rühme ihn nicht, aber ich verstehe meine Mutter. In gewisser Hinsicht bewundere ich ihre Tat sogar. Es war der einzige Ausweg. Meine Mutter hatte eine Entscheidung getroffen und sie ausgeführt.«

»An dem, was sie tat, war nichts Bewundernswertes, Mar ... Mylady. Ich weiß, Eure Mutter war verzweifelt und unglücklich, aber Ihr irrt Euch, wenn Ihr ihre Schwäche als Stärke mißdeutet. Eure Mutter hatte aufgegeben. Und dadurch lieferte sie ihr Kind dem so gut wie sicheren Tod aus.«

»Folglich könnte man ihre Tat weniger schlimm bewerten, wäre sie nicht für mich verantwortlich gewesen, nicht wahr? Wenn sie kein Kind gehabt hätte?«

»Das hier ist kein akademischer Disput, Mylady. Stellt keine Hypothesen auf. Tatsache ist, daß sie eine Tochter hatte, an die sie keinen einzigen Gedanken verschwendete, als sie sich das Leben nahm.«

»Ich habe überlebt.«

»Dank Rainulf. Aber Ihr tragt tiefe, nicht verheilte Narben in Euch, oder etwa nicht? Diese Alpträume, in denen Ihr die Leiche Eurer Mutter findet ... Es ist ein Wunder, daß Ihr darüber noch nicht den Verstand verloren habt.«

Martine schwieg einen Augenblick. »Am schlimmsten ist nicht der Teil, in dem ich die Leiche finde. Gewöhnlich sehe ich sie nicht einmal. Es ist das Wasser selbst. Im Traum verwandelt es sich in Blut. Ein See von Blut.« Sie erschauerte und schlang den Arm um Thorne. »Seit diesem Tag habe ich Angst vor dem Wasser. Als Kind ging ich oft schwimmen, aber seitdem nicht mehr.«

»Aber Ihr habt es getan«, betonte er. »Als Ihr Ailith rettetet.«

»Ich hatte keine Wahl.«

»Doch, Ihr hattet die Wahl. Ihr hättet Eurer Angst nachgeben und Ailith sterben lassen können, aber das habt Ihr nicht getan. Statt dessen setztet Ihr Euren freien Willen ein, habt Eure Angst überwunden und Ailith vor dem Tod bewahrt.« Martine schien über Thornes Worte nachzudenken. Als er von neuem mit ihrem Haar zu spielen begann, seufzte sie.

»Ihr solltet wieder schwimmen gehen«, sagte er. »Nur zu Eurem Vergnügen.«

»Ich habe Angst«, flüsterte Martine.

»Angst ist dazu da, überwunden zu werden.« Mit den Fingerspitzen strich Thorne über ihre Kopfhaut und massierte sie. »Ihr solltet wieder schwimmen gehen.«

»Mm.«

»Wirklich.«

»Mm ... hm.« Martine wurde schwer in seinen Armen.

»Sagt mir, daß Ihr es tun werdet.«

»Hm?«

»Sagt mir, daß Ihr bald wieder schwimmen geht. Es ist wichtig. Wenn diese Angst erst einmal besiegt ist, könnt Ihr über das übrige auch hinwegkommen. Versprecht es mir.«

Martine murmelte etwas Undeutliches, das klang wie: »Ich verspreche es«.

»Ihr macht Euch über mich lustig«, sagte Thorne und lächelte wehmütig.

Statt zu antworten, kuschelte sie sich warm und schläfrig an ihn.

»Ja, das tut Ihr«, sagte er. »Aber es ist in Ordnung. Ich nehme, was ich bekommen kann.«

Das war Männerlachen.

Martine öffnete die Augen. Jemand lag bei ihr im Bett, umschlang sie mit den Armen und hatte ein Bein über ihres gelegt. Sie atmete seinen vertrauten männlichen Duft.

Thorne.

Auf der anderen Vorhangseite hörte sie Stimmen, mehr Gelächter und bald ein gedämpftes Gespräch.

»Was ...« setzte sie an. Thorne preßte eine Hand auf ihren Mund. Noch im Dämmerschein der Laterne konnte Martine seine leuchtenden Augen sehen, in denen eine Warnung stand. Sie nickte, und er nahm die Hand weg.

Mit dem Mund an ihrem Ohr flüsterte er: »Rainulf und Matthew sind zurückgekommen, während Ihr noch schlieft. Seither reden sie dort draußen. Ich kann schlecht riskieren, daß sie mich mitten in der Nacht aus Eurer Kammer kommen sehen.«

Wieder nickte Martine. Es war noch immer dunkel draußen, aber der Regen fiel kräftiger. Martine hatte das Gefühl, eine ganze Weile geschlafen zu haben.

Sie lag behaglich in Thornes Umarmung und hatte den freien Arm um seine Taille geschlungen. Ihr Haar hing lose herunter, und Thorne hielt eine Strähne um seine Hand gewickelt. Von der Taille aufwärts war er nackt, und sie lagen aneinandergedrängt wie ein Liebespaar. In Martine kam Erschrecken auf, noch bevor ihr einfiel, daß nichts zwischen ihnen geschehen war — nichts von dieser Art.

Thorne hatte ihr zugehört, ihre Ängste besänftigt und sie gehalten, bis sie in seinen Armen eingeschlafen war. Geküßt hatte er sie nicht. Nein, sie war sicher. Daran würde sie sich erinnern. Und sie wüßte es auch, wenn er die Situation ausgenutzt und etwas getan hätte, wozu er nicht berechtigt war.

Es wäre nicht schwer für ihn gewesen. Er hätte nur das Laken beiseite schieben brauchen, um zu tun, was ihm beliebte. Thorne war kein Heiliger, sondern ein Mann mit ausgewachsenen Bedürfnissen. Und er war stark. Martine spürte seine langen harten Beinmuskeln und die feste breite Brust. Leicht hätte er sie überwältigen und mit ihr machen können, was er gewollt hätte.

Womöglich hätte er sie nicht einmal zwingen müssen. Ein Mann wie Thorne würde wissen, wie er eine Frau dazu bewegen konnte, sich ihm hinzugeben. Er wußte, wie er sie zu berühren hätte, ihre geheimsten Körperstellen liebkosen mußte, bis sie darum bettelte, daß er sie nahm. Angesichts der Vorstellung, was er mit ihr hätte tun können und was sie in Wahrheit von ihm ersehnte, überlief Martine ein warmer Schauer.

Thornes Atem plusterte ihr Haar. Er hielt Martine so fest, daß sie nicht sagen konnte, ob der hämmernde Herzschlag, der ihre Brust erbeben ließ, von ihm stammte oder ihr eigener war. Als sein Atem schneller ging, fiel sie in den gleichen Rhythmus. Noch nie war ihre Haut so zart und empfindsam gewesen. Die Stellen, an denen Thorne sie berührte, glühten wie Feuer, und Martine empfand ein nie gekanntes rauschhaftes Entzücken.

Sie drehte sich um und sah ihn an. Ihre Blicke trafen sich,

und Martine erkannte das unverhüllte, verzweifelte Verlangen in ihm, das ihren eigenen Hunger widerspiegelte. *Er weiß, was ich fühle,* dachte sie überrascht. *Er weiß es, weil er das gleiche empfindet.*

Martine spürte, wie Thorne mit der Hand fester in ihr Haar griff. Dann fühlte sie noch etwas anderes, ein Drängen an ihrem Bauch. Es war sein Körper, der sich bewegte und hart an sie preßte. Ungestüme Erregung pulsierte in ihren Adern, und sie wollte Thorne bei sich haben, zwischen ihren Beinen. Er sollte sie ausfüllen und besitzen.

Ihr Körper spannte sich, und Martine konnte keinen klaren Gedanken mehr fassen. Ihr Kopf war ein einziges Durcheinander. In diesem Augenblick löste sich Thorne plötzlich von ihr.

Was sie von ihm wollte, durfte nicht sein. Ob Martine die Kraft besäße, ihm zu widerstehen, wenn er sich nicht zurückhielte?

Aus der großen Halle kam erneut Gelächter. Thorne zog den Arm unter Martine hervor und stützte sich auf den Ellenbogen. Vorsichtig öffnete er Ledervorhang um einen winzigen Spalt, spähte hinaus und schloß den Vorhang wieder.

Sich aufsetzend, rieb er seine Arme und entspannte die Muskeln an Rücken und Schultern. Mit einem gebrochenen Seufzer schob er die Finger durch sein langes Haar.

Martine mußte an seine vielgerühmte Selbstkontrolle denken. Heute nacht hatte er davon Gebrauch gemacht, zum Besten für sie beide, wie ihr bewußt war. Etwas in ihr war enttäuscht, andererseits war sie erleichtert.

Er hatte sich ihr als Freund gezeigt. Nicht nur heute nacht, sondern während des gesamten letzten Monats, während sie als Gäste in Sankt Dunstan weilten. Zugegeben, es handelte sich um keine einfache Freundschaft. Sie war eher schwierig, und jetzt war sie sogar gefährlich geworden. Dennoch teilten sie etwas Besonderes, Kostbares und Aufregendes miteinander, auf das sie verzichten müßten, wenn sie morgen nach Harford zurückkehrten.

Schon jetzt bedauerte Martine den Verlust dieser Vertrautheit, und es schmerzte sie, daß alles vorüber sein sollte. Es drängte sie, Thorne für seine Freundschaft zu danken und ihm zu sagen, wie sehr sie die gemeinsame Zeit vermissen würde.

»Sir Thorne ...« Noch bevor er herumfuhr und seine Finger auf ihren Mund legte, bemerkte Martine, daß sie zu laut gesprochen hatte. Sie hörte, wie das Gespräch in der Halle verstummte und Stuhlbeine kratzend über den Boden geschoben wurden.

Die Ellenbogen zu beiden Seiten neben ihren Kopf gestützt, senkte Thorne den Mund an Martines Ohr. »Um Gottes willen, laßt ihn nicht hereinkommen!«

»R-Rainulf?« rief sie.

»Martine?« Sie hörte die Besorgtheit in der Stimme ihres Bruders. »Ist alles in Ordnung mit dir? Hast du wieder geträumt?« Dem Klang nach stand Rainulf direkt vor der Tür.

Martine atmete tief ein und antwortete mit absichtlicher Gelassenheit: »Nein, nein. Es geht mir gut. Ich habe nur mit mir selbst gesprochen.« Anerkennend nickte Thorne, und sie lächelte.

Es folgte eine kurze Pause. »Ich gehe jetzt zu Bett, und auch du solltest schlafen. Wir haben morgen einen langen Ritt vor uns.«

»Ja, das mache ich. Gute Nacht.«

Thorne und Martine lauschten aufmerksam, wie die Männer sich in ihre Kammern zurückzogen. Dann kehrte wieder Ruhe ein. Martine hob den Blick zu Thorne, der noch immer über sie gestützt dalag, und sah in das tiefe Blau seiner Augen. Bei dem Gedanken, daß sie in zwei Wochen Sir Edmonds Gemahlin sein würde, verkrampfte sich Martines Herz. Was sie für Sir Thorne empfand, würde für immer unerfüllt bleiben. Dennoch spürte sie den Drang, ihn an ihren Gefühlen teilhaben zu lassen, selbst wenn es töricht war und Folgen haben würde.

»Thorne«, flüsterte sie.

Wieder berührte er mit den Fingerspitzen ihre Lippen, doch dieses Mal stand keine Warnung in seinen Augen, nur Bedauern. Sein Blick wanderte von den Augen zu ihrem Mund, während er mit dem harten Daumen über ihre Unterlippe strich. Martine hatte den Eindruck, er wollte etwas sagen, doch dann schien er seine Absicht zu ändern. Sich nach unten beugend, hob er die Laterne vom Boden und stand auf.

An der Türöffnung teilte er den Vorhang und verharrte einen Augenblick mit dem Rücken zu ihr. Schließlich blickte er über die Schulter zurück. »Gute Nacht, Mylady.« Und er ging.

Obwohl Martine einige Zeit in einem dämmrigen Traumzustand fiel, wollte der Schlaf nicht kommen. Lange goldfarbene Bänder und große Bahnen apfelgrüner Seide umwehten sie, während halblaute Stimmen von Schicksal, freiem Willen, Furcht und Mut flüsterten.

Aus der Perspektive eines Kindes, das am Ufer stand, sah sie den Teich in der Normandie. Das Wasser war unergründlich blau, wie die Farbe von Thornes Augen, und lag sehr ruhig. In ihm spiegelte sich der wolkenbetupfte Himmel, gleich wie in einem riesigen Vergrößerungsglas. Es wirkte so einladend wie früher, als Martine noch ein Kind gewesen war.

Ihre Mutter hatte sich auch von seinem Ruf locken lassen, aber mit einer dunkleren Verheißung: dem Trost der ewigen Ruhe.

Vor ihrem inneren Auge sah Martine sich ins Wasser treten. Kalte Angst umkrallte ihre Brust, aber sie kämpfte sie nieder und machte noch einen Schritt.

Das Gespräch mit Thorne hatte ihr eine Einsicht vermittelt. Sie wußte, was sie zu tun hatte. Tat sie es nicht, würde sie ihre Feigheit ewig bereuen.

Nachdem Martine ihren Entschluß gefaßt hatte, lag sie die übrige Nacht mit offenen Augen im Dunkeln und wartete auf das Anbrechen der Morgendämmerung.

Nackt ausgestreckt auf seinem schmalen Feldbett, die Füße überkreuzt an einer Seite herunterhängend und mit hinter dem Kopf verschränkten Händen, verfolgte Thorne, wie der erste blasse Schein der Morgendämmerung die Dunkelheit vor seinem Fenster vertrieb. Er fragte sich, ob er jemals wieder schlafen würde.

Bei den gedämpften Geräuschen, die aus der großen Halle drangen, runzelte er verwundert die Stirn. Jemand war früh aufgestanden. Die Mönche hatte noch nicht einmal die Glocken für den Morgengottesdienst geläutet. Thorne streckte den Arm aus und spähte durch den Vorhang, gerade rechtzeitig, um eine dunkelgekleidete Gestalt die Treppe hinunter verschwinden zu sehen.

Gleich darauf hörte er Schritte im Hof. Er erhob sich und sah durch das Fenster.

Es war noch dunkel, aber der Regen hatte aufgehört, und Thorne konnte deutlich Martine erkennen, die in ihrem Kapuzenmantel den Stall betrat. Er blieb am Fenster stehen, bis sie wieder auftauchte und eine gesattelte graubraune Stute am Zügel führte. Wohin könnte sie zu dieser Tageszeit wollen? Martine stieg auf, ritt durch das Haupttor und schlug den Weg nordwärts ein. Nördlich des Klosters gab es nichts von Bedeutung — nur den Fluß. War das ihr Ziel?

Thorne streifte die Beinlinge über, setzte sich auf die Bettkante und kratzte nachdenklich seinen morgendlichen Bart. Soweit er wußte, war Martine noch nie ohne ihn zum Fluß gegangen. Warum wollte sie dann um diese Zeit hinreiten, beinahe noch vor Tagesanbruch und vor der Rückreise nach Harford?

Sicher war Martine nicht glücklich, auf die Burg zurückzukehren. Sie fürchtete sich vor der Hochzeit, die bereits in vierzehn Tagen stattfinden sollte.

Es war seltsam, daß Martine den Stand der Ehe, nach dem Adela sich verzweifelt gesehnt hatte, als einen Fluch betrachtete. Was ihre Mutter als den Himmel auf Erden angesehen hatte, bedeutete für ihre Tochter die Hölle, eine Hölle, der sie sich freiwillig für den Rest ihres Lebens verschrieb.

Es gibt für mich ›keinen Rest meines Lebens‹, hatte sie gesagt. *Ich habe meine Entscheidung getroffen.*

Entscheidung. Dieses Wort hatte sie auch bei ihrer Mutter gebraucht, erinnerte Thorne sich. *Meine Mutter hatte eine*

Entscheidung getroffen und sie ausgeführt. In gewisser Hinsicht bewundere ich ihre Tat sogar.

Ein kalter Schauer kroch über Thornes Rücken und zog ihm die Kopfhaut zusammen. *Es war der einzige Ausweg,* hatte Martine gesagt. *Meine Mutter hatte eine Entscheidung getroffen und sie ausgeführt.*

Ich habe meine Entscheidung getroffen ... Es gibt für mich keinen ›Rest meines Lebens‹.

Thorne erhob sich.

Ich habe meine Entscheidung getroffen ...

»Heiliger Jesus«, murmelte er, riß sein Hemd vom Haken und rannte aus der Kammer.

Thorne glitt oberhalb des Flusses vom bloßen Rücken des weißen Hengstes und ließ das Tier frei laufen, bevor er eilig zum Ufer herunterkletterte. Es dämmerte eben, und dicker Nebel, zwischen den moosigen Felswänden gefangen, erfüllte die Schlucht. Thorne konnte nicht weiter als Armeslänge sehen.

»Mylady«, rief er und wartete, ohne daß eine Antwort kam. War er zu spät? Hatte sie es bereits getan? Sein Herz trommelte wie wild und schien die Brust zu sprengen.

Thorne riß das Hemd vom Körper und watete, verzweifelt um sich blickend, in das hüfttiefe Wasser. Auch ohne den Nebel hätte er nicht gewußt, in welche Richtung er sich wenden sollte.

»Mylady!« rief er. »Mylady!«

Lieber Gott, bitte laß es nicht geschehen, betete er. *Du hast mich genug bestraft. Nimm mir nicht Martine.*

Er stellte sich vor, sie zu finden, kalt und leblos, und ein Schrei barst aus seinen Lungen. *»Martine!«*

Ein leises Plätschern hinter ihm. Thorne wirbelte herum und sah eine Silhouette im Dunst, blaß leuchtend und sehr nahe. Durch den wehenden Nebel erschienen ihre Augen wie zwei Teiche vor seinem Blick. Martine stand bis zur Taille im Wasser, hatte die Arme vor den bloßen Brüsten gekreuzt und trug als einzige Kleidung die langen Strähnen ihrer feuchten goldenen Haare.

»Martine! Gott sei Dank!« Es dauerte nicht den Augenblick eines Herzschlags, bis Thorne bei ihr war und Martine überwältigt vor Erleichterung in seine Arme schloß. »Ich dachte, Ihr seid tot.« Er hielt sie fest und küßte ihren Scheitel.

»Tot!« Mit Verwirrung hob sie den Blick und sah ihm in den Augen, dann verstand sie. »Ihr dachtet, ich ... ich würde ...«

In Thornes Gesicht mußte sich der Aufruhr seines Herzens widergespiegelt haben, denn Martine hob die Hand und streichelte tröstend seine Wange. Um Fassung ringend, schloß Thorne die Augen. Solche Angst und dann diese Freude. Es war mehr, als er ertragen konnte.

»Ich bin geschwommen«, sagte Martine, und Thorne öffnete die Augen wieder. Sie stand so nahe, das Gesicht nur Zentimeter von ihm entfernt. »Ihr sagtet, ich sollte schwimmen, um mich meiner Angst zu stellen. Das habe ich getan. Es war wunderbar. Ich fühlte mich so stark.« Martine schlang die Arme um ihn.

Erleichtert lachte Thorne auf und zog sie an sich. *Sie war schwimmen. Natürlich. Sie ist einfach nur schwimmen gegangen.*

Er küßte Martines Stirn und ihre Schläfen, strich mit den Fingern einer Hand durch ihr Haar, während er mit der anderen ihren weichen, nassen Rücken massierte und sie an sich drückte.

Martines Haar bedeckte sie wie ein Mantel. Wo die kühlen Strähnen sich teilten, konnte Thorne weich und warm ihre Brüste an seinem nackten Oberkörper spüren. Eine innere Stimme sagte ihm, daß er sich zurückziehen sollte. *Gleich, dachte er. Ich will sie nur spüren, nur einen Augenblick.*

Mit seinen großen Händen umfaßte er ihren Kopf, bog ihr Gesicht nach oben und preßte die Lippen auf ihre Lider, dann auf die straffe Haut über ihren hohen Wangenknochen.

Martine hielt die Augen geschlossen, und ihre Lippen waren reif und einladend. Nein, ihren Mund würde er nicht küssen. Dann wäre er tatsächlich verloren.

Ich werde sie nicht küssen, dachte er, während er den Mund auf ihren senkte.

Nur berühren ... Mit den Lippen strich Thorne über ihren Mund und hörte Martines schwaches Seufzen.

Meine Lippen und Martines berühren sich, ging ihm benommen durch den Kopf. Wieder traf ihre warme Haut aufeinander in einer flüchtigen Liebkosung. Kein Kuß, nicht wirklich, nur eine zärtliche Berührung der Lippen, nichts weiter.

Durch den rasselnden Atem meinte Thorne, sein Herz hämmern zu hören, und in seinen Lenden spürte er ein wildes Pochen. Sanft schloß er die Lippen über Martines Mund ... *kein Kuß, nicht wirklich.* Seine Zunge öffnete ihre Lippen, und er suchte das Warme in ihrem Mund, den süßen, betörenden Geschmack von Martine. Sie erbebte leicht, und Thorne spürte mit seinem Oberkörper, daß ihre Brustspitzen sich härteten.

Außer ihrem Atem war alles still in der Schlucht. Doch tief in seinem Inneren, nur für Thorne hörbar, erhob sich ein ungezähmtes Brüllen. Es war der Bär, der an seinen Fesseln rüttelte.

Thorne mußte sie berühren. Ohne den Mund von ihren Lippen zu nehmen, entblößte er Martine, indem er ihr Haar auf den Rücken legte. Dann umschloß er mit beiden Handflächen ihre Brüste. Martine sog die Luft ein. Thorne wog die Fülle in seinen Händen, streichelnd, liebkosend und erregend, im gleichen Takt wie Martines Herzschlag, der durch das weiche Fleisch zu spüren war, und strich mit den Daumen über die festen Spitzen, bis Martine aufstöhnte.

Er antwortete, wurde hart und fühlte den Druck gegen die nassen wollenen Beinlinge. Thorne wußte, daß Martine ihn spürte. Als sie nicht zurückwich, griff er in das Wasser, umschloß ihren kühlen Po und preßte sie an sich. Ihr Körper schob sich gegen seinen, und ihre Hände glitten an Thorne hinab, um ihn zu sich zu holen.

Eine Hand in ihrem Haar und mit der anderen sie umschlingend, zog er Martine an sich und gab dem Verlangen nach, ihren Mund in einem tiefen hungrigen Kuß zu nehmen. Sie erwiderte den Kuß. Thorne spürte Martines Leidenschaft und ihre Hitze, und er wußte ohne den geringsten Zweifel, daß sie sich ebenso hilflos fühlte wie er — verloren und überwältigt von etwas, das stärker war als jede Selbstbeherrschung.

In seinem Innern spürte Thorne, daß die Fesseln sprangen und von ihm abfielen. Wilde, ungezähmte Kraft stieg in ihm auf. Ohne den Kuß zu unterbrechen, hob er Martine in seine Arme und watete zielstrebig mit ihr zum Ufer. Durch seinen Schädel hallte ein animalischer Schrei, den nur er hören konnte: Der Bär hatte sich losgerissen.

14.

Es ist ein Traum, dachte Martine, als Thorne sie auf das kühle weiche Moos legte. Er stand über ihr im Nebel und zog an der Kordel seiner Beinlinge.

Martine schloß die Augen. *Es ist ein Traum. Gleich werde ich aufwachen.*

Und dann war Thorne bei ihr mit seinem großen Körper, legte sich auf sie und nahm sie in die Arme. Jetzt wußte Martine, daß sie nicht träumte. Sie war hier, bei Tagesanbruch an diesem nebligen Flußufer. Sie war hier mit Thorne, und es waren Thornes Lippen, die ihren Mund bedeckten. So dachte sie voller Staunen. Thornes rauhe, unrasierte Wangen kratzten auf ihrem Gesicht. Die rastlosen Hände, die ihren Körper erforschten, gehörten Thorne, und auch das harte Heiße, das er gegen ihre Schenkel preßte.

Thorne erweckte ihre unberührten Stellen zum Leben und entlockte ihrer Kehle entzückte Seufzer, als seine Liebkosungen kühner und leidenschaftlicher wurden. Er senkte den Kopf auf ihre Brust, nahm zuerst die eine, dann die andere Spitze saugend zwischen die Lippen und knabberte daran, bis sie hart wurden. Nach dieser süßen Folter leckte und küßte er die erhobenen Knospen und setzte die Spur seiner feuchten Küsse den Bauch hinunter fort.

Als Martine seinen Atem zwischen ihren Beinen spürte, erbebte sie. Der warme Druck seiner Lippen und die heiße intime Liebkosung, mit der seine Zunge sie berührte, ließen sie nach Luft ringen. Eine Hand um ihre Hüfte gelegt, glitt Thorne mit dem Finger in Martine hinein und liebkoste sie von innen.

Es war ein wunderbarer, unbekannter Zauber, den Thorne mit Händen und Mund bewirkte. Als würde er zwei Stäbe gegeneinander reiben, um Feuer zu machen, entlockte er dem Ort, der immer kühl gewesen war, eine rotheiße Glut und erzeugte eine beinahe unerträgliche Lust. Es war, als würden Funken sprühen, die jederzeit zu hoch auflodernden Flammen werden konnten ...

In rasender Begierde, betäubt durch das pochende Blut, das in ihren Ohren rauschte, packte Martine sein Haar. »Bitte ...«

Thorne zog den Finger zurück, küßte sanft die schmerzhaft verlangende Stelle und senkte sich mit seiner ganzen Größe auf Martine. Sie empfing ihn willig. Dann schob Thorne die Hand zwischen ihre Körper. Martine wußte, was folgen würde, und war bereit, doch als Thorne tiefer kam und die Haut zwischen ihren Beinen auseinanderschob, erstarrte sie. In wilder Panik raste ihr Herz.

Nun würde er sie besitzen und zerstören.

Thorne nahm Martines Gesicht zwischen die Hände, und sie blickte in seine Augen, die unendlich nah und blau waren. Dabei flüsterte er Dinge, die sie durch das Dröhnen in ihren Ohren kaum verstand ... es waren zärtliche Worte und Versprechungen.

Auf dem Grund seiner Augen erkannte Martine die beruhigende Versicherung, bei ihm geborgen zu sein, und einen tiefen dunklen Hunger. An der glänzenden Oberfläche erschien ihr Spiegelbild mit ihrem eigenen Hunger, der ebenso groß war wie seiner. Diese Begegnung war unvermeidlich gewesen. Seit sie Thorne zum ersten Mal am Kai im Hafen von Bulverhythe gesehen hatte, wußte Martine, daß sie und Thorne etwas verband.

Sie hörte nur einige Worte: »... aber wenn Ihr wollt, daß ich aufhöre ...«

Lächelnd schüttelte Martine den Kopf. Wie konnte er nur so etwas denken?

Thorne dankte ihr mit einem leidenschaftlichen Kuß voller Sehnsucht. Der Kuß erstickte das Seufzen, als er sich erneut in Martine bewegte und mit langsamen, vorsichtigen Stößen ihre Lust anfachte. Die Muskeln an Armen und Schultern waren hart wie Bogensehnen, und Martine wußte, daß er sich für sie zurückhielt.

Halb in sie eingedrungen, machte Thorne eine Pause und liebkoste Martine wieder an der Stelle, an der ihre Körper vereint waren. Von neuem glühte heiß der wunderbare Funke in ihr auf, und Martine hob die Hüften, um mehr von Thornes Berührung zu bekommen, dieses Mal ohne Worte. Nur ihr Körper flehte. *Bitte, bitte ... oh, bitte ...*

In dem atemberaubenden Augenblick, bevor das Feuer sich entzündete, umklammerte sie Thornes Schultern und rief seinen Namen. Weiße Glut erfüllte sie, und durch ihre Adern liefen zuckende Blitze, die sie erbeben ließen. Schwach spürte Martine, wie Thorne ihre Hüften anhob, und hörte sein Stöhnen, unter dem er in einer einzigen Bewegung vollständig in sie eindrang. Dann nahm er Martine in die Arme und hielt sie fest und sicher, bis die Erschütterung nachließ.

»Alles in Ordnung mit dir?« fragte Thorne sanft.

Martine atmete tief ein und nickte. Ihr Vergnügen war so groß, daß der Schmerz darin unterging. Sie hatte ihn kaum bemerkt. Zweifellos war dies Thornes Absicht gewesen. Mit den Fingern fuhr er durch ihr nasses Haar, und Martine schloß die Augen.

Er besaß sie und war ganz in ihr. Martine fühlte sich unglaublich heiß und gedehnt, und ihr war bewußt, daß Thorne sie aufgerissen hatte. Sie fragte sich, ob sie morgen wund sein würde. Dann fiel ihr ein, daß sie morgen bereits wieder auf Burg Harford sein und sich auf die Hochzeit mit Sir Edmond vorbereiten würde.

Martine öffnete die Augen. »Wir müssen verrückt sein.«

Nachdenklich preßte Thorne einen Kuß auf ihre Stirn. »Ich habe unter Verrückten gelebt. Das war in einem unterirdischen Loch in der Levante. Alle bis auf deinen Bruder und mich verloren schließlich den Verstand. Sie hatten das bessere Los, denn sie vergaßen die Ketten um ihre Füße und die Gefängsniswände, zwischen denen sie eingeschlossen waren. Einige unter ihnen waren sogar glücklich.«

Thorne strich mit dem Finger von der Stirn über ihre Nase herunter. Als er Martines Lippen nachzeichnete, schmeckte sie ihn mit der Zungenspitze.

»Wenn wir verrückt sind«, murmelte er und senkte den Mund auf ihre Lippen, »dann soll es so sein.«

Seine Lippen berührten ihre nur leicht. Sanft und hingebungsvoll küßte er Martine, zuerst auf den Mund, dann auf die Wangen, die Lider, Ohren und Hals, mit vielen zarten Liebkosungen in andächtiger Verehrung, als wäre sie etwas Heiliges.

Dabei spürte Martine, wie seine Hüften sich kaum merklich bewegten in hingebungsvoll langsamen, verhaltenen Stößen.

»Tut es weh?« fragte Thorne heiser.

Martine schlang die Arme um ihn. »Nein.« Durch die Haut fühlte sie sein Herz in der Brust pochen. *Für mein Vergnügen hat er gesorgt, dachte sie. Nun wird er sich um sein eigenes kümmern.*

Ihre Lust hatte sie überrascht, und Martine hatte nicht geglaubt, daß sie noch einmal kommen würde. Doch als Thorne sich dann in ihr bewegte, wohlbemessen und zurückhaltend, spürte sie, wie der heiße kleine Funke in der Vereinigung ihrer Körper erneut aufloderte. Flammen der Begierde schlugen in ihr hoch und ergriffen sie. Thornes Stöße wurden heftiger und drängender und entfachten das Feuer noch mehr. Martine fiel in seinen rascher werdenden Rhythmus ein. Alles in ihr drängte der Erlösung zu, ohne daß sie noch einen klaren Gedanken fassen konnte. Es gab nur noch die flutende Hitze, die immer höher und höher in ihr stieg und Martine erfüllte. Ihrer Kehle entstieg ein Schluchzen, als der tosende Feuersturm sie durchraste.

Thorne wölbte sich über ihr, hart angespannt und bebend, die schweißfeuchten Strähnen in der Stirn. Als Martines Höhepunkt verebbte, entzog er sich rasch und ließ sich auf sie fallen. Die Wucht seines Körpers drückte Martine in das weiche Moosbett unter sich, während Thorne zitternd die Fäuste um ihr Haar ballte. Als er sich auf ihr ergoß, hallte sein dumpfes, bebendes Stöhnen als Echo von den Felswänden zurück, und Martine spürte den heißen Samen auf ihren Bauch fließen. Schweißglänzend sank Thorne zusammen, während die letzten Schauder seinen Körper durchwallten.

Unter Seufzen sagte er etwas in der alten angelsächsischen Sprache, das Martine als die Entsprechung des französischen *mon Dieu* verstand. Sie hielt Thorne fest in den Armen und streichelte sein Haupt, das auf ihrer Schulter ruhte. Dabei genoß sie das Gefühl, ihn mit seiner Größe, Kraft und Wärme schwer auf sich zu spüren. Martine verstand von den Gesetzen der Fortpflanzung genug, um zu wissen, warum er sich aus ihr zurückgezogen hatte. Gleichzeitig sehnte sie sich danach, Thorne noch in sich zu haben und auf diese wunderbar innige Weise mit ihm verbunden zu sein.

Den Mund auf ihre Lippen gesenkt, küßte Thorne sie voller Hingabe. Dann veränderte er seine Lage, um auch Martines Brüste mit den Lippen zu liebkosen. »Du bist wunderschön«, murmelte er. »Einfach vollkommen.«

Über ihr kniend, berührte er vorsichtig die brennende Haut zwischen ihren Beinen. »Du blutest«, sagte er und beugte sich an den Ort, der Schmerz und Ekstase zugleich erfahren hatte, um ihn mit sanften Küssen und heilenden Berührungen seiner Zunge zu verwöhnen.

Der Nebel hatte sich gelichtet, und das schwache Licht der aufgehenden Sonne glitzerte zwischen den Bäumen hervor. Thorne reichte Martine die Hand und führte sie vom moosigen Ufer in den Fluß zurück. Dort blieben sie stehen und hielten sich schweigend in den Armen — noch lange, nachdem das kalte saubere Wasser alle Spuren seines Samens und die letzten Reste ihres jungfräulichen Bluts davongewaschen hatte.

Der Ritt nach Harford zurück erschien Martine endlos. Sie und Thorne unterhielten sich nur über harmlose Kleinigkeiten, während sie sich ständig Rainulfs Anwesenheit bewußt waren. Als sie am Abend auf der Burg eintrafen, fühlte Martine sich völlig erschöpft, nicht nur körperlich, sondern auch in ihren Gefühlen.

Was habe ich getan? dachte sie immer wieder, während sie sich wusch und die staubigen Reisekleider ablegte. *Und wie wird es jetzt weitergehen?*

Als Martine zum Abendessen herunterkam, wartete Thorne im Treppenhaus auf sie. Erschrocken seufzte sie auf, als er die starken Arme um sie schlang, ihren Rücken gegen die gerundete Steinwand preßte und ihren Mund für einen harten, drängenden Kuß suchte.

»Komm heute nacht zu mir«, sagte er heiser und sah Martine mit flehendem Blick an, während seine Hände hungrig ihre Hüften, ihre Taille und Brüste umgriffen.

»Thorne ...« Martine stöhnte auf. Unter zwei Stoffschichten aus Wolle fand er die feste Brustspitze und nahm sie zwischen seine Finger. »Wir müssen ...« Thorne schob die Hüften gegen ihre, und Martine spürte, wie hart und bereit er war. »O Gott ...«

Er biß in Martines Ohrläppchen. »Komm zu mir.«

»Wir müssen reden«, brachte sie noch heraus, während ihre Arme ihn umschlangen.

»Gott, ich brauche dich so sehr. Wir werden reden. Du mußt nur zu mir kommen ins ...«

Schritte näherten sich. Thorne ließ Martine rasch los, als von unten Bernard sichtbar wurde.

»Mylady«, grüßte Bernard mit ölig schmeichelnder Stimme und nickte Martine zu. »Waldmann«, fügte er hinzu und blickte zwischen beiden hin und her. »Das Nachtmahl steht auf dem Tisch. Wenn Ihr Euch bequemen mögt, uns Gesellschaft zu leisten ...«

»Das ist jetzt genug über diesen verdammten Neville«, polterte Godfrey und erhob sich schwankend am Kopfende der Tafel. »Wie würde es mich freuen, wenn ich den Namen dieses Bastards nie wieder hören müßte!«

Mich würde es auch freuen, dachte Martine. An diesem

Abend drehten sich alle Gespräche um den mörderischen Baron, der am Tag der Verlobung zusammen mit den meisten seiner Gefolgsleute aus Sussex verschwunden war. Seine Gemahlin hatte in einem nahegelegenen Nonnenkloster Zuflucht gefunden, doch von Neville fehlte seither jede Spur. Es gab Gerüchte, er sei auf den Kontinent geflohen, doch verschiedene zuverlässigere Quellen wollten wissen, daß er sich nordwärts gewandt habe, um eine Armee aus Söldnern zusammenzustellen. Ohne Nevilles genaue Absichten zu kennen, hatte Olivier vorsichtshalber seine Barone angewiesen, sich auf den Kampf vorzubereiten.

»Alle sollen den Mund halten!« befahl Godfrey. »Ihr ... Thorne, erhebt Euch!« Mit leicht beklommenem Gesichtsausdruck stand der Sachse auf. »Ich habe etwas zu sagen.«

Lieber Gott, dachte Martine. *Bernard hat uns gesehen. Er hat Lord Godfrey alles erzählt. Thorne ist ruiniert. Und ich ebenfalls.*

Die Gespräche verstummten. Bis auf Edmond, der weiteraß, senkten alle ihre Trinkbecher und Messer. Als einziges Geräusch in der großen Halle hörte man das Krachen und Zischen der Holzscheite, die im Kamin niederbrannten.

Der Baron richtete seine leer blickenden Augen auf Thorne, der Martine gegenüber am Tisch aufgestanden war. »Nun habt Ihr mir zehn Jahre gedient, Thorne Falconer, und zwar gut. Ihr wart immer ein kühner Kämpfer, der seinesgleichen sucht, aber jeder, der mich und meine Leidenschaft kennt, weiß auch, daß Eure wahre Berufung die Falken sind, mehr noch als die Kunstfertigkeit mit Pfeil und Bogen, und dadurch seid Ihr mir unentbehrlich geworden.«

»Hört, hört!« sprachen Peter und Guy im Chor.

»Zu unentbehrlich«, gab Godfrey mit leichter Traurigkeit in der Stimme zu. »Ja, das gestehe ich. Was ich heute abend tue, hätte schon vor Jahren geschehen müssen, wenn meine Gier nicht so groß gewesen wäre. Ich wollte Euch hier auf Burg Harford haben, damit Ihr *meine* Vögel abrichtet, nicht Meilen entfernt auf Eurem eigenen Land, wo Ihr um eigene Falken Sorge tragen würdet.«

Godfrey seufzte. »Aber die Zeit ist gekommen. Durch die Verlobung meines Sohnes Edmond mit der hübschen Martine von Rouen« — er nickte zu Martine, die erleichtert über die Wendung der Ereignisse seine Aufmerksamkeit erwiderte — »habt Ihr meine Familie mit der von Königin Eleonore verbunden. Diesen Dienst kann ich nicht unbelohnt lassen.«

Godfrey machte einem bereitstehenden Diener ein Zeichen, der Thorne einen länglichen, in purpurne Seide eingeschlagenen Gegenstand reichte. »Packt es aus!« drängte der Baron. Thorne tat, wie geheißen, und enthüllte ein Schwert, das in einer Scheide steckte. Er zog die Waffe heraus. Es war ein schimmerndes Breitschwert mit juwelenbesetztem Griff.

Über das aufgeregte Gemurmel der Tischgesellschaft erhob Godfrey seine Stimme. »Versiegelt in dem Griff ist ein Stück des Leichentuchs unseres Herrn Jesus Christus!« Aus dem Murmeln wurden erstaunte Ausrufe, dann brach Jubel aus. Während der gesamten Zeit verriet Thornes sorgfältig geschulte Miene keine Regung.

»Und nun zu Eurem Land.« Stille legte sich über den Saal. Jeder, Martine eingeschlossen, starrte zu Thorne, der geduldig wartete, daß der Baron weitersprach. Ohne die weiß hervortretenden Knöchel seiner Fäuste, mit denen er das Schwert umgriff, hätte man glauben können, ihn würde die ganze Zeremonie nicht interessieren.

Komm zu mir, hatte er gefleht, und sein Körper war hart vor Verlangen gewesen. Martine erinnerte sich an das Gefühl, ihn in sich zu haben, an den Schmerz und das sengende Feuer, und sie wurde von Wärme durchflossen. Trotz der wunden Stelle zwischen den Beinen, die ihr während des langen Ritts zurück nach Harford erhebliche Schmerzen bereitet hatte, wünschte sie sich nichts sehnlicher, als Thorne wieder in sich zu spüren, ihn zu umschließen und mit ihm vereint zu sein. Martine erinnerte sich an seinen Blick, als er sich über ihr aufbäumte, zitternd und bebend vor Leidenschaft und unter Stöhnen in sie eindrang ... War der Mann, der nun vor ihr stand und seine Belohnung für das Verlöbnis entgegennahm, das er zwischen ihr und einem anderen vermittelt hatte, tatsächlich der gleiche wie in Sankt Dunstan?

»In angemessener Zeit nach der Eheschließung«, fuhr

Godfrey fort, »beabsichtige ich, Euch einen Herrensitz zu meinem Lehen zu geben, vor allem die siebenunddreißig Morgen, die südlich und westlich an den Fluß Harford grenzen und östlich durch die Steinmauer von ...« Laute Jubelrufe und Hurrageschrei aus Thornes Gefolge übertönten den Rest von Godfreys Worten, mit denen er das Lehen beschrieb, das offenbar allen bekannt war.

Thorne, der verblüfft schien, warf einen kurzen Blick in Martines Richtung. »Das ist außerordentlich großzügig, Mylord«, sagte er ruhig und setzte sich wieder.

»Nicht mehr, als Ihr verdient habt«, entgegnete Godfrey. »Und wenn nun Lady Estrude sich erheben möchte ...«

Lächelnd stand Estrude auf und glättete ihr Kleid.

»Meine zweite Nachricht ist ebenfalls erfreulich und, ich wage es zu sagen, lange erwartet — seit vierzehn Jahren, um genau zu sein. Freunde und Familienmitglieder, ich habe die große Freude, Euch zu verkünden, daß meine Schwiegertochter, Lady Estrude von Flandern, nun endlich guter Hoffnung ist.«

Durch die Halle toste Begeisterung, und Estrude strahlte. Bernard mußte eine Reihe kräftiger Schläge seiner Männern über seinen Rücken ergehen lassen. »Ein Baby! Ein Baby!« kreischte Ailith auf dem Schoß ihrer Mutter. Nur Clare schien seltsamerweise nicht die Freude ihrer Herrin zu teilen. Das Gesicht rotgeschwollen und mit zitterndem Kinn wischte sie immer wieder die Tränen weg, die nicht aufhören wollten, aus ihren Augen zu fließen, während sie verstohlene Blicke zu Bernard schickte.

»*Thorne!*« stieß Rainulf hervor, der neben Martine saß.

Alle Köpfe wandte sich dem Sachsen zu. Er saß vollkommen ruhig und hielt das Schwert in der rechten Hand, während die linke mit einer glatten, klaffenden Wunde neben dem Eßbrett lag. Als das Blut herausquoll, schloß Thorne die Finger zur Faust.

»Wie ungeschickt von mir«, sagte er angespannt.

»Oh!« Martine wollte aufstehen, doch Felda, die rasch die Schürze abband und zu Thorne eilte, schob sie auf ihren Platz zurück.

»Haltet still, Sir Thorne«, befahl Felda, als Thorne mit aschfahlem Gesicht aufstand.

»Mir geht es gut«, stieß er hervor.

Martine suchte seinen Blick, doch er sah weg, mit Absicht, wie es schien.

Felda wickelte ihre Schürze um seine Hand und rannte hinter ihm her, als er mit großen Schritten der Treppe zustrebte. »Laßt mich einen Verband ...«

»Es wird schon gehen. Laßt mich.«

»Thorne, ich möchte nur ...«

Er wirbelte herum. »*Laßt mich*!« Felda antwortete heftig auf seinen Zornesausbruch. Thornes Kinnmuskeln bebten, und er schloß kurz die Augen. »Laßt mich einfach in Ruhe. Bitte«, sagte er dann ruhig.

Alle im Saal beobachteten schweigend, wie er, den Nacken gebeugt, im Treppenhaus verschwand.

Komm heute nacht zu mir, hatte Thorne gesagt. Von ihrem Kammerfenster blickte Martine auf die vom Kerzenlicht erhellten Fenster des Falkenhauses. Im Burghof war es dunkel, und seit einiger Zeit hatte sie niemanden mehr draußen gesehen. War es zu früh, zu ihm zu gehen? Würde man sie sehen?

Hinter Martine huschte Felda geschäftig umher und plapperte über Lady Estrudes Neuigkeit. »Sie hat Glück, wirklich. Nach vierzehn Jahren glaubten wir alle, sie wäre unfruchtbar. Ich dachte bereits, sie kommt in die Wechseljahre.«

Thornes Schatten lief an einem der Fenster vorüber. Er hielt einen Vogel auf der Faust. »In ihrem Alter?« fragte Martine. »Sie ist erst dreißig.«

»Ja, aber ihre Blutungen sind in letzter Zeit ausgeblieben.«

»Woher weißt du das?«

»In einer Burg weiß jeder alles über jeden, Mylady.« Um Thornes und ihretwillen hoffte Martine, daß dies nicht der Wahrheit entspreche. »Sie sagt, sie kann das Baby bereits spüren.«

»Das ist unmöglich«, entgegnete Martine. »Wie sie behauptet, ist sie erst seit einem Monat schwanger. Vielleicht bekommt sie am Ende gar kein Kind. In Paris habe ich bei der Behandlung einer Frau geholfen, die sich so verzweifelt ein Kind wünschte, daß sie alle Stufen der Schwangerschaft durchlief. Ihre Periode hörte auf, ihr Bauch wurde dicker ...«

Unten im Burghof rannte eine Frau in einen dunklen, purpurnen Umhang gehüllt und mit ängstlichen Blicken über die Schulter vom Bergfried zum Falkenhaus.

Es war Estrude.

Ohne anzuklopfen, öffnete sie die Tür und trat rasch ein. Plötzlich war Martine sehr kalt in ihrem dünnen Seidenhemd.

Felda, die ihrer Herrin über die Schulter blickte, zischte scharf einen angelsächsischen Fluch. Martine wandte sich um und sah ihre Magd traurig den Kopf schütteln. »Thorne, du Dummkopf«, murmelte Felda.

Martine starrte auf ihre Magd. »Was meint Ihr damit? Erzählt es mir.«

Felda schüttelte den Kopf. »Ich bin nicht sicher, aber ich glaube, Thorne könnte etwas wirklich sehr Dummes getan haben.«

»Was wollt Ihr damit sagen?«

»Was ich damit sagen will? Vielleicht hat Lady Estrude nicht nur Glück gehabt, sondern war auch schlau. Womöglich ist nicht sie unfruchtbar, sondern Bernard.«

Martine dachte einen Augenblick nach. »Ihr glaubt ... daß Sir Thorne der Vater ihres Kindes ist?« Felda zuckte mit den Schultern, und Martine kämpfte darum, ihre aufbrechenden Gefühle zu beherrschen. »Sind er und Estrude ... Liebt er sie?«

Feldas Augen wurden groß. »Sie lieben? Gott im Himmel, nein. Thorne muß eine Frau nicht lieben, um sie in sein Bett zu nehmen, Mylady. Er muß sie nicht einmal mögen. Wenn eine Frau bereit ist, genügt ihm das. Er liebt Frauen, aber er war noch nie verliebt. Mir selbst hat er gesagt, daß er nicht an die Liebe glaube. Er sagte, die Troubadoure hätten die Liebe erfunden, um ihr Geschäft zu beleben.«

Ein Zittern überlief Martine. »Ich verstehe.«

»Seltsam ist, daß er sich nicht viel aus hochgeborenen Frauen macht, obwohl er natürlich eines Tages eine Frau von Stand heiraten wird. Er ist viel zu landhungrig, um sich mit einem Mädchen ohne Vermögen zufriedenzugeben. Die Frau, die er heiratet, soll natürlich etwas anderes sein als die, mit denen er ins Bett geht. Thorne sagt, für einen guten, ehrlichen Spaß im Bett sei ihm eine einfache Magd lieber, die wisse, worum es gehe, und es mache ihm nichts aus, dafür zu bezahlen, wenn dies verlangt werde. Huren wollten nur sein Silber, sagt er, aber diese feinen Damen möchten die vielen galanten Lügen hören. Die machten ihm zu große Mühe, und er müsse zu hart für sein Vergnügen arbeiten. Aber bei seinem Appetit glaube ich nicht, daß er wählerisch sein würde, wäre eine von ihnen willig und er hätte gerade keine andere.«

Nun standen zwei Schatten im Fenster des Falkenhauses, und sie waren sich so nah, daß sie wie eine Gestalt wirkten.

Martine schlang die Arme um sich, um das Zittern zu besänftigen, das sie gepackt hatte. »Ich verstehe.«

Thorne schob eine lange Nadel in das Nasenloch des angebundenen Habichts. Er arbeitete langsam und sorgfältig. Mit der verbundenen linken Hand hielt er den Vogel ruhig, während er rechts die Nadel führte. Estrude kam herein und trat hinter ihn, ohne daß Thorne sich ablenken ließ. Er blickte weiter auf den Habicht und vermied jede unbedachte Bewegung, um dem leidenden Tier keine zusätzlichen Qualen zu bereiten.

Estrude legte eine Hand auf Thornes Schulter und schüttelte ihn leicht.

»Was macht Ihr da?« fragte sie.

»Ich versuche, meine Hand ruhig zu halten«, entgegnete er langsam.

Sie ließ los und trat vor ihn, den Blick auf den Vogel gerichtet. »Etwas Ekelhafteres habe ich noch nie gesehen. Was in Gottes Namen macht Ihr da mit . . .«

Thorne seufzte. »Ich erlöse den Habicht von üblen Säften, die ihm die Laune verderben.«

»Könntet Ihr das gleiche auch mit Bernard tun?« fragte Estrude lächelnd.

Schlaues Mädchen. »Dazu bräuchte man mehr als eine Nadel. Vielleicht mein neues Breitschwert.«

Estrude lachte auf und verfolgte schweigend, wie Thorne die Behandlung fortsetzte. Nickend sah sie auf den Verband. »Ihr habt Euch beim Abendessen einen bösen Schnitt verpaßt.«

»Und ihr hattet eine böse Überraschung für mich.« Herr im Himmel, dabei haßte er Überraschungen.

Vorsichtig zog Thorne die Nadel heraus und sah dann Estrude in die Augen. »Ich bin neugierig. Wie konntet Ihr wissen, daß Bernard unfruchtbar ist und nicht Ihr?«

Estrude wandte sich ab und spielte mit Gegenständen auf Thornes Arbeitstisch. »Nun, ich nehme an, Euch kann ich es sagen«, begann sie schließlich. »Als ich fünfzehn war, gab es einen Mann. Er war der Lehnsherr meines Vaters. Ich lebte in seinem Haushalt als Kammerfräulein seiner Gemahlin.«

Thorne strich einen Tropfen Beruhigungsöl auf den Schnabel des Vogels. »Von ihm seid Ihr schwanger geworden?«

»Ja.« Estrude hob den kleinen hölzernen Falkenkopf, den Thorne nach dem Vorbild Freyas schnitzte, und auf dem er die Lederhaube des Falkenweibchen aufbewahren würde. »Ich war eine Närrin und betete ihn an ... ganz wie diese dumme Gans Clare, die Bernard verehrt.« Estrude schmunzelte über Thornes scharfen Blick. »Ich habe die ganze Zeit gewußt, was sie für ihn empfindet. Natürlich wird nie etwas dabei herauskommen. Sie ist viel zu schlicht für Bernards Geschmack. Ich dagegen war hübsch und ... willig. Der Gemahl meiner Herrin hatte leichtes Spiel mit mir. Als er entdeckte, daß ich ein Kind erwartete, überredete er eine Hebamme, mir ein Mittel zu geben, wodurch das Baby aus meinem Bauch getrieben wurde.«

Thorne streifte einen Handschuh über. »Dann habt Ihr Bernard geheiratet.«

»Und niemand hat jemals etwas erfahren«, schloß Estrude und wandte sich um.

»Warum habt Ihr mich als Vater für Euer Kind ausersehen?«

»Einfach gesprochen?«

»Ich bin ein einfacher Mann.«

»Ihr schient mir gutes Zuchtmaterial zu sein.«

»Herr im Himmel«, murmelte Thorne. Er band das Habichtsweibchen los und nahm sie auf seine Faust.

»Groß, gut gebaut und gesund«, fuhr Estrude fort. »Und nach allem, was ich hörte, seid Ihr ein recht eifriger Zuchtstier. Ich muß schon sagen, daß es mich erstaunt hat, welche Mühe ich aufwenden mußte für diese kleine Menge sächsischen Samens.«

»Ich bin einfach, aber nicht dumm.« Thorne ignorierte den Zorn, der in Estrudes Augen aufflammte. »Es gibt noch einen anderen Grund für Eure Wahl. Ihr wart Euch ziemlich sicher, daß ich den Mund halten würde. Ich nehme an, heute seid Ihr gekommen, um Euch dessen zu vergewissern.«

»Ja.«

»Ich habe kaum eine andere Wahl, nicht wahr? Wenn ich rede, wären die Folgen für mich ebenso unabsehbar wie für Euch. Ihr wußtet, daß ich zum Schweigen gezwungen sein würde. Das war Teil Eures Plans. Ihr seid eine gerissene Frau.«

»Danke.«

»Das war kein Kompliment.«

»Nein? Haben Frauen im Leben überhaupt eine andere Möglichkeit als die List, wenn sie ihre Ziele erreichen wollen? Wenn ich gut darin sein sollte, so nehme ich das als Kompliment.«

Estrude brachte Thorne zur Verzweiflung, aber sie hatte recht. Vernünftige Argumente würden bei Bernard nichts fruchten. Ihre einzige Hoffnung lag im Betrug.

Beruhigt war Thorne noch immer nicht. »Eine Sache bleibt schwierig. Das Schweigen macht mir nichts aus und auch nicht der Gedanke, ein Kind zu haben, das nicht weiß, daß ich sein Vater bin. Aber die Vorstellung, daß mein eigenes Fleisch und Blut von Bernard großgezogen wird, dem schlimmsten ...«

»*Das wird er nicht!*« schrie Estrude heftig. »Nicht solange ich lebe, um es zu verhindern.«

Bei ihrem Ausbruch schlug der Habicht mit den Flügeln und zerrte am Lederriemen, den Thorne um den Handschuh geschlungen hatte. Besänftigend strich Thorne dem Habichtweibchen über das Gefieder und sprach ein paar tröstende Worte. »Ihr klingt beinahe wie eine Mutter«, bemerkte er bitter.

»Ich fühle mich wie eine Mutter. Schließlich bin ich eine Frau.« Estrude legte eine Hand auf ihren Bauch, und Thorne sah, wie die Wölbung durch das eng geschnürte Seidenkleid noch mehr hervortrat. Nein, es war zu früh. Die Schwangerschaft konnte sich unmöglich schon zeigen. Wahrscheinlich hatte Estrude nur Blähungen nach einem üppigen Abendessen.

»Das Kind wird zur Erziehung in eine Adelsfamilie gegeben. In eine gute Familie. Weit weg von hier. Weit weg von Bernard.«

»Schwört Ihr es?«

Grimmige Entschlossenheit stand in Estrudes Blick. »Mein Vater war Bernard sehr ähnlich. Keines meiner Kinder würde ich seinem Zorn aussetzen.«

Bei der Vorstellung von Estrude als kleinem Mädchen, das der rohen Gewalt ihres Vaters ausgeliefert war, stieg echtes Mitgefühl in Thorne auf, das ihn verblüffte. Die Empfindung mußte in seinem Gesicht zu sehen gewesen sein, denn Estrude sagte: »Euer Mitleid will ich nicht. Nur Euer Schweigen.«

Thorne nickte langsam. »Das habt Ihr.«

Nachdem Martine allein in ihrer Kammer war, beobachtete sie wieder das Falkenhaus. Eben trat Lady Estrude heraus, zog die Kapuze hoch und eilte zurück zum Wohnturm. Martine wartete, bis sie unten in der Halle hörte, daß Estrude in ihrer eigenen Kammer verschwunden war. Tief Atem holend, legte Martine ihren Mantel über das knielange Nachthemd und ging mit bloßen Füßen und leisen Schritten den gleichen Weg zum Falkenhaus, den Estrude gekommen war.

Bei ihrem ersten Klopfen öffnete Thorne, zog Martine herein und preßte sie mit dem Rücken gegen die Tür. Heiß und fordernd schloß er den Mund über ihre Lippen. Mit der verbundenen Hand nestelte er an der Spange, die ihren Mantel zusammenhielt, während die andere unter den Wollstoff schob und sich um Martines seidenbedeckte Brust schloß. Aufstöhnend riß Thorne an dem Kleidungsstück. Die Spange fiel herunter, und der Mantel sank von Martines Schultern zu Boden. Noch bevor Martine Thorne aufhalten konnte, hatte er ihr Nachthemd hochgeschoben, sie bei den Hüften angehoben und ihre Beine um sich geschlungen.

Thorne küßte Martines Hals, schob sie weiter an sich hoch und machte sich daran, durch den Hemdstoff an einer Brustspitze zu saugen. Die Erregung durchfuhr Martine wie ein Blitz. Mit dem Rücken zur Tür bog sie sich Thorne entgegen, der sich hart wie ein Fels an sie preßte, kaum verhüllt durch das offene Hemd und die lose sitzenden Beinlinge.

Nein. Laß es ihn nicht tun, schrie Martines innere Stimme. Sie stieß gegen Thornes Schultern, und er senkte sie wieder auf den Boden, doch als Martine den Mund zum Sprechen öffnete, wurde sie durch einen noch brennenderen Kuß zum Schweigen gebracht. Mit ungeduldigen Fingern knöpfte Thorne den vorderen Verschluß ihres Nachthemds auf, und dann spürte Martine seine Hände auf ihren bloßen Brüsten, die er knetete und liebkoste, und den Verband, der gegen die weiche Haut rieb.

Martine entzog ihm ihren Mund. »Thorne ...«

Er eroberte ihre Lippen zurück, nahm ihre Hand und preßte sie zwischen seine Beine. Martine spürte die straff gespannte Wolle seiner Beinlinge und den harten Schaft darunter. Als sie Thorne dort berührte, bewegte er sich, und aus seiner Kehle drang ein Stöhnen. Thorne umgriff Martines Hand und führte sie an seiner Erregung entlang auf und ab. Unter ihren Fingern fühlte er sich heiß und lebendig an, atemberaubend und wunderbar.

Wieder entzog sie Thorne ihren Mund. »Thorne, bitte!«

»Ich weiß, daß wir reden müssen«, murmelte er heiser. »Aber Herrgott, ich brauche dich. Den ganzen Tag konnte ich an nichts anderes denken. Ich leide Schmerzen vor Verlangen.«

Weil du mich brauchst oder einfach nur irgendeine Frau? fragte sich Martine und glaubte die Antwort nur zu gut zu kennen. *Bei seinem Appetit,* hatte Felda gesagt, *glaube ich nicht, daß er wählerisch sein würde, wäre eine von ihnen willig und er hätte gerade keine andere.*

Diese Worte gaben ihr die Kraft, ihre Hand aus seinem Griff zu lösen. Thorne reagierte sofort und umschlang Martine in einer bebenden Umarmung. »Ich weiß, daß ich zu weit gegangen bin«, sagte er atemlos. »Aber ich muß dich haben.« Martine spürte, wie er den Saum ihres Nachthemds in seiner Faust zusammenpreßte. »Ich will dich jetzt. Hier. Reden können wir später.«

Die Hände um seine Schultern gelegt, holte Martine tief Luft und schloß die Augen. »Ist Lady Estrude mit deinem Kind schwanger?«

Die Welt schien plötzlich stillzustehen. Thorne blieb völlig reglos, bis auf die Finger, die sich noch fester um den Seidenstoff in seiner Faust schlossen. Unter Martines Händen spannten sich seine kräftigen Schultermuskeln.

O Gott. O Gott. Martine entwand sich seiner Umarmung und wich von ihm, das Hemd vor der Brust zusammenhaltend, um ihre Blöße zu verdecken. Thorne wollte die Hand nach ihr ausstrecken, doch ihr Gesichtsausdruck hielt ihn zurück. Thorne schloß die Augen und preßte die Kiefer zusammen, während er mit der Hand durch sein wirres Haar fuhr.

Herr Jesus, warum mußte er ein so gutaussehender Mann sein?

Im Stroh am Boden fand Martine ihre Spange. Sie schüttelte ihren Mantel aus und hüllte ihn mit zitternden Händen um sich. Besaß sie das Recht, auf eine Frau eifersüchtig zu sein, die vor ihr mit ihm geschlafen hatte? Spielte das eine Rolle? Es war eine furchtbare Wahrheit, daß Thorne für Martine nicht mehr empfand als für diese schreckliche Estrude, der er leichtsinnig ein Kind gemacht hatte. Und sicher empfand er für beide weniger als für alle Huren und Mägde, die er sonst bevorzugte. Thorne Falconer liebte die Frauen nicht, wenigstens nicht in seinem Herzen. In seiner Welt existierten sie nur zu einem Zweck — sie hatten seine Lust zu befriedigen.

Nein, das war nicht ganz richtig. Martine diente noch einem anderen Zweck. Indem sie Edmond von Harford heiratete, erwarb Sir Thorne den lange begehrten Landbesitz. Es war schon demütigend genug, hierzu benutzt zu werden, aber ihm erlaubt zu haben, sie außerdem zu verführen ... Bei dem Gedanken, wie er über ihre Einfältigkeit gelacht haben mußte und noch das Vergnügen mit ihr genossen hatte, wand Martine sich innerlich vor Scham.

Thorne hatte sie benutzt, so wie Jourdain ihre Mutter, und Martine in ihrer Dummheit hatte es geschehen lassen. Sie hatte ihn geradezu eingeladen und war in die Falle getappt, die sie ihr Leben lang vermeiden wollte. Er war so ernst gewesen, so überzeugend ... und geschickt. Zweifellos hatte sich Jourdain auf die gleiche Weise in das Herz ihrer Mutter geschlichen. Die Erkenntnis, hintergangen worden zu sein, schmerzte unaussprechlich, und zum ersten Mal in ihrem Leben verstand Martine die tiefe Verzweiflung ihrer Mutter, die sie dazu getrieben hatte, sich im Teich zu ertränken.

Nichts von dem, was vorgefallen war, konnte Martine ungeschehen machen. Schmerz und Demütigung ließen sich nicht auslöschen. Aber vielleicht fand sie etwas, um das Erlittene abzumildern, und sie rettete damit einen Rest ihrer Würde, so daß sie weiterleben konnte.

Sie schlug einen müden, gelangweilten Ton an. »Gibt es irgendeine Frau in der Burg, mit der du nicht geschlafen hast?« Dann wandte sie sich um und wollte gehen.

Mit lautem Krachen ließ Thorne die Tür ins Schloß fallen und versperrte Martine den Weg. Sie stand gefangen mit dem Gesicht zur Tür. Ihr Kopf war von Thornes Armen eingeschlossen, und mit dem Oberkörper preßte er gegen ihren Rücken.

»Martine.« Unter offenbar großer Anstrengung bemühte er sich, ruhig zu sprechen. »Was Lady Estrude angeht ... und das Baby ... Urteile nicht über mich, bevor du nicht weißt, wie es geschehen ist.«

»Oh, ich denke, daß ich weiß, wie es geschehen ist.«

Martine faßte den Türknauf, doch Thorne umgriff ihre Schultern und drehte sie zu sich herum. Den Mantel fest um sich gezogen, wich Martine dem eindringlichen Blick seiner blauen Augen aus. Thorne schloß kurz die Lider und holte tief Atem. »Weiß sonst noch jemand Bescheid?«

Sie hielt den Blick abgewandt. »Felda hegt einen Verdacht.«

Nachdenklich nickte Thorne. »Ich werde mit ihr sprechen. Sie darf nichts verraten. Auch du nicht. Wenn Bernard es herausfindet ...«

»... wird er dich töten, das weiß ich.«

»Auf mich kann ich aufpassen. Aber Estrude ist wehrlos gegen ihn. Gott weiß, ich empfinde nichts für diese Frau, aber ...«

»Wie richtig«, entgegnete Martine kühl und sah ihm in die Augen. »Nach allem, was ich weiß, verschwendest du deine Gefühle nicht an Frauen, die das Bett mit dir teilen. Diese Vögel hier bedeuten dir mehr als alle Frauen, die du benutzt und dann wegwirfst.«

Martine wollte sich wieder abwenden, doch Thorne ergriff ihr Kinn und zwang sie, ihn anzusehen. Immerhin besaß er den Anstand, ein betroffenes Gesicht zu machen. Er war ein guter Schauspieler, aber das mußte er wohl sein, um den Erfolg bei Frauen zu haben.

»Glaubst du, das habe ich mit dir getan?« fragte er mit überzeugend schmerzerfülltem Ausdruck. »Dich benutzt und dann weggeworfen?«

»Du leugnest es?« Thorne öffnete den Mund, um weiterzusprechen, doch Martine schnitt ihm mit einer deutlicheren Frage das Wort ab. »Was dachtest du, wie es zwischen uns hätte weitergehen sollen nach ... diesem Morgen?«

»Ich habe überhaupt nicht gedacht. Alles geschah so schnell, und ich fühlte mich überwältigt, so ...« Er strich mit den Fingern durch sein Haar. »Als du zum Fluß geritten bist und ich dachte, du würdest dich ertränken, war ich einfach in Panik geraten. Für mich zählte nur noch, dich zu finden und ...«

»... und sicherzustellen, daß ich lange genug am Leben bleibe, um Sir Edmond zu heiraten, so daß du dein kostbares Land verdienen ...«

Thorne packte sie bei den Schultern. »Martine, du kannst doch nicht glauben, daß ich dich deshalb ...«

»Genug von deinen Lügen!« schrie sie und schüttelte ihn ab. »Ich kann sie nicht mehr hören. Du brauchtest mich lebendig für deine eigenen Zwecke. Und deshalb bist du mir gefolgt.«

»Warum habe ich dann mit dir geschlafen?« fragte er heiser.

»Weil ich ... eine günstige Gelegenheit war. Du schläfst mit jeder, die gerade verfügbar ist, und es ist dir völlig gleichgültig, ob du damit ein Leben ruinierst. Du bist nicht besser als Jourdain.«

Thorne antwortete mit ernster dunkler Stimme. »Martine, es ist nicht, wie du denkst. Deine Gedanken sind durch die Erinnerungen an deinen Vater gefärbt, aber du darfst seine Sünden nicht mir zuschreiben. Ich habe genug eigene.«

»Das ist, weiß Gott, die Wahrheit.«

Sanft streichelte Thorne ihr Gesicht, doch Martine kniff die Lider zusammen. Es war alles nur gespielt und hatte nichts zu bedeuten, sagte sie sich noch einmal. »Ich weiß, daß du dich benutzt fühlst«, fuhr Thorne leise fort. »Und du fühlst dich verletzt ...«

Martine riß die Augen auf und zuckte vor seiner Berührung zurück. »Überhaupt nicht«, log sie. Je weniger er von seiner Macht wußte, sie verletzen zu können, desto besser für sie. »Du irrst dich, wenn du meinst, ich hätte nicht nachgedacht, als ich ... als wir ... Ich wußte genau, was ich tat. Dich habe ich auf die gleiche Weise benutzt wie du mich. Vor meiner Hochzeit wollte ich einen Liebhaber, um Erfahrungen zu sammeln. Du warst verfügbar und willig. Mehr war es nicht für mich.«

Thorne sah sie an. Martine hielt seinem Blick so lange wie möglich stand, bis sie nach unten sah.

»Ich glaube dir nicht«, sagte Thorne ruhig.

Sie hob das Kinn. »Glaube, was du willst.« Wieder wandte

Martine sich um und wollte nach dem Türknauf greifen, doch Thorne kam ihr zuvor und schloß die Hand über die ihre. »Gibt es einen Grund, mich aufzuhalten?«

Lange Augenblicke vergingen, bevor er langsam seine Hand zurückzog.

»Das dachte ich mir«, sagte Martine und ging.

15.

Vom Pferderücken aus, weit oben auf der Straße, beobachtete Thorne, wie sich der Hochzeitszug unter den Jubelrufen der zahlreich erschienenen Dorfbewohner der Burgkapelle näherte. Für diesen Tag bezahlte Musikanten, die an ihren Lauten zupften und die spanische Trommel schlugen und deren bunte Kostüme im grellen Mittagslicht leuchteten, führten die Festgesellschaft an.

Im Damensitz auf einem fröhlich geschmückten Maulesel, der von ihrem Bruder geführt wurde, folgte Martine. An der Kapellentür hob Rainulf seine Schwester von ihrem Reittier und stellte sie Vater Simon vor. Edmond, seine Familie, alle Ritter und das gesamte Gefolge von Harford bildeten den Schluß. Als sie vor der Kapelle eintrafen, würdigte sie Thorne keines Blickes. Er hatte nur Augen für die Braut.

Martine trug ein mit Hermelin eingefaßtes Gewand aus Goldbrokat und hatte das Haar zu zwei langen Zöpfen geflochten, die mit Goldfäden verwoben waren. Sie sah aus wie eine nordische Göttin. Ein Schleier aus hauchdünnem Seidentaft, durch einen juwelenbesetzten Reif gehalten, umwehte ihr Gesicht und verlieh ihr eine königliche Erscheinung, überirdisch schön ... und berückend.

Es waren ihre Augen, die diesen Eindruck entstehen ließen. In ihnen stand ein melancholisch träumerischer Glanz, als hätte sie allen irdischen Freuden entsagt und sich in Leid ergeben.

Erst als Edmond auf den Stufen der Kapelle zu Martine trat und ihre Hand in seine nahm, konnte Thorne den Blick von ihr lösen. Ärgerlich riß er an den Zügeln, zog sein Pferd herum und entfernte sich in vollem Galopp von Burg Harford.

Er würde nach Hastings reiten, das wäre das beste. In Hastings konnte er alles vergessen.

Als Thorne das Bordell betrat, hellten sich die Gesichter aller Huren auf. Die Mädchen, die keine Kundschaft hatten, und sogar einige, die bei ihren Freiern saßen, schwärmten auf ihn zu wie die Bienen, die süßen Honig witterten. Sie nahmen Thorne den Mantel ab, brachten ihm Wein und wetteiferten um seine Gunst.

Die dicke Nan nahm bald die Dinge in die Hand. Sie packte einige Mädchen bei den Haaren und schob sie zur Seite, um sich für ihren massigen Körperumfang den Weg zu bahnen. »Zurück, ihr gackernden Hennen!« schalt sie die Mädchen auf englisch. »Er wird zur rechten Zeit seine Wahl treffen. Laßt den Mann erst einmal zu Atem kommen!«

Mit süßem Lächeln bot sie Thorne ihre plumpe Hand, und der Ritter drückte einen Kuß darauf. »Wir haben Euch eine ganze Weile nicht gesehen, Sir Falconer«, sagte Nan. »Und ich bin ehrlich überrascht, daß Ihr ausgerechnet diesen Nachmittag für einen Besuch bei uns wählt. Findet nicht heute eine Hochzeit auf Burg Harford statt?«

Thorne leerte seinen Becher. »Hochzeiten langweilen mich.«

Nan hakte sich bei ihm ein. »Nun, wir sind nicht langweilig. Nicht wahr, Mädchen?«

»Nein! Nein!« schallte es im Chor zurück, und sie umringten ihn erneut, um ihre Dienste anzubieten.

Die sommersprossige Tilda, die Thorne im vergangenen Sommer einmal genommen hatte und seitdem mied, rief ihm vom Schoß eines Kunden zu: »Was ist mit mir, Sir Falconer? Die Flöhe bin ich los.«

»Ich mochte deine Flöhe«, sagte der Freier, ein rotgesichtiger Wollkocher, der Stammkunde war. »Sie machten dich zappelig. Wenigstens lagst du nicht schlaff wie sonst im Bett, als wärst du ein Sack Rüben.«

Tilda zog ein gelangweiltes Gesicht. »Hast du jemals darüber nachgedacht, warum ein Mädchen zuerst von einem Haufen Flöhe gebissen werden muß, damit sie bei dir im Bett lebendig wird?«

Ein schwarzhaariges Mädchen fuhr mit den Fingern durch Thornes Haar. »Der hier braucht mich nur anzusehen, und schon bekomme ich Zuckungen.«

Thorne sah, daß sein Becher wieder gefüllt war, und trank ihn rasch leer. »Wo ist Emeline?«

Augenblicklich verstummte jedes Gespräch im Bordell. »Er weiß es nicht«, flüsterte jemand.

»Nan?« fragte Thorne.

Nan verschränkte ihre mächtigen Arme. »Emeline hat sich das Genick gebrochen.«

»Heiliger Jesus.« Jemand goß noch mehr Wein in Thornes Becher, und er trank ihn gedankenlos aus. »Was ist geschehen?«

Wieder entstand Schweigen, eine betretene Ruhe, bis Tilda die Stimme erhob. »Es war einer der Hunde von Harford.«

»*Tilda!*« zischte Nan.

»Wer es war, habe ich nicht gesagt!«

»Nun, das läßt du auch besser«, warnte Nan. »Es könnte dich und uns das Leben kosten, und das weißt du genau.«

»Man hat euch bedroht, falls ihr redet?« fragte Thorne Tilda.

»Ja, wenn wir nicht den Mund halten, passiert uns das gleiche wie Emeline. Und dann hat der dreckige Mistkerl jeder von uns ein Sixpencestück gegeben.« Sie spie auf die Binsenmatten.

Der Täter war Bernard, ganz ohne Zweifel. Es gingen Gerüchte, daß er vor zwanzig Jahren eine Hure umgebracht habe und das Verbrechen durch den Einfluß von Lord Olivier, der seinem früheren Schildknappen noch immer sehr zugetan war, vertuscht worden sei. Obwohl Bernard für den Mord keine Strafe erhalten hatte, war die Nachricht bald bis zu jeder Adelsfamilie von Südengland gedrungen. Das war einer der Gründe, warum Bernard bis nach Flandern hatte gehen müssen, um eine Braut für sich zu finden. In ganz Sussex gab es keinen Baron oder Ritter, der nach dieser Tat seine Tochter mit ihm verlobt hätte. Ja, höchstwahrscheinlich war Bernard für Emelines Tod verantwortlich. Aber warum, nachdem er sich so viele Jahre nichts hatte zuschulden kommen lassen? Bernard war bösartig, doch nicht dumm.

Nan tätschelte Thornes Hand. »Ich weiß, Ihr mochtet Emeline. Aber ich habe ein neues Mädchen, die ihren Platz einnimmt, und Ihr werdet sie sicher ebenso gern haben.« Sie wandte sich um und winkte. »Wilona?«

Lächelnd trat eine junge Frau in einem rosa Morgengewand vor. Sie war recht hübsch, besaß noch alle Vorderzähne, und ihr blaßblondes Haar war in zwei zusammengerollten Zöpfen hochgesteckt. Das blonde Haar gab den Ausschlag. »Sie wird schon recht sein«, sagte Thorne.

Wilona führte ihn die Treppe hinauf zu dem mit einem Vorhang abgeteilten Alkoven, in dem Thorne so viele Male vorher gewesen war, aber immer nur nachts. Im gedämpften Tageslicht, das durch die geschlossenen Läden drang, wirkte der Raum schäbig und roch nach fauligen Binsenmatten und schneller Befriedigung.

Ohne große Umstände glitt Wilona aus ihrem Übergewand und legte sich auf den von einem fleckigen Laken bedeckten Strohsack.

»Laß dein Haar herunter«, sagte Thorne.

Wilona zögerte einen Augenblick, bevor sie sich aufsetzte und seinen Wunsch erfüllte. Ihr Haar fiel nur den halben Rücken hinunter, und es war dünn und glatt. »Gefällt es Euch?« fragte sie. »Sieht es aus wie ihres?« Thorne starrte Wilona wortlos an. »So etwas erkenne ich immer. Ihr könnt mich mit ihrem Namen ansprechen, wenn Ihr wollt. Mir macht das nichts aus.«

Herr Jesus ... Thorne trat zum Fenster und öffnete die Läden. Es war ein kühler Tag. Auch wenn die Luft nach Abwässern und Bier roch, erfrischte sie sein Gesicht. Hinter der schmutzigen, engen Gasse konnte er den Hafen von Bulverhythe erkennen. An diesem Nachmittag wimmelte das Hafenbecken von Schiffen, und auf den Kaimauern stapelten sich die Waren, die aus Nordfrankreich hereinströmten.

Thorne erinnerte sich an den Augenblick, als Martine ihn mit ihrem geheimnisvollen, scheuen Lächeln angesehen hatte, halb versteckt an Deck der *Lady's Slipper.*

Hinter sich hörte Thorne Wilonas Stimme. »Nun kommt schon. Wie heißt sie?«

Ihr Name ist Martine, dachte Thorne und blickte in die Ferne zum Horizont. *Martine von Rouen. Und verglichen mit ihr ist dein Haar gar nichts, so wenig wie dein Aussehen. Sie ist mehr als jede andere Frau der Welt.*

Und ich kann sie nicht haben. Sie wird niemals mir gehören.

Gott hilf mir, diesen Tag zu überstehen, betete er. Und dann den nächsten und übernächsten und wieder den nächsten, ohne daß ich vor Verlangen den Verstand verliere und jedes Mal ein wenig mehr im Innern sterbe, wenn ich an sie denke — was zu jedem Augenblick des Tages geschieht — oder sie sehe. Gott helfe mir, ich möchte sie in die Arme heben und mit ihr davonreiten und ...

Und was?

Die Ellenbogen auf das Fensterbrett gestützt, vergrub Thorne das Gesicht in den Händen. Ja, was dann? Seit der schmerzlichen Nacht im Falkenhaus war Martine ihm aus dem Weg gegangen. Sicher fühlte sie sich verletzt und war zornig, aber im Herzen wußte Thorne, daß sie ihn liebte und ihre Begegnung am Fluß beim Kloster mehr gewesen war, als die kaltherzig gesuchte Erfahrung, von der sie sprach. In den vergangenen vierzehn Tagen hatte Thorne tausend Male und öfter nach einem Weg gesucht, wie er mit ihr zusammen sein könnte, um sie für immer bei sich zu behalten ... und ebenso oft mußte er verzweifelt erkennen, daß es unmöglich war.

Natürlich lief alles auf Besitz hinaus. Im Augenblick besaß Thorne nichts, kein Haus, kein Vermögen, kein Land. Würde er Martine heiraten, so würde Godfrey ihn in Ungnade entlassen, und er müßte alles hinter sich lassen, für das er in den vergangenen zehn Jahren seine Kraft eingesetzt hatte: seine Falken, den Ritterstand und das Lehen, das Godfrey ihm versprochen hatte. Würde er bereit sein, das alles zu opfern? Die Antwort auf diese Frage fiel Thorne schwer. So viel Martine ihm auch bedeutete, konnte er doch nicht leichten Herzens den Schweiß, die Mühe und die Hoffnung von zehn Jahren harter Arbeit hinter sich lassen.

Die Frage war ohnehin müßig. Selbst wenn Thorne dieses Opfer für Martine brächte, was nützte es? Wohin sollten sie gehen? Was würden sie tun? Sie wären arm, bitterarm, und ohne Dach über dem Kopf. Vielleicht könnte er als Waldbauer überleben, aber das blieb ungewiß, seit immer mehr Land unter das Forstgesetz gestellt wurde. Sicher könnte Thorne sich als Söldner verdingen, aber dann müßte er Martine allein zurücklassen, was kaum in Frage kam. Und was tat Martine? Seine eigenen Hoffnungen und Träume aufzugeben, war schlimm genug. Wie konnte er sie einem Leben voller Entbehrungen aussetzen, wenn sie als Edmonds Gemahlin von Wohlstand und Luxus umgeben sein würde?

Wilona seufzte ungeduldig. »Nun kommt, Sir. Laßt uns ein wenig Spaß miteinander haben. Zieht Eure Sachen aus und legt Euch zu mir.«

Edmonds Gemahlin. Thorne rieb sich mit den Fäusten die Stirn. Mittlerweile würde die Trauung vorüber sein, die Gelübde waren gesprochen und die Ringe gewechselt, und in der großen Halle fand das Festmahl mit den Lustbarkeiten statt. Nach der Feier folgte in Edmonds neuem Haus die rituelle Einsegnung des Ehebetts. Dann würden Vater Simon und die Trauzeugen gehen und Martine und Edmond allein lassen ...

»Gott hilf mir«, murmelte Thorne.

»Was ist das, Liebe?« fragte Wilona gähnend.

Thorne schüttelte den Kopf. *Denk um Himmels willen nicht darüber nach. Sie ist jetzt seine Frau. Daran kannst du nichts mehr ändern. Du wirst darüber hinweg kommen und über sie. Mit der Zeit läßt der Schmerz nach und die Liebe verblaßt.*

Er hätte niemals zulassen dürfen, überhaupt etwas für Martine zu empfinden. Er hatte sich vergessen, alle Selbstbeherrschung verloren, so daß seine törichten, ungehemmten Gefühle zu dem Wahnsinn am Flußufer führen konnten. O ja, ein süßer Wahn, das allerdings. *Ich habe einmal unter*

Wahnsinnigen gelebt, hatte Thorne zu Martine gesagt. *Einige waren sogar glücklich.* Noch nie zuvor hatte Thorne solche Leidenschaft und Hingabe gekannt, solche Ekstase. Er hatte nicht gewußt, daß durch die Verbindung mit einer Frau seine Seele bis auf den Grund mit ihrer eins werden konnte. Ihn ergriff tiefe Ehrfurcht, die ihn bis ins Innerste erschütterte. Und er war glücklich gewesen. Ja, für kurze Zeit hatte er in diesem süßen, gedankenverlorenen Wahn tatsächlich Glück empfunden.

Doch dieses Glück hatte seinen Preis, den Thorne nun mit seiner Qual bezahlen mußte.

»Sir? Es kostest das gleiche, ob Ihr etwas mit mir anfangt oder nicht. Also könnt Ihr ebensogut zur Sache kommen. Eure Zeit ist bald um.«

Thorne fuhr herum. Wilona hatte die Beine gespreizt und breitete die Arme aus. Er ging zur ihr, griff in sein Obergewand und holte seine Börse heraus. Mit verletztem Gesichtsausdruck über die Zurückweisung setzte Wilona sich auf. Als Thorne eine mehr als großzügige Handvoll Silbermünzen herausschüttete, verwandelte sich der Mißmut in ihren Augen in Staunen.

Thorne nahm Wilonas Hand in seine, füllte sie mit den Münzen und schloß ihre Finger darum. »Du bist sehr hübsch«, sagte er. »Und du hast wunderschönes Haar. Das Problem liegt bei mir, nicht bei dir.«

Als Thorne ging, hörte er, wie Wilona das Geld von einer Hand in die andere rinnen ließ. »Kein Wunder, daß Ihr so beliebt bei den Mädchen seid!« rief sie aus. »Nach mir könnt Ihr jederzeit wieder verlangen!«

Martine starrte aus dem Fenster der Schlafkammer. Sie kniete neben Edmond, während Vater Simon seine lateinischen Gebete murmelte und das Weihrauchfaß, aus dem aromatische Dämpfe quollen, über dem großen, mit Rosmarin bestreuten Bett schwenkte.

Ihr neues Zuhause ähnelte in vielem dem Haus des Vorstehers von Sankt Dunstan. Es war ein großes Steingebäude mit einer Küche im Erdgeschoß und darüber liegenden

Wohnräumen, jedoch besaß das Haus nur eine Schlafkammer. Der Rest des Wohnbereichs bestand aus einer offenen Halle. Burg Harford lag nur einen kurzen Ritt entfernt, und ringsum war der Herrensitz von einer flachen Grasfläche umgeben. Dahinter dehnte sich nach allen Seiten dichter Wald.

Das ungewöhnlich große Fenster gewährte Martine einen guten Blick auf den Hof an dieser Seite. Sie betrachtete das mondbeschienene Gras unter sich und überlegte, wo der beste Platz für den Kräutergarten sei, den sie anlegen wollte. Mit den Plänen würde sie sich im Winter beschäftigen und im nächsten Frühjahr die Aussaat und das Pflanzen vornehmen. Den ganzen Tag hatte sie sich mit nichts anderem befaßt, sogar bei der Trauungszeremonie, besonders in den Augenblicken, als der Gedanke an ihren überwältigenden, unwiderruflichen Schritt und an Thorne unerträglich wurde.

Im Geist hatte sie sich den Garten vorgestellt. Boretsch hier, Kamille dort, vielleicht eine Umrandung aus seidig glänzenden Wermutpflanzen. Sie fügte noch mehr Gewächse hinzu und ordnete die Beete immer wieder neu, während sie an der Kapellentür ihr Gelöbnis sprach, den wartenden Dorfbewohnern Münzen zuwarf, die Messe durchstand und sich Hand in Hand mit Edmond unter einem Regen aus Samenkörnern bückte, mit dem sie beim Verlassen der Kapelle begrüßt wurden ... Edmond, in seinem langen eleganten Obergewand und den schmutzigen eingerissenen Fingernägeln ... Edmond, der die Schönheit eines Barbaren besaß und dessen Atem nach ranzigem Fleisch roch ... Edmond, der am Ende dieser letzten ermüdenden Zeremonie betrunken auf den Knien schwankte.

Rainulf küßte Martines Wange. »Es geht alles gut, du wirst sehen«, flüsterte er und verließ mit Vater Simon und Lord Godfrey die Kammer. Anschließend führte Felda Martine in die Halle, kleidete sie in ein seidenes Nachtgewand und einen Schlafrock, bürstete ihr Haar und betupfte ihre Haut mit duftendem Öl.

Martine atmete tief und bebend ein. »Ihr solltet nicht

ängstlich sein«, sagte Felda. »Nicht bei einem Bräutigam, der sich so fürchtet wie Eurer.«

»Fürchtet?«

»Was glaubt Ihr, ist der Grund, daß er sich derart betrunken hat? Wenn Ihr mich fragt, hat er Angst vor Euch. Ich sehe es in seinen Augen, jedes Mal, wenn er zu Euch herüberblickt.«

»Aber warum nur, um Gottes willen?«

Felda zuckte mit den Schultern. »Ich glaube, weil Ihr aus einer anderen Welt stammt als er. Ihr könnt lesen und spielt Schach, und Ihr kennt noch andere Gesprächsthemen als nur die Jagd und das Herumhu ...« Felda biß sich auf die Lippe und blickte ihre Herrin betreten an. »Ich werde jetzt schlafen gehen, Mylady.« Mit ihren kräftigen Händen kniff die Magd in Martines Wangen, bis sie rot glühten und nickte anerkennend über das Ergebnis. »Und das solltet Ihr auch tun«, fügte sie augenzwinkernd hinzu, als sie den Kopf noch einmal umwandte und die Treppe hinunter verschwand.

Es dauerte einige Zeit, bis Martine genug Mut gesammelt hatte, um in die Schlafkammer zurückzukehren. Als sie hereinkam, lag Edmond mit dem Gesicht nach unten auf den Binsenmatten und schnarchte. Mit einem stillen Dankgebet wischte Martine die Rosmarinzweige vom Bett, kroch, in Nachthemd und Schlafrock gekleidet, unter die Decken und überließ sich dem gesegneten Schlaf des Vergessens.

»Glaubt Ihr, daß er tot ist, Mylady?« fragte Felda.

Die beiden Frauen umstanden Edmond, der noch immer bäuchlings am Boden lag. Nicht einmal die späte Vormittagssonne, die durch das große Fenster hereinströmte, konnte ihn wecken.

Martine seufzte. »Wahrscheinlich nicht.«

Felda warf ihr einen erstaunten Blick zu, bevor sie sich über den apathischen Gemahl ihrer Herrin beugte. »Sir Edmond, wacht auf! Wir kommen zu spät zum Mittagsmahl auf der Burg. Sie warten schon auf uns.« Edmond rührte sich nicht. »Bitte, Sir. Der Bruder von Mylady bricht heute zu seiner Pilgerfahrt auf. Sie möchte ihm Lebewohl sagen.«

Kopfschüttelnd hockte Martine sich neben Edmond. »Helft mir, Felda. Wir rollen ihn herum.« Indem Martine schob und Felda zog, gelang es den beiden Frauen, ihn mit dem Gesicht nach oben zu drehen. Edmond grunzte, ohne daß er die Augen öffnete. Sein gewöhnlich sonnengebräuntes Gesicht wirkte aschfahl, der Mund stand offen, und an einer Gesichtsseite klebten Binsenstengel. Martine entfernte ein Stück Binse. An der Druckstelle blieb eine dunkelrote Delle zurück, die aussah wie eine frische Narbe.

»Laßt uns gehen.«

»Aber Mylady, wir können nicht ohne ...«

»Meint Ihr, wir sollten ihn in einer Schleppsänfte hinter uns herziehen?«

»Nein, Mylady, aber ...«

»Dann laßt uns gehen.«

Warum sitze ich immer wieder Thorne gegenüber? fragte sich Martine und betrachtete das glasierte Kaninchen auf ihrem Eßbrett. Kaninchen hatte sie noch nie gegessen, und sie spürte keinen großen Appetit, es jetzt zu versuchen.

Am Kopfende der Tafel runzelte Godfrey die Stirn. »Ich wünschte, Edmond wäre hier. Mir scheint es nicht richtig, daß er fehlt.«

»Sie konnte ihn nicht aufwecken«, erinnerte Rainulf den Baron.

Bernards Männer schnalzten mit der Zunge, bis auf Boyce, der sich vor Lachen schüttelte. »Mylord, Ihr wolltet Enkel, wenn ich Euch darauf aufmerksam machen darf. Wahrscheinlich ist der Junge völlig erschöpft, nachdem er die ganze Nacht daran gearbeitet hat.«

Martines Gesicht wurde glühend heiß und sie sah, daß Thorne einen finsteren Blick unterdrückte. Also gefiel dem Sachsen die Vorstellung nicht, daß sie mit Edmond die Genüsse teilte, die er sie am Flußufer gelehrt hatte. Doch welches Recht besaß er für sein Mißfallen? Martine war nun Edmonds Gemahlin, während Thorne Falconer nur ein selbstsüchtiger, skrupelloser Betrüger war, der sie benutzt und fallengelassen hatte.

Das rüde Flüstern und Kichern ertrug Martine dennoch nicht. Wütend sah sie zu dem rothaarigen Riesen, ohne auf Rainulfs warnenden Blick zu achten. »Mein Gemahl hat nur zu tief in seinen Branntweinbecher geblickt. Das und nichts anderes ist der Grund seiner Erschöpfung.«

Natürlich lachte Boyce wieder, doch die anderen am Tisch wechselten einen mißbilligenden Blick, der Martine schon vertraut geworden war — alle, bis auf Thorne, der sie zum ersten Mal direkt ansah, seit sie ihm gegenüber Platz genommen hatte. Mit verblüffender Innigkeit verbanden sich ihre Blicke, und Martines Herz verriet sich durch ein sehnsuchtsvolles Ziehen.

»Hier ist er!« donnerte Godfrey und schob jemanden zum Tisch.

Die gesamte Tischgesellschaft wandte den Kopf zu Edmond, der ungekämmt und schmutzig die große Halle durchquerte.

Boyce lachte schallend. »Seht Euch die Spuren in seinem Gesicht an. Ich will verdammt sein, wenn der Junge die Nacht nicht auf den Binsen verbracht hat.« Seine Kameraden lachten anerkennend, doch Edmond schien die Heiterkeit nicht zu teilen, zu der er den Anlaß gab. Das Kinn vorgeschoben, färbte sich sein bleiches Gesicht rosa.

»Eure Braut berichtete uns bereits, Ihr hättet heute nacht die Bräutigamspflichten versäumt«, sagte Boyce, ohne Edmonds Pein zu bemerken. »Allerdings verschwieg sie uns, daß Ihr zur Strafe auf dem Boden schlafen mußtet!«

Edmonds dunkle Augen füllten sich mit Scham und Verwirrung. Er blieb mitten in der Halle stehen. Martine bedauerte, Anlaß für den Spott gegeben zu haben, und einen Moment tat Edmond ihr leid. Doch nur kurz. Als ihr Gemahl den Blick auf sie richtete, erkannte sie in seinen Augen etwas, das sie frösteln ließ. Als Kind hatte Martine diesen Ausdruck schon einmal bei einem wilden Hund gesehen, der wütend in einem zu kleinen Käfig umhersprang. Armes Tier, hatte Martine damals gedacht, doch als sie durch die Stäbe griff, um den Hund zu streicheln, hatte er geknurrt und sie gebissen.

Mit einem zornigen Blick zu Martine wandte Edmond sich ab und schritt davon.

Ein unangenehmes Schweigen breitete sich aus, bis Thorne das Thema wechselte. Er fragte Rainulf nach seiner Pilgerreise und gab den Anlaß für entspanntere Gespräche. Bernard beteiligte sich nicht daran, bemerkte Martine. Er schnitt sein Fleisch und aß in grimmigem Schweigen, während er immer wieder aufsah, um seine Schwägerin mit schlangenähnlichen Augen zu betrachten.

»Ich kann es nicht ertragen«, schluchzte Martine an Rainulfs Schulter, als sie sich bei der äußeren Zugbrücke verabschiedeten. Sie hatte versprochen, nicht zu weinen, doch ihre Augen brannten tränenfeucht. »Ich ertrage es nicht, dich zwei Jahre nicht zu sehen.«

»Du hast ...«

»Nein, bitte!« Martine sah auf. »Sag mir nicht wieder, ich hätte Edmond, der für mich da ist. Er kann ja nicht einmal für sich selbst sorgen.«

Rainulf strich über Martines Haar. »Ich wollte sagen, daß du Thorne hast.«

Für einen Augenblick sprachlos blickte Martine zu dem Sachsen, der am inneren Torhaus stand und sie mit ihrem Bruder beobachtete, nachdem er sich von Rainulf verabschiedet hatte. »Was meinst du damit?«

Rainulf zögerte. »Edmond ist ... sehr jung. Ich bin sicher, daß er mit der Zeit reifer wird, doch während ich fort bin, habe ich ein besseres Gefühl, dich in der Obhut eines ... fähigeren Mannes zurückzulassen.«

Martine rieb sich die Tränen aus den Augen und trat einen Schritt zurück. »Du hast Sir Thorne gebeten, auf mich aufzupassen?«

»Ja. Dein hitziges Temperament bereitet mir noch mehr Sorge als sonst. Du bist kaum einen Tag verheiratet, und schon demütigst du deinen Gemahl in aller Öffentlichkeit ...«

»Ich war diejenige, die gedemütigt wurde«, rief Martine aus. »Ich hatte jedes Recht ...«

»Ich spreche von Taktgefühl, nicht von Rechten. Auch Bernard war höchst verstimmt, falls dies deiner Aufmerksamkeit entgangen sein sollte.«

Martine zuckte mit den Achseln. »Mir ist völlig gleichgültig, was Bernard von mir denkt.«

»Du machst dir überhaupt nichts aus den Gedanken anderer Menschen über dich«, entgegnete Rainulf. »Aber die anderen kennen Wege, dich ihre Meinung spüren zu lassen. Sie besitzen Mittel, mit denen sie eine Freimütigkeit wie die deine bestrafen. Deshalb habe ich Thorne einen Eid auf die Reliquie in seinem Schwertgriff schwören lassen, dich im Ernstfall zu beschützen und zu verteidigen, solange ich fort bin.«

Martine lachte kurz. »Auf diesen wertlosen Leinenfetzen hat er geschworen? Er glaubt nicht mehr als ich daran, daß diese Stoffreste jemals die Windeln des Jesuskinds gewesen sind. Was kann dieser Eid schon wert sein?«

Rainulf wirkte verärgert. »Thorne ist ein Ehrenmann. Er wird dafür sorgen, daß dir kein Haar gekrümmt wird. Aber solltet du jemals in Not geraten ...« Er zog eine Börse aus seiner Kutte und drückte sie Martine in die Hand. Der Beutel wog schwer, und als Martine die Kordel löste und hineinsah, glitzerten ihr Goldmünzen entgegen. »Die Kirche hat alle meine Ländereien bekommen«, sagte er. »Aber ich habe einen gewissen ... beweglichen Reichtum zurückbehalten.«

Wissend lächelte Martine. »Reichtum, den du verbergen konntest, willst du sagen.«

Rainulf runzelte die Stirn. »Reichtum, von dem ich glaubte, daß er dir eines Tages mehr nützen könnte als der Kirche. Aber es stimmt, du solltest ihn verstecken.« Martine ließ den Beutel in die Tasche an ihrem Gürtel gleiten. »Niemand darf davon wissen, nicht einmal Edmond«, erklärte Rainulf und blickte zu dem Jungen, der bei den Ställen mit dem Reitpferd wartete.

Vor allem Edmond nicht, dachte Martine. Sie war keine Närrin. Die Ländereien, die ihr bei der Hochzeit geschenkt worden waren, gehörten bis zu seinem Tod ihm. Das Gold in dieser Börse stellte ihren einzigen wirklichen Besitz dar, und sie hatte nicht die geringste Absicht, ihn in seine Hände fallen zu lassen.

Als ihr Bruder das Pferd bestieg, weinte Martine erneut. Der Augenblick ähnelte so sehr dem Abschied vor acht Jahren in Sankt Theresa. Die Erinnerung an den Trennungsschmerz und die furchtbare Sehnsucht nach Rainulf, nachdem er damals fortgeritten war, machten den Abschied um so schwerer.

Martine nahm Rainulfs Hand, als er sich aus dem Sattel herunterneigte, um ihre feuchte Wange zu küssen. »Du bist töricht und hartherzig, kleine Schwester, aber ich liebe dich sehr.«

»Ich liebe dich auch. Und bitte, bitte, paß gut auf dich auf.«

»Das werde ich.« Rainulf winkte ihr zu und dann Thorne, wendete das Pferd und ritt davon. Martine blieb stehen und sah Rainulf nach, bis er nur noch ein Punkt in der Landschaft war. Dabei rannen ihr die Tränen über das Gesicht.

Jetzt bin ich wirklich allein, dachte sie. *Völlig allein.*

An diesem Abend kehrte Edmond erst spät nach Hause zurück, lange nachdem Martine zu Bett gegangen war. Wieder trug sie ihr Nachthemd und den Schlafrock. Die Gewohnheit, nackt zu schlafen, hatte sie aufgegeben. Sie erwachte von dem Geräusch, als Edmond mit etwas zusammenstieß, aber sie blieb mit geschlossenen Augen liegen und tat, als würde sie schlafen, während Ihr Gemahl durch den Raum ging. Das Herz rasend vor Furcht, wartete Martine, daß Edmond zu ihr ins Bett käme. Der Schrecken legte sich, als ihr klar wurde, daß Edmond auf seine unbeholfene Art versuchte, sie nicht zu stören.

Er hob die Bettdecken und legte sich neben Martine. Obwohl sie ihm den Rücken zugewandt hatte, füllte ihre Nase sich mit dem unverkennbaren süßsauren Geruch verdorbenen Weins. Beinahe augenblicklich schlief er ein, und mit einem erleichterten Seufzer glitt Martine ebenfalls in den Schlaf.

Ihr Haar kämmend, stand Martine am Fenster der Schlafkammer und beobachtete Edmond im Hof unter sich, wie er den Bluthundwelpen, die sie ihm geschenkt hatte, einen Stock hinwarf. Der Abend dämmerte, und Martine trug schon ihr Nachtgewand. Sie hatte sich angewöhnt, früh auf ihre Kammer zu gehen, damit sie bereits schlief oder zumindest so tun konnte, wenn ihr Gemahl nach oben kam.

Seit der Hochzeit war eine Woche vergangen, aber noch immer hatte Edmond — Gott sei Dank — nicht versucht, seine ehelichen Rechte einzufordern. Martine würde vorgeben müssen, noch Jungfrau zu sein, und wußte nicht, ob ihre Schauspielkünste dafür ausreichten. Außerdem wirkte Edmond mit jedem Tag abstoßender. Er sah immer schlechter aus, sein Benehmen wurde rüder ... und er stank entsetzlich.

Sie vermutete, daß Edmond sie ebenfalls nicht sehr anziehend fand, aber es mußte mehr dahinterstecken, das wußte sie. Edmond schien ihr nicht zu trauen, vielleicht hatte er sogar ein wenig Angst vor ihr, was merkwürdig war bei seiner Körperstärke. Martines Direktheit schien ihn tatsächlich einzuschüchtern.

Noch dazu hatte sie — in Edmonds Augen — vor dem gesamten Haushalt des Barons seine Männlichkeit in Frage gestellt mit dem einzigen Ziel, ihn zu demütigen. Martine nahm ihm diese Ansicht nicht übel, weil sie zum einen kaum miteinander sprachen und ihr zum anderen jedes Mittel recht war, Edmond von sich fernzuhalten. Tatsächlich gab sie sich seit der Hochzeit so kühl und unnahbar wie möglich. Wenn es ihr gelang, Edmond weiter einzuschüchtern, ließ er sie vielleicht auch künftig in Ruhe.

Ihr Gemahl warf den Stock über den Hof und ließ aus einem Schlauch, der ihm an einer Kordel um den Hals hing, noch mehr Wein in seinen Mund rinnen. Die Welpen stürzten dem Stock hinterher und purzelten in einem quirligen Haufen übereinander. Als Edmond pfiff, tauchte der siegreiche Welpe mit dem Stock im Maul auf und brachte ihn pflichtbewußt zurück. Langsam wurde es dunkler, und Edmond warf immer wieder seinen Stock. Es kam der Moment, als der kleinste Welpe den Stock ergatterte, doch statt ihn bei Edmond abzuliefern, rannte er damit in den Wald.

»Komm hierher zurück«, schrie Edmond. Er pfiff und schlug auf seine Schenkel. »Kommst du her, Welpe!« Wieder pfiff er. Schließlich erschien der kleine Hund mit leerem Maul. »Wo ist der Stock? Bring mir sofort den Stock.« Der Welpe stand einfach da und blickte Edmond an, den kleinen Kopf zur Seite geneigt.

Edmond hockte nieder und lockte das Tier zu sich. »Komm her, Bursche. Komm schon. So ist es gut.« Mit wedelndem Schwanz lief das kleine Geschöpf in Edmonds Arme. Er hob den jungen Hund hoch, richtete sich auf und hielt das Tier vor sein Gesicht. »Wozu taugst du, wenn du nicht einmal ein Stöckchen zurückbringen kannst?«

Beiläufig, als wollte er ein Stück Brot abbrechen, schloß er die Hand um den Kopf des Welpen und brach ihm das Genick.

Martine stockte der Atem. Den toten Hund schlaff in einer Hand, wandte Edmond sich um und sah zu ihr nach oben. In seinem Gesicht erschien ein überraschter Ausdruck. Wunderte er sich, daß Martine am Fenster stand und ihn beobachtete? Oder war er erstaunt über ihren entsetzten Blick? Edmond hatte Martine noch nie verletzlich gesehen, und die Entdeckung schien ihn zu faszinieren. Als sähe er seine Frau zum ersten Mal, ließ er seine Augen gespannt an ihrem Körper entlanggleiten.

Nein, es war mehr als einfache Neugier, erkannte Martine, und sie spürte die Übelkeit im Magen. In seinen dunklen Augen stand glitzernde Erregung, während er ihr ärmelloses Leinengewand, das lose herabhängende Haar und ihre Furcht genüßlich auf sich wirken ließ. Langsam und den Blick auf Edmond gerichtet, der unverwandt zu ihr hochstarrte, wich Martine vom Fenster zurück.

Er lächelte. Es war ein lebloses Lächeln, wie das von Bernard, und es drückte nicht Gefallen, sondern die Vorfreude auf einen Genuß aus. Edmond schleuderte den toten Hund zwischen die Bäume, machte kehrt und ging zielstrebig zum Haus zurück.

Martine ließ den Kamm fallen und rannte nach unten in die Küche. Mit klammen Fingern öffnete sie ihre Messingkassette und durchsuchte den Inhalt, bis sie die kleine blaue Glasflasche fand.

»Mylady?« fragte Felda von ihrem Platz am Herd. »Was sucht Ihr ...«

»Einen Krug Branntwein und einen Becher. Rasch!« Während Felda den Branntwein holte, nahm Martine einen Mörser und mischte hastig eine Prise Schierling mit einem halben Dutzend anderer beruhigender Kräuter.

»Was ist das für Zeug?« fragte Felda, als ihre Herrin das Pulver in den Branntwein gab.

»Ein medizinischer Schlaftrunk.« Martine verkorkte den Krug wieder und schüttelte ihn. Dann nahm sie ihrer Magd, die mit großen Augen dastand, den Becher aus der Hand und kehrte in die Schlafkammer zurück.

Edmond stand am Fenster und urinierte in großem Bogen auf die Grasfläche darunter. Als er hörte, daß der Ledervorhang zur Seite geschoben wurde, blickte er über die Schulter. Martine war mit Branntwein gekommen. Obwohl sie bemüht war, sich nichts anmerken zu lassen, bemerkte Edmond den Ekel in ihrem Gesicht. Und er sah ihren Leib, den das dünne Nachtgewand kaum verhüllte.

Martines Hände zitterten. Der kurze Moment, bis sie die Hände hinter dem Rücken verbarg, nachdem sie den Krug mit dem Becher auf die Kommode an der Tür gestellt hatte, reichte aus, daß Edmond es auch sah. *Was für ein Dummkopf war ich, vor ihr wie ein geprügelter Hund zu zittern.* Nun zitterte Martine vor ihm.

»Zieht Euer Nachtgewand aus«, befahl er und wandte sich zum Fenster zurück.

Martine zögerte. »Wollt Ihr nicht zuerst etwas Branntwein?«

»Ihr wißt, was ich will.« Bevor er sich umdrehte, schüttelte Edmond den Urin ab und rückte seine Hose zurecht. Auch wenn Martine versuchte, gelassen zu wirken, konnte er die Furcht in ihren Augen sehen, und sein Machtgefühl wuchs.

Sie versuchte es noch einmal. »Ich dachte, etwas Branntwein würde Euch vielleicht entspannen und ...«

»Ich bin entspannt genug.« Wenn er noch ruhiger würde, fehlte ihm die Kraft, sie richtig zu besteigen. Boyce fragte ihn jeden Morgen, ob er die widerspenstige Stute endlich zugeritten habe. Edmond antwortete nie, aber alle wußten Bescheid. Und sie lachten jedes Mal. *Die Hexe hat einen Bann über ihn gelegt,* sagten sie. Es dauerte einige Tage, bis Edmond sich ernsthaft zu fragen begann, ob seine Kumpane vielleicht recht hatten. Immerhin hatte es diesen Vorfall mit Ailith am Fluß gegeben.

Heute abend würde die Hexe ihn nicht bannen. Wenn er mit ihr fertig war und sie bestiegen hatte, wie sie es verdiente, würde sie nicht mehr so erhaben und mächtig sein. Und Edmond würde dafür sorgen, daß es weh tat. Sie sollte wissen, wer hier der Herr war. Er hielt die Zügel in der Hand, und er schwang die Peitsche.

»Zieht Euer Gewand aus«, wiederholte er. Martine stand reglos da, doch der Ausdruck in ihren Augen sagte ihm, daß ihr Verstand angestrengt arbeitete. Zweifellos suchte sie nach einer Möglichkeit, wie sie ihm entkommen konnte. Als Edmond einen Schritt vorwärts machte, wich sie einen Schritt zurück.

Gott verdammt, sie war seine Frau! Sie mußte tun, was er verlangte, genau wie seine Hunde oder seine Pferde. Aber sie behandelte ihn, als wäre er ein Hund, und gab ihm das Gefühl, kein richtiger Mann zu sein, so wie Boyce und die anderen es mit ihm machten. Mit einem Unterschied. Von seiner Frau brauchte er sich dies nicht gefallen zu lassen. Nein, nicht von ihr. Er war keine dumpfe Kreatur, sondern ihr Herr und Gebieter, und das würde sie gefälligst lernen.

Martine wich zur Tür aus, doch Edmond stürzte durch den Raum und packte sie, bevor sie wegrennen konnte. Mit der Faust umschloß er das Nachtgewand am Hals und riß den Stoff bis zur Taille auseinander, bevor er Martine an die Wand schleuderte und ihre Schultern dagegen preßte. Als er an ihrem Körper entlangsah, bemerkte er, daß die Brust oben von seinen Nägeln zerkratzt war. Der Anblick der blutigen Wunden auf ihrer glatten weißen Haut ließ Edmond hart werden.

Jetzt wagte die Hure tatsächlich, das Kinn zu heben und ihm in die Augen zu sehen. »Ihr seid ein Tier«, sagte sie. Und das war ihr Fehler.

Selbst wenn er gewollt hätte, konnte Edmond sich nicht mehr zurückhalten. Er ließ Martine los und schlug ihr mit der Hand ins Gesicht. Als sie mit dem Kopf gegen die Wand prallte, hörte er das Krachen. Dann glitt sie zu Boden. Edmond packte ihren Körper und schleifte ihn grob auf das große Bett mit den vier Pfosten. Martine wirkte benommen. Eine tiefe Kratzwunde durchzog ihr Gesicht, und aus ihrer Nase rann Blut.

Edmond löste den Gürtel, zog sein Obergewand aus und warf beides zur Seite. »Schiebt Euer Hemd hoch.«

Nach kurzem Zögern nickte Martine kläglich und hob das knöchellange Gewand. *Aha,* dachte Edmond und stieg aus seinen Stiefeln. *Sie mußte also nur meine Hand spüren. Bevor ich mit ihr fertig bin, verpasse ich ihr noch mehr Schläge.* Er stand auf.

In diesem Augenblick holte Martine mit dem Fuß aus und trat ihm mit verblüffender Kraft in die Magengegend. Stöhnend stolperte Edmond zu Boden.

»Hexe!« keuchte er und kroch wieder auf die Füße. Als sie eben die Tür erreichte, bekam er Martine zu fassen und warf sie auf das Bett zurück, ohne Rücksicht, wo sie aufträfe. Martine stieß gegen den Bettpfosten, und Edmond spürte den Schlag bis in die Knochen. Als wollte sie die dicke Säule umarmen, sank Martine daran entlang. Edmond sah das Blut auf dem Holz, und wilde körperliche Erregung durchzuckte ihn.

Ich habe sie getötet, dachte er, während er an Martines Seite auf den Binsenmatten zusammenbrach. *Jetzt bin ich von ihr erlöst.*

Mit dem Fuß rollte er Martine auf den Rücken. Eine Seite ihres Gesichts war blutüberströmt. *Nun bleibt sie liegen und hält still, wie es sich gehört. Bei Gott, so hätte ich es gleich machen sollen. Die verdammte Schuld trägt ganz allein sie.* In diesem Augenblick bemerkte Edmond, daß Martine immer noch atmete. *Das ist Pech,* dachte er.

Plötzlich fiel ihm Emeline ein, die süßeste Hure von allen bei der fetten Nan. Emeline ...

Sein Lächeln verging, und er sah mit verengten Augen auf das todesblasse, geschundene Gesicht seiner Frau. Emeline hatte ihn ausgelacht und ein wildes Tier aus dem Wald genannt.

Edmond streckte die Hand nach Martine aus und strich über ihren Hals. Unter der glatten Haut pulsierte noch immer hartnäckig das Leben. Er legte die Finger um ihre Kehle und nahm die andere Hand dazu, bevor er zudrückte wie bei Emeline. Zuerst hatte er es nicht gewollt, doch seine Finger hatten sich wie von selbst um ihren Hals geschlossen, während er sein Vergnügen mit ihr gesucht hatte, und Edmond war bewußt geworden, daß Emelines Gegenwehr ihn erregte. Immer fester hatte er zugedrückt, während seine Lust anwuchs. Er war schnell gekommen, und schon war alles vorüber. Erst dann hatte Edmond gemerkt, daß er Emeline das Genick gebrochen hatte.

Als er Bernard berichtete, was geschehen war, hatte er furchtbare Angst, aber sein Bruder sagte, er solle sich keine Sorgen machen. Bernard kümmerte sich um alles, und es kostete ihn nur ein paar Münzen. Auch jetzt würde Bernard alles in Ordnung bringen. Wer war diese Schlampe hier schon, trotz ihres hoheitsvollen Gehabes? Sie unterschied sich in gar nichts von den anderen. Frauen waren alle gleich, so sagte Bernard immer. *Laß nicht zu, daß sie über dich lachen,* hatte er ihm eingeschärft. *Wenn sie frech werden, verpasse ihnen eine Lektion.*

Das Gesicht der Hexe wurde langsam blau wie das der kleinen Hure. Nicht mehr lange ... und er würde sie los sein.

»Sir Edmond?« Feldas Stimme direkt hinter dem Ledervorhang unterbrach Edmonds Gedanken.

Er ließ Martines Hals los und stand auf. »Was gibt es?«

»Ich ... habe eben ein Geräusch gehört. Ist alles ...«

»Alles in Ordnung. Ich bin ausgerutscht und hingefallen. Geht zurück nach unten.«

Nach einigen Augenblicken hörte er Feldas Schritte verklingen. Mit dem Ärmel wischte er sich den Schweiß aus dem Gesicht und hob den Branntweinkrug von der Kommode. Er entkorkte ihn und trank ein paar Züge. Dann drehte er sich um und sah auf seine still daliegende Frau. Ja genau. Er würde ihr eine Lektion erteilen und das gleiche machen wie bei Emeline. Während er sie nahm, würde er ihre Kehle zusammendrücken. Grinsend leerte Edmond mehr als den halben Branntweinkrug, unbesorgt, daß er vielleicht zu betrunken sein könnte, um seine Absicht auszuführen. Der Gedanke an Emeline reichte aus, seine Waffe scharf zu halten.

Er korkte den Krug wieder zu und wollte ihn auf die Kommode zurückstellen, doch er entglitt ihm und fiel zu Boden.

Dieser verdammte Branntwein stieg schnell zu Kopf. Besser, er beeilte sich etwas. Wieder kniete Edmond zwischen Martines Beine, griff nach unten und zog an der Kordel, die seine Beinlinge zusammenhielt. Seine Finger waren lahm und unbeholfen, und er brauchte einige Zeit, bis er die Hose geöffnet hatte. Als Edmond Martines Gewand hob und sich über sie senkte, begann der Raum sich langsam um ihn zu drehen. Für einen kurzen Moment mußte Edmond die Augen schließen, und er spürte, daß nicht nur seine Finger taub waren, sondern sein ganzer Körper erschlaffte. Weich sank er in dunkles, stilles Vergessen.

Es tat weh, die Augen zu öffnen. Als Martine die Lider aufschlug, war es so dunkel, daß sie nicht wußte, wo sie sich befand. Ihre Ohren summten, und das Geräusch erfüllte ihren Kopf. Etwas Großes, übel Riechendes wog schwer auf ihr und drückte sie nach unten. Durch das Nachtgewand kratzten trockene Grashalme an ihrem Rücken. Es war dunkel. Lag sie im Wald, unter einem toten Tier begraben?

Langsam gewöhnten ihre Augen sich an das Mondlicht. Martine erkannte Wände und Decke ihrer Schlafkammer und ihr wurde bewußt, daß sie auf Binsen lag. Sie erkannte den Geruch ihres Gemahls und hörte sein stockendes Schnarchen. Dann fiel ihr alles wieder ein.

O Gott. Stöhnend vor Anstrengung, drückte sie gegen die reglose Masse, die auf ihr lastete, und schob, bis Edmond neben ihr auf den Rücken rollte. Seine Beinlinge waren zu den Knien heruntergeschoben, und der Saum ihres Nachtgewands bauschte sich um die Taille. *O Gott. Er hatte es schließlich doch getan,* dachte sie. In der Erwartung, die Haut würde wund und beschmutzt sein, griff Martine zwischen ihre Beine — doch da war nichts. Sie fand keinen Hinweis darauf, daß er in ihr gewesen war. Ihr Blick fiel auf den halbleeren Branntweinkrug am Boden vor der Kommode, und sie brachte ein Lächeln zustande. *Das Mittel hatte also seinen Zweck erfüllt.*

Als Martine sich aufsetzte, bohrte ein stechender Schmerz in ihren Schädel und sie nahm den Kopf zwischen die Hände. Ihr Gesicht fühlte sich zumindest auf der einen Seite klebrig und geschwollen an. Vorsichtig betastete sie die Haut und fuhr zusammen, als ihre Finger auf eine offene Wunde trafen.

Was war geschehen? Wo war sie? War sie verletzt? Sie blickte sich um, während ihre Gedanken durcheinanderwirbelten. Sie befand sich in ihrer Schlafkammer. Etwas an dieser Erkenntnis kam ihr vertraut vor. Als sie nach unten sah, erkannte sie Edmond in seinen halb ausgezogenen Kleidern, und dann dämmerte langsam die Erinnerung. *Mein Kopf ist ganz wirr,* dachte sie. *Ich bin nicht richtig bei mir.*

Mit einiger Mühe kam sie auf die Füße. *Ich muß von hier weg,* überlegte sie weiter. *So weit weg wie möglich. Ich werde Thorne suchen. Thorne wird mich beschützen. Er hat es Rainulf versprochen.*

In der Dunkelheit tastete Martine umher und suchte den Weg die Treppe herunter. Das Klingen in ihrem Kopf wurde immer lauter, bis sie kaum noch denken konnte. *Das sind die Glocken, die zum Morgengebet läuten,* entschied sie. Sie stand auf dem Rasen und blickte zurück auf das Haus des Vorstehers, das deutlich sichtbar im vollen Mondschein lag. Dann sah sie zum Wald, der die freie Fläche umgab.

Er wird mir zum Fluß folgen, wie schon einmal. Er sucht mich am Fluß, wo wir uns geliebt haben. Aber wo ging es zum Fluß?

Das Klingen im Kopf irritierte sie, und Martine konnte nicht denken. Schließlich wählte sie blindlings eine Richtung und rannte in den Wald.

Etwas kitzelte Martines Gesicht. Sie öffnete die Augen und sah schemenhaft eine Gestalt über sich ... die sie leckte? Als Martine den Atem anhielt, fuhr die Gestalt herum und schoß durch die knackenden Zweige davon.

Es war dunkel. Wo war sie? Im Wald? Was tat sie hier mitten in der Nacht?

Langsam setzte Martine sich auf und kam mühsam auf die Füße. *Ich muß Rainulf finden. Rainulf wird mir helfen. Rainulf wird sich um mich kümmern.* Aber wo war Rainulf? An der Universität? Nein, es war mitten in der Nacht. Und sie lebten nicht mehr in Paris. Er war auf der Burg, auf Burg Harford. Dort mußte sie hingehen.

Martine drehte sich im Kreis und spähte in den dunklen Wald. Da sie nicht wußte, wo die Burg lag, nahm sie schließlich eine beliebige Richtung und ging los.

Die von weitem klingende Kinderstimme weckte Martine auf, und sie blinzelte in die frühe Morgensonne. Sie lag auf dem Bauch am Waldrand, wo die Baumreihen sich zu einem Feld hin öffneten. Weit entfernt säten ein Mann und eine Frau Getreide aus einem Sack, den ein Kind hielt.

Martine versuchte, sich zu bewegen, doch ihr Körper schmerzte überall. Das Licht tat ihren Augen weh, und deshalb schloß sie die Lider wieder. Was machte sie hier draußen? Mama würde sich Sorgen machen. Mama mochte es nicht, wenn Martine sich zu weit von zu Hause entfernte.

Nach einer Weile hörte sie erneut die Kinderstimme, aber dieses Mal viel lauter und näher. Als sie die Augen öffnete, erkannte sie zwei nackte schmutzige Füße direkt vor sich. Das Kind stand über ihr und schrie sinnlose Worte, die Martine noch nie gehört hatte. Es war ein kleines Mädchen von ungefähr neun oder zehn Jahren. Zum Feld gewandt, winkte und gestikulierte es heftig, bis der Mann und die Frau, derb gekleidete Bauersleute, herbeigerannt kamen.

»Bitte sagt meiner Mama, wo ich bin«, konnte Martine noch flüstern, aber die Leute redeten zu aufgeregt miteinander und hörten sie nicht. Mehrmals sprach der Mann den Namen ›Edmond‹ aus, ohne daß Martine etwas damit anfangen konnte. Die Frau schien mit dem Mann zu streiten. Martine hörte die Worte ›Harford‹ und ›Falconer‹. Schließlich ging der Mann mit dem Mädchen zu einem Waldweg, wies in eine Richtung, und das Kind eilte los.

Hat er sie nach Mama geschickt? fragte sich Martine, als sie wieder in Bewußtlosigkeit versank. *Bitte, laß sie Mama holen.*

16.

Thorne tauchte die Feder in die Schale und nahm ein wenig von der Mischung aus Eiweiß und Öl.

»Halt sie gut fest, Kipp«, erinnerte er seinen Gehilfen, während er den Heilbalsam auf die Schenkelwunde des Adlers strich. Da klopfte es an der Tür des Falkenhauses. »Herein.«

Es war Peter, und neben ihm stand ein zerlumptes kleines Mädchen mit dunklem Haar und riesigen Augen.

»Als wir beim Frühstück in der Großen Halle saßen, tauchte sie auf«, erklärte Peter. »Und sie nannte immer wieder Euren Namen.« Peter schob das kleine Mädchen ins Haus und lehnte sich an den Arbeitstisch.

Thorne war nicht überrascht, daß einer der Dorfbewohner sein Kind nach ihm geschickt hatte. Da er der einzige hochgestellte Mann im Umkreis war, der Englisch sprach, baten sie ihn häufig, Streitigkeiten zu schlichten oder in Notfällen Beistand zu leisten.

Dieses Mädchen hatte Thorne schon ein paar Mal gesehen. »Wie heißt du, Kind?« fragte er in der alten Sprache.

»Hazel, Sir.« Die Kleine war außer Atem. Man hatte ihr offenbar aufgetragen zu rennen. Das deutete eher auf einen Notfall als auf einen Streit hin.

Erneut holte Thorne sich von der Ölmischung und trug sie

mit sorgfältigen Federstrichen auf. »Wer hat dich zu mir geschickt, Hazel?«

»Meine Mama.« Die Kleine zögerte. »Nein, Papa. Aber in Wirklichkeit Mama. Papa wollte, daß ich zu Sir Edmond laufe. Mama meinte nur, daß wahrscheinlich er der Frau das Schlimme angetan hat, und deshalb sollte ich lieber Euch holen. Sie haben sich deswegen gestritten, aber schließlich war Papa ...«

»Langsam, Kind. Ich kann dir nicht folgen«, sagte Thorne. »Ist jemand verletzt?«

»›Eher am Sterben‹, sagt Mama. Wir fanden die Frau am Waldrand. Sie sieht aus, als hätten die Wölfe sie angefallen, aber Mama sagt, das sei wahrscheinlich Sir Edmond gewesen.«

Thorne ließ die Feder in die Schale fallen. Einen Augenblick starrte er das Kind reglos an.

»Thorne?« fragte Peter, der kein Wort des Gesprächs verstanden hatte. »Was hat das ...«

Die Fäuste an den Seiten geballt, stand der Sachse aufrecht. »Wer ist sie? Die verletzte Frau. Hat deine Mutter etwas gesagt?«

»Das war nicht nötig. Ich weiß, wer sie ist. Als sie letzte Woche geheiratet hat, stand ich auf dem Hof vor der Kapelle. Sie gab mir eine Silber ... Sir?« ... Einen sächsischen Fluch auf den Lippen hatte Thorne mit zwei Schritten das Haus verlassen.

Peter rannte hinter ihm her und packte seinen Arm. »Was hat das ...«

»Es ist Martine«, antwortete Thorne. »Nehmt das Mädchen und kommt mit.« Das Mädchen ritt mit Peter und führte sie zu einer winzigen Hütte innerhalb von Edmonds Besitz. Als Thorne aus dem Sattel stieg, nahm ein Mann ihm die Zügel ab. »Sie ist im Haus«, sagte er. »Ich wollte Euch nicht behelligen, Sir Falconer. Eigentlich wollte ich nach ihrem Gemahl schicken, aber ...«

Den Bauern zur Seite drängend, schob Thorne die Lederhäute zur Seite, die vor dem Eingang hingen. Die Hütte war ein schäbiges, stinkendes Loch. »Dort drüben«, sagte die

Frau und wies mit der Hand die Richtung. In einer Ecke auf einem Strohsack lag totenblaß Martine.

Herr im Himmel, nein! Zuerst die kleine Louise und nun Martine. Und alles wegen seiner Selbstsucht … Mit zittrigen Händen schlug Thorne unwillkürlich das Kreuzzeichen.

»Sie lebt noch«, sagte die Bauersfrau.

Thorne ächzte, bevor er mit zwei Schritten den Raum durchquerte und sich neben den Strohsack kniete.

Martine lag auf dem Rücken, das Gesicht der Lehmwand zugewandt. In ihrem verfilzten Haar hatten sich Zweige und trockene Blätter verfangen. Ihr Gesicht war so weiß wie ihr verdorbenes Nachtgewand. Nein, nicht einfach verdorben, das Gewand war in zwei Teile gerissen, wie Thorne jetzt bemerkte. Vorsichtig schob er den zerfetzten, schmutzigen Leinenstoff beiseite, um die tiefen Kratzwunden an Martines Brust und die dunkelroten Würgemale an ihrem Hals zu untersuchen. »Oh, Martine …« Mein Gott, was hat er dir angetan?

»Ich habe ihre Wunden gereinigt, so gut ich konnte«, erklärte die Frau. »Auch die Füße sind ziemlich zerkratzt. Wir vermuten, daß sie die Nacht im Wald verbracht hat. Und dann ihre Brust. Aber am schlimmsten ist das Gesicht zugerichtet.«

Thorne strich das wirre Haar beiseite, das an Martines Gesicht klebte. An der Wange war eine Schürfwunde, sie hatte eine geplatzte Lippe, und auf der Stirn erkannte er einen geschwollenen Bluterguß. Gott sei Dank war es nicht schlimmer.

»Die andere Seite«, sagte die Frau, nahm Martines Kopf und drehte vorsichtig das Gesicht nach oben.

Thorne tat einen tiefen Atemzug: »Jesus Maria!« Die zerschundene Haut war aufgequollen und bleich, und neben weiteren Prellungen klafften zwei offene Wunden. Die Gefühle überwältigten Thorne beinahe. Er spürte, wie sein Herz sich zusammenzog, bis er glaubte, es werde auseinanderspringen … Zorn, Mitleid, Schuld erfüllten ihn.

Das war Edmond gewesen. Daran zweifelte Thorne keinen Augenblick. Der Mann, mit dem er Martine zusammengebracht hatte, war wie ein wildes Tier über sie hergefallen. Die Würgemale an ihrem Hals zeigten, daß er sogar versucht hatte, sie zu töten. Sicher war er stark genug, um ihr das Genick zu brechen.

Emeline hat sich das Genick gebrochen, erinnerte Thorne sich an die Worte der dicken Nan. Es sei einer der Harford-Hunde gewesen. Thorne hatte geglaubt, Bernard sei in seine alten Gewohnheiten zurückgefallen und habe das Mädchen umgebracht. Wahrscheinlich aber war Edmond der Täter gewesen. Er hatte das Verhalten seines Bruders übernommen. Und Thorne, blind in seinem Hunger nach Land, hatte sich nicht im geringsten um die drohende Gefahr gekümmert. Für das, was Martine zugestoßen war, trug er die Schuld. Es war seine Verantwortung. Er hätte wissen müssen, daß Edmond zu solch einer Tat fähig war. Er hätte das Unheil vorhersehen können. Hatte Thorne die Warnzeichen mißachtet, weil er seine eigenen Pläne nicht gefährden wollte?

»Herr im Himmel«, murmelte Thorne und vergrub das Gesicht in den Händen. Er hatte Rainulf einen Eid geschworen, Martine zu beschützen ... Martine, die ihm vertraut, ihn geliebt, sich ihm hingegeben hatte. Ihr Bild verfolgte ihn in seinen Träumen ... sie besaß sein Herz, und er hatte versagt.

Martine stöhnte. Thorne nahm die Hände vom Gesicht und faßte ihre Hand. »Martine«, murmelte er. »Ich bin hier.«

Ihre Lider hoben sich flatternd. »Du bist es?« flüsterte sie. »Du bist wirklich gekommen.«

»Ja. Und ich werde mich um dich kümmern. Von nun an immer.«

Martine lächelte schwach. Dann runzelte sie die Stirn. »Mein Kopf tut weh. Was ist geschehen?«

Sie erinnerte sich nicht. Hilflos schüttelte Thorne den Kopf. Was würde ihr die Wahrheit nützen? Es half nicht, wenn Martine erfuhr, daß es ihr Gemahl gewesen war, der sie brutal zusammengeschlagen, mit Gewalt genommen und beinahe umgebracht hatte.

»Ich muß aus dem Bett gefallen sein«, sagte Martine. Thorne nickte, und seine Kehle wurde eng. »Bitte Mama, daß sie den Schmerz wegküssen soll, ja?«

Einen langen, herzzerreißenden Moment blickte Thorne in Martines zerschundenes Gesicht und sah das kindliche Flehen in ihren Augen. »Ich küsse ihn für sie weg«, flüsterte er mit belegter Stimme.

Eine unverletzte Stelle an ihrer Stirn suchend, beugte er sich vor und drückte die Lippen darauf.

Martine drückte Thornes Hand. »Ich wußte, daß du kommst, Papa. Ich wußte, daß du uns holen würdest.«

Papa? Thorne bemerkte, daß Martine darum kämpfte, die Lider offen zu halten. »Schlaf jetzt«, drängte er sanft. Zufrieden nickend schloß sie die Augen, und sie entspannte sich. Ohne ihren ruhigen, regelmäßigen Atem hätte Thorne glauben können, sie sei tot. Ihre Verletzungen sahen furchtbar aus, waren aber allem Anschein nach zum Glück nicht lebensbedrohlich. Thorne löste Martines Finger von seinen und führte die Handfläche an den Mund, um sie zu küssen.

Als er beim Kuß die Augen schloß, sah er Edmond ... wie er Martine schlug ... Edmond mit seinen Händen um Martines Hals ... Edmond, der auf ihr lag.

Thorne durfte nicht zulassen, daß er mit dieser Gewalttat ungestraft davonkommt. Nach Gesetz und Sitte besaß Edmond als Martines Ehemann das Recht und die Freiheit, seine Gemahlin auf jede erdenkliche Weise zu züchtigen, die ihm angebracht erschien — ganz gleich für welches Vergehen —, ohne daß er irgendeine Strafe zu befürchten hatte. Solche Dinge waren Privatsache. Entsprechend war jede Vergeltung ebenfalls eine private Angelegenheit — Thornes Angelegenheit.

Im Augenblick brauchte Martine vor allem seine Hilfe. Thorne mußte sie an einen sicheren Ort bringen und sich um ihre Verletzungen kümmern. Er rief Peter zu sich herein.

Als sein Kämpferfreund Martine sah, wich alle Farbe aus seinem Gesicht. Er begegnete Thornes Blick. »Edmond?«

Thorne nickte. »Ich bin mir sicher.«

»Ich stehe zu Eurer Verfügung«, sagte Peter. Der Ritter ballte die rechte Hand zur Faust und legte sie in seine linke. Die scheinbar zufällige Geste entging Thorne nicht. Peters kämpferischer Mut im Faustkampf war legendär. Es stellte einen echten Freundschaftsbeweis dar, daß Peter bereit war, für Thorne Rache zu üben, immerhin am Sohn seines Lehnsherrn. Das Angebot war großherzig, doch Thorne konnte es nicht annehmen. Die Rache für Martine war allein seine Aufgabe, sonst würde er vor sich selbst in Scham versinken.

Thorne erhob sich. »Um Edmond werde ich mich kümmern. Ihr holt jetzt Felda. Sagt ihr, sie soll ein paar von Lady Martines Kleidern zusammenpacken, und dann nehmt Ihr sie nach Harford mit. Wenn Edmond sich im Haus befindet, geht ihm aus dem Weg. Falls er nicht da ist, findet heraus, wo er sich aufhält.«

»Bringt Ihr Lady Martine nach Harford?« fragte Peter.

»Ja.«

»Glaubt Ihr, dort ist sie sicher, bei dem, was Bernard und seine Männer ...«

»Nicht in die Burg. Ins Falkenhaus. Dort kann ich sie bewachen.«

Nachdem Peter gegangen war, drückte Thorne der Bäuerin als Lohn für die Mühe einige Münzen in die Hand, hüllte Martine in ihren Mantel und hob sie sanft von der Strohmatratze. Während er sein Pferd bestieg, ließ er den Bauern die Bewußtlose halten. Dann holte er Martine zu sich herauf, schloß sie in die Arme und ließ die Zügel locker.

Ängstlich murmelnd bewegte Martine sich. »Alles ist gut«, flüsterte Thorne. »Schlaf.« Sie seufzte und entspannte sich. Mit den Schenkeln brachte Thorne das Pferd in einen gleichmäßigen Schritt und lenkte es Richtung Harford. Zuerst mußte Martine versorgt werden.

Dann würde er sich um Edmond kümmern.

Wie Schatten vorbeiziehender Wolken tauchten die Bilder in Martines Bewußtsein auf und verschwanden wieder. Die rhythmische Gangart eines Pferdes, starke Arme und ein warmer Körper. Sie hörte Hufeklappern auf der Zugbrücke, aufgeregte Stimmen ...

Dann befand sie sich an einem ruhigen Ort, und unter sich spürte sie eine weiche Federmatratze. Eine Frauenstimme mit vertrautem, beruhigendem Klang drang an ihr Ohr. Und nun machen wir Euch sauber, Mylady ... Ein warmes Tuch berührte ihr Gesicht, die Brust und die Füße, dann wurde ein Kamm durch ihr Haar gezogen, und kühle Hände wechselten ihr zerfetztes Nachthemd gegen ein sauberes aus. Setzt Euch für einen kleinen Augenblick auf, wenn Ihr könnt ... gut, so ist es schön ... jetzt steckt ihr den Arm durch das Ärmelloch ...

Und nun schlaft, Mylady. Ihr braucht viel Ruhe. Sir Thorne wird sich um alles kümmern.

Martine stöhnte im Schlaf. Sofort erhob Thorne sich aus seinem Lehnstuhl, den er neben das Bett geschoben hatte. Er legte das Schwert ab, nahm ein feuchtes Tuch aus der Schale und drückte es aus.

Den ganzen Vormittag hatte Thorne im Falkenhaus verbracht, während er Martine beobachtet, zu Gott gebetet und Pläne geschmiedet hatte. Die meiste Zeit schlief Martine friedlich, obwohl sie immer wieder von Angst gequält wurde wie jetzt. Sie hatte sicher einen Alptraum.

Als Thorne das Tuch auf Martines Stirn legte, fuhr sie zusammen und wimmerte verzweifelt. Thorne strich über ihr Haar. »Mylady ...«

»Nein!« keuchte sie und schlug wild nach allen Seiten um sich. »Nein!«

Thorne stand auf und setzte sich auf die Bettkante. »Mylady ... Martine!«

Ihre Faust traf ihn an der Nase, und der plötzliche Schmerz verdunkelte für einen Augenblick seine Sicht. Martine bäumte sich mit dem Oberkörper auf und schlug um sich. »Nein!« schrie sie. »Rührt mich nicht an!«

Ihre beiden Handgelenke mit einer Hand fassend, umschlang Thorne mit dem anderen Arm ihren Oberkörper und hielt sie fest an sich gedrückt, während sie weiterkämpfte. »Martine.« Sie hatte die Augen geöffnet, die vor Schreck geweitet waren, und stöhnte angsterfüllt. Ganz offensichtlich erlebte sie Edmonds Angriff noch einmal und glaubte, es sei ihr Gemahl, der sie im Klammergriff hielte.

»Ich bin es, Thorne«, sagte er. »Thorne.« Noch immer wehrte sie sich in seinen Armen. Thorne küßte Martines Haar und ihre Schläfe. »Ich bin es«, flüsterte er gegen ihr Ohr und hauchte ihr einen Kuß auf die Wange. »Ich bin Thorne und werde dir nicht weh tun.« Er küßte sie weiter und flüsterte tröstende Worte, bis Martine sich schließlich beruhigte. Sie schloß die Augen und sank in seiner Umarmung zusammen.

»So ist es gut«, flüsterte er sanft, legte sie auf die Matratze zurück und strich ihr das Haar aus dem Gesicht. »Ruh dich aus.«

»Thorne«, flüsterte sie schwach, und ihre Lider hoben sich mühsam.

Wieder tauchte Thorne das Tuch ins Wasser und betupfte vorsichtig ihr Gesicht, während er vermied, die schlimmsten Wunden zu berühren. »Ich bin hier und kümmere mich um dich. Niemand wird dir weh tun.«

Martine riß die Braue hoch. »Edmond ... o Gott.«

Thorne beugte sich über Martine und sah tief in ihre von Entsetzen erfüllten Augen. »Edmond kann dir nicht mehr wehtun. Nicht solange ich hier bin.« Mit den Lippen berührte er Martines Stirn und küßte sanft beide Augenlider. »Schlaf ruhig wieder ein.«

Sie nickte und murmelte etwas, das er nicht verstand. Nachdem Thorne ihr Gesicht und den Hals mit dem kühlen Tuch gewaschen hatte, löste er den Verschluß ihres Nachthemds und schob es vorn auseinander, um die Kratzwunden an der Brust zu untersuchen. Wie Spuren von Krallen, die sich in das Fleisch gebohrt haben, dachte Thorne, während er die Wunden behutsam mit dem Tuch betupfte. Martine sah aus, als wäre sie von einem wilden Tier angefallen worden. Natürlich, wie sollte er die Bestie sonst nennen. Edmond war ein wildes Tier, eine ungezähmte, unberechenbare Kreatur. Jetzt konnte Thorne die Wahrheit über Edmond klar erkennen. Aber warum mußte erst dieses schreckliche Ereignis eintreten, damit er sehend wurde?

Weil die Gier ihn blind gemacht hatte. Das war der Grund. Es geschah Thorne recht, daß sein Plan, Martines Hand gegen ein eigenes Lehnen einzutauschen, sich in nichts aufgelöst hatte. Lord Godfrey würde ihn niemals dafür belohnen, diese unglückliche Ehe vermittelt zu haben. Wenn Thorne ehrlich war, eine viel zu geringe Strafe für das Elend, das er über Martine gebracht hatte. Erfüllt von Scham und Schuldgefühlen, gelobte Thorne, alles wiedergutzumachen. Er hatte Rainulf versprochen, Lady Martine zu beschützen und zu verteidigen. Und genau das würde er von nun an tun.

Nach dem Mittagsmahl standen Thorne, Peter und Guy dicht nebeneinander vor dem Falkenhaus, während Felda ihre Herrin versorgte. Jeder Ritter hatte die Hand auf seinen Schwertgriff gelegt.

Peter ergriff das Wort. »Der Stallbursche berichtete mir, Edmond hätte früh am Morgen sein Pferd gesattelt und sich auf den Weg nach Hastings gemacht.« Wieder schloß er die rechte Hand zur Faust und legte sie in seine linke. »Laßt es mich tun.«

»Nein«, sagte Thorne. »Es liegt in meiner Verantwortung. Ihr zwei bleibt hier und bewacht Lady Martine. Sie darf keinen Augenblick allein gelassen werden.«

Beide Männer nickten. Als Thorne sich zum Gehen wandte, legte Peter eine Hand auf seine Schulter und hielt ihn auf. »Tötet ihn nicht.«

»Warum nicht?« fragte Thorne. »Er ...«

»Er hat den Tod verdient, soviel ist sicher. Aber wenn Ihr ihn umbringt, wird Bernard Euch töten.«

»Ich kann ...«

»Ja, Ihr könnt für Euch einstehen, das weiß ich. Aber Lady Martine kann es nicht, zumindest nicht in ihrem gegenwärtigen Zustand. Ihr habt einen Eid geschworen, daß Ihr sie beschützen werdet. Wenn Ihr ihn halten wollt, müßt Ihr am Leben bleiben, und um das sicherzustellen, muß auch Edmond weiterleben.«

Es war eine brutale, einfache Logik, doch Thorne mußte sie anerkennen. Grimmig antwortete er Peter: »Paßt Ihr auf, daß Lady Martine kein Leid geschieht. Und ich sorge dafür, daß Edmond das richtige Strafmaß erhält.«

Bei seiner Ankunft in Hastings am frühen Nachmittag eilte Thorne direkt zum Hafen von Bulverhythe. In der vierten Schenke, die er aufsuchte, fand er unter den allgegenwärtigen Lumpengestalten einen Mann, der gegen Mittag mit Edmond einen Krug Bier getrunken hatte.

»Hat er gesagt, wohin er von hier aus geht?« fragte Thorne und drückte dem schmutzigen Vagabunden einige Pennystücke in die Hand. Wie es aussah, war seine andere Hand vor langer Zeit an der Wurzel abgetrennt worden.

Der Mann nickte und rieb mit dem Daumen über die Münzen, als wollte er sie polieren. »Sagte, er brauche einen guten Ritt, aber die Huren im Hafen würden ihm seit kurzem die kalte Schulter zeigen.«

Die Dinge sprechen sich herum, dachte Thorne.

Sein Informant grinste und entblößte dabei die schwarzen Stummel, die einst seine Zähne gewesen waren. »Sagte, es gebe eine Kleine in der Fishmonger's Row, die er schon öfter genommen hätte. Die Tochter des Aalhändlers.«

Die Fishmonger's Row war eine dunkle, gewundene Gasse, nicht breiter als ein Mann hoch. Fußgänger, die sich parfümierte Tücher vor die Nase hielten, spähten in die offenen Ladenfronten, um den ausgebreiteten Tagesfang zu begutachten, während die Fischweiber den Preis ausschrien.

Thorne beobachtete, wie ein glatzköpfiger, untersetzter Mann ein Holzfaß auf das Straßenpflaster wuchtete. Er blieb stehen, um eine futtersuchende Melkziege aus dem Weg zu stoßen, bevor er das Faß neigte und den Inhalt in den Abzugkanal kippte. Glitzernde schwarze Schlangen rutschten heraus und füllten, sich windend, den schlammigen Kanal.

Der Mann bemerkte Thorne. »Die meisten davon sind tot«, kommentierte er in unbeholfenem Französisch. »Ich habe frische. Wollt Ihr Aale?«

»Ich will Edmond von Harford«, forderte Thorne in Englisch.

Der Aalhändler machte eine etwas zu lange Pause, bevor er ebenfalls in Englisch antwortete. »Noch nie von ihm gehört.«

Der sächsische Ritter schritt an ihm vorbei und betrat den stinkenden kleinen Laden.

»He!« Der Mann ließ sein Faß fallen und rannte hinter Thorne her.

Hinten im Laden stand ein stämmiger junger Bursche bis zu den Ellenbogen in einem Faß zappelnder Ware.

»Wo ist Edmond von Harford?« fragte Thorne.

Der Aalhändler warf dem Jungen einen scharfen Blick zu. »Ich habe ihm gesagt, wir hätten noch nie etwas von diesem Gentleman gehört.«

Der Junge wirkte angewidert. »Er ist oben mit Udele«, antwortete er und wies mit dem Kopf zu der schmalen Stiege.

Thorne wollte die Stufen hinaufeilen, aber der Aalhändler packte ihn am Ärmel seiner Tunika. »Ihr geht nicht da hinauf und stört Sir Edmond. Er bezahlt gutes Geld für das Mädchen.«

Der Junge jedoch nahm den Händler und zog ihn von Thorne weg. »Laß los, Pa. Du solltest sie nicht auf diese Weise verkaufen.«

In zwei Schritten nahm Thorne die letzten Stufen und stieß den Vorhang oben an der Treppe zur Seite. Das zweite Stockwerk bestand aus einem einzigen schäbigen Raum. Im Dämmerlicht erkannte Thorne herumliegende Strohmatratzen und Haushaltsgegenstände. Mit tränenüberströmtem Gesicht und blutiger Nase kauerte auf einem der Strohsäcke ein dickliches Mädchen auf Händen und Knien. Edmond kniete hinter ihr und hatte ihren Rock hochgeschoben.

»Was ...« vermochte Edmond noch zu sagen, bevor Thorne den Raum durchquerte, ihn beim Obergewand packte und auf die Füße riß. »He!«

Thorne schleuderte Edmond gegen die Wand, und wie eine Stoffpuppe sank der Sohn von Lord Godfrey zusammen. »Udele!« schrie er. »Hol Hilfe! Hol deinen Vater!«

Udele sprang auf die Füße und brüllte Edmond mit englisch klingendem Französisch ins Gesicht. »Ich hoffe, er bringt dich um, du Schwein! Ich kann deinen Anblick nicht länger ertragen ... dich und deine ekelhafte Art. Ich hoffe, du wirst in der Hölle braten!«

»Dir werde ich zeigen, was ekelhaft ist!« knurrte Edmond und kam mühsam auf die Beine. »Du hast keine Ahnung, wie ekelhaft ich sein kann!« Er wollte auf das Mädchen zuspringen, doch Thorne war schneller und drückte ihn gegen die Wand.

Ermutigt durch Thornes Anwesenheit, baute Udele sich vor Edmond auf. »Große Worte von einem Schwächling.«

»Was soll denn das ...«

»Du mit deinem ekelhaften, winzigen ...«

Als Edmond mit der Faust nach ihr ausholte, zog Udele den Kopf ein und spuckte ihm ins Gesicht. Dann setzte sie selbst zu einem Schlag an. Kurz bevor sie Edmond treffen konnte, umschloß Thorne ihre Faust. »Wenn du ihn fertig machst, bleibt nichts mehr für mich übrig«, sprach er auf englisch zu ihr. »Warum gehst du nicht nach unten und wartest dort?«

»Ihr versprecht, ganze Arbeit zu leisten?«

»Ich verspreche es.«

Thorne bemerkte die unverhohlene Anerkennung, mit der sie seine Größe, die breiten Schultern und die kräftigen Fäuste begutachtete. Schließlich nickte Udele und wandte sich zur Treppe. »Ich warte unten.«

Thorne ließ Edmond los und legte seinen Mantel ab. Dann löste er seinen Schwertgürtel und warf ihn in die gleiche Ecke, in der Edmonds Schwert lag.

»Es geht um diese Hexe, die Ihr mich habt heiraten lassen, nicht wahr?« fragte Edmond.

»Hexe?« Thorne warf seinen Dolch ebenfalls zur Seite.

»Sie hat einen Zauberbann über mich gelegt.«

In dem Moment, als Thorne sich fragte, wo Edmonds Dolch sei, sah er das silberne Blitzen in der Hand seines Gegenübers, und die Waffe näherte sich Thornes Auge. Er wich aus, packte Edmonds Handgelenk und schlug damit gegen die Wand. Der Dolch fiel zu Boden, und Thorne stieß die Waffe weg.

Aus dem Augenwinkel erkannte er, daß Edmond das Knie hob. Er trat zur Seite, so daß der Stoß ihn am Oberschenkel traf und sein beabsichtigtes Ziel verfehlte. Bevor Thorne zurückwich und sich das Bein rieb, rammte er die Faust in Edmonds Magen, und der jüngere Mann fiel stöhnend zu Boden.

»Ihr überrascht mich, Sir Edmond«, sagte Thorne. »Ihr kämpft, als wärt Ihr überhaupt kein Mann. Ist es wahr, daß Ihr nur einen ekelhaften, winzigen ...«

Mit einem wütenden Schrei kam Edmond wieder auf die Füße und wollte sich auf den Falkner stürzen. Thorne machte einen Schritt seitwärts, packte Edmond und nutzte den Schwung, um ihn durch den Raum an die andere Wandseite zu schleudern. Stöhnend brach Edmond zusammen und hielt sich mit beiden Händen die Nase. Durch die Finger sickerte Blut.

»Ihr habt mir die Nase gebrochen, elender sächsischer Bastard!« heulte er kläglich. »Ich habe nichts getan, daß Ihr mich so behandeln dürft!«

»Ihr habt Euch an einer unschuldigen Frau vergangen und sie übel zugerichtet.«

»Unschuldig?« Schwankend richtete Edmond sich auf, und seine Augen blickten wild. »Sie hat einen Bann über mich gelegt. Das sagte ich doch schon! Sie hat mir meine Manneskraft geraubt!«

»Ihr wart noch nie ein richtiger Mann. Also könnt Ihr wohl kaum die Schuld auf sie schieben.«

»Sie hat einen Bann über mich gelegt, damit ich sie nicht ... damit ich ihr nicht geben konnte, was mein Recht als Ehemann ist. Ich war unfähig, es mit ihr zu tun. Alle haben mich verspottet, aber es war nicht meine Schuld. Die Hexe ist der Grund.«

Thorne sah Martines Gesicht vor sich, zerschmettert und blutig, mit Kratzwunden und roten Würgemalen, wo er die Hände um ihren Hals gelegt hatte. Jeder Muskel seines Körpers spannte sich in rasendem Zorn. »Also habt Ihr sie vergewaltigt.«

Mit dem Ärmel wischte Edmond sich die blutige Nase. »Ich habe es versucht«, sagte er tonlos, als sähe er nichts Falsches darin. »Es wurde langsam Zeit, dachte ich. Aber sie hat ihre Mittel, diese durchtriebene Hexe. Ich erinnere mich nur noch an den nächsten Morgen, und da war sie nicht mehr da.«

»Was sagt Ihr? Ihr habt die Ehe nie vollzogen?«

Edmond runzelte die Stirn. »Wenn das heißen soll, daß ich die Schlampe nie hergenommen habe, stimmt es. Ich habe es versucht ... Was ist daran so lustig?«

Er hatte die Ehe nie vollzogen. Bei dieser Enthüllung konnte Thorne ein erleichtertes Lächeln nicht unterdrücken. Martine hatte nicht mit Edmond geschlafen. Auf diese Weise gehörte sie noch immer ihm, ihm allein.

Edmond schlug mit der Faust gegen die Wand. »Was ist so verdammt lustig daran? Ich sagte Euch, daß sie eine Hexe ist! Für das, was sie mir angetan hat, sollte sie hängen! Es ist nicht meine Schuld!«

Wieder stürzte sich Edmond auf Thorne, doch dieses Mal schlug der Sachse zu und trommelte mit den Fäusten auf Edmonds Kopf und seine Brust. Edmond stolperte zurück und holte mit gestreckter Faust zum Gegenangriff aus. Thorne erhielt einen Treffer ins Gesicht. Die anderen Versuche wehrte er ab und teilte selbst Schlag um Schlag aus. Auch wenn Edmond noch kämpfte, trieb er seine Fäuste doch wahllos in alle Richtungen. Wie ein großes Kind, das einen Wutanfall bekam, schlug und trat er um sich. Er besaß einen gutgebauten, hochgewachsenen Körper, doch Thorne war größer und stärker — und wußte, wohin er treffen mußte, um den größtmöglichen Schaden anzurichten.

Thorne sah Martine vor seinem inneren Auge, bewußtlos und übel zugerichtet. Edmond sollte das gleiche erleiden, was er ihr angetan hatte. Ein glühendes Gefühl der Rache ergriff ihn. Sportliche Wettkämpfe oder der ritterliche Zweikampf waren eine andere Sache. Hier ging es um Vergeltung, Gerechtigkeit und Haß.

Tötet ihn nicht, hatte Peter gesagt. Einen Augenblick schloß Thorne die Augen und zwang die Gründe in sein Bewußtsein zurück, warum er Edmond schonen sollte. Es ging um Martine. *Er mußte Martine beschützen.*

Edmond krümmte sich am Boden und rang keuchend nach Luft, während er die Arme um seinen Oberkörper hielt. Thorne glaubte, mindestens eine Rippe brechen gehört zu haben, und er hatte gezielt Edmonds Nierengegend bearbeitet. Mit etwas Glück würde der Bastard wochenlang Blut im Urin haben. Jedes Mal, wenn er sich erleichterte, würde er an die Lektion erinnert werden, die er heute erhalten hatte.

Der Sachse nahm sein Schwert und den Dolch. Dann griff er in Edmonds Haar und riß dem am Boden Liegenden den Kopf hoch. Lippen und Nase waren blutig und geschwollen. Über einem Auge klaffte ein Riß, und bis morgen würde das ganze Gesicht blau unterlaufen sein. Thorne sah die Angst, aber auch den Trotz in Edmonds Augen.

»Mein Bruder wird Euch dafür bezahlen lassen, Waldbauer.«

»Euer Bruder wird nie etwas davon erfahren. In diesem Fall nämlich wärt Ihr ein toter Mann.«

Höhnisch grinste Edmond. »Nicht, wenn er Euch zuerst umbringt.«

»Dann wird einer meiner Gefolgsleute Euch erledigen.« Mit großem Ernst legte Thorne die Hand um seinen Schwertgriff. »Hiermit schwöre ich auf die geheiligte Reliquie, die in dieses Schwert eingeschlossen ist, daß Euch der Tod trifft, wenn Ihr auch nur einem Menschen erzählt, was heute in Hastings vorgefallen ist.«

Edmonds Augen wurden groß. Unwissenheit führte zu Aberglauben, und Edmond war so abergläubisch wie alle einfältigen Menschen. Hilflos breitete er die Hände aus. »Aber was soll ich sagen, wenn man mich fragt, was mit mir geschehen ist? Seht mich an!«

»Sagt, Ihr wärt von Wegelagerern überfallen worden, die Euch zusammengeschlagen und ausgeraubt hätten.« Thorne streckte seine Hand aus. »Eure Geldbörse.«

»Was? Ihr denkt doch nicht, daß ich Euch mein Geld ...«

Thorne riß heftig an Edmonds Haar, und der Junge schrie auf. »Eure Börse.«

»Diebisches Sachsenschwein«, murmelte Edmond, als er den Lederbeutel herüberreichte.

Thorne ließ Edmond los und warf den Mantel über sich.

»Noch ein letztes — und hört gut zu.« Wieder legte Thorne die Hand auf den juwelenbesetzten Schwertgriff. »Ihr werdet ebenfalls sterben, langsam und qualvoll, solltet Ihr Lady Martine jemals wieder anrühren. Außerdem ist Euch untersagt, mit ihr zu sprechen. Wenn sie den Raum betritt, habt Ihr ihn zu verlassen. Habe ich mich deutlich genug ausgedrückt?«

»Aber sie ist meine Gemahlin! Ich mußt den Rest meines verdammten Lebens mit ihr verbringen!«

»Das wird sich zeigen.«

Thorne wandte sich um und verließ den Raum, ohne Edmonds Frage zu beachten. »Was hat das zu bedeuten?«

Auf dem Weg nach draußen warf Thorne dem Aalhändler die Börse zu. »Ich bin nie hier gewesen.«

Martine erwachte im Falkenhaus. Sie lag auf der Seite in einem schmalen Bett. Neben ihr saß Thorne, ausgestreckt in seinem großen Lehnstuhl, den er an das Bett gerückt hatte, und hielt das Gesicht der Morgensonne entgegen, die durch das offene Fenster hereinströmte. Seine dunklen Bartstoppeln und die violetten Blutergüsse auf einer Wange ließen die Haut sehr blaß erscheinen. Seine Augen, die im hellen Sonnenlicht durchscheinend wirkten, blickten traurig und abwesend.

Jetzt erinnerte Martine sich, daß er gegen Sonnenuntergang zurückgekehrt war und die ganze Nacht bei ihr gesessen hatte. Von Zeit und Zeit war sie aufgewacht, jedes Mal verwirrt und ohne zu wissen, wo sie war. Thorne hatte sie getröstet, über ihr Haar gestrichen und ihr sanfte, beruhigende Worte ins Ohr geflüstert. Martine bemerkte das quer über dem Schoß liegende Schwert und erinnerte sich an den Eid, den er Rainulf geschworen hatte. Er hatte gelobt, sie zu beschützen, und nun hielt er sein Versprechen. Thorne war ein Ehrenmann — zumindest anderen Männern gegenüber.

Felda war ebenfalls während der Nacht im Falkenhaus geblieben, erinnerte sich Martine. Die Magd hatte ihr die Umschläge gewechselt und Wein zum Trinken gebracht. Martine fuhr mit der Zunge über ihre aufgesprungenen Lippen. »Wo ist Felda?« fragte sie mit schwacher Stimme.

Thorne erhob sich und setzte sich zu Martine auf die Bettkante. »Sie wird bald zurück sein«, antwortete er und legte sanft eine Hand auf ihre unverletzte Wange. »Weißt du, wo du bist?«

Als Martine nickte, ließen die Schmerzen sie zusammenzucken.

»Erinnerst du dich, was geschehen ist?«

Sie schloß die Augen. »Edmond«, flüsterte sie.

Thorne nahm ihre Hand. »Edmond wird dir nie wieder etwas tun.«

Nach einiger Zeit öffnete Martine die Augen, und ihr Blick blieb auf Thornes blutunterlaufenem Auge haften. »Was hast du mit ihm gemacht?«

Thorne strich ihr das Haar aus dem Gesicht. »Weniger als er verdient hat. Das Leben habe ich ihm gelassen.«

Martine sah ihm in die Augen. »Ich glaube, ich sollte dir danken.«

Er schüttelte den Kopf. »Deinen Dank verdiene ich nicht. Wäre ich nicht gewesen, hättest du ihn nie geheiratet. Was ich mit Edmond getan habe, war viel zu wenig und kam viel zu spät.« Er preßte Martines Hand. »Aber ich werde noch mehr tun. Oder es zumindest versuchen. Ich kann dich beschützen und für immer von ihm befreien.«

Martines Herz begann wild zu schlagen. »Ist das möglich?«

»Ich weiß nicht. Vielleicht. Stimmt es, daß ... die Ehe niemals vollzogen wurde?«

Sie sah die Hoffnung in seinen Augen. »Es stimmt.«

Thorne atmete auf. Seine Augen wurden heller, und er lächelte sogar. »Wenn ich erreichen könnte, daß die Ehe annulliert wird, würdest du ...«

»Annulliert!« Martine bemühte sich aufzusetzen, doch der Schmerz durchfuhr wie eine Messerschneide ihren Schädel, und sie sank in die Kissen zurück.

»Ganz ruhig.« Thorne beugte sich näher und nahm ihr Gesicht zwischen beide Hände. »Falls ich es erreichen könnte, wärst du damit einverstanden?«

»Mein Gott, mußt du danach fragen?«

Er schmunzelte. »Ich wollte nur sicher sein, was du willst, bevor ich mit den Nachforschungen beginne. Es müßte einfach sein, eine nicht vollzogene Ehe zu annullieren. Bruder Matthew kennt sich bestens im kanonischen Recht aus. Wir werden noch heute abend mit ihm sprechen.«

Martine runzelte die Stirn. »Heute abend? In Sankt Dunstan?«

Thorne nickte. »Für dich ist es hier nicht sicher genug. Edmond hält sich zweifellos noch in Hastings auf ... und ist nicht in der Verfassung, um reiten zu können. Aber Bernard und seine Gefolgsleute sind hier. Ich habe Felda und Peter geschickt, um deine restlichen Kleider und Habseligkeiten zusammenzupacken ...«

»Was ist mit Loki? Und meiner Kassette mit den Kräutern?«

»Das auch. Sobald sie zurück sind, brechen wir auf.«

»Es tut mir leid«, wiederholte Bruder Matthew, und Martine bewunderte die Geduld, mit der er ihr Unverständnis hinnahm. »Aber Ihr könnt eine Ehe nicht einfach annullieren lassen, nur weil sie nicht vollzogen wurde. Das wird nicht möglich sein.«

»Das ist unerhört«, sagte Thorne und sprang auf die Füße.

»Unerhört oder nicht, aber so lautet das kanonische Gesetz«, entgegnete Matthew. Seine glühenden dunklen Augen und der dichte schwarze Haarschopf mit der Tonsur in der Mitte standen in scharfem Gegensatz zu seiner ruhigen Geisteshaltung.

»Verdammt!« Thorne schritt zu einem der kleinen Fenster in der Haupthalle des Vorsteherhauses. Martine und Matthew saßen am Tisch und blickten auf seinen Rücken, während Thorne sich gegen den Fenstersims lehnte und kopfschüttelnd nach draußen in den dunklen Nachthimmel blickte.

Martine nahm Loki vom Boden und umarmte den Kater. Seit ihrer Ankunft in Sankt Dunstan am Nachmittag hatte sie kaum ein Wort gesprochen. Zu schwach zum Reiten, war ihr keine Wahl geblieben, als die Reise in einer geschlossenen Sänfte zurückzulegen. Obwohl sie unterwegs die meiste Zeit geschlafen hatte, den Kopf in Feldas Schoß gebettet, schmerzte ihr Körper überall, und sie fühlte sich unfähig, für sich selbst zu sprechen. Zum Glück war Thorne bereit, an ihrer Stelle die Sache vorzutragen.

Der Sachse schlug mit der Faust auf den Fenstersims und fuhr herum. »Es ist eine Ungeheuerlichkeit, daß sie durch das Sakrament der Ehe an dieses ... Tier gekettet bleiben muß, nur weil die Kirche so engstirnig ...«

»Die Kirche hat ihre eigenen Wege«, erklärte Matthew ruhig. »Es gibt mehr Gründe für eine Annullierung, als Laien im allgemeinen bekannt sind«, sagte er und machte eine bedeutungsschwere Pause. »Besonders hervorzuheben wäre die Impotenz.«

Thorne starrte Martine an. »Impotenz«, wiederholte er, als wollte er den Klang des Wortes prüfen.

»Dieser Grund wird immer wieder erfolgreich angewendet«, erklärte Matthew. »Wie ich den Fall sehe, könnte er Lady Martine die beste Chance für eine offizielle Eheauflösung bieten. Offen gesagt: ihre einzige Chance.«

Schweigend sahen sich Matthew und Thorne für einen Augenblick an. Dann wandten sich beide an Martine, als wollten sie um Erlaubnis bitten, in der Angelegenheit fortfahren zu dürfen.

Impotenz. Es war ein häßliches Wort, ein beschämendes Wort, das verstecktes Flüstern und Kichern hervorrief. Der Gedanke an ein formgemäßes öffentliches Verfahren erschien Martine abstoßend. Sie schloß die Augen. In ihrem Kopf pochte der Schmerz, und sie war erschöpft. Das Bild Edmonds erschien vor ihr, wie er dicht über ihr war, die gelben Zähne durch ein wildes Grinsen entblößt, während sein Gestank ihr in der Nase stach. Dann packte er sie mit seinen fleischigen Armen und zerrte sie zum Bett, wo Schmerz und Dunkelheit auf sie warteten.

Bebend öffnete sie die Augen, begegnete Thornes Blick und nickte. »Tut, was getan werden muß«, sagte sie, bevor sie sich erhob und aus dem Zimmer ging.

Auf einer Bank in der Ecke von Bruder Matthews Amtszimmer saß Thorne neben Martine und beobachtete nachdenklich und schweigend, wie der Vorsteher das Annullierungsgesuch über den großen Tisch in der Raummitte an Vater Simon reichte. Der Priester hielt das Dokument dicht vor seine Nase und zwickte die Lider zusammen, während er las.

In der entgegengesetzten Ecke saßen Bernard und Edmond, flüsternd in ein Gespräch vertieft. Oder besser gesagt: Bernard flüsterte, während sein Bruder, dessen Gesicht noch immer leichte Spuren der Blutergüsse trug, dumpf zu Boden starrte. Als Simon das Gesuch gelesen hatte, schloß er sich den beiden Männern in der Ecke an und murmelte etwas in Bernards Ohr.

»Impotenz?« rief Bernard.

»Was ist das?« murmelte Edmond.

Vater Simon wandte sich leise sprechend an ihn.

Edmond sprang auf die Füße. »Was?«

Seinen Bruder beim Arm fassend, erhob Bernard sich. »Edmond, ich sagte dir, daß du den Mund halten solltest ...«

»Du elende Hexe!« kreischte Edmond in Martines Richtung und reckte drohend die Faust, während Bernard und Simon ihn festhielten. »Das ist dein Werk!«

»Halt den Mund, Edmond!« zischte Bernard und schob seinen Bruder auf die Bank zurück. »Überlaß diese Angelegenheit mir. Das sagte ich dir bereits.« Er drückte Edmond an den Schultern nieder und beugte sich zu ihm, um ihm etwas ins Ohr zu flüstern. »In Ordnung?« hörte Thorne ihn schließlich fragen. Das Gesicht hinter seinen Haaren verborgen, ließ Edmond den Kopf hängen. »In Ordnung?« wiederholte Bernard. Ohne aufzusehen, nickte Edmond.

Bernard wandte sich um und glättete seine Tunika. »Wir stimmen der Annullierung nicht zu. Edmond und Lady Martine müssen verheiratet bleiben.«

Edmond vergrub das Gesicht in den Händen.

»O Gott«, flüsterte Martine. Thorne tätschelte ihren Arm und wünschte, er könnte mehr tun. Es war ausgeschlossen, daß er ihre Hand nahm und sie in die Arme schloß. Zu diesem Zeitpunkt der Verhandlungen würde jeder Hinweis auf unziemliches Verhalten verheerend für Martine sein. Aus Furcht, seine Gefühle für Martine könnten sich in seinem Gesicht zeigen, zögerte er sogar sie anzusehen.

Matthew stand auf und richtete sich an Bernard. »Wenn Edmond bei der Annullierung mit uns zusammenarbeitet, wird die Angelegenheit so diskret wie möglich behandelt, und wir garantieren, daß der Vorwurf der Impotenz niemals an die Öffentlichkeit gelangt. Aber sollte Edmond sich in irgendeiner Form widersetzen, wird Lady Martine nicht zögern, ihre Klage bis vor Papst Alexander zu bringen ... und dann, das versichere ich Euch, gibt es keine Möglichkeit mehr, die Umstände vertraulich zu behandeln.«

»Eure Drohungen ändern gar nichts, Mönch«, sagte Bernard. »Wir verweigern in jeder Hinsicht unsere Zusammenarbeit bei der Auflösung dieser Ehe.«

»Ihr wißt«, fuhr Matthew fort, »daß alle Ländereien, die Lady Martine als Brautgeschenk erhalten hat, durch die Annullierung an Lord Godfrey zurückgingen.«

»Sicher.«

»Warum widersetzt Ihr Euch dann?« wollte der Prior wissen.

Thorne erhob sich und trat vor. »Ich werde Euch den Grund sagen. Sie weigern sich, weil diese Kreatur« — er wies auf Edmond, der aufsah und ihm einen wütenden Blick sandte — »sich niemals wieder verheiraten kann. Nach dem, was er Lady Martine angetan hat, wird kein Vater ihm seine Tochter geben wollen. Jeder in der Burg hat gesehen, wie Lady Martine aussah, als ich sie an jenem Morgen zurückbrachte. Herr im Himmel, sie war zugerichtet, als hätte ein Rudel wilder Hunde sie angefallen. Mittlerweile sollte sich der Vorfall in ganz Sussex herumgesprochen haben.«

Vater Simon machte einen Schritt vor. »Wie Sir Edmond seine Gemahlin zu züchtigen beliebt, ist allein seine Angelegenheit. Diese Ehe darf aus dem einfachen Grund nicht aufgelöst werden, weil sie unter den Augen Gottes feierlich besiegelt wurde, und nur Gottes Wille kann daran etwas ändern. Die Ehe wird zu Ende gehen, wenn Sir Edmond oder Lady Martine von dieser Welt scheiden, und nicht einen Augenblick früher.«

Thorne lachte bitter. »Seit wann richtet sich Sir Edmond nach Gottes Willen?«

Bernard verschränkte die Arme. »Wir sind bereit, einen Kompromiß anzubieten, wenn die Lady bereit ist, uns anzuhören.«

Alle Augen wandten sich zu Martine, die zögernd nickte.

»Eine Annullierung, das sagten wir bereits, kommt nicht in Frage«, stellte Bernard mit ausdrucksloser Stimme fest. »Ihr müßt wissen, Mylady, daß es ohne unsere Zusammenarbeit Jahre dauern kann, bis Ihr die Eheaufhebung erreicht. Während des Prozesses werden sich völlig Fremde in Eure intimsten Angelegenheiten mischen. Das könnte sich als sehr unangenehm für Euch erweisen, und es gibt keine Gewähr, daß Ihr am Ende obsiegt.«

»Euer Angebot«, bohrte Thorne ungeduldig.

»Unter der Voraussetzung, daß Ihr alle Anstrengungen unterlaßt, eine Annullierung zu erreichen, dürft Ihr hier in Sankt Dunstan bleiben und nach angemessener Zeit zu Edmond zurückkehren, der bereit ist, Eure mangelnde Demut als Ehefrau zu vergeben und Euch wieder aufzunehmen.«

»Zurückkehren?« Martine schüttelte entschieden den Kopf. »Niemals!«

»Das ist unser einziges Angebot«, sagte Bernard.

Martine erhob sich. »Ich werde die Annullierung weiterverfolgen.«

Bernard schüttelte den Kopf. »Ich warne Euch, Mylady. Ihr werdet mächtige Gegner in uns finden. Mein Bruder wird jeden Vorwurf der Impotenz energisch zurückweisen.«

»Die Lady behauptet, daß die Ehe niemals vollzogen wurde«, betonte Matthew.

»Edmond wird das Gegenteil beweisen«, sagte Bernard. Thorne sah, wie Edmond seinem Bruder einen unbehaglichen Blick zuwarf, bevor er nickte und die Augen zu Boden schlug. »Hier steht nur ihre Aussage gegen seine.«

»Nicht unbedingt«, entgegnete Matthew. »Lady Martine ist völlig frei, den Beweis zu erbringen, daß sie niemals an einem ehelichen Akt beteiligt war. Dazu muß sie sich nur der Untersuchung durch einen Arzt unterziehen.« Matthew wandte sich an Martine. »Ich bin sicher, Ihr habt nichts gegen eine solche Untersuchung einzuwenden, Mylady?«

Hilflos sah Martine zu Thorne, der kaum merklich den Kopf schüttelte. Herr im Himmel, was nun?

»Mylady?« wiederholte Matthew.

»Dürfte ich Euch einen Augenblick unter vier Augen sprechen, Bruder?«

Matthew führte Martine aus dem Zimmer. Als sie kurze Zeit später zurückkehrten, heftete der Vorsteher einen knappen, wissenden Blick auf Thorne. Dann wandte er sich an Bernard. »Wie es aussieht, verbieten die zarten Empfindungen von Lady Martine eine solche Untersuchung. Als Dame von hohem Stand scheint ihr der Verlust ihrer Intimsphäre unerträglich, den ein Annullationsgesuch nach sich ziehen würde.«

Thorne atmete heftig aus und schüttelte den Kopf. Ein guter Verteidiger war der Mönch nicht.

Bernard zeigte sein totes Lächeln. »Kann ich daraus schließen, daß sie unser Angebot annimmt?«

»Ja«, sagte Matthew, »so lange Klarheit darüber besteht, daß Lady Martine auf unbestimmte Zeit als Gast in Sankt Dunstan bleiben kann und nicht entführt ...«

»Sicher nicht«, antwortete Bernard.

»... oder auf andere Weise unter Druck gesetzt wird, in das Haus ihres Gemahls zurückzukehren.«

Bernard nickte. »Ihr habt mein Wort. Und«, fügte er als offensichtlichen Nachgedanken hinzu, »das meines Bruders natürlich auch.«

Gesammelt wartete Martine im kalten dunklen Stall, während Thorne seinen weißen Hengst sattelte, um nach Harford zurückzureiten. Die Einigung lautete, daß sie die nächsten ein oder zwei Jahre in Sankt Dunstan blieb, bis Rainulf von seiner Pilgerreise zurückgekehrt war und mit ihr nach Oxford gehen konnte. Zunächst hatte Bruder Matthews Abt sich gegen die Entscheidung gesperrt, einer Frau den ständigen Aufenthalt in Sankt Dunstan zu erlauben, doch seine Zurückhaltung schwand, als Martine der Abtei einige der

Goldmünzen aus der Notreserve spendete, die Rainulf ihr gegeben hatte. Das hinderte den Abt nicht, von Bruder Matthew zu verlangen, Martine strenge Verhaltensvorschriften aufzuerlegen. Sie hatte sich bescheiden wie eine Nonne zu kleiden, mußte jeden Morgen die Messe besuchen und den Mönchen so weit wie möglich aus dem Weg gehen. Man erwartete von ihr, die Regeln der Schicklichkeit in jeder Hinsicht zu beachten. Jede Überschreitung dieser engen Grenzen würde ihren sofortigen Verweis aus Sankt Dunstan zur Folge haben. Wie Matthew Martine erklärte, sei das Kloster ein Zufluchtsort für Männer, die allen weltlichen Versuchungen entsagt hätten, einschließlich der Frauen, und es wäre daher grausam, würde man die Mönche dem aussetzen, was sie nicht haben könnten.

Es war Thorne, der für Martine verhandelte, die nötigen Vorkehrungen traf und sich um alles kümmerte. Martine schätzte seine Bemühungen, doch gleichzeitig war ihr bewußt, daß er vor allem sein Versprechen gegenüber Rainulf einhielt. Was Thorne wirklich für sie empfand, war schwer zu erkennen. Wenn er sie liebte, dann sicher nicht so tief, wie ihre eigenen Empfindungen gingen. Martine war beschämt, sich selbst eingestehen zu müssen, wieviel Thorne ihr bedeutete, obwohl er ihr großes Unrecht zugefügt hatte. Nur ungern gab sie zu, wie sehr sie ihn vermissen würde, wenn er abgereist war.

Als der Sachse seine Reisevorbereitungen beendet hatte, trat er zu Martine und nahm ihre Hände in seine. Mit traurigen, im Halbdunkel glitzernden Augen sah er für einige lange Momente zu ihr herab. Martine hatte Angst zu sprechen und fürchtete, ihre Stimme würde den tiefen Schmerz verraten, den sie bei seinem Abschied empfand.

Thorne drehte ihre Hände und betrachtete sie, während er die Innenflächen mit den Daumen rieb. »Im Frühjahr kehre ich für einen Besuch zurück.«

Martine schluckte. Dann nickte sie.

Im Frühjahr? Das war ein halbes Jahr, bis sie ihn wiedersah!

»Du wirst hier in Sicherheit sein«, sagte er ruhig. »Vielleicht sogar glücklich. Felda ist bei dir, und es gefällt dir in Sankt Dunstan.«

»Ja«, flüsterte sie.

Thorne ließ ihre Hand los und strich sanft über die verletzte Wange und ihre Unterlippe, deren Riß kaum verheilt war. »Tut es noch weh?« fragte er.

Martine nickte. »Ein wenig.«

Mit dem Finger liebkoste Thorne sanft ihr Gesicht und achtete darauf, nicht ihre Wunden zu berühren. »Bald wirst du wieder völlig genesen sein. Und dann bist du noch schöner als vorher.« Martines Blick mußte zweifelnd gewesen sein, denn Thorne begann zu schmunzeln. »Leiden bereichert die Seele, und nur Menschen mit sehr reicher Seele sind wirklich schön.«

Er hob ihre rechte Hand an die Lippen und küßte sie. Martines Handfläche gegen seine Wangen gepreßt, schloß er die Augen. »Ich möchte nicht fortreiten«, flüsterte er rauh.

Ohne nachzudenken, strich Martine über seine Lippe, wie er ihre gestreichelt hatte. Mit der freien Hand umgriff Thorne ihre Finger und küßte sie. Dann neigte er sich zu ihr und kam mit dem Gesicht näher. Martine entzog ihm die Hand und stieß seine Brust zurück, weil sie an ihre wunde Lippe dachte.

»Ich werde vorsichtig sein«, versprach Thorne und schlang die Arme um sie. Als sich sein Mund auf ihre Lippen senkte, schloß Martine die Augen. Thorne hielt sein Versprechen und war vorsichtig.

Sein Kuß war warm und weich und voll sanfter Hingabe, als berührte er sie mit einer Daunenfeder. Noch ein zärtliches Streicheln und wieder eines ... dann legte Thorne den Mund auf ihre Unterlippe. Martine spürte das zarte Forschen der feuchten Zunge auf ihrer erregten Haut ... wie eine liebevolle, heilende Berührung.

»Martine«, seufzte er und schlang die Arme fester um sie. In dem Moment, als sie die Umarmung erwidern wollte, wurde die Stalltür geöffnet. Atemlos wichen sie auseinander.

Im grellen Sonnenlicht der Türöffnung verharrte Bruder

Matthew. »Ich bin gekommen, um Euch Lebewohl zu sagen, Thorne. Aber ich möchte nicht stören ...«

»Nein, Bruder«, sagte Martine und trat von Thorne zurück, der den Blick auf ihr ruhen ließ. Natürlich wußte Matthew von ihnen. Sie hatte es ihm selbst erzählt. Doch als der Vorsteher ihr die Regeln auseinandersetzte, nach denen sie im Kloster leben mußte, hatte er sie nachdrücklich gebeten, immer daran zu denken, daß sie eine verheiratete Frau sei und diese Rolle überzeugend spielen müsse. Eben erst hatte Martine ihm das Versprechen gegeben, und schon brach sie es! »Ich ... wir wollten uns nur ...«

»Wir haben uns nur verabschiedet«, sagte Thorne ruhig.

Martine nickte und fühlte sich merkwürdig dem Weinen nah. »Ja. Wir sehen uns also im Frühling wieder.«

Etwas traurig lächelte Thorne. »Ja.«

Als Martine sich umdrehte und das Stallgebäude verließ, rannen Tränen über ihr Gesicht.

17.

Martine tauchte ihren Gänsekiel erneut in das Tintenfaß und beugte sich über das kleine Pergamentblatt, auf dem sie das Rezept für ein Elixier aus Rosmarinextrakt festhielt. Es war eine Aufzeichnung für ihr *Herbarium Medica*, ein Vorhaben, das sie betrieb, seit sie in Sankt Dunstan lebte, und das ihr in den langen Wintermonaten vielleicht nicht die Einsamkeit, aber wenigstens die Langeweile erträglicher machte. Da Martines Bewegungsfreiheit auf die öffentlich zugänglichen Klostergebäude beschränkt war und sie möglichst nur mit Bruder Matthew und Bruder Paul, dem Krankenpfleger, sprechen durfte, hatte sie lediglich Felda und die anderen Klosterbediensteten zur Gesellschaft, und es gab kaum etwas für sie zu tun.

In ihrer Kammer war es zugig. Nur ein vor das Fenster gespanntes ölgetränktes Leinentuch, durch das gedämpftes Tageslicht einfiel, schützte sie vor dem eisigen Januarwind.

Matthew hatte ihr einen der kleinen Tische überlassen, wie sie von den Brüdern im Skriptorium benutzt wurden, die Stuhl und Schreibfläche in einem Möbelstück vereinten. Ungeachtet der Kälte, hatte sie den Tisch vor das Fenster gerückt, um besser sehen zu können. Auch wenn die Nähe zum Fenster Martines Augen guttat, litt ihre Schrift. Sie trug fingerlose Handschuhe, doch ihre Hände waren klamm, und Martine brachte nur mit Mühe die flüssige, elegante Schrift zustande, die sie von den Nonnen gelernt hatte.

Solchen Schwierigkeiten trotzend, konzentrierte sie sich an diesem Nachmittag besonders auf die selbstgestellte Aufgabe und studierte die verschiedenen Pflanzen und ihre medizinische Verwendung. Sie dachte an Tinkturen, Heilsäfte und Pulver, um die aus der Ferne herüberklingenden beunruhigenden Kampfgeräusche jenseits des Tals, aus der Richtung von Burg Blackburn, nicht hören zu müssen.

Sie legte die Feder nieder und hielt beide Hände an den Behälter mit heißen Kohlen, der an ihrem Gürtel hing. Die Wärme stieg ihre Arme hinauf und breitete sich wohltuend in ihrer sorgenschweren Brust aus. Dabei mußte Martine an eine andere Art der Erhitzung denken, an jene, die sie damals am Flußufer, nicht weit von hier, aufgewühlt und mit ihrem weißglühenden Feuer verzehrt hatte.

Bei dieser Erinnerung dachte sie an Thorne. Seit drei Monaten hatte sie ihn nicht gesehen, und ihr wurde bewußt, daß sein Bild sich hartnäckig in ihren Gedanken hielt. Sie dachte an seine Stimme, die leuchtend blauen Augen und das Lächeln mit den Grübchen, das ganz im Widerspruch zu seinen rauhen Gesichtszügen stand.

Das Haupt zwischen die mittlerweile geheilten Hände geborgen, schloß Martine die Augen. Ob Thorne unter den Belagerern von Burg Blackburn war? Natürlich mußte er dabei sein. Als Neville am Fest von Allerheiligen unter großem Heeresgetöse mit seiner Armee walisischer Kriegsknechte nach Sussex zurückgekehrt war, um Blackburn als seinen Besitz zu beanspruchen, hatte Olivier alle Vasallen und jeden Mann, der ihm Lehnstreue schuldete, zusammengerufen, damit der räudige Hund ausgeräuchert würde. Thorne war Godfreys bester Kämpfer und würde bei der Belagerung in der ersten Reihe stehen. Bruder Matthew zufolge befehligte er wahrscheinlich die Bogenschützen.

Die Belagerung zog sich bereits mehrere Wochen hin. Da Martine von Kriegführung nichts verstand, lauschte sie angsterfüllt auf die entfernten Geräusche, die durch die kalte Winterluft deutlich hörbar herübergetragen wurden: das Wiehern der Kriegsrosse, Trompetenklänge und hohe, befehlende Stimmen ... oder Schmerzensschreie. Einmal vernahm sie eine Vielzahl von Schreien zugleich und erbebte vor Entsetzen. Kurze Zeit darauf trafen drei Karren mit Oliviers Männern beim Kloster ein. Die Krieger stöhnten und wanden sich vor Schmerzen, die das brennende Pech verursachte, das Nevilles Waliser auf sie geschüttet hatten.

Bruder Paul und seine Gehilfen hatten die Verwundeten im Krankenrevier versorgt. Martine, die erfahren im Behandeln von Verletzungen war und wußte, daß die Fähigkeit des Krankenpflegers mehr auf dem Gebiet der Krankheiten lag, hatte immer wieder ihre Hilfe angeboten, doch Bruder Paul weigerte sich jedes Mal. Martine war es nicht erlaubt, diesen Teil des Klosters zu betreten, und Bruder Paul hatte statt dessen vorgeschlagen, daß sie den Verletzten durch ihr Gebet helfen solle.

Noch andere, geheimnisvollere Geräusche untermalten den nicht enden wollenden Schlachtenlärm. Bei dem wiederholten dumpfen Dröhnen, erklärte Matthew, handele es sich wahrscheinlich um einen Rammbock, der benutzt werde, um die Befestigungsmauern von Burg Blackburn zu durchbrechen. Das gelegentliche laute Krachen könnten Geschosse sein, die von beiden Seiten mit Steinwurfmaschinen geschleudert würden.

Von Bruder Paul erfuhr Martine, daß die Männer im Krankenrevier die Belagerung für besonders schwierig erachteten. Obwohl noch nicht fertiggestellt, war die Burg äußerst fest gebaut und schien uneinnehmbar. Es war den Belagerern zwar gelungen, verschiedene Bereiche des Wallgrabens mit Steinen und Holzstämmen zu füllen, so daß sie auf die andere Seite gelangen konnten, doch die mächtigen Mauern erwiesen sich als unüberwindliches Hindernis. Ein weiteres waren Nevilles Waliser: hundert oder mehr hemmungslose Wilde, bewaffnet mit Armbrüsten, für die sie anscheinend endlosen Nachschub an Pfeilen besaßen. Ohne Zweifel würden ihre Vorräte für ein Jahr oder länger ausreichen. Daher schien es leicht vorstellbar, daß die Besatzer Oliviers Macht ausreichend lange standhielten und damit so viel Schaden anrichteten, daß der König schließlich gezwungen wäre, Neville die Baronie zu überlassen, trotz der unehrenhaften Methoden, mit denen dieser seine Herrschaft erreicht hatte.

Martine nahm wieder die Feder und schrieb bis zur Vesper. Sie unterbrach die Arbeit kurz für ein einsames Abendessen und setzte sie fort, bis bei Einbruch der Dunkelheit der Gesang der Mönche zum Tagesabschluß ertönte.

Während sie Feder, Tinte und Pergament zusammenräumte, bemerkte sie Gestank. Es roch nicht nur nach Holzrauch, sondern nach brennendem Fleisch und etwas anderem, das scharf und stechend in der Luft lag.

Sie griff ihren Mantel und verließ das Haus des Vorstehers, um zum vorderen Tor zu gehen, wo Matthew und verschiedene Laienbrüder standen und in der Dunkelheit zu Burg Blackburn hinüberstarrten. Es waren keine Flammen zu sehen, nur das Aufleuchten der Fackeln auf den Zinnen.

»Was geht dort vor? Was brennt da?« fragte Martine den Prior.

»Ich bin nicht sicher«, murmelte er und blickte mit zusammengekniffenen Lidern in die Ferne. Dann legte er eine Hand auf Martines Arm. »Kommt, es gibt keinen Grund, hier in der Kälte zu stehen. Morgen früh werden wir erfahren, was geschehen ist.«

Martine war kaum eingeschlafen, als Bruder Matthew sie weckte. »Sir Peter ist hier, Mylady«, sagte der Prior hinter dem Kammervorhang. »Er möchte Euch sprechen.«

Rasch warf Martine eine Tunika über ihr Nachtgewand und ging zu Peter, der in der Halle wartete, vollständig in seine Kettenrüstung gekleidet und den Helm in der Hand.

»Sir Peter?«

»Es geht um Thorne«, sprach der Ritter grimmig.

»Ist er ... er ist doch nicht ...«

»Nein, aber er ist ...« Peters betroffener Gesichtsausdruck sagte alles. »Ich dachte, Ihr habt vielleicht etwas, seine Schmerzen zu lindern.«

O Gott. »Wo liegt er?«

»Im Krankenrevier.«

»Bruder Paul wird mir keinen Zutritt gewähren.« Flehend blickte Martine zu Matthew.

Durch die Dunkelheit schienen die klugen braunen Augen des Priors mitten in Martines Herz zu dringen. »Bruder Paul schläft, und ich sehe keinen Grund, ihn zu wecken, wenn Ihr Euch selbst um Sir Thorne kümmern könnt ... das heißt, falls es Euch nichts ausmacht.«

»Oh, ich danke Euch.« Martine griff ihre Kassette und folgte den beiden Männern nach draußen und durch die mondlose Nacht, vorbei am Kreuzgang und Stiftshaus zu einem schwach beleuchteten Gebäude am östlichen Ende des Klosters. Das Innere bestand aus einem einzigen langen Raum mit Dutzenden von Betten, die aufgereiht an den Wänden standen und in denen verletzte Männer lagen, die meisten schlafend. Ein schmächtiger, sehr jung aussehender Mönch begrüßte respektvoll Bruder Matthew und Peter, während er staunend Martine anstarrte, den Blick auf ihre Zöpfe geheftet, die durch keinen Schleier bedeckt waren.

»Es ist alles in Ordnung, Bruder Luke«, sagte Matthew. »Wir sind hier, um nach dem Ritter zu sehen, der eben hergebracht wurde.«

Bruder Luke wies zu dem durch einen Vorhang abgeteilten Bereich in der hinteren Raumecke neben dem knisternden Feuer. »Wir haben ihn dorthin gebracht, wo es am wärmsten ist.«

»Heilige Mutter Gottes«, flüsterte Martine, als sie die Vorhänge beiseite schob und auf Thorne herabblickte. Er trug noch seine vollständige Rüstung einschließlich des stark zerbeulten Helms und war sehr blaß und verschwitzt. Sein Atem ging schwer, und der Blick wirkte glasig. An der rechten Schulter und am Unterarm waren Armbrustbolzen durch die Stahlmaschen seiner Rüstung gedrungen, und das Bein an dieser Seite lag in einem unnatürlichen Winkel.

»Thorne«, sagte Martine sanft.

Er konzentrierte den Blick auf Martine. Für einen flüchtigen Augenblick entspannten sich seine Züge, und er lächelte. Seine Lippen versuchten, ihren Namen zu formen, ohne daß ein Laut herausdrang, aber als Thorne den verletzten Arm zu ihr ausstreckte, verwandelte sich sein Lächeln zu einer verzerrten Grimasse, und er stöhnte mit zusammengepreßten Lidern.

Auf einem Tablett brachte Bruder Luke eine Schüssel mit Wasser, daneben ein Stück Seife, sauber gefaltetes Verbandszeug, verschiedene chirurgische Werkzeuge und dazu noch einen Krug Branntwein. Er stellte das Tablett auf den Tisch neben dem Bett.

Martine beiseite schiebend, löste er mit raschen Handgriffen Thornes Helm und machte sich daran, das komplizierte System von Riemen und Schnallen zu öffnen, mit dem seine Kettenhose, der Knieschutz und die Beinschienen festgehalten wurden.

Branntwein, das wußte Martine, war das einzige Betäubungsmittel, das die Mönche verwendeten. Die Wirkung würde wesentlich stärker sein, wenn sie etwas von ihrem Schlafpulver darunter mischte. Sie stellte ihre Kassette auf den Tisch, holte den Mörser heraus und zerkleinerte die erforderlichen Zutaten.

»Die Belagerung war erfolgreich«, sagte Peter ruhig. Er hatte die Augen auf seinen Freund gerichtet, der seine Anwesenheit nicht wahrzunehmen schien. »Burg Blackburn ist zurückerobert.«

»Wie habt Ihr das geschafft?« fragte Matthew. »Ich dachte, die Burg sei uneinnehmbar.«

»Das ist sie auch. Als uns klar wurde, daß wir niemals durch die dicken Befestigungsmauern dringen könnten, begann Olivier über einen Waffenstillstand mit Neville nachzudenken, doch Thorne meinte, ein Kompromiß sei untragbar nach dem, was dieser Bastard Anseau und Aiglentine angetan habe. Also machte er einen Plan, und Olivier stimmte zu.«

Der junge Mönch befreite den hünenhaften Sachsen aus seiner schweren Rüstung aus Stahl und Leder und warf die Einzelteile auf den Boden. Jedes Mal, wenn er bei seinen Bemühungen die fest in das Fleisch gebohrten Armbrustbolzen berührte, fuhr Thorne zusammen.

»Der erste Teil von Thornes Plan bestand in einer klassischen Belagerungstaktik«, erzählte Peter weiter. »Das Sprengen der Befestigungswälle von unten. Dazu bauten wir direkt an die Mauer ein großes, mit Häuten bedecktes Zelt und stellten eine Abteilung Männer zusammen, die unter dem Wall einen Tunnel gruben. Den Tunnel stützten sie mit talggetränkten Holzstämmen ab, und als er fertig war, stopften wir ihn mit Stroh und toten Schweinen voll. In meinem ganzen Leben habe ich noch kein solches Feuer gesehen. Und den Gestank könnt Ihr Euch kaum vorstellen.«

»Es war unsere Windrichtung. Wir hatten den Gestank direkt in unserer Nase«, murmelte Matthew. »Verstehe ich Euch richtig, daß das Feuer dazu diente, den Tunnel und damit die Mauer zum Einsturz zu bringen?«

»Ja, aber es handelte sich um die dickste Mauer, die ich jemals gesehen habe. Natürlich stürzte sie nicht ein. Damit hat Thorne aber auch nicht gerechnet.«

Matthew runzelte die Stirn. »Er wußte, daß er scheitern würde?«

»Ja, es handelte sich nur ein Ablenkungsmanöver«, erklärte Peter. »Wir warteten bis zum Einbruch der Nacht, um den Tunnel in Brand zu setzen, so daß wir unseren wirklichen Plan im Schutz der Dunkelheit ausführen konnten. Während die walisischen Söldner alle auf den Zinnen über dem Tunnel versammelt waren und eimerweise Wasser herunterkippten, trugen Thorne, Guy und ich eine Sturmleiter zu dem Mauerteil, den sie unbewacht gelassen hatten.«

Bruder Luke hatte Thorne aus seiner Eisenrüstung befreit und nahm ein scharfes kleines Messer, um das Kopfpolster aus Leinen und die blutgetränkten wattierten Unterkleider aufzuschneiden.

Den Kopf schüttelnd, blickte Peter traurig auf den Sachsen. »Thornes Überlegung war, daß die Burg einfach zu gut gebaut ist, um sie zu zerstören. Wir mußten an anderer Stelle nach einem Schwachpunkt in Nevilles Verteidigung suchen, und den fanden wir bei den Walisern. Obwohl starke und geübte Krieger, waren sie doch nur gedungene Kämpfer. Sie stritten nicht aus Gefolgstreue für Neville, sondern weil er sie dafür bezahlte. Nahm man ihnen das Silber, gab es für sie keinen Grund mehr zum Kämpfen. Unser Plan bestand darin, daß wir drei, Thorne, Guy und ich, uns in den Bergfried schleichen, Neville suchen und ihn als Geisel nehmen.«

»Und dabei umkommt«, sagte Matthew. »Wie konntet Ihr überhaupt glauben, unbemerkt in die Burg zu gelangen, obwohl sie voll mit walisischen Söldnern war? Allein der Gedanke war reiner Selbstmord. Ist Euch das nicht in den Sinn gekommen?«

»Natürlich. Am Nachmittag vorher haben wir gebeichtet und die Absolution erhalten. Keiner von uns dachte, daß wir lebendig wieder herauskommen. Thorne wollte nicht, daß Guy und ich ihn begleiteten, aber es gelang ihm nicht, uns davon abzubringen. Als er die Sturmleiter an die Mauer hob, bestand er darauf, als erster zu gehen, um sicherzustellen, daß niemand auf den Zinnen war. Oben angekommen, zog er die Leiter hinter sich her, so daß wir nicht folgen konnten.« Peter schüttelte den Kopf, und seine Augen schimmerten feucht. »Dann grinste er zu uns herunter, als hätte er beim Pfeilewerfen gewonnen, statt sich soeben selbst zum Tod zu verurteilen.«

»Und damit rettete er Euer Leben«, fügte Matthew leise hinzu.

Peter stieß lang und stockend den Atem aus. »Er wandte sich um … und verschwand. Die Waliser löschten das Feuer. Wir warteten. Nach einiger Zeit hörten wir Stimmen aus dem Bergfried und dann einen heftigen Tumult. Schließlich wurde Nevilles Banner vom höchsten Turm eingeholt, und die Waliser riefen herunter, sie seien zur Übergabe bereit, vorausgesetzt, man hänge sie nicht auf. Olivier stimmte zu, und sie zogen die Fallgitter hoch. Wir nahmen den Walisern die Waffen ab und trieben sie im Bergfried zusammen. Neville war tot, und Thorne fanden wir in dem Zustand, wie Ihr ihn jetzt seht. Unser Kaplan spendete ihm sofort die Sterbesakramente. Die Waliser berichteten, daß Thorne in den Burghof vorgedrungen sei, dabei die beiden Treffer mit der Armbrust erhalten und schließlich Neville gefunden habe. Er trieb ihn mit der Schwertspitze vor sich her in den Bergfried und zwang ihn, den Walisern zu sagen, daß er nicht genug Silber besitze, um ihren Sold zu bezahlen.«

»Stimmte das?« wollte Matthew wissen.

»Das glaube ich nicht. Neville war nicht so dumm, sich mit hundert blutrünstigen Barbaren zu umgeben, hätte er nicht den geforderten Preis zahlen können.«

»Wie starb er?«

»Die Waliser stürzten sich auf ihn und rissen ihn in Stücke. Als wir ihn fanden, war er … hatten sie ihn …« Peter warf einen Blick in Martines Richtung und sah, daß sie das Pulver in eine Tasse mit Branntwein schüttete. »Ich fürchte, diesen Anblick werde ich nie vergessen. In dem Aufruhr wurde Thorne das Bein gebrochen, aber es geschah unabsichtlich. Hätten die Waliser ihn töten wollen, lebte er nicht mehr. Daran besteht kein Zweifel. Ich vermute, zu diesem Zeitpunkt hatte er sich bereits solche Achtung bei ihnen erworben, daß sie ihn nicht mehr töten wollten — oder sie hatten schon aufgeben. Zuerst konnten sie kaum fassen, daß Thorne sich noch immer auf den Beinen hielt, nachdem er zwei Treffer mit der Armbrust abbekommen hatte, und dann staunten sie darüber, daß er zu ihnen hielt. Sie erfanden einen walisischen Namen für ihn, der ungefähr das gleiche bedeutet wie ›Englischer Riese, der nicht sterben will‹.«

Halbtot auf dem Krankenbett liegend und nur schwach bei Bewußtsein, wirkte Thorne kaum wie ein bestaunenswerter englischer Riese. Martine fand seine ungewohnte Verletzlichkeit herzzerreißend.

»Was wird nun aus Blackburn?« wollte der Prior von Peter wissen.

Der Ritter zuckte mit den Schultern. »Das weiß niemand, aber dieses Mal geht Olivier nicht das Risiko ein, die Burg unbemannt zu lassen. Er selbst zieht mit seinem Haushalt dorthin, bis er eine Entscheidung über die Zukunft von Blackburn getroffen hat.«

Martine fuhr zusammen, als sie den Schauder sah, der Thorne durchlief, als Bruder Luke vorsichtig sein Schienbein in der Nähe des Knochenstücks betastete, das direkt unter dem Knie herausragte.

»Ich glaube, das Bein muß amputiert werden«, sagte der Mönch zu dem Sachsen. Martine folgte Thornes Blick zu der Ansammlung von Messern, Zangen und Knochensägen auf dem Tisch neben dem Bett. Seine Gesichtsmuskeln zeigten keine Regung, doch er schluckte heftig.

»Ich werde Bruder Paul wecken gehen«, flüsterte der junge Mönch zu Bruder Matthew gewandt. »Außerdem brauchen wir noch vier weitere Männer, um ihn festzuhalten. Starke Männer«, fügte er mit einem Blick auf den Sachsen hinzu.

Bevor Matthew antworten konnte, schaltete Martine sich ein. »Laßt es mich zuerst versuchen. Ich kann den Bruch richten und das Bein schienen. Ganz sicher.«

»Habt Ihr so etwas schon einmal gemacht?« fragte der Prior.

»Ich habe dabei geholfen. Mehr als einmal. Bitte. Mit einem kräftigen Nagel und einem Breiumschlag aus Beinwell können wir sein Bein bestimmt retten.«

»Was ist, wenn die Wunde eitert?« fragte Matthew. »Dann wird es ihn schlimmer treffen, als wenn wir einfach amputiert hätten.«

»Es gibt Möglichkeiten, dies zu verhindern«, antwortete Martine. »Um die Armbrustbolzen kann ich mich auch kümmern. Laßt es mich einfach versuchen. Bitte.«

Matthew kam mit einem weiteren Einwand. »Ihr werdet beim Einrichten des Knochens Hilfe brauchen, und wenn Ihr diese Bolzen herauszieht ...«

»Ich helfe ihr«, bot Peter an und begann, seine Rüstung abzuschnallen.

Matthew beugte sich über Thorne. »Sir Thorne, erlaubt

Ihr, daß Lady Martine sich um Eure Verletzungen kümmert?«

Thorne blickte zu Martine, und das Vertrauen in seinen Augen erfüllte sie mit Stolz und Angst zugleich. Ich darf ihn nicht im Stich lassen, dachte sie.

»Ja«, kam die rauhe Antwort, und er nickte. »Sie kann mich behandeln.«

»Dennoch brauchen wir noch vier kräftige Brüder, um ihn festzuhalten, während sie arbeitet.«

Martine hielt die Tasse mit dem medizinischen Branntwein an Thornes Mund und hob seinen Hinterkopf. »Trink das, und wir werden die Männer nicht brauchen.«

Er begegnete ihrem Blick. »Was ist da drin?«

»Außer Schierling?«

Dem jungen Mönch blieb der Mund offen stehen, und Thorne schmunzelte, bevor er rasch die Tasse leerte. Als Martine ihn losließ, hob er die linke Hand oder mehr noch seine Faust, und sie sah, daß er die Finger fest um etwas geschlossen hielt. Mit dem Handknöchel strich Thorne müde und zart über Martines Wange, die geschwungene Linie ihrer Knochen entlang und über das Kinn, während er mit den Augen seiner Hand folgte, als wollte er sich Martines Gesicht noch einmal einprägen. Für kurze Zeit vergaß sie den Streit zwischen ihnen und den Schmerz, von Thorne benutzt worden zu sein, und spürte nur noch, wie sie durch seine Nähe erfüllt wurde. Dieses Gefühl raubte ihr den Atem.

Als Matthew sich räusperte, nahm Martine Thornes Hand und legte sie auf das Bett zurück.

Glücklicherweise war Peter gerade damit beschäftigt, seine Hauberge über den Kopf zu ziehen, so daß er nichts sehen konnte. Bruder Matthew wußte bereits, daß Martines Verhältnis zu Thorne Falconer nicht immer vollkommen unschuldig gewesen war. Aber die ganze Welt brauchte es nicht zu erfahren.

Martine legte eine Hand auf Thornes Stirn, die sich heiß und feucht anfühlte. »Schließ die Augen«, flüsterte sie.

Ein leichtes Kopfschütteln war die Antwort. »Noch nicht.«

Thornes Lider wurden bereits schwer. »Ich möchte dich ansehen.«

Sie lächelte. »Du bist ein großer Dickkopf.«

Obwohl sein Blick langsam schwächer wurde, lächelte er ebenfalls, während er Martine weiter mit den Augen festhielt. »Ja, das bin ich«, sagte er mit schwerer Zunge.

»Und jetzt schlafe«, bestimmte Martine, als er es nicht mehr vermochte, seine Augen offenzuhalten.

Stumm formte Thorne mit den Lippen ein Nein, und schon sackte sein Kopf zur Seite. Als der linke Arm vom Bett glitt, fiel etwas aus seiner Hand und rollte auf den Boden.

Peter hob es auf.

Aha, dachte er und umschloß den schön gearbeiteten kleinen Gegenstand mit der Hand, das hätte ich wissen können.

Er hatte sich bereits gefragt, was Thorne in den letzten Monaten mit sich herumtrug. Der Sachse weigerte sich, es zu zeigen, doch Peter beobachtete, wie er gelegentlich in seine Tunika griff, um es zu berühren. Manchmal nahm er den Gegenstand heraus und strich mit den Fingern darüber, bevor er ihn wieder vor neugierigen Blicken verbarg. Und seit sie Thorne nach der Rückeroberung von Blackburn gefunden hatten, hielt er die Hand um etwas geschlossen.

»Was ist das? Was hat er festgehalten?« fragte Lady Martine, als sie die Hände in das Wassergefäß tauchte und einseifte.

Peter zögerte. Es war die weiße Königin des Schachspiels, das Lady Martine Edmond zur Verlobung geschenkt hatte, die weiße Königin mit ihren Zügen. Kurz vor der Hochzeit wurde die Schachfigur vermißt gemeldet. Alle waren sich einig gewesen, daß der Verlust kaum von Bedeutung sei, da Edmond nicht Schach spiele. Auch erwähnte ihm gegenüber niemand den Diebstahl, und er schien ihn nicht einmal bemerkt zu haben.

Es war Martine von Rouens Bildnis, das Thorne bei sich trug und zärtlich berührte, das er sehnsüchtig anstarrte und dicht an sein Herz hielt. Ein kläglicher Ersatz für die lebende Lady Martine, aber einer, mit dem er sich zufrieden geben mußte. Ob sie seine Gefühle kannte? Vielleicht nicht. Und in diesem Fall war es nicht Peters Aufgabe, etwas daran zu ändern.

Martine trocknete die Hände. »Was war es? Ein Stein?«

»Ja«, sagte Peter und versteckte die weiße Königin in seiner Innentasche. »Nur ein Stein.«

Nickend wies Martine auf die Wasserschüssel. »Wenn Ihr bitte auch Eure Hände waschen möchtet ...« Sie strich eine Haarlocke aus Thornes Stirn, und ihr Blick glitt über seinen ausgestreckten Körper. An Schulter und Arm, die von den Bolzen durchbohrt waren, hielt sie inne, und dann sah sie auf den fast vollständig zertrümmerten Beinknochen. Erschüttert und entschlossen zugleich, machte sie einen tiefen Atemzug. »Dann können wir anfangen.«

18.

Thorne öffnete die Augen. Es war mitten in der Nacht. Hinter den Vorhängen, die sein Bett umgaben, hörte er das regelmäßige Schnarchen der anderen Patienten. Das einzige Licht in der Krankenstation war der goldene Schein der Feuerstelle rechts von ihm auf der anderen Seite des Vorhangs. Nein, es gab noch ein Licht. Zu seiner Linken glomm etwas. Da Thorne wußte, daß er sich nicht aufrichten konnte mit seinem rechten Arm und dem gebrochenen Bein in Schienen, wandte er nur den Kopf. Er hoffte, Martine dort sitzen zu sehen und betete, daß sie nach wie vor zu ihm kam ...

Sie war da und saß, zusammengekauert und schlafend, in dem großen Lehnstuhl, den die Mönche für sie herbeigeschafft hatten. Das Glimmen ging von der Öllampe aus, die neben verschiedenen Fläschchen und Krügen, dem Stapel mit frischem Verbandszeug, einem Wasserkrug und einer Tasse auf dem kleinen Tisch neben seinem Bett stand. Tag und Nacht hatte Martine bei ihm gewacht, seine Verletzungen versorgt und ihm Gesellschaft geleistet, seit ... wie lange lag er schon hier?

Thorne wußte nicht mehr, wie er nach Sankt Dunstan gekommen war, und hatte nur flüchtige, durch den Schmerz verzerrte Erinnerungen an den ersten oder zweiten Tag. Soweit er sich erinnern konnte, befand er sich den fünften Tag an diesem Ort. Seine fünfte Nacht, und Martine war die ganze Zeit hiergewesen. Nur für kurze Unterbrechungen zum Schlafen und um sich zu waschen, war sie ins Haus des Vorstehers zurückgekehrt. Bruder Matthew hatte versucht, sie am Kommen zu hindern und darauf hingewiesen, daß die Krankenstation des Klosters kein Platz für eine Frau sei, doch Martine blieb hartnäckig und beharrte darauf, daß Thorne sie brauche.

Sie hatte recht. Natürlich brauchte er sie. Auf so viele Arten, die er nicht aufzählen konnte.

Im Augenblick sehnte er sich danach, Martine ansehen zu können. Um der Kleidervorschrift zu genügen, die man ihr auferlegt hatte, trug sie ein schlichtes dunkles Obergewand und einen schweren weißen Schleier, der ihr Haar vollständig bedeckte. Das Gesicht und die weißen Hände leuchteten warm im Feuerschein, der durch die Vorhänge gefiltert hereindrang, während ihre Brauen und die Wimpern sich rußschwarz von der elfenbeinfarbenen Haut abhoben. Ihre üppigen Lippen waren leicht geöffnet und entblößten die makellosen weißen Spitzen ihrer oberen Zahnreihe.

Eine Hand von Martine ruhte auf einem offenen Buch. Als Thorne den Kopf zu heben versuchte, um einen besseren Blick auf Martine zu haben, zuckte der Schmerz durch seine rechte Schulter. Er sog die Luft ein und sank auf das Bett zurück. Da der Schmerz nicht nachließ, streckte Thorne den unverletzten linken Arm aus und zog das Buch vorsichtig unter Martines Hand hervor.

Durch die Bewegung wurde sie wach und fuhr ruckartig hoch. Dabei entglitt Thorne das kleine Bändchen, und es fiel zu Boden.

»Was …« murmelte Martine und blinzelte verwirrt. »Thorne, geht es dir gut?« Sie bemerkte, daß sein Arm aus dem Bett hing und legte ihn fürsorglich zurück, bevor sie das Buch aufhob.

»Ich wollte dich nicht wecken«, sagte Thorne leise, um die anderen schlafenden Männer hinter dem Vorhang nicht zu stören. »Ich wollte nur wissen, was du liest.«

Martine zeigte ihm den Einband. »Ovids *Amores*.«

»Würdest du mir daraus vorlesen?«

Mit einem Blick auf das Buch lächelte Martine verlegen. »Meinst du nicht, daß du vielleicht lieber seine *Heroides* hören möchtest? In der Bibliothek gibt es ein Exemplar.«

Thorne schmunzelte. »Nein, ich glaube, heute nacht verlangt meine Stimmung mehr nach den *Amores*.«

Seite um Seite las Martine ihm die Liebesgedichte vor, während Thorne sie durch seine halbgeschlossenen Lider beobachtete und in der weichen melodischen Stimme und Martines unendlich tröstender Anwesenheit tiefe innere Ruhe fand. Martine hielt mit dem Lesen inne, goß sich eine Tasse Wasser ein und trank.

»Könnte ich auch etwas davon haben?« fragte Thorne.

»Natürlich.« Sie füllte noch einen Becher, setzte sich zu Thorne auf die Bettkante und legte vorsichtig einen Arm um seinen Rücken, wobei sie darauf achtete, nicht den Verband zu berühren. Mit seiner gesunden linken Hand umgriff Thorne ihre Schulter und atmete heftig ein. »Ganz ruhig«, mahnte Martine, während sie ihm beim Aufsetzen half. Thorne verzog das Gesicht, während der Schmerz ihn durchzuckte. Erst als er aufrecht saß, wurde ihm bewußt, daß er seine Nägel tief in Martines Schulter gegraben hatte.

»Tut mir leid«, murmelte er und schüttelte seinen linken Arm. »Morgen wirst du eine Kratzwunde haben.«

Martine lächelte. »Ich habe überall Verletzungen. Das gehört dazu, wenn man einen ›Englischen Riesen, der nicht sterben will‹ pflegt.«

»Das gehört dazu? Was denn noch?«

Thorne bemerkte, daß ihr Blick auf seine bloße Brust fiel, denn unter dem Laken war er nackt. Rasch sah er zur Seite. »Nichts«, entgegnete Martine. Sie nahm die Tasse und hob sie an seinen Mund. Thorne hielt ihre Hand fest. Als seine großen Finger sich um ihre zarte Hand schlossen, fragte er sich, ob das leichte Zittern auf die späte Stunde oder seine

Nähe zurückzuführen sei. Wenn Martine seine Verbände wechselte oder ihm Medizin in den Mund träufelte, schien ihr sein nackter Zustand nichts auszumachen. Zu anderen Zeiten jedoch war ihr seine Nacktheit mehr als bewußt. Wenn sie ihn als Mann sah statt als hilflosen Patienten, fand sie seine Nähe verwirrend. Wie konnte es anders sein nach dem, was zwischen ihnen geschehen war?

Thorne leerte den Becher und noch einen zweiten. »Danke.«

Martine stellte das Trinkgefäß auf den Tisch zurück. Nun würde sie sich wieder in ihren Lehnstuhl setzen, vermutete Thorne. Aber sie überraschte ihn und legte die Hand auf sein Gesicht, um seinen Fünftagesbart zu streicheln. Thorne schloß die Augen und genoß die Liebkosung durch ihre kühlen Finger. »Du brauchst eine Rasur«, sagte sie.

»Das geht nicht mit meiner linken Hand.« Eine angenehme Vorstellung tauchte in Thorne auf. »Vielleicht könntest du das für mich tun?«

Martine ließ ihre Hand auf den Schoß fallen und schien über die Möglichkeit nachzudenken. »Also gut«, antwortete sie mit leichtem Schulterzucken. »Dann werde ich dich morgen früh rasieren.« Erfreut strahlte Thorne. Für einige Augenblicke sah Martine auf ihre Hand und wirkte sehr züchtig in ihrer nonnenartigen Tracht. Thorne wünschte, er könnte mehr von ihr sehen. Der verdammte Schleier verdeckte sogar ihre Stirn. In sich hineinlächelnd, dachte er an den Tag, als sie sich zum ersten Mal begegnet waren. Er war so sicher gewesen, daß ihr Kopfschmuck Pockennarben, schütteres Haar oder einen anderen Schönheitsfehler verbergen würde.

Am nächsten Morgen, als sie in ihrem indigofarbenen Gewand über den Burghof eilte, mit makellosem Gesicht und Haaren wie aus purem Gold, war er vor ungläubigem Erstaunen wie gebannt gewesen. Ebensogut hätte die Sonne im Westen aufgehen können.

»Es gibt eine Frage, die ich dir stellen möchte«, sagte Martine. »Ich schätze, sie ist ziemlich persönlich.«

Thorne erlaubte sich ein Lächeln. »Zuerst möchte ich etwas von dir. Ich beantworte deine Frage, wenn du mir einen Wunsch gewährst.«

Ihre Brauen schoben sich zusammen. »Wie lautet er?«

Lächelnd schüttelte Thorne den Kopf. »Das kann ich dir vorher nicht sagen. Wo bleibt dann der Spaß?«

Martine rollte die Augen. »Also gut. Aber zuerst meine Frage.«

»Natürlich«, entgegnete er trocken.

Sie machte einen tiefen Atemzug. »In dieser Nacht vor Burg Blackburn, als du Peter und Guy überlistet hast, damit sie dir nicht zu Lord Neville folgten ...« Mit bedrücktem Gesichtsausdruck schüttelte Martine den Kopf. »Du wußtest, daß du sterben würdest. Dir war klar, daß der Tod auf dich wartete. Nur durch ein Wunder hast du überlebt.«

Thorne schloß seine Finger über ihre im Schoß zusammengepreßten Hände. »Es ist dein Verdienst, daß ich überlebt habe ... als körperlich vollständiger Mensch.«

»Dennoch«, fuhr Martine ernst fort, »normalerweise wärst du nicht mehr am Leben. Das wußtest du.«

Er drückte sanft ihre Hände. »Was willst du mich fragen, Martine?«

In offensichtlicher Verwirrung schüttelte sie den Kopf. »Warum? Warum warst du bereit, dein Leben zu opfern?«

»Jemand mußte ...«

»Nein«, entgegnete sie heftig und erwiderte beinahe glühend seinen Blick. »Warum du? Du allein, wenn es mit Peters und Guys Hilfe sicherer gewesen wäre?« Ihre Stimme bebte vor Bewegung. »Ich glaube, daß du sterben wolltest.«

Für einen Augenblick ließ Thorne ihre Worte schwer zwischen ihnen lasten, bis er ruhig antwortete: »Es gibt einen Unterschied zwischen dem Wunsch zu sterben und« — er zuckte mit den Achseln — »der Einstellung, daß einem das eigene Leben nicht besonders wichtig ist.«

Martine runzelte die Stirn. »Jeder Mensch will leben.«

Thorne blickte auf seine Hand, mit der er ihre streichelte. »Nicht, wenn es nichts gibt, wofür es sich zu leben lohnt. Wenn dir das, was du am meisten auf der Welt begehrst, für immer versagt bleiben wird.«

Einen wunderbaren Augenblick lang verbanden sich ihre innigen Blicke. Aber der Moment endete unvermittelt, als bei Martine eine plötzliche Erkenntnis aufblitzte und sie sich abwendete. »Dein Land«, sagte sie.

Land? »Nein, ich meinte …« *Was hatte er gemeint?* Was waren seine Gedanken, als er diese Dinge zu ihr sagte? Wollte er eine Erklärung vorbereiten … und welche? Die seiner Liebe? Liebe war eine Verpflichtung, die er sich kaum leisten konnte.

Am Nachmittag, als Peter in die Krankenstation gekommen war, um sich vor seiner Rückkehr nach Harford von ihm zu verabschieden, hatte er ihm die kleine Schachfigur zurückgegeben, die nach Martines Zügen geschnitzt war. »Das habt Ihr fallen lassen.«

Wortlos hatte Thorne die Figur entgegengenommen und sie sorgfältig unter der Strohmatratze verborgen, wo Martine sie nicht finden würde.

»Liebt Ihr sie?« hatte sein Freund gefragt.

»Nein«, antwortete Thorne rasch. »Ich brauche sie. Das ist nicht das gleiche.«

Peter hatte geschmunzelt. »Wirklich nicht?«

Es war nicht das gleiche, sagte Thorne mit mehr Überzeugung zu sich selbst, als er tatsächlich empfand.

»Mach dir keine Sorgen. Du wirst dein Lehen bekommen«, sagte Martine in höflichem Ton.

Den Blick von ihr abgewandt, nickte Thorne. »Ja.« Er ließ ihre Hände wieder los und umfaßte ihre Schulter. »Hilfst du mir beim Hinlegen?«

Martine legte die Arme um ihn und ließ ihn langsam auf das Bett zurückgleiten. Entschlossen, nur noch das Vergnügen zu genießen, von Martine umschlungen zu werden, verjagte Thorne die Sorgen aus seinem Kopf. Dabei stellte er sich vor, daß es eine Liebesumarmung wäre. Sein Kopf sank in das Federkissen, und Thorne schloß die Augen, während er den letzten Schmerz mit seinem Willen wegtrieb. Als er die Augen wieder öffnete, sah er, daß Martine sich über ihn beugte. Ihr Gesichtsausdruck war ernst, und die großen saphirblauen Augen glitzerten im gedämpften Feuerschein.

»Du hast noch einen Wunsch frei«, sagte sie so leise, daß er ihre Stimme kaum hörte.

Ihre arglosen Worte lösten erregte Vorfreude in ihm aus. Jetzt konnte er Martine um alles bitten, um wirklich jede Gefälligkeit, und sie würde durch ihr Ehrgefühl an das Versprechen gebunden sein. Thorne schluckte fest und ermahnte sich. Während der vergangenen vier Tage und fünf Nächte hatte sie ihn gesund gepflegt. Es wäre ein schlechter Dank für ihre Freundlichkeit, würde er die Situation ausnutzen. Also könnte er sie nur um die zuerst beabsichtigte Gefälligkeit bitten.

Er berührte den schweren Leinenstoff von Martines Schleier. »Nimm das ab.«

Wenn der Wunsch sie überraschte, so zeigte Martine es nicht. Nach kurzem Zögern löste sie die Kopfbedeckung, zog den Schleier herunter und ließ ihn auf den Stuhl fallen. Dann schüttelte sie sich. Als das Haar, befreit aus seinem Kerker, sich kühl und schwer wie schimmernde Seide auf seine nackte Brust ergoß, stockte Thorne der Atem.

Ihr Duft nach süßem Waldmeister und Lavendel, der an warme Haut und Sonnenschein erinnerte, erfüllte die Luft, hüllte ihn ein und überwältigte seine Sinne. Thorne griff in das Haar und hielt eine Handvoll an sein Gesicht, um den Duft einzusaugen. Die Hände zu beiden Seiten neben seinem Kopf aufgestützt, beugte sich Martine über ihn. Ihr Gesicht war sehr nah, und sie hatte die Augen auf ihn gerichtet. Wie ein duftendes Zelt aus Satin schlossen sich ihre Haare um sie und Thorne als kostbares Versteck nur für sie allein. Es war ein betörendes Gefühl, vollständig von Martine umgeben zu sein, warm, golden und geheimnisvoll. Thorne wurde schwindlig, und sein Herz hämmerte in der Brust, bis allein das Atmen schon Schmerzen bereitete.

Wider all seinen guten Absichten konnte Thorne sich nicht zurückhalten, Martine zu berühren. Er hob die Hand an ihre Wange. Martine preßte die Lider zusammen, als versuchte sie, ihm zu widerstehen, bis sie schließlich, resigniert seufzend, den Kopf drehte und ihre warmen Lippen auf seine Handfläche preßte.

»Martine«, stieß Thorne dumpf hervor, schloß die Hand um ihren bloßen Nacken und zog sie näher und näher ...

Martine hielt kurz inne, bevor ihre Lippen seine berührten, und Thorne sah die Furcht in ihren Augen. Dann schloß sie die Augen und küßte ihn. Es war ein wirklicher Kuß, voll leidenschaftlicher Glut, die Thorne ein erregtes Stöhnen entrang. Er fuhr durch Martines Haar und umfaßte ihr Haupt fester als beabsichtigt, bevor sein Kuß tiefer wurde und er ihre Wärme und den Geschmack mit seiner Zunge genoß.

Unfähig, sich selbst Einhalt zu gebieten, strich er über Martines Hals und suchte durch die Wolle ihrer Tunika eine weiche Brust. Bei dem leisen lusterfüllten Stöhnen, das aus ihrer Kehle stieg, wuchs seine Erregung. Sein Körper antwortete sofort. Noch nie war er so schnell hart geworden.

»Leg dich neben mich«, flüsterte Thorne mit belegter Stimme.

Martine schlüpfte aus den Schuhen und legte sich zur Hälfte über ihn, während sie mit dem Mund wieder seine Lippen suchte und in streichelnden Bewegungen durch sein Haar und über die Brust fuhr ... Wild drängend in seiner heftigen Erregung schob Thorne ihr Kleid nach oben und glitt mit der Hand zwischen ihre weichen Schenkel. Er streichelte die Haut sanft mit den Fingerspitzen, fand die enge Pforte ihrer Lust und drang tief hinein.

Martine rang nach Atem. Sie war feucht vor Verlangen und wollte ihn. Mit ehrfurchtsvoller Hingabe erforschte Thorne ihr weibliches Geheimnis. Der enge Innenraum war wunderbar feucht, glatt und warm. Thorne zog den Finger zurück und glitt höher, bis er ihre empfindsamste Stelle erreichte. Martine bebte. »Oh! O Gott ...«

Als er sie berührte, vergrub Martine das Gesicht in seiner Armbeuge. Er küßte ihren Scheitel und liebkoste ihr Haar. »Ja«, flüsterte Thorne, als ihre Hüften sich im Rhythmus seiner Zärtlichkeiten zu bewegen begannen. Martine atmete flach und heftiger, während der gesamte Körper sich anspannte. Dann zitterte sie überall. Ihre Finger gruben sich in seine Brust, und die leisen Schreie wurden durch das Kopfkissen gedämpft.

Thorne hielt Martine, bis ihr Atem wieder gleichmäßig ging. Dann nahm er ihre Hand, führte sie auf dem Laken nach unten und zeigte ihr seine schmerzhaft verlangende Männlichkeit.

»Sag mir, was ich tun soll«, flüsterte sie.

»Du mußt oben liegen.«

Mit geweiteten Augen sah Martine ihn an, bis sie nickte und zu verstehen schien. Sie drehte sich auf dem Bett, um nachzuprüfen, ob die Vorhänge geschlossen waren, bevor sie das Laken herunterzog und Thorne entblößte.

»Ich werde ruhig sein«, versprach er ... ein Versprechen, daß er beinahe im selben Augenblick brach, als Martine versuchte, sich mit gespreizten Beinen auf ihn zu setzen. Ihr Knie streifte sein geschientes Bein. Die schwache Berührung genügte, um einen heißen, schmerzhaften Stich durch jeden Nerv seines Körpers zu jagen.

»O mein Gott ... Thorne!« Martine kniete sich neben ihn auf das Bett und barg ihn hilflos in ihren Armen, während er wie ein wildes Tier keuchte, das in der Falle gefangen war. »Es tut mir leid!«

»Du hast keine Schuld«, konnte Thorne durch die zusammengebissenen Zähne herausbringen.

Martine strich über sein Haar und beugte sich hinunter, um ihn zu küssen. »Wie dumm von uns, zu versuchen ... Wir können es nicht tun. Es wird dir nur Schmerzen bereiten.«

Noch immer außer Atem lächelte Thorne. »Manche Dinge sind ein paar Schmerzen wert. Aber vielleicht ... nicht so starke Schmerzen.« Er lauschte auf das ruhige, regelmäßige Atmen hinter dem Vorhang. »Bis jetzt habe ich die anderen nicht gestört, aber wenn ich weiter so laut bin, werden sie aufwachen.«

Martine blickte an ihm entlang. »Bist du nicht ... enttäuscht?«

Thorne lächelte. »Ich habe nicht die Absicht, es soweit kommen zu lassen.« Er nahm Martines Hand und schloß sie über seinen pochenden Schaft. »Es gibt andere Möglichkeiten.«

Für einige Augenblick beobachtete Martine, wie Thorne ihre Faust auf und nieder führte. Dann ließ er die Hand los, und sie setzte die Liebkosung allein fort. »Mehr willst du nicht?« fragte sie. »Ich meine, ist das alles, oder gibt es« — sie ließ die Hand ruhen und sah etwas unsicher zu ihm hinauf — »noch etwas anderes?«

Thornes Blick wanderte zu ihrem Mund. Die üppigen Lippen waren rot wie Beerensaft. Natürlich gab es noch etwas anderes, aber er scheute sich, sie darum zu bitten. Es war ein Dienst, den nur Huren ihm bisher erwiesen hatten, und das gegen zusätzliche Bezahlung. Trotz ihrer geistigen Bildung mußte Thorne einräumen, daß Martine unerfahren war. Eine Liebkosung wie diese fände sie womöglich abstoßend, und sie käme sich beschmutzt vor.

Offensichtlich hatte Martine seine Blickrichtung bemerkt. Mit der Zungenspitze befeuchtete sie ihre verführerischen Lippen. Die Geste war bezaubernd unbewußt, jedoch nicht weniger aufreizend. Thorne schloß die Augen und betete darum, nicht die Beherrschung zu verlieren.

»Im letzten Sommer«, setzte sie an, »am Fluß ... als wir zusammen waren, hast du mich ... an einer bestimmten Stelle geküßt.« Ohne weitere Erklärungen wußte Thorne, was sie meinte. »Ist das etwas, was eine Frau auch für einen Mann tun kann?«

Thorne schluckte. »Ja.«

Martine blickte auf ihre Hand, die noch immer seine Erregung umschloß. Dann sah sie in Thornes Augen. »Möchtest du, daß ich es für dich tue?«

Sie wirkte auf so erfrischende Weise aufrichtig, daß Thorne lächeln mußte. »Ja, das hätte ich sehr gern.«

»Zeig es mir«, flüsterte sie. »Sag mir, was ich tun muß.«

Mit den Fingerspitzen fuhr Thorne über ihr Gesicht und berührte zärtlich die Lippen. »Du mußt nur . . . ich weiß nicht. Tu einfach, wovon du glaubst, daß es mir gefällt. Du kannst kaum etwas falsch machen.«

Mit unsicherem Blick senkte Martine den Kopf. Ihre dichten Haare legten sich als seidiger Vorhang über Thorne und versperrten ihm die Sicht nach unten, vielleicht eine absichtliche Maßnahme, um Martines Schamgefühl zu schützen. Thorne schloß die Augen. Ihm kam es wie eine Ewigkeit vor, bis er die erste leichte Berührung durch ihren Mund auf seiner harten, vor Lust schmerzenden Männlichkeit verspürte.

Angestrengt um Fassung bemüht, biß Thorne sich auf die Lippe. Er fühlte den unendlich zarten Druck von Martines Lippen und gleich darauf die heiße, feuchte Zungenspitze. Die tastenden Versuche verstärkten noch den Reiz. »O Gott«, flüsterte er bebend und ballte die Faust in ihrem Haar.

Thorne hatte Martine gesagt, daß sie kaum etwas falsch machen könne, und sie war wunderbar. Die geübteste Kurtisane hätte ihre Sache nicht besser machen können. Was Martine an Erfahrung fehlte, ersetzte sie durch ihr rührendes Vergnügen, ihm Lust zu bereiten. Die Großzügigkeit, mit der sie ihm diese Liebkosung schenkte, berührte Thorne tief, und unwillkürlich mußte er darüber nachdenken, ob sie vielleicht tief in ihrem Herzen doch noch ein wenig echte Zuneigung für ihn empfand.

Als Martine ihn schließlich ganz in den Mund nahm, stöhnte Thorne kehlig auf und strich mit der Hand durch ihr Haar. »Martine ... o Gott. Ja!«

Sein Höhepunkt näherte sich rasch. Er ließ ihren Kopf los. »Martine ... ich komme gleich.« Sie verstand nicht und behielt ihn weiter im Mund. Bei ihrer Unerfahrenheit hielt Thorne es für besser, wenn sie ihn mit der Hand berührte. »Martine«, keuchte er und zog sie an der Schulter nach oben.

»Stimmt etwas nicht?«

»Doch, doch.« Mit dem gesunden Arm umschlang er Martine und drängte sie, sich neben ihn zu legen. »Berühre mich einfach ... genau so. Ja ... ja ...« Sein Herz schien die Brust zu sprengen, bis er die Spannung keine Sekunde länger ertrug. Den Kopf nach hinten geworfen, klammerte Thorne sich an Martine und stöhnte auf.

»Ja. Oh!« Lustvolle Krämpfe schüttelten ihn. Als er sich in ihrer Hand entlud, verlor er jeden Gedanken, jedes Gefühl für Zeit und Raum. Nichts existierte mehr, außer diesem Augenblick, diesem überwältigenden Sinnesrausch.

Es gab nur noch Martine und Thorne, sonst nichts.

Martine eilte am Kapitelhaus und am Refektorium vorbei, umschritt den Kreuzgang und trat dann durch den Torweg zum äußeren Klosterhof. Mit einer Hand hob sie die Röcke über den Schnee, in der anderen hielt sie den Schleier, während ihr Haar bei jedem eisigen Windstoß durcheinanderwehte.

Das erste Licht des Tages erschien schon beinahe am Horizont. Bald würden die Brüder aufstehen und zum Morgengebet in die Kapelle strömen. Dabei hatte Martine versprochen, jeden Kontakt mit ihnen zu meiden. Da das Krankenrevier im Klausurbereich des Klosters lag, dem Gebiet, das sie normalerweise nicht betreten durfte, mußte sie ihr Kommen und Gehen mit den Gebetsstunden der Mönche abstimmen.

Als Martine das Haus des Vorstehers betrat und die Treppe hinaufstrebte, sah sie keine Menschenseele, aber im Korridor über der Haupthalle blieb sie mit einem unterdrückten Ausruf abrupt stehen.

Mitten im Raum saß Bruder Matthew an dem kleinen Tisch und las bei Kerzenschein die Bibel. Als Martine atemlos stockte, sah er auf. Sein ruhiger, abschätzender Blick fiel auf den fest in der Faust gehaltenen Schleier und das offene, vom Wind zerzauste Haar, das ihr bis auf die Hüften herabfiel. Zweifellos entging Matthew ebensowenig die plötzlich aufsteigende brennende Röte ihrer Wangen.

Bruder Matthew nickte. »Guten Morgen, Mylady.«

Sie räusperte sich. »Guten Morgen, Bruder.«

Rasch wandte Martine sich um und verschwand durch die niedrige Türöffnung in ihre Kammer. Dort ließ sie sich auf das Bett fallen, rang erstickt nach Atem und überlegte unsicher, wieviel Bruder Matthew aus ihrem aufgelösten Zustand und dem allzu vielsagenden Erröten herausgelesen habe.

»Lady Martine«, kam seine Stimme von der anderen Seite

des Vorhangs. »Erlaubt Ihr mir, ein paar Worte mit Euch zu wechseln?«

Verdammt. Martine bedeckte das Gesicht mit den Händen und holte tief Luft, um sich zu beruhigen. Dann setzte sie sich auf und ordnete rasch ihre Tunika und die Haare. »Ja, Bruder. Tretet ein.«

Er kam zu ihr herüber und ging neben dem Bett in die Hocke. Dabei nahm er Martines Hände in seine.

Vor Erschöpfung oder aus Erleichterung über seine erkennbare Absicht, dieses Gespräch so leicht wie möglich zu machen, stiegen die bereits wartenden Tränen in Martines Augen.

»Bitte mißversteht mich nicht, Martine«, sagte Bruder Matthew sanft. »Ich hege großen Respekt für Thorne und natürlich auch für Euch. Ihr beide seid Freunde für mich, sehr gute Freunde.«

Da ihre Kehle zu eng zum Sprechen war, nickte Martine.

Matthew atmete nachdenklich ein. »Und ich kann mit Euch fühlen. Als ich in den Orden eintrat, habe ich zwar der fleischlichen Lust entsagt, aber das heißt nicht, daß mir Verständnis oder Wertschätzung dafür fehlten. Im Gegenteil, solche Vergnügen sind dem Menschen gegeben und gehören zu Gottes Plan.«

Er drückte Martines Hände und ließ sie dann los. »Es steht mir nicht zu, über Eure Beziehungen zu Sir Thorne zu urteilen. Aber es ist meine Aufgabe, darüber zu wachen, was in diesem Kloster vor sich geht.«

»Keiner der Brüder hat mich gesehen. Ich bin gerannt ...«

»Meine Sorge gilt nicht den Brüdern, sondern Euch.«

»M-mir?«

Matthews Stirn legte sich in Falten. »Wenn Ihr Euch mit Thorne einlaßt, begebt Ihr Euch in weit größere Gefahr als er. Das muß euch bewußt sein. Ihr seid eine verheiratete Frau, Martine, ganz gleich, was Ihr in Eurem Herzen empfindet. Als der Abt seine Zustimmung für Euren Aufenthalt im Kloster gab, geschah dies unter der Bedingung, daß Ihr die Regeln mit der größtmöglichen Umsicht einhaltet.«

Wieder nickte Martine. Durch die heißen Tränen, die aus

ihren Augen quollen, verschwamm das Gesicht das Vorstehers.

»Wenn der Abt auch nur einen Augenblick den Verdacht hegt, daß Ihr die Übereinkunft gebrochen habt, wird er mir befehlen, Euch aus Sankt Dunstan zu verweisen, und ich muß ihm unbedingten Gehorsam leisten. Dann werdet Ihr heimatlos sein und ohne jeden Schutz. Gott weiß, wie Bernard diese Situation ausnutzen würde.«

Martine schloß die Augen, und Tränen rannen über ihre Wangen. *Er hat recht,* dachte sie verzweifelt. *Gott, ich wünschte, es wäre nicht so, aber er hat recht.*

»Martine, liebt Ihr Thorne?«

Sie sah ihn an. »Ich ...« Sie schüttelte den Kopf. »Nein, ich ...« Martine schluckte ein hilfloses Schluchzen hinunter und senkte den Blick auf ihre Hände. »Ich weiß es nicht.«

Matthew hob ihr Kinn, damit sie in seine dunklen, aufmerksamen Augen sähe. »Hat er Euch gesagt, daß er Euch liebt?«

Sie schüttelte den Kopf. »Er ... kann nicht lieben.«

Lächelnd zog Matthew die Brauen hoch. »Niemand ist unfähig zu lieben, glaubt mir. Nicht einmal Thorne Falconer. Aber was immer seine Gefühle für Euch sein mögen, war es ein schlechter Dienst, Euch zu ermutigen, sich auf ...« Matthews Blick schweifte über ihr wirres Haar.

Auch wenn es widersinnig war, fühlte Martine sich gedrängt, Thorne zu verteidigen. »Ich trage ebensoviel Schuld wie er.«

»Nun ...«

»Das ist die Wahrheit. Ich bin schwach. Wie meine Mutter ...« Unter haltlosem Schluchzen brach Martine zusammen. Nach einem Augenblick hob Matthew behutsam ihren Kopf an seine Schulter und tätschelte ihr den Rücken.

»Ist ja gut, alles ist gut«, tröstete er. Martine überlegte, daß aus Matthew wahrscheinlich ein wunderbarer Vater geworden wäre. Wie traurig, daß Mönche nicht heiraten konnten. Als das Weinen aufhörte, trocknete Matthew mit ihrem abgelegten Schleier die Tränen. »Ihr seid nicht schwach, nur menschlich. Und Thorne ist ... nun, er ist daran gewöhnt, bei Frauen Erfolg zu haben. Einige Männer sind erstaunlich geschickt darin, Frauen nach ihren Wünschen zu lenken. Thorne Falconer ist einer von ihnen.«

»O Gott«, stöhnte Martine. »Ich weiß, ich bin so ...«

»Nein. Ihr dürft nicht so hart über Euch urteilen, Mylady. Aber zu Eurem eigenen Besten dürft Ihr diese Art von Beziehung nicht mit Thorne Falconer weiterführen. Offen gesagt, handelt er sehr unbillig, das von Euch zu erwarten. Sein Wagnis ist gering, während für Euch ...«

»Ich weiß«, sagte Martine mit vom Weinen belegter Stimme. Sie wußte, was geschehen war. Thorne hatte sie wieder benutzt, und sie hatte es ihm erlaubt. »Ihr habt recht. Es war dumm von mir, diese Gefahr einzugehen. Ich werde es nicht noch einmal tun.«

»Frei heraus gesprochen, Mylady, habe ich nicht die Absicht, Euch die Gelegenheit zu geben.« Der Prior stand auf, bevor er ruhig hinzufügte: »Ich fürchte, ich werde Euch verbieten müssen, die Krankenstation noch einmal zu betreten.«

Die Hände sittsam gefaltet, während sie alle Würde aufbrachte, zu der sie fähig war, erhob sich Martine ebenfalls. »Aber Thorne braucht meine Medizin. Vielleicht nur einmal am Tag, nur um ...«

»Nein, Mylady. Bruder Paul und Bruder Luke werden ihn pflegen. Ihr könnt gern Medizin und Anweisungen schicken, so viel Ihr möchtet, aber Ihr kehrt nicht dorthin zurück.«

Mit vor der Brust verschränkten Armen starrte Martine zu Boden. »Thorne wird sich fragen, warum ich nicht mehr komme«, wandte sie ein, und ihr Ton klang gekränkter, als ihr lieb war.

»Ich erkläre ihm alles.«

»Es wird ihm nicht gefallen.«

»Wahrscheinlich wird er zornig werden«, sagte Matthew leichthin. »Er wird mir antworten, daß mich die ganze Sache nichts angehe und er Euch kein Leid antun wolle. Das ist sicher richtig. Aber das Leid wird dennoch kommen — zu Euch, nicht zu ihm.« Der Vorsteher zuckte mit den Schultern. »Am Ende hat er keine Wahl. Schließlich ist er ans Bett gefesselt, nicht wahr?«

Martine nickte.

Matthew umgriff Martines Arm. »Meine Liebe, Ihr versteht sicher, daß dies zu Eurem Besten geschieht.«

»Schon, dennoch ... es ist grausam.«

Der Mönch nickte weise. »Ihr müßt versuchen, stark zu sein und das Richtige zu tun. Schlagt Euch Thorne aus dem Kopf. Das wäre Rainulfs Wunsch.«

Darin hatte Matthew recht. Rainulf würde wie immer zur Zurückhaltung raten. Nicht zum ersten Mal, seit er sie verlassen hatte, stellte Martine fest, wie schmerzlich sie ihren Bruder vermißte.

Wieder spürte sie die Tränen in die Augen steigen und hielt sie dieses Mal zurück. Bei jedem Gedanken an Rainulf kam der Drang, sofort in Tränen auszubrechen, doch für heute morgen hatte sie genug geweint.

Martine hob das Kinn und blickte Bruder Matthew in die Augen. »Ihr seid ein weiser Mann, Bruder. Und ich weiß, daß Ihr recht habt. Ich werde es versuchen. Ganz bestimmt.«

Sie atmete tief ein, bevor sie die Luft langsam wieder herausließ. »Von nun an werde ich mir Thorne Falconer aus dem Kopf schlagen.«

»Thorne hat ausgezeichnete Fortschritte gemacht«, berichtete Bruder Matthew, als er mit Martine auf dem Weg zur Kirche war. Die erste Messe des Tages wurde bei Morgengrauen abgehalten, und Martine nahm daran teil, zusammen mit den Bediensteten und Laienbrüdern.

»Ja, ich hörte, er sei aufgestanden«, antwortete sie. Durch die Kälte bildete sich beim Sprechen frostiger Nebel vor ihrem Mund. In den drei Wochen, seit ihr die Besuche bei Thorne verboten worden waren, erhielt sie nur gelegentliche und knappe Berichte über seinen Gesundheitszustand. Obwohl sie sich mühte, den Sachsen gemäß ihrem Versprechen aus ihren Gedanken zu verbannen, war sie zutiefst verstimmt, so wenig über den Genesungsprozeß zu erfahren, nachdem sie all ihre Kräfte für Thornes Heilung eingesetzt hatte.

Matthew nickte. »Ja, er ist aufgestanden und geht umher. Bruder Paul sagte mir, er habe noch nie jemanden gesehen, der so entschlossen gewesen sei, wieder laufen zu lernen. Thorne bestand darauf, das Bett zu verlassen, obwohl er noch liegen sollte. Zuerst fiel er immer wieder hin, doch er blieb hartnäckig. Niemand glaubte, daß er bei diesen Schmerzen weitermachen würde.« Der Mönch schüttelte den Kopf. »Manchmal kann Thorne sehr starrsinnig sein.« Er lächelte. »Wie Ihr.«

»Dann kann er jetzt wieder gehen?«

»Ja, kurze Entfernungen mit einer Krücke. Paul sagt, er könne damit von einem Ende der Krankenstation zum anderen und zurück laufen. Nicht schlecht, wenn man bedenkt, daß er das Bein beinahe verloren hätte.«

Martine nickte. »Danke für Euren Bericht, Bruder.«

Matthew lächelte und tätschelte ihren Arm. »Laßt uns nicht zu spät zur Messe kommen.«

Sie folgte ihm in die Kirche und setzte sich zwischen Felda und Cleva, die Köchin von Bruder Matthew. Obwohl Martine die Messe ermüdend fand, gefielen ihr die Architektur und die Stimmung in dieser Kirche besonders. Die weißgebleichten Wände und Pfeiler gaben das wenige Licht wieder, das durch die schmalen Fenster über dem Altar hereinfiel. Die gemalten Fresken im Chorraum zeigten in leuchtenden Farben Ereignisse aus dem Leben des heiligen Sankt Dunstan.

»Guten Morgen«, klang eine vertraute Stimme hinter ihr ... *Thornes Stimme!* Martine und ihre Nachbarn wandten sich um und sahen den Sachsen, der sich mühsam in die Bankreihe hinter ihnen schob. Er nickte den drei Frauen zu. »Mylady, Felda, Cleva.«

»Sir Thorne!« staunte Felda. »Seid Ihr es wirklich?«

Er wirkte völlig verändert. Sein dunkler Bart verdeckte die untere Gesichtshälfte, und durch den Gewichtsverlust waren seine Züge noch kantiger geworden. Er trug eine Tunika aus schlichtem Tuch, die wahrscheinlich einem der Laienbrüder gehörte. Den rechten Arm hielt er in einer Schlinge, während er sich mit dem linken auf die Krücke stützte. Sprachlos starrte Martine auf sein Bein, das noch immer geschient und dick bandagiert war. Thorne lehnte die Krücke an das Bankende und ließ sich langsam und vorsichtig nieder. Die zusammengepreßten Kiefer verrieten den Schmerz, den diese einfache Bewegung ihn kostete.

»Ihr seid den ganzen Weg von der Krankenstation hergelaufen?« fragte Martine. »Durch den Schnee? Mit diesem Bein? Ihr müßt verrückt sein.«

Thorne lächelte und beugte sich zu ihr. »Wenn ich verrückt bin, dann soll es so sein«, murmelte er. »Ich habe unter Verrückten gelebt. Manche waren sogar glücklich.«

Die Brüder hoben mit ihrem Gesang an, und Martine wandte das heiß glühende Gesicht nach vorne zum Altar. Diese scheinbar unschuldigen Worte, die für Felda und Cleva nichts bedeuteten, hatte er am moosigen Flußufer des Blackburn zu ihr gesagt, während er tief in ihr ruhte. Sie waren geschickt gewählt, denn sofort stieg in Martine die Erinnerung an ihre Liebe auf, was ihm sicher klar war. Sie spürte wieder die glutvolle Hitze und das Gefühl der innigen Verbundenheit des Verlangens, das sie miteinander geteilt hatten.

Schlag ihn dir aus dem Kopf! befahl sie sich selbst. *Verbanne ihn aus deinen Gedanken ...* Warum war er hergekommen? Um sie zu sehen? Das war grausam, wenn sie bedachte, wie schwer es ihr fiel, ihn zu vergessen, die flammende Leidenschaft füreinander und die brennende Begierde ...

Während der endlosen Messe spürte Martine den Blick seiner blauen Augen auf sich, mit dem er in sie einzudringen schien. Lieber Gott, würde sie jemals von der Sehnsucht frei werden, ihre innere Leere von Thorne Falconer ausfüllen zu lassen?

Als die Messe beendet war, erhob sich Martine mit den anderen, um die Kirche zu verlassen. Thorne faßte sie an der Schulter und zwang sie auf ihren Platz zurück. Während er wartete, daß sich die Kirche leerte, ließ er seine Hand auf Martine ruhen. Nur ein junger Mönch ging noch vor dem

Altar umher und blies die Kerzen aus. Thorne ließ sie los, und sie blieben schweigend sitzen. Zwischen ihnen lag die Spannung der unausgesprochenen Worte. Martine atmete den schweren Weihrauchduft ein, der in der kalten Luft hing, und beobachtete dabei den jugendlichen Mönch, der beinahe noch ein Junge war, wie er durch die flimmernden Lichtbänder schritt, die von der hereinfallenden Sonne auf den Altar geworfen wurden. Ohne die körperliche Nähe der anderen Kirchenbesucher spürte Martine durch ihren mit Marderfell gefütterten Mantel die schneidende Winterluft in der ungeheizten Kirche. Da auch die Handschuhe wenig gegen die Kälte halfen, hatte sie die Finger in die Ärmel ihrer Tunika geschoben. Martine wandte sich an Thorne. »Besucht Ihr nicht die Messe in der Krankenstation?«

»Gewöhnlich schon.« Mehr sagte er nicht, bis der Junge seine Pflichten beendet hatte und die Kirche verließ. Dann beugte Thorne sich zu Martine hinüber. »Aber ich wollte hierher gehen, deshalb habe ich geübt, bis ich wieder laufen konnte.« Er seufzte schwer. »Ich mußte dich sehen. An etwas anderes kann ich nicht mehr denken.«

Martine wandte ihm wieder den Rücken zu. Sie kämpfte darum, ihre Gefühle für Thorne zurückzuhalten, der eine unwiderstehliche Verführungskraft auf sie ausübte und sie mit seinem sehnsüchtigen Verlangen, das hinter seinen Worten zu beben schien, gefangenhielt.

Thorne näherte sich und berührte mit einem Finger die Unterseite ihres Kinns. Sofort durchrieselte Martine ein lustvolles Kribbeln. Sie holte tief Luft. Staunend nahm sie wahr, wie die Berührung seiner warmen, liebkosenden Fingerspitze das Blut in ihren Adern erhitzte und ihr Herz heftig zu pochen begann, bis sie kaum noch atmen konnte.

Sie wollte Thorne. Alles in ihr schrie nach ihm. Das dürstende Begehren überkam Martine so plötzlich und machtvoll, daß sie die Augen schließen und tief die kalte, mit Weihrauch erfüllte Luft einatmen mußte, um ihre Fassung zurückzugewinnen ... und sich daran zu erinnern, daß sie ihm nicht erlauben durfte, was er mit ihr tat. Sie mußte ihm widerstehen. Die Macht, die Thorne noch immer über sie besaß nach allem, was zwischen ihnen vorgefallen war, erfüllte Martine mit tiefer Scham.

Durch den Kampf, Thorne zu widerstehen, wurde Martines Willenskraft herausgefordert. Seine Berührung, mit der er natürlich nur seine eigenen Bedürfnisse befriedigen wollte, fühlte sich so menschlich und warm an, und es lag ein Versprechen darin. Ließe Martine ihn gewähren, so würde er trotz seiner Verletzungen ihre Hand nehmen, sie in eine dunkle abgeschiedene Ecke führen und ihren Körper mit der gleichen heftigen Leidenschaft nehmen wie damals am Flußufer. Daran zweifelte Martine keinen Augenblick. Bei dem Gedanken konnte sie Thorne beinahe in sich spüren, und sie geriet sofort in körperliche Erregung.

»Wirst du morgen wieder hier sein?« fragte er und glitt zärtlich mit den Fingerspitzen über ihre Kehle.

Martine biß sich auf die Lippe, um die Worte aufzuhalten, die aus ihrem Herzen drängten ... *Ja, ich werde hier sein. Ich möchte mit dir zusammen sein, mit dir sprechen, den Hunger in deinen Augen sehen, wenn du mich anblickst, deine Hände an mir spüren ... ja, ich werde hier sein.*

Mit seiner Überredungskunst hatte er Erfolg bei ihr, und das wußte Thorne. Wie sollte es anders sein, nachdem er sie zweimal verführt hatte? Nun glaubte er, wann immer er wollte, das Verlangen in ihr wecken zu können. Die Wahrheit lag nicht fern davon, und Martine haßte sich dafür.

Sie mochte schwach sein, aber sie war auch stolz. Jetzt würde sie ihren Stolz einsetzen, um sich zu schützen.

Martine begegnete Thornes Blick. »Ich werde nicht hier sein, Thorne.«

Seine Augen verloren ihren Glanz. Die Lippen zusammengepreßt, nickte er stumm.

»Ich bin froh, daß du so gute Fortschritte machst«, sagte Martine. »Aber es liegen noch Wochen oder sogar Monate vor dir, bis du wieder völlig geheilt bist. Du solltet dich so oft wie möglich hinlegen und ganz sicher nicht den weiten Weg von der Krankenstation hierher gehen.« Als Martine aufstand und zum Mittelgang trat, versuchte Thorne nicht, sie aufzuhalten.

Sie hatte ihm den Rücken zugewandt. »Wenn du die Messe besuchen willst, ist die Kapelle der Krankenstation für dich am besten geeignet.« Auf dem Weg durch das Mittelschiff zur hinteren Tür glaubte Martine, Thorne ihren Namen rufen zu hören, doch sie schritt weiter, ohne sich umzublicken.

19.

»Vielleicht wächst ein Dämon in ihr«, schlug Vater Simon als Erklärung vor und wies nickend auf den riesig angeschwollenen Bauch von Estrude, die stöhnend und sich unter Schmerzen windend in ihrem Bett lag.

Bernard sah den Priester an. Der unbedeutende Kriecher meint es ernst, dachte er. Doch sogar Godfrey, der mit offenem Mund dabeistand, schien ihm zu glauben, denn er nickte andächtig. Natürlich, wenn er betrunken war, glaubte sein Vater beinahe alles, und in letzter Zeit wurde er fast nie mehr nüchtern. Mit seinem nach unten hängenden Kinn und dem dumpf starrenden Blick wirkte er, als wäre er der Dorfidiot. Wenn Bernard seinen Vater sah, hatte er nur noch einen Gedanken: *An dem Tag, wenn du zu sabbern anfängst, ersticke ich dich im Schlaf.*

»Tötet mich«, bettelte Estrude zum hundertsten Mal an diesem Tag.

Nein, sie ist es, der ich ein Kissen vor das Gesicht drücken müßte, dachte ihr Gemahl, nicht aus Mitgefühl, um Estrudes Leiden durch einen raschen Tod gnädig ein Ende zu setzen, sondern weil ihr Anblick ihn über alle Maßen anwiderte. In den vergangenen Monaten hatte ihre Haut sich merkwürdig gelb verfärbt und war übersät mit wunden Stellen, und nun schrumpfte der Körper bis auf die Knochen zusammen, als würde sich das Fleisch von innen auflösen. Im Gesicht, mit den wild blickenden, angsterfüllten Augen und den eingefallenen Lippen, die sich über viel zu große Zähne zogen, wirkte Estrude wie eine lebendige Leiche. Arme und

Beine waren spindeldürr und boten einen schrillen Kontrast zu dem riesigen Bauch, der immer noch praller wurde, wie eine überreife Frucht, die kurz vor dem Zerbersten stand.

Ob der Bauch tatsächlich platzen würde, wenn Estrudes Sterben zu lange dauerte? fragte sich Bernard gelangweilt. Und falls dies geschähe, was würde herauskommen? Ein gehörnter Satansdiener, wie Vater Simon vermutete? Während er seine Gemahlin betrachtete, die sich zwischen dem Bettzeug wand und die Hände um die Laken krallte, stellte Bernard sich vor, wie eine derartige Kreatur in einer blutigen Eruption aus ihrem Schoß spränge. Die groteske Idee brachte ein belustigtes Lächeln auf seine Lippen.

Nein, im Bauch seiner Gemahlin wuchs kein Dämon heran, aber auch kein Baby, das erschien Bernard ziemlich sicher. Nach sechs Monaten Bettlägrigkeit war Estrudes Bauch zu einer Größe angeschwollen, die alle Vorstellungen überstieg. Die Hebamme hatte ihm versichert, daß nicht einmal Zwillinge im neunten Monat eine solche Wölbung verursachten. Es mußte irgendeine Krankheit sein, die ihren Bauch entstellte. Estrude war nicht schwanger, weder mit einem normalen Kind noch mit einem Teufelsbalg. Sie war unfruchtbar. Er hatte eben Pech gehabt mit ihr.

Was Bernard aufheiterte, war die Aussicht, daß sie bald tot sein würde. Dann konnte er mit einer zweiten Gemahlin einen neuen Anfang machen, mit einer Frau, die jung und gesund war und ihm Erben schenkte. Diese neue Frau würde er an der kurzen Leine halten und sie gleich zu Beginn seinen Gürtel spüren lassen. Er würde ihr keine Zeit lassen, aufsässig zu werden wie Estrude. Vielleicht wäre es am besten, wenn er seine neue Gemahlin eingesperrt in der Schlafkammer ließ, damit er immer wußte, wo sie sich aufhielt. Er mußte eine Tür bauen lassen, die von außen verschließbar war. Dieses Mal würde er alles richtig machen.

Natürlich sah er sich beim Nachdenken über eine zweite Heirat dem gleichen lästigen Problem gegenüber, das ihn damals bis nach Flandern gezwungen hatte, um seine erste Braut zu finden. Auch wenn volle zwanzig Jahre vergangen waren, wußte Bernard, daß die Zeit keine Rolle spielte. Obwohl die Schlampe nur eine billige Hure gewesen war und verdient hatte, was sie bekam. Der Vorfall hatte ihm immer Scherereien gemacht. Es war ein verdammter Fehler gewesen, den Kopf zu verlieren und das Drecksweib gleich im Bordell zu erledigen. Den Ärger hatte er sich selbst eingebrockt, als er sie auf der Strohmatratze liegengelassen hatte, wo sie sofort gefunden wurde und alle wußten, daß er als letzter bei ihr gewesen war. Sein ungezügelter Zorn war nicht nur eine Dummheit gewesen, sondern gewöhnlich und haltlos, und das beschämte Bernard, denn schließlich hielt er sich für einen gebildeten Menschen.

»Tötet mich«, flehte Estrude, während sie um sich trat und an ihren Haaren riß. »Tötet mich, bitte!«

Der Gedanke, ihr mitten in der Nacht ein Kissen vor das Gesicht zu pressen, war eine verlockende Vorstellung, doch Bernard wäre schlecht beraten, wenn er es täte. In einer Burg gab es keine Geheimnisse. An einem anderem Ort hätte er Estrude längst den Weg ins Jenseits geebnet, wie auch seinem Vater. Doch die Gefahr, entdeckt zu werden, war zu groß, und in Estrudes Fall auch überflüssig, denn sie würde innerhalb weniger Tage tot sein, auch wenn er nicht nachhalf.

Auf dem Hof unten klang Edmonds Stimme. Godfrey lehnte sich aus dem Fenster und rief seinen Sohn hinein.

Wie stolz sein kleiner Bruder gewesen war, als er dieser Emeline, der kleinen Hure aus Nans Bordell, die Zähne gezeigt hatte. Bernard fand den Vorfall schmeichelhaft, denn natürlich hatte Edmond nur nachahmen wollen, was sein erwachsener Bruder vor zwei Jahrzehnten getan hatte. Aber dann versuchte Edmond das gleiche mit Lady Martine, und dieses Mal reagierte Bernard weniger erfreut. In seinem kindlichen Überschwang neigte Edmond nicht zur Verschwiegenheit, und das konnte gefährlich werden. Ein Wort zuviel, und der Verdacht wäre geweckt. Um seine Gemahlin loszuwerden, hätte Edmond besser Geduld walten und alles wie einen Unfall aussehen lassen.

»Tötet mich. Lieber Gott, tötet mich ...«

Oft war Bernard in Versuchung gewesen, für Estrude einen ähnlichen Plan zu schmieden, doch in seiner Narrheit hatte er immer wieder gehofft, sein Same würde doch noch in den kargen Boden ihres Schoßes fallen und fruchtbar werden. Das nächste Mal würde er diesen Fehler nicht noch einmal machen. Mit sechsunddreißig war es höchste Zeit für ihn, Söhne zu bekommen. Sollte seine zweite Gemahlin nicht innerhalb eines Jahres empfangen, so würde ihr zustoßen, was er mit Estrude schon längst hätte tun sollen. Er würde ihr auftragen, einen Picknickkorb zu packen, und nur mit ihr allein einen Ausflug nach Weald Forest machen. Lächelnd betastete Bernard das kleine juwelenbesetzte Eßmesser in dem Beutel an seinem Gürtel, während er sich die herrliche Strafe vorstellte, die seine künftige Braut für ihre Unfruchtbarkeit erwarten sollte. Er bräuchte die Leiche nicht einmal zu vergraben. Wenn er behauptete, seine Gemahlin wäre vor seinen eigenen Augen von Räubern gequält und vergewaltigt worden, so brächte ihm dies sogar Mitgefühl ein.

»Ah, Edmond«, sagte Godfrey.

Bernard wandte sich um. Sein Bruder blieb in der Tür stehen und starrte mit angewidertem Ausdruck auf Estrude. »Ich gehe da nicht hinein.«

Der Baron folgte seinem jüngeren Sohn auf den Korridor. Die Zunge seines Vaters war schwer vom Alkohol, und durch den Vorhang hörte Bernard schwach, was Godfrey sagte. »Sie liegt im Sterben, Sohn.«

»Herr Jesus! Dann hoffe ich, daß sie sich damit beeilt.«

»Und ich habe jetzt ein Problem, Junge. Es gibt keine Enkel. Und die Aussichten, welche zu bekommen, sind schlecht. Geneva wurde verstoßen, und Bernard wird bald Witwer sein. Jetzt bleibst nur noch du übrig.«

Es folgte einen Augenblick Stille. »O nein«, stöhnte Edmond. »Sie ist eine Hexe, Vater! Eine gottverdammte Hexe!«

»Du reitet morgen nach Sankt Dunstan und holst sie zurück.«

Mit gehobenen Brauen blickte Vater Simon zu Bernard.

»Das werde ich nicht tun«, sagte Edmond.

»Du wirst! Als mein Vasall bist du mir Gehorsam schuldig

wie alle anderen, die auf meinem Grund und Boden leben. Und du wirst tun, was ich verlange. Sonst stecke ich dich für den Rest deiner Tage in ein Kloster. Hast du mich verstanden, Junge?«

Für den schwachen und hinfälligen Alten war dies eine ungewöhnlich kraftvolle Rede. Andererseits hatte er seinen Wunsch nach Enkeln schon immer mit Nachdruck vertreten. Es folgte eine lange Pause, bis Edmond schließlich zustimmend murmelte.

»Und du wirst mit ihr als Mann und Frau leben, bis sie einen Sohn zur Welt bringt. Danach kannst du tun und lassen, was du willst.«

Herr im Himmel, dachte Bernard. Auf diese Weise wird Edmond eher Erben haben als ich.

Edmond hatte geglaubt, die Hexe los zu sein, und gehofft, sie nie wiederzusehen, ganz zu schweigen von einem gemeinsamen Leben.

Während er dem Braunen in die Flanken trat, um seinem Zorn Luft zu machen, goß Edmond noch mehr Wein in seine Kehle. Voranstolpernd krümmte der Hengst den Rücken und schleuderte die Hinterbeine von sich. Edmond konnte sich nur oben halten, weil er rechtzeitig den Sattel zu fassen bekam. Als er scharf an den Zügeln riß, schnaubte das Tier gereizt.

Edmond würde nicht nur mit ihr leben müssen. Er sollte auch mit ihr schlafen ... zumindest den Versuch machen. Wer konnte verhindern, daß die Hexe wieder einen Zauberbann über ihn legte oder es erneut mit Gift versuchte? Wie er sie kannte, besaß sie die Macht, sein männlichstes Teil schrumpfen zu lassen, bis es abfiel! Womöglich tötete sie ihn dieses Mal sogar.

Mit verschwommenem Blick sah er sich um, ob er noch immer westwärts ritt in die Richtung von Sankt Dunstan. Es war Mittag, und der Sonnenstand konnte nicht helfen. Die schneebedeckte Gegend kam ihm fremd vor, und zum ersten Mal bemerkte Edmond, wie steil das hügelige Gelände war. Zu seiner Linken fiel der Weg schroff ab. Als er hinuntersah, wurde ihm schwindlig, und sein Magen rumorte. Der Weinschlauch glitt aus seinen Fingern und rollte den Berg hinab. Einige Zeit hüpfte er über Felsbrocken, bis er zwischen den Bäumen im Talgrund verschwand. Kein großer Verlust. Der Schlauch war beinahe leer gewesen, und er hatte noch einen.

Ja, aber es wäre besser, tot zu sein, als diese Frau zurückholen zu müssen, dachte Edmond, während er den zweiten Schlauch entkorkte und an den Mund hielt. Alle wußten über die Hexe Bescheid. Bernard hatte ihm sogar erzählt, in Hastings gehe das Gerücht, sie habe den Kapitän der *Lady's Slipper* verflucht, nachdem das Schiff in einen Sturm geraten sei, den sie selbst heraufbeschworen habe.

Edmond ließ das Pferd im Schritt gehen, während er beim Reiten weitertrank. Er begann, seine Umgebung doppelt zu sehen, was ihn nicht störte. Betrunken fror er wenigstens nicht, ganz zu schweigen von der Erleichterung, die ihm der Alkohol gab, wenn er an seinen unangenehmen Auftrag dachte. Aber Edmond glaubte nicht daran, ihn ausführen zu können, ganz gleich, wieviel er trank.

Wenn seine Gemahlin ihn nicht umbrachte, dann würde es höchstwahrscheinlich der Sachse tun. Der Waldmensch hatte auf die Wickeltücher des Heiligen Jesuskindes geschworen, Edmond langsam und qualvoll umzubringen, wenn er die Hexe auch nur mit einem Finger anrührte! Doch welches Recht besaß dieser Emporkömmling, ihm zu befehlen, sie in Ruhe zu lassen? Lady Martine war seine ihm angetraute Gemahlin, verdammt. Sein Vater und Lehnsherr hatte ihm aufgetragen, sie zu schwängern. Genau das würde er tun, weiß Gott, und wenn er sie dafür an das Bett binden müßte!

Wieder trat Edmond dem Hengst in die Flanken, und der Braune schreckte vorwärts. Seine Hufe gerieten auf dem engen, mit Geröll übersäten Bergpfad ins Rutschen. Edmond ließ den Weinschlauch fallen, um die Zügel zurückzureißen, worauf der wütende Hengst sich wiehernd aufbäumte. In seiner Panik, aus dem Sattel geworfen zu werden, griff Edmond nach der Mähne, doch es war zu spät. Er stürzte zur abschüssigen Seite herunter und rollte über Steine und umgestürzte Bäume bergab, bis er schließlich mit einem dumpfen Schlag gegen einen Felsvorsprung prallte.

In die Sonne blinzelnd, lauschte Edmond den langsam verklingenden Hufschlägen seines Reittiers. Herr im Himmel, mein Kopf sitzt verdreht, dachte er. Ein roter Schleier legte sich vor seine Augen, der Mund füllte sich mit Blut, und dann konnte er seinen Körper nicht mehr spüren.

Seine letzten Gedanken waren: *Als Hexe ist sie mächtiger, als ich glaubte. Sie hat mich getötet, bevor ich überhaupt angekommen bin.*

Martine stand am Fenster des Vorsteherhauses, zog ein Pergament aus ihrem Obergewand und las noch einmal.

5. März, 1160.
Von Bernard von Harford an seine Schwägerin Martine von Rouen.

Nehmt zur Kenntnis, verehrte Schwester, daß einiges geschehen ist, von dem ich Euch schweren Herzens berichten muß. Mit dem größten Bedauern mache ich Euch Mitteilung, daß Euer Gemahl, mein innigst geliebter Bruder Edmond, von dieser Welt geschieden ist. Ich wünschte, mein trauriger Bericht möchte hiermit enden, doch wie es scheint, wird meine liebe Gemahlin Estrude, die seit einigen Monaten ernsthaft erkrankt ist, ihm bald nachfolgen.

»Martine.«

Sie wandte den Kopf um. Es war Thorne. Er stand in der Tür zum Treppenaufgang, in das gleiche schlichte Gewand gekleidet, das er getragen hatte, als Martine ihn vor vierzehn Tagen in der Kirche gesehen hatte. An diesem Morgen war er sauber rasiert, und sein Arm ruhte nicht mehr in der Schlinge, doch hatte er die Krücke dabei.

»Thorne Falconer.« Als sie ihn förmlich anredete, bemerkte Martine das enttäuschte Flackern in seinen Augen.

»Bruder Matthew hat mir die Nachricht über Edmond gebracht.«

Sie nickte und sah auf den Brief hinunter.

»Ich könnte nicht sagen, daß ich darüber traurig bin«, meinte Thorne.

»Dann werde ich es ebenso halten.« Ihre Blicke begegneten sich. *Er weiß immer, was in meinem Herzen vorgeht,* dachte Martine. Das ist die Quelle seiner Macht über mich. Deshalb kann er mich nach seinem Willen lenken. Ich muß versuchen, stark zu sein und mein Herz vor ihm verschließen, damit er die Gewalt über mich verliert.

Thorne runzelte die Stirn. »Matthew sagte mir, du würdest heute zu Edmonds Begräbnis nach Harford reiten.«

»Ja, ich bin eben mit dem Packen fertig geworden.« Nickend wies Martine zu der Reisetasche mit den Kleidern zum Wechseln und einem Krug mit Rotwein, in den sie ihr Schlafmittel gemischt hatte, das hoffentlich Estrudes Qualen lindern würde. »Ich werde nur einen Tag oder zwei fort sein. Loki lasse ich hier.«

Thorne trat zu ihr. »Ich glaube nicht, daß du reiten solltest.«

Sie wich vor ihm zurück. »Edmond ist tot. Ich muß mich nicht länger hinter den Mauern von Sankt Dunstan verstecken. Felda und ich reisen heute.«

»Ohne Begleitschutz?«

»Uns wird niemand etwas tun.«

Thorne seufzte. »Wenn du unbedingt nach Harford willst, komme ich mit.«

Martine straffte den Rücken. »In deiner Verfassung kannst du nicht reiten. Es gibt auch keinen Grund dafür.«

»Meine Verfassung spielt keine Rolle. Und einen Grund gibt es ganz gewiß.«

Martine stemmte die Fäuste gegen die Hüften. »Du verstehst nicht. Ich will nicht, daß du mitkommst.«

»Das ist mir klar«, entgegnete er nüchtern. »Ich weiß, du bist lieber allein, weil meine Gesellschaft . . . dir unangenehm ist und Matthew dich gedrängt hat, meine Nähe zu meiden. Aber das ändert nichts daran, daß die Reise nach Harford nicht sicher für dich ist, ebensowenig wie die Burg.« Thorne legte eine Hand auf seinen Schwertgriff. »Ich habe deinem Bruder einen Eid geleistet, dich zu beschützen, und ob es dir gefällt oder nicht, ich werde ihn halten.«

Er ist ein guter Schauspieler, dachte Thorne, als Bernard ihn mit ernstem Trauergesicht im Innenhof von Burg Harford begrüßte. Martine entließ Felda und bat darum, Estrude sehen zu dürfen, worauf Bernard sich umwandte und seine Schwägerin zusammen mit dem Sachsen die Wendeltreppe hinaufführte. Thorne, der durch den langen Ritt quälende Schmerzen litt, blieb bald zurück, um sich auszuruhen. Über seine Krücke gebeugt, schloß er die Augen und versuchte, den brennenden Schmerz zu überwinden, der sein rechtes Bein durchströmte.

In der Abgeschiedenheit des Treppenhauses zog er die Schachfigur heraus und drückte sie in seiner Hand, während er den Schmerz bezwang. Als das Brennen nachließ, fuhr Thorne mit dem Daumen über das winzige, aus Walfischknochen geschnitzte Gesicht mit den hohen Wangen und den vollen Lippen. Seit jenem Morgen am Flußufer hatte er bei keiner anderen Frau gelegen. Das war die längste Enthaltsamkeit, seit er vom Kreuzzug zurückgekehrt war. Sein Verlangen hatte sich nicht vermindert. Es war überwältigender als alles andere. Aber weder seine Huren noch die Dienstmägde konnten es zu befriedigen hoffen, denn sein Begehren trug einen Namen: Martine von Rouen.

Gott, gib mir die Kraft, mich von ihr fernzuhalten, betete er. Martine wollte Abstand und brauchte ihn . . . das war deutlich erkennbar. Sie hatte ihre Gründe, und einige erschienen sehr schlüssig. Nichts, was Thorne zu diesem Zeitpunkt sagen oder tun könnte, würde ihre Haltung ändern. Aber ihre Weigerung, ihn zu sich zu lassen, durfte nicht dazu führen, daß er sein Versprechen gegenüber Rainulf bräche. Thorne würde Martine beschützen und wäre sogar ohne den Eid für sie eingetreten. Nachdem sie die Sicherheit von Sankt Dunstan verlassen hatte, mußte er ihr Schatten sein, ihr persönlicher Kämpfer, ohne den geringsten Gedanken daran, die Intimität zu erneuern, die sie einmal geteilt hatten. Martine empfand sein Begehren als Bedrohung.

Doch für Thorne war am wichtigsten, daß sie in Sicherheit war, und von nun an würde er nicht mehr von ihrer Seite weichen. Also hatte er beschlossen, höflich, aber zurückhaltend zu sein, auch wenn seine Seele die gleichen Qualen litt wie sein noch nicht verheilter Körper.

Als Thorne Lady Estrudes Kammer erreichte, zog Martine das Bettzeug zurecht und stopfte die Laken fest, nachdem sie ihre Untersuchung beendet hatte.

Martine und Bernard, der mit gekreuzten Armen in der Zimmerecke stand, begegneten Thornes Blick, bevor sie zu Estrude sahen. Thorne folgte ihren Augen und bekreuzigte sich unwillkürlich. Er hatte Lady Estrude seit vier Monaten nicht gesehen, und obwohl sie kränklich wirkte, als er Harford verließ, um Blackburn zu belagern, war er nun über ihr Aussehen entsetzt. Noch nie war ihm ein Mensch begegnet, den eine Krankheit so ausgezehrt und verwüstet hatte. Ihr Stöhnen und die in das Bettzeug geklammerten Hände zeigten, wie sehr sie litt. Der aufgeblähte Bauch vergrößerte Thornes Entsetzen noch. Sein Kind war in diesem entkräfteten Körper, ein Kind, das sterben würde, wenn Estrude ihrer Krankheit erlag.

Martine tauchte ein Tuch in Wasser, wrang es aus und wusch Estrudes Gesicht damit. Dann öffnete sie ihre Reisetasche und zog einen zugestöpselten Krug heraus. Die Sterbende mühte sich, mit den Augen die Bewegungen ihrer Wohltäterin zu verfolgen. Estrude schien nicht bewußt zu sein, daß Bernard und Thorne sich ebenfalls im Raum befanden. »Was ist das?« keuchte sie.

»Etwas Rotwein, den ich von Sankt Dunstan mitgebracht habe, Mylady«, antwortete Martine und setzte sich neben Estrude auf das schmale Bett. Sie nahm die abgemagerte, klauenartige Hand der Todkranken. »Er wird Euch helfen, damit Ihr schlafen könnt.« Angesichts von Martines Bereitschaft, eine Frau zu trösten, die ihr immer geringschätzig begegnet war, empfand Thorne tiefe Achtung. Er bewunderte Martines Entschlossenheit, Eifersucht und Zorn beiseite zu lassen und Estrude in ihrer Not bedingungslos beizustehen.

Unter anscheinend großer Anstrengung schüttelte Estrude den Kopf. »Ich verdiene es nicht. Gott will, daß ich leide, und deshalb bestraft er mich.«

Martine beugte sich näher. »Das kann nicht stimmen, Mylady.«

Estrude nickte. »Doch. Es ist, weil ich zu gierig nach einem Baby war. Ich habe gesündigt, und nun kommt Gottes gerechte Strafe über mich.«

In Thornes Kopf ertönte eine Warnung. Er blickte zu Bernard, der in der Ecke die Stirn runzelte. Dann sah Thorne zu Martine, die ihm einen verständigen Blick zuwarf. »Sir Bernard«, sagte sie. »Ob Ihr wohl so freundlich sein würdet, Vater Simon zu holen?«

»Sie hat die Sterbesakramente bereits bekommen«, entgegnete er.

»Gut, dann könntet Ihr mir vielleicht einen Becher für den Wein bringen.«

Bernard, der offensichtlich nicht an Bitten gewöhnt war, für andere etwas zu holen, zögerte einen Augenblick. Als hätte er beschlossen, daß die Rolle des trauernden Gatten ein gewisses Maß an Gefälligkeit beinhalte, nickte er dann und verließ die Kammer. Tief durchatmend, warf Thorne einen kurzen, dankbaren Blick zu Martine hinüber.

»Gott bestraft Euch nicht«, sagte sie der leidenden Estrude.

»Doch, doch«, beharrte die Kranke. »Es ist wegen der Mittel, die ich eingesetzt habe, um dieses Kind zu empfangen. Das Kind ist ... nicht von Bernard. Ich habe gesündigt, um schwanger zu werden. Also hat Gott mir ein Baby geschickt, das alles Leben aus meinem Körper saugt. Das Kind wird immer größer, während ich dahinwelke. Bald bin ich tot, und dann brenne ich für alle Ewigkeit in der Hölle. Ich bin verloren.« Die Rede schien Estrude erschöpft zu haben, denn sie schloß die Augen, und ihr Atem ging mühsam und rasselnd.

»Gott ist gnädig«, sagte Martine. »Für einen Ehebruch würde er Euch nie auf diese Weise bestrafen.«

»Nicht nur Ehebruch«, flüsterte Estrude. Sie besaß nicht

einmal die Kraft, ihre Augen zu öffnen. »Es war Betrug. Thorne wollte mich nicht. Ich habe ihn überlistet.«

Martine warf einen verwirrten Blick zu Thorne, der leicht mit dem Kopf nickte.

»Ich trug Euer Parfüm, als ich mitten in der Nacht zu ihm kam, und machte ihn glauben, Ihr seid es.« Mit großen Augen starrte Martine Thorne an. Estrude warf den Kopf herum, das Gesicht zu einer Grimasse verzerrt. »Hinterher war er zornig. Ich habe mich ihm aufgezwungen. Das war falsch und eine große Sünde. Gott ließ Thornes Baby in mir wachsen, um mich damit zu töten und in die Hölle zu schicken.« Estrudes Stimme wurde schwächer, und die letzten Worte waren kaum noch zu verstehen.

Sehr sanft legte Martine ihre Hände auf Estrudes Wangen. »Mylady, öffnet die Augen. Seht mich an. Und hört mir gut zu. Ihr seid nicht schwanger.«

Als wollte sie die Wahrheit ihrer Worte darin lesen, suchte Estrude Martines Augen. Könnte das möglich sein, fragte sich Thorne.

»Aber mein Bauch«, stöhnte Estrude, und ihre Worte gaben Thornes Gedanken wieder.

»Ich habe Euch untersucht«, erinnerte Martine die Kranke. »Und ich versichere Euch, Ihr seid nicht schwanger. Das wart Ihr nie. Ihr leidet an einer Krankheit, die ich in Paris gesehen habe. In Euch ist ein Tumor, eine Art Ball, der immer dicker wird und niemals zu wachsen aufhört. Wahrscheinlich wart ihr schon ein Jahr krank oder länger, ohne es zu bemerken.«

»Meine Monatsblutungen ... sie hatten beinahe aufgehört, noch bevor ...«

»Seht Ihr?« sagte Martine. »Ihr seid krank. Das ist alles.«

»Werde ich sterben?«

Martine zögerte. »Ja.«

Estrude nickte. »Bald?«

Wieder eine Pause. »Ja.«

»Gott sei Dank.«

»Und dann werdet Ihr bei den Engeln sein«, versicherte Martine ihr.

»Bei den Engeln«, flüsterte Estrude und lächelte. Thorne erkannte einen Tränenschimmer in ihren halbgeschlossenen Augen. »Ich werde bei den Engeln sein.«

Bernard kehrte mit dem Becher zurück, in den Martine den Rotwein goß. Sie hob den Kopf ihrer Schwägerin, damit diese trinken konnte. »Schlaft, wenn Ihr könnt«, flüsterte sie dann.

Innerhalb von Augenblicken schien sich Estrudes gesamter Körper zu entspannen. Ihre Finger entkrampften sich, die Gliedmaßen verloren ihre Starre, und die verzerrten Gesichtsmuskeln wirkten plötzlich gelöst. Estrude schloß die Augen, und ihre Atmung wurde ruhig und regelmäßig. Eine Stunde später, als die Sonne den Horizont berührte, ließ das stetige Heben und Senken ihrer Brust langsam nach. Der Tod, der so geduldig auf Estrude von Flandern gewartet hatte, nahm sie schließlich mit sich.

Eine Stunde später hockten Bernard, Godfrey und Vater Simon um den kleinen Tisch in der Kammer des Barons.

»Aber sie ist seine Schwägerin«, erklärte Godfrey dem Priester, während Bernard sein Trinkgefäß auffüllte und dachte: *Stimme einfach zu, bevor du umkippst. Mehr verlange ich nicht.*

Vater Simon hob belehrend den Finger. »Nun gut, aber das ist nicht ganz dasselbe wie Blutsverwandtschaft. Hier handelt es sich nur um Anverwandtschaft und nicht um das gleiche Blut. Eine kleine Spende an Bischof Lambert«, er zuckte mit den Schultern, »und von der Kirche wird es keine Einwände geben. Das versichere ich Euch.«

Bernard führte seinem Vater das Trinkgefäß an den Mund. Der alte Mann nahm einen langen Schluck, dann wischte er sich mit dem Ärmel die Lippen und starrte stirnrunzelnd und mit schlaff herunterhängendem Kinn in den Becher, als wollte er dort die Antwort finden.

Überleg nicht lange, dachte Bernard. *Trink.* Wieder legte er die Hand um die seines Vaters und hob das Gefäß an den Mund des Alten. Normalerweise war er gefügiger als jetzt, wenn er sein Quantum getrunken hatte.

Godfrey stieß das Gefäß zurück, als es seine Lippen berührte. »Warum morgen?« fragte er. »Warum gleich in der Frühe? Estrudes Leiche ist noch warm, um Gottes willen!«

Der Körper dieser Frau war noch nie warm, dachte sein Sohn.

Verwirrt schüttelte der Baron den Kopf. »Ich habe noch nie gehört, daß eine zweite Vermählung am Tag nach dem Hinscheiden der ersten Frau ...«

Oh, zur Hölle. »Hört zu«, grollte Bernard. Seine Geduld war beinahe am Ende. »Wünscht Ihr Euch Enkel?«

Die Augen feucht und gerötet, senkte Godfrey langsam sein Trinkgefäß auf den Tisch. »Mehr als alles auf der Welt. Du mußt wieder heiraten. Das möchte ich. Aber warum Lady Martine? Es gibt Dutzende passender Mädchen ...«

»In Sussex«, ergänzte Bernard angespannt. »Uns bleibt nur das Ausland, habt Ihr das vergessen? So wie beim ersten Mal.« Bernard leerte den Krug in Godfreys Becher, der dabei überlief. »Wir müssen uns wieder in Britannien, Aquitanien oder Flandern umsehen. Irgendwo weit weg von hier, wo niemand weiß ... was geschehen ist. Erinnert Ihr Euch?«

»O ja«, murmelte der Baron. »Das Mädchen. Das arme Ding.«

»Herr im Himmel«, schimpfte Bernard. Es müßte als Sünde bestraft werden, daß ein Mann, der so weich war, jemals Baron hatte werden können. »Ich will nicht wieder ins Ausland gehen«, erklärte er dem geistlosen Narren, der ihn gezeugt hatte, langsam. »Das dauert mir zu lange. Es ist mühsam und kostet zu viele Nerven. Nach Edmonds Tod ist Lady Martine außerdem den Brautpreis wert. Die Ländereien, die sie geerbt hat, waren seit Wilhelm dem Eroberer in Familienbesitz. Wäre Euch nicht auch lieber, wir behielten es unter unserer Herrschaft statt einer Achtzehnjährigen freie Hand zu lassen, die wir erst seit dem letzten Sommer kennen?«

»Das ist mir gleichgültig«, entgegnete Godfrey. »Ich will Enkel.«

Eilfertig beugte Bernard sich zu seinem Vater. »Und ich

möchte sie Euch geben. Lady Martine ist jung und gesund. Sie könnte diese Burg bestimmt mit vielen Enkelsöhnen füllen.«

Die entzündeten Augen des Barons glitzerten, und sein Mund bog sich zu einem sehnsüchtigen Lächeln. »Enkelsöhne.«

»Ja. Eine Menge Enkelsöhne. Ich brauche nur Euer Wort, und Vater Simon wird uns morgen früh vermählen.«

»Wenn es auf Eure Veranlassung geschieht, wird niemand die Trauung in Frage stellen«, wollte der Priester weiterhelfen und fuhr zusammen, als Bernard ihm einen scharfen Blick zuwarf.

»In Frage stellen?« murmelte Godfrey.

»Niemand wird die Eheschließung in Frage stellen«, beruhigte Bernard den Alten. »Nicht, wenn Ihr sie befehlt. Und dann werden die Enkelsöhne kommen.« Jesus, war das eine mühsame Angelegenheit. »Eine Menge Enkelsöhne.«

Godfrey nickte langsam, und sein gefühlsduseliges Lächeln erschien.

»Befehlt Ihr die Eheschließung?« half Vater Simon nach.

Der Baron seufzte. »Gut, dann soll es so sein.« Bernard seufzte ebenfalls. Endlich. »Obwohl ich zugeben muß«, sandte sein Vater hinterher, als er sich vom Tisch erhob, »daß ich nicht verstehe, warum du ausgerechnet Martine von Rouen nimmst. Du hast immer gesagt, sie sei eigensinnig und aufsässig. Außerdem weiß ich, daß du sie für Edmonds Tod verantwortlich machst.«

»Ich war außer mir«, erklärte Bernard geschickt. »Und was ihren Eigensinn betrifft, braucht sie nur ein wenig Zucht.« Er wandte sich zum Gehen. »Macht Euch um diese Dinge keine Sorgen. Denkt immer nur an die Enkelsöhne.«

»Aber was ist, wenn sie sich als ebenso unfruchtbar erweist wie Estrude?« fragte Godfrey ihm nach. »Was ist, wenn sie keine Söhne bekommen kann?«

Unbewußt sank Bernards Hand zum Beutel an seinem Gürtel. Er glitt mit einem Finger hinein und strich über den runden, juwelenbesetzten Griff des kleinen Messers, das scharf wie eine Rasierklinge war. »Auch darum macht Euch keine Sorgen. Diese Schwierigkeit löse ich, wenn es soweit ist.«

»Mir gefällt es nicht, daß keiner meiner Männer hier ist«, sagte Thorne nach dem Begräbnis am Abend, als er und Martine in der großen Halle vor der Feuerstelle standen und sich die Hände wärmten. »Godfrey hat Peter, Guy und Albin nach Frankreich geschickt. König Heinrich ist noch immer in diese Gebietsstreitigkeiten verwickelt, und Godfrey denkt offenbar, ihm weiterhin Gefolgsleute zu schulden. Hätte nicht Bernard ihm diese Idee in den Kopf gesetzt, würde ich nichts Verdächtiges daran finden.«

Martine stellte fest, daß Thorne sie kaum noch ansah, wenn er mit ihr sprach. Nachdem er sie nicht mehr verführen konnte, hatte er wohl jedes Interesse an ihr verloren. Zweifellos bedauerte er den Eid, der ihn verpflichtete, als Beschützer an ihrer Seite auszuharren.

»Das hat nicht unbedingt etwas zu bedeuten«, antwortete sie. »Vielleicht gab es für deine Leute nur wenig zu tun, als du fort warst.«

»Vielleicht«, murmelte er und blickte auf. Etwas hinter Martines Schulter weckte seine Aufmerksamkeit, und Thornes Gesichtsausdruck wurde grimmig. »Vielleicht auch nicht.«

Als Martine sich umwandte, sah sie, wie Bernard mit einer Gruppe von Männern auf sie zukam. Bernard hatte sein kaltes Lächeln aufgesetzt, während die anderen den verschlossenen Ausdruck von Kämpfern trugen, die ihre Pflicht taten. Geneva, die mit ihrer Tochter in der Ecke Dame gespielt hatte, verließ mit dem Kind rasch die Halle.

Martine sah wieder zu Thorne. Sein Hand lag auf dem Schwertgriff, wie sie bemerkte, aber es war seine Rechte, und sie wußte, daß dieser Arm noch sehr schwach war.

Bernard blieb vor Martine stehen und begutachtete sie mit seinen harten kleinen Augen. »Mylady.« Den Kopf zu Thorne gewandt, blieb sein wohlgefälliger Blick auf der Krücke des Ritters haften. »Guten Abend, Waldbauer.«

»Was wollt Ihr, Bernard?« fragte Thorne.

»Ich will mich wieder vermählen«, antwortete er. »So bald wie möglich.«

»Dann schlage ich vor, daß Ihr mit den Reisevorbereitungen beginnt«, entgegnete der Sachse. »Versucht es in Italien oder vielleicht im Rheinland. Dort hat man womöglich noch nicht von Euch gehört.«

Bernards Blick verengte sich, und er schloß ebenfalls die Hand über sein Schwert. »Es scheint, als würde das nicht nötig sein.« Als er sich wieder an Martine wandte und sie mit seinem Blick fixierte, fröstelte sie bis auf die Knochen. »Mein Vater und Lehnsherr hat die Dinge in die Hand genommen, müßt Ihr verstehen. Es ist bereits eine Braut für mich bestimmt, und wie der Zufall spielt, befindet sie sich in angenehmer Nähe.«

Martine stand vollkommen reglos. Sie war wie gelähmt und verwirrt. *Nein ... er kann nicht meinen ...*

Sie hörte das metallische Kratzen, mit dem Thorne sein Schwert aus der Scheide zog. Stahl blitzte auf. Vier Schwerter waren auf seine Kehle gerichtet.

Es stimmte. O Gott. Thorne hatte recht. Wir sind direkt in eine Falle gegangen. Bernard hat mich hierher gelockt, damit er ... Martine konnte die Worte nicht einmal zu Ende denken und sich das Entsetzliche vorstellen, mit diesem Ungeheuer verheiratet zu sein. Wenn die Ehe mit Edmond schlecht gewesen war, würde die mit Bernard zu einem Alptraum werden.

»Nein«, sagte sie. »ich werde es nicht tun. Ich heirate Euch nicht.«

»Niemand bittet um Eure Erlaubnis«, entgegnete Bernard kalt. »Unser Lehnsherr hat Euch für mich bestimmt. Damit ist alles gesagt.«

Martine schluckte ihre Empörung und ihre Angst herunter und verbarg die Hände in ihren Röcken, damit niemand das Zittern bemerkte. Aus dem Augenwinkel sah sie, daß Thorne noch von den Schwertern in Schach gehalten wurde. Er stand aufmerksam und schweigend da. »Ich kehre nach Sankt Dunstan zurück«, erklärte sie.

Bernard schmunzelte. »Ja, das würdet Ihr sicher tun,

wenn ich Euch genug Zeit ließe, einen Weg zu finden. Deshalb habe ich bestimmt, daß die Vermählung bereits morgen in der Frühe feierlich vollzogen wird.«

»In der Frühe? Morgen?« Noch immer verfolgte der Sachse das Geschehen reglos und ohne Worte. »Thorne, bitte! Tut etwas!«

Mit einem Blick auf die glänzenden Schwertschneiden hob der Ritter die Braue, als wollte er sagen: Was soll ich tun?

»Sagt etwas!« verlangte Martine. »Irgend etwas! Ihr habt die Aufgabe, mich zu beschützen!«

»Das stimmt«, sagte Bernard zu Thorne. »Ich habe von Eurem Eid gehört, den Ihr dem guten Vater Rainulf geschworen habt. Wenn Ihr mich fragt, muß es recht anstrengend sein, den ganzen Tag in der Nähe dieser giftigen Schlange zubringen zu müssen. Ich nehme nicht an, daß Ihr viel für sie übrig habt. Trotzdem dauert es mich, einen gestandenen Ritter wie Euch zu solch niedrigem Dienst verurteilt zu sehen. Ein ärgerlicher Auftrag, nicht wahr?«

Thorne starrte Bernard einen Augenblick schweigend und ausdruckslos an. »Und wenn es so wäre? Geht es Euch etwas an?«

Martines Herz zog sich schmerzhaft zusammen. Natürlich hatte sie gewußt, daß Thorne sein Versprechen an Rainulf bedauerte. Doch als sie die Worte aus seinem eigenen Mund hörte ...

Bernard lächelte. »An Eurer Stelle wäre ich nicht so sicher. Statt den treuen Wachhund für diese Schlampe zu spielen, könnte ich Euch vielleicht ein anderes Angebot machen. Im Augenblick seid Ihr mir so lästig wie eine Laus in meinem Helm.« Er wies auf seine schwerterbewehrten Männer. »Und die muß ich auslöschen, denn sonst stört sie meine Pläne. Andererseits brauche ich immer gute Kämpfer. Es wäre ein Jammer, soviel Kraft und Geschicklichkeit zu zerstören, könnte ich selbst den Nutzen daraus ziehen.«

»Wie kommt Ihr darauf, daß ich so leicht zu überreden wäre?« fragte Thorne.

»Lassen wir keine falsche Scham aufkommen. Ihr wollt

Euer Lehen. Und ich« — Bernard nickte in Martines Richtung — »will meine Ländereien zurück. Wenn Ihr den Eid gegenüber Vater Rainulf aufkündigt und mir Gefolgschaft leistet, gebe ich Euch mein Wort, daß Eure Treue belohnt wird. In den Gütern, die ich Euch überlasse, wird auch eine Besitzung von Lady Martine enthalten sein.«

Zu Martines Entsetzen nahm Thorne sich Zeit mit seiner Antwort. Konnte er tatsächlich erwägen, das Angebot anzunehmen? »Nein«, sagte Thorne schließlich. Erleichtert atmete Martine auf. Aber dann sprach Thorne weiter. »Ich will das Land, das Lord Godfrey mir ursprünglich zugestanden hat. Das Lehen ist weitaus stattlicher als die anderen.«

Martine starrte Thorne an. Es erstaunte sie nicht, daß er sich weigerte, ihrem Blick zu begegnen.

Bernard nickte langsam. »Ihr seid ein gieriger Mann. Das gefällt mir. Also gut. Morgen früh wird das Land Euch gehören.« Er nickte seinen Männern zu, die ihre Schwerter senkten, bevor er sich wieder an Thorne wandte. »Und nun, als Geste der Lehnstreue, werdet Ihr Lady Martine nach oben in ihre Kammer führen. Boyce bleibt heute nacht als Wache vor ihrer Tür. Und morgen früh« — Bernard nahm Martines Fingerspitzen in die Hand — »werden wir uns im heiligen Stand der Ehe verbinden.«

Martine entriß die Hand seinem Griff. »Lieber töte ich mich, als Euch zu heiraten.«

»Danke für die Warnung«, antwortete Bernard gedehnt und senkte den Blick auf den Beutel mit ihrem Eßmesser, den sie am Gürtel trug. Seine Hand schnellte mit schlangenhafter Behendigkeit vor und riß den Beutel ab. »Boyce, durchsucht ihre Kammer nach allem, was sie gegen sich verwenden könnte ... Messer, Seile ...«

»Wäre es nicht sicherer, sie unten in das Verlies zu sperren?« wandte Thorne ein.

Martine war sprachlos vor Empörung. Mit erfreutem Blick, sogar beeindruckt, wandte sich Bernard an den Sachsen. »Eine ausgezeichnete Idee. Ich hatte meine Zweifel, was Euch betraf, Waldbauer, und bin froh, daß Ihr wißt, wo Eure Interessen liegen.«

Martine kämpfte, ihre Stimme unter Kontrolle zu halten. »Sir Thorne fand es niemals schwer, seine Interessen zu verfolgen. Nicht wahr, Thorne?«

»Im allgemeinen nicht, Mylady.« Thorne nahm Martines Arm, doch sie entzog sich ihm, als er versuchte, sie in Begleitung von Boyce zum Treppenhaus zu führen. »Zwingt mich nicht, das Schwert zu ziehen«, sagte er mit ruhiger Bestimmtheit. »Wenn nötig, werde ich nicht davor zurückschrecken.« Er faßte sie am Arm. Es war die Hand seiner verletzten Seite, doch Martine schlug mit der freien Hand dagegen. Thorne stöhnte auf und ließ fluchend los. Als er hinter Martine trat, hörte sie, daß sein Schwert aus der Scheide glitt, und spürte am Rücken den Druck der scharfen Spitze durch den Stoff des Obergewands. Gewaltsam trieb Thorne sie zum Treppenhaus.

20.

Während der ersten Stunde ihrer Gefangenschaft stand Martine mit geschlossenen Augen in der Mitte der winzigen, stinkenden Zelle, die Röcke vom Boden gehoben, damit das Ungeziefer unter dem verfaulten Stroh nicht an ihr hochkriechen konnte. Zuerst versuchte sie zu beten, aber darin war sie noch nie gut gewesen. Sie gab bald auf und stellte sich statt dessen den Kräutergarten vor, den sie an ihrem Hochzeitstag im Geist geplant und während ihres winterlichen Exils in Sankt Dunstan auf Pergament gezeichnet hatte.

Der Gedanke daran beruhigte sie, und sie konnte sich ihrer gegenwärtigen Lage zuwenden. Als sie die Ereignisse noch einmal durchging, wurde ihr klar, daß Thornes Zusammenarbeit mit Bernard eine vorherzusehende Entscheidung gewesen war. Er hatte die Wahl zwischen dem Tod, wenn er sie verteidigte, oder wertvollem Landbesitz, den er sich erwarb, wenn er Martine verriet. Was hätte sie an seiner Stelle getan? Nein, sie durfte keine Entschuldigungen für ihn finden. Thorne hatte einen Eid geschworen, jede Gefahr von ihr fernzuhalten. Sie konnte von ihm erwarten, tapfer und erfindungsreich zu sein. Irgend etwas hätte ihm einfallen müssen. Sein Verrat ließ Martine mit einem überwältigenden Schmerz zurück und ernüchterte sie. Wenn sie gerettet werden wollte, mußte sie selbst handeln.

Draußen saß Boyce auf einem Hocker gegen die Kellerwand gelehnt und summte Trinklieder. Er war ein merkwürdiger Bursche, und unter anderen Umständen hätte sie ihn vielleicht sogar gemocht. Als Martine das kreischende Schurren und dazu klingelndes Metall hörte, wußte sie, daß der Hüne sein Gewicht auf dem Hocker verlagert und dabei den Schlüsselring am Gürtel bewegt hatte: Einer dieser Schüssel paßte zu der Eisentür ihrer Zelle.

Sie dachte einige Augenblicke nach, trat dann an die Zellentür und sah durch das Guckloch. »Sir Boyce?«

Ihr Bewacher stand auf, und auf einmal erfüllte sein großes Gesicht die kleine viereckige Öffnung. »Nur Boyce, Mylady. Ich bin kein Ritter, bloß Jäger. Aber ich muß sagen, daß ich es recht nett finde, von Euch mit ›Sir‹ angeredet zu werden. Ich fühle mich geschmeichelt.«

Damit hatte Martine gerechnet. »Ich habe furchtbaren Durst, Boyce. Ob Ihr mir wohl etwas Wein bringen könntet?«

Er runzelte die Stirn. »Nein, Mylady, ich darf meinen Posten nicht verlassen.«

In der Hoffnung, die Geste nicht zu übertreiben, befeuchtete Martine die Lippen und legte eine Hand an ihre Kehle.

Boyce zupfte an seinem Bart. »Aber ich könnte jemanden rufen, der den Wein nach unten bringt.«

»Würdet Ihr das tun?«

»Ja, um ehrlich zu sein, bin ich selbst etwas durstig.«

Darauf hatte Martine natürlich gesetzt, da Boyce nie ohne einen Becher in der Hand gesehen wurde. »Ich habe aus Sankt Dunstan einen wunderbaren Rotwein mitgebracht. Felda weiß, wo ich ihn aufbewahre.«

Der rothaarige Hüne bewegte sich schwerfällig zur Treppe und rief nach oben, daß Felda den Rotwein von Lady Martine herunterbringen solle.

»Und zwei Becher«, fügte Martine hinzu.
»Und zwei Becher!« brüllte Boyce.
Bald erschien Felda mit dem Rotwein. Während sie einen wissenden Blick mit Martine wechselte, ereiferte sie sich heftig besorgt und wortreich über die Gefangennahme ihrer Herrin und schenkte Martine einen kleinen Becher ein, während ihr Bewacher die größere Menge erhielt. Boyce leerte den Becher rasch, während Martine vorgab, langsam an ihrem Wein zu nippen.
»Der Wein ist wirklich gut, nicht wahr?« fragte sie.
Boyce wirkte leicht verblüfft. »Er schmeckt ... anders.«
»Das müssen die Gewürze sein«, erklärte Martine rasch. »Es ist gewürzter Rotwein, habe ich Euch das nicht gesagt?«
»Oh, vielleicht schon. Aber welche Gewürze machen den Geschmack so ...«
»Versucht zu raten«, sagte Martine und gab Felda einen Wink, ihm noch einmal nachzuschenken. »Ihr müßt mir sagen, was Ihr vermutet.«
Wieder kippte Boyce den Becher hinunter. »Zimt ist es nicht«, sagte er gähnend und setzte sich auf den Hocker zurück. »Und auch nicht Gewürznelke.« Schläfrig nickend untersuchte er den leeren Becher in seiner Hand. Dann verwandelte sich der benebelte, verblüffte Blick in plötzliche Erkenntnis. Boyce versuchte, die Augen auf Martine zu konzentrieren, die durch das Guckloch sah. »Gleich hab' ich's.«
Mit den Händen an der Wand Halt suchend, stand er auf. Der Becher glitt aus seinen Fingern und rollte zu Boden. »Ihr seid eine geschickte Hexe«, lallte er zur Tür stürzend und schob das Gesicht in die Öffnung. Er grinste, und ein tiefes hustendes Lachen stieg aus seiner Kehle. »Wirklich, verdammt geschickt!« Das Lachen wurde dröhnend, und er bekam feuchte Augen. »Ein wirklich guter Streich, den Ihr mir gespielt habt«, keuchte er, stieß sich von der Tür ab und taumelte auf Felda zu, die geschmeidig zurückwich. Während ihm die Tränen über das gerötete Gesicht strömten, hielt er nicht inne, brüllend zu lachen.
Plötzlich wurde er still. Seine Augen rollten nach oben,

und wie ein gefällter Baum krachte er, nach vorn überkippend, dumpf zu Boden.

Die beiden Frauen sahen sich an. Felda blickte zur Treppe und stieß den bewußtlosen Mann mit der Fußspitze.

»Die Schlüssel«, flüsterte Martine. Ihre Kammerfrau löste den Schlüsselring von Boyces Gürtel. Der dritte Schlüssel, den sie probierte, paßte ins Schloß der Zellentür. Martine stürzte aus ihrem Gefängnis und umarmte die Magd. »Oh, ich danke Euch, Felda. Ich wußte, daß ich auf Euch zählen kann.«

»Was nun, Mylady?«

»Ailith hat mir erzählt, daß es einen geheimen Gang hier unten gibt.«

Felda rollte die Augen, und Martines Herz sank. »Geheim ist er kaum, Mylady. Jeder weiß davon, zumindest alle Bediensteten.«

Gott sei Dank. »Wo ist der Gang?«

Es dauerte länger, als Martine erwartet hatte, die Pyramide von Fässern beiseite zu räumen, die vor der kleinen Holztür in der Steinwand lagerte. »Der Tunnel führt zur Kapelle«, erklärte Felda und zog die Tür auf. »Er dient als Fluchtweg, falls die Burg belagert wird. Eine Menge Burgen haben solche unterirdischen Gänge.« Felda nahm eine Fackel aus der Halterung an der Wand, hob ihre Röcke und neigte den Kopf. »Folgt mir.«

Der Gang war ein enger, mit Holzpfählen abgestützter Stollen. Beim Gehen mußten die beiden Frauen den Rücken beugen, während sie sich voranbewegten. Nach einer Weile fragte sich Martine, ob es tatsächlich so weit bis zur Kapelle war. Endlich stieg der Tunnel an, und sie standen vor einigen grob behauenen Steinen, die als Stufen dienten. Oberhalb der Treppe, in der Eichendecke, befand sich eine Falltür. Felda löste den verrosteten Riegel, und die beiden Frauen drückten gegen die Holzplatte, bis sie nachgab und zur Seite schwenkte.

Sie fanden sich hinter dem Altar der Burgkapelle im Dorf wieder. Als sie draußen waren, löschte Felda die Fackel im Schnee. »Wie gut, daß wir einen langen Winter haben«, sagte sie. »Mit dem vielen Schnee und dann noch bei Vollmond ist es taghell.«

Sie hatte recht, stellte Martine fest, als sie zur Burg hinaufblickte, aus der kein Licht drang. Die Silhouette ragte gestochen scharf gegen den mondhellen Himmel, als wäre es später Nachmittag und nicht mitten in der Nacht. Aber die Luft war kalt. Martine zitterte und schlug die Arme um sich. »Ohne ein Pferd werde ich nicht weit kommen«, sagte sie. »Und ich könnte einen Mantel gebrauchen.«

Felda nickte. »Fitch Ironmonger hat ein Pferd. Und ich wette, seine Frau kann einen Mantel entbehren.«

»Seine Frau! Weiß sie über Euch Bescheid?«

»Natürlich nicht«, entgegnete Felda und führte den Weg an. »Und wenn Fitch nicht will, daß sie alles erfährt, rückt er das Pferd und den Mantel heraus.«

Martine blieb im Schatten stehen, während Felda durch das hintere Fenster der kleinen Hütte zischte: »Fitch!« Schlaftrunken erschien der Eisenhändler. Felda und er tauschten lebhaft geflüsterte Worte auf englisch aus. Fitch stöhnte und schüttelte den Kopf. Wiederholt nannte er Felda bei einem Namen, den Martine nur als weiblichen Hundenamen kannte. Als Felda schließlich mit den Schultern zuckte und so tat, als würde sie in die Hütte gehen — zweifellos um die Frau des Eisenhändlers zu wecken —, sattelte Fitch grollend seinen dicken alten Zelter und brachte einen verschlissenen, mit Eichhörnchenfell gefütterten Wollmantel.

»Wohin werdet Ihr reiten?« fragte Felda, als Martine aufsaß. »In Sankt Dunstan suchen sie Euch als erstes.«

»Das weiß ich. Ich muß einen Ort finden, an dem ich einige Tage bleiben kann, bis ich die nächsten Schritte überdacht habe. Ich kenne ein verlassenes Bauernhaus, das gut versteckt liegt. Vielleicht gehe ich dorthin.«

»Kann ich Euch helfen?«

»Ihr habt bereits sehr viel getan. Ich will nicht, daß Ihr meinetwegen Schwierigkeiten bekommt. Wenn Sie Euch Fragen stellen, sagt, Ihr hättet auf Boyces Verlangen den Rotwein gebracht und nicht gewußt, daß er ein Schlafmittel enthielt. Behauptet, Ihr wärt nach oben gegangen, noch bevor er den Wein getrunken habe.«

Seufzend nahm Felda Martines Hand. »Seid vorsichtig, Mylady.«

»Das verspreche ich Euch.«

Das Mondlicht wurde vom Schnee reflektiert, und es war so hell, daß Martine leicht den Baum entdeckte, der auf dem Felsen in der Wegmitte wuchs. Danach brauchte sie nur noch dem gewundenen Wasserlauf nach Norden folgen und in der gleichen Richtung weiterreiten, wenn der Bach nach Osten abbog. Schließlich erreichte sie die Lichtung mit dem einzelnen Baum und dem schneebedeckten Bauernhaus in der Mitte.

Mitternacht war längst vorüber, und es war ein langer, ermüdender Tag gewesen. Martine trat gegen den Stapel mit Strohmatratzen in der Ecke, und zwei Mäuse sprangen heraus. Sie stieß ein zweites Mal dagegen, aber es zeigte sich nichts weiter. Auf den Matratzen lagen Wolfspelze. Den oberen, in dem sich der Staub von Jahren angesammelt hatte, warf sie zur Seite. Dann legte sie sich auf die anderen Felle, den Mantel mit der Eichhörnchenseite als Decke um sich gewickelt.

Trotz ihrer Erschöpfung konnte sie nicht einschlafen. Thornes Betrug war schwerer zu ertragen als die eisige Nachtluft, und Martine mußte erkennen, daß weder ihr Körper noch ihr Geist Erholung fanden. Schließlich fiel sie in einen leichten, unruhigen Schlaf. Im Traum erschien das apfelgrüne Hochzeitsgewand ihrer Mutter, eingefroren in einem zu Eis erstarrten See.

Später in der Nacht erwachte Martine von dem Gefühl, nicht allein zu sein. Sie spürte, daß jemand sich über sie beugte und berührte. Mit einem Schrei stieß sie die Faust vor, doch sie verfing sich in dem Mantel, in den sie gewickelt war, bevor sie die dunkle Gestalt treffen konnte.

»Ganz ruhig.« Diese Stimme kannte sie. Es war Thorne. Martine entspannte sich ... dann erschrak sie. *Thorne! Er hat mich gefunden!*

Sie setzte sich auf. »Ich lasse nicht zu, daß du mich zurückbringst.«

Thorne schwieg, während er sie mit etwas Pelzgefüttertem zudeckte. Es war sein eigener Mantel, denn er trug keinen. Dann setzte er sich auf die Matratzenkante ihres notdürftigen Lagers. Im silbrigen Mondlicht wirkten seine Augen riesig. »Dich zurückbringen! Mein Gott, das meinst du nicht ernst.«

»Du hast dich mit Bernard eingelassen! Das war Verrat an mir!« Thorne wollte Martine berühren, doch sie wehrte ihn mit einem Schlag ab. »Faß mich nicht an.« Als sie aufstehen wollte, faßte Thorne sie an den Schultern und preßte sie zurück auf die Wolfsfelle. Wieder hob sie die Fäuste gegen ihn, doch Thorne war schneller und hielt ihre Hände neben dem Kopf fest.

»Hör mir zu«, sagte er barsch.

»Nein!«

»Du willst die Wahrheit nicht hören, weil du dann weniger Grund haben würdest, mich zu hassen.«

Ihre Ohren konnte Martine nicht verschließen, aber wenigstens preßte sie die Lider zusammen.

»Zum Schein gemeinsame Sache mit Bernard zu machen, das war die einzige Möglichkeit, dir zu helfen. So hat er mich nicht gleich getötet, und mir blieb ein wenig Zeit, einen Weg zu finden, wie du von dort entkommen konntest.«

»Zum Schein? Noch mehr Lügen.«

»Martine, sieh mich an.« Thorne schüttelte sie, während er weiter ihre Hände festhielt. »Sieh mich an, verdammt!« Sie öffnete die Augen und begegnete seinem Blick, während er über ihr stand und sie nach unten drückte. »Ich bin zu schwach, ein Schwert zu führen oder einen Bogen zu halten. Ohne diese verdammte Krücke kann ich nicht einmal gehen. Es gab keine Möglichkeit, dich zu verteidigen. Das wußte Bernard. Er hatte damit gerechnet.«

»Du ... hast ihm gesagt, es würde dich ärgern, mich beschützen zu müssen.«

»Und das hast du geglaubt?«

»Du hast mit ihm über ein Stück Land verhandelt, das er dir überlassen wollte!«

»Hätte ich ihm zu leicht nachgegeben, wäre er mißtrauisch geworden. Wie es scheint, war meine Strategie wirksamer, als ich dachte. Sogar du hast mir geglaubt.« Martine sah ein Flackern in seinen Augen, das nach Verletztheit aussah. »Hast du tatsächlich so wenig Vertrauen zu mir?«

Sie blickte zur Seite. »Du hast mich nach unten in dieses furchtbare ... Du wolltest mich nicht einmal die Nacht in meiner Kammer verbringen lassen.«

Thorne ließ Martines Hände los. Er umfaßte ihr Gesicht und drehte es, damit sie ihm in die Augen sehen konnte. »Der Tunnel beginnt im Kellergewölbe, Martine. Hätte man dich im dritten Stock eingesperrt, wärst du niemals aus der Burg entkommen.«

Martine dachte einen Augenblick nach. »Du hast mich in diese Zelle gesperrt, damit ich leichter fliehen kann?«

»Eigentlich dachte ich, es wäre für mich leichter, dir bei der Flucht zu helfen. Ich war ziemlich verblüfft darüber, daß du schon fort warst, als ich unten ankam.« Er schmunzelte. »Ich muß schon sagen, du hast mich beeindruckt. Boyce bewußtlos am Boden liegend mit einem leeren Becher neben sich, und die Zellentür und der Tunneleingang weit offen ... Ich mußte nicht lange nachdenken, was du getan und daß du dabei Hilfe bekommen hast. Felda war die naheliegende Erklärung. Also weckte ich sie und brachte sie dazu, mir alles zu berichten.«

»Aber ich habe ihr überhaupt nichts erzählt!«

»Sie sagte, es gebe ein verlassenes Bauernhaus. Das war die einzige Möglichkeit.« Thorne streichelte Martines Wange, und sie atmete seinen feinen, tröstenden Duft ein. Mit den Fingern glitt er auf ihre Lippen und liebkoste sie sanft. »Martine ...«

Wieder wandte sie sich weg und unterbrach die Berührung. Sofort ließ Thorne los und erhob sich. »Ich werde etwas Holz holen und Feuer machen. Dann können wir beide vielleicht ein paar Stunden schlafen, bevor es hell wird.«

Thorne hob seine Krücke, nahm die Axt mit dem abgebrochenen Stiel vom Boden und ging nach draußen. Das Gesicht zur Wand gedreht, lag Martine auf der Seite, während sie dem regelmäßigen Hauen der Axt lauschte. Sie fragte sich, wie Thorne trotz seiner Verletzungen Holz hacken konnte. Als er zurückkehrte, machte er Feuer in der lehmverkleideten Kochstelle. Es dauerte eine Weile, bis die Scheite brannten. Dann trat er zum Matratzenlager und rückte die beiden Mäntel zurecht, mit denen Martine zugedeckt war. Während sie noch darüber nachdachte, wo er schlafen würde, spürte sie ihn am Rücken. Mit seinem großen Körper schmiegte Thorne sich an sie und zog die Mäntel fest um beide.

»Was machst du da?« fragte sie.

»So können wir uns gegenseitig warm halten«, antwortete er, schlang die Arm um ihren Oberkörper und drückte sie an sich.

»Thorne, ich glaube nicht ...«

»Gute Nacht«, murmelte er.

Er war so warm, wunderbar warm. In seiner Umarmung fühlte Martine sich sicher und geborgen. Seine Nähe war unschuldig, denn Thorne machte keinen Versuch, sie auszunutzen. Sein Atem, den sie im Nacken und am Rücken spürte, wurde immer gleichmäßiger, und Thorne sank schwerer auf die Matratze, bis Martine wußte, daß er eingeschlafen war. Sie schloß ebenfalls die Augen, und bald schlief auch sie.

Als Martine das nächste Mal erwachte, herrschte Dunkelheit. Das Feuer war ausgegangen, und Thorne zündete es wieder an. Dann kehrte er zu dem pelzbedeckten Matratzenlager zurück und glitt hinter Martine unter die Mäntel. Er rieb ihren Arm, um sie zu wärmen. Dabei bemerkte sie, daß seine Tunika vom Feuer erhitzt war. Durch ihre Kleider spürte sie die angenehme Wärme am Rücken und schmiegte sich, vor Wohlbehagen seufzend, genüßlich an ihn, ohne nachzudenken. Auch als Thorne die Hand auf ihrem Arm liegen ließ und heftig die Luft einsog, ahnte sie nichts. Dann bemerkte Martine, daß etwas gegen ihr Gesäß drückte ... und spürte, wie seine Männlichkeit sich regte. In diesem Augenblick wurde ihr klar, was sie ungewollt bewirkt hatte.

Reglos daliegend dachte sie: Ich sollte mich zurückziehen. Aber ihr Wille gehorchte nicht. Hinter ihr hob und senkte sich Thornes Brust immer rascher, und Martine spürte sein heftig pochendes Herz. Einige Augenblicke lagen sie wie zwei in Stein gemeißelte Statuen nebeneinander, bis Thorne langsam seine Hand ihren Arm hinaufgleiten ließ.

Dieses Mal war seine Berührung sanft, sogar zögernd, als wartete er, daß Martine protestieren würde. Sie wußte, daß sie ihn aufhalten sollte, aber eine Sehnsucht, die tiefer war als alle Bedenken, hielt sie merkwürdig gelähmt. Sie stellte fest, daß sie sich nicht bewegen konnte. Durch den Wollstoff streichelte Thorne ihren Arm, ließ die Hand weiter zu ihrer Schulter wandern und dann zu ihrer Hand hinab. Er verband seine Fingerspitzen mit ihren und massierte Martines Hand von innen mit dem Daumen. Die unerwartet lustvolle Wirkung raubte ihr den Atem.

Thorne liebkoste ihre runden Hüften und umfuhr die nach innen gewölbte Taillenlinie, breitete die Hand über ihren Bauch und ließ sie dort ruhen, während er mit betörender Zartheit ihren Nacken küßte. Alles, was er tat, war tastend und verhalten, als wollte er prüfen, ob Martine seine Berührungen erlaubte. Jetzt ließ er seine Hand aufwärts wandern und verharrte unter ihren Brüsten, die erwartungsvoll zu kribbeln begannen. Die Spitzen hoben sich. Mit jedem Atemzug rieben sie hart gegen den Leinenstoff ihres Unterkleides. Ganz langsam bewegte Thorne die Hand weiter nach oben und legte sie um die Rundungen, die unter seiner Berührung zu wachsen schienen, als verlangten sie nach leidenschaftlicheren Liebkosungen. Als seine Handfläche über eine aufgerichtete Knospe strich, pulsierte das Verlangen tief in Martine, und sie spürte, wie sein Glied an ihr pochte.

Wieder und wieder, mit hypnotischer Langsamkeit, hinterließ Thorne Spuren von flüssigem Feuer auf ihrer Haut, obwohl er keinen Versuch machte, Martine zu entkleiden. Sein gemäßigtes Forschen trieb ihre Erregung in immer größere Höhen, bis sie beinahe den Verstand zu verlieren glaubte. Die gleichzeitig zurückhaltenden und intimen Berührungen lösten rauschhafte Gefühle in ihr aus, die sie nie für möglich gehalten hatte. Das Herz schlug ihr im Hals, und fiebriges Verlangen glühte in ihr.

Endlich spürte Martine, daß Thorne ihre Röcke zusammenraffte und nach oben schob. Über die bestrumpften Beine und ihre bloßen Hüften schmiegte sich seidig der pelzgefütterte Mantel, unter dem sie beide lagen. Das Gefühl, von der Taille bis zu den Beinen nackt zu sein, während auf ihrer empfindsam gewordenen Haut die Fellhaare kitzelten, weckte ein dunkles, sinnliches Gefühl in Martine.

Thornes Hand auf ihrem Bauch fühlte sich heiß und rauh an. Als er tiefer glitt, hielt Martine den Atem an. Endlich spürte sie seine Finger, mit denen er sanft über die Härchen zwischen ihren Beinen strich, und ein verlangendes Stöhnen drang aus ihrer Kehle. Thorne erforschte ihre Weiblichkeit so geduldig wie alles an ihrem Körper, mit einer zarten, beinahe anrührenden Neugier. Bebend bog Martine sich ihm entgegen, und dachte, sie müßte sterben, wenn er dieser wunderbaren Folter nicht bald ein Ende bereitete. Da fand er die kleine Erhebung, in der sich unerträgliche Spannung angesammelt hatte, und streichtelte sie. Eine plötzliche, alles mitreißende Lust packte ihren Körper und schüttelte sie. Ihre Schreie hallten in ihren Ohren, und für einige überwältigende Augenblicke verließen sie die Sinne vollkommen.

Als die Wahrnehmung zurückkehrte, lag Martine still und gesättigt in Thornes Armen. Er stützte sich auf den Ellenbogen und verteilte warme Küsse über Ohr, Wangen und Lippen. Dann spürte Martine, daß er zwischen ihre Körper griff, um die Nesteln seiner Beinlinge zu lösen. Sie glaubte, er wollte, daß sie sich auf den Rücken legte, doch er hielt sie zurück. »Nein, bleib, wie du bist«, flüsterte er heiser und schob sie wieder in ihre usprüngliche Position, das Gesicht von ihm abgewendet. Sie begriff, daß er weniger Schmerzen litt, wenn er auf der linken Seite lag, ohne den rechten Arm und das rechte Bein mit seinem Gewicht zu belasten.

Er verlagerte seine Lage, und Martine spürte ihn hart und heiß, als er in sie eindrang. Die Hände um ihre Hüften gelegt, erfüllte er sie behutsam, hielt zwischen den Stößen inne und gab ihr Zeit, sich für ihn zu dehnen. Schließlich war er vollständig in ihr, schlang den Arm um sie und nahm ihre Brüste in die Hände. Sich zurückziehend, glitt er erneut in sie, immer wieder. In seinem Oberkörper, den er an sie preßte, spürte Martine sein wild pochendes Herz, und ihr war, als würde auch ihr eigenes Herz beinahe zerspringen. Jetzt wurde Thorne schneller, und die Kraft seiner Stöße verstärkte sich, bis Martine glaubte, daß er keine Beherrschung mehr darüber besaß und sein Körper sich losgelöst von seinen Gedanken bewegte. Mit einer Leidenschaft, die alle Gedanken vertrieb, drang er in sie ein und umklammerte von vorn ihre Schultern, um sie festzuhalten, so daß Martine bei jedem machtvollen Stoß bis ins Innerste erschüttert wurde.

Er überwältigte sie. Martine hungerte danach und wollte, daß er sie auf diese Weise besaß und sich in ihr verlor. Sie verlangte mit einer Verzweiflung danach, daß sie sich fragte, ob etwas, daß sich so richtig anfühle, ein Fehler sein konnte. War sie am Ende doch eine Närrin?

In seiner sinnlichen Entrücktheit spürte Thorne Martines Unsicherheit. Als sie erstarrte, wußte er, daß etwas nicht in Ordnung war. Er war so nah, ganz nah … und konnte kaum mehr zurück. Martine war erschöpft, das war alles. Hinter ihr lag ein langer, aufreibender Tag, und nun spürte sie die Folgen. »Es ist alles gut«, murmelte er und griff zwischen ihre Beine, um die intime Liebkosung zu wiederholen, die sie vorhin auf den Höhepunkt gebracht hatte. »Entspanne dich.«

Um länger auszuhalten, verlangsamte Thorne seine Stöße, denn er mußte sich rechtzeitig aus ihr zurückziehen können. Entschlossen, Martine so viel Vergnügen zu geben, daß ihr Kummer und die vielen furchtbaren Erinnerungen verschwanden, liebkoste er sie mit aller Kunstfertigkeit und Hingabe, die er aufbringen konnte. Sofort entspannten ihre Muskeln sich, und sie stöhnte auf, als wollte sie sich ergeben, während sie die Finger in die Wolfsfelle grub. Halte aus, befahl Thorne sich. Halte aus, bis sie soweit ist. Erregt wand Martine sich an seinem Körper, und Thorne kämpfte um Selbstbeherrschung. Sie war so eng, so heiß, und als sie die Schwelle erreichte, war auch er soweit ...

Thorne spürte, wie ein plötzlicher Schauer Martine durchlief. Machtvolle Zuckungen tief in ihrem Inneren umspannten ihn, und Thorne spürte eine bis ins Mark gehende unbändige Lust, die seinem Körper den Samen entriß. Mit ersticktem Stöhnen drang er ein letztes Mal hart in sie ein und erbebte unter der Wucht seiner Entladung. Es war so richtig, so vollkommen. Für wenige verzauberte Momente genoß er diese elementare Ekstase und erlaubte sich, nicht daran zu denken, daß er sich hätte zurückziehen müssen.

Mit befriedigtem Stöhnen ließ er sich auf die Wolfsfelle sinken und zog Martine fest an sich. Sie waren noch immer verbunden, und er wollte, daß sie sich nie wieder voneinander lösten. Atemlos küßte er ihren Hals. Auch Martine atmete schwer.

»Martine, ich ... wollte nicht in dir kommen. Es tut mir leid.« Als Thorne ihre Wange streichelte, bemerkte er, daß sie feucht war. »Martine?« Auf seinen Ellenbogen gestützt, schob er ihr Haar beiseite, aber sie vergrub das Gesicht in den Fellen. Thorne spürte ihr Schluchzen. »Martine, es ist alles gut. Nicht weinen.«

Thorne schloß Martine in seine Arme und hielt sie dicht an sich gedrückt. »Es ist alles vorüber«, flüsterte er an ihrem Hals. »Du bist in Sicherheit.«

Martine mußte nur noch wenig Kraft für ihre Tränen besessen haben, denn es dauerte nicht lange, bis sie still wurde.

»Martine«, flüsterte Thorne, ohne daß sie eine Antwort gab. Er hörte nur ihren friedlichen Atem. Sie war eingeschlafen, verbunden mit ihm. Vorsichtig, um sie nicht aufzuwecken, zog er sich aus ihr zurück, strich ihre und seine Kleider zurecht und nahm sie in die Arme, bevor auch er die Augen schloß.

Es war später Vormittag, als Martine erwachte und feststellte, daß sie allein im Bett lag. Sonnenlicht durchflutete die kleine Hütte, und in der Vertiefung am Boden prasselte ein lebhaftes Feuer. Draußen hörte sie Thorne holzhacken. Sie stand auf und machte sich notdürftig zurecht. Dann stahl sie sich zum Fenster und beobachtete den Sachsen.

In einem ungebleichten Leinenhemd und groben Beinlingen stand er mit dem Rücken zu ihr vor dem Haublock. Die Tunika hatte er abgelegt. Offensichtlich hielt die körperliche Arbeit ihn warm. Mit seinem schwachen rechten Arm stützte er sich auf die Krücke, während er die Axt in der Linken hielt, einen Scheit nach dem anderem abspaltete und die Holzstücke auf einen großen Haufen neben sich warf. Trotz seiner Verletzungen arbeitete er rasch und mit großer Kraft und Genauigkeit. Fasziniert betrachtete Martine das Spiel seiner Muskeln, die sich unter dem Hemd bewegten, bevor sie sich kopfschüttelnd und mit Selbstverachtung abwandte.

Hier stand sie, genau wie ihre Mutter, und starrte aus dem Fenster einer primitiven Lehmhütte auf einen Mann, der ihre Seele besaß. Sie war die gleiche Närrin wie Adela und ebenso schwach. Thorne besaß eine außergewöhnliche Macht über sie, und jedes Mal, wenn Martine seine Küsse zuließ und bei seiner Berührung erbebte, gab sie ihm noch mehr Gewalt über sich. Wann lernte sie daraus? Wann würde sie endlich die Kraft finden, ihr Herz vor ihm zu verschließen?

Thorne schlug die Axt in den Block. Er sammelte einen Armvoll Scheite vom Stapel, kehrte in die Hütte zurück und warf das Holz ins Feuer.

»Beabsichtigst du, daß wir lange hier bleiben?« fragte Martine.

»Nein.« Er griff nach seinem Obergewand und zog es über den Kopf. »Wir sollten diesen Ort noch heute vormittag verlassen.«

Martine sah aus dem Fenster. »Der Holzhaufen reicht, um bis zum Frühling Feuer zu machen.«

Mit dem Finger strich Thorne durch sein schweißfeuchtes

Haar. »Ich habe mich hinreißen lassen. Holzhacken ist so erholsam.«

»Erholsam!«

»Für den Geist«, gab er zu. »Es hilft mir beim Denken. Ich habe versucht, eine Lösung zu finden.«

»Wofür?«

Zur Seite blickend, atmete Thorne tief ein, bevor er Martines Blick begegnete. »Wie ich dich bitte, mich zu heiraten.«

Martine holte erstaunt Luft und starrte Thorne an. Ihr war nicht klar, ob sie richtig gehört hatte. Er wollte sie heiraten! *Thorne Falconer wollte sie heiraten!*

»Ich weiß, daß ich unbelehnt bin, und ich habe nicht das Recht. Aber ich frage dich trotzdem.«

Wieder spürte Martine diese seltsam prickelnde Vorfreude wie beim ersten Mal, als sie Thorne gesehen und fälschlicherweise für ihren Verlobten gehalten hatte. *Dieser Mann,* waren ihre Gedanken gewesen, *wird mit mir das Gelöbnis sprechen. Er wird es sein, der mich in sein Bett bringt und Kinder mit mir zeugt.*

Natürlich war Thorne keineswegs dieser Mann gewesen. Er besaß kein Land, und selbst dann würde er sie nicht heiraten wollen. *Er beabsichtigt, eine Frau mit eigenem Besitz zu heiraten,* hatte Rainulf erklärt. Und was hatte Felda gesagt? *Es ist seltsam, aber er macht sich nicht viel aus hochgeborenen Damen, obwohl er natürlich eines Tages eine heiraten wird. Er ist viel zu landhungrig, um sich mit einem Mädchen ohne Erbe zufriedenzugeben.*

Thorne besaß noch immer kein Lehen, wie er eben betont hatte. Und doch machte er ihr einen Heiratsantrag. Was hatte sich geändert, daß er sie heiraten wollte?

Natürlich, Martine war jetzt Witwe.

Sie war eine Witwe mit Landbesitz. Edmonds Tod bedeutete, daß sie die Verfügung über die Ländereien besaß, aus denen ihr Brautpreis bestand.

»Warum?« fragte Martine. Auch wenn sie die Antwort fürchtete, mußte sie seine Gründe erfahren. »Warum hast du mich gebeten, dich zu heiraten?«

Thorne zögerte. »Warum fragt ein Mann eine Frau, seine Gemahlin zu werden?«

Er wich aus. Was hatte sie erwartet? »Manche tun es aus Liebe.«

Aus irgendeinem Grund ruhte Thornes Blick auf Bathildas kleiner Wiege in der Ecke, während er zögerte. Das Zögern dauerte zu lange.

Plötzlich ernüchtert, sagte Martine: »Aber ich mache mir nichts vor. Das ist nicht der Grund. Du kannst nicht lieben.« Ihre Hände verschlossen sich zu Fäusten. »Und natürlich hast du auch nie ein Geheimnis daraus gemacht, daß du beabsichtigst, dir Land zu erheiraten. Wenn wir Mann und Frau sind, gehören meine Ländereien auch dir.«

Thornes Augen blitzten auf. »Für mich ist der einzige Grund, dich zu heiraten, mein Versprechen deinem Bruder gegenüber, dich zu beschützen.« Mit seinen großen Händen machte er eine hilflose Geste. »Herr im Himmel, Martine, erkennst du nicht, in welcher Gefahr du schwebst? Lord Godfrey hat dir befohlen — es war ein Befehl! —, Bernard zu heiraten.« Thorne packte Martines Schultern. »Bernard ist ebenso brutal wie sein Bruder, nur sehr viel intelligenter und deshalb auch weitaus gefährlicher. Willst du in einer Ehe an dieses Ungeheuer gekettet sein?«

»Natürlich nicht.«

Thornes Griff wurde fester, und er forschte mit bohrendem Blick in ihren Augen. »Nun, genau das wird geschehen, solltest du noch immer unverheiratet sein, wenn er dich findet.«

»Vielleicht findet er mich nicht«, sagte Martine. »Ich werde weit weggehen, an einen Ort, wo man . . .«

»Martine, um Gottes willen!« Thorne ließ sie brüsk los. Er strich sich mit den Fingern durch das Haar, während er herumfuhr. »Es ist völlig gleichgültig, wie weit du weggehst. Bernard ist gerissen, mächtig und zu allem entschlossen. Er wird dich finden und dich zwingen, ihn zu heiraten.« Wieder zu Martine gewandt, sagte er leise: »Es sei denn, du bist bereits verheiratet. Denk darüber nach, Martine. Jemand anderen zu heiraten ist die einzige Möglichkeit, dich vor Bernard zu schützen. Ich biete mich dafür an. Nicht weil ich dein Land will. Ich möchte verhindern, daß dir Leid geschieht.«

»Aber das Land schmerzt dich nicht, habe ich recht?«

In einer müden, enttäuschten Geste hob er die breiten Schultern. »Willst du von mir hören, daß es mir mißfällt, nicht arm und ohne ein Zuhause zu sein? Ich werde dich nicht anlügen, Martine. Aber wenn ich nur mein Lehen wollte, hätte ich Bernards Angebot angenommen und ihm dafür Gefolgschaft geleistet.«

»Dein Plan war raffinierter ... mich von Harford wegzubringen und zu benutzen ...«

»Benutzen?«

»Gestern nacht hattest du eine günstige Gelegenheit, als ich schwach, müde und verletzlich war. Jetzt wird mir klar, warum du mich verführt hast. Ich sollte glauben, daß du etwas für mich empfindest, damit ich dich heirate. Auf diese Weise erhältst du die Herrschaft über viele Ländereien und nicht nur das Lehen, das dir Bernard gegeben hätte.«

Thorne machte einen Schritt auf sie zu. »Du hältst mich für fähig, so kaltblütig ...«

»Absolut.«

Er ließ sich auf eine Bank fallen. Den Kopf zwischen die Hände vergraben, stemmte er die Ellenbogen auf die Knie. Als Martine ihn so sitzen sah, nagte ein verwirrender Selbstzweifel in ihr. Thorne hatte entwaffnend aufrichtig und überzeugend geklungen, daß die Heirat nur zu ihrem Vorteil sei und er nichts auf das Land gebe ...

Aber natürlich war das absurd. Er kannte nur ein einziges Interesse, und das war Land. Sein Hunger nach Besitz übertraf alle anderen Begierden. Wenn Martine an seinen habsüchtigen Motiven zweifelte, dann nur, weil er es wollte und sie unter seinem Einfluß stand. Einige Männer, so hatte Matthew gewarnt, seien bemerkenswert geschickt, Frauen nach ihrem Willen zu beeinflussen.

Und Thorne Falconer gehört zu diesen Männern.

Nein. Dieses Mal würde er sie nicht zum Narren halten. Sie würde sich nicht noch einmal von ihm ausnutzen lassen.

Er begehrte das Land, ganz gleich, mit welch glatten Lügen er seine Absichten verhüllte. Nicht Martine wollte er, sondern ihren Besitz. Er gab nicht einmal vor, sie zu lieben.

Thorne nahm die Hände von seinem Gesicht und sah sie an. Sie erkannte die Verzagtheit in seinen Augen. »Wenn ich dich richtig verstehe, willst du mich nicht heiraten.«

Rasch durchdachte Martine die Alternative — Gott weiß wohin zu fliehen und sich vor Bernard zu verstecken. Natürlich hatte Thorne recht. Bernard würde sie finden und heiraten. Dann ließe er sie noch mehr leiden, weil sie versucht hatte, ihm zu entkommen.

Obwohl sie seine selbstsüchtigen Motive kannte, hatte sie nicht einmal etwas dagegen, Thorne zu heiraten. Sie konnte nicht leugnen, daß sie die Vorstellung reizvoll fand, sogar aufregend. Außerdem wäre sie durch eine Heirat vor Bernard sicher. Doch Thorne sollte nicht glauben, daß Martine noch immer das gleiche, unglaublich naive Mädchen wie früher war, das sich rücksichtslos von ihm ausnutzen ließe.

»Daß ich dich nicht heiraten will, habe ich nicht gesagt«, antwortete sie. Auf Thornes Gesicht zeigte sich zuerst Überraschung, dann Erleichterung. »Ich habe keine prinzipiellen Einwände gegen eine berechnende Ehe, solange wir beide ehrlich sind ... und anerkennen, daß es sich nur um eine Verbindung zu unserem beiderseitigen Nutzen handelt. Du bekommst deine kostbaren Ländereien, und ich erhalte Schutz vor Bernard. Nur will ich nicht, daß es Lügen zwischen uns gibt. Das ist mein einziger Wunsch. Du sollst mir ... keine Gefühle zeigen, die nicht existieren. Das würde uns beide zu Narren machen.«

Thorne blickte sie traurig an. »Martine ...«

»So lauten meine Bedingungen, unter denen ich bereit bin, dich zu heiraten.«

Ein anhaltendes, bedrücktes Seufzen entfuhr Thorne. »Also gut. Aber wir tun es besser bald, bevor Bernard uns findet. Wir können in Sankt Dunstan heiraten. Ich glaube, Bruder Matthew ist berechtigt, eine Trauung vorzunehmen.« Thorne zögerte, als wollte er noch etwas sagen. Dann schüttelte er den Kopf und wandte sich zur Tür. »Ich mache die Pferde reisefertig.«

Durch das Fenster beobachtete Martine, wie Thorne ihre Reittiere sattelte. Sie würde ihn heiraten, aber ihr Herz öffnete sie ihm nicht. Es war besser, Abstand zu wahren, zumindest was ihre Gefühle betraf. Sie durfte nicht schwach und töricht wie Adela sein. Adela hatte für Jourdain gelebt.

Von nun an würde Martine für Martine leben.

21.

»Habt Ihr einen Ring?« fragte Bruder Matthew das vor ihm kniende Paar in der spärlich vom Kerzenlicht erhellten Kirche. Außer den zwei Mönchen, die als Trauzeugen dienten, waren sie allein.

Es ist Wirklichkeit, was hier geschieht, dachte Thorne in ungläubigem Staunen. *Ich heirate Martine!* Er zog seinen Rubinring vom Finger und nahm Martines linke Hand in seine. Sie war eiskalt und zitterte kaum merklich. Sanft drückte er ihre Finger und suchte Martines Augen, doch sie vermied seinen Blick.

Matthew räusperte sich. »Im Namen des Vaters« — der Sachse schob den Ring zur Hälfte über Martines Zeigefinger — »und des Sohnes« — er versuchte den Mittelfinger — »und des Heiligen Geistes.« Am Ringfinger glitt der Reif bis nach unten, war aber natürlich viel zu weit. Martine wechselte den Ring zum Daumen, wo er zu passen schien. »Und nun erkläre ich Euch zu Mann und Frau.«

»Diese Kammer hat das größte Bett«, sagte Bruder Matthew und schob den Ledervorhang zur besten Gästezelle im Vorsteherhaus zur Seite. Das Bett war nur wenig größer als die anderen, stellte Thorne fest, ließ den Gedanken aber sofort fallen, Martine anzubieten, daß er auf dem Boden schlafen konnte. Sie hatte zugestimmt, seine Gemahlin zu werden. Nun sollte sie auch das Bett mit ihm teilen.

»Danke, daß wir bleiben dürfen«, sagte Martine und barg Loki in ihren Armen. »Sobald wie möglich werden wir uns um eine andere Lösung bemühen.«

»Das hat keine Eile«, entgegnete Matthew freundlich. »Eure Gesellschaft ist mir sehr angenehm.«

Rainulf beschützte Martine noch immer, sogar aus der Entfernung, überlegte Thorne. Der Grund für die großzügig gewährte Gastfreundschaft lag sicher in Matthews Freundschaft mit Martines Bruder.

Während der Prior mit den Brüdern im Refektorium aß und sich um die Klosterangelegenheiten kümmerte, speisten Martine und Thorne bei höflicher Konversation im Haus des Vorstehers und badeten anschließend nacheinander in ihrer Kammer. Dann verließen die Bediensteten das Haus, und zum ersten Mal, seit sie am Nachmittag geheiratet hatten, waren sie allein.

Endlich brach Thorne das Schweigen. »Martine, es gibt Dinge, über die wir sprechen sollten.«

»Ich weiß«, antwortete sie. »Wir müssen entscheiden, wo wir leben werden.«

»Ja. Und noch einige andere ...«

Martine erhob sich. »Nicht heute abend. Ich bin zu müde zum Nachdenken, geschweige denn, um Entscheidungen zu treffen. Ich werde jetzt zu Bett gehen, und wir sehen uns morgen früh.«

Sie wandte sich um und verschwand in ihrer gemeinsamen Kammer. Den Branntweinbecher in der Hand blieb Thorne noch eine Weile sitzen und betrachtete die Glut im Kohlenbecken.

Du kannst nicht lieben, hatte sie gesagt. Stimmte das? Vor langer Zeit hatte Thorne beschlossen, sich nicht der Qual auszusetzen, die schwächere Männer Liebe nannten. War er tatsächlich unfähig geworden, dieses Gefühl zu empfinden, während er sich geweigert hatte, ihm nachzugeben? War er wirklich so kalt und skrupellos geworden, wie Martine ihm vorwarf?

Jahrelang hatte Thorne geglaubt, aus Liebe zu heiraten wäre ein Fehler. Ein weiser Mann heiratete, um Ländereien zu gewinnen. Liebe verging, entweder schnell und grausam, oder sie starb langsam unter der Last ihrer Lügen. Land dagegen behielt seinen Wert. Nun hatte er erreicht, was er immer gewollt hatte, er war mit einer reichen Erbin verheiratet. Er sollte zufrieden sein. Was auch zutraf, in gewisser Weise. Seine Gemahlin war Martine!

Aber sie mißtraute ihm und dachte, er hätte mit ihr geschlafen, um sie seinem Willen zu unterwerfen. Dennoch hatte sie ihn geheiratet. Wahrscheinlich bedeutete dieser Schritt, daß sie ihm erlaubte, das Bett mit ihr zu teilen. Die Aussicht, Martine besitzen zu können, wann immer er wollte, hätte ihn begeistern müssen. Aber konnte er noch mit ihr schlafen, nachdem er wußte, wie machtlos und ausgenutzt sie sich fühlte? Thorne erinnerte sich an die vergangene Nacht in der Hütte, als sie geweint hatte. Das Geschlecht sollte Vergnügen bereiten, aber für Martine würde die körperliche Liebe von nun an Unterwerfung bedeuten, den Verzicht auf ihren eigenen Willen, und das würde sie noch weiter von ihm forttreiben.

Thorne konnte nicht bei ihr liegen, wenn er wußte, daß dadurch der Bruch zwischen ihnen noch tiefer wurde. Er mußte die Entzweiung heilen, und das konnte nur gelingen, indem er ihr Vertrauen zurückgewann und sie überzeugte, daß er nicht Jourdain war. Jourdain hatte unverantwortlich gehandelt, Adela benutzt und sie in dem Augenblick verlassen, als sie ihm lästig geworden war. Seine Grausamkeit hatte Martine tief verwundet und tiefe Narben auf ihrer Seele hinterlassen. Wenn Thorne nun mit ihr schlief, würden diese Narben wieder aufgekratzt werden, und sie würde sich mißbraucht fühlen. Zumindest eine Zeitlang mußte er der Versuchung widerstehen, während er Martine in kleinen Schritten an seine Berührung gewöhnte und sich bemühte, ihr Vertrauen wiederzugewinnen.

Bruder Matthew kehrte zurück. Falls er sich wunderte, daß Martine vor ihrem Gemahl zu Bett gegangen war, zeigte er es nicht. Statt dessen schlug er Thorne ein Schachspiel vor, und der Sachse stimmte zu. Matthew stellte das Brett auf den Tisch. »Heute abend kam eine interessante Neuigkeit von Olivier. Königin Eleonore plant, ihm in Kürze einen Besuch auf Burg Blackburn abzustatten.«

»Wirklich?« sagte Thorne und nahm an der anderen Tischseite Platz. »Ich dachte, sie wäre bei König Heinrich in Frankreich.« Der Mönch und der Ritter stellten die Figuren auf.

»Dort war sie, aber kurz nach der Adventszeit kehrte Eleonore allein nach England zurück. Seitdem hält sie an verschiedenen Königssitzen im Reich Hof und vertritt Heinrich in seinen Regierungsgeschäften.«

»Ist das nicht die Aufgabe von Kanzler Becket?«

»Ja«, sagte Matthew zu Thorne, »aber der Kanzler befindet sich mit dem König im Ausland. Nach Oliviers Bericht hatte die Königin einiges Interesse für die Rückeroberung von Blackburn gezeigt. Sie schrieb, daß sie die uneinnehmbare Burg, die allen Belagerungstechniken widerstanden habe, nur nicht dem Mut Thorne Falconers, gern selbst in Augenschein nehmen wolle. Ich wußte nicht, daß Ihr die Königin kennt.«

»Rainulf hat mich ihr in Paris vorgestellt, kurz nach dem Kreuzzug. Anscheinend fand sie Gefallen an mir. Wir haben uns oft unterhalten.«

»Es heißt, Königin Eleonore sei eine vollkommene Verbindung von Schönheit und Geist. Ist sie Euch ebenso erschienen?«

»Sie ist sehr schön«, antwortete Thorne. »Und außerordentlich klug. Zu der Zeit, als ich ihr begegnet bin, erlebte ich sie allerdings recht bedrückt. Sie war schwanger, hatte aber bereits Ludwig um die Auflösung der Ehe gebeten. Einmal sagte sie zu mir, sie hätte geglaubt, den König von Frankreich zu heiraten und nicht einen Mönch. Ich mochte Eleonore. Hoffentlich ist sie jetzt glücklicher als damals.«

»Ihr werdet Gelegenheit bekommen, dies herauszufinden«, sagte Matthew und machte den ersten Zug. »Sie hat Olivier gebeten, Euch zu Ehren ein Gastmahl zu geben.«

Thorne starrte den lächelnden Prior an. »Mir zu Ehren?«

»Ihr seid ein Held, wußtet Ihr das nicht? Der Retter von Blackburn.«

»Guter Gott«, murmelte Thorne.

Schmunzelnd wies Matthew auf das Schachbrett. »Euer Zug.«

Da Thorne sich nicht auf das Spiel konzentrieren konnte, gewann Matthew rasch. Als der Sachse um Revanche bat, lehnte der Prior mit der Entschuldigung ab, bis zum Morgengebet noch etwas Schlaf zu brauchen.

Um Martine nicht aufzuwecken, kleidete Thorne sich in der Halle bis auf seine Unterwäsche aus und glitt leise in ihre gemeinsame Kammer. Eine Weile blieb er über das Bett gebeugt stehen und blickte mit beinahe ehrfürchtigem Staunen auf seine schlafende Gemahlin. *Wir sind verheiratet!* dachte er. *Martine und ich sind wirklich ein Paar!*

Sie lag auf der Seite, die Arme und Schultern in dem ärmellosen Nachtgewand entblößt und die Hände wie zum Gebet gefaltet. Unter dem dünnen Leinen wölbten sich weich und rund Ihre Brüste. Thorne erinnerte sich an das Gefühl, als er sie mit der Hand umschloß und die festen rosa Spitzen in seinen Mund genommen hatte. Sofort beschleunigte sich sein Puls, und in den Lenden regte sich ein Ziehen.

Ja, wir sind verheiratet — aber nur vor Gott und der Kirche. Bis jetzt. Während er leise unter die Decke glitt, brachte er alle Geduld und Selbstbeherrschung auf, über die er verfügte.

Zwischen den Leinenlaken war es kühl, aber Martine strahlte Wärme aus. Sie hatte ihm den Rücken zugewandt. Sehr sanft berührte Thorne die entblößte Haut am Hals über dem Ausschnitt. Martines Wärme flutete seinen Arm hinauf und erfüllte ihn innerlich. Als die Wärme Thornes Kehle erreichte, wurde in ihm etwas angerührt. Er schluckte hart und spürte die herannahenden Tränen. Um das aufsteigende Weinen zu unterdrücken, preßte er die Lider zusammen. Das letzte Mal hatte er dies getan, als er von dem Brand erfahren hatte, in dem seine Eltern und Louise umgekommen waren. Damals war er außer sich vor Kummer gewesen. Was die Zeit davor betraf, konnte Thorne sich nicht erinnern, jemals geweint zu haben. Vielleicht, als er ein Baby gewesen war. Sich innerlich für seine Schwäche scheltend, machte er einen tiefen, beruhigenden Atemzug. So ging es ihm, wenn er zuließ, daß ein Mensch ihm etwas bedeutete. Er verhielt sich wie ein unreifes Kind.

Er rollte von Martine weg und schloß die Augen, aber es dauerte sehr lange, bis er einschlief.

Bernard von Harford bebte vor Zorn und Enttäuschung, als er an seinem Kammerfenster stand und nach unten auf seinen Vater blickte, der mit Azura auf der Faust aus dem Falkenhaus trat. Vielleicht lebte er noch Jahrzehnte. Bis er tot ist, bin ich ein alter Mann. Womöglich sterbe ich noch vor ihm. Harford wird mir nie gehören.

Wer hätte gedacht, daß der verdammte Waldbauer, dieser sächsische Emporkömmling, die Stirn besaß, Martine von Rouen zu ehelichen, immerhin eine Cousine der Königin? Martine von Rouen, die ihm versprochen war, ihm gehören sollte ... als seine Gemahlin, die ihm das Bett wärmte und seine Kinder gebar. Die Dreistigkeit des Falkners kannte keine Grenzen. Er hatte ihm Martine schlicht und einfach gestohlen, und nun lachte er über Bernard von Harford. Beide lachten ihn aus und glaubten, sie hätten die Oberhand über ihn gewonnen.

Thorne Falconer sollte verdammt sein! Zusammen mit dieser schamlosen, kaltherzigen Schlampe, die er zu seiner Gemahlin gemacht hatte! Verdammt sollten sie beide sein und ewig in der Hölle braten! Ihm hätte sie gehören sollen, sie und ihre Ländereien, wertvolle Besitzungen, die einst Teil von Harford waren und zu seinem Erbe gehörten ...

Es war noch nicht zu spät, wenn er die Sache klug einfädelte. Bernard hatte eine Idee, eine ausgezeichnete Idee, großartig und vielversprechend. Es war ein Weg, sich für die Demütigung durch Martine und Thorne Falconer zu rächen und dabei sein rechtmäßiges Eigentum zurückzugewinnen. Doch er mußte warten, bis Königin Eleonore das Land wieder verlassen hatte. Eleonore war nicht nur Martines Cousine, es ging auch das Gerücht, daß sie Thorne Falconer kannte und schätzte. Sollte sie das Paar unter ihren königlichen

Schutz stellen, wäre Bernards Plan wertlos. Also blieb ihm nur, zu warten, daß Heinrich die Königin wieder an seine Seite rief, wie dies häufig geschah. Sobald Eleonore über den Kanal zurücksegelte, könnte Bernard seinen Schachzug beginnen.

»Sir?« hörte er eine leise, ängstliche Stimme hinter seinem Kammervorhang. Es war Estrudes langweilige kleine Magd Clare. Statt nach dem Tod ihrer Herrin zu ihrer Familie zurückzukehren, war sie auf Burg Harford geblieben, himmelte ihn mit ihren wäßrigen kleinen Augen an und stand überall im Weg.

Bernard seufzte. »Was gibt es?«

Clare teilte den Vorhang und trat mit einer Tasse in der ausgestreckten Hand zu ihm. »Ich habe Euch einen Branntwein gebracht.«

Mit einer blitzschnellen Bewegung der Hand schlug Bernard gegen die Tasse. Sie fiel auf die Binsen, und der Inhalt bespritzte Clares Satingewand. »Habe ich Branntwein verlangt? Und gab ich die die Erlaubnis einzutreten?«

»N-nein«, murmelte das Mädchen und verdrehte die Hände ineinander. »Es tut mir leid.« Sie sah aus wie ein kleiner weißer Hase, dessen rosa Nase zuckte. »Ich hätte wissen müssen, daß ich Euch nicht stören darf nach allem, was Ihr durchgemacht habt. Ihr müßt krank vor Kummer sein. Zuerst Euer Bruder und dann … dann Mylady Estrude.« Mit zitternder Hand bekreuzigte sich Clare.

»Warum hast du es dann getan?« fragte Bernard grollend.

»Ich wollte nur … ich weiß nicht. Um Euch zu trösten. Damit Ihr wißt, daß Ihr nicht allein seid.«

Herr im Himmel. »Ist dir jemals der Gedanke gekommen, daß ich allein sein möchte? Und nicht gestört werden will?«

»Nein, Sir. Es tut mir leid.« Clares Augen füllten sich mit Tränen, und ihr Kinn zitterte. »Ich hätte es besser wissen sollen. Ich bin eine Närrin. Es ist nur … o Gott!« Clare sank auf die Knie und griff nach Bernards Händen. Angewidert riß er sich los. »Ich weiß, daß ich nicht hier sein sollte. Es ist noch zu früh … nach dem Tod von Mylady, aber … ich kann nicht anders. Ich mußte Euch wissen lassen, was ich für Euch empfinde.«

»Herrgott im Himmel, steh auf. Das ist ekelhaft.«

Schluchzend umklammerte Clare den Saum von Bernards Tunika und drückte ihr Gesicht hinein. »Bitte schickt mich nicht fort! Bitte! Ich liebe Euch! Ich kann nicht anders! Als ich erfuhr, daß Ihr Lady Martine heiraten wolltet, bin ich beinahe gestorben. Sie liebt Euch nicht, wie ich es tue. Mit ihr wärt Ihr nicht glücklich geworden. Bitte, heiratet mich!«

Ungläubig lachte Bernard. Diese einfache, zitternde kleine Kreatur heiraten? Dann kam ihm ein Gedanke. »Hast du ein Erbe zu erwarten?«

Mit nassem, rotem Gesicht blickte Clare zu ihm auf. »N-nein. Meine ältere Schwester ...«

»Ist sie verheiratet?«

Clare zögerte, und ihre Augen füllten sich mit Schmerz. »Nein, aber ... sie ist dick.«

Bernard dachte nach, bis er mit den Schultern zuckte. »Ich habe genug von dürren Weibern.«

»Und sie hat Anfälle«, fügte Clare hoffnungsvoll hinzu.

»Anfälle«, zischte er und überlegte wieder. Eine Dicke mit Anfällen. Nein, so verzweifelt war er nicht. Und wer konnte schon wissen, ob ihr Vater überhaupt seine Zustimmung für die Ehe gäbe angesichts von Bernards unglücklichem Ruf.

»Ihr versteht nicht!« jammerte Clare und zerrte mit den Fäusten an seiner Tunika. »Ihr bedeutet mir alles auf der Welt! Die Sonne, der Mond und die Sterne. Mein Herz weint vor Liebe zu Euch. Ich würde alles für Euch sein, was Ihr verlangt. Ich wäre Eure Sklavin, wenn Ihr mich nur ließet, eine gute Frau und gehorsam. Für Euch täte ich alles!«

»Alles?« fragte Bernard, und während Clare sich mit tränenüberströmtem Gesicht an ihn klammerte, überdachte er die faszinierenden Möglichkeiten einer solchen Hingabe.

»Alles!« Clare wollte sich erheben, doch Bernard drückte mit der Hand auf ihren Kopf und zwang sie in die Knie zurück. »Nein«, sagte er und griff unter die Tunika, um seine Hose zu öffnen. »Steh nicht auf.«

Zu Dutzenden kamen die Männer der Königin an einem frostklaren Märzmorgen auf ihren Pferden nach Sankt Dunstan heruntergeritten, wo sie untergebracht und verpflegt wurden. Der weitaus größere Teil des Trosses reiste mit Königin Eleonore weiter nach Burg Blackburn, wo Olivier für gute zwei Wochen ihr Gastgeber sein würde.

Die Bediensteten und Laienbrüder unterhielten Thorne und Martine mit begeisterten Beschreibungen von der Ankunft der Königin auf der Burg. Zuerst zog in einer Prozession die bewaffnete Leibgarde zu Pferde hinauf, gefolgt von einer Reihe verhängter Sänften, in denen die Königin, ihre Hofdamen, die königlichen Kinder und ihre Pflegerinnen saßen. Ritter auf ihren Kriegsrossen schlossen sich an, zusammen mit den Falken, Hunden, Knappen und Packpferden sowie einer Handvoll schlicht gekleideter Hofbeamter. Zu Fuß hinterher schritt ein lebhaftes, in vielfarbige Kostüme gekleidetes Volk, wahrscheinlich Gaukler und Spielleute aller Art. Schließlich rumpelten mit Häuten bespannte Karren vorbei, auf denen Bier, Wein und Lebensmittel transportiert wurden, sowie offene Wagen, beladen mit Küchengerät, Tuchwaren, Geschirr und Teppichen. In einem Wagen schien ein kleiner Altar mitgeführt zu werden, in einem anderen ein riesiges zerlegtes Bett, das zweifellos Eleonore gehörte.

Später am Tag überbrachte ein königlicher Beamter eine schriftliche Botschaft für Thorne. Es war die bereits angekündigte Einladung für ein Gastmahl ihm zu Ehren, das am folgenden Abend stattfinden sollte. Königin Eleonore lud Thorne mit seiner Gemahlin und Prior Matthew nach Burg Blackburn.

»Aber ich habe nichts Passendes anzuziehen«, zauderte Martine.

»Trage die blaue Tunika mit den vielen kleinen Falten«, meinte Thorne. »Das Gewand, das du an deinem zweiten Tag auf Harford anhattest.« Er lächelte. »Mit dem Stoff, der die gleiche Farbe wie deine Augen hat.«

Am nächsten Nachmittag, als Martine das indigoblaue Gewand über den Kopf zog und die langen flatternden Ärmel zurechtzupfte, dachte sie über die merkwürdige Beziehung zu ihrem Ehemann nach. Seit ihrer Heirat vor einer Woche hatte er nicht einen Versuch gemacht, bei ihr zu liegen.

Martine wurde unangenehm an Edmonds Weigerung erinnert, die Ehe mit ihr zu vollziehen, obwohl sie wußte, daß Thorne andere Gründe hatte. Edmond hatte sich, zumindest am Anfang, vor ihr gefürchtet. In Thornes Fall handelte es sich eher um mangelndes Interesse.

Sein Verhalten ihr gegenüber war freundlich. Gelegentlich sah er sie an und berührte sie auf eine Weise, als begehrte er sie, doch dann wandte er sich bedrückt und zerstreut ab. Martine vermutete, daß er nicht mit ihr schlief, weil sie von ihm verlangt hatte, ehrlich zu sein und keine falschen Gefühle zu zeigen. Thorne hatte sie beim Wort genommen. Da er Martine nicht liebte, war sein Interesse gering, als Mann und Frau mit ihr zu leben. Außerdem machte er sich nicht viel aus normannischen Edelfrauen. Zweifellos würde er bald seine Beziehungen mit Huren und Küchenmägden wieder aufnehmen.

Martine brannte innerlich vor Eifersucht, und im stillen schalt sie sich dafür. Was Thorne tat, sollte ihr gleichgültig sein. Ihre Ehe diente dem gegenseitigen Nutzen. Alles, was sein Herz begehrte, hatte er von ihr erhalten: sein Land. Nun würde er sie in Ruhe lassen. Es war zu ihrem Besten. Doch als ihre Blutungen einsetzten, fühlte sie eine merkwürdige Traurigkeit, daß sie kein Kind bekam, was sie seit jener Nacht in der Hütte gehofft hatte. Nicht, daß Martine unbedingt schwanger werden wollte. Doch auf eine unerklärliche Weise sehnte sie sich danach, Thornes Kind zu empfangen. Sie stellte sich vor, ihm eine solche Neuigkeit zu überbringen und seine Begeisterung zu sehen und seinen Stolz, und mußte daran denken, welche Gefühle in seinem Herzen wachsen könnten, würde sie ihm einen Erben schenken.

Seufzend machte sie sich wieder an die mühevolle Arbeit, goldene Bänder in ihr Haar zu flechten. Es half wenig, wenn sie davon träumte, die Dinge lägen anders. Das Schicksal hielt sie fest in seinen seidenen Schlingen. Sich dagegen aufzulehnen war sinnlos.

Martines Mund wurde trocken, als sie zwischen Thorne und Bruder Matthew die lange Zugbrücke überquerte und an den dicken Wallmauern von Burg Blackburn vorbeiritt. Über ihnen ragte der beeindruckende Bergfried auf, den sie bisher nur aus der Entfernung gesehen hatte. Zu Ehren der Königin war die Burg weiß gekalkt worden und strahlte hell gegen den grauverhängten Himmel. Vollkommen rund, bis auf einen rechteckigen Vorbau, zwei große Verteidigungstürme an den Seiten und einem oberen Turm, von dem das königliche Banner flatterte, war der Bergfried ein außergewöhnliches Bauwerk. Der Turm hatte noch kein Dach, und gelegentliche Lücken in den Mauern zeigten Martine, daß diese bemerkenswerte Anlage noch unvollendet gewesen war, als Neville Baron Anseau und seine schwangere Gemahlin hatte ermorden lassen.

Im Burghof wurden Martine, Thorne und Bruder Matthew von einem spitzgesichtigen Hofbeamten begrüßt, der sie eine Treppe im Vorbau hinaufgeleitete, die in die große Halle führte. Martine unterdrückte einen erstaunten Ausruf, als sie den riesigen, hellerleuchteten Raum betrat, der mit farbenprächtigen Seidenstoffen und sarazenischen Teppichen geschmückt war und in dem Höflinge, Jongleure, Akrobaten, Harfenspieler, Trommler, Diener und eine Reihe kleiner, umherspringender Kinder durcheinander gingen. Was der großen Halle in Harford an Erhabenheit fehlte, besaß Blackburn im Übermaß. Der Raum war vollkommen rund, mit einer aus Schnitzwerk bestehenden Galerie, die sich im Zwischengeschoß unter der hohen gewölbten Decke erstreckte. Auf dem Boden lagen Binsen. Vor Martine, an der entgegensetzten Raumseite, prasselte das Feuer in einem massiven Kamin, der direkt in die dicke Steinwand gebaut war. So eine Feuerstelle hatte sie noch nie gesehen. Neben dem Kamin stand ein riesiger, mit einem Baldachin versehener Sessel, in dem die Königin von England saß und ein Baby auf dem Schoß hielt, über dessen Übermut sie lachte.

Martine hatte ein anderes Bild von ihr gehabt. Sie wirkte viel jünger als achtunddreißig und sehr viel hübscher — mit rundem, weichem Gesicht und glitzernden Augen. Die elfenbeinfarbene Tunika war aus kostbarem Damast und mit Pelz besetzt, und auf dem Kopf trug Eleonore die übliche Barbette und einen Schleier. Sie sah Martine und lächelte ihr zu. Dann machte die Königin Thorne ein Zeichen. Eine Hand an ihrem Rücken, führte er seine Gemahlin zusammen mit Bruder Matthew zu Eleonore.

Vor Lampenfieber wie gelähmt, brachte Martine während der Begrüßung kaum einen Hofknicks zustande, während sie dachte: Hoffentlich mache ich alles richtig. Thorne hinderten seine kaum verheilten Verletzungen nicht, mit erstaunlicher Anmut auf die Knie zu sinken und die dargebotene Hand der Königin zu küssen. Da er das Hofleben kannte, überlegte Martine, war er trotz seiner bescheidenen Herkunft wesentlich mehr in seinem Element als sie. Er erwies der königlichen Hoheit seinen angemessenen Respekt, ohne befangen zu sein, und an Eleonores freundlicher Begrüßung erkannte Martine, daß sie ihn in warmer Erinnerung behalten hatte.

Er ähnelt tatsächlich ein wenig dem Elefanten Karls des Großen, wie er zu Rainulf sagte, dachte Martine, als sie den Sachsen mit den anderen Männern in der Halle verglich. Schon von der Gestalt her war er ein Hüne, verglichen mit den zierlich gebauten jungen Höflingen und ihren feinen, hocheleganten Manieren. Auch durch seine schlichte Kleidung unterschied er sich von ihnen — die blaue, unverzierte Tunika und die schwarzen Beinlinge.

Eleonore reichte das Baby der wartenden Kinderfrau und befahl, daß die anderen Kinder zusammengerufen und zu Bett gebracht würden. Die Tische sollten aufgebaut und das Abendessen serviert werden. Als die Königin sich erhob, strich sie sanft über Martines Wange. »Ihr seid also Jourdains kleines Mädchen.« Daß die Königin in Anbetracht von Martines unrechtmäßiger Geburt offen von ihrem Vater sprach, verblüffte sie. Auch wenn Eleonore offensichtlich alles über die Herkunft ihrer Cousine wußte, schien sie kein

Urteil fällen zu wollen. »Ich bin entzückt, endlich Eure Bekanntschaft zu machen, meine Liebe.«

»Und ich ebenfalls, meine Königin«, brachte Martine heraus. Thorne tätschelte ihren Rücken, und sie lächelte ihm zu, dankbar für seine Unterstützung.

Das an diesem Abend servierte Essen war erstaunlich einfach, doch Martine fand das Gastmahl einzigartig. Zusammen mit Königin Eleonore, Olivier, der Gemahlin des Grafen und verschiedenen bevorzugten Rittern saßen sie, Thorne und Matthew an der hohen Tafel vor dem Kaminfeuer. Die anderen Tische standen nicht in Reihen, sondern entlang der Wände, so daß in der Mitte ein großer Raum frei war, in dem jetzt Musikanten, Spielleute, Tänzer und Pantomimen mit Jongleuren und Akrobaten für Unterhaltung während des Essens sorgten.

Als der Nachtisch serviert wurde, entließ Eleonore die Gaukler und nickte Olivier zu, der sich erhob und zu einer Lobesrede über Thornes Geschick und Tapferkeit während der Belagerung von Blackburn ansetzte. Dann stand die Königin auf und sprach einen Trinkspruch zu Ehren des Sachsen. Sie pries nicht nur seinen Charakter und seine Fähigkeiten als Kämpfer, sondern auch den Ruhm als Falkner und Mann von Bildung, den er sich erworben hatte. »Beizvögel und die Gelehrsamkeit gehören zu den besonderen Interessen des Königs«, sagte sie. »Manches Mal sprach er mit mir darüber, daß nur der ein wahrer Edelmann sei, der seinen Geist ebenso beherrsche wie seinen Falken.«

Später wurde Martine klar, daß die Königin ihren Gemahl nicht nur zitiert hatte, um Thorne ein Kompliment zu machen. Indem sie Thorne als das Ideal des wahren Edelmanns in den Augen des Königs darstellte, wollte sie allen Bedenken vorbeugen, die wegen seiner bescheidenen Herkunft laut werden könnten, wenn sie ihre anschließende, verblüffende Ankündigung machte.

Eleonore gab dem Sachsen ein Zeichen, sich zu erheben. »Neben dem Gastmahl Euch zu Ehren hatte ich noch einen anderen Grund, Euch hierher zu bitten«, sagte sie. »Für die Heldentat, Blackburn im Handstreich zurückerobert zu haben, verdient Ihr eine größere Belohnung als ein schlichtes Abendessen mit etwas Musik. Euer Mut hat zahllose Leben gerettet, und dafür sind König Heinrich und Lord Olivier Euch zu ewigem Dank verpflichtet. Blackburn ist eine sehr reiche Baronie, aber sie hat keinen Erben. Die Vergabe dieses Lehens ist von großer Bedeutung für das Königreich. Daher hielt Lord Olivier es für geraten, den Rat des Königs einzuholen, der wiederum die Angelegenheit in meine Hände legte. Nach gründlicher Überlegung habe ich die Freude, die Besitzung zusammen mit dem Baronstitel dem Mann zu verleihen, der Burg Blackburn befreit hat — Thorne Falconer.«

Ohrenbetäubender Jubel durchdröhnte die Halle. Thorne sah zu Martine, die in sprachlosem Staunen seinen Blick kaum erwidern konnte. »Ich bin meinem Lehnsherren zu tiefstem Dank verpflichtet.« Mehr brachte Thorne nicht heraus, als die Begeisterungsrufe verebbt waren.

Die Königin sprach weiter. »Meine Hofbeamten haben bereits die Überlassungsurkunde ausgefertigt. Wenn Ihr morgen um Mittag zurückkehrt« — sie nickte Martine zu — »zusammen mit meiner lieben Cousine, Eurer Gemahlin, werden wir die notwendigen Formalitäten erledigen und uns anschließend das Vergnügen einer kleinen Feier gönnen.«

Thorne neigte kurz den Kopf. »Gewiß. Ich danke Euch, Mylady.« Martines Blick begegnend, lächelte er. Sie lächelte zurück und dachte daran, welche merkwürdigen, wundersamen Wendungen das Schicksal hatte.

»Herr, ich bin Euer Diener«, sagte Thorne, während er im baumbeschatteten Burghof von Blackburn kniete und seine gefalteten Hände in die des Grafen legte. »Ich werde Euch treue Gefolgschaft leisten, Euch huldigen gegenüber jedermann und eintreten für meinen König, Heinrich von England, und seine Erben.«

Der Sachse erhob sich und küßte Olivier zum Zeichen der Ergebenheit den Ring. Aus Sir Thorne, einem Ritter des Königreichs, war Lord Falconer, Baron von Blackburn, geworden.

22.

Eine Woche später verließen Königin Eleonore und ihr Hofstaat Burg Blackburn wieder, gefolgt von Olivier und seinen Männern. Als am Morgen nach Ostern Martine und Thorne eintrafen, um ihr neues Zuhause in Besitz zu nehmen, wurden sie von einem Dutzend Hausdiener erwartet, die im Burghof zur Begrüßung aufgereiht standen. Es waren Männer und Frauen, jung und alt. Die einzige Gemeinsamkeit zwischen ihnen, so schien es Martine, war ihre Verlegenheit, obwohl niemand unsicherer als sie selbst sein konnte. Mit ihren achtzehn Jahren kaum erwachsen und nur wenig erfahren, was das Leben auf einer Burg anging, war sie plötzlich die Herrin über eine der größten Baronien Englands. Sie fühlte sich wie ein kleines Mädchen, das in den Kleidern seiner Mutter Prinzessin spielte.

Einer der Bediensteten, ein würdig blickender Mann in vorgerücktem Alter, trat vor. »Mylord, Mylady«, sagte er in englisch gefärbtem Französisch. »Willkommen auf Burg Blackburn. Mein Name ist John Burgess. Ich war Lord Anseaus Haushofmeister. Wenn es Eurer Lordschaft gefällt, werde ich auch der Eure sein.«

Thorne nickte und antwortete dem Haushofmeister auf englisch. Martine sah ein verwundertes Aufblitzen in den Augen des alten Mannes, und die meisten Umstehenden wechselten Blicke. Sicher hatte ihnen jemand gesagt, daß ihr neuer Herr Sachse sei, aber daß er ihre Muttersprache beherrschte, verblüffte sie doch. Zweifellos hatten sie noch nie einen Mann seines Standes Englisch sprechen hören.

Der freundliche Wortwechsel zwischen den beiden Männern schien die anderen zu beruhigen. Als Thorne lächelte und Burgess auf den Rücken klopfte, löste sich die allgemeine Spannung in erleichtertes Grinsen auf, und die Bediensteten wiesen ihrem Herrn und seiner Gemahlin den Weg die breite Treppe im Vorbau hinauf zum Bergfried. Thorne nahm Martine Arms. Offenbar spürte er ihre Unruhe. Tröstend tätschelte er sie.

In letzter Zeit verhielt er sich immer liebevoller — nicht allzu offensichtlich, denn er hatte nie versucht, mit ihr zu schlafen —, aber es waren die kleinen, beinahe zärtlichen Gesten immer dann, wenn niemand sie beobachtete. Wenn Martine ehrlich war, sehnte sie sich nach diesen Aufmerksamkeiten, obwohl es sie beschämte, daß er noch immer die Macht besaß, sie auf diese Weise zu beeindrucken.

Immer wieder fragte sie sich, weshalb sein anfängliches Desinteresse nach der Heirat diesen neuen, wenn auch vorsichtigen Annäherungsversuchen wich, als wollte er die Intimität zwischen ihnen wiederherstellen. Vielleicht waren es einfach seine männlichen Bedürfnisse. Manchmal, spät abends, wenn sie im Bett neben ihm lag, spürte Martine, daß Thorne sie beobachtete. Sie fühlte seinen Atem auf ihrer Haut und mit der Wärme, die er ausstrahlte, sein Verlangen. Bald, das wußte sie, würde er nicht mehr warten wollen. In einer der nächsten Nächte würde er sie nehmen. Das Gesetz schrieb vor, daß sie ihm ihren Körper nicht verweigern konnte. Sie mußte sich fügen, aber Vergnügen brauchte sie nicht zu empfinden. Thorne gefiel es, wenn sie die Beherrschung über sich verlor, und dreimal war es ihm gelungen, das zu erreichen. Bei der Erinnerung, wie sie sich in seinen Armen gewunden, wie sie gestöhnt und sich in triebhaftem Verlangen an ihn geklammert hatte, überwältigte sie die Scham. Es würde nie wieder geschehen. Niemals. Wenn Thorne schließlich darauf bestehen sollte, würde sie die Beine für ihn öffnen, doch ohne Leidenschaft. Sie würde auch keine Lust heucheln. Thorne sollte wissen, daß sie ihn nicht aus freien Stücken zu sich ließ, sondern allein aus ehelicher Pflicht.

Vielleicht diente seine sanfte Freundlichkeit auch einem verborgenen Plan, den sie entschlüsseln mußte. Was immer dahinter steckte, Martine tat gut daran, nicht zu vergessen, daß die Freundlichkeit seinen und nicht ihren Zwecken nützte. Sie hatte ihr Herz vor Thorne zu verschließen und für niemand anderen als für Martine zu leben.

Als sie die große Halle betraten, fühlte sie sich wie eine Maus in einer Kathedrale. Ohne die Menschen und die Einrichtungsgegenstände, die den Raum während Eleonores

Aufenthalt gefüllt hatten, wirkte die Halle riesig. Durch die vielen großen Bogenfenster flutete das Sonnenlicht herein und warf goldene Muster auf die schmückenden orientalischen Teppiche, die noch immer an den Wänden hingen.

»Ich dachte, diese Teppiche gehörten der Königin«, sagte Martine und ließ Loki vom Arm. »Warum sind sie noch hier?«

Burgess antwortete auf französisch. »Königin Eleonore hat sie als Geschenk zurückgelassen mit den besten Wünschen an den neuen Baron und die Baronin von Blackburn. Soll ich sie hängenlassen, oder wünscht Ihr sie an einem anderen Ort?«

»Fegt die Binsen zusammen«, sagte Thorne. »Und legt die Teppiche auf den Boden.«

Mit offenem Mund wandte sich Martine zu ihm. »Auf den Boden? Bist du verrückt?«

Thorne lächelte hintergründig. »Ich habe dir schon einmal gesagt ... wenn ich verrückt bin, dann soll es eben so sein.«

Bei der Erinnerung daran, wie sie eng aneinandergeklammert am Ufer des Blackburn gelegen hatten, stieg heiße Röte in Martines Gesicht. Sie warf einen Seitenblick auf Burgess. »Wirklich, Sir Th...«

»Es heißt nicht mehr ›Sir Thorne‹«, verbesserte er sie. »Deshalb nenne mich einfach Th...«

»›Mein Gemahl‹ wäre korrekt, nicht wahr?«

Thorne verzog das Gesicht. »Die Teppiche, meine Gemahlin, werden auf den Boden gelegt. Als ich auf dem Weg ins Heilige Land in Spanien und Portugal Station machte, habe ich Teppiche unter meinen Füßen schätzen gelernt. Wir können einen anderen Wandbehang nehmen, wenn du den Zug fürchtest.«

Burgess runzelte die Stirn. »Kommen die Binsen auf die Teppiche?«

»Es wird überhaupt keine Binsen geben«, erklärte Thorne geduldig. »Nur die Teppiche.«

Der alte Mann zögerte, als würde er über die geistige Gesundheit seines Herrn nachdenken. Dann verneigte er sich halb. »Wie Ihr wünscht, Baron.« Er zog ein Bündel Pergament heraus. »Ich führe die Bücher für den Michaelstag. Wenn es Euch recht ist, bin ich bereit, die jährlichen Einnahmen und Ausgaben mit Euch durchzugehen.«

»Danke, Burgess, aber für den Anfang denke ich, daß wir eine Besichtigung unseres neuen Heims vorziehen.«

»Natürlich, Mylord. Wenn Ihr mir folgen mögt ...«

Martine entdeckte bald, daß Burg Blackburn bedeutend größer als Harford war und über verschiedene Einrichtungen verfügte, die dem neuesten Trend der Burgarchitektur entsprachen. Auf jedem Stockwerk gab es fließendes Wasser, das durch ein Röhrensystem von einer Zisterne auf dem Dach heruntergeführt wurde, und das ganze Gebäude war wunderbar weitläufig. Neben der großen Halle gab es ein verwirrendes Labyrinth von riesigen Kammern, die durch Korridore und Treppen miteinander verbunden waren. Im Vorbau befand sich eine zweistöckige Kapelle, die durch zwei Eingänge zu betreten war: über die große Halle sowie die Empore von der Schlafkammer des Burgherrn aus. Die Kammer war eher eine Suite, mit drei Vorräumen, von denen einer gekachelt war und einen Abort enthielt, einen flachen Trog mit Messinghähnen und Abfluß. Daneben stand eine fest eingebaute Badewanne. Wie beinahe alle Kammern der Burg war das Bad mit einem eigenen Kamin ausgestattet und durch eine schwere Holztür verschließbar. Es gab viele weitere Schlafkammern und Lagerräume, einen zweiten Saal unter der Haupthalle, einen Wachraum und verschiedene Kammern für die Bediensteten. Ehrfurchtsvoll nahm Martine die ganze Anlage in sich auf. Die Vorstellung, daß sie sich in der Burg, dessen Herrin sie war, verirren könnte, begeisterte sie und machte ihr gleichzeitig angst.

Vom Bergfried führte Burgess seine neue Herrschaft zu einer Besichtigung des Burggeländes. Im inneren Burghof waren Mauern für einen Garten gezogen, der jedoch nicht bepflanzt wurde. In der Mitte auf dem äußeren Hof, umgeben vom Kochhaus, dem Getreidespeicher, Ställen, Hundezwingern und Schuppen, erstreckte sich ein großer, gut bestückter Fischteich. Als sie die äußere Zugbrücke überquerten, wies Burgess nach Sankt Dunstan, das weit unter ihnen in das Tal geschmiegt lag, und zeigte die Weinberge, Obstgärten und Weidegründe, die sich um die Burg herum erstreckten.

Die Gutshöfe und Dörfer, die zu Lord Falconers Lehen gehörten, seien groß und zahlreich, erklärte der Haushofmeister, und brächten beachtliche Erträge. Seit Lord Anseaus Dahinscheiden habe er nicht aufgehört, die Steuern, Abgaben und Pachtsummen zu erheben, die das seiner Lordschaft zustehende Einkommen der Baronie darstellten, einen Betrag von normalerweise mehreren tausend Pfund jährlich.

»Mehreren tausend?« fragte Thorne.

Burgess zog ein Pergamentblatt heraus und hielt es dem jungen Baron hin. »Dies ist die Summe, die ich seit Lord Anseaus Tod eingenommen habe und Euch unverzüglich übergeben kann. Und diese Summe hier werden Eure Besitzungen voraussichtlich bis Ende September einbringen.«

Martine verfolgte, wie Thorne ruhig die Zahlen überprüfte. »Das Geld kommt sehr passend. An den Gebäuden und auf dem Burggelände sind viele Arbeiten notwendig.« Er reichte dem Haushofmeister das Pergament zurück. »Das ist für den Augenblick alles, Burgess. Ich danke Euch.«

Burgess verließ sie über die Zugbrücke. Als Martine sich anschickte, ihm zu folgen, hielt Thorne sie zurück. »Geh ein Stück mit mir.«

Er nahm ihre Hand und führte sie von den Gebäuden weg über sanft gewelltes Weideland zu einem Pfirsichgarten, dessen Bäume sauber in Reihen gepflanzt waren. Trotz des Aufruhrs, den die Baronie während der letzten Monate erlebt hatte, schien der Obstgarten, wie alles auf Burg Blackburn, gut gepflegt zu sein.

»Du bist jetzt also sehr reich?« fragte Martine, als er sie in den kühlen grünen Durchgang zwischen zwei Baumreihen führte.

Thorne lächelte und drückte ihre Hand. »Nein, wir sind sehr reich.«

Martine konnte nicht anders, als sein Lächeln zu erwidern. Schweigend und sich an den Händen haltend, schlenderten sie den schattigen Weg entlang, während sie dem Vogelgezwitscher in den Bäumen zuhörten und den leichten Frühlingswind genossen, der im frischen Blattwerk raschelte.

Langsam entspannte sich Martine, bis sie sich bei dem Spaziergang mit Thorne tatsächlich wohl fühlte. Es ist, als wären wir ein Liebespaar, dachte sie. Oder wirklich Mann und Frau und nicht zwei Menschen, die in einer Scheinehe miteinander verbunden sind.

Es war geschickt von Thorne, diese Situation herbeigeführt zu haben, dachte sie, allein mit ihm und Hand in Hand an einem schattigen, abgeschiedenen Ort. Ihr vertrautes Schweigen miteinander wurde langsam unheimlich, und so beendete sie es. »Ist es nötig, daß du Englisch mit den Bediensteten sprichst? Ich kann kein Wort verstehen.«

Thorne schmunzelte. »Wie ich sehe, wird kein Weg daran vorbeiführen, daß ich dir die Sprache meiner Vorfahren beibringe.«

»Kannst du nicht einfach Französisch mit ihnen reden? Das ist die Sprache, die alle sprechen.«

Für einen Moment verdüsterten sich Thornes Züge. »Der Adel spricht diese Sprache. Bis jetzt.«

»Bis jetzt?«

»Die Normannen beharren darauf, aber das Volk weigert sich, sie anzunehmen. Die Menschen sind arm, unterdrückt, landlos, aber wenn es um ihre Muttersprache geht, besitzen sie einen wunderbaren Starrsinn. Ich denke, es bestehen gute Chancen, daß die herrschende Klasse eines Tages gezwungen sein wird, das Französische aufzugeben und Englisch zu sprechen.«

Martine lachte. »Du bist ver...« Sie unterdrückte den Rest des Satzes, aber Thorne hatte verstanden.

Mit einem schelmischen Lächeln faßte er sie an den Schultern, schob sie mit dem Rücken gegen einen Baumstamm und hob scherzhaft den Finger. »Du wirst aufhören müssen, so etwas zu sagen ... es sein denn, du willst, daß ich etwas Bestimmtes mit dir mache.« Er umfaßte Martines Gesicht und neigte ihren Kopf nach hinten.

»Thorne ...«

Ihr Widerstreben wurde augenblicklich erstickt, als er seinen Mund auf ihren legte. Die Hände an den Seiten stand Martine reglos, ohne ihm zu antworten, während Thorne sie weich und warm mit den Lippen liebkoste. Es war das erste Mal, daß sie seinen Kuß spürte, seit sie bei der Eheschließung den Brautkuß gewechselt hatten. Thorne küßte sie mit nachdrücklicher, aber sanfter Entschlossenheit, als wüßte er, daß Martine entschlossen war, ihm Widerstand zu leisten, selbst wenn sie seinen Kuß hinnehmen mußte. Mit der Zunge umfuhr er zart ihre Lippen, die sie fest zusammengepreßt hielt.

Langsam zog Thorne sich zurück. »Martine, laß mich«, hauchte er an ihrem Mund. »Bitte ... ich brauch es. Nur das hier. Mehr mache ich nicht.« Thorne flehte sie mit dunklen Augen an, während er mit dem Daumen zwischen ihre Lippen glitt und sie mit der rauhen Spitze auseinanderschob.

Martine sog den Atem ein, als Thorne die Gelegenheit zu leidenschaftlicheren Liebkosungen nutzte. Sein Kuß wurde heftiger. Die Hände um ihren Nacken geschlungen, hielt er sie fest und bestürmte sie mit unablässiger Glut. Hinter sich spürte Martine den harten, glatten Baumstamm. Vor ihr stand ihr Gemahl in voller Größe und drückte sie ebenso hart dagegen.

Die Welt um Martine verlor jede Bedeutung, und sie spürte nur noch Thornes warmen, fordernden Mund. Ab wann sie, ohne einen Gedanken, zuließ, daß sie diese Wärme suchte und den Kuß unwillkürlich erwiderte, wußte sie nicht. Erst danach bemerkte sie, daß ihre Arme ihn eng umschlungen hielten. In ihrer Brust spürte sie nicht nur ein Herz heftig trommeln, sondern zwei ... Und sie hörte nicht nur ihren eigenen keuchenden Atem durch das Rauschen in den Ohren, sondern auch seinen.

Langsam und mit sichtlicher Anstrengung löste sich Thorne von ihr, als bedürfte dies aller Kraft, die er aufbringen konnte. Als Martine ihre Arme zurückzog, spürte sie einen Stich des Bedauerns, daß der Kuß vorüber war und er sein Versprechen gehalten hatte, nichts weiter zu versuchen. Natürlich war es die größte Narrheit, mehr zu wollen. Sie durfte nicht nach seinen Küssen hungern, sich danach sehnen, daß er ihren Rock hochraffte, sie gegen den Baumstamm hob und hier im Obstgarten unter den schattigen Ästen der Pfirsichbäume nahm ... und doch konnte sie nicht anders.

»Gehen wir zurück?« fragte Martine ruhig.

Den Blick auf ihren Mund gesenkt, hob Thorne leicht eine Braue und wartete. Dann strich er mit dem Finger über ihre Lippen. Unter der zarten Berührung fühlte sich die Haut weich und geschwollen an.

Thorne nickte. »Wie du wünschst«, murmelte er. Er nahm wieder ihre Hand und führte sie langsam aus dem schattigen Obstgarten in den wartenden Sonnenschein zurück.

»Was meint Ihr, Mylady?« fragte der Glaser durch die große Halle und wies auf das Fenster, das er eben fertiggestellt hatte. Vorsichtig überwand Martine das Durcheinander, das sie von dem Handwerker trennte, wich den Pflasterern mit den Eimern und Kellen aus und umging die Zimmerleute sowie deren Holzstapel für die Vertäfelung.

»Ich glaube, mein Gemahl ist verrückt«, murmelte sie und strich über eine der winzigen Scheiben aus gewölbtem grünlichen Glas. Dutzende solcher Scheiben wurden in eine Bleifassung gesetzt, und das Ganze mußte genau in das hohe Bogenfenster passen. Thorne hatte den Auftrag gegeben, jedes Fenster der Burg zu verglasen. Für die Kapelle sollten bunte Glasstücke zusammengesetzt werden, damit Muster entstanden. Es war bestaunenswert, ein Wunder. »Werden die Scheiben im Winter wirklich die Kälte abhalten?«

»Ja, Mylady. Aber es dringt so viel Sonne durch, wie Ihr wollt. Und die Fenster lassen sich öffnen.« Er zog an einem Hebel und zeigte es ihr. »An milden Nachmittagen wie heute könnt ihr frische Luft hereinlassen.«

Während der Monate, die sie nun schon auf Blackburn verbrachten, war auf den Winter schließlich der Frühling gefolgt. Von Sonnenaufgang bis Sonnenuntergang säte und pflanzte Martine im Kräutergarten und im Küchengarten.

Sogar einen Blumengarten legte sie an. Sie stellte so viele Bedienstete zu ihrer Hilfe ab, wie Thorne bei seinen zahllosen Aufgaben entbehren konnte. Es gab unendlich viele Dinge, die getan werden mußten. Die Arbeit ging nie aus, doch es fehlte an der notwendigen Aufsicht.

Peter, Guy und Albin waren in Frankreich und kämpften für Heinrich. Vor zwei Tagen hatte Thorne ihnen über Eleonore, die heute in die Normandie zurücksegelte, um wieder an der Seite des Königs zu sein, eine Botschaft geschickt, in der er seinen Männern die jüngste Entwicklung mitteilte und sie aufforderte, bei ihrer Rückkehr in seine Dienste zu treten. Solange sie auf dem Schlachtfeld waren, konnte es allerdings Monate dauern, bis sie die Nachricht erhielten.

Dann war da Felda, die Martine nicht mehr gesehen hatte, seit sie der furchtbaren Zelle im Burgverlies von Harford entkommen war. Martine wollte sie bei sich haben, und Thorne ebenfalls. Gestern hatte er zwei bewaffnete Dorfbewohner, kräftige Männer mit Kriegserfahrung, nach Harford geschickt mit dem Befehl, Martines Kammerfrau sowie seine kostbare Freya zu holen. Sie sollten ruhig vorgehen und Bernard möglichst meiden. Falls sich eine Begegnung nicht vermeiden ließ, sollten sie diplomatisch sein und ihre Waffen nur als letzte Möglichkeit benutzen. Die Männer waren noch nicht zurück, aber Thorne hatte gesagt, es sei zu früh, um sich Sorgen zu machen. Also versuchte Martine, nicht daran zu denken.

Sie lehnte sich aus dem Fenster, um die herrliche Wärme einzuatmen. Auf der entgegengesetzten Seite des inneren Burghofs, jenseits der Gärten, arbeiteten Steinmetze an den Granitblöcken für ein Falkenhaus. Den Plänen nach würde es so groß wie ein Gutshaus werden, doch schöner. Thorne sagte, er wolle für seine Vögel genügend Raum, damit sie umherfliegen könnten.

Unten im Hof stand Thorne mit dem Rücken gegen eine Eiche gelehnt, die Arme vor der Brust verschränkt, und beobachtete Burgess, der den Vorsitz bei einer Gerichtsversammlung hielt. Zwölf Freie hörten schweigend zu, während ein großer Mann zornig schimpfend auf englisch seinen Standpunkt deutlich machte.

»Was sagt er?« fragte Martine den Glaser, einen Sachsen. Da nur wenige Bewohner von Blackburn Französisch sprachen, hatte Martine keine Wahl und mußte Englisch lernen. Sie verstand bereits ziemlich viel, wenn die Worte deutlich ausgesprochen wurden. Aber der Mann im Hof schrie und spuckte, so daß sie ihm nicht folgen konnte.

»Er ist ein Müller, Mylady«, sagte der Glaser. »Er verteidigt sich gegen Anschuldigungen, Gewichte gefälscht zu haben.« Der Müller beendete seine weit ausholende Rede, und die Jury stimmte ab. Burgess erhob sich und sagte etwas, das den Müller protestierend losbrüllen ließ. »Sie haben ihn für schuldig befunden, Mylady, und nun muß er seiner Lordschaft eine Geldstrafe zahlen.«

Als Thorne etwas sagte, brachen das Schiedsgericht und die Zuschauer in Jubel aus. Martine blickte den Glaser an, der ungläubig schmunzelte. »Nicht, daß ich respektlos sein möchte, aber jetzt glaube ich auch, daß Euer Gemahl verrückt ist. Er sagt, der Müller müsse seine Strafe an die Leute zahlen, die er betrogen habe, und wenn er noch einmal Gewichte fälsche, werde er seine Mühle verlieren.«

Mit Staunen erkannte Martine, daß sie, was immer seine Fehler sein mochten, einen außergewöhnlichen Mann geheiratet hatte. In diesem Moment blickte Thorne auf und lächelte ihr zu. Sogar aus dieser Entfernung sah sie deutlich das leuchtende Blau seiner Augen und die Grübchen in den Wangen. Er hatte das während seiner Genesung in Sankt Dunstan verlorene Gewicht zurückgewonnen, zusammen mit der Ausstrahlung von Kraft und Entschlossenheit, die er schon immer besessen hatte. Als Herr von Blackburn ging er völlig in seinem Element auf. Er war stark, ein Mann der Ehre und Güte, aber auch unnachgiebig in seinem Ehrgeiz. Wenn er zwischen ihr und seinem geliebten Blackburn zu wählen hätte, so wüßte Martine, wofür er sich zweifellos entscheiden würde.

Tatsächlich liebte sie Blackburn ebensosehr. Für sie beide war es das erste wirkliche Zuhause, das sie jemals besessen hatten, seit sie kleine Kinder gewesen waren. Das Gefühl, hierher zu gehören, war auf Blackburn größer als überall sonst. Nicht einmal Sankt Theresa oder Sankt Dunstan hatten ihr soviel bedeutet. Was ihr die völlige Zufriedenheit verwehrte, war die bemüht höfliche Beziehung mit Thorne. Wenn Martine nur dieser furchtbaren Sehnsucht ein Ende bereiten könnte, die sie überfiel, wann immer Thorne sie anblickte. Das heimliche Verlangen nach seiner Nähe und seiner Berührung mußte endlich aufhören. Es wäre besser, sie könnte gleichgültig sein. Aber ihn zu lieben, wie sie es wider besseres Wissen tat, sich nach ihm zu verzehren, so daß sie kaum an etwas anderes denken konnte, war eine dauernde, unangenehme Störung ihres Friedens.

Eine Bewegung in der Ferne weckte ihre Aufmerksamkeit. Zwei Reiter kamen die Straße herauf, die zur Burg führte. Martine blinzelte. »Oh, Gott sei Dank«, entfuhr ihr erleichtert, als sie die beiden von Thorne ausgesandten Dorfbewohner erkannte und hinter dem einen Felda im Damensitz ritt. Dem anderen folgte ... Martine runzelte die Stirn. Clare? Was hatte Estrudes Kammermädchen bei ihnen zu schaffen?

Martine bahnte sich ihren Weg durch die Handwerker in der Halle und begrüßte die Gruppe, als sie vor dem Eingang zum Bergfried absaßen. Thorne verließ den Gerichtstag und trat zu ihnen. Nachdem er seinen Männern gedankt und sie entlassen hatte, nahm er Felda den Korb mit Freya ab und hieß die Magd willkommen, so auch Martine, die ihre Kammerfrau umarmte und küßte.

»Clare«, sagte Martine. »Warum seid Ihr mitgekommen?«

Tränen rollten aus Clares Augen, und sie vergrub das Gesicht in den Händen. »O Mylady! Ihr müßt mir helfen! Es gibt keinen Ort, an den ich gehen könnte!« Estrudes ehemalige Kammerzofe sank in die Knie. »Ich unterwerfe mich Eurer Gnade!«

Martine beugte sich und legte die Arme um das schluchzende Mädchen, bevor sie Clare auf die Füße half. »Was habt Ihr?«

Clare brach vor Martine zusammen. »Oh, ich bin eine solche Närrin! Es ist meine eigene Schuld. Gott möge mir vergeben!«

Die hysterische junge Frau an den Schultern nehmend, hielt Martine sie auf Armeslänge Abstand. »Was ist geschehen, Clare? Erzählt es mir.«

Clares tränenüberströmtes Gesicht bebte jammervoll. »Es war ... es war Sir Bernard, M-Mylady.«

Martine und Thorne wechselten einen Blick. Felda, die ihre kräftigen Arme vor der Brust verschränkt hatte, sah Clare stirnrunzelnd an.

»Also gut«, sagte Martine ruhig. »Erzählt es mir.«

Clares kleine Augen sahen zu Thorne, bevor sie zu Boden blickten. »Ich ... schäme mich zu sehr.«

Thorne räusperte sich. »Ich kümmere mich am besten um Freya. Vielleicht würde ein Branntwein die Nerven von Mylady beruhigen.«

Als sie am Tisch in der unteren Halle saßen und Clare ihren zweiten Branntwein zur Hälfte getrunken hatte, drängte Martine sanft auf eine Erklärung.

Mit glasigen Augen starrte Clare eine Zeitlang in ihren Becher. »Ich habe mich ihm an den Hals geworfen«, sagte sie heiser. »Mein Gott, ich bin eine solche Närrin. Alle sagen das, und es ist die Wahrheit.«

»Nein«, beharrte Martine. Sie wußte, wie eine Frau sich fühlte, die von einem Mann ausgenutzt wurde. »Ihr könnt nichts dafür.«

Clare schüttelte den Kopf. »Ich dachte, er sei ... anders. Aber er war ...« Sie biß sich auf die Lippe. »Er hat mich beschmutzt. Er ...« Nervös blickte sie zu Martine und Felda und flüsterte dann: »Ich habe meine Unschuld verloren.«

»O Clare«, sagte Martine. »Es ist nicht Eure Schuld. Männer kennen Wege, Euch den Verstand verlieren zu lassen. Dafür könnt Ihr nichts.«

»Mein Vater wird nicht so denken«, entgegnete Clare hart. »Er ... o mein Gott, er wird mich umbringen. Ja, ganz bestimmt, wenn er davon erfährt.«

»Ihr übertreibt.«

»Ihr kennt ihn nicht, Mylady.« Wieder füllten sich Clares

Augen mit Tränen. »Ich kann nicht nach Hause zurückkehren. Nicht jetzt, nachdem ich ... nachdem er ... ich kann nicht!« Über den Tisch gebeugt, vergrub sie das Gesicht hinter den Händen und heulte.

Martine blickte Felda an. Ihre Kammerfrau runzelte die Stirn und schüttelte den Kopf. Sie hatte Clare noch nie gemocht, und Martine ging es ebenso. Aber es wäre unverzeihlich, würde ihr menschliches Mitgefühl durch diese niedrigen Empfindungen beeinflußt.

Martine strich über Clares Haar. »Möchtet Ihr gern hierbleiben, Mylady ...«

Clare griff nach Martines Hand, drückte sie und hob dankbar den tränenfeuchten Blick. »O Mylady, ich danke Euch!«

»Wenigstens für eine Zeitlang«, schränkte Martine ein. »Bis wir ...«

»Alles, was Ihr wollt, Mylady!« beeilte Clare sich zu versichern. »Sagt mir, was Ihr verlangt, und ich werde Eure Sklavin sein!«

Felda rollte die Augen.

»Das wird nicht nötig sein«, sagte Martine. »Ich bin glücklich, daß ich helfen kann.«

»Weißt du, welcher Tag heute ist?« rief Thorne auf englisch, während er sich in dem riesigen Bett aufsetzte und die Vorhänge auseinanderschob.

Martine war bereits aufgestanden. Sie saß mit dem Rücken zu ihm vor dem Fenster im Ankleideraum und bürstete ihr Haar. In der frühen Morgensonne, die in die herrschaftliche Kammer flutete, leuchtete es wie Feuer. Die glänzenden Strahlen verfingen sich auf der goldenen Seide ihres Morgengewands und brachten die edelsteinfarbenen Obergewänder, die an der Wand des Ankleideraums hingen, zum Leuchten. Die Erinnerung, wie Martine versucht hatte, die Näherinnen zu entlassen, die er ihr geschickt hatte, ließ Thorne lächeln ... *Ich habe keine Zeit für Anproben. Die Gärten warten darauf, daß ich säe und anpflanze!* Aber er hatte darauf bestanden. Thorne wollte Martine nicht nur schmücken, sondern ihr etwas Persönliches schenken, und die meisten Frauen liebten Kleider. Schließlich hatte sie mehr als ungnädig zugestimmt ... *Also gut, wenn es unbedingt sein muß! Aber keine engen Schnürungen, und keine von diesen verdammten Barbettes!*

Martine hörte mit dem Bürsten auf und blieb für einen Augenblick reglos sitzen. Thorne wußte, daß sie Mühe hatte, seine Frage zu übersetzen und eine Antwort auf englisch zu finden. »Ist heute ... der 1. Mai?« fragte sie schließlich, ohne sich umzuwenden.

Ihr Akzent war so bezaubernd, daß er lachen mußte. »Ja, der 1. Mai«, sagte er und schwang die langen Beine über die Bettkante. »Der erste Tag des Sommers.« Er streckte sich, rieb die Steifheit aus den Armen und fuhr mit den Fingern durch sein Haar. Über die Schulter blickte Martine zu ihm herüber und errötete, als sie sah, daß er nur die Unterhose trug, in der er schlief. Wieder zum Fenster gewandt, bürstete sie weiter ihr Haar.

Als Thorne sein Hemd vom teppichbedeckten Boden nehmen wollte, blieb er stehen. Er hatte Geduld mit Martine gehabt. Sie waren seit beinahe zwei Monaten verheiratet, und nicht ein einziges Mal hatte er auf seine ehelichen Rechte bestanden. Natürlich hatte er gehofft, langsam ihr Vertrauen und vielleicht sogar ihre Zuneigung zurückzugewinnen. Wenn er zu ihr käme, sollte sie ihn ebenso wollen wie er sie ... und sich hinterher nicht mißbraucht fühlen. Aber Martine gab so wenig von ihren wahren Gefühlen preis, daß Thorne nicht wußte, welche Fortschritte er gemacht hatte, den Bruch zwischen ihnen zu heilen. Vielleicht war heute morgen ein guter Zeitpunkt, dies herauszufinden.

»Weißt du, wie die sächsischen Bauern den 1. Mai feiern?« fragte er, als er den Ankleideraum betrat. Neben seiner Herrin lag Loki zusammengerollt auf einer gepolsterten Bank. Thorne nahm den Kater herunter, setzte sich rittlings auf die warme Stelle, wo das Tier gelegen hatte, und nahm seiner Gemahlin die Bürste aus der Hand.

»W-was gibt es?« War es die Frage oder seine Nähe, die sie nervös machte?

Er strich mit der Bürste durch ihr satinglänzendes Haar und wiederholte die Frage leise auf französisch. »Weißt du, wie die Leute diesen Tag feiern?«

»Nein«, murmelte Martine und ließ den Kopf zurückfallen, als Thorne mit den harten Eberborsten über ihre Kopfhaut strich. Seine andere Hand massierte sanft ihren Nacken.

»Sie verbringen die Nacht im Wald.« Noch immer ihr Haar bürstend, glitt er mit der Hand ihren Rücken entlang und umfaßte ihre Taille. »Und sie lieben sich.«

Martine hob den Kopf. Thorne legte die Bürste weg und schmiegte auch die andere Hand um ihre Taille. Dabei küßte er Martines Scheitel. Sie saß vollkommen reglos, ohne ihn zu ermutigen oder sich zu wehren. Als Thorne ihre Schläfe küßte, atmete er den Duft ihrer Haare ein. Nach der langen Enthaltsamkeit antwortete sein Körper mit heftiger Erregung. Der Griff um Martines Taille wurde fester, und mit einer Hand glitt er aufwärts über ihre Brüste und ließ sie dort ruhen. Unter seiner Handfläche pochte Martines Herz in schnellen, heftigen Schlägen, und ihr Atem raste. Langsam senkte Thorne die Hand in ihr Morgengewand, ohne zugleich in das Satinnachthemd zu gleiten, und umschloß eine wunderbar weiche Brust, über deren Spitze er mit dem Daumen strich, bis sie sich zusammenzog.

»Martine ...« atmete er in ihr Ohr.

Sie stand auf, fuhr herum und ging in die Schlafkammer. »Ich wäre dankbar, wenn es nicht zu lange dauerte«, sagte sie kühl, warf ihr Morgengewand ab und setzte sich, nur mit dem Nachthemd bekleidet, auf die Bettkante. »Heute morgen wartet viel Arbeit auf mich.«

Thorne starrte sie einen Augenblick an. Was wollte sie damit sagen? Daß sie bereit war, aber nur widerwillig? Daß sie keine andere Wahl hatte, als ihre eheliche Pflicht zu tun, aber er sich besser beeilte? Das traf ihn. Er war übergeduldig gewesen, hatte sich Zeit gelassen und gehofft, sie würde schließlich einwilligen — ohne Erfolg, wie er erkannte. Vielleicht hatte er sich zu sehr zurückgehalten, war zu zögernd gewesen. Mit Gewalt konnte er sie nicht nehmen. Das war etwas für Tiere wie Edmond. Aber er konnte erreichen, daß sie ihn begehrte. Sie reagierte auf seine Berührungen ebenso erregt wie er auf ihre.

Als Thorne aufstand und ihr in die Schlafkammer folgte, bemerkte er, daß Martines Blick auf seine Erektion unter der locker sitzenden Hose fiel, bevor sie die Augen rasch abwandte. Sie glitt zurück und legte sich auf das Bett, doch als sie ihr Nachthemd hochschieben wollte, griff Thorne nach ihrer Hand.

»Noch nicht.« Er folgte ihr aufs Bett und streckte sich neben ihr aus. Behutsam strich er das Haar aus Martines Gesicht und ließ zärtlich die Finger über ihren Hals gleiten. »Zuerst möchte ich dich ansehen.«

Er sah, daß sie schluckte. »Mir wäre es lieber, wenn du dich ...«

»... beeilen würdest«, vervollständigte Thorne ihren Satz. »Aber es ist nicht meine Absicht, dich zu zwingen. Dafür habe ich zu lange darauf gewartet, und jetzt werde ich mir Zeit lassen.« Seine Fingerspitze berührte eine harte Brustknospe, und Martine hielt den Atem an. »Vielleicht behalte ich dich den ganzen Tag im Bett und die ganze Nacht und morgen auch noch.« Lächelnd senkte er die Handfläche auf ihren Bauch und ließ sie auf der weiblichen Erhebung zwischen ihren Beinen ruhen. »Heute ist der 1. Mai, Martine, und ich werde den Tag feiern, indem ich dir zeige, wie es zwischen uns sein kann. Erlaube mir, das für dich zu tun. Sage mir, daß du es willst.«

Martine schloß die Augen und ballte die Hände zu Fäusten. »Ich will es nicht. Mich interessiert nur, daß du schnell fertig bist.«

Thorne kletterte über sie, sorgfältig darum bemüht, sich mit den Ellenbogen abzustützen, um Martine nicht durch sein Gewicht zu belasten. »In ein oder zwei Tagen werde ich damit fertig sein«, flüsterte er. »Und ich verspreche dir, daß du dich hinterher wunderbar fühlen wirst. Glücklich und zufrieden — und nicht im geringsten benutzt.« Er senkte seine Lippen auf ihren Mund und genoß die Wärme ihrer weichen Lippen, während er sie küßte. Mit der Zungenspitze glitt er in den Zwischenraum, um ihre Süße zu kosten, bevor er sich wieder zurückzog. Thorne wußte, daß er Geduld benötigte, bis Martine bereit wäre, seine Zärtlichkeiten zu erwidern.

Die Hände in ihrem Haar verfangen, küßte er ihren Hals und senkte sich langsam auf ihren Körper, bis er ganz an sie geschmiegt war. Als er die warmen Brüste unter dem Satinstoff an seinem nackten Oberkörper spürte, brach augenblicklich eine schmerzhafte Erregung in ihm auf. Mit dem Knie schob er Martines Beine auseinander und preßte seine erregte Männlichkeit an ihre empfindsame Stelle. Er spürte, daß Martine erbebte. Seine Muskeln begannen unwillkürlich zu arbeiten, und er stieß hart und verlangend gegen Martines Körper, bevor er wieder losließ und von neuem ansetzte. Getrieben von einem urtümlichen Instinkt konnte Thorne nicht anders, als dem wilden Rhythmus seiner Lust zu folgen.

Er hatte zu lange auf Martine verzichtet. Sein Verstand sagte ihm, daß er warten müsse, doch stand der Augenblick der Erlösung kurz bevor. Wenn er versuchte, sich noch länger zurückzuhalten, würde er seinen Samen ergießen, bevor er überhaupt in Martine eingedrungen war — ein unwürdiger Auftakt für seine versprochene Ausdauer der Leidenschaft. Wieder forderte Thorne ihren Mund für einen hungrigen Kuß und ließ seine Hände hingebungsvoll über ihren Körper wandern, um sie durch den fließend weichen Seidenstoff überall und auf jede erdenkliche Weise zu liebkosen. Martine jedoch lag weiter reglos unter ihm, das Gesicht abgewandt und die Hände an das Laken geklammert.

»Entspanne dich«, drängte Thorne sanft. »Versuche es.«

»Ich fühle mich gefangen«, antwortete sie gereizt und mit bebender Stimme. »Mir bleibt keine Wahl als zu gehorchen. Ich bin machtlos.«

»Machtlos!« Thorne nahm Martines rechte Hand, löste ihre Finger und preßte sie um seinen pochenden Schaft. Die Berührung ließ ihn erschauern. Er biß die Zähne zusammen, um die Beherrschung zurückzugewinnen. »Du hast die Macht, mich dieses Verlangen spüren zu lassen.« Martine versuchte, ihre Hand zu entziehen, aber Thorne umgriff sie fest und führte sie an seiner ganzen Länge hinauf. »Faß mich an«, sagte er heiser. »Spüre, was du bewirkst. Spüre, wie bereit ich für dich bin. Ich will dich so sehr, daß es schmerzt. Und ich weißt, daß du mich auch willst.«

»Ich will dich nicht.«

»Das glaube ich dir nicht.« Als Martine dieses Mal ihre Hand wegzog, ließ er sie. Thorne riß den Rock ihres Nachtgewands hoch und griff zwischen ihre Beine. Martine schlug auf ihn ein, doch er packte ihre Handgelenke mit eisernem Griff in einer Faust und hielt sie über ihren Kopf, während er mit der anderen Hand die feuchte, heiße Stelle aufsuchte, die ihre eigene Erregung verriet. »Dein Körper sagt mir, daß du mich willst.«

»Das ist mein Körper, nicht mein Herz. Ich fühle mich nicht nur ausgenutzt durch dich, sondern vergewaltigt.«

»Vergewaltigt?«

»Sieh uns doch an!« verlangte sie, die Stimme brüchig vor Verzweiflung. »Wie soll ich mich anders fühlen können?«

Herr im Himmel, dachte er und blickte auf die zitternde Frau unter sich, deren Arme er über ihrem Kopf niedergedrückt hielt und die gegen die aufsteigenden Tränen kämpfte. Thorne hatte sie sanft und zärtlich in seine Arme zurücklocken wollen. Sie sollte freiwillig zu ihm kommen. Statt dessen hatte er die Beherrschung verloren und Martine noch weiter von sich fortgetrieben.

Er ließ sie los, stand auf und nahm sein Hemd. »So wollte ich es nicht, Martine. Ich wollte ...«

»Deine Absicht war, mich zu verführen.« Sie setzte sich auf und rieb ihre Handgelenke. »Aber diese Mühe hättest du dir sparen können, und ich wünschte, du würdest es wenigstens in Zukunft tun. Von Rechts wegen kann ich mich dir nicht verweigern. Es wäre sehr viel einfacher, wenn du mich einfach nimmst und die Sache schnell erledigst.«

»Ich wollte dich nicht nehmen, sondern richtig mit dir schlafen.«

»Warum mit mir? Nimm doch eines der Küchenmädchen. Das ist der Typ, den du bevorzugst, oder nicht?«

»Ich wollte dich. Nur dich. Verstehst du das nicht?«

Mit nachdenklichem Ausdruck begegnete Martine Thornes Blick, und für einen Augenblick dachte er, daß sie endlich verstand ... dann verengte sich ihr Blick, bevor sie leicht die Lider hob, als würde ihr plötzlich etwas klar.

»Du willst, daß ich ein Kind empfange!« sagte sie. »Darum ging es die ganze Zeit. Deine kleinen Aufmerksamkeiten, deine Küsse ... alles Teil deines Verführungsplans. Wieder hast du mich nur benutzt.«

»Martine, was denkst du ...«

»Du bist jetzt Baron, und ein Baron braucht Söhne, rechtmäßige Söhne. Vergnügen kannst du bei jeder anderen Frau finden, aber nur deine Gemahlin kann dir Erben schenken.«

»Erben?« Thorne glättete die Beinlinge, die er am Vortag getragen hatte. »Glaubst du, daß ich deshalb ...« Er schüttelte den Kopf, bevor er in die wollenen Beinkleider stieg und sie festband. »Lieber Gott. Ich war viel zu beschäftigt, um auch nur einen Gedanken an Erben zu verschwenden. Ich wollte dich.« Er zog seine Stiefel und das schon getragene Obergewand an.

Martine schlang die Arme um ihre hochgezogenen Beine. »Nein, nicht mich. Wenn nicht Nachkommen, dann war der Grund einfach geschlechtliche Befriedigung. Jede andere Frau hätte den gleichen Zweck erfüllt.«

»Wenn das wahr wäre, hätte ich mir die Mühe erspart und wäre gleich zur dicken Nan gegangen.« Martine sah ihn verständnislos an. »Die dicke Nan führt ein Bordell im Hafen. Von den Huren hat mich noch keine beschuldigt, daß ich sie benutze.«

»Dann geh doch zu ihnen«, antwortete Martine in bewußt gleichgültigem Ton, stand auf und nahm ihr Kleid. »Ich weiß, daß du ... Bedürfnisse hast. Wenn du nur aus Hunger heute morgen zu mir gekommen bist, dann geh um Himmels willen in dieses ...«

»Das habe ich nicht gesagt!« Jesus, sie brachte ihn zur Verzweiflung!

»Ich weiß sehr gut, was ...«

»Du weißt überhaupt nichts!« Thorne machte einen Schritt

auf Martine zu und versuchte, sie in die Arme zu nehmen, aber sie schreckte zurück und wehrte ihn ab. Etwas Heißes, Unbeherrschtes überfiel ihn. Er fuhr herum und sah das große verglaste Fenster. Ohne nachzudenken, holte er aus und rammte die Faust durch eine der Scheiben. Das Glas zersplitterte. Thorne hörte Martines erschrockenen Aufschrei, als er die blutende Hand zurückzog. Sie rannte zum Ankleideschrank und kehrte mit dem Ärmel eines ihrer Baumwollhemden zurück. Thorne nahm den Stoff und wickelte ihn um seine pochende Faust. Er fühlte sich plötzlich benommen und matt. Sein Geist war ebenso betäubt vor Schmerz wie die zerschnittene Hand.

Für einige lange Augenblicke standen sie schweigend im Raum.

»Vielleicht hast du recht«, sagte er dann ruhig. »Ich sollte wirklich nach Hastings reiten. Hier nütze ich keinem von uns.«

Martine öffnete den Mund, als wollte sie etwas sagen. Einen Moment glaubte Thorne am Ausdruck ihrer Augen zu erkennen, daß sie ihn bat dazubleiben. Dann biß sie sich auf die Lippe und blickte zur Seite, die Arme eng vor der Brust verschlungen.

Thorne nahm Mantel und Schwertgürtel vom Haken. »Morgen abend bin ich zurück.« Martine nickte und wandte sich von ihm ab.

Thorne stieß die Tür auf und rannte in Clare. Dabei warf er das Tablett mit Wein und Brot zu Boden, das sie trug.

»O Mylord, ich bitte um Entschuldigung!« schrie sie auf und bückte sich, um sauberzumachen. Estrudes ehemaliges Kammermädchen war immer im Weg. Und jedes Mal, wenn er ihr begegnete, lauerte sie mit Essen und Trinken, um das niemand gebeten hatte. Weil er fürchtete, keine gesittete Antwort geben zu können, wandte Thorne sich um und schritt davon.

Martine erwachte von einem wilden Klopfen gegen ihre Kammertür. Sie drehte sich auf die andere Bettseite, bevor ihr einfiel, daß Thorne nicht neben ihr lag. Er war in Hastings. Sicher war es weit nach Mitternacht. Wer würde sie zu dieser Stunde stören?

»Mylady! Mylady!« Die Tür flog auf, und mit einer Laterne in der Hand stürmte Felda herein, wie Martine nur in ihr Nachtgewand gekleidet. »Mylady, es ist Bernard! Bernard ist hier!«

»Bernard?« Martine schlug die Decke beiseite, sprang aus dem Bett und folgte Felda zum Fenster. Sprachlos blickte sie auf den Burghof. Dutzende berittener Männer in Kettenrüstungen umringten den Bergfried. Einige sprangen von ihren Pferden und rannten, mit Fackeln bewehrt, ins Burginnere. Martine hörte die donnernden Schritte im Treppenhaus, begleitet von einer vertrauten Stimme, die Befehle brüllte — Bernard.

Sie rannte zur Tür und schloß ab. Dann erinnerte sie sich an die andere Tür, die zur Kapelle führte und verriegelte auch diese.

»Was geht da vor?« schrie Felda, als die Schritte näherkamen. »Was will er?«

»Mich, denke ich«, antwortete Martine mit bebendem Flüstern.

»Heilige Mutter Gottes«, murmelte Felda. »Ich wünschte, Thorne wäre hier.«

Martine hörte Bernards Stimme an der anderen Seite der Tür. »Es ist diese hier.« Dann wurde der Türknauf gedreht. »Öffnet die Tür, Mylady«, brüllte er.

Felda bekreuzigte sich. »Mylady, was werden wir jetzt ...«

»Sie wollen mich«, sagte Martine und spürte, wie eine kalte Ruhe sie ergriff. »Ihr könnt entkommen, wenn Ihr keine Aufmerksamkeit ...«

»Nein!« rief Felda, als Bernard wütend gegen die Tür hämmerte. »Ich werde nicht weglaufen. Ihr braucht mich.«

»Ich brauche Euch in Hastings, damit ihr Thorne findet.«

Bernard hörte mit dem Hämmern auf, doch die hoffnungsvolle Stille dauerte nur kurz. Nun folgten einige ohrenbetäubende Schläge, die die Tür in den Angeln erzittern ließen. Offenbar benutzte Bernard nun statt der Fäuste die Füße, und wie es klang, halfen ihm ein paar Männer dabei.

Martine nahm Feldas Schultern. »Sattelt ein Pferd und reitet so schnell Ihr könnt nach Hastings«, schrie sie durch das donnernde Krachen. »Begebt Euch zum Hafen. Dort gibt es eine Person ... ich glaube, sie heißt Nan ...«

Felda riß den Mund auf. »Die dicke Nan?« Martine nickte. »Er hat Euch hier allein gelassen, damit er zu den ...«

Martine schüttelte Felda heftig, denn die Holztür splitterte schon. »Findet Ihn, Felda! Sagt ihm, was geschehen ist!«

Noch ein ohrenbetäubender Tritt und ein weiterer folgten, bis die Tür schließlich aufbrach und dunkle Gestalten in die Kammer drangen.

23.

»Nun geht!« schrie Martine ihrer Kammerfrau zu, als die Männer in Rüstung und Helm sie packten und auf das Bett schleuderten. Sie warfen sie mit dem Gesicht nach unten und hielten sie dort, die Knie auf Martines Rücken gestützt, so daß sie kaum atmen konnte. In Handschuhen steckende Hände rissen ihren Arme nach hinten, während andere die Handgelenke fesselten, wobei sie die Taue so fest zogen, daß sie in Martines Haut schnitten. Gleichzeitig fesselten andere Hände ihre Fußgelenke und banden sie ebenso eng.

Das kann nicht wahr sein. Martine zitterte heftig und preßte die Lider zusammen. *Das ist nicht die Wirklichkeit.* Ihre Nasenflügel bebten, als sie den Geruch von geöltem Stahl, Leder und ungewaschenen Körpern wahrnahm. Die vielen fremden Hände an ihr, die eisenbewehrten Knie und Ellenbogen, mit denen sie gestoßen wurde, ließen Martine in hilflosem Zorn aufschluchzen. *Nein, nicht weinen,* befahl sie sich. *Alles, was du jetzt noch besitzt, ist deine Würde. Gib ihnen nicht das Vergnügen, dich weinen zu sehen.*

Zwei Männer rissen sie grob auf die Füße, stießen sie herum und hielten sie fest.

Im schwachen Laternenschein stand Bernard vor ihr, heiter wie gewöhnlich inmitten der Brutalität, die er erzeugte.

Als einziger hatte er keine Rüstung angelegt, sondern trug statt dessen ein schwarzes goldbesticktes Obergewand aus Brokat. In seinem Gesicht stand das kalte Lächeln, das niemals die Augen erreichte.

»Lady Falconer.«

»Was wollt Ihr?« fragte Martine mit um Festigkeit bemühter Stimme.

»Das müßte offensichtlich sein, Mylady. Ich will *Euch*.«

»Ihr kommt zu spät«, sagte sie. »Ich bin bereits verheiratet.«

Bernard lachte, und seine Männer schlossen sich ihm an. »Ich bin nicht gekommen, weil ich um Eure Hand anhalten will, Mylady.« Auf sein Zeichen hin trat eine Gestalt ins Licht. Es war Vater Simon. Er hielt ein Pergament in der Hand. »Lest vor«, befahl Bernard.

Der Priester hielt das Dokument dicht vor seine Augen und begann: »Bis anderweitig bewiesen wurde, steht Martine von Rouen oder Martine Falconer, Baronin von Blackburn, unter der Anklage, durch Zauberei, Beschwörungen und Gift folgende Verbrechen begangen zu haben: Sie hat in den Mund des verstorbenen Kindes Ailith von Kirkley geblasen und auf diese Weise die Leiche ins Leben zurückgeholt.«

»Was?« rief Martine aus.

»Weiter«, fuhr Simon fort, als hätte er sie nicht gehört, »hat sie ihren ersten und zweiten Gemahl durch Gift und andere Mittel impotent gemacht. Des weiteren vergiftete sie Lady Estrude von Flandern und nahm ihr damit das Leben.«

»Das ist lächerlich«, sagte Martine.

Der Priester starrte sie düster an und räusperte sich. »Es wird des weiteren bekanntgemacht, daß die aufgeführten Verbrechen im Namen und auf Geheiß des Satans begangen wurden, der auch Luzifer oder Beelzebub genannt wird, daß die Hexe Martine Falconer sich dem Prinzen der Teufel verschrieben hat und durch ihr Bündnis mit ihm Gott Vater, unserem Herrn Jesus Christus, den Heiligen, der römisch-katholischen Kirche und allen Sakramenten abgeschworen hat.«

In ungläubigem Entsetzen starrte Martine auf Vater Simon, Bernard und die Männer, die sie umringten. Alle hatten tiefernste Mienen aufgesetzt. Ein unbeherrschtes Zittern überfiel Martine. »Ich will meinen Gemahl.«

Bernard schnalzte mit der Zunge. »Wie ich gehört habe, ist Euer Gemahl heute morgen nach Hastings aufgebrochen und daher nicht verfügbar.«

»Natürlich«, sagte Martine. Ihr begannen die Zusammenhänge zu dämmern. »Ihr wußtet, daß er nicht hier sein würde. Sonst hättet Ihr diese Tat nie gewagt. Wie konntet Ihr ...«

»Oh, ich war außerordentlich gut über das Kommen und Gehen des Sachsen im Bilde. Dafür hat meine gute Lady Clare gesorgt.«

Angewidert seufzte Martine. »Clare. Ich hätte es wissen müssen.« Sie wies nickend auf das Pergamentstück in Vater Simons Hand. »Was hat das zu bedeuten? Was wird mit mir geschehen?«

Vater Simon faltete das Pergament und ließ es in seinen Talar gleiten. »Ihr werdet ermutigt zu gestehen.«

Martine schluckte hart. Als sie sprach, war ihre Stimme ein unsicheres Flüstern. »Ihr meint: gefoltert.«

»Nein, leider nicht«, entgegnete der Priester. »Die wirksameren Methoden, die auf dem Kontinent angewendet werden, sind in England verpönt. Aber Ihr werdet verhört, befragt. Dann wird man Euch einer Prüfung unterziehen und für schuldig befinden.«

Einer Prüfung unterziehen und für schuldig befinden. So einfach. »W-as ist die Strafe für Hexerei?« fragte sie.

»Nichts Schlimmes«, entgegnete Vater Simon leichthin. »Eine Geldstrafe, ein paar Peitschenhiebe, vielleicht ... schlimmstenfalls Verbannung.«

Erleichtert atmete Martine auf. »Gott sei Dank.«

»Aber natürlich«, fuhr Simon fort, »seid ihr nicht der einfachen Hexerei angeklagt. Es handelt sich um ketzerische Hexerei: Teufelsdienst. Und die Strafe für dieses Kapitalverbrechen ist der Tod.«

»Dann werde ich gehängt«, flüsterte Martine.

Simon trat einen Schritt auf sie zu und lächelte wie Bernard. Beide Männer schienen sich außerordentlich gut zu unterhalten, wie zwei Katzen, die mit einer gefangenen Maus spielten.

»Nicht unbedingt«, sagte Bernard. »Oh, natürlich könntet Ihr Glück haben und mit dem Strang davonkommen. Aber es gibt Stimmen in England, wie Vater Simon hier, die sich dafür aussprechen, daß Ketzer auf dem Scheiterhaufen verbrannt werden.«

»Wie es in den zivilisierteren Gegenden Europas üblich ist«, führte Simon aus.

Langsam schüttelte Martine den Kopf. »Nein ...«

»O ja«, sagte Bernard und trat dicht zu Martine, um ihr Kinn zu fassen, damit sie ihn ansah. »Euch hat die Idee also nicht sonderlich gefallen, mich zu heiraten, wie? Und Ihr dachtet, Ihr seid mich los, Ihr und dieser verdammte Waldbauer. Nun, jetzt kann ich die Freundlichkeit zurückzahlen, und ich versichere Euch, daß ich meinen Vorteil nutze. Ich werde ein Gesuch an Bischof Lambert richten, damit er ein Exempel an Euch statuiert. Täuscht Euch nicht ... man wird Euch für schuldig befinden, und dann sterbt Ihr auf dem Scheiterhaufen, schreiend und um Gnade flehend, während die Flammen Euch verzehren. Es gibt keine entsetzlichere Qual als den Tod durch das Feuer.«

Martine riß den Kopf aus seinem Griff. »Außer vielleicht die Ehe mit Euch.«

Jemand im Hintergrund lachte. Bernard, der empört das Kinn nach vorn schob, zog sein Schwert aus der Scheide und hielt die rasiermesserscharfe Spitze an Martines Kehle. »Ihr scheint zu vergessen, wer hier die Oberhand besitzt. Vielleicht braucht Ihr eine kleine Erinnerung.« Er wandte sich an die Männer, die Martine stützten. »Haltet ihren Kopf fest.«

Eine Hand packte ihre geflochtenen Haare und zog den Kopf unbarmherzig nach hinten. Als Bernard sein Schwert mit der Spitze nach oben hob, atmete Martine voller Entsetzen ein. Ein barbarisches Glimmen in den Augen hielt er einen Moment inne. Sie sah, wie Bernard den schweren juwelenbesetzten Schwertgriff auf ihre Stirn richtete, dann verzog er das Gesicht und schlug mit brutaler Gewalt zu.

Heißroter Schmerz flammte in ihr auf. Martines Beine sackten zusammen, und sie hörte sich stöhnen. Bernards Stimme klang seltsam tief und gedämpft. »Laßt sie los.« Die Hände lösten sich von ihr, sie fiel mit dem Gesicht nach vorn auf den teppichbedeckten Boden.

»Knebelt die Schlampe«, sagte Bernard. Das letzte, was Martine spürte, waren behandschuhte Finger, die ihr den Mund aufrissen und etwas aus Stoff hineinsteckten ... dann umgab sie kalte, leere Dunkelheit.

»Wacht auf, Mylord.« Es war eine Frauenstimme. Sie redete in der alten Sprache. Thorne spürte, wie er gerüttelt wurde, bevor eine Welle von Übelkeit folgte.

Stöhnend rollte er auf die Seite und blinzelte gegen die Nadeln des Schmerzes an, die wie Pfeile durch seinen Schädel schossen. Er lag auf einem lakenbezogenen Strohsack, und unter seiner Brust drückte etwas Hartes ... ein Krug. Thorne war vollständig angezogen, sogar den Schwertgürtel trug er noch. »Geht weg.« Sein klebriger Mund schmeckte wie der Bodensatz eines Weinfasses.

Thorne hörte andere Frauenstimmen flüstern, dann packten ihn ein Dutzend Hände und drehten seinen Körper mit dem Gesicht nach oben. Heißer Atem drang an sein Ohr. »Mylord, wacht auf. Ich bin es, Nan.«

»Nan?« stöhnte er. *Nan. Die dicke Nan.* Er mußte im Bordell sein. Diese Erkenntnis vergrößerte seinen Katzenjammer noch. »Laßt mich in Ruhe.«

»Euch in Ruhe lassen?« fragte Nan. »Nachdem Ihr mir gestern abend soviel Freude bereitet habt? Die Mädchen sagten immer, Ihr seid der beste, ein richtiger Hengst, aber ich wußte nichts davon, bis ...«

»Was?« murmelte er und blinzelte in die Mittagssonne, die durch das kleine Fenster neben seinem Strohsack hereinfiel. Thorne lag in einer der kleinen schmuddeligen Kammern oben im Bordell. Die dicke Nan und eine Reihe nur dürftig bekleideter Huren beugten sich über ihn.

Nan wandte sich an ihre Mädchen. »Das hat ihn geweckt!« Anerkennend lachten die Mädchen, und Thorne beruhigte sich, als ihm dämmerte, daß er am vorangegangenen Abend doch nicht das Bett mit der dicken Nan geteilt hatte. Langsam richtete er sich auf und verzog vor Kopfschmerzen das Gesicht. Er betrachtete die Mädchen der Reihe nach und überlegte angestrengt, mit welcher er ...

»Es waren drei, Mylord, Ihr habt sie hintereinander genommen«, berichtete Nan. Die Mädchen sahen kichernd zu Thorne, der nicht sicher war, ob er über diese Heldentat stolz oder beschämt sein sollte. »›Laßt eine nach der anderen kommen‹, habt Ihr gesagt. Ihr wart bei der vierten ...« Nan stieß gegen den beinahe vollen Branntweinkrug neben ihm, der von der Matratze rollte, »aber ein weiterer Schluck hiervon, und Ihr rührtet Euch nicht mehr.«

Bei dem schallenden Gelächter der Huren pochte der Kopf des Sachsen vor Schmerz. »Wollt Ihr sagen, daß ich nur ...«

»Ihr erinnert Euch nicht mehr?« fragte Nan. »Kein Wunder. Gestern nachmittag seid Ihr hier aufgetaucht, verdrießlich wie ein Bär, und habt einen Krug Branntwein nach dem anderen bestellt. Ihr habt Euch sinnlos betrunken, kamt wieder zu Euch, trankt noch mehr, dann schlieft Ihr wieder ein. So ging es die ganze Zeit.«

Die sommersprossige Tilda rollte sich auf der Matratze zusammen und legte den Kopf in seinen Schoß. »Wie ein Baby an der Mutterbrust«, sagte sie versonnen. »Es war wirklich süß.«

Wieder stieg die Übelkeit in Thorne auf. Er schluckte sie herunter und fragte sich, ob Tilda ihn immer noch süß fände, wenn er die drei Krüge Branntwein auf sie erbräche.

»Sieben von uns waren nötig, um Euch gestern abend nach oben zu schleppen«, sagte Nan. »Ich hätte Euch noch länger schlafen lassen, aber eben ist jemand gekommen, der nach Euch fragte. Eine Frau.«

Die Mädchen pfiffen und gurrten. »Nun kommen sie schon und besuchen ihn im Bordell! Das muß Liebe sein.«

Martine? Hier? Jesus, nein. Tildas Hilfe abschüttelnd, kam er mühsam auf die Füße, fuhr über seine harten Bartstoppeln und versuchte, mit der anderen Hand sein Haar zu kämmen, wobei ihm Martines Ärmel an seiner verletzten Hand hinderlich war. Die Huren machten ihm Platz, und während Thorne die Treppe hinunterstolperte, überlegte er, was er ihr sagen sollte ... warum war sie gekommen, ausgerechnet hierher ... warum mußte sie ihn in diesem Zustand sehen ...

Thorne hielt verblüfft inne, als er die kleine rothaarige Frau in der Tür stehen sah. »Felda!«

Mit einem Schritt war sie bei ihm und schlug hart in sein Gesicht. »Mistkerl!« In ihren Augen standen Tränen. »Ihr habt sie allein gelassen, um in dieses ... in dieses ...«

»Er hat nur getrunken«, sagte Nan von der Treppe. »Und jetzt hat er einen teuflischen Kater. Warum zeigt Ihr ihm also nicht etwas ...«

»Gut!« spie Felda aus. »Ich bin froh, daß auch Ihr leidet. Ihr habt sie allein gelassen. Allein!« Sie trommelte mit den Fäusten gegen Thornes Brust, aber er packte sie und schüttelte Felda.

»Was ist passiert?« Felda schluchzte zu sehr, um sprechen zu können. »Antwortet mir! Ist etwas mit Martine geschehen?« Felda nickte. »Was? Sagt es mir endlich!«

Nan drückte Thornes Schulter und reichte Felda einen Becher, den sie leerte. Sofort wurde sie ruhiger und redete los.

»Es war Clare«, stieß sie hervor. »Diese niederträchtige Person. Ich wußte, daß etwas mit ihr nicht stimmte. Sie war ihm die ganze Zeit ergeben, diese kleine verlogene Schlampe. Bald nachdem Ihr gestern weggeritten wart, verschwand sie. Ich dachte mir nichts dabei, aber sie muß nach Harford ...«

»Wovon redet Ihr?« fragte Thorne. »Was ist geschehen?«

»Mylady ... sie ist fort. Mitten in der Nacht sind sie gekommen, Bernards Männer, um sie zu holen. Sie schleppten sie im Nachtgewand nach draußen und warfen sie in einen geschlossenen Karren. Auf ihrem Gesicht war Blut, und sie hatten sie gefesselt und geknebelt.«

»Was? Jesus!«

»Sie hat mir aufgetragen, hierher zu kommen, um Euch zu suchen.«

»O Gott«, stöhnte Thorne und sank auf die Knie, um seinen Magen zu halten. Jemand hielt ihm eine Schüssel hin. Er packte sie mit beiden Händen und entleerte sich. Fürsorgliche Hände nahmen die Schüssel wieder weg und wischten seinen Mund mit einem feuchten Tuch. Als Thorne auf die Füße kam, wühlte er in seiner Börse, drückte einige Münzen in Nans offene Hand und torkelte aus dem Bordell in die grelle Mittagssonne. Felda folgte ihm auf dem Fuß. »Ich muß sofort nach Harford. Dafür brauche ich ein paar Männer und ...«

Felda faßte ihn am Arm. »Nein! Sie ist nicht in Harford. Ich hörte einige von Bernards Männern darüber reden. Sie wollten sie hierher bringen, nach Hastings. Bis zur Verhandlung soll sie in Battle Abbey festgehalten werden.«

»Bis zur Verhandlung?« fragte Thorne und kannte die Antwort, bevor seine Worte ausgesprochen waren. Natürlich. So fügte sich alles zusammen. Er hätte es wissen müssen.

»Ketzerei«, sagte Felda. »Bernard hat sie denunziert. Es heißt, der Bischof werde ein Exempel mit ihr statuieren. Sie sagen ... O Gott, Thorne. Sie soll auf einen Scheiterhaufen gebunden und bei lebendigem Leib verbrannt werden.«

»Ich war in Battle Abbey, um sie zu sehen«, berichtete Thorne am gleichen Abend Matthew. »Aber sie ließen mich nicht hinein.«

»Natürlich nicht«, sagte der Prior gelassen. Er wirkte unerschütterlich ... wie Rainulf, der auch ein Mensch des Geistes war. »Ihr werdet sie wochenlang nicht sehen können, nicht vor der Verhandlung. Bitte, setzt Euch doch«, drängte er zum dritten Mal und wies auf den Stuhl, der ihm gegenüber vor dem kleinen Tisch in der Halle des Vorsteherhauses stand.

Thorne schüttelte den Kopf und schritt weiter umher. Er spürte noch immer die unangenehmen Nachwirkungen des Branntweins, und die Bewegung schien zu helfen. »Könnt Ihr Euch vorstellen, wie ihr jetzt zumute ist? Was mag sie denken? Sie drohen, Martine zu verbrennen, um Himmels willen. Gibt es dafür überhaupt eine Rechtsgrundlage?«

»In Frankreich und Italien verbrennen sie seit über einem Jahrhundert Ketzer. Und nicht nur das. Ihr Eigentum wird eingezogen, oft zugunsten ihrer Ankläger. Das macht die Anklage wegen ketzerischer Hexerei so gefährlich und anfällig für Mißbrauch. Wer weiß, wie viele unschuldige Leben zerstört würden, bekämen Männer wie Vater Simon, geistliche Schoßhunde gieriger Ungeheuer vom Schlage Bernards, freie Hand für solche Prozesse.«

Thorne hielt mit dem Umherwandern inne und beugte sich über den Tisch. »Das einzige unschuldige Leben, an dem mir im Augenblick etwas liegt, ist Martines. Wir müssen uns eine Vorgehensweise für das Verfahren überlegen. Ich werde nicht zulassen, daß sie schuldig gesprochen wird.«

»Sie haben sie bereits für schuldig erklärt«, sagte der Prior düster. »Wir müssen beweisen, daß sie unschuldig ist.«

Thorne zog einen Stuhl heran und setzte sich rittlings darauf. »So funktioniert kein Verfahren. Bei meinen Rechtsversammlungen ...«

»Eure Rechtsversammlungen«, erklärte Matthew geduldig, »folgen der alten angelsächsischen Tradition, wonach die Unschuld des Angeklagten angenommen wird, bis seine Schuld bewiesen ist. Das ist nicht die Vorgehensweise von kirchlichen Gerichtshöfen. Sie gehen davon aus, daß Lady Martine schuldig ist, und danach richtet sich das Verfahren.«

Gebrochen stöhnte Thorne auf. »Und die Normannen behaupten, sie hätten die Zivilisation nach England gebracht«, murmelte er.

Bruder Matthew schlug mit dem gefalteten Pergament auf den Tisch. Seine ebenholzfarbenen Augen, die gewöhnlich durchdringend blickten, waren ins Leere gerichtet. »Die schwerwiegendste Anklage ist, daß sie Impotenz verursacht habe. Und da angenommen wird, daß sie im Dienste Satans gehandelt hat ...« Matthew schüttelte den Kopf. »Das ist ein ziemlich neuer Begriff, ketzerische Hexerei. Es gibt nur wenige Verfahren, die zum Vergleich herangezogen werden können, was bedeutet, daß kaum Richtlinien vorhanden sind.«

»Ist das gut oder schlecht?«

Matthew verzog das Gesicht. »Wahrscheinlich schlecht. Bischof Lambert wird sie bei Bedarf im Laufe des Verfahrens selbst aufstellen können, und das gibt ihm und nicht uns einen Vorteil.«

Thorne war, als würden sich die Wände um ihn schließen. »Welchen Vorteil? Was ist für ihn dabei zu gewinnen?«

»Wenn Martine ... wenn sie nicht ihre Unschuld beweisen kann und ...«

»Verbrannt wird«, ergänzte Thorne knapp.

Matthew nickte. »Ihre Besitzungen werden eingezogen. Der Großteil wird von Olivier nach eigenem Gutdünken verteilt, und ich zweifle nicht daran, daß Bernard sie erhält. Er und Olivier standen sich schon immer nahe, und für Bernard spricht, daß sich die Ländereien seit beinahe einem Jahrhundert in seinem Familienbesitz befanden. Wenn er etwas wirklich haben will, kann Bernard sehr überzeugend sein. Einen kleineren Teil, ein oder zwei Pachtgüter, wird der Bischof erhalten. Soviel ich weiß, wird er selbst und nicht die Kirche der Empfänger der Einkünfte sein. Folglich liegt es in seinem Interesse, daß die Anklage gegen Martine aufrechterhalten bleibt. Ich bezweifle, ob sie ohne seine Habgier überhaupt vor Gericht stünde. Offiziell kennt das kanonische Recht den Tatbestand der ketzerischen Hexerei nicht, obwohl über diesen Punkt immer häufiger hinweggesehen wird.«

»Ihr klingt, als wäre es hoffnungslos«, sagte Thorne bedrückt. »Wollte Ihr mir das sagen?«

Matthew antwortete nicht gleich. Thorne fühlte sich, als müßte er ersticken und stand auf, um zum Fenster zu gehen. Dort lehnte er sich an den Sims und starrte in den endlosen Nachthimmel. »Ich hätte nie nach Hastings reiten dürfen. Daß er etwas im Schilde führt, hätte ich wissen müssen. Wäre ich dageblieben, wäre das alles nicht geschehen.«

Matthew trat hinter ihn und legte eine Hand auf Thornes Schulter. »Quält Euch nicht«, sagte er ruhig. »Das wird Euch nur schwächen. Ihr braucht jetzt Eure ganze Kraft. Reitet heim und betet. Bereitet Eure Seele auf das Schlimmste vor.«

»Wenn Martine ...« Die Verzweiflung schnürte Thornes Kehle zusammen, und er konnte kaum sprechen. »Wenn Martine von mir genommen wird«, brachte er heiser heraus, »habe ich keine Seele mehr. Dann bin ich leer.«

Matthew berührte seinen Rücken. »Ich weiß, wie sehr Ihr sie liebt.«

Sofort schüttelte Thorne den Kopf. »Nein, ich hätte sie lieben sollen, aber ich habe es mir nicht erlaubt. Ich konnte es einfach nicht zulassen.«

»Zulassen? Thorne, Liebe schert sich nicht darum, ob Ihr sie zulaßt oder nicht. Sie ist etwas, über das nicht einmal Ihr Macht besitzt. Vom ersten Augenblick an, als ich Martine und Euch im letzten Sommer sah, wußte ich, daß Ihr Euch liebt. Ich sah es an jedem Wort, das Ihr spracht, jedem scheuen Blick, jeder tastenden Berührung. Ich spürte eine Kraft, eine Macht, die Euch unwiderstehlich miteinander verband.«

Thorne schloß die Augen und sah das Band des Schicksals, das sich um sie beide geschlungen hatte, als sie eng umfaßt im kalten, reinigenden Wasser des Blackburn River standen. Er hob seine Hand, die noch immer in Martines Hemdsärmel gewickelt war, und atmete den Duft ein, die Kräuteröle, in denen sie badete, den honigsüßen Duft ihrer Haut, die Sonne auf ihrem Haar ... »Süßer Waldmeister und Lavendel«, murmelte er.

Von der Kirche klang Gesang zu ihnen. »Ich muß zu den Brüdern«, sagte Matthew. »Geht nach Hause und betet.«

Allein zurückgeblieben, starrte Thorne blicklos ins Dunkle, während die beruhigenden Klänge des Abendschlußgebets in seine Seele drangen. Ja, er würde nach Hause gehen und beten. Die ganze Nacht würde er in der Kapelle auf den Knien liegen, wie er es zur Vorbereitung auf seinen Ritterschlag getan hatte. Nur betete er dieses Mal nicht für die Kraft, ein tapferer Kämpfer zu sein, sondern um Gottes Führung zu erhalten. Er würde Gott anflehen und bitten, ihm einen Weg zu zeigen, Martine zu retten. Sie durfte nicht sterben. Das konnte Thorne nicht zulassen. Sie war ein Teil von ihm geworden, als wäre sie sein Blut. Ihre Seelen waren verbunden. Er liebte sie.

Erstaunt lachte Thorne auf. *Es stimmte! Er liebte sie!* Er hatte sie immer geliebt, und so würde es sein bis in alle Ewigkeit. Was für ein Narr war er gewesen, dagegen zu kämpfen, die unabweisbare Kraft zu leugnen, die so furchterregend und doch so befreiend war. Er liebte Martine!

Die Beklemmung stieg ihm in den Kopf, und er wollte weinen. Tief einatmend, drängte Thorne die Tränen zurück. »Ich werde sie retten«, flüsterte er. »Gott wird mir einen Weg zeigen.«

Bei Tagesanbruch wußte Thorne, was er zu tun hatte. Er erhob sich unter Schmerzen vom Steinboden der Kapelle, schleppte sich die Treppe zum Burghof hinunter und rief einen Stallburschen. »Sattle mein Pferd, Junge, und bring es her. Und pack mir etwas zu essen und zu trinken ein. Ich habe heute einen langen Ritt vor mir.«

Es war vorgerückter Nachmittag, als er im Hof von Burg Harford vom Pferd stieg. Boyce begrüßte Thorne mit gezogenem Schwert und einem halb entschuldigenden Schulterzucken. Ohne die Aufforderung abzuwarten, reichte ihm Thorne den Schwertgürtel und seinen Dolch. »Bring mich zu dem Hundesohn«, sagte er.

Boyce führte ihn in die große Halle und befahl ihm zu warten, während er Bernard holte. »Thorne! Thorne!« kreischte Ailith und kletterte von Genevas Schoß, um zu ihm zu rennen. Der Sachse hob sie hoch in die Luft und umarmte die Kleine, bevor er sich von ihr an der Hand zu ihrer Mutter und ihrem Großvater führen ließ, die in der Nähe des Feuers an einem Tisch saßen.

»Mylady.« Geneva nickte. »Sir.« Godfrey gab keine Antwort. Als Thorne nähertrat, sah er, daß der alte Mann völlig reglos und mit Kissen abgestützt in seinem Sessel saß. Sein Kopf fiel nach hinten, und im ersten Augenblick fragte Thorne sich, warum Godfrey ärgerlich die Stirn runzelte. Doch es war nur eine Gesichtshälfte verzerrt oder hing eher schlaff herunter. Die andere Hälfte wirkte beinahe normal. Das einzig Lebendige an ihm waren seine glitzernden blauen Augen. Sie wirkten wach, aber unendlich traurig.

»Was fehlt ihm?« fragte Thorne Geneva.

Kopfschüttelnd löffelte sie etwas Porridge aus einer Schale auf dem Tisch und schob es sorgsam ihrem Vater in den Mund. »So geht es ihm seit einer Woche. Er wurde zweimal zur Ader gelassen, ohne daß es etwas half.«

»Armer Großvater«, sagte Ailith und legte schützend ihre kleinen Arme um ihn. »Bitte, werde bald wieder gesund.« Godfreys Augen blickten seine Enkelin hilflos an.

»Das reicht, daß sich einem der Magen umdreht, wie?« knurrte Bernard hinter ihnen. Thorne fuhr herum, die Hand automatisch zum Schwert führend, das er abgeliefert hatte. Geneva schickte Ailith aus der Halle, und das Kind hüpfte arglos davon.

Bernard wurde von mehreren Männern begleitet. »Durchsucht ihn«, befahl er Boyce.

»Er hat mir bereits sein ...«

»Durchsucht ihn trotzdem. Überprüft seine Stiefel. Diese sächsischen Hunde sind heimtückisch.«

Thorne erlaubte Boyce, ihn abzutasten. Dann stieg er selbst aus den Stiefeln und kippte sie um zum Beweis, daß er keinen Dolch darin versteckt hielt. Tatsächlich hatte er kurz daran gedacht, Bernards Kehle aufzuschlitzen. Das war für einen Moment eine verlockende Vorstellung gewesen, bis Thorne klar geworden war, daß er Martine damit nicht geholfen hätte. Die Anschuldigung der Ketzerei war mittlerweile eine öffentliche Angelegenheit geworden, und Bernards Tod würde den Vorwurf nicht aus der Welt schaffen. Im Gegenteil: Wenn Thorne Martines Ankläger tötete, lieferte er noch mehr Gründe gegen ihre Unschuld.

Bernard nahm am Tisch Platz. »Magd!« brüllte er. »Bring Branntwein!«

Aus einer dunklen Ecke huschte Lady Clare herbei und stellte ihrem Herrn einen irdenen Krug und einen Becher hin, bevor dieser sie unsanft auf seinen Schoß zog. Clare wandte den Blick von Thorne ab, doch Bernard packte ihr

Kinn und zwang sie, den Sachsen anzusehen. »Eine Schönheit ist sie nicht, aber hin und wieder kommt sie mir sehr gelegen.« Er schloß die Hand um eine ihrer kleinen Brüste und drückte so fest zu, daß Clare zusammenzuckte. »Schon außergewöhnlich. Sie tut alles, was man auch von ihr verlangt. Und ihre Duldsamkeit kennt keine Grenzen.« Er biß in ihr Ohrläppchen, und Clare traten die Tränen in die Augen. »Stimmt's, mein anspruchsloses kleines Häschen?«

»Ja, Sir«, flüsterte sie und senkte den Blick.

Bernard richtete seine Reptilienaugen auf Thorne. »Aber ihre besondere Ergebenheit mir gegenüber kennt Ihr ja bereits, nicht wahr?«

»Recht gut«, erwiderte Thorne knapp.

Bernard lächelte kalt. Dann stieß er Clare so heftig vom Schoß, daß sie stolperte und hinfiel. »Sie behauptet, sie würde mich lieben«, sagte er. »Habt Ihr jemals so etwas Lächerliches gehört?«

»Nein.«

Als Bernard nach dem Krug griff, erlosch sein Lächeln. »Warum seid Ihr gekommen, Waldbauer? Oder sollte ich jetzt Lord Waldbauer zu Euch sagen?«

Thorne antwortete ihm so kalt, wie er konnte. »Ich bin bereit, Euch Blackburn zu geben.«

Geneva atmete hörbar ein. Alle Augen, sogar die von Godfrey, richteten sich auf den Sachsen. Mit zusammengekniffenen Lider betrachtete Bernard ihn über den Rand seines Bechers, bevor er den Inhalt rasch hinunterstürzte. »Als Gegenleistung, falls ich meine Denunziation dieser Schlampe, Eurer Gemahlin, zurückziehe, nehme ich an … und die Truppen von Mutter Kirche zurückrufe.«

Thornes Hände ballten sich zu Fäusten. »Ja.«

Sich zurücklehnend, grinste Bernard. »Das ist ein wertloses Angebot, wie Ihr selbst wißt. Ihr haltet Blackburn als Lehen von Lord Olivier und könnt die Baronie nicht an jeden Beliebigen geben.«

»Aber ich kann sie verlassen«, sagte Thorne. »Ich kann mich einfach auf mein Pferd setzen und nie zurückkehren. Da ich keine Erben habe, wird Blackburn wieder Olivier gehören, und er kann frei darüber verfügen. Ihr solltet keine Schwierigkeiten haben, ihn zu überzeugen, Euch das Lehen zu geben. Wie ich annehme, ist er der einzige Mensch in England, der Euch tatsächlich mag.« Ohne Bernards höhnisches Lachen zu beachten, sprach Thorne weiter. »Ich biete Euch eine weit größere Belohnung, als Ihr für Martines Hinrichtung wegen Ketzerei zu erwarten hättet. Eine der reichsten Baronien in Sussex statt ein paar verstreuter Pachthöfe.«

»Und was ist, wenn ich beides will ... Blackburn und die anderen Ländereien?« fragte Bernard.

»Ihr habt sie bereits«, sagte Thorne. »Ihr bekommt alles. Sorgt dafür, daß Martine freigelassen wird, und ich schwöre vor Gott und allen Heiligen, daß wir unseren Besitz verlassen und niemals versuchen werden, ihn zurückzugewinnen. Wir gehen nach Frankreich, und Ihr werdet uns nie wiedersehen.«

»Ich bekomme alles ...« überlegte Bernard. »Und was habt Ihr davon? Ich kann nicht erkennen, was dieser Vorschlag Euch einbringt. Das macht mich mißtrauisch.«

»Er hat Martine«, sagte Geneva und lächelte Thorne an. Er sah ihr Lächeln zum ersten Mal und staunte, wie sich ihr Gesicht verwandelte. Plötzlich erkannte er die schöne junge Frau in ihr, die sie einmal gewesen war.

Bernard schmunzelte niederträchtig. »Schwester, du kennst Thorne Falconer nicht so gut, wie ich ihn kenne. In seinem Leben gibt es für Liebe keinen Platz.« Er sprach mit Geneva, als wäre Thorne nicht im Raum. »Das ist einer der wenigen Gründe, aus denen ich diesen Mann bewundere. Nein, er führt etwas anderes im Schilde. So landhungrig, wie er immer war, würde er Blackburn niemals aufgeben, nur um dieses zanksüchtige Weib vor dem Scheiterhaufen zu bewahren. Zuerst lockt er mich, sie freizulassen, und dann folgt sein doppeltes Spiel.«

»Es wird kein doppeltes Spiel geben«, versprach Thorne. »Hinter meinem Angebot sind keine betrügerischen Motive verborgen. Eure Schwester hat recht. Was ich tue, geschieht allein, damit Martine am Leben bleibt.«

Bernard schüttelte den Kopf. »Ihr habt mich schon einmal

betrogen, Sachse. Das liegt in der Art von Euresgleichen. Ihr habt oft genug gesagt, daß Liebe eine ›Falle‹ für die Schwachen sei, und wenn Ihr eines nicht wäret, dann schwach. Elende Kreaturen wie diese da in der Ecke« — er nickte zu der zusammengekauerten Clare — »fallen der Illusion romantischer Liebe zum Opfer, um sich zu versklaven und zu erniedrigen, aber nicht Ihr. Und das wißt Ihr ebensogut wie ich.«

»Die Art der Liebe, die ich für meine Gemahlin empfinde«, sagte Thorne langsam, »habt Ihr nie erfahren und könnt dies auch für die Zukunft nicht erhoffen. Eine animalische Kreatur wie Ihr würde sie nicht einmal verstehen. Diese Liebe ist auch demütigend, aber auf die gleiche Weise, wie das Knien in einer Kathedrale demütigend ist. Man fühlt sich wie ein kleiner Teil von etwas Großem, unfaßbar Erhabenem. Das ist es, was den Menschen vom Tier unterscheidet. Und deshalb seid Ihr dazu nicht fähig. Ich dachte auch einmal, daß ich nicht lieben könnte, aber Gott sei Dank war das ein Irrtum.«

»Welch hübsche Rede«, bemerkte Bernard gedehnt und lehnte sich lässig zurück. »Aber warum verschwendet Ihr diese hochfliegenden Gedanken an mich, wenn ich zu ungebildet bin, sie zu verstehen?«

Thorne trat zum Tisch und beugte sich zu Bernard, ohne auf Boyce zu achten, der ihn mit der Schwertspitze genau zwischen den Schulterblättern antippte. »Um Euch zu überzeugen, daß ich kein doppeltes Spiel treibe und meine Motive aufrichtig sind. Ich liebe Martine aus ganzem Herzen, und das ist der einzige Grund, weshalb ich will, daß Ihr sie freigebt. Ich schwöre Euch meinen heiligsten Eid auf alles, was Ihr wollt. Zieht Eure Denunziation zurück, und was mir gehört, wird Euer sein.«

»Ihr liebt sie so sehr?«

Thorne richtete sich langsam auf, und Boyce zog sein Schwert zurück. »Ja, das tue ich.«

»Ich würde sagen, sie hat Euch verhext.«

»Das würdet Ihr nur sagen, wenn Ihr daran glaubtet, aber Ihr wißt so gut wie ich, daß sie keine Hexe ist. So dumm seid Ihr nicht, um an Eure eigenen Anschuldigungen zu glauben.«

»Nein, das bin ich nicht. Und ich bin auch nicht dumm genug, um eine Gelegenheit verstreichen zu lassen, Blackburn zu bekommen.«

Gott sei Dank. »Dann nehmt Ihr mein Angebot an?«

Bernard lächelte verhalten. »Nein. Aber es war höchst unterhaltsam, es von Euch zu hören. Vor allem die entzückende Passage über Eure Gefühle, ein kleiner Teil von etwas Großem und ...«

»Aber Ihr sagtet, Ihr würdet die Gelegenheit nicht verstreichen lassen, um ...«

»Waldbauer«, knurrte Bernard und neigte sich vor. »Ich brauche Euch oder Euer hochherziges Angebot nicht, um Blackburn zu bekommen, ebensowenig wie ich Eure Erlaubnis benötige, mir die Ländereien zurückzuholen, die von Anfang an von Rechts wegen mir gehörten. Ihr werdet Blackburn verlassen, aber nicht als Gegenleistung für die Freiheit Eurer Gemahlin, sondern weil Ihr keine andere Wahl habt. Denn wenn Ihr bis zum Prozeßende noch in England seid, verspreche ich Euch, daß auch Ihr wegen Ketzerei verhaftet werdet ...«

»Ich? Das ist absurd.«

»Es ist alles absurd«, entgegnete Bernard lachend. »Fantastisch absurd und lächerlich einfach. Wenn ich Euch denunziere, steht Ihr vor Gericht und müßt Eure Unschuld beweisen. Das könnte ziemlich schwierig werden. Ihr kritisiert die Kirche, ihr besucht selten die Messe, ihr lest heidnische Schriften ... Mit großer Wahrscheinlichkeit werdet Ihr zum Ketzer erklärt, und dann bindet man Euch auf einen Scheiterhaufen und röstet Euch bei lebendigem Leib. Könnt Ihr Euch die Qualen vorstellen? Eure Lady Martine könnt Ihr nicht retten, aber immer noch das eigene Leben.«

»Falls ich England unverzüglich verlasse«, sagte Thorne, und Bernard nickte. »Sehr klug ausgedacht, das muß ich zugeben. Wenn ich gehe, störe ich Euch nicht mit meiner Einmischung in den Prozeß, und muß Blackburn aufgeben. Dann könnt Ihr Olivier überreden, Euch die Burg zu überlassen. Wenn ich bleibe, sorgt Ihr dafür, daß ich auf dem Scheiterhaufen ende, und Ihr bekommt Blackburn ebenfalls.«

»Für Euch gibt es nur eine vernünftige Wahl.«

»Liebe hat sehr wenig mit Vernunft zu tun«, sagte Thorne. Bernard rollte mit den Augen. »Warum tut Ihr das?« wollte Thorne wissen. »Ihr wißt, daß Ihr Blackburn bekommt, auch wenn Ihr Martine freigebt. Warum dann der Prozeß? Warum soll sie sterben?«

Der Stuhl kippte hinter Bernard weg, als er aufstand. »Um das reine, unverfälschte Vergnügen zu haben zu sehen, wie sie sich in Qualen windet, während die Flammen das Fleisch von ihren Knochen nagen!«

Thorne stieß sich vom Tisch ab und sprang auf Bernard los, doch Boyce und zwei andere Männer packten ihn und hielten ihn zurück.

Bernard lachte hysterisch. »Weil es mich erregt, sie schreien, betteln und wehklagen zu hören. Darum tue ich es, Waldbauer.«

Von drei kräftigen Männern gehalten, versuchte Thorne, die muskulösen Arme abzuschütteln.

»Sie hat einen Narren aus mir gemacht!« schrie Bernard, um mit ruhigerer Stimme weiterzusprechen. »Und Ihr auch. Aber wie Ihr seht, bin ich nicht so leicht zum Besten zu halten. Ich hoffe, Ihr verlaßt England nicht, denn ich will auch Euch brennen sehen. Unter Menschen ist keine größere Qual bekannt. Und auch keine, die faszinierender für die Zuschauer wäre.« Bernard wandte sich zur Treppe. »Bringt ihn raus«, befahl er Boyce. »Und gebt ihm seine Waffen nicht eher zurück, als bis er die Zugbrücke überquert hat.«

24.

»Es ist Zeit, Mylady«, sagte der Wärter an der Tür der kleinen fensterlosen Kammer.

»Noch einen Moment, bitte.« Martine flocht ihren Zopf

fertig und sicherte ihn mit einem Band, bevor sie die weiße Leinenhaube überstreifte, die man ihr gegeben hatte, und deren Bänder sie offen ließ. Sie glättete das sackähnliche graue Gewand und bemerkte, wie das Kleidungsstück über ihrer abgemagerten Gestalt hing, Folge der Kargheit der einzigen täglichen Mahlzeit — etwas braunes Brot —, die sie während des vergangenen Monats ihrer Gefangenschaft erhalten hatte. Martine wußte, daß seit ihrer Verhaftung ein Monat vergangen war, da die Wachen ihr das Datum sagten, wann immer sie danach fragte, und heute war der 2. Juni, der erste Tag ihres Prozesses.

Die Kleider, die sie tragen mußte, glichen denen der Mädchen in Sankt Theresa, eine strenge Tracht, die sie wie eine Novizin aussehen ließ. Das war gut. Ihr Äußeres würde den Eindruck der Frömmigkeit noch verstärken, den sie zu erwecken hoffte. Zu früheren Zeiten wäre dies eine schamlose Vorspiegelung falscher Tatsachen gewesen, doch mittlerweile hielt Martine sich beinahe selbst für fromm. Im Laufe dieses endlosen, qualvollen Monats, in dem sie ununterbrochen verhört worden war, man ihr die Nahrung und den Schlaf entzogen und nicht nur mit den Flammen der Hölle, sondern auch mit denen des Scheiterhaufens gedroht hatte, war eine Veränderung in ihr vorgegangen. Sie hatte zu beten gelernt. Früher hatte sie zum Schein gebetet, weil andere zusahen oder ein Gebet von ihr erwartet wurde, doch jetzt bot sie allen Glauben ihres Herzens auf, so unzulänglich er sein mochte, und bat Gott, ihr den Weg zu zeigen, der sie retten würde.

»Ist das nötig?« fragte sie den Wächter, der ihre Hände vorn zusammenband.

»Ein Befehl, Mylady«, entgegnete er und führte sie hinaus. Zum ersten Mal seit ihrer Gefangennahme verließ sie die Kammer. Mit drei anderen Männern als zusätzliche Bewachung wurde sie durch die dunklen gemauerten Gänge von Battle Abbey zu dem Raum gebracht, in dem ihr Prozeß stattfand.

Es war ein großer Saal mit einem Dutzend bewaffneter Wachen, die in Bereitschaft standen. Auf den Zuschauerbänken saß eine gewaltige Menschenmenge, und alle Augen waren auf Martine gerichtet. Dann erkannte sie nichts mehr, denn sie mußte vor dem hell durch die Fenster hereinströmenden Licht der Morgensonne die Lider zusammenkneifen, vor der Sonne, die sie in ihrer Zelle schmerzlich vermißt hatte und nun nicht ertrug.

Ob Thorne hier ist? fragte sie sich, als ihre Bewacher sie nach vorn zogen und auf einen kleinen harten Schemel in der Raummitte drückten.

Der Hocker stand von grellem Licht umflutet, und für einen Moment war Martine blind. Jemand sagte ihren Namen. Sie hob die gefesselten Hände, um ihre Augen zu beschirmen, doch ein anderer befahl barsch: »Nehmt die Hände herunter!« Stimmen schwirrten durcheinander, und die Anklagepunkte, die ihr mittlerweile allzu gut bekannt waren, wurden verlesen. Dann folgten noch mehr Worte, doch Martine nahm sie kaum wahr, während sie darum kämpfte, ihre Augen an das gleißende Licht zu gewöhnen.

Schließlich hatten die Augen sich darauf eingestellt, und Martine konnte ihre Umgebung wahrnehmen. Auf dem Podium, ihr gegenüber, thronte in einem hohen baldachinüberspannten Sessel Bischof Lambert. Die meisten Zuschauer saßen hinter ihr. Der mit roter Seide bezogene Thron des Bischofs war noch prunkvoller als der Thronsessel von Königin Eleonore und paßte im Farbton zu der tiefroten Amtstracht des fettleibigen Kirchenmannes. Als er sprach, hob er die dicken juwelengeschmückten Hände, die bei jeder Bewegung glitzerten und funkelten. Über ihm hing ein überladenes, vergoldetes Kruzifix. Zu seiner Rechten schärfte ein Schreiber seine Feder an einem kleinen Schreibpult, das den Tischen im Skriptorium von Sankt Dunstan ähnelte. Links von ihm, auf einer langen Bank, saß eine Reihe schwarzgekleideter Priester, die große Ähnlichkeit mit auf einem Ast versammelten Krähen hatten.

Einer von ihnen erhob sich und trat auf Martine zu. Es war Vater Simon. »Lady Falconer ...«

»Vater Simon.«

»Mylady Baronin«, sprach der Bischof gewichtig. »Ihr habt

nur auf direkte Fragen zu antworten, in einfacher Form und ohne Umschweife. Ansonsten ist Euch das Sprechen untersagt. Habt Ihr mich verstanden?«

»Ja, Mylord Bischof.« Wenn Unterwürfigkeit verlangt wurde, damit sie dem Scheiterhaufen entging, würde Martine ihren Stolz herunterschlucken und sich beugen. Ihre Sinne waren hellwach. Sie mußte alles richtig machen und nichts Falsches sagen, um den Bischof von ihrer Unschuld zu überzeugen.

Bischof Lambert nickte dem Schreiber zu, der seine Feder in die Tinte tauchte. Dann nickte er in die Richtung des Priesters. »Ihr könnt nun fortfahren, Vater.«

»Mylady«, sagte Vater Simon. »Wann empfingt Ihr Euren dämonischen Begleiter, der oft die Gestalt einer Katze annimmt?« Unter den Zuschauern erhob sich ein Murmeln, bis der Bischof die Hand hob und Schweigen gebot. Den Kopf über sein Pergament geneigt, kratze der Schreiber eifrig.

Martine blickte verständnislos. »Meinen ... was?«

Simon preßte die Lippen zusammen. »Ich glaube, Ihr habt mich gehört. Wann habt Ihr die Kreatur bekommen, die Ihr Loki nennt?«

»Ich ... vor drei Jahren.«

»Und welche Gestalt nahm Euer Gebieter an, als er Euch diesen Begleiter gab?«

Martine holte tief Luft und wählte sorgfältig ihre Worte. »Ein Mann namens Beal gab mir Loki. Er war Stallbursche in Sankt Theresa.«

Simon wandte sich an den Schreiber. »Notiert, daß dieser Loki ein kleiner, seine Gestalt wechselnder Dämon ist.« Der Schreiber nickte und kratzte mit der Feder auf dem Pergament. »Er wurde ihr von Ihrem Gebieter in der Gestalt eines Mannes vor drei Jahren im Kloster Sankt Theresa bei Bordeaux übergeben. ›Beal‹ ist höchstwahrscheinlich eine Kurzform von ›Beelzebub‹.«

»Oh, um Gottes willen«, sagte jemand hinter Martine.

Thorne! Sie wandte sich um und sah ihn auf einer Bank an der Wand rechts von ihr neben Bruder Matthew, Felda und Geneva sitzen. Als Thorne aufstehen wollte, hielt Matthew ihn zurück und flüsterte zornig in sein Ohr, denn vier Wächter näherten sich ihnen.

»Lady Falconer, seht nach vorn«, verlangte der Bischof, doch nun blickte Thorne sie direkt an und sprach ihren Namen. Martine konnte die Augen nicht von ihm lassen. »Lord Falconer, wenn Ihr die Verhandlung noch einmal unterbrecht, werdet Ihr aus diesem Raum entfernt. Habt Ihr verstanden?«

Martine sah, wie sich die Züge Ihres Gemahls empört anspannten, doch Matthew griff ihn am Arm und zischte etwas, so daß er sich beherrschte.

»Ja, Mylord Bischof«, erwiderte er steif.

Auf ein Zeichen von Bischof Lambert packte der Bewacher hinter ihr Martine an den Schultern und zwang sie, das Gesicht wieder nach vorn zu wenden. Als ihr Blick über die Bänke an der Wand glitt, entdeckte sie Bernard, der sich lächelnd und mit übereinandergeschlagenen Beinen zurücklehnte. Neben ihm saß Clare.

Der Bischof nickte Vater Simon zu, der ihr bei der Befragung den Rücken zuwandte. »Nimmt Euer Gebieter weiter die Gestalt des Stallburschen an, wenn er Euch beiwohnt, oder verwandelt er sich in ein anderes Wesen?«

»Mir beiwohnt?«

»Antwortet!«

»Wie kann ich auf diese Frage antworten? Ich weißt nicht, wovon Ihr sprecht. Ich habe keinen Gebieter!«

Simon fuhr zu ihr herum. »Ketzerin! Wir alle haben einen Gebieter, und sein Name ist Gott, der Allmächtige! Wie könnt Ihr es wagen, seine Autorität derart dreist anzuzweifeln!«

»Das habe ich nicht getan!«

»Eben habt Ihr es getan.«

»Nein, Ihr verwirrt mich!«

»Schweigt!« befahl Bischof Lambert. »Lady Falconer, Ihr werdet in diesem Verfahren mit uns zusammenarbeiten, oder wir bringen Euch unverzüglich auf den Scheiterhaufen. Habt Ihr verstanden?«

Hilflos wandte Martine sich um und sah zu Thorne. Er

wirkte aufgebracht und grimmig. Matthew begegnete ihrem Blick und nickte, als wollte er sie ermutigen, dem Bischof zu antworten.

»J-ja, Mylord Bischof«, murmelte sie. »Ich verstehe.«

Vater Simon sprach weiter. »Lady Falconers Leugnung von Gottes Allmacht ist allgemein bekannt. Wache, bringt die ersten Zeugen herein.«

Es folgte eine Prozession der Hausbediensteten von Burg Harford, die sich vor dem Bischof aufstellten und beschworen, gehört zu haben, daß Martine sich gegen den Tod von Ailith aufgelehnt habe mit den Worten: »Zur Hölle mit Gottes Willen.« Sie bezeugten ebenfalls, daß Martine durch Zauberei das tote Kind wieder zum Leben erweckt habe und Vater Simon von Thorne angegriffen worden sei, als dieser versucht habe, die Gotteslästerung zu verhindern.

Am Mittag unterbrach der Bischof den Prozeß für eine Stunde, und Martine kehrte in ihre Kammer zurück, um eine Mahlzeit aus Brot und mit Wasser verdünntem Bier einzunehmen. Als die Verhandlung weiterging, bestätigte eine Anzahl von Bernards Leuten, daß Edmond offenbar unfähig gewesen sei, die Ehe mit Lady Martine zu vollziehen. Bernard selbst machte eine Aussage über den Krug mit verfälschtem Branntwein, der in der Schlafkammer seines Bruders gefunden worden war. Martine habe nicht nur seinen Bruder vergiftet, behauptete er, sondern auch seine kranke Gemahlin gezwungen, von einem Rotwein zu trinken, in dem man später einen verdächtigen Bodensatz bemerkt habe. Er neigte den Kopf und bekreuzigte sich, als er beschrieb, wie Lady Estrude innerhalb von Augenblicken ohnmächtig geworden sei, nachdem sie den Zaubertrank zu sich genommen habe, und kurze Zeit später sei sie gestorben.

Die letzte Zeugin dieses Nachmittags war Clare.

»Mylady«, begann Vater Simon. »Die Angelegenheiten, die in dieser Befragung zur Sprache kommen müssen, sind von der Natur, daß sie die Empfindsamkeit einer unschuldigen Person, wie Ihr es seid, verletzen können. Es geht nicht nur um die Zuneigung zwischen Ehegatten, sondern den ehelichen Akt selbst. So sehr es uns bekümmert, Euch einer solchen Befragung zu unterziehen, bitten wir um Euer Verständnis, daß wir nur in Gottes Auftrag handeln.«

»Ich verstehe, Vater«, antwortete Clare mit leiser Stimme.

Simon nickte. »Nun gut. Ist Euch während der Zeit, als Ihr Lady Falconer auf Burg Blackburn dientet, irgend etwas an ihrer Ehe aufgefallen, das nicht dem Gewöhnlichen entsprach?«

Eine kunstvolle Pause. »In der Dienerschaft wurde geflüstert. Es hieß, daß zwischen dem Lord und der Lady keine Liebe sei. Sie würden zwar das Bett miteinander teilen, aber Lord Falconer zeige kein Interesse, seine ehelichen Rechte auszuüben.«

»Und was vermutet Ihr, war der Grund?« fragte der Priester.

»Nun, ich ... ich wußte, daß sie eine Hexe ist«, sagte Clare. »Jeder wußte es. Auf Harford ohnehin. Ich nahm an, daß sie etwas getan hat, um ihn von sich fernzuhalten, das gleiche wie mit Sir Edmond, Gott möge seiner Seele Frieden geben.« Sie bekreuzigte sich feierlich, und Vater Simon tat das gleiche.

»Es scheint, als wäre das der Fall«, sagte der Priester. »Danke für Eure Aussage, Mylady.«

In jener Nacht träumte Martine, daß sie wieder zu Hause war. Es war ein sehr lebhafter Traum mit vielen Farben. Sie sah die kleinen Fensterscheiben in ihrer Schlafkammer. Das Glas hatte die Farbe des Meeres, mit kleinen, darin eingeschlossenen Luftbläschen. Durch die Scheiben strömte warmes Sonnenlicht und warf leuchtende Flecken auf die bunten sarazenischen Teppiche am Boden. Unter den weißen Daunendecken auf ihrem Bett sah sie ihren Gemahl schlafen. Er wachte auf und schaute sie an. Seine Augen waren leuchtend blau, und in seinem Blick lag tiefe Sehnsucht. Martine wollte die Hand nach ihm ausstrecken, und dann war er verschwunden.

Thorne! Auf ihrem Lager hochfahrend, erwachte Martine, als sie seinen Namen rief.

Sie war nicht zu Hause, sondern in Battle Abbey gefangen

und stand als Ketzerin vor dem Kirchengericht. Vielleicht sah sie Burg Blackburn niemals wieder. Auch Thorne würde sie vielleicht nie wieder nah genug sein, um ihn zu berühren. Sie erlaubten ihr nicht einmal, mit ihm zu sprechen. Thorne hatte ihr ein Zuhause gegeben, dafür gesorgt, daß es warm und schön war, und er hatte sie beschützt. Es quälte Martine, wenn sie daran dachte, daß sie womöglich keine Gelegenheit mehr bekäme, ihm für alles zu danken und die Dinge zu sagen, die sie längst hätte aussprechen sollen. Für Martine zählte nicht mehr, daß sein leidenschaftliches Streben nach Land alle anderen Gefühle zurückgedrängt hatte und er sie deshalb nicht lieben konnte. Das lag in seiner Natur, und sie hatte kein Recht, ihn dafür zu verurteilen. Er war nicht Jourdain. Das allein zählte. Aber er hatte lange Zeit für Jourdains Sünden büßen müssen.

Martine fühlte die gleiche überwältigende Verzweiflung wie damals, als sie noch ein kleines Mädchen war und Rainulf nachsah, wie er von Sankt Theresa wegritt, das Herz voll mit Worten, die sie nicht aussprechen konnte. Was sie jetzt fühlte, war noch schlimmer, denn die Verzweiflung war von Schuld gefärbt, sich allzu lange hinter ihrem Schmerz verborgen zu haben. Martine hatte eine Festung um ihre Seele gebaut, so dick wie die Mauern von Burg Blackburn und ohne eine Chance für Thorne, sie jemals einreißen zu können.

Sobald die Wachen Martine am zweiten Prozeßtag in den Gerichtssaal geführt hatten, hielt sie Ausschau nach Thorne. Er saß auf dem gleichen Platz wie am Vortag und lächelte ihr zu. Etwas erhellte seine Augen. War es Hoffnung? Oder Ermutigung? Thorne wandte den Kopf nach vorne in den Saal, und Martine folgte seinem Blick. Neben einem Mann, den sie nicht kannte, sah sie Bruder Matthew, der mit dem Bischof verhandelte.

»Aber was hat Mylord Bischof von einer Zeugenaussage dieses Mannes zu befürchten?« fragte der Prior, als Martine sich auf ihren Hocker in der Saalmitte setzte.

Die Ringe an seinen Fingern blitzten, als der Bischof die

Armlehnen seines Throns umgriff. »Habe ich gesagt, daß ich Euren Zeugen fürchte? Eure Mutmaßungen sind höchst spekulativ, Bruder.«

»Dann erlaubt Ihr, daß ich ihn befrage?«

»Nein!« rief Vater Simon und sprang von seiner Bank auf. »Das verstößt gegen die Prozeßordnung! Ich werde so etwas nicht zulassen!«

»Ich verstehe«, sagte Matthew. »Verzeiht mir, Mylord Bischof, aber mir war nicht klar, daß ich meine Sache bei Vater Simon vorzutragen habe.« Unter den Zuschauern wurde Flüstern und Kichern laut. »Ich bin nur ein einfacher Mönch und ahnte nicht, daß die Entscheidungsgewalt in den Händen eines ...«

»Sie liegt bei mir!« brüllte Lambert.

Simon verneigte sich unterwürfig. »Mylord Bischof, ich meinte nur ...«

»Setzt Euch hin, Vater! Und erlaubt Euch nicht noch einmal, meine Autorität in Frage zu stellen. Ich entscheide, ob ich diesen Zeugen hören will.« Er gab Bruder Matthew mit seiner plumpen Hand ein Zeichen. »Fahrt fort. Aber macht es kurz.«

»Ich danke Euch, Mylord Bischof.« Matthew wandte sich an seinen Zeugen. Der Mann war hochgewachsen, hatte graues Haar und trug das dunkle Gewand eines Gelehrten. »Ihr seid John Rankin aus Oxford, Doktor der Medizin, nicht wahr?« fragte er.

»Der bin ich.«

Matthew wandte sich zum Gerichtsschreiber. »Bitte nehmt zu Protokoll, daß Dr. Rankin, Arzt und Lehrender der Heilkünste, seine medizinische Ausbildung in Salerno und Paris erhalten hat und unter seinen Kollegen am *Studium Generale* in Oxford einen ausgezeichneten Ruf genießt. Zu seinen Patienten gehörten König Ludwig von Frankreich und König Heinrich von England sowie viele Mitglieder der beiden Königshäuser.«

Wieder zu Rankin blickend, sprach er weiter. »Meine erste Frage betrifft die Kräutermittel, die Lady Falconer Edmond von Harford und Lady Estrude von Flandern verabreicht hat. Vater Simon behauptet, sie seien ihr vom Satan gegeben worden, damit sie Impotenz und Tod hervorriefen. Lady Martine dagegen bleibt dabei, daß es sich in beiden Fällen nur um ein medizinisches Schlafmittel gehandelt habe. Kennt Ihr ein solches Schlafmittel und seine Zusammensetzung?«

Der Arzt nickte. »Es gibt verschiedene Rezepte für diese Mittel. Im wesentlichen handelt es sich um Mischungen verschiedener Kräuter mit beruhigender Wirkung, und einige davon sind recht stark. In der richtigen Dosierung können sie einen sehr tiefen Schlaf verursachen.«

»Stehen diese Mittel in irgendeiner Weise mit dämonischen, übernatürlichen Kräften im Zusammenhang?«

Rankin schmunzelte. »Nein, Bruder. Es sind gewöhnliche Heilmittel wie alle anderen auch. Die medizinische Fakultät in Paris kennt sie sehr gut. Ich nehme an, daß Lady Martine ihre Kenntnisse dort erworben hat.« Gemurmel erhob sich im Saal, und Vater Simons Gesichtsausdruck wurde düster.

»Eine andere Frage, Master Rankin«, fuhr Matthew fort. »Ist Euch eine Methode bekannt, ein ertrunkenes Kind wiederzubeleben?«

»Nein«, sagte Rankin zu Martines Enttäuschung. »Nicht, wenn das Kind tatsächlich tot ist. Aber wenn das Herz noch schlägt, wie bei dem hier verhandelten Fall, und das Mädchen noch nicht tot ist, sondern nur tot zu sein scheint, kann man versuchen, in den Mund zu atmen ...« Die Stimme des gelehrten Arztes ging unter in den tosenden Rufen der Zuschauer. Der Bischof brüllte um Ruhe und entließ den Zeugen. Dann rief er Vater Simon vor, der zu der Aussage des Arztes Stellung nehmen sollte.

»Mylord Bischof«, begann der Priester. »Lady Falconers Kenntnisse in der Heilkunst und der medizinischen Verwendung von Kräutern entlasten sie in keiner Weise von dem Vorwurf, ihren gegenwärtigen Gemahl, Lord Falconer, behext und impotent gemacht zu haben. Denn von uns wurde nie behauptet, daß sie sich dafür eines Zaubertranks bedient habe.«

»Wie soll sie dann die Impotenz bewirkt haben?« fragte der

Bischof. Obwohl wie eine echte Frage formuliert, vermutete Martine am gelangweilten Ton, daß der Bischof die Antwort bereits kannte. Er und Vater Simon hatten sich zweifellos vorher abgesprochen.

Simons Entgegnung kam prompt. »Die durchtriebene Schlampe kann in ein Lederband Knoten binden und es verstecken. So wird der Lebensgeist daran gehindert, in die Fortpflanzungsorgane ihres Opfers zu fließen. Außerdem ist wohlbekannt, daß Dämonen, sogar kleinere Exemplare wie Lady Falconers Gefährte, dazu gebraucht werden können, einem Mann den Appetit auf Frauen so zu verleiden, daß die körperliche Vereinigung unmöglich wird. Zweifellos handelte es sich um diese zweite Verfahrensweise, die Lady Falconer gegenüber ihrem Gemahl anwandte.«

Martine blickte kurz über ihre Schulter und sah Bruder Matthew in tiefem Gespräch mit Thorne und Geneva versunken.

Bischof Lambert setzte eine interessierte Miene auf. »Wie kommt Ihr darauf?«

»Weil allem Anschein nach die betreffende Ehe eine unnatürliche Verbindung ist, ohne jede Zuneigung und ...«

»Allem Anschein nach?« unterbrach Bruder Matthew, sich erhebend und auf Clare weisend. »Begründet auf die Aussage einer einzigen Frau! Laßt uns Thorne Falconer selbst hören, ob er Zuneigung für seine ...«

»Nein, Mylord Bischof!« rief Simon dazwischen. »Sie könnte mit ihrem dämonischen Blick seine Aussage beeinflussen. Das darf nicht erlaubt werden.«

»Vater Simon hat recht«, befand der Bischof. »Die Aussage wäre wertlos.«

Bruder Matthew ging in den vorderen Teil des Gerichtssaals. »Dann laßt mich Lady Geneva befragen, die Gräfin von Kirkley.«

»Nein!« rief Vater Simon erneut. »Sie ist in dieser Angelegenheit völlig unwissend.«

»Vielleicht«, wandte Matthew geschickt ein, »möchte Bischof Lambert darüber lieber selbst entscheiden.«

Der Bischof durchbohrte den Priester mit einem giftigen

Blick. »Vielleicht möchte er das.« Schwer seufzend gab er dem Prior ein Zeichen. »Macht schnell.«

Geneva trat vor.

»Mylady Gräfin«, begann Bruder Matthew. »Wart Ihr an dem Nachmittag, kurz nach der Verhaftung von Lady Falconer in der großen Halle von Burg Harford anwesend, als Lord Falconer zu Eurem Bruder Bernard kam, um gewisse Angelegenheiten mit ihm zu besprechen?«

»Das war ich.«

»Könntet Ihr uns etwas über den Inhalt dieser Unterhaltung sagen?«

»Lord Falconer bot meinem Bruder an, ihm die Baronie von Blackburn zu überlassen, falls er die Anschuldigungen gegen Lady Falconer zurückziehe.«

Aufgeregte Gespräche erfüllten den Saal. Verblüfft fuhr Martine auf ihrem Schemel herum. Als Thorne ihrem Blick begegnete, wußte sie, daß es stimmte. Er war bereit gewesen, Blackburn für sie aufzugeben. Dann grinste Thorne, und Martine bemerkte, daß ihr ehrfurchtsvoller Ausdruck ihn amüsierte.

»Ruhe!« befahl Bischof Lambert. »Und Ihr dreht Euch um, Lady Falconer«, fügte er, dieses Mal in entnervtem Ton, hinzu.

Bruder Matthew sah zu Martine und wandte sich dann an Geneva. »Hat Lord Falconer gesagt, warum er bereit war, dieses große Opfer zu bringen, damit das Leben seiner Gemahlin verschont werde?«

Mit feucht schimmernden Augen nickte Geneva. »Er sagte, daß er sie liebe.« Sie begegnete Martines Blick. »Aus ganzem Herzen.«

Wieder brach ein Tumult im Saal aus, aber Martine merkte nichts davon. Wie im Nebel wandte sie sich erneut um und fand Thornes Augen, die auf ihr ruhten. In ihnen stand der gleiche tiefe Ausdruck, die gleiche Sehnsucht, wie in ihrem Traum. Der Bischof brüllte einen Befehl, und Martine wurde von Händen gepackt, die sie auf die Füße rissen.

»Ist es ... vorbei?« fragte Martine den Wächter, als er sie aus dem Saal und durch den Gang führte.

»Bis auf das rechtmäßige Urteil, Mylady. Der Bischof hat alle Prozeßbeteiligten für morgen früh zurückbestellt. Dann wird er seinen Urteilsspruch verkünden.« Er lächelte. »Macht Euch keine Sorgen. Wie die Dinge stehen, haben sie kaum etwas gegen Euch in der Hand. Morgen mittag werdet Ihr wieder frei sein, glaubt mir.«

Sobald Martine auf dem Schemel Platz genommen hatte, streckte Bischof Lambert seinen rundlichen Finger nach ihr aus. »Lady Falconer, erhebt Euch und kommt zu mir.« Auf unsicheren Beinen trat sie vor den hohen Thron.

Der Bischof wirkte ungehalten und erschöpft. Martine fragte sich, ob das ein gutes oder schlechtes Zeichen sei. Er räusperte sich, und der Schreiber tauchte seine Feder in die Tinte. »Was den Vorwurf der Behexung, die Wiederbelebung von Toten und Giftmord angeht, sind die Beweise für dämonische Einwirkung unzureichend. Daher erkläre ich Euch, was die Anklage der Ketzerei angeht, für unschuldig.«

Martine schloß die Augen und schickte ein stilles Dankgebet zum Himmel.

Viele Zuschauer brachen in Jubel aus. Als Martine sich umwandte, sah sie Thorne, der zu ihr herüberlächelte, während Matthew ihm auf den Rücken schlug.

Eine Stimme erhob sich über die anderen. »Mylord Bischof!« Es war Vater Simon, der durch die Tür trat. Mit flatternden schwarzen Gewändern eilte er durch den Gerichtssaal nach vorn.

Bernard folgte ihm in gemäßigterem Schritt. Als er Martines Blick suchte und nickte, kroch die Kälte ihr Rückgrat hinauf.

»Wenn Mylord Bischof erlaubt«, bat Simon atemlos, »hört er unseren neuen Zeugen!«

Der Bischof blickte finster. »Dafür ist es ein bißchen spät, Vater. Ich habe Lady Falconer soeben von allen Anklagepunkten frei gesprochen.«

»Aber wir bringen eine neue Klage vor, und dieser Zeuge ...«

»Das ist unerhört!« rief Thorne.

»Eine neue Klage?« fragte Matthew und erhob sich. »Wir waren nicht darüber in Kenntnis gesetzt, daß es ...«

»Ruhe!« brüllte der Bischof. »Mönch, setzt Euch hin ... und sorgt dafür, daß Lord Falconer seine Meinung für sich behält. Sir Bernard, Vater Simon ... tretet vor.«

Die drei Männer sprachen für einige Zeit im Flüsterton miteinander. Schließlich schickte der Bischof sie weg und erklärte: »Es scheint Gottes Wille zu sein, diesem Zeugen das Wort zu erteilen.«

Vater Simon verließ den Saal und kehrte mit drei Männern zurück. Zwei von ihnen führte er zu einer Bank, während er den dritten mit sich nach vorn nahm. Er war groß und ungeschlacht, das Gesicht durch Eiterbeulen entstellt, und der offene Mund gab den Blick auf viele Zahnlücken frei. Martine erkannte ihn sofort.

»Dieser Mann heißt Gyrth, Mylord Bischof«, sagte der Priester. »Er ist der Kapitän der *Lady's Slipper*, eines Handelsschiffs, das Lady Falconer und ihren Bruder im letzten August von der Normandie herüberbrachte.«

Der Bischof nickte. »Fahrt mit Eurer Befragung fort.«

»Ich befürchte, er kann meine Fragen nicht beantworten, Mylord, es sei denn durch ein einfaches Kopfschütteln oder Nicken.«

»Nun gut. Dann macht weiter.«

Simon wandte sich an den Kapitän. »Ihr seid stumm, nicht wahr?« Gyrth nickte. »War das immer so?« Er schüttelte den Kopf. »Es ist doch wahr, daß Ihr plötzlich taub wurdet, kurz nachdem Ihr im vergangenen Lady Falconer über den Kanal gebracht habt?« Wieder ein Nicken. »Es ist ebenfalls wahr, daß die Lady Euch während der Überfahrt verhexte, als Ihr Euch über den Sturm beklagtet, den sie heraufbeschworen hatte? Und daß sie drohte, ihre Macht zu benutzen, um Eure Zunge für immer zum Schweigen zu bringen?« Der Kapitän nickte erneut.

Simon rief die beiden anderen Männer. Der eine war sehr groß, der andere ungewöhnlich klein. Martine brauchte einen Moment, um in ihnen die beiden Seeleute zu erkennen, die auf jener Fahrt mit großen Augen Zeugen ihres unglücklichen Ausbruchs an Deck der *Lady's Slipper* geworden waren. Der Priester befragte zuerst den einen, dann den anderen: »Wart Ihr anwesend, als Lady Falconer die Zunge dieses Mannes mit einem Fluch belegte?« Beide schienen zu zögern, doch schließlich bestätigten sie es.

Der Große sah zu Martine und wechselte einen raschen Blick mit seinem Kollegen, bevor er sich an Simon wandte. »Vater, wenn Ihr erlaubt, aber es gibt etwas ...«

»Ich erlaube es nicht!« rief der Bischof. »Ihr sollt nur die Fragen beantworten.«

»Aber ich wollte nur ...«

»Mißachtung des Gerichts zieht eigene Strafen nach sich. Wenn Ihr Eure Zunge behalten wollt, schlage ich vor, daß Ihr schweigt.«

Der Zeuge neigte den Kopf und murmelte: »Ja, Mylord Bischof.«

Matthew erhob sich, als die beiden Seeleute weggeführt wurden. »Mylord Bischof, ich möchte Euch eine Frage stellen ...«

»Ich bin sicher, daß Ihr das wollt, Bruder Matthew, doch das Verfahren ist nun beendet.«

»Beendet!«

»Ich bin zu einer Entscheidung gekommen. Nehmt Platz. Ihr auch, Vater Simon.« Die beiden Kirchenmänner setzten sich. »Lady Falconer ...« Der Bischof machte ihr ein Zeichen, vor ihn zu treten, und sie gehorchte.

Mit einem schweren Seufzer nickte der Bischof seinem Schreiber zu, der seine Worte aufzuzeichnen begann. »Ich befinde hiermit, daß dieser Mann, bekannt unter dem Namen Gyrth, durch Verhexung stumm wurde und Ihr für dieses Werk verantwortlich seid. Weiterhin stelle ich fest, daß Eure Hexenkünste den Beigeschmack der Ketzerei tragen. Da im Buch Exodus geschrieben steht: ›Ihr sollt keine Hexe am Leben lassen‹, sowie im Buch Levitikus: ›Ein Mann oder eine Frau, die ähnlichen Geistes sind und die Zauberkünste ausüben, sollen des Todes sein‹, und der Scheiterhaufen die passende Strafe für Ketzerei darstellt, denn Gotteslästerer brennen für alle Ewigkeit in den Flammen der Hölle, verurteile ich Euch zum Tod durch das Feuer. Das Urteil wird morgen bei Tagesanbruch vollstreckt, am 4. Juli im Jahr des Herrn ...«

Das Blutrauschen in Martines Ohren fand seinen Widerhall im vielstimmigen, ungläubigen Aufschrei des Erschreckens bei den Zuschauern, die sich von ihren Plätzen erhoben und auf sie zuströmten. Wächter schlossen sich um Martine und führten sie rasch aus dem Saal. Benommen spürte sie den Boden unter ihren Füßen oder die Hände der Wachhabenden, die ihre Arme umgriffen, nicht mehr. Andere Wächter bahnten ihr einen Weg durch die Menge. Matthew hatte sich auf eine Bank gestellt. »Das ist gewissenlos!« rief er. »Das könnt Ihr nicht tun! Sie muß die Gelegenheit erhalten, bei Papst Alexander Berufung einzulegen!«

Martine hörte, wie jemand ihren Namen schrie. Thorne! Sie wandte sich um und erkannte, daß er mit Gewalt aus dem Saal geführt wurde, während er im übermächtigen Griff der Wächter die Arme nach ihr ausstreckte.

»Martine!« rief er verzweifelt. »Martine!«

Jemand trat vor sie hin und versperrte ihr den Weg durch das Gedränge. Es war Bernard, der vollkommen reglos inmitten des Tumults um sie herum stand und sagte: »Sie haben den Scheiterhaufen bereits errichtet, müßt Ihr wissen, draußen vor der Stadt in der Nähe der Marschen. Unser kluger Vater Simon hat dafür gesorgt, daß das Holz noch grün ist.« Sein Mund verzog sich zu einem Lächeln, während die Augen tot blieben. »Grünes Holz brennt länger. Es könnte den ganzen Vormittag dauern, bis Ihr tot seid. Denkt immer daran, während Ihr heute nacht zu schlafen versucht.«

Aus einer inneren Kraftreserve schöpfend, die ihr selbst unbekannt war, hob Martine das Kinn und blickte Bernard direkt ins Gesicht. »Welche Qualen ich auch leiden muß, sie halten nur einige Stunden an. Dann bin ich tot, und mein Leiden ist zu Ende. Ihr werdet eines Tages auch sterben, aber Euer Leiden beginnt erst mit dem Tod, denn Ihr brennt nicht nur für ein paar Stunden, sondern bis in alle Ewigkeit.« Zu Bernards offensichtlichem Erstaunen brachte sie sogar ein Lächeln zustande. »Darüber dürft Ihr nachdenken, während Ihr heute nacht auf den Schlaf wartet.«

Als Martine am Abend auf dem Strohsack ihrer kleinen Zelle kniete und nach Kräften zu beten versuchte, während sie auf den von ihr bestellten Priester wartete, lächelte sie nicht.

»Wünscht Ihr einen bestimmten Priester?« hatte der Wärter gefragt.

»Jeden, nur nicht Vater Simon«, antwortete sie.

Martine war stolz über ihren Auftritt am Nachmittag vor Bernard, stolz und zufrieden, denn ihre Worte hatten den Hundesohn sprachlos gemacht. Natürlich war alles nur vorgetäuschter Mut gewesen. Sie fühlte sich alles andere als ruhig und nicht im geringsten tapfer. In Wahrheit hatte sie schreckliche Angst. Statt über ihre Lage nachzugrübeln und das erwartete Schicksal, wie Bernard es erhoffte, war der einzige Weg, nicht den Verstand zu verlieren, an etwas anderes zu denken ... an ihren geliebten Rainulf, der Tausende von Meilen entfernt von ihr war, um bei den Ungläubigen sein Vertrauen zu Gott zurückzugewinnen. Gott, laß ihn nicht zu sehr bekümmert sein, wenn er erfährt, was mir zugestoßen ist, betete sie. Mach ihn stark. Lindere seinen Schmerz. Sie dachte an ihr Zuhause, das erste, das sie jemals hatte, das Zuhause, das sie geliebt hatte und nun nie wiedersehen würde. Und sie dachte an Thorne, dessen Arme sie nie mehr umschließen und der nun nicht mehr hören würde, was sie ihm längst hätte sagen sollen. Es war zu spät.

Schließlich rasselte der Schlüssel, und die Tür ging auf. Martines Zelle war dunkel, bis auf eine schwach glimmende Öllampe. Der Korridor wurde von Fackeln erleuchtet. Im Gegenlicht erkannte Martine den untersetzten Wärter und einen hochgewachsenen Mann im Priestergewand mit einer Kapuze, die ihm bis ins Gesicht fiel. Seltsamerweise zog der Priester eine Börse und schüttelte einige Münzen in die ausgestreckte Hand ihres Bewachers. Martine sah das Glitzern von Gold. Ein Vermögen wechselte soeben den Besitzer.

»Denkt daran«, zischte der Wärter, als er die Münzen einsteckte. »Eine Stunde, mehr bekommt Ihr dafür nicht.« Die Tür wurde ins Schloß geschlagen, und Martine hörte, wie der Schlüssel herumgedreht wurde.

Der Priester zog die Kapuze herunter, und Martine erkannte das Gesicht Thornes. Sein Augen glühten im Dämmerschein der Zelle. Als sie seinen Namen aussprechen wollte, drang nur ein undeutlicher Laut aus ihrer Kehle. Martine löste die zum Gebet gefalteten Hände und streckte sie ihm entgegen, während Thorne zu ihr kam, sich neben sie kniete und sie in die Arme schloß.

»Thorne! Thorne!« stieß sie erstickt an seiner Schulter hervor. Er riß sie an sich, küßte ihr Haar und flüsterte ihren Namen. »Thorne ... du bist hier. Gott sei Dank! Ich bin so froh ... ich mußte dich sehen, weil ich dir etwas sagen ...«

»Nein. Ich weiß, was du in deinem Herzen empfindest. Du brauchst mir nicht ...«

»Ich muß es tun.« Martine zog den Kopf zurück und sah ihm in die Augen. »Jetzt habe ich meine letzte Chance, und ich hätte es dir schon längst sagen sollen ... Ich liebe dich, Thorne. Ich liebe dich so sehr, und ich habe dich immer geliebt, aber ich war eine Närrin. Bitte, vergib mir.«

»Ich bin es, der um Vergebung bitten muß. Ich habe dich an jenem Morgen allein gelassen. Wäre ich nicht fortgegangen, hätten sie dich nicht geholt.«

»Ich habe dich von mir weggetrieben. Ich war so kalt, so ... Ich bin schuld, daß du an ... diesen Ort gegangen bist.«

Thorne lächelte leicht. »In dieser Nacht habe ich nur mit einem Branntweinkrug geschlafen. Seit ich zum ersten Mal mit dir zusammen war, habe ich bei keiner anderen Frau gelegen. Ich wollte nie eine andere als dich. Und so wird es immer sein.«

Er beugte sich zu Martine und küßte sie. Es war ein Kuß voller Zärtlichkeit und Leidenschaft, und Martine erwiderte ihn wie selbstverständlich, während sie mit den Händen seinen Kopf an sich zog.

Ich will ein Teil von ihm sein, dachte sie. Ich bin ein Teil von ihm. Als sie sich voneinander lösten, waren beide atemlos.

»Jetzt kann ich leichter sterben«, sagte sie. »Nachdem ich weiß, daß ich es dir gesagt habe ...«

»Du wirst nicht sterben«, entgegnete Thorne heiser. »Das lasse ich nicht zu. Ich werde dich nicht mehr verlieren. Dazu liebe ich dich zu sehr.«

Hoffnung keimte in Martines Brust auf. »Gibt es einen Weg hier heraus? Bist du gekommen, um mir bei der Flucht zu helfen?«

Grimmig schüttelte Thorne den Kopf. »Die Gänge sind mit bewaffneten Wächtern gesäumt. Bernard hat ihnen von deiner Flucht aus Burg Harford erzählt, und deshalb wollen sie sichergehen, daß du nicht entkommen kannst.«

»Dann ist es hoffnungslos«, sagte Martine. »Bitte danke Bruder Matthew für seine Hilfe. Wenn er nur die beiden Seeleute noch hätte befragen können.«

»Sie schienen ziemlich widerstrebende Zeugen zu sein.«

»Mehr als widerstrebend. Es gab etwas, das sie sagen wollten, aber der Bischof erlaubte es nicht. Sie wußten etwas, das meine Unschuld bewiesen hätte, da bin ich sicher.«

»Das habe ich auch gespürt«, bestätigte Thorne nachdenklich. »Aber unglücklicherweise auch der Bischof. Du hast ihn gehört ... er drohte, daß ihnen die Zunge herausgeschnitten würde, wenn sie redeten.«

»Und ihr Schweigen hat zur Folge, daß ich morgen auf dem Scheiterhaufen verbrannt werde.«

Thorne umfaßte Martines Schultern hart. »Nein! Daran darfst du nicht denken. Ich werde dich retten. Verlaß dich darauf.«

»Wie?«

»Morgen früh, wenn es hell wird, sie dich nach draußen führen und wegbringen zum ...«

»... zum Scheiterhaufen«, vollendete Martine.

Thorne nickte. »Dann bist du im Freien. Dort wird es leichter sein.«

»Aber was willst du tun?«

»Ich weiß es nicht. Aber ich muß herausfinden, welchen Weg sie mit dir fahren und wie viele Wachen ...«

»Nein«, sagte Martine. »Ich werde dicht von Bewachern

umgeben sein, und das weißt du. Du kannst mich nicht retten, Thorne. Setze nicht dein eigenes Leben aufs Spiel. Verlasse England, jetzt, heute nacht noch, bevor sie dich auch verhaften ...«

»Es ist nicht dein Ernst, wenn du meinst, ich würde mitten in der Nacht fliehen und dich hier zurücklassen ...«

»Geh zum Hafen und such dir ein Schiff. Du kannst mir jetzt nicht mehr helfen. Für mich gibt es keine Hoffnung mehr. Aber du kannst dein Leben retten. Bitte ...«

Thorne erstickte ihre Einwände mit einem Kuß, der drängender und verzweifelter als der erste war. »Nein!« sagte er, als er sich von ihr löste. »Ich werde dich nicht verlassen.« Als Martine den Mund öffnete, um ihm zu widersprechen, legte er die Finger auf ihre Lippen. »Nein, Liebste. Ich werde nicht gehen, und jetzt kein Wort mehr.« Er küßte ihre Stirn.

»Dann tue etwas für mich«, sagte Martine ruhig. »Morgen, wenn sie ... mich auf dem Scheiterhaufen anbinden und ...« Thorne wollte etwas sagen, aber sie sprach weiter. »Bitte, Thorne. Erlaube mir, dich darum zu bitten.« Er nickte. »Ich bin feige«, sagte sie. »Ich will nicht sterben ... auf diese Weise. Nicht durch das Feuer.«

Als Thorne die Augen schloß und die Kiefer zusammenpreßte, wußte Martine, daß er an Louise dachte, seine geliebte kleine Schwester, die ein Opfer der Flammen geworden war.

»Laß mich nicht durch das Feuer sterben. Das ist alles, worum ich dich bitte. Du kannst es schnell beenden.« Thorne blickte verwirrt. »Mit einem Pfeil.«

Er begriff. »O Martine ...« Er schüttelte den Kopf.

»Bitte«, flehte sie und hielt sein Gesicht zwischen den Händen. »Tu für mich das gleiche, was du für diesen Hirsch getan hast. Erinnerst du dich an den Rothirsch, den Bernard und seine Männer in den Wachraum getrieben hatten? Erlöse mich, wie du ihn erlöst hast. Töte mich rasch, bevor ich die Flammen spüre. Sieh es als Gnadenschuß an.«

»Soweit wird es nicht kommen.«

»Aber wenn, dann versprich mir, daß du es tust. Bitte.«

»Martine, ich liebe dich! Ich kann nicht ...«

»Wenn du mich liebst, hab' Mitleid mit mir. Sei stark für mich. Bitte! Versprich es mir! Versprich mir, daß du mich nicht in den Flammen umkommen läßt.«

Thorne senkte den Kopf und schloß die Augen. »Ich verspreche es«, flüsterte er. Aufblickend fügte er hinzu: »Aber es wird nicht nötig sein, denn ich rette dich, bevor es soweit kommt. Ich wünschte, ich könnte jetzt schon handeln und dich sofort von hier wegbringen.«

»Du kannst«, murmelte Martine, hob das Gesicht und küßte ihn. »Wenigstens für eine Weile.« Sie legte sich auf den Strohsack zurück und zog Thorne über sich. Sehnsüchtig und voller Leidenschaft küßte sie ihn erneut. Er wirkte einen Augenblick erstaunt, bevor er den Kuß mit einem tiefen, beinahe qualvollen Stöhnen erwiderte.

Martine hob sich ihm entgegen, und er ließ sie los. »Bist du sicher?« fragte Thorne mit belegter Stimme.

»Bitte. Laß mich eine kurze Weile vergessen, wo ich bin. Laß mich an nichts anderes mehr denken, nur an uns beide. Wenigstens für eine Zeitlang.«

Er war sanft, unendlich zärtlich. Seine Hände bewegten sich langsam und verhalten und liebkosten sie durch den Kittelstoff, während er Worte der Liebe in ihr Ohr flüsterte. Dann löste er das Band um ihren Zopf und schob die Finger durch Martines Haar. Schweigend entkleideten sie sich, lagen nebeneinander und berührten sich, die Augen in wortloser, tiefer Innigkeit verbunden. Mit den Fingerspitzen streichelte Thorne Martines Gesicht, ihren Hals und die Brüste. Ihre Finger glitten an seinen breiten Schultern entlang und wanderten über seinen Oberkörper. Dabei spürte sie sein Herz, das in der Brust pochte, zusammen mit der Liebe, die von ihm zu ihr floß und sie beide ganz und gar vereinte.

Als Martine die Hand tiefer streckte und behutsam ihre Finger um seinen Schaft schloß, hielt er den Atem an. Sie streichelte ihn mit leichten Bewegungen und verfolgte ehrfurchtsvoll, wie er in ihrer Hand anwuchs. Thorne berührte Martine ebenfalls und lächelte in ihre Augen, als er spürte, wie bereit sie für ihn war.

Noch immer auf der Seite liegend, glitt er mit der Hand über ihre Oberschenkel, hob ihr Knie und führte das Bein über seine Hüfte. Während er sich in die richtige Stellung brachte, Martines Hüften umgriff, sie festhielt und mit einem glatten, tiefen Stoß in sie eindrang, löste er in keinem Moment den Blick von Martines Augen. Die süße Erfüllung ließ sie aufstöhnen. Thorne zog sich zurück und kam erneut zu ihr, was Martine ein zweites Stöhnen entriß, dann ein drittes, viertes ... immer weiter. Sie bewegten sich in völliger Einheit miteinander und paßten sich jeder unwillkürlich der Bewegung des anderen an, als wären sie ein einziges Wesen.

Thorne unterbrach den Kuß. »Sieh mich an«, flüsterte er heiser. »Bitte, meine Liebste, sieh mich an.« Sie tat es. Seine Augen glitzerten, als würde ein inneres Fieber in ihm glühen. Er ist in mir, dachte sie. Nun ist er ein Teil von mir.

Martine bog sich an der Schwelle zur Erlösung, bis sie glaubte, schreien zu müssen. Als ihre Lust sich dem Gipfel näherte, rollte Thorne sie auf den Rücken, umfaßte mit seinen kräftigen Händen ihren Po und hob Martine zu sich. Die Stöße, die nun folgten, gingen tief und erfüllten nicht nur ihren weiblichsten Raum, sondern ihren ganzen Leib bis ins Innerste der Seele.

Jetzt sind wir eins. Auf dem Höhepunkt der Erregung schloß sie die Arme fester um ihn und zog Thorne heftig zu sich, den Kopf in den Nacken geworfen. Ein verzweifeltes Schluchzen stieg in ihr auf, und aus ihren Augen quollen heiße Tränen.

Thorne zitterte. »Ich liebe dich«, stieß er hervor, als sie beide auf den Höhepunkt zutrieben und ihre atemlosen, stockenden Schreie sich in der kleinen Zelle zu einem Ausdruck verbanden.

Schließlich verebbten die heftigen lustvollen Schauder, und Thorne ließ sich auf Martine sinken, das Gesicht an ihren Nacken gebettet. Es war naß. Seine breiten Schultern bebten, doch blieb er vollkommen still.

Als Thorne in jener Nacht Battle Abbey verließ, wandte er sich direkt zum Hafen nach Bulverhythe. Das schwarze Priestergewand warf er unterwegs in einen Brunnen. Unter der Robe trug er eine schlichte schwarze Tunika. Das paßte gut. Es war besser, wenn er wie ein einfacher Mann und nicht wie ein Baron aussah. Mit etwas Glück würde niemand erkennen, wer er war.

Martine in ihrer kleinen Kammer zurückzulassen, als der Wärter kam, um ihn zu holen, war die schwerste Tat seines Lebens gewesen. Aber sie zu retten, würde noch mehr von ihm fordern.

In der größten Schenke versuchte Thorne zuerst sein Glück. Nachdem er einen Humpen Bier bestellt hatte, setzte er sich hinten in den Raum und sah sich unter den Gästen um. Die meisten waren Fischer, dazu kamen einige Matrosen von Handelsschiffen und die üblichen Taschendiebe und kleinen Gauner. Thorne ließ sein volles Trinkgefäß auf dem Tisch zurück, stand auf und betrat die Bierschenke nebenan. Hier bot sich das gleiche Bild, nur etwas kriminellere Elemente. Er zählte drei fehlende Hände und ebenso viele leere Augenhöhlen.

In der achten Schenke wurde er ungeduldig und fühlte sich tief entmutigt. Dieses Mal trank er das bestellte Bier tatsächlich, spülte es in einem Schluck herunter und winkte, daß man ihm ein neues bringe. Es gab nur noch drei oder vier andere Spelunken außer denen, die er bereits aufgesucht hatte. Sollte er wieder bei der ersten beginnen, wenn er allen einen Besuch abgestattet hatte, oder war es vielleicht klüger, mit den Bordellen weiterzumachen? ... Thorne leerte den zweiten Humpen und schmetterte ihn auf den Tisch ... Oder er betrank sich sinnlos, schlug alles in Stücke, warf die Tische um, stieß die Bänke in die Ecke, hob die Fensterläden aus den Angeln und vergriff sich vielleicht an ein paar Gästen?

In diesem Augenblick sah er die beiden Seeleute, den großen und den kleinen dünnen. Sie kamen von der Straße herein und setzten sich an einen Tisch in Türnähe. Gott, ich danke dir, flüsterte Thorne halblaut, als er sich langsam erhob und zu ihnen hinüberging. Sie blickten zu ihm auf. An ihrem Gesichtsausdruck erkannte Thorne, daß sie nicht wußten, wer er war. Er begrüßte die Seeleute in der alten Sprache, und sie antworteten ebenso, etwas bedrückt. Dann zeigte Thorne der Wirtin drei Finger, und sie füllte drei frische Bierhumpen, die sie ihnen brachte.

»Vielen Dank, Freund«, sagte der Größere und hob seinen Krug. »Aber wenn Ihr etwas von uns wollt, rückt Ihr besser gleich damit heraus.«

Gelassen mit den Schultern zuckend, nahm Thorne Platz. »Ich kenne Euch. Von dem Ketzerprozeß gegen Lady Falconer heute nachmittag.«

Der Kleine griff in seine Tasche und zog eine Maus heraus, die er in einer Hand hielt, während er sie mit der anderen streichelte. »Ihr wart auch da?«

Thorne nickte. »Ja. Hat mir nicht sehr gefallen, wie man mit Euch umgesprungen ist. Ihr tatet mir leid.«

Der Große rülpste. »Wer mir leid tut, ist diese junge Baronin, die morgen verbrannt wird.«

Der andere nickte dazu grunzend. Er führte die Maus an seine Lippen und gab ihr einen Kuß. Dann tauchte er den Finger in seinen Bierkrug und ließ das Tier an dem Bier lecken.

»Aber … sie ist eine Ketzerin …« setzte Thorne vorsichtig an.

Der kleine Mann rieb die Maus an seiner Wange. »Sie ist so wenig eine Ketzerin wie meine kleine Rosamunde. Nie im Leben hat die Baronin das getan, was von ihr behauptet wird.«

Thorne beobachte, wie die beiden ihre Krüge leerten. Vorsichtig jetzt, ermahnte er sich. Zeige nicht zu viel Eifer, sonst werden sie mißtrauisch. Nur Vertrauen löst ihre Zunge – Vertrauen und genug Bier.

»Wirklich?« Thorne fing den Blick der Wirtin auf und hob zwei Finger. Tief einatmend, ließ er seine Frage beiläufig klingen. »Und warum glaubt Ihr das?«

25.

»Seid Ihr bereit, Mylady?« fragte der Wärter, der mit einem Seil in der Hand an der Zellentür stand.

Bereit? dachte Martine und rückte die Leinenhaube auf ihrem Kopf zurecht. Wie konnte ein Mensch ›bereit‹ sein, sich bei lebendigem Leib verbrennen zu lassen? Aber sie nickte nur und hielt ihm die zitternden Hände entgegen.

Der Wärter wirkte schüchtern. »Heute hinter Eurem Rücken, Mylady.« Er zuckte mit den Schultern. »So lautet der Befehl.«

Martine zögerte, bevor sie die Hände hinter sich zusammenlegte und sich umdrehte. Ich werde Würde zeigen, versprach sie sich im stillen, während der Wärter ihre Handgelenke mit dem Seil fesselte. Ich werde nicht um Gnade flehen oder schreien und mich zur Schau stellen.

Noch mehr Wachen erschienen, als sie aus der Kammer kam. Als sie ins Freie trat, wurde Martine von einer ganzen Eskorte begleitet. Draußen war es kaum hell, und viele der Versammelten trugen Fackeln. Die Wärter hoben Martine in den Karren, einige stiegen mit ihr ein. Der Sheriff der Grafschaft und seine Leute ritten voran, und Dutzende bewaffneter Männer folgten. Einige Priester, einschließlich Vater Simon, bildeten den Schluß. Zum zweiten Mal in ihrem Leben wurde Martine mit Rädern befördert. Das erste Mal war bei ihrer Entführung von Burg Blackburn gewesen. Der Karren rüttelte und stieß heftig, während er über den getrockneten Schlamm in den tief eingegrabenen Furchen von Hastings Straßen fuhr. Ohne die Wachen, die sie festhielten, hätte Martine nicht aufrecht stehen können.

Trotz der frühen Stunde waren die Straßen von Menschen gesäumt, die sehen wollten, wie Martine zum Scheiterhaufen gebracht wurde. Hinrichtungen zogen immer viele Schaulustige an. Doch früher, wenn Martine solche Menschenansammlungen gesehen hatte, war die Stimmung laut und beinahe ausgelassen gewesen. Die Verurteilten mußten Spott über sich ergehen lassen, und manche Menschen bewarfen sie sogar mit Abfällen. Seltsamerweise sagte niemand von den Hunderten von Menschen, an denen sie vorbeikamen, auch nur ein Wort, bis auf einen, der rief: »Gott sei mit Euch, Lady Falconer!« Statt dessen bekreuzigten sie sich schweigend, einige weinten. Man konnte deutlich erkennen, daß die Bewohner von Hastings nicht von ihrer Schuld überzeugt waren, sondern eher schockiert über die Hinrichtungsart. Der Galgen war das Übliche, für die Adeligen Enthauptung. Aber Verbrennen ...

Denk nicht daran. Nicht daran denken, wiederholte Martine immer wieder. Vielleicht würde Thorne sie wirklich retten, auch wenn die Wahrscheinlichkeit gering war. Wenn er es nicht konnte, würde er ihr Leben mit einem Gnadenpfeil beenden, bevor Martine die Flammen spürte. Sie mußte daran glauben, daß er sein Versprechen hielt. Nur so konnte sie Haltung bewahren.

Am Stadtrand, in der Nähe der Marschen, stieg das Gelände leicht an. Am höchsten Punkt war der Scheiterhaufen mit dem Pflock zum Anbinden errichtet. Eine große Zuschauermenge hatte sich versammelt, ebenso in völligem Schweigen wie die Menschen, die Martines Weg durch die Stadt gesäumt hatten. Der Karren hielt hinter der versammelten Menge an, und Martine sah in die Gesichter, die sich nach ihr umwandten. Mit sinkendem Herzen erkannte sie, daß Thorne sich nicht darunter befand.

Denk nicht daran. Nicht daran denken. Aber falls er nicht rechtzeitig kam, wenn man sie an den Pfahl band und der Scheiterhaufen in Brand gesetzt wurde ... *Denk nicht daran!*

Die Wachen hoben sie vom Karren und führten sie durch das Menschengewühl. Die Menge teilte sich für sie, während einige der Zuschauer sich bekreuzigten und ihr Segenssprüche zuriefen. Felda war unter ihnen. Sie schluchzte und wollte ihre Herrin berühren, doch ein Wächter stieß sie grob zurück. Bruder Matthew tauchte aus der Menge auf. Als die Wachen auf ihn zukamen, hob er ein kleines hölzernes Kreuz, das sie aufhielt. Sie besaßen sogar den Anstand, kurz zurückzuweichen, während der Prior das Kreuz in eine der gebundenen Hände Martines legte und sie auf die Wange küßte. »Gott ist mit Euch«, flüsterte er.

Der Sheriff stand vor dem Scheiterhaufen und verlas ein vom Bischof vorbereitetes Dokument, in dem stand, daß die Kirche Martine wegen Ketzerei verurteilt habe und sie zum Zweck der Hinrichtung in die Hände der weltlichen Behörden übergebe.

Er blickte kurz zu Martine, und sie meinte, einen traurigen, sogar bedauernden Ausdruck in seinem Gesicht zu sehen. Trotzdem nickte er dem stämmigen Henker zu, der Martine am Arm nahm und sie mit noch immer am Rücken zusammengebundenen Händen zum Hinrichtungsort führte. In der Mitte zwischen den zum Scheiterhaufen aufgetürmten grünen Ästen stand ein Faß, auf das er Martine hob. Sie roch Teer. Als sie nach unten sah, entdeckte sie einen Riß, aus dem die zähe schwarze Masse quoll. Neben sich bemerkte sie zwei Kohlebehälter und mehrere Torfhaufen. Offenbar sollte das Feuer gut genährt werden, damit es lange brannte.

Es kann den ganzen Vormittag dauern, bis Ihr tot seid, hatte Bernard gesagt.

Kalte Schauder durchliefen Martine, und sie wurde von einer plötzlichen Übelkeit ergriffen. Sie atmete tief ein, um das Gefühl zurückzudrängen. *Denk um Himmels willen nicht daran!*

Jemand warf dem Henker ein in Ringen übereinander gelegtes Tau zu. Er schlang es um Martines Hals und zurrte es am Holzpfahl fest. Der Druck riß Martines Kopf nach hinten, und das Seil legte sich um ihren Hals. Augenblicklich begann sie zu zittern. Sie hatte nicht damit gerechnet, am Hals angebunden zu werden, und wurde von unaussprechlichem Grauen gepackt. Sie konnte sich nicht bewegen. Es gelang ihr kaum, die aufsteigende Galle herunterzuschlucken.

»N-nicht meinen Hals. Bitte«, sagte sie heiser.

»Es tut mir leid, Mylady«, flüsterte der Henker. »Wirklich. Aber ich habe keine Wahl. So lauten die Anweisungen von Vater Simon.«

Martines Herz hämmerte schmerzhaft in der Brust. Wo war Thorne? Ihr Blick suchte voller Unruhe die Zuschauermenge ab. *Thorne! Wo bist du? Bitte, Thorne, laß sie das nicht mit mir machen!*

Das Tau um ihren Oberkörper und Hüften und Beine schlingend, band der Henker ihren Körper an den Pfahl. Martines Atem raste, und ein klagender Laut stieg aus ihrer Kehle, als Vater Simon mit einer Fackel in der Hand nähertrat, von Bernard und Gyrth begleitet. Sie schloß die Augen und wollte beten, aber dann riß sie die Lider wieder auf und suchte nach Thorne. *Gott, bitte! Schick Thorne zu mir!*

Der Henker wollte Simon die Fackel abzunehmen, doch der Priester hielt sie zur Seite. »Bischof Lambert hat in seinem Urteil bestimmt, daß die Ehre, diesen Scheiterhaufen zu entzünden, dem Opfer der ketzerischen Zauberei selbst zukommt.« Er reichte Gyrth die Fackel.

Der Henker blickte zum Sheriff, der nun das Wort erhob. »Und ich sage, daß die Kirche gut daran tut, sich nicht in weltliche Angelegenheiten zu mischen, Vater. Lady Falconer untersteht nicht länger der Verantwortung der Kirche, sondern meiner, und wird vom öffentlichen Henker hingerichtet wie jeder andere auch.«

Wütend starrte Vater Simon den Henker an. »Die Macht des Bischofs reicht überall hin. Vor allem in der Frage der Exkommunikation, einer Strafe, die er schnell verhängen kann, wenn jemand sein Mißfallen erregt.«

Der Eskortenführer zog ein angewidertes Gesicht. Martine spürte, daß er dieser Autoritätsanmaßung gern widerstehen würde, doch davor zurückschreckte, die Exkommunikation zu riskieren. Der Henker half ihm. »Ich bitte bemerken zu dürfen, Mylord, daß ich nicht sonderlich begierig darauf bin, den Scheiterhaufen zu entzünden. Laßt die Hundesöhne diese Arbeit selbst erledigen, wenn sie unbedingt wollen.« Zur Bekräftigung seiner Worte spuckte er auf den Boden.

Der Sheriff seufzte schwer und trat zur Seite.

Jetzt ergriff Bernard das Wort: »Wie es scheint, ist die Zeit gekommen.« Er blickte auf und lächelte Martine boshaft an, bevor er Gyrth zunickte. »Fangt an.«

Die Fackel in der ausgestreckten Hand, ging der ungeschlachte Mann auf den Scheiterhaufen zu. Als er näherkam, spürte Martine die Hitze und fuhr innerlich zusammen, während sie sich vorstellte, wie die Flammen sie verzehren würden. Ein letztes Mal glitt ihr Blick wild suchend über die hochgereckten Gesichter. Hinter den Zuschauern weckte eine Bewegung ihre Aufmerksamkeit. Ein Mann sprang auf den Karren, mit dem sie hergebracht worden war.

Thorne! Er hielt einen Kurzbogen in der Hand, und am Rücken trug er einen Köcher mit Pfeilen. Thornes Augen suchend, formte Martine mit den Lippen ein stummes »*Bitte*!« Thorne griff hinter sich. Rasch und mit grimmiger Entschiedenheit nahm er einen Pfeil. Als er zielte, schloß Martine die Augen. *Es wird schnell gehen,* dachte sie. *Dank Thorne wird es schnell gehen.*

Die Hitze näherte sich. Da hörte Martine das gedämpfte Surren, als der Pfeil abgeschossen wurde, und straffte sich.

Unter den Zuschauern wurden verblüffte Rufe laut. Es dauerte einen Moment, bis Martine begriff, daß sie nicht getroffen war, und Verzweiflung überkam sie. Er hatte sie verfehlt! Wie hatte das geschehen können? Der allgemeine Jubel ließ Martine die Augen öffnen. Mit leeren Händen und verblüfft aufgerissenem Mund stand Gyrth da und starrte auf etwas hinter dem Scheiterhaufen, dem sich Bernard zornig näherte. Als er wieder in Martines Gesichtsfeld trat, hielt er die noch brennende Fackel, die von Thornes Pfeil durchbohrt war.

»Gyrth!« schrie Thorne vom Karren herüber. »Ich verlange, daß Ihr sprecht!«

»Das ist sinnlos!« rief Vater Simon aus. »Er kann nicht sprechen. Er ist stumm.«

Thorne schüttelte den Kopf. »Nein, das ist er nicht. Sprecht, zum Teufel!«

Trotzig hob Gyrth das Kinn.

Thorne machte zwei Männern ein Zeichen, die zu ihm auf den Karren stiegen. Es waren die beiden Seeleute, die während des Prozesses ausgesagt hatten. »Das sind Eure Männer, nicht wahr?«

»Der Prozeß ist vorbei!« sagte Vater Simon. »Das Urteil wurde verkündet. Sheriff, ich weise Euch an, Lord Falconer zu verhaften, zusammen mit den beiden ...«

»Ihr habt mir nichts zu befehlen, Priester«, entgegnete der Sheriff, bevor er sich an Gyrth wandte. »Antwortet ihm. Sind das Eure Männer?«

Gyrth nickte.

»Diese beiden Männer«, sagte Thorne, »haben mir erzählt, Ihr hättet erst kurz vor der Zeugenvernehmung aufgehört zu sprechen. Brauchte der Fluch meiner Gemahlin zehn Monate, um zu wirken, oder gab es am Ende überhaupt keinen Fluch? Antwortet!«

Gyrth schüttelte nur den Kopf.

»Was meint Ihr, wie hoch die Strafe für eine Falschaussage vor dem Kirchengericht ist?« fuhr Thorne fort. »Was machen sie mit Euch, wenn ich beweisen kann, daß Ihr lügt? Und glaubt mir, ich kann es. Wird man Euch die Zunge herausschneiden? Werdet Ihr exkommuniziert? Verdient hättet Ihr es.«

Gyrth schwieg weiter. Martine staunte, daß er noch immer unbeugsam die Wahrheit leugnete, obwohl er mit grausamen Strafen bedroht wurde. Ihr kam der Gedanke, daß Gyrth sie zutiefst verachten mußte, ganz gleich, welche anderen Gründen er noch für seine Lüge haben mochte.

Sie bemühte sich zu sprechen: »Ich ... will etwas sagen, bevor Ihr ...« Martine blickte auf die Fackel und begegnete Gyrths Blick. »Ich weiß ... oder glaube wenigstens zu wissen, warum Ihr mich so haßt. Teilweise wohl nur deshalb, weil ich eine Normannin bin. Mein Gemahl ... ist ein Sachse, und er hat mir viel erzählt. Er sagte mir, was mein Volk dem Euren angetan hat, und ich glaube, nun etwas besser verstehen zu können, warum Ihr uns haßt.«

Martine sah zu Thorne, der ihr ermutigend zunickte. »Aber ich weiß auch, daß noch mehr dahinter steckt. Während der Überfahrt war ich ... überheblich und gedankenlos. Die Dinge, die ich gesagt habe, und meine Art, Euch zu behandeln ... ich habe Euch vor Euren Männer lächerlich gemacht. Das war unverzeihlich. Ich dachte, Euer Glaube sei dumm und einfältig. Aber mein Gemahl hat mich viel über die Denkweise seines Volkes gelehrt, und nun weiß ich, daß ich selbst die Unwissende gewesen bin. Das ist alles, was ich sagen wollte. Meine Worte tun mir leid, und ich verstehe ... weshalb Ihr so handelt. Ich verzeihe Euch. Und ich bitte Euch ebenfalls aus ganzem Herzen um Verzeihung.«

Es herrschte vollkommene Stille. Gyrth stand mit geneigtem Kopf da, die fleischigen Hände zu Fäusten geballt. Als er den Blick zu Martine hob, standen Tränen in seinen Augen. »Gott möge mir vergeben, was ich tun wollte«, sagte er. Unter den Zuschauern erhob sich aufgeregtes Murmeln. Gyrth schüttelte den Kopf. »Es war ... falsch, sehr falsch.« Er zog etwas aus seiner Tasche. Es waren Silbermünzen. Damit wandte er sich an Bernard. »Eure sechs Schillinge gebe ich Euch zurück. Ich will Euer Geld nicht.«

»Er hat für Euer falsches Zeugnis bezahlt?« fragte Thorne.

»Ja, Mylord.« Gyrth schüttelte den Kopf und ging murmelnd weg. »Gott möge mir vergeben.«

Die Stimme des Sheriffs erhob sich. »Bernard von Harford, ich verhafte Euch ...«

»Noch nicht«, knurrte Bernard und riß den Pfeil aus der Fackel. »Ich bin hier, um meinen Spaß zu haben, und den lasse ich mir nicht verderben.«

Er drehte sich zu Martine. Statt die Fackel auf den Scheiterhaufen zu richten, hielt er sie vor den Rock ihres Kittels. Martine wußte, daß sich der Stoff augenblicklich entzünden würde. Bevor noch das Feuer gelöscht werden könnte, würde sie bereits todbringende Verletzungen erlitten haben. Lachend rief Bernard in Thornes Richtung: »Das war ein nettes Kunststück, Waldbauer, einem die Fackel aus der Hand zu schießen. Glaubt Ihr, das schafft Ihr ein zweites Mal?«

Thorne riß einen Pfeil aus seinem Köcher, zielte und schoß. Alles innerhalb eines Atemzugs. Die Menge brüllte auf, bevor Martine begriff, was geschehen war ... Als sie nach unten blickte, sah sie, daß Bernard sich windend auf dem Rücken lag. Vorne aus seiner Brust ragte der Pfeil des Sachsen heraus.

»Beinahe«, sagte Thorne.

Bernard blickte auf, geradewegs in Martines Augen. Der überraschte Ausdruck wandelte sich in Zorn. Im selben Augenblick lösten sich seine Krämpfe, die Lider schlossen sich halb, und mit einem stockenden Seufzer entwich der letzte Atem aus seiner Brust.

Als ihr das Blut aus dem Kopf sackte, spürte Martine eine plötzliche Kälte. Der Lärm der Menge wurde dumpf. Dann war alles grau, und sie fühlte nichts mehr ...

Ein Flüstern brachte sie wieder zur Besinnung. »Trink das. Komm, trink, meine Liebste ...«

Martine nahm einen langen Schluck aus dem Weinschlauch, der an ihren Mund gehalten wurde.

»So ist es gut.«

Der Wein war süß. Aber noch unendlich süßer war das Gefühl, in Thornes Armen gehalten zu werden, die Wärme seiner Brust an ihrem Rücken zu spüren und seine Schulter, auf der ihr Kopf ruhte. Er umschlang Martine, die sich in seinen Armen zusammenkuschelte, während er gegen einen Baum gelehnt saß. Seine Berührung war so warm, so tröstend, so vollkommen ... Sie wünschte sich, immer von ihm gehalten zu werden.

In einiger Entfernung sah sie den Scheiterhaufen, um den noch immer eine aufgeregte Menschenmenge wogte, aber sie hörte sie nicht. Obwohl die Sonne aufgegangen war, konnte sie kaum etwas erkennen.

Es ist vorbei, dachte sie, schmiegte sich an ihren Gemahl und atmete seinen tröstenden Duft ein. Sie preßte ihr Ohr an seine Brust, um den Herzschlag besser hören zu können. Mit jedem kräftigen Pochen wichen die Furcht und die Angst, die ihre Seele lange Zeit verdunkelt hatten, weiter in die Vergangenheit zurück.

Als sie für einen Moment die Augen schloß, spürte sie die zarte Berührung eines unsichtbaren Bandes, das sich um sie und Thorne legte und sie zusammenschloß auf alle Ewigkeit.

Thorne küßte Martines Haar, die Schläfe und ihre Wange. Dicht an ihrem Ohr murmelte er zärtlich: »Kannst du laufen?«

Martine bewegte ihre Zehen und lächelte. »Wahrscheinlich nicht.«

Thorne hob sie in seine Arme und richtete sich schwungvoll auf. »Wenn es sein muß, trage ich dich den ganzen Weg bis nach Blackburn. Ich kann nicht länger warten. Wir gehen jetzt nach Hause.«

Die Arme um seinen Hals geschlungen, blickte Martine ihm in die Augen, die so wunderbar blau waren wie der strahlende Morgenhimmel über ihnen. »Nach Hause. Ja, das gefällt mir. Bring mich nach Hause.«

Liebe Leserin, lieber Leser,

vielen Dank, daß Sie die Abenteuer von *Der Zauber des Falken* mit mir geteilt haben! In dem Moment, da Martine von Rouen und Thorne Falconer mir zum ersten Mal begegnet sind und mir die Geschichte ihrer verbotenen Liebe ins Ohr flüsterten, versank ich vollkommen in ihrer Welt.

Es ist eine Welt des Aberglaubens und der Erlösung, des Betrugs und der Erleuchtung ... Eine Zeit verheerender Unwissenheit und erstaunlicher, neuer Ideen. In einer Epoche arrangierter Ehen und strenger Verhaltenskodizes wallt im Verborgenen ein wilder Strom von Verlangen und Intrigen, wo sich die menschlichen Leidenschaften Bahn zu brechen versuchen.

Einer der rätselhaftesten Charaktere dieser Geschichte ist Martines Bruder Rainulf, ein freidenkender, lehrender Priester, der das intellektuelle Erwachen der Renaissance des 12. Jahrhunderts widerspiegelt. Er ist ein Mann großer Würde und Tugend ... und tiefsten Selbstzweifels.

Was, fragte ich mich immer wieder, würde wohl mit Rainulf geschehen, nachdem er ins Heilige Land abgereist ist? Würde ihn seine Pilgerreise von der Glaubenskrise heilen oder sie verschlimmern? Würde es ihm möglich sein, mit seinen menschlichen Schwächen zu leben, sie schließlich sogar zu akzeptieren? Könnte ein solchermaßen gequälter und desillusionierter mittelalterlicher Akademiker Erlösung durch die Liebe einer Frau finden? Welche Art von Frau wäre in der Lage, seinen Harnisch aufzubrechen und ihn zu lehren, sich selbst zu lieben? Und wie stünde es mit seinem Eid?

Ergebnis dieser Überlegungen ist das Buch *Heaven's Fire,* in dem Rainulf während eines Besuches in einem armen Dorf, wo er einem Pockenopfer die Letzte Ölung gibt, einer bemerkenswerten Frau begegnet, die ihr eigenes Grab aushebt ... *Heaven's Fire* ist eine Reise der Spannung, Wiedergeburt und befreienden Liebe, die im mittelalterlichen Oxford angesiedelt ist. Eine Reise, die wir, wie ich hoffe, ebenfalls gemeinsam zurücklegen werden.

Sehr gerne würde ich erfahren, was Sie von *Der Zauber des Falken* halten. Meine eMail-Adresse ist:

p.ryan10@genie.geis.com.

Oder schreiben Sie mir an folgende Postfachadresse (bitte legen Sie einen ausreichend frankierten und an sich selbst adressierten Umschlag bei, wenn Sie meinen *Newsletter* zugesandt bekommen wollen):

P.O. Box 26207
Rochester, NY 14626
USA

Ihre Patricia Ryan